NACHTPRINZESSIN

SABINE THIESLER

NACHTPRINZESSIN

Roman

HEYNE

Verlagsgruppe Random House FSC-DEU-0100
Das für dieses Buch verwendete
FSC®-zertifizierte Papier *EOS*
liefert Salzer Papier GmbH, St. Pölten, Austria.

Copyright © 2011 by Sabine Thiesler
und Wilhelm Heyne Verlag, München,
in der Verlagsgruppe Random House GmbH
Satz: C. Schaber Datentechnik, Wels
Druck und Bindung: GGP Media GmbH, Pößneck
Printed in Germany
ISBN: 978-3-453-26632-2

www.heyne.de

Ich umarme dich, mein Sohn

So möchte ich sterben, selig vor Lust.

PETRONIUS, *Satyricon*

PROLOG

Die Nacht war sternenklar. Als er das Achterdeck betrat, ertappte er sich dabei, dass seine Hand automatisch in die Brusttasche seines Jacketts fuhr, wo normalerweise seine Sonnenbrille steckte, und er musste über sich selbst lächeln. Noch vierundzwanzig Stunden, dann war Vollmond, und an Deck war es beinah taghell.

Weit und breit kein einziger Passagier und auch niemand von der Besatzung. Er warf einen kurzen Blick auf die Uhr. Fünf Minuten vor halb drei. Wunderbar. Das war die Zeit, die er liebte, seine ganz eigene blaue Stunde, Erholung nach der Last des Tages. Und wenn es irgendwie ging, dachte er nicht daran, diese köstlich stille Stunde zu verschlafen.

Einen Moment stand er an der Reling und sah auf das vom fahlen Mondlicht beleuchtete, nachtschwarze Meer. Der Ozean zeigte eine schwere Dünung, und die Schaumkronen der Wellen, die vom Licht des Schiffes angestrahlt wurden, leuchteten weiß und beinah grell.

Er konnte sich nicht sattsehen daran.

Die Schiffsmotoren arbeiteten ruhig und gleichmäßig, das Kreuzfahrtschiff stampfte durchs Wasser, ein beruhigendes Geräusch, das fast so etwas wie Geborgenheit signalisierte.

Aus den Deckskisten an der Seite, unmittelbar neben den Rettungsbooten, nahm er eine blaue Schaumstoffauflage und legte sie auf einen Liegestuhl, den er nah an die Reling rückte. Hier wehte ein frischer Wind, den er im Schutz der Brücke nicht gespürt hatte, aber er störte ihn nicht. Im Gegenteil. In seinem Alltag in der Stadt kam Wind so gut wie gar nicht vor.

Er legte sich auf den Liegestuhl und sah in den Himmel. Noch nie war ihm so bewusst geworden, wie unendlich viele Sterne es gab, allein in seinem kleinen beschränkten Blickfeld auf diesem Punkt der Erde.

Einen Stern musste er finden, seinen eigenen. Einen, der nur für ihn leuchtete, der ihn begleitete, egal, wo er sich aufhielt. Den er immer wiedererkannte, wenn er die Zeit und Muße finden sollte, in Deutschland in den Himmel zu schauen.

Er war nicht religiös, aber in dieser Nacht war er dankbar für sein wunderbares, erfülltes Leben, für den Frieden, den er gerade jetzt, in diesem Moment empfand.

Natürlich war er einsam, aber das war gut so. Ein Genie musste einsam sein. Warum nur konnte nicht jeder seiner Gedanken der Nachwelt überliefert und erhalten werden? Sein Leben und seine Leidenschaft waren einzigartig. Ein treffenderes Wort gab es dafür nicht.

Er atmete tief durch und streckte sich wohlig aus. Ein warmer Schauer absoluter Zufriedenheit durchzog ihn. Vielleicht würde er jede Nacht an Deck verbringen.

Eine Melodie klang in seinem Kopf, und er überlegte, um welches Lied es sich handelte, als er die schwere Eisentür zum Promenadendeck klappen hörte.

Unwillkürlich zuckte er zusammen und wurde augenblicklich wütend über die Störung.

Es war der gut aussehende Mann, der Arzt, der zum Frühstück nur Obst aß und seine schwangere Frau umsorgte, als wäre sie sterbenskrank.

Und jetzt kam er mitten in der Nacht an Deck. Allein. Ohne seine Frau.

Er nickte ihm kurz zu und stellte sich an die Reling. Hoffentlich spricht er mich nicht an, dachte er. Das ist das Letzte, was ich will und was ich jetzt gebrauchen kann. Außerdem zerstörte er das Bild. Die kostbare Einsamkeit an Bord.

Es regte ihn auf, dass der Mann es wagte, dort zu stehen. Es war ein ästhetisches Problem.

Der Arzt hielt sich merkwürdig unsicher an der Reling fest, schwankte leicht, und dann erbrach er sich ins Meer.

Das ist ja ekelhaft.

Mehr dachte er nicht.

Er stand aus seinem Liegestuhl auf, ging zu dem jungen Arzt, dem immer noch übel war, und ohne ein Wort zu ihm zu sagen, packte er ihn an den Beinen, hob ihn hoch und warf ihn wie ein Paket über die Reling ins Meer.

Nach ein oder zwei Sekunden hörte er, wie der Körper auf dem Wasser aufschlug.

Es interessierte ihn nicht. Er sah ihm noch nicht einmal hinterher, sondern drehte sich mit einem eleganten Hüftschwung um und legte sich zurück auf seinen Liegestuhl.

Allmählich kehrte wieder Frieden ein. Er schloss die Augen und genoss diese wundervolle Nacht.

ERSTER TEIL

JUGENDSÜNDEN

1

Berlin, Juni 2009

Es gab viele Dinge, die Matthias auf den Tod nicht ausstehen konnte, und eines davon war frühes Aufstehen. Dazu war er einfach nicht geboren. Basta. Ende der Diskussion. Schon als kleiner Junge hatte er liebend gern geschlafen und war auch am Sonntagmorgen nicht aus dem Bett zu kriegen. Zum Entzücken seiner Mutter, die ebenfalls gern ausschlief, erschien er statt zum Frühstück immer erst zum Mittagessen. Die Schule hasste er vor allem, weil sie um acht Uhr anfing und er dreizehn Jahre lang um halb sieben aufstehen musste. Vielleicht wäre er gern zur Schule gegangen, wenn sie mittags begonnen hätte, vielleicht wäre er dann ein besserer Schüler gewesen und hätte nicht die meiste Unterrichtszeit verträumt und verdöst, vielleicht hätte er sogar Freunde gehabt und eine fröhlichere Kindheit. Tausendmal vielleicht. Aber so war eben alles anders gekommen.

Mit Pauken und Trompeten fiel er durchs Abitur, denn Klausuren und mündliche Prüfungen begannen nun mal um acht Uhr morgens, und um diese Zeit war Matthias einfach noch nicht wach. Auch nicht, wenn es darauf ankam.

Nur um dem ewigen Gezeter seiner Mutter ein Ende zu machen und seine Ruhe zu haben, versuchte er es noch einmal, allerdings wieder ohne Erfolg. Dann hatte er es endgültig satt und ging von der Schule ab.

Er war eben ein Nachtmensch. Anders als alle anderen. Und darauf war er sogar stolz.

Im Urlaub ließ er die Jalousien herunter, verschlief den Tag und ging erst bei Dunkelheit auf die Straße. So ein Leben war für ihn perfekt. Erholung pur.

An diesem Vormittag erwachte er für seine Verhältnisse relativ früh, es war erst kurz nach elf, und er fühlte sich alles andere als ausgeruht. Aber er wusste, dass es jetzt keinen Zweck hatte, noch zwei Stunden zu schlafen, denn er hatte bereits um fünfzehn Uhr einen wichtigen Termin mit einem gewissen Dr. Hersfeld, Manager eines Elektrokonzerns, der für sich, seine Frau, Sohn und Tochter ein neues Domizil in Berlin suchte. Geld spielte bei der Suche die geringste Rolle, problematisch war allerdings, dass sich die Familie nicht einig war, ob sie lieber eine Villa mit Garten oder eine repräsentative Stadtwohnung mit Dachterrasse bevorzugte. Matthias machte sich auf ein langwieriges Hin und Her gefasst, und das war auch etwas, was er hasste: Leute, die sich nicht entscheiden konnten.

Mit der Fernbedienung am Bett fuhr er das Rückenteil seiner Matratze hoch, um erst einmal zu sich zu kommen. Fast jeden Morgen hatte er im Liegen leichte Kopfschmerzen, die aber verschwanden, wenn er zehn Minuten aufrecht saß. Mit einer zweiten Fernbedienung öffnete er nun die doppelseitig genähten, schweren Seidenvorhänge. Er mochte das Geräusch, wenn sie über den Parkettfußboden schwungvoll zur Seite rauschten, aber als Tageslicht das Zimmer durchflutete, schloss er leicht angewidert die Augen.

In Gedanken ging er alles durch, was an diesem Tag zu erledigen war. Er musste zur Bank, seine Mutter beim Friseur absetzen, kurz im Büro nach dem Rechten sehen und dann zum Termin mit Hersfeld. Zwei exklusive Objekte hatte er anzubieten, das konnte drei oder mehr Stunden in Anspruch nehmen. Je nachdem ob die Kunden zügig die Wohnung durchschritten, in jeden Raum nur einen flüchtigen Blick warfen und sich ein rein gefühlsmäßiges Urteil bildeten, oder ob sie sich in jedem Zimmer eine halbe Stunde aufhielten, alles misstrauisch begutachteten, befühlten und selbst zur Fliege an der Wand noch fünfundzwanzig Fragen hatten.

Matthias streckte sich, spreizte die Finger und ballte sie anschließend zur Faust. Das tat er zehnmal, dann zog er die Beine an und drehte sich aus dem Bett. Die Kopfschmerzen waren fast weg, der letzte Rest würde unter der Dusche verschwinden.

Auf dem Läufer vor dem Bett machte er zehn Kniebeugen, drehte anschließend erst den Kopf, dann die Schulter, dann den Oberkörper, beugte sich mit gestreckten Beinen, so tief es ging, zu Boden, schwang die Hüften zehnmal nach links und zehnmal nach rechts und tänzelte ins Bad.

Dort schaltete er die Musikanlage an und beschallte mit Verdi die gesamte Wohnung. Seine Mutter, die unter ihm wohnte, störte es nicht, sie war leicht taub und ohnehin seit sechs wach. Preußisch stand sie seit einigen Jahren jeden Morgen pünktlich um sieben auf.

Seine Prozedur im Badezimmer dauerte fünfundvierzig Minuten. Duschen, abtrocknen, sorgfältig eincremen, Haare föhnen und leicht gelen, aber nur so, dass es nicht fettig wirkte, was bei blonden Haaren leicht passieren konnte. Zum Abschluss trug er noch ein transparentes Make-up auf, das bisher noch nie jemandem aufgefallen war, aber einen frischen, ebenmäßigen Teint erzeugte, und zog vorsichtig mit einem

Kajalstift die Augenbrauen nach, die ihm immer zu blond und unmännlich erschienen waren.

Frische Unterwäsche, ein gebügeltes Hemd, saubere Socken, Hose und Jackett oder sportliches Blouson legte er sich immer schon abends bereit, ganz egal, wie spät es war, denn nachts konnte er besser denken und die schwierige Kleiderfrage eher lösen. Im Haus bewegte er sich in seidenen Pantoffeln, die er sich aus Marokko mitgebracht hatte, seine Schuhe warteten unten im Flur, wo sie von seiner Mutter jeden Tag geputzt und auf Hochglanz poliert wurden. So wie sie auch seine Oberhemden mit Hingabe und absolut faltenfrei bügelte.

In seiner hypermodernen und matt glänzenden Luxusküche, die in der Mitte einen Granitblock als Arbeits- und Kochbereich hatte, was im Moment der letzte Schrei war, hatte er noch nie etwas gekocht. Noch nicht einmal ein Spiegelei gebraten. Er wusste gar nicht, wie er das anstellen sollte. Küchen bedeuteten ihm nichts, und dennoch hatte er diese für ein Vermögen einbauen lassen. Da sie nicht benutzt wurde, war sie immer tadellos sauber, und das erfüllte ihn mit tiefer Befriedigung.

Morgens, oder besser gesagt mittags, schaltete er jedoch die Espressomaschine ein, die so überdimensioniert war, dass sie jedem Café und jedem italienischen Restaurant zur Zierde gereicht hätte, und kochte sich zwei Espressi, die er zusammen mit zwei Gläsern Pineo Luna Llena trank. Er bestellte dieses spezielle, teure Mineralwasser alle Vierteljahre direkt aus Spanien. Es kam aus den katalanischen Pyrenäen, stammte aus unterirdischen Wasservorkommen inmitten von Kalk- und Granitgestein und wurde nachts und nur bei Vollmond abgefüllt. Matthias war davon überzeugt, dass es einen positiven Einfluss auf sein physisches und psychisches Wohlbefinden ausübte, und wurde richtig nervös, wenn ihm sein morgendliches Wasser fehlte.

Irgendetwas Essbares konnte er um diese für ihn eigentlich noch nachtschlafende Zeit nicht zu sich nehmen.

Die Natur war in den letzten zwei Wochen regelrecht explodiert. Wo man hinsah, blühte es, die Rasenflächen waren saftig grün und mussten zweimal in der Woche gemäht werden. Diese lästigen Gartenarbeiten erledigte ein pensionierter Gärtner, der mittwochs drei und samstags sechs Stunden arbeitete. Aber Matthias hatte für den herrlichen Frühsommertag keinen Blick, als er aus dem Haus trat. Wetter interessierte ihn überhaupt nicht. Er fand es ausgesprochen ärgerlich, dass man es nicht ändern konnte, daher hatte er beschlossen, es zu ignorieren.

Gerade drehte er sich um und wollte seiner Mutter – wie jeden Tag – zum Abschied zuwinken, als er sah, dass ihr Platz am Küchenfenster, wo sie mittags Kreuzworträtsel löste und ihre heiße Brühe schlürfte, leer war.

Das war in den letzten zehn Jahren noch nie vorgekommen, und Matthias erschrak so, dass er unwillkürlich einen Schritt zurücktrat und beinah über die Begrenzung des Blumenbeetes gestolpert wäre.

Er rannte zurück zum Haus, nahm die fünf Stufen vor ihrer separaten Eingangstür in einem Schritt und klingelte. Wartete. Klingelte wieder. Sie öffnete nicht.

Mühsam und mit zitternden Fingern suchte er ihren Wohnungsschlüssel an seinem Schlüsselbund und schloss die Tür auf.

Sie lag im Wohnzimmer auf dem Teppich.
Er fiel vor ihr auf die Knie.
»Mama«, hauchte er und küsste sie auf den Mund. »Mama, was ist passiert?«

Da er sich einbildete, einen ganz schwachen Atemhauch zu spüren, drückte er sein Ohr an ihre Brust. Leise und wie in weiter Ferne klopfte ihr Herz.

Er stürzte zum Telefon, wählte eins-eins-zwei und schrie, sobald er eine Stimme hörte, in den Apparat.

»Kommen Sie schnell, meine Mutter stirbt, sie ist ohnmächtig, Hirschhornweg achtundzwanzig, mein Name ist Steinfeld, von Steinfeld!«

»Hatte sie einen Unfall?«, fragte die gleichgültige, unaufgeregte, tiefe Stimme am anderen Ende der Leitung.

»Das weiß ich doch nicht!«, kiekste Matthias. »Ich bin kein Arzt und kein Hellseher und will jetzt auch nicht mit Ihnen diskutieren, kommen Sie, und zwar schnell!«

»Wagen ist unterwegs«, sagte der Beamte gelassen, und Matthias legte auf.

Bis der Rettungswagen eintraf, ging Matthias im Wohnzimmer auf und ab und konnte kaum der Versuchung widerstehen, an den Fingernägeln zu knabbern. Er schlug sich selber mit der Hand auf die Finger, denn angenagte Nägel machten bei zahlungskräftigen Kunden der oberen Zehntausend keinen guten Eindruck.

Schließlich kam er auf die Idee, die Lippen seiner Mutter mit Wasser zu benetzen.

Immer wieder sah er auf die Uhr. »Was machen diese Idioten?«, brüllte er und raufte sich die frisch gegelten Haare. »Wo bleiben die? Warum kommen die nicht? Sind die zu blöde, die Adresse zu finden?«

Er rannte vor die Tür, aber noch war kein Rettungswagen in Sicht.

Fuchsteufelswild kam er ins Wohnzimmer zurück. »Da muss so eine arme Frau krepieren, nur weil der Rettungsdienst in diesem tollen, hochgelobten Land eine halbe Stunde braucht, um zu Hilfe zu kommen. Das darf ja wohl nicht wahr sein! Ich werde diese Ignoranten anzeigen! Zur Rechenschaft ziehen. Die werden sich noch umgucken!«

In diesem Moment klingelte es. Matthias stürzte zur Tür, nahm Haltung an, fuhr sich noch einmal korrigierend durch die Haare und öffnete.

»Haben Sie angerufen?«, fragte der Notarzt, und Matthias nickte. »Wo ist Ihre Mutter?«

»Im Wohnzimmer. Kommen Sie.« Matthias lief voran, der Arzt und zwei Sanitäter folgten, und Matthias stolperte vor Aufregung über ein Paar Stiefel, deren Spitzen hinter dem Schuhschrank im Flur hervorstanden.

Dann ging alles sehr schnell. Der Arzt schien sofort zu wissen, was mit Frau von Steinfeld los war, er legte eine Infusion, und dann wurde sie in Windeseile auf eine Trage gelegt, zum Notarztwagen gefahren und hineingeschoben.

»Ich nehme an, ein Schlaganfall. Fahren Sie bei uns mit?«

Matthias nickte.

Als er im Wagen neben seiner Mutter saß, ihre faltige, schmale Hand in seiner hielt und sie unaufhörlich streichelte, flüsterte er ihr tröstende Worte zu, ohne zu wissen, was er sagte, und fühlte sich so hilflos wie noch nie in seinem Leben.

2

Erst auf dem Krankenhausflur wurde ihm bewusst, dass seine Mutter sterben könnte. An diese Möglichkeit hatte er all die Jahre nicht, wirklich noch nie gedacht. Und das gab es auch nicht, das war einfach unmöglich.

Mama. Sie war immer da, immer zur Verfügung. Eine Welt ohne sie war für ihn undenkbar.

Jeden Wunsch, den Matthias so ganz nebenbei mal irgendwann erwähnte, merkte sie sich, ohne jemals davon zu sprechen, und erfüllte ihn irgendwann. Vielleicht zwei Jahre später, wenn Matthias schon lange nicht mehr daran dachte.

Sie war einfach wunderbar. Eine perfekte Dame. Zärtlich, schön und elegant. Aber sie konnte auch Bilder aufhängen, Lampen anschließen, Gardinen nähen, Rumtopf ansetzen und Schwarzwälder Kirschtorte backen. Sie dübelte Regale an die Wände, baute ganz allein und fröhlich pfeifend Schrankwände auf und verlegte Teppichböden und Parkett. Sie konnte einfach alles.

Auf jede Frage wusste sie einen Rat, immer hatte sie Zeit, nichts ließ sie bis morgen warten, sondern erledigte alles sofort.

Und so wurde sie zu Matthias' Königin, seiner Heiligen, und gab seinem Leben einen Sinn.

Aber jetzt lag die Unsterbliche mit einem Schlaganfall auf der Intensivstation, und die Ärzte versuchten zu retten, was noch zu retten war.

Er weigerte sich zu begreifen, dass auch seine Mutter nur einen Körper hatte, der vergänglich war und genauso schnell verwesen würde wie jeder andere. Er hatte sie oft und gern umarmt, obwohl sie in den letzten Jahren immer weniger geworden war, aber er war sich bewusst, dass er niemals in der Lage sein würde, sie zu füttern, zu waschen oder ihr gar eine Windel anzulegen.

Niemals. Unsummen würde er demjenigen zahlen, der das für ihn übernahm. Er würde nicht erlauben, dass diese profanen Dinge seinen Glauben an ihre Einzigartig- und Unvergänglichkeit zerstörten.

Wie ein Tiger im Käfig ging er auf dem Krankenhausflur auf und ab und war dankbar, dass er nicht sehen konnte, was sie hinter den Milchglasscheiben mit ihr taten, schon ein Schlauch in der Nase war für ihn unerträglich, und eine gelegte Infusion auf ihrem Handrücken jagte ihm allein bei der Vorstellung einen wilden Schmerz durch den Körper, der ihn zusammenkrümmte.

Mama.

Mach die Tür auf, komm heraus, lächle und sage: »Es ist alles gut, komm, mein Junge, mach dir keine Sorgen, wir gehen nach Hause.«

Wenn dieses Wunder irgendein Mensch vollbringen konnte, dann sie.

So wartete er vier Stunden, aber sie kam nicht.

Der Termin mit Dr. Hersfeld war vorbei, aber es war ihm nicht bewusst, er hatte ihn vergessen. Nicht eine Sekunde hatte er an seinen Kunden gedacht, der vielleicht eine Drei-Millionen-Villa bei ihm kaufen würde. Er hatte noch nicht einmal mit seinem Büro telefoniert und um eine Verschiebung des Termins gebeten. Er hatte gar nichts getan.

Die Welt hatte aufgehört, sich zu drehen, die Zeit verging, und er merkte es nicht.

Mama, bitte, verlass mich nicht.

Um kurz vor neunzehn Uhr kam der Arzt und reichte ihm die Hand. Matthias dachte an die Millionen und Milliarden von Bakterien, die vielleicht jetzt gerade auf ihn übergegangen waren, aber dann schob er den Gedanken beiseite und konzentrierte sich auf das Gesicht des Arztes, das freundlich und ernst zugleich aussah.

»Der Zustand Ihrer Mutter ist jetzt stabil«, meinte er. »Sie hatte einen schweren Schlaganfall und lag wahrscheinlich schon mehrere Stunden auf dem Boden, bevor Sie sie fanden. Diese lange Zeit ist das Problem. Darum sind die Schäden, die wahrscheinlich bleibende sind, so schwerwiegend. Ich kann Ihnen jetzt noch nichts Hundertprozentiges sagen, aber ich denke, Ihre Mutter wird sich aufgrund ihrer Lähmungen nicht mehr allein fortbewegen können. Das wird sicher durch Übung noch geringfügig zu verbessern, aber wohl nicht mehr vollständig reparabel sein.«

»Das heißt, sie wird im Rollstuhl sitzen müssen?«

Der Arzt nickte.

»Und sie wird sich schwer artikulieren können. Es kann sein, dass sie vieles versteht, aber Sie werden sich höchstwahrscheinlich nie wieder mit ihr unterhalten können. Das ist schwer, ich weiß. Ihre Mutter ist von nun an ein Pflegefall, aber sie lebt, und sie wird bald wieder bei Ihnen sein und nach Hause zurückkehren. Ich hoffe, das tröstet Sie ein wenig.«

Matthias war wie vor den Kopf geschlagen. Wie ein Schwachsinniger stand er vor dem Arzt und starrte ihn an. Es gelang ihm noch nicht einmal, sich innerlich zu empören und dagegen zu rebellieren.

»Herr von Steinfeld?«

Matthias sah zu Boden und reagierte nicht.

Der Arzt fasste ihn am Arm. »Sie müssen jetzt stark sein! Für sich und Ihre Mutter! Lassen Sie sie in den kommenden Tagen Ihre Verzweiflung nicht spüren. Hoffnung ist das, was Ihre Mutter am meisten braucht.«

Matthias nickte schwach und murmelte leise: »Ja. – Danke, Doktor.«

Der Arzt sah ihn nachdenklich an, und eine Spur von Mitleid zog über sein Gesicht.

»Sie können mich jederzeit anrufen, wenn Sie noch Fragen haben. Aber lassen Sie erst einmal zwei Wochen ins Land gehen, so lange bleibt Ihre Mutter ja mindestens noch hier, und dann sehen wir weiter. Vielleicht gibt es dann schon eine viel genauere und eventuell auch positivere Prognose.«

Als Matthias den Kopf hob, sah der Arzt, dass Tränen in seinen Augen schwammen.

»Gehen Sie nach Hause, lenken Sie sich ab, reden Sie mit Freunden oder ruhen Sie sich aus. Ihre Mutter schläft jetzt. Heute Abend können Sie nichts mehr für sie tun.«

Er drückte noch einmal Matthias' Arm und entfernte sich. Sein offener Kittel wehte wie ein Königsmantel, als er eilig den Flur entlangschritt.

Matthias blieb stehen und starrte minutenlang auf die Milchglasscheibe der Tür zur Intensivstation, als überlegte er, ob er einfach hineinstürmen oder die Tür zerschlagen solle.

Aber dann drehte er sich still um und verließ das Krankenhaus. Wohl wissend, dass er in dieser Nacht weder nach Hause gehen noch eine Minute schlafen würde.

Ihr Zusammenbruch hatte alles verändert. Nichts würde mehr so sein wie früher.

3

Er dachte an sie, als wäre sie schon tot. Seine Gedanken rasten, dabei waren es nur wenige Sätze, die sich wie ein immer schneller werdendes Karussell in seinem Kopf drehten. Was soll ich bloß machen ohne sie? Um Himmels willen, was soll ich bloß tun?

Ihm wurde klar, dass er ohne sie vollkommen hilflos war. Würde er es schaffen, in dem Haus wohnen zu bleiben, in dem er sein gesamtes Leben verbracht hatte und in dem alles, aber auch wirklich alles an sie erinnerte? Vielleicht sollte er lieber verkaufen und sich statt der Villa eine Penthouse-Wohnung anschaffen, mit einem weiten Blick über die Stadt und mit Restaurants, Bars und Geschäften direkt vor der Tür. Dort müsste er nicht immer ins Auto steigen, um zum Theater oder ins Konzert zu fahren, und umgeben von den Lichtern der Stadt würde er sich weniger einsam fühlen.

Ihm wurde angst und bange, wenn er daran dachte, dass er sich jetzt mit der Pflegeversicherung (hatte sie so etwas überhaupt?) und Pflegekräften herumärgern musste, die sich um seine Mutter kümmern und im Haus ein und aus gehen würden. Eine scheußliche Vorstellung.

Ludmilla, die russische Putzfrau, die einmal in der Woche für acht Stunden kam, das gesamte Haus putzte und ununterbrochen vor sich hin summte, ging ihm schon genug auf die Nerven.

Wenn seine Mutter starb, trat die größte Katastrophe ein, die er sich vorstellen konnte, aber wenn sie ein Pflegefall wurde, war es keinen Deut besser. Es gab nicht den geringsten Lichtschein am Horizont, er war in einer Sackgasse gelandet.

Seine Mutter hatte ihm stets viel leidigen Schriftkram abgenommen, und dies zu delegieren war ihm auch im Beruf meisterhaft gelungen. Er war ein überaus erfolgreicher Makler, konnte Klienten wie kein anderer Häuser aufschwatzen, die sie eigentlich gar nicht wollten, und wenn er sich richtig ins Zeug legte, schaffte er es, auch eine durchschnittliche Immobilie in ein Objekt der Begierde zu verwandeln.

Viola, seine Sekretärin, erledigte anschließend, nachdem der Kaufvertrag per Handschlag zustande gekommen war, alles Schriftliche, sein Kollege Gernot ging mit den Klienten zum Notar und erklärte mit unendlicher Ruhe alles, was einem Nichtjuristen am Kaufvertrag unverständlich und suspekt erschien.

Matthias' größtes Kapital waren seine attraktive Erscheinung, seine geschliffenen Umgangsformen, sein rhetorisches Talent und sein umwerfender Charme.

Und jetzt sollte er niemanden mehr haben, der seine Hemden bügelte und ihn beim Kauf von eleganten Kombinationen beriet? Undenkbar.

Vor dem Krankenhaus gab es kein einziges Taxi, worüber er sich schon wieder aufregte. Aber noch mehr ärgerte er sich darüber, dass er dem Krankenwagen nicht mit dem eigenen Auto hinterhergefahren war. Und nun stand er hier wie bestellt und nicht abgeholt auf der Straße.

Es war heute einfach nicht sein Tag. Im Krankenhaus hatte er sein Handy ausgeschaltet, jetzt sah er, dass er mehrere Nachrichten hatte.

»Was ist los mit dir?«, meldete sich Viola mit dünner Stimme. »Wo bleibst du? Dr. Hersfeld wartet und ist überhaupt nicht *amused*. Bitte ruf mich unbedingt zurück!«

Beim letzten Anruf war sie sehr nervös. »Wir machen uns riesige Sorgen. Ist dir was passiert? Bitte melde dich!«

Einen Moment überlegte er, ob er Gernot und Viola anrufen sollte, aber dann entschied er sich dagegen. Es war nicht verkehrt und fast ein angenehmes Gefühl, wenn sie sich mal vierundzwanzig Stunden Sorgen um ihn machten. Hauptsache, sie hetzten ihm nicht die Polizei auf den Hals. Aber das würden sie wohl nicht wagen, schließlich war er ein erwachsener Mann und konnte ja wohl mal einen Tag unentschuldigt dem Büro fernbleiben. Jede Panikmache wäre lächerlich.

Er ging bis zur nächsten Hauptstraße und wartete keine fünf Minuten, bis ein Taxi vorbeifuhr, das er heranwinkte und in das er einstieg.

»Fahren Sie mich zum Rautmann's«, sagte er dem Taxifahrer. Ihm war bewusst geworden, dass er heute bis auf Kaffee und Wasser noch nichts zu sich genommen hatte.

Er fühlte sich nicht in der Lage, Alexander anzurufen, um ihm zu erzählen, dass seine Oma zwar noch nicht tot, aber doch schon in irgendeiner Weise gestorben war.

4

Es war kurz nach dreiundzwanzig Uhr, als er das Rautmann's verließ. Über die viel zu kleine, lieblos angerichtete, nicht besonders gut schmeckende und überteuerte Spargelportion hatte er sich maßlos geärgert. Schließlich war er Stammgast, kam bestimmt dreimal in der Woche zum Essen und ließ nicht wenig Geld in dem Laden. Daher hatte er es weiß Gott nicht verdient, so abgefrühstückt und über den Tisch gezogen zu werden.

Carlo, dem Kellner, hatte er dennoch elf Euro Trinkgeld gegeben. »Sie können ja nichts dafür, dass irgendjemand hier seinen Job nicht anständig macht«, hatte er gönnerhaft gesagt und den Schein über den Tisch geschoben. »Es soll Ihr Schaden nicht sein.«

Er wollte Carlo nicht verärgern und ihn sich gewogen halten, denn Carlo besorgte ihm auch noch nachts um zwei ein Päckchen Zigaretten und eine Flasche Champagner. Eines Nachts hatte Carlo Matthias sogar in dessen Porsche nach Hause gefahren, weil er zu viel getrunken hatte. Das hatte er ihm hoch angerechnet, zumal er am nächsten Tag problemlos in den Wagen steigen und zum ersten Termin fahren konnte, ohne den Porsche erst mithilfe eines Taxis holen zu müssen.

Carlo war eine hilfsbereite Seele, und er schien Matthias zu bewundern. Das war nicht das Schlechteste und pinselte seine Seele, und so war Carlo jedes Scheinchen wert, das Matthias springen ließ.

Matthias spürte, dass er kribblig war, nervös, unruhig. Und das lag nicht nur an seiner Mutter. Er konnte jetzt noch nicht nach Hause, außerdem fing die Nacht gerade erst an.

Etwas unschlüssig überlegte er, wohin er noch gehen konnte. Die laue Nachtluft elektrisierte ihn und machte ihn atemlos. Er sah auf die Uhr. Um diese Zeit waren die meisten Theater aus, das war günstig. Und wenn er sich beeilte, erreichte er die Staatsoper Unter den Linden noch bevor Fidelio zu Ende war.

Allmählich beruhigte er sich. Es war nicht wichtig, dass er das Ende der Oper erwischte, in warmen Sommernächten gab es viele Möglichkeiten. Auf Plätzen, Einkaufsstraßen oder in Bars, die ihre Tische und Stühle auf der Straße stehen hatten. Nicht einen Moment zweifelte er daran, dass er finden würde, was er suchte.

Sein Gang war flott und lässig zugleich. Er genoss das Klappern seiner nagelneuen Schuhe aus Krokoleder auf dem Asphalt. Für ihn war es ein *vornehmes Geräusch*, und bei dem Gedanken daran musste er lächeln.

Als er die Oper erreichte, war der Vorplatz voller Menschen, Taxis starteten im Sekundentakt. Mit Händen in den Hosentaschen mischte er sich unauffällig unter die Wartenden und unter die, die in Grüppchen herumstanden, diskutierten, sich verabschiedeten oder sich noch einmal die Fotos im Schaukasten der Oper ansahen.

Matthias hatte einen geschulten Blick, die Suche gehörte zu seinem Alltag, und daher sah er sehr schnell, dass niemand dabei war, mit dem er Kontakt aufnehmen konnte. Er überlegte kurz, ob er zum Bühneneingang gehen und warten sollte, bis der Opernchor abgeschminkt war und herauskam, aber dann ließ er es bleiben. Er wollte nicht wie jemand dastehen, der fest verabredet war, um dann am Ende vielleicht noch gefragt zu werden, auf wen er warte.

So schlenderte er langsam weiter in Richtung Gendarmenmarkt.

Um diese Zeit war noch erstaunlich viel Betrieb in der Stadt. Vor ihm ging ein älteres Paar, die Frau mit winzigen weißen Löckchen und ungefähr anderthalb Köpfe kleiner als ihr Mann, der seinen breiten Arm um ihre Schultern gelegt hatte. So als bugsierte er sie vorsichtig durch die Stadt. Die Frau erinnerte ihn an seine Mutter, deren Haare auch von Jahr zu Jahr weißer geworden waren, obwohl sie sie hin und wieder blond tönte. Von hinten sah seine Mutter mit ihrer zarten Figur immer noch aus wie ein junges Mädchen. »Von hinten Lyzeum, von vorne Museum«, hatte sie immer wieder gesagt und dabei gelacht, und obwohl ihm der Satz schon zum Hals heraushing, hatte er es nie gewagt, sie zu bitten, damit aufzuhören.

Egal, was sie tat, er liebte sie.

Keine Ahnung, warum ihm das gerade jetzt einfiel, aber er erinnerte sich plötzlich an eine Situation, als er in die zweite Klasse ging. Es war eine katholische, von Patres geführte Schule. Jeden Morgen stand Pater Dominikus an der Pforte zum Schulhof, begrüßte die Kinder und wechselte auch hin und wieder ein paar Sätze mit Eltern, die ihre Kinder zur Schule brachten.

Pater Dominikus hatte Matthias' Mutter angerufen und sich darüber beschwert, dass ihr Sohn morgens an der Pforte gar nicht oder nicht höflich genug grüße.

»Matthias«, begann seine Mutter am Nachmittag mit einem scharfen Unterton in der Stimme, »warum sagst du Pater Dominikus nicht Guten Tag?«

»Ich sag ihm Guten Tag!«
»Aber anscheinend nicht anständig.«
»Doch.«
»Er hat sich aber über dich beschwert.«
Matthias schwieg verstockt.
»Offensichtlich ist dir nicht klar, wie man anständig grüßt. Und darum werden wir das jetzt üben!« Henriette setzte sich in den Sessel am Fenster. »Du kommst bitte herein, gehst auf mich zu, sagst laut und deutlich ›Guten Morgen, Pater Dominikus‹ und gehst wieder. Ich will das mal sehen.«
Matthias schämte sich entsetzlich.
»Das mach ich nicht!«
»Sehr wohl machst du das, mein Sohn, und zwar so lange, bis du es kannst.«
Mein Sohn sagte sie nur, wenn sie wütend war und keinen Widerspruch duldete.
Matthias nahm all seinen Mut zusammen, marschierte durchs Zimmer, stieß wütend ›Guten Morgen, Pater Dominikus‹ heraus und verließ das Zimmer.
»Komm mal bitte her!«, rief Henriette laut und entsetzlich hoch.
Matthias kam herein, baute sich vor ihr auf und musste sich zusammenreißen, um nicht zu weinen, so erniedrigend fand er die Situation.
»Das war gar nichts! Kein Wunder, dass sich Pater Dominikus beschwert hat. Also noch mal von vorne: Du kommst herein, bleibst vor mir stehen, sagst: ›Guten Morgen, Pater Dominikus.‹ Und zwar freundlich! Du brauchst den Pater nicht anzublöken, er hat dir nichts getan. Während du ihn grüßt, nimmst du die Hände auf dem Rücken zusammen und machst einen Diener. Ist das klar?«

Matthias reagierte nicht, er wünschte sich ganz weit weg, am liebsten auf den Mond.

»Also dann probieren wir das jetzt noch mal.«

Sie sagte *wir*, dabei saß sie im Sessel und ließ ihn tanzen wie eine Puppe.

Er stürmte ins Zimmer, schrie: »Guten Morgen, Pater Dominikus!«, machte eine wüste Verbeugung und wollte aus dem Zimmer rennen, als sie ihn bremste.

»Noch einmal, bitte.«

Matthias rannte zurück und wiederholte das Ganze. Kein bisschen anders, kein bisschen besser. Henriette brüllte jedes Mal: »Noch einmal, und streng dich endlich an, verdammt noch mal!«

Es war ein Spießrutenlaufen. Immer und immer wieder von vorn. Henriette schrie und Matthias lief, brüllte, verbeugte sich, flüchtete.

»Wir können das auch hundertmal so weitermachen – bis heute Abend!«, sagte Henriette schließlich. »Ich habe Zeit.«

Sie sah unerbittlich aus und saß in ihrem Sessel, als könnte sie nicht nur bis heute Abend, sondern noch hundert Jahre dort sitzen bleiben. Matthias wusste, dass er auf jeden Fall verlieren und dieser Hölle nur entkommen würde, wenn er sich wirklich anstrengte und die Schmach hinunterschluckte.

Beim fünfundzwanzigsten Mal kam er zum ersten Mal langsam in den Raum, blieb vor Henriette stehen, sagte leise, schluchzend und unter Tränen »Guten Morgen, Pater Dominikus«, während er die Hände auf dem Rücken zur Faust ballte und sich artig, beinahe zu tief, verbeugte. Dann drehte er sich langsam auf den Zehenspitzen weg und verließ das Zimmer.

»Sehr schön«, sagte seine Mutter. »Sehr, sehr schön. Ich erspare es dir, dies jetzt noch hundertmal zu wiederholen, aber du weißt ja, worum es geht. Und ich wünsche, dass du Pater Dominikus jetzt jeden Morgen in dieser Form begrüßt! Hast du das verstanden?«

Matthias nickte und hoffte, dass die Tränen, die in seinen Augen schwammen, nicht die Wangen herunterlaufen würden. Er wollte nicht, dass seine Mutter sah, wie sehr sie ihn gedemütigt und dass sie ihn letztlich kleingekriegt hatte.

»Geh auf dein Zimmer«, meinte sie abschließend und erhob sich aus dem pompösen Ohrensessel, »vielleicht wird ja doch noch mal etwas aus dir.«

In diesem Moment hatte er sie gehasst und geglaubt, in ihrer Nähe nie wieder befreit atmen zu können, sondern ersticken zu müssen.

Aber jetzt, fast fünfunddreißig Jahre später, war er ihr fast dankbar für die Lektion, die sie ihm erteilt hatte. Aus ihm war ein höflicher Mensch geworden, der sich zu benehmen wusste, sich auf dem gesellschaftlichen Parkett sicher bewegte und sich in Adelskreisen zu Hause fühlte, denen er eigentlich nur noch dem Namen nach angehörte.

Obwohl er seine Mutter verstand und die Episode seiner Liebe keinen Abbruch getan hatte, saß diese Schmach doch immer noch als nie verheilende Wunde wie ein spitzer Pfeil in seiner Seele.

Ganz in Gedanken hatte er das ältere Paar aus den Augen verloren.

Sekunden später sah er dem Deutschen Dom gegenüber einen jungen Mann aus der Brasserie kommen. Er war nicht besonders groß, leicht dicklich, hatte etwas zu langes, brünettes Haar, und Matthias schätzte ihn auf Anfang zwanzig. Vielleicht war er auch erst neunzehn.

Es war dieses unglaubliche Phänomen des instinktiven Erkennens, das kein Außenstehender nachvollziehen konnte und niemals begreifen würde. Matthias wusste sofort, dass er der Richtige war und ging auf ihn zu.

Der andere lehnte lässig neben dem Hauseingang und rauchte eine Zigarette. Erst jetzt sah Matthias den angewinkelten Arm und die nach hinten abgeknickte »gebrochene« Hand, die die Zigarette hielt, als wollte er sich auf die Schulter aschen. Das war eindeutig. Vielleicht hatte er dieses Zeichen gewählt, weil er seinerseits auch Matthias längst entdeckt hatte.

Einige Meter vor ihm blieb Matthias stehen und sah ihn an. Ihre Blicke trafen sich. Zu lange für einen unabsichtlichen, flüchtigen Moment und zu kurz für eine wirkliche Kontaktaufnahme. Matthias wusste nicht genau, wer als Erster weggesehen hatte, aber das war jetzt nicht wichtig. Er ging scheinbar achtlos und uninteressiert an ihm vorbei, streckte dabei jedoch das Kreuz und hob den Kopf ein wenig an, als wollte er Teller auf seinem Scheitel balancieren.

Und er hatte sich nicht getäuscht. Der junge Kerl folgte ihm.

Matthias ging schneller, und auch der andere beschleunigte seinen Schritt.

Dann blieb Matthias stehen und tat, als suchte er etwas in seinem Jackett – der junge Mann überholte ihn zwangsläufig. Und nun wiederholte sich das Spiel, jetzt folgte ihm Matthias.

Es war wie ein dreiminütiger Balztanz.

Auf einmal standen sie sich wie auf Kommando gegenüber und sahen sich tief in die Augen. Aber gönnten sich kein Lächeln.

»Hier?«, sagte der andere knapp. »Ich kenne ein paar stille Ecken auf einigen Hinterhöfen.«

Matthias schüttelte den Kopf.

»Dann im Tiergarten.«

Matthias schüttelte wieder den Kopf.

»Wie heißt du?«

»Jochen. Und du?«

»Gerd«, log Matthias. »Hör zu, ich will Zeit haben. Können wir zu dir?«

Jochen nickte und setzte sich in Bewegung.

Während des zehnminütigen Weges durch die Stadt beobachtete Matthias Jochens Gang und seine Bewegungen. Er hielt sich leicht hinter ihm, so als gehörten sie nicht zusammen. Die Jeans, die Jochen trug, war für Matthias' Geschmack viel zu weit, aber das war jetzt egal. Matthias gab sich ganz seinen Fantasien hin, stellte sich vor, wie es sein würde, wenn der wesentlich Jüngere nackt vor ihm stand, und überlegte, ob dieser Junge, der noch einen ziemlich unbedarften Eindruck machte, auch all das tun würde, was Matthias von ihm verlangen wollte.

Bis zu Jochens Wohnung sprachen sie kein Wort.

5

Jochen wohnte in einem sanierten Altbau im Hinterhof, zwei Treppen links. Er klickte die Tür, die noch nicht einmal ein Sicherheitsschloss hatte, mit einem riesigen Schlüssel auf, was auch mit einem simplen Schraubenzieher oder einem Grillspieß möglich gewesen wäre. Eine Campingseele, dachte Matthias. Wahrscheinlich besitzt er so gut wie nichts, ist arm wie eine Kirchenmaus und hat darum auch nicht die Sorge, dass jemand bei ihm einbrechen könnte.

Der Flur war wahrhaftig so karg, wie Matthias es erwartet hatte. Anstelle einer Garderobe ein paar flüchtig und ungleichmäßig in den Putz gehauene Nägel, ein Schuhschrank, der vermutlich für allen möglichen Krempel, bloß nicht für Schuhe benutzt wurde, und ein Fahrrad. Schon ziemlich in die Jahre gekommen und flüchtig mit weißer Lackfarbe angestrichen.

Nicht einmal einen Spiegel gab es im Flur.

»Ich wohne hier noch nicht lange«, sagte Jochen mit leiser Stimme, »drei Wochen vielleicht.«

Alle drei Türen der winzigen Wohnung standen offen. Matthias warf einen Blick in die enge, schmale Küche. Schmutziges Geschirr stapelte sich in der Spüle, auf dem Herd eine benutzte Pfanne und darin zwei kleinere Töpfe. Matthias fand es ekelhaft.

Über dem Kühlschrank tickte eine alte Bahnhofsuhr. Mit großer Wahrscheinlichkeit Jochens einziger und ganzer Stolz.

Matthias hatte genug gesehen und folgte Jochen ins Wohn- und Schlafzimmer. Der Raum hatte den Charme einer Ausnüchterungszelle. Keine Bilder an den Wänden, nirgends ein bisschen Farbe oder eine Pflanze. Ein grauer Teppichboden ohne den kleinsten Fleck, ein schlichtes, eisernes Bettgestell mit einer schwarzen, breiten Matratze und ein überdimensionaler Tisch mit drei Computern und einem Laptop. Außerdem wüste Papier- und Bücherberge.

»Was machst du so?«, fragte Matthias.

»Ich studiere Informatik.«

Also ein Kopfmensch. Diese Sorte schätzte Matthias gar nicht. Sie hatte Probleme, sich gehen zu lassen und für eine Weile Vergangenheit, Gegenwart und Zukunft auszuknipsen. Aber er musste jetzt seine Neugier unterdrücken, denn wenn er noch mehr über seine Zufallsbekanntschaft erfuhr, verging ihm die Lust. Vielleicht war es schon zu viel gewesen, ihn nach seinem Namen zu fragen. Warum er das heute getan hatte, war ihm nicht klar. Er war einfach nicht ganz bei der Sache, aber das war ja an einem Tag wie diesem auch kein Wunder.

Jochen holte zwei Bierflaschen aus der Küche und öffnete sie mit seinem Feuerzeug. Beide tranken schweigend.

Entscheidend war, wer jetzt den Anfang machte, denn derjenige signalisierte, dass er bereit war, sich dem anderen zu unterwerfen und die Spielregeln zu akzeptieren. Matthias wartete.

Jochen ging zum Fenster und schloss die anthrazitfarbenen Vorhänge. Dann setzte er sich aufs Bett.

Bei jedem Schluck Bier taxierte Jochen seinen fremden Gast, als versuchte er herauszufinden, wer er war. Der Mann war älter, und er hatte Geld. So viel war klar. Und er hatte einen spöttischen Zug um den Mund, den Jochen interessant fand.

Es war alles in Ordnung, und Jochen begann sich auszuziehen.

6

Loni Maier fummelte kopfschüttelnd die Post aus dem engen Schlitz und verletzte sich dabei den Mittelfinger, sodass er blutete. Seit Tagen war der Briefkasten nicht mehr geleert worden, und sie hatte keinen Schlüssel. Das meiste war Reklame, dieser junge Student hatte noch nicht einmal einen Bitte-keine-Werbung-einwerfen-Aufkleber. Sie nahm sich vor, unbedingt mit ihm zu sprechen.

Seit dreißig Jahren kümmerte sich Loni darum, was in diesem Hause geschah, und schrieb es sich als Verdienst auf ihre eigenen Fahnen, dass bisher noch nie eingebrochen worden war. Wenn Mieter in Urlaub waren, goss sie die Blumen, fütterte die Katze und leerte eben auch den Briefkasten. Sie führte Hunde spazieren, wenn Herrchen oder Frauchen zehn Stunden zur Arbeit waren, und wartete auf den Kundendienst zum Reparieren der Waschmaschine.

Loni tat alles Notwendige aus reiner Lust und Liebe. Freute sich natürlich, wenn sie dafür hin und wieder eine Schachtel Pralinen bekam oder auf eine Tasse Kaffee eingeladen wurde. Dann fühlte sie sich geliebt, gebraucht und ungeheuer wichtig. Diese Bestätigung konnte ihr ihr Mann Heinz schon lange nicht mehr geben, der den ganzen Tag vor dem Fernseher saß und kaum drei Worte mit ihr wechselte. Loni war sich darüber im Klaren, dass sie erst dann wieder in sein Bewusstsein vordringen würde, wenn sein Mittagessen nicht auf dem Tisch stand, weil sie krank oder tot war.

Sie sah auf die Uhr. Es war jetzt halb elf, eine zivile Zeit, um einen verpennten Studenten aus dem Bett zu werfen, also stieg sie die Treppe hinauf bis zum zweiten Stock, wo Jochen Umlauf wohnte.

Loni klingelte. Zuerst zaghaft, dann stürmischer und anhaltender. Niemand öffnete. Sie legte das Ohr an die Tür, hörte aber nicht das leiseste Geräusch.

Sie wollte sich gerade abwenden und zurück in ihre Wohnung gehen, als ihr ein säuerlich beißender Geruch in die Nase stieg. Zwar nicht stark, aber unangenehm und ekelhaft.

Was war das denn? Hortete der Student etwa Müll in seiner Wohnung? Merkwürdig. Das konnte sie sich eigentlich nicht vorstellen, denn Jochen Umlauf war ihr in der kurzen Zeit, seit sie ihn kannte, als sehr ordentlich und zuverlässig vorgekommen. Ein bisschen kontaktscheu vielleicht, aber das war in den heutigen Zeiten ja eher von Vorteil. Und wenn sie auf etwas stolz war, dann auf ihre Menschenkenntnis. Sie hatte sich in ihrer Einschätzung von einem Menschen nur selten getäuscht.

Loni drückte erneut auf die Klingel. – Nichts.

Sie beschloss, vorerst keine Pferde scheu zu machen, noch nichts zu unternehmen und das Ganze erst mal zu beobachten. Wahrscheinlich war der junge Mann einfach nur ein paar Tage verreist und hatte vergessen, ihr den Schlüssel zu geben, so wie sie es ihm grundsätzlich angeboten hatte. Falls es mal einen Rohrbruch geben sollte und die Feuerwehr die Tür öffnen musste.

Sie ging hinunter ins Parterre in ihre Wohnung, um Eimer und Schrubber zu holen. Das Treppenhaus musste dringend gewischt werden. Es bezahlte sie zwar niemand dafür, aber wenn sie es nicht tat, machte es keiner.

Auch in den folgenden drei Tagen zog Loni mit spitzen Fingern die Post aus Jochens Briefkasten und klingelte an seiner Tür. In der Wohnung rührte sich nichts. Kein Laut. Aber der unangenehme Geruch wurde stärker.

»Ich weiß nicht, Heinz«, sagte sie am Nachmittag zu ihrem Mann und versuchte die Seifenoper mit ihrer Stimme zu übertönen, denn Heinz dachte nicht daran, den Fernseher leiser zu stellen, »aber was diesen neuen Mieter betrifft, weißt du, diesen Studenten aus dem zweiten Stock …«

»Weiß ich nicht und kenn ich nicht. Interessiert mich auch nicht.«

»Heinz, da stimmt was nicht. Er ist wie vom Erdboden verschluckt, und in der Wohnung stinkt's wie damals bei uns, als wir die beiden toten Mäuse im Schrank unter der Spüle hatten. Erinnerst du dich?«

»Ungern.«

»Aber du erinnerst dich.«

»Ja.«

»Siehst du. Und genauso stinkt's bei dem durch die Tür. Was soll ich denn machen?«

»Ruf die Polizei und lass mich in Ruhe. Ich hab durch dein Gerede jetzt schon völlig den Faden verloren …«

Bei jedem Problem, das auftauchte, sagte Heinz: »Ruf die Polizei.« Etwas anderes fiel ihm nicht ein. Ob sich vor dem Haus Kinder prügelten, die Müllabfuhr zu viel Krach machte, sich die Müllers aus dem ersten Stock stritten oder irgendjemand laut Musik hörte – immer sagte er: »Hol doch die Polizei.«

Loni hatte es nie getan, sondern sich immer selbst eingemischt, bis das Problem vom Tisch war, aber diesmal waren ihr die Hände gebunden. Schließlich konnte sie nicht die Tür aufbrechen.

Ein bisschen unwohl war ihr schon dabei, aber nachdem sie noch eine Nacht darüber geschlafen hatte, wählte sie am Sonntagmorgen nach dem Frühstück, als sich Heinz ins Wohnzimmer zurückgezogen hatte und den Fernseher einschaltete, die Eins-Eins-Null.

Innerhalb von zehn Minuten war der Streifenwagen da.

7

Erst nach dem fünften Läuten begriff Susanne Knauer, dass das Telefon klingelte. Der Apparat stand neben ihrem Bett auf dem Boden, und noch im Liegen riss sie den Hörer von der Gabel. Dabei fiel ihr Blick auf den Radiowecker. Zwanzig nach zehn. Eigentlich eine zivile Zeit, aber es war Sonntag, der einzige Tag in der Woche, an dem sie wirklich ausschlafen konnte, und es kam ihr vor, als wäre es gerade mitten in der Nacht.

»Ja?«, stöhnte sie.

»Ich bin's, Ben. Tut mir leid, dass ich dich wecke, aber es gibt Arbeit. Mord in Mitte. Ich hol dich ab. In zehn Minuten unten vor der Tür?«

»Nein«, knurrte sie. »Lass mich in Ruhe!«

»Okay. Dann bis gleich.« Er legte auf.

Susanne jaulte wie ein verwundeter Hund, sprang auf und rannte ins Bad.

Neun Minuten später kritzelte sie ihrer Tochter eine kurze Nachricht auf einen Zettel: *Sorry, musste los wegen Mord, im Kühlschrank ist noch Suppe, hoffentlich bis bald. S.*, ließ ihn auf dem Küchentisch liegen und stürzte los. Sie hatte sich schon seit Jahren abgewöhnt, mit »Mama« zu unterschreiben, denn sie konnte sich nicht erinnern, wann ihre Tochter sie das letzte Mal so angesprochen hatte. Meistens war sie

»Ej« oder »Hallo« oder »Du da«, nur wenn Melanie ausgesprochen gut gelaunt war, und das kam äußerst selten vor, wurde sie von ihr »Suse« genannt. Susanne bildete sich ein, dass es liebevoll klang, und darum war sie immer glücklich, wenn Melanie die Kurzform ihres Namens in den Mund nahm.

Vielleicht würde ihre Tochter den Zettel auch gar nicht finden, weil sie höchstwahrscheinlich bis um zwei schlief, dann für eine halbe Stunde im Bad verschwand, um anschließend wieder ins Bett zu steigen und mit endlosen Telefonaten zu beginnen. So würde sie eventuell gar nicht merken, dass ihre Mutter nicht da war. In diesem Fall war es gut, aber grundsätzlich fand Susanne die momentane Situation unerträglich. Die Wohnung war nicht groß, dennoch schaffte es Melanie, ihrer Mutter stunden- oder tagelang aus dem Weg zu gehen, als wären sie tief zerstritten oder einer von ihnen beiden hätte mindestens die Schweinegrippe, wenn nicht gar die Pest.

Während sie die Treppe hinunterraste, dachte sie noch kurz darüber nach, aber als sie Sekunden später zu ihrem Assistenten Ben in den Dienstwagen stieg, rückten die Schwierigkeiten mit Melanie in den Hintergrund.

Jochen Umlauf war seit über einer Woche tot. Die Spurensicherung war bereits an der Arbeit, ein Polizeifotograf fotografierte die Leiche aus allen Blickwinkeln, Ben machte sich Notizen, und Susanne selbst stand konzentriert und selbstversunken vor dem Toten und versuchte sich jedes Detail so genau wie möglich einzuprägen. Den ersten Eindruck von einem Mordopfer wollte sie immer parat haben, in ihrer Erinnerung verfügbar wie eine Fotografie, die man jederzeit aus der Tasche ziehen konnte.

Das nackte Opfer war mit haushaltsüblicher dicker Schnur, die normalerweise zum Verschnüren von Paketen gebraucht wurde, an Händen und Füßen ans Bett gefesselt, Arme und Beine gespreizt. Sein Mund stand weit offen, wie zu einem letzten Schrei.

Mammamia, dachte Susanne, was für ein schrecklicher Tod. Eine obszöne Szene, aber gleichzeitig auch so erschreckend banal und fantasielos. In unzähligen Filmen hatte sie schon ans Bett gefesselte Mordopfer gesehen. Auf Originalität legte dieser Mörder offensichtlich keinen Wert.

Ben trat neben sie und las vor, was er sich bisher notiert hatte. »Der Tote ist Jochen Umlauf, zweiundzwanzig Jahre alt, geboren in Stuttgart. Informatikstudent an der Technischen Universität, fünftes Semester. Ist aber erst seit einem halben Jahr in Berlin. Hat bis vor drei Wochen in einer WG in Prenzelberg gewohnt, dann ist er hier in diese Wohnung gezogen. Brieftasche, Papiere, etwas Geld – alles da. Ein Raubmord war es also wahrscheinlich nicht.«

»Ich kenne auch keine Raubmörder, die ihre Opfer nackt ans Bett fesseln«, bemerkte Susanne. »Sie hauen ihnen eins über die Rübe und fertig.«

»Hast ja recht«, meinte Ben leicht genervt.

»Bitte zieh los und beginn schon mal mit dem ganzen Befragungsmarathon. Nachbarn, Bekannte, Kommilitonen, Profs. Was war er für ein Typ, was hatte er für Gewohnheiten? Was war besonders an ihm? Wie verbrachte er seine Freizeit? Hatte er eine Freundin? Einen Freund? Ist 'ne Menge Holz, ich weiß, also verlieren wir keine Zeit. Ich kümmere mich um die Familie.«

»Am Sonntag werd ich in der Uni nicht viel Erfolg haben.«

»Ach so, ja, dann mach das morgen. Dafür triffst du heute hier im Haus umso mehr Leute an.«

»In der Küche sitzt die Frau, die die Polizei alarmiert hat, und heult Rotz und Schnute. Loni Maier. Dürfte so um die siebzig sein.«

»Gut. Dann tröste sie und zieh ihr die Würmer aus der Nase. Vielleicht erzählt sie dir ja auch gern und ganz freiwillig was. Man weiß ja nie.«

Ben nickte und verschwand in Richtung Küche.

Susanne spürte, dass ihr die Situation ziemlich an die Nieren ging. Vielleicht lag es auch an dem widerlich stechenden Verwesungsgeruch, an den sie sich nie gewöhnen würde. Früher hatte sie immer gedacht, nur alte Menschen wären einsam, aber jetzt lagen auch schon blutjunge Männer tagelang tot in ihren Wohnungen, ohne dass sich jemand Sorgen um sie machte und sie vermisste.

Sie sprach den Pathologen an. »Können Sie mir schon was verraten?«

Dr. Schacht sah auf. »Nicht viel. Aber mit großer Wahrscheinlichkeit ist er erdrosselt worden.«

»Womit?«

»Keine Ahnung. Wir haben hier nichts gefunden, was der Täter als Tatwaffe benutzt haben könnte. Eine Schnur war es jedenfalls nicht, das würde am Hals scharfe Einschnitte und Verletzungen hinterlassen. Eher ein Schal, ein Seidenstrumpf oder so ähnlich.«

»Also hat der Täter sein Mordwerkzeug mit nach Hause genommen. Als hübsche Erinnerung.«

»So ist es.«

»Und wie lange liegt er schon hier?«

»Eine Woche bestimmt. Vielleicht auch zehn Tage. So genau weiß ich das jetzt noch nicht.«

»Wann bekomme ich den Bericht?«

»Übermorgen.«

»Danke, Doktor.«

»Ach noch etwas, Frau Knauer!«

»Ja?«

Dr. Schacht grinste. »Wir haben haufenweise DNA-Spuren gefunden, können geradezu darin baden. Haare, Hautpartikel, Sperma und Blut. Alles was das Herz begehrt. Es scheint den Täter überhaupt nicht zu stören, dass er uns in zigfacher Ausfertigung seinen genetischen Fingerabdruck überlassen hat.«

»Das lässt sich bei einem Sexualmord natürlich auch schwer vermeiden.«

»Stimmt. Aber ich schätze, die Datei mit den bekannten Sexualstraftätern können wir knicken. Da wird er nicht drinstehen, sonst könnten Sie ihn übermorgen schon besuchen.«

»Wie schön. Ein unbeschriebenes Blatt also.« Susanne lächelte bitter. »Ein braver Bürger, einer wie du und ich. Wunderbar.«

Dr. Schacht streifte seine Handschuhe ab. »Genau. Ich bin genauso begeistert wie Sie.«

Susanne blieb noch eine Weile vor dem Bett stehen und studierte das Gesicht der Leiche. Es war eingefallen und erschien fast hager, obwohl der Mann kein schmales Gesicht gehabt hatte, die Haut wirkte ledern und hatte ein abstoßendes, schmutziges Grau.

Auf dem Wohnzimmertisch lag Jochens Brieftasche. Sie zog sich Handschuhe über und sah sich den Inhalt ganz genau an. Personalausweis mit einem Bild, auf dem er noch längere Haare hatte, ein drei Jahre alter Führerschein, zwei Kreditkarten, Karte der Barmer Ersatzkasse, ein kleiner Plastikkalender vom vergangenen Jahr, ein Babyfoto. Wahrscheinlich er selbst. Zwei Fünfziger, ein Zwanziger und ein Fünfeuroschein, drei Euro siebzehn in Münzen. Ansonsten keine weiteren Fotos, keine persönlichen Notizen, Merkzettel, Briefchen, Quittungen oder Ähnliches. Susanne hatte selten eine so dünne, übersichtliche und aufgeräumte Brieftasche gesehen.

Sie schob sie zurück in den Plastikbeutel.

Die Spurensicherung war mit ihrer Arbeit fertig, Jochen Umlauf wurde in einen grauen Kunststoffsarg gelegt und abtransportiert.

Stumm stand sie da und sah den Männern hinterher, die den Sarg aus der Wohnung trugen. Der Tote könnte ihr Sohn sein.

Irgendwo, wahrscheinlich in Stuttgart, wohnten seine Eltern und hatten keine Ahnung davon, was ihr Sohn in Berlin tat und mit wem er seine Zeit verbrachte. Mit großer Wahrscheinlichkeit war ihr Sohn schwul, und eventuell wussten sie das nicht. Denn vielleicht war er nach Berlin gezogen, um unbeobachteter und anonymer leben zu können.

Sie musste sich unbedingt demnächst mit ihnen in Verbindung setzen.

Als sie aus dem Haus ging und ins Auto stieg, überlegte sie, was sie eigentlich von ihrer Tochter wusste. Im Grunde nicht viel. Melanie war siebzehn, ging in die zwölfte Klasse und pulte jeden Morgen beim Frühstück demonstrativ die Pille aus der Plastikfolie. Und hin und wieder stellte sie Fragen wie: »Ist heute wirklich Dienstag?« Darauf erwartete sie zwar keine Antwort, war sich aber der Aufmerksamkeit ihrer Mutter sicher, wenn sie die Tablette einwarf und schluckte, während sie den Kopf in den Nacken schleuderte.

Melanie hatte keinen festen Freund, sondern präsentierte alle drei bis vier Wochen einen neuen Favoriten, den sie »unglaublich süß« fand. Susanne kaufte ihr Kondome, redete sich den Mund fusselig über die Gefährlichkeit von Aids und erntete als Kommentar von Melanie nur entnervtes Stöhnen und verdrehte Augen.

Und siedend heiß wurde ihr klar, dass sie nicht den blassesten Schimmer hatte, mit wem ihre Tochter ins Bett stieg. Manchmal versuchte sie sich den Akt vorzustellen, aber es war fast unmöglich. Allein der Gedanke daran war absurd und beängstigend zugleich. Also verdrängte sie ihn wieder.

Beim Blick auf die Leiche hatte sie kurz gedacht: Gott sei Dank habe ich keinen Sohn, aber wenn sie ganz ehrlich war, konnte sie nicht davon ausgehen, dass ihre Tochter romantisch und unschuldig unter der Bettdecke kuschelte. Wer weiß, welche Spielarten sie schon ausprobiert hatte, und auch bei ihr bestand die Gefahr, dass sie irgendwann einmal an den Falschen geriet, der ihr die Luft zum Leben nahm.

Susanne schüttelte sich. Obwohl es ein warmer Tag war, fröstelte sie.

Kurz vor dem Präsidium drehte sie um und beschloss, noch einmal kurz nach Hause zu fahren. Nur auf einen Kaffee.

Sie hatte unglaubliche Sehnsucht danach, Melanie in den Arm zu nehmen, um sich zu vergewissern, dass alles gut war und gut bleiben würde.

8

Matthias war am Montagmorgen bereits um acht aufgestanden, um dabei zu sein, wenn seine Mutter in die Reha verlegt wurde. Mit einer Computertomografie war eindeutig festgestellt worden, dass sie einen Gehirninfarkt erlitten hatte, der einige Teile des Gehirns zerstört hatte. Dennoch war es möglich, dass andere Teile des Gehirns lernten, die eine oder andere Funktion mit zu übernehmen. Eine Besserung war langfristig also durchaus denkbar.

Henriette war nur eine Woche in der Klinik geblieben und hatte hier im Sanatorium ein Einzelzimmer bekommen, das sich von einem gewöhnlichen Krankenhauszimmer kaum unterschied. Klein und blass saß sie in einem Rollstuhl am Fenster und blickte hinaus in den Park, aber Matthias war sich nicht sicher, ob sie überhaupt etwas sah, überhaupt etwas wahrnahm.

»Wie geht's dir, Mama?«

Fast bildete er sich ein, sie hätte kaum merklich genickt.

Laufen konnte sie nicht, sprechen auch nicht, und ihm war nicht klar, ob sie überhaupt in der Lage war, den Rollstuhl vorwärtszurollen. Sie bewegte sich ja gar nicht.

Er nahm ihre Hand, streichelte ihre Finger, aber nichts passierte. Auch einen leichten Händedruck erwiderte sie nicht.

Unschlüssig stand er im Zimmer herum und wusste nichts mit ihr und nichts mit sich anzufangen. Verlorene Zeit. Was sollte er mit ihr machen, wenn sie nicht reagierte? Vielleicht war sie in einer ganz anderen Welt, und seine Bemühungen waren letztendlich alle für die Katz. Mit Grausen dachte er daran, dass er sie jetzt regelmäßig besuchen musste. Erst die lange Fahrt und dann das Rumstehen in diesem Zimmer. Was für ein Zeitaufwand und völlig ineffektiv. Sie konnte ja nicht mit ihm reden, ihm nicht helfen, ihm keinen Rat geben, sie saß nur da wie tot.

Für Matthias war ihr Zustand schlimmer als tot, denn obwohl sie kaum noch vorhanden war, nahm sie ihn in die Pflicht.

Was für eine grässliche Situation! Und je mehr er darüber nachdachte, umso wütender wurde er.

»Tschüss, Mama«, sagte er schließlich und strich ihr übers Haar. »Lass es dir gut gehen, ich komme bald wieder.«

Sie sah ihn noch nicht einmal an, und er floh aus dem Zimmer.

Auf dem Flur sprach er eine Pflegerin an, die mit einem Wäschewagen unterwegs war.

»Was passiert jetzt mit meiner Mutter?«
»Wie heißt sie?«
»Henriette von Steinfeld. Zimmer 4a.«
»Ah ja. Nun, Sie müssen Geduld haben. Die Sprach- und Physiotherapeuten werden sich alle erdenkliche Mühe geben und mit ihr üben, aber erst in ein paar Wochen werden wir wissen, ob eventuell verloren gegangene Funktionen wieder aktiviert werden können. Doch darüber und über alles Weitere sprechen Sie wohl besser mit Dr. Born.«

Er hatte keine Lust, jetzt auf einen Arzt zu warten, um vielleicht fünf Minuten mit ihm zu reden. Er wollte nur noch weg.

»Sie hat eine Klingel auf dem Schoß. Aber ich weiß nicht, ob sie auch in der Lage ist, zu drücken, wenn sie irgendetwas braucht.«

»Machen Sie sich keine Sorgen. Wir schauen regelmäßig nach ihr.«

»Danke, Schwester.«

Mit zügigen Schritten verließ er die Klinik.

Während der Autofahrt ins Büro beruhigte er sich, und es gelang ihm sogar, seine Mutter in der Klinik zu vergessen. Stattdessen dachte er an Jochen Umlauf und musste lächeln. Er war nicht gerade ein Adonis, aber richtig süß gewesen. Ganz lieb und gefügig und hatte alles getan, was Matthias wollte. Ohne Murren und ohne Argwohn. Es hatte ihm sogar Spaß gemacht.

Matthias musste anhalten. Die Erinnerung brachte ihn dermaßen aus der Fassung, dass er nicht weiterfahren konnte. Noch nie hatte er etwas Derartiges erlebt, es war das Größte und Gewaltigste, was ein Mensch überhaupt erfahren konnte. Eine ganz neue Welt hatte sich ihm eröffnet, eine, die er nicht mehr missen wollte.

Die Lust, die sich in Jochens Gesicht in Schmerz verwandelte, war grandios. Er allein hatte es in der Hand, konnte das eine oder andere intensivieren. Er spielte mit Jochens Empfindungen wie auf einem Instrument. Der fremde junge Mann, der sich ihm völlig ausgeliefert hatte, war in seiner Gewalt. Das war an sich noch nichts Neues, das hatte er schon oft erlebt, aber der Gedanke, der ihm dann kam, war neu, und er zitterte vor Aufregung.

Bisher hatte er seine Bekanntschaften immer gehen lassen. Die Liebesnacht war vorbei, man trennte sich und sah sich in fast allen Fällen nie wieder. Aber diesmal nicht, dachte er, diesmal werde ich ihn behalten, es steht in meiner Macht, ihn zu töten, und ich werde es tun.

Als er begann, den Seidenschal um Jochens Hals zu legen und zuzuziehen, war die Angst, die sich nun in dessen

Zügen spiegelte, noch wunderbarer als der Schmerz. Er konnte das existenziellste Gefühl beobachten, zu dem ein Mensch überhaupt fähig war, und er konnte sich daran nicht sattsehen. Jochen kämpfte, und seine Todesangst war phänomenal. Immer wieder lockerte Matthias den Zug um seinen Hals, um es wieder und wieder mit anzusehen, bis er es selber nicht mehr aushielt. Jochens Augen quollen aus ihren Höhlen, seine Gesichtsfarbe war rötlich violett und erinnerte Matthias an ein Bild von Andy Warhol.

Jochens gesamter Körper verkrampfte sich, es war ein einziger Schrei nach Leben, aber er hatte keine Chance, weil Matthias es nicht wollte. Sein Leben erlosch in dem Moment, als Matthias zum Orgasmus kam. Er genoss diesen unvorstellbaren Rausch, und seine explodierenden Sinne öffneten den Blick auf ein neues, ganz anderes, glücklicheres Leben.

Es dauerte Minuten, bis er begriff, dass alles vorbei war. Jochen war tot, und er konnte nichts mehr für ihn tun. Er band ihn nicht los, bedeckte ihn nicht und war davon überzeugt, dass Jochen einen wunderbaren Tod gestorben war. Den Seidenschal nahm er mit, ansonsten ließ er in Jochens Wohnung alles, wie es war, machte sich auch nicht die Mühe, Fingerabdrücke abzuwischen. Putzen war nicht seine Welt, und mit seinen Fingerabdrücken oder seiner DNA konnte niemand etwas anfangen. Er war noch nie auffällig geworden, existierte in keiner Datei der Polizei.

Ganz leicht und selig verließ er das Haus, in dem Jochen gewohnt hatte. Ohne schlechtes Gewissen und ohne Sorgen. Das Leben war einfach großartig.

Matthias startete den Wagen. Er war in Hochstimmung, pfiff leise vor sich hin und fuhr direkt ins Büro.

9

Stuttgart, Juni 2009

Frau Umlauf stand mitten in ihrem Wohnzimmer, deren Wände sie in einem leichten Orangeton gestrichen hatte, um etwas Farbe in ihre trostlose Neubauwohnung im dritten Stock eines Hochhauses am Rande Stuttgarts zu bringen. Vor dem großen Fenster hingen Gardinen, die absichtlich gekürzt waren, um auf dem Fensterbrett Platz für kleine Topfpflanzen zu lassen, robuste dickblättrige Gewächse, die die trockene Heizungsluft im Winter ertragen konnten. Sie stand auf den anderthalb Quadratmetern zwischen Esstisch und Couchgarnitur und hatte das Gefühl, nie mehr im Leben einen Schritt machen zu können.

Vor knapp zehn Minuten waren die beiden Polizisten gegangen. Ein Mann und eine Frau. Sie waren sehr freundlich gewesen, hatten ihr so schonend wie möglich versucht beizubringen, dass Jochen tot war, und die Frau hatte die ganze Zeit ihre Hand gehalten, was sie als unangenehm empfunden hatte. Sie sollten sie alle in Ruhe lassen und verschwinden, damit sie das, was sie eben gehört hatte, so schnell wie möglich wieder vergessen konnte. Albträume wurde man am besten los, wenn man an etwas völlig anderes dachte.

Jochen. Ihr intelligentes Kind, das es bis auf die Uni geschafft hatte. Ihr ganzer Stolz. Jochen gab ihrem Leben einen Sinn, und in den letzten Wochen hatte sie schon manchmal überlegt, ob sie nicht nach Berlin ziehen und sich dort eine Stelle suchen sollte, um in seiner Nähe zu sein und wenigstens Sonntagmittag mit ihm essen zu können. Schließlich gab es in Berlin genug Altersheime, in denen sie arbeiten konnte.

Und nun kamen diese beiden Menschen und machten alles zunichte. Sie hatten Uniformen angehabt und sich ausgewiesen, aber das musste nichts bedeuten. Heutzutage konnte man alles fälschen, und es gab viele Menschen, die an solch makabren Scherzen Gefallen fanden. Sie überlegte, ob sie die beiden irgendwann allein gelassen hatte. Dann hätten sie Zeit gehabt, ihren Wohnzimmerschrank zu durchsuchen. In der zweiten Schublade links, direkt hinter den Rommékarten, war eine alte Zigarrenkiste mit ihren Ersparnissen.

Als ihr das einfiel, stürzte sie zum Schrank, fiel auf die Knie, riss die Schublade auf, suchte mit zitternden Händen nach der Zigarrenkiste in der hintersten Ecke, fand sie und klappte sie auf. Das Geld war noch da. Sie zählte fahrig und musste dreimal von vorn anfangen, weil sie sich verzählt hatte. Zweitausendachthundertneunzig Euro. Es stimmte haargenau. Sie kannte die Summe, weil sie seit zwei Monaten darauf wartete, die dreitausend voll zu machen, aber bisher war ihr das noch nicht gelungen. Erst vor drei Tagen war ihr Staubsauger kaputtgegangen, und sie hatte einen neuen kaufen müssen.

Zur Bank brachte sie ihre Ersparnisse grundsätzlich nicht. Wie leicht konnte sie ihren Job verlieren, und dann nahm ihr der Staat alles weg. Was auf dem Konto lag, war verloren. Da erschien ihr die Zigarrenkiste wesentlich sicherer.

Sie legte das Geld zurück und setzte sich auf den Boden. Ganz allmählich begriff sie. Man hatte sie nicht bestohlen. Die Polizisten waren echt gewesen. Sie hatten gesagt, Jochen ist tot. War tot aufgefunden worden. In seiner Wohnung in Berlin. Was genau geschehen war, konnten sie jetzt noch nicht sagen.

Sie wusste nicht, was sie machen sollte.

Noch einmal nahm sie die Zigarrenkiste zur Hand und steckte das gesamte Geld in die Tasche ihrer Kittelschürze. Dann stand sie mühsam auf.

Im Flur stopfte sie das Geld in ihre Handtasche, zog ihre Kittelschürze aus, ging ins Schlafzimmer, um sich Rock und Bluse anzuziehen, schlüpfte in ausgetretene Straßenschuhe, nahm ihre Schlüssel und verließ die Wohnung.

Es musste Jahre her sein, dass sie das letzte Mal in einem Reisebüro gewesen war.

Berlin, Juni 2009

Bereits am nächsten Morgen um Punkt neun Uhr kam Frau Umlauf ins Polizeipräsidium und verlangte den Kommissar zu sprechen.

Susanne bat sie sofort ins Büro. Vor ihr stand eine blasse, stark übergewichtige Frau mit herausgewachsener Dauerwelle und unbeholfen geschminkten Augen. Die Haare auf dem Hinterkopf waren platt gedrückt, als hätte sie sie morgens nach dem Aufstehen noch nicht einmal durchgekämmt.

»Bitte setzen Sie sich«, begann Susanne. »Möchten Sie einen Kaffee?«

»Ja. Bitte.«

»Wo haben Sie übernachtet?«, fragte Susanne freundlich.

»Im Zug. Ich bin nachts gefahren.«

»Ah ja.« Susanne reichte ihr einen Becher Kaffee. »Milch?«
»Ein bisschen.«
Frau Umlauf goss die Milch direkt aus der Tüte mit Schwung in ihren Kaffee und trank hastig.

»Das, was passiert ist, tut mir unendlich leid, Frau Umlauf«, begann Susanne Knauer und beobachtete Ellen Umlauf genau. Sie konnte sie schlecht einschätzen. Auf der einen Seite erschien sie ihr gefasst und reserviert, fast ein wenig feindselig – auf der anderen Seite war es auch möglich, dass die Frau völlig unvermittelt in Tränen ausbrechen könnte.

Ellen schniefte geräuschvoll. »Kann ich ihn sehen?«, fragte sie. »Wenn ich ihn nicht mit eigenen Augen gesehen habe, kann ich nicht glauben, dass er tot ist.«

Susanne nickte. »Ja, das können Sie. Ich denke, heute Nachmittag wird die Pathologie so weit sein. Bitte, Frau Umlauf, erzählen Sie mir etwas über Jochen und über sich selbst. Sie leben allein?«

»Ja. Mein Mann ist vor fünf Jahren an Krebs gestorben. Jochen ist ein Jahr später mit einem Freund zusammengezogen.«

»Können Sie mir den Namen sagen?«

»Bernd Rollert. War ein netter Junge.«

Susanne notierte sich den Namen. »Wohnt Bernd Rollert immer noch in Stuttgart?«

»Kann sein. Wohlfahrtstraße sechsundzwanzig. Das ist da, wo er mit Jochen gewohnt hat.«

»Gut. – Wovon leben Sie, Frau Umlauf?«

»Ich bin Altenpflegerin. Und Jochen bekommt Bafög. Es reicht gerade mal so.«

»Dürfte ich mal ganz kurz Ihren Ausweis sehen?«

»Ja, klar. Warum nicht.« Ellen reichte ihn ihr, und Susanne sah auf das Geburtsdatum. Ellen Umlauf war neunundvierzig Jahre alt, sah aber aus wie fünfundsechzig.

»Was hatte Ihr Sohn für Freunde? War er beliebt?«

»Natürlich war er beliebt! Er war halt nur ein bisschen schüchtern.«

»Frau Umlauf, kann es sein, dass Ihr Sohn homosexuell war?«, fragte Susanne so behutsam wie möglich.

»Wie bitte?« Ein Ruck ging durch Ellens Körper, als hätte sie sich im letzten Moment selbst daran gehindert aufzuspringen. Ihre Wangen glühten. »Wie kommen Sie denn darauf?«

»Unsere Ermittlungen gehen in diese Richtung.«

Ellen saß einen Moment ganz still da und sagte gar nichts. Ihre Augen wanderten unruhig von rechts nach links, aber Susanne glaubte nicht, dass sie im Zimmer irgendetwas bewusst wahrnahm. Schließlich trank sie ihren Kaffee aus und meinte mit schleppender Stimme: »Erzählen Sie mir nichts! Ich arbeite auf einer Pflegestation. Das ist kein Zuckerschlecken, da geht's zur Sache. Ich füttere und wickle die Leute, stecke ihnen die Tabletten in die Leberwurst, damit sie sie runterschlucken, und ich weiß, wie sie aussehen, wenn für immer Feierabend ist. Ich bin so leicht nicht zu erschüttern, glauben Sie mir. Und ich sehe jedem an der Nasenspitze an, wenn er schwul ist. Diese Typen sind nämlich auch mit fünfundachtzig noch schwul. Aber mein Jochen? Niemals!«

»Frau Umlauf, vertraute sich Ihr Sohn Ihnen an, wenn er Probleme hatte?«

»Ob er sich mir anvertraute?« Sie überlegte. »Ich würde mal sagen, er wäre bestimmt zu mir gekommen und hätte gesagt: ›Übrigens, Mama, ich bin schwul. Das ist nun mal so, auch wenn du dich auf den Kopf stellst.‹ So was in der Art hätte er bestimmt gesagt. Hat er aber nicht.«

»Und wie hätten Sie in so einem Fall reagiert?«

»Keine Ahnung. Weiß ich wirklich nicht. Vielleicht wäre ich ausgerastet. Vielleicht auch nicht.«

»Wieso?«

Ellen zuckte die Achseln. »Sein Vater würde sich im Grabe umdrehen.«

Susanne sagte nichts dazu, aber es erschien ihr nicht sehr wahrscheinlich, dass Ellen nicht zumindest geahnt hatte, was mit ihrem Sohn los war. Anscheinend hatte sie es total verdrängt. Sie wollte einen normalen Sohn, also hatte sie einen normalen Sohn. Vor allem anderen verschloss sie die Augen.

»Bitte erzählen Sie mir, was genau passiert ist!«, bat Ellen Umlauf leise. »Die Kollegen in Stuttgart haben so gut wie gar nichts gesagt.«

Das war genau die Frage, die Susanne befürchtet hatte. Sie sah in den Augen der Mutter, wie sehr sie hoffte, dass Susanne ihr bestätigte, dass der Tod schnell und schmerzlos gekommen war.

Susanne wusste nicht, was sie sagen sollte. Am liebsten hätte sie gelogen, dass sich die Balken bogen, aber das konnte sie nicht. Irgendwann würde Jochens Mutter ja doch die Wahrheit erfahren.

»Er ist im Bett gestorben, Frau Umlauf. Und er hatte sich mit einem Mann eingelassen. Er hielt ihn für seinen Geliebten, aber es war sein Mörder. Ich nehme an, dass er wusste, was er tat. Er ließ sich freiwillig auf sexuelle Experimente ein, und sehr wahrscheinlich hat es ihm auch gefallen. Jedenfalls bis zu einem gewissen Punkt. Bis zum *point of no return*. Da ist das Ganze aus dem Ruder gelaufen, und der andere hat die Kontrolle verloren oder es ganz bewusst übertrieben. Es war ein Unfall oder ein Mord. Genau wissen wir das noch nicht.«

Ellen Umlauf sah aus, als hätte sie kein Wort verstanden. »Hat er gelitten?«

»Ich glaube nicht.« Dabei wusste Susanne ganz genau, dass sexuell motivierte Mörder den Todeskampf ihres Opfers so lange wie möglich hinauszögerten und sich daran ergötzten. »Was hatten Sie denn für ein Verhältnis zu Ihrem Sohn?«

»Ich weiß es nicht. Kann das schwer beschreiben.« Ellen starrte auf ihre Finger und riss sich die Nagelhaut von ihrem Daumen in Fetzen, bis es blutete. »Er war immer sehr freundlich, sehr liebevoll. Einfach ein netter Junge. Ganz normal eben.«

Sie stand auf, lutschte an ihrem Daumen und ging ans Fenster. Jetzt erst bemerkte sie die Straßengeräusche, die bis ins Büro drangen.

»Bitte, fahren Sie mich endlich in die Pathologie. Ich habe das Gefühl, er wartet auf mich.«

Susanne nickte.

10

Sein Handy steckte hinten in seiner Jeans und klingelte um Viertel nach zehn, zur denkbar ungünstigsten Zeit. Über dem Herd klemmten die Bons, es waren noch fünfzehn abzuarbeiten, auf dem Herd hatte er achtzehn Pfannen gleichzeitig in Betrieb. Sein Schweiß tropfte in den Gemüsefond, aber es störte ihn nicht, das heißt, er konnte es einfach nicht verhindern.

»Mach hinne, du Arschloch!«, brüllte sein Souschef. »Wir müssen schicken. Na los, schlaf nich ein, du Wichser!«

»Halt die Fresse!«, schrie er zurück.

Er arbeitete wie eine Maschine unter Hochdruck, mittlerweile seit zwölf Stunden. Gegessen hatte er heute noch nichts, nur drei Bier getrunken, aber die hatten seinen Durst nicht gestillt, sondern waren in seinem überhitzten Körper sofort verdampft. In seinen Schlafen spürte er, wie sein Herz raste. Er konnte einfach nicht mehr, arbeitete aber dennoch weiter, ohne Pause.

Und in dieser Situation klingelte jetzt auch noch das verdammte Telefon. Er verfluchte sich selbst, dass er es überhaupt eingesteckt hatte. Normalerweise ließ er es zu Hause und schaltete es auch nur selten an, aber Leyla hatte ihn darum gebeten. Und so hatte er sich eben breitschlagen lassen.

Während er sein Handy hektisch aus der Hosentasche zog und sich meldete, konnte er sehen, wie die Spargelspitzen im heißen Fett verbrannten.

»Alex«, flüsterte Leyla, und ihre Stimme bebte. »Wir können uns heute Nacht nicht sehen. Ich glaube, mein Vater hat was gemerkt, wir müssen jetzt verdammt vorsichtig sein, sonst schlägt er dich tot!«

»Okay.«

»Ich finde das gar nicht okay.«

»Ja, hab schon kapiert. Aber ich kann jetzt einfach nicht telefonieren.«

»Ich ruf dich wieder an«, sagte sie und legte auf.

»Kommst du bald zu dir, du Pisser?«, brüllte der Souschef. »Steht der hier dämlich rum und quatscht mit seiner Tusse! Der ganze Laden wartet auf dich!«

Souschef Jürgen grapschte dreist in die Dekoration, die Alex gerade auf einem Teller drapierte, fraß sie auf und wandte sich ab.

Was für ein Scheißkerl, dachte Alex, der soll bloß aufpassen! Wenn ich den allein erwische, schlage ich ihm die Zähne aus.

Er arbeitete noch weitere vier Stunden auf Hochtouren und hatte tatsächlich nach sechzehn Stunden Feierabend.

Als er vor dem noblen Fünf-Sterne-Hotel auf der Straße stand, in dessen Küche es schlimmer zuging als in einer dreckigen Stampe, überlegte er, was er jetzt tun sollte. Auf seine unaufgeräumte, leere Wohnung hatte er keine Lust, außerdem war der Kühlschrank leer.

Er schlenderte durch die Straßen und warf einen kurzen Blick in seine Brieftasche. Vierzig Euro und ein paar Münzen. Damit konnte er heute Nacht keine großen Sprünge machen.

Im Bahnhof Zoo kaufte er sich einen Maxi-Döner, den er heißhungrig verschlang. Dazu trank er zwei große Bier und fühlte sich schon ein bisschen besser. Vielleicht besorgte er sich auch einfach nur bei der nächsten Tanke zwei Sixpacks und haute sich zu Hause in seinem Loft vor die Glotze. So wie immer.

Morgens um acht klingelte bei Matthias das Telefon.
Er war sofort hellwach. Es ist was mit meiner Mutter, dachte er sofort und zitterte so, als er die Annahmetaste auf dem schnurlosen Telefon drücken wollte, dass er das Gespräch aus Versehen wegklickte. Während er noch überlegte, wo er die Nummer der Klinik aufgeschrieben hatte, klingelte es erneut.
»Ja! Matthias von Steinfeld.«
»Hallo, Matthias, hier ist Thilda.«
»Bist du verrückt, mich um diese Zeit anzurufen?«, polterte Matthias augenblicklich los.
»Vielleicht hörst du mir erst mal zu, bevor du mich anschreist.«
Thilda war seine Exfrau. Sie hatten sich vor zehn Jahren scheiden lassen, und ihr Kontakt beschränkte sich auf absolut notwendige Telefonate oder ein gemeinsames Kaffeetrinken am Heiligen Abend, Oma zuliebe.
»Also?«
»Ich bin bei Alex. Man hat ihn zusammengeschlagen. Er ist verletzt, weigert sich aber, ins Krankenhaus zu fahren. Vielleicht kannst du ihn überreden?«
»Wer hat ihn zusammengeschlagen?«
»Keine Ahnung. Frag ihn selbst.«
»Ich komme sofort.«
Matthias legte auf und sprang aus dem Bett in die Sachen, die er schon am Vortag getragen hatte. Auch die Schuhe

waren nicht geputzt, aber in dieser Situation war ihm alles egal. Mit welchem Abschaum hat Alex sich jetzt bloß wieder eingelassen? Seine Gedanken hämmerten. Lass es nicht so schlimm sein, lass ihn wieder gesund werden, bitte.

Im Bad spülte er sich nur kurz den Mund aus, benutzte die Toilette, verzichtete auf den Kaffee, klemmte sich aber eine Flasche des besonderen Mineralwassers unter den Arm und verließ das Haus.

Alex lag auf einer Matratze auf dem Boden, dem Fernseher gegenüber. Thilda kniete neben ihm und wusch ihm das Blut vom Gesicht. Die Lippe war aufgeplatzt, und die Augen waren zugeschwollen. Das gesamte Bettzeug war voller Blut, auf der Stirn hatte er eine Platzwunde, die sich über den Haaransatz hinaus bis zur Mitte des Schädels weiter fortsetzte.

Er lag völlig apathisch da.

»Du lieber Himmel«, sagte Matthias als Erstes. »Du siehst ja fürchterlich aus!«

»Einen Schneide- und einen Eckzahn haben sie ihm auch ausgeschlagen, und die Kopfwunde müsste dringend genäht werden«, meinte Thilda. Sie machte einen unglaublich gefassten Eindruck, was Matthias wunderte, da sie bei allem, was Alex betraf, zur Hysterie neigte.

Alex versuchte unter Schmerzen, den Kopf zu schütteln.

»Du behältst sonst eine schreckliche Narbe zurück, die dich völlig entstellen wird. Sei doch nicht so dumm!«

»Scheiß was drauf«, presste Alex mühsam heraus.

Matthias sah sich um. Er war monatelang nicht im Loft gewesen. Mehrmals hatte er ihn angerufen und gebeten, kommen zu dürfen, aber Alex hatte immer abgelehnt.

»Es geht nicht«, hatte er jedes Mal knapp gesagt. »Ausgeschlossen.«

»Warum nicht?«
»Weil ich es nicht will. Außerdem ist nicht aufgeräumt.«
»Das stört mich nicht.«
»Aber mich.«
»Warum räumst du dann nicht auf?«

Alex beendete das Gespräch mit einem Stöhnen, und Matthias fragte sich, ob sein vierundzwanzigjähriger Sohn jemals aus der Pubertät herauskommen würde.

Vor zwei Jahren hatte er Alex das Loft gekauft, hatte es renoviert und Küche und Bad eingebaut. Alex war begeistert gewesen. Der Raum hatte knapp zweihundert Quadratmeter, beeindruckende hohe Fenster mit Bleiverglasung auf der gesamten Längsfront und eine Höhe von fünf Metern. Nur die offene Küche hatte Steinfliesen, überall sonst hatte Matthias Parkett verlegen lassen. Er hatte sich eingebildet, dass eine fantastische, außergewöhnliche Wohnung automatisch den Wunsch erwecken würde, sie zu genießen und in Ordnung zu halten – aber das Gegenteil war der Fall.

Das Loft sah mittlerweile aus wie eine Müllhalde, das Parkett war verdreckt, mit Flecken übersät und zerkratzt, und Alex war es gelungen, seine Wäsche, leere Flaschen, volle Aschenbecher, DVDs und CDs gleichmäßig über zweihundert Quadratmeter zu verteilen. Er fragte sich, ob sein Sohn überhaupt schon jemals aufgeräumt hatte, die wunderschönen Fenster waren jedenfalls in den zwei Jahren noch nie geputzt worden.

Im letzten halben Jahr hatte Matthias Alex nur zweimal gesehen, als dieser sich eher widerwillig zum Essen einladen ließ und wie immer sehr schweigsam war. Er antwortete höchstens mit Ja oder Nein und sagte ein paarmal: »Ansonsten gibt's bei mir nichts Neues.«

»Alex, bitte, sag uns, wer dich so zugerichtet hat.«

Alex schüttelte den Kopf.

»Du hast jede Menge Probleme am Hals, stimmt's?« Alex reagierte nicht, und Matthias überlegte, ob er seine Augen nicht öffnen wollte oder nicht konnte. »Wenn du uns nicht erzählst, was los ist, können wir dir auch nicht helfen.«

Alex schwieg.

»So kommen wir jetzt nicht weiter, Matthias.« Thilda wurde energisch. »Wir müssen ihn ins Krankenhaus bringen. Die Wunde muss genäht werden, da hilft alles nichts.« Sie beugte sich über Alex. »Und wenn du uns nicht sagen willst, was mit dir passiert ist – gut. Das ist deine Entscheidung, aber jetzt sei nicht so stur und komm mit. Im Krankenhaus wird dich keiner fragen, woher die Wunde stammt. Zumindest musst du ihnen nicht antworten. Aber wenn du dich hier weiter stur stellst, dann rufe ich die Polizei und mache eine Anzeige gegen unbekannt. Und dann kommt das Ganze ins Rollen. Das schwör ich dir. Denn die Polizei interessiert sich auf alle Fälle dafür, wer dich verprügelt hat.«

Alex erhob sich langsam und verzog dabei das Gesicht vor Schmerz. Jede Bewegung tat ihm weh, und er konnte nicht auftreten.

Matthias stützte ihn. Alex hüpfte mühsam neben ihm her und biss die Zähne zusammen.

11

Alexander schaltete ab. Er hing auf dem Rücksitz von Matthias' Porsche, den er zum Kotzen fand. Heute noch mehr als normalerweise. Für ihn war es ein reines Angeberauto, unpraktisch und unbequem dazu. Aber selbstverständlich kam für seinen Vater gar kein anderes Auto infrage. Er musste ja Eindruck schinden bei seinen Jünglingen, schließlich war er nicht mehr der Jüngste, und da blieb ihm nichts anderes übrig, als seinen schlaffen Hintern mit Reichtum wettzumachen.

Vorn im Wagen unterhielten sich seine Eltern leise, er machte sich gar nicht die Mühe zuzuhören, was sie sagten, wollte eigentlich nur seine Ruhe haben und endlich pennen. Er nahm es seiner Mutter übel, dass sie seinen Vater angerufen hatte. Das war ja wie im Kindergarten. Söhnchen hatte eine Schramme am Kopf, und schon versammelte sich die ganze liebe Familie. Sie konnten ihn alle mal kreuzweise.

Er hatte so einen Hass, so eine Wut im Bauch, dass er zu platzen glaubte. Leyla, die Schlampe, hatte ihn verraten. Niemals hätte er ihr das zugetraut. Wahrscheinlich hatte sie vor ihrem Vater mehr Schiss als Vaterlandsliebe, aber das war noch lange kein Grund.

Um vier hatte es an der Tür geklingelt. Er hörte es erst nach einer Weile, weil er sich mit Musik bedröhnte. Und er war bereits viel zu betrunken, um auf die Idee zu kommen, dass ein Besuch nachts um vier wahrscheinlich kein netter war. Nicht eine einzige Warnlampe blinkte in seinem alkoholdurchweichten Schädel, und so machte er die Tür einfach auf.

Vor ihm standen ein älterer und ein jüngerer Türke. Er kannte sie beide nicht, aber hatte sofort die böse Ahnung, dass der ältere, Kemal, Leylas Vater war. Und er hatte sich auch noch Verstärkung mitgebracht, einen Mann, der aussah wie ein Türsteher oder Kickboxer.

»Du bischt also Freund von meine Tochter.«

Kemals Begleiter gab Alex einen Stoß, sodass er zurücktaumelte. Die beiden Männer kamen herein, Alex selbst stand wie erstarrt da und wünschte sich, weniger Bier im Schädel zu haben, um schneller reagieren zu können. Denn jetzt war genau das eingetreten, was er befürchtet hatte, seit er Leyla kannte.

»Weißt du, bei uns ist das so: Erst du bischt meine Freund, dann von meine Tochter. Nischt umgekehrt, is nischt gut.«

»Ah ja«, meinte Alexander lammfromm und hoffte, dass es dennoch nicht zu aufmüpfig klang.

»Das hier isch meine Freund.« Er nahm seinen Kumpel in den Arm. »Salih. Beschte Freund der Welt. Macht, was isch will. Und fasst meine Tochter nischt an, stimmt's, Salih?«

Salih nickte, guckte dümmlich durch die Gegend und ließ provozierend seine Fingerknochen knacken.

»Aber du fasst meine Tochter an, du Dreckschwein!« Er warf Salih einen ganz kurzen Blick zu, und dieser ließ seine Faust in Alexanders Gesicht krachen.

Alexander war von dem plötzlichen Angriff total überrascht und ging zu Boden. Seine Augenbraue war aufgeplatzt, und das Blut lief ihm in die Augen.

»Lektion eins«, sagte Kemal kühl zu Salih.

Salih begann, auf den am Boden liegenden Alexander einzuprügeln und einzutreten. Kemal stand breitbeinig mit verschränkten Armen daneben und sah zu.

»Lektion zwei.«

Salih packte Alex am Sweatshirt, zog ihn hoch, drückte ihn gegen die Wand und boxte ihn in den Magen.

Alexander schmeckte Mengen von Blut in seinem Mund und spuckte es aus.

Zwei ausgeschlagene Zähne kullerten über das Parkett. Ungerührt befahl Kemal: »Lektion drei!«

Salih trat Alex mit voller Wucht gegen die Schienbeine.

Alex schrie und sackte erneut zusammen.

Kemal zog seinen Kopf hoch und sah ihm in die verschwollenen Augen. »Pass auf, mein lieber Freund, du wirst Leyla nicht wiedersehen, ist das klar?«

Alexander nickte schwach.

»Du triffst sie nicht, du siehst sie nicht, und du fasst sie nicht an. Kapiert?«

Er schlug Alexanders Kopf gegen die Wand, und Alexander hauchte: »Ja.«

»Lauter!«

»Ja!«, presste Alex mit letzter Kraft hervor.

»Hoffentlisch haben wir uns wirklisch verstanden. Sonst kommen wir wieder und schlagen disch tot.«

Damit ging er zur Tür. Salih folgte ihm. Sie ließen die Wohnungstür ins Schloss krachen.

Auf allen vieren kroch Alex zu seiner Matratze. Krampfhaft überlegte er, was er jetzt machen, wie er sich selbst retten könnte, aber ihm fiel nichts ein. In seinem Kopf drehte sich alles, und sein Körper war ein einziger großer Schmerz. Er konnte nicht sagen, was ihm am meisten wehtat, er hatte das Gefühl von unzähligen gebrochenen Knochen.

So blieb er erst einmal still liegen und bewegte sich nicht, um die Schmerzen einigermaßen zu ertragen.

Schließlich schlief er ein.

Als er erwachte, war es hell. Sein Bettzeug war blutverschmiert, als hätte man auf seiner Matratze ein Schwein geschlachtet. Er hob den Kopf ein wenig und konnte sehen, dass es zwanzig nach sieben war. Vorsichtig robbte er zum Telefon und rief seine Mutter an.

Zwei Stunden nachdem Matthias und Thilda ihren Sohn ins Krankenhaus gebracht hatten, waren seine Wunden versorgt und genäht. Beim Röntgen hatte man festgestellt, dass ein Schienbein an- und zwei Rippen gebrochen waren, außerdem hatte er mehrere Prellungen, Blutergüsse und zwei ausgeschlagene Zähne.

In zehn Tagen hatte er einen Termin beim Zahnarzt, um einen Abdruck machen zu lassen, damit ihm später unter Vollnarkose neue Schneidezähne implantiert werden konnten.

Eine Operation des Beines war nicht notwendig, es wurde gegipst, geschient und verbunden. Alex bekam ein Paar Krücken, und Matthias und Thilda brachten ihn wieder nach Hause. Unaufgefordert begann Thilda aufzuräumen, etwas, was Alex hasste.

Matthias drückte ihm ein Glas mit dem Wunder-Mineralwasser in die Hand.

»Trink das. Ich bin sicher, es hilft.«

»Und was ist das für 'n schwules Wasser?«

Matthias überhörte die Bemerkung. »Trink. Und dann erzähl uns endlich, was passiert ist. Jetzt kannst du ja ein bisschen besser reden.«

»Nach der Arbeit war ich noch mit einem Kumpel einen trinken.«

»Einen?«, fragte Thilda scharf.

»Soll ich reden oder doch lieber die Klappe halten?«

»Rede, bitte!«, beruhigte ihn Matthias.

»Okay, aber dann spart euch lieber diese arschigen Bemerkungen.«

Thilda presste die Lippen aufeinander.

»Und setz dich bitte hin, Mama, es macht mich wahnsinnig, wenn du in meinen Sachen rumwühlst.«

Thilda setzte sich und verschränkte demonstrativ die Hände vor der Brust.

»Wir haben in den Hackeschen Höfen einen kleinen Zug durch die Gemeinde gemacht. Und dann bin ich mit der letzten U-Bahn nach Hause gefahren. Ist ja tote Hose um die Zeit. Kein Mensch mehr unterwegs. Und da sind drei Typen gekommen und haben mich angemacht. Nach dem Motto: Ich soll mich verpissen, ich störe die Aussicht und sie würden mein Gesicht gern mal sehen, wie es aussieht, wenn 'ne U-Bahn drübergefahren ist. Da hatte ich ja Glück, dass keine mehr fuhr. Als sie das mitgekriegt haben, waren sie frustriert und wurden immer saurer. Ich hab versucht, sie zu beruhigen, aber sie wurden nur noch aggressiver. Und dann haben mich zwei festgehalten, und der Dritte hat mich zusammengeschlagen. War ein Schrank. Und irgendwann hatten sie keine Lust mehr und sind abgehauen. Ich hab es dann irgendwie geschafft, mich nach Hause zu schleppen, und bin eingepennt. Als ich aufgewacht bin, hab ich angerufen. Das ist alles.«

»Unglaublich! Da schlagen Typen wahllos irgendjemanden zusammen? Einfach nur so?« Thilda konnte es nicht fassen.

»Ja. Einfach nur so.«

»Gibt es da kein Überwachungsvideo, auf dem man die Typen erkennen kann?«

»Nein. In dem U-Bahnhof nicht. Vielleicht wussten die das.«

»Du musst unbedingt Anzeige erstatten«, meinte Matthias und hatte Lust auf eine Zigarette, zündete sich aber keine an.

»Ja, mach ich. Morgen vielleicht. Obwohl es nichts bringt. Ich kann die Typen nicht beschreiben, die sahen aus, wie alle aussehen. Baseballkappe, Bomberjacke und Jeans bis in die Kniekehlen. Ende. Ich kann noch nicht mal sagen, ob es Türken oder Deutsche waren. Denn ›Ej, Alter, isch mach disch alle‹ sagt ja mittlerweile jeder.«

»Ja, in deinen Kreisen.«

»Geht das schon wieder los, Mama!«

»Aber noch mal«, lenkte Matthias ein. »Ich bin immer noch der Meinung, dass du zur Polizei gehen solltest. Ob es nun was bringt oder nicht.«

»Na gut, wenn es dich glücklich macht, dann geh ich.«

Es war dieser Tonfall von Alex, den Matthias überhaupt nicht ausstehen konnte. Wahrscheinlich fiel es anderen Leuten nicht auf, aber er spürte es: Dieses leicht Süßliche, dieses Süffisante, manchmal noch unterstrichen durch einen leichten Augenaufschlag. Der fehlte heute, weil Alex' Augen zugeschwollen waren.

Er machte sich gern lustig über seinen Vater, und er verachtete ihn.

»Brauchst du noch irgendwas?«

»Ja.«

»Was?«

»Meine Ruhe.«

Thilda stand auf. »Okay, wir gehen. Aber mit dem Gipsbein kannst du dich ja kaum bewegen. Sollen wir für dich einkaufen?«

»Nein. Ich komm schon klar.«

Thilda seufzte. Alex war ein derartiger Sturkopf, dass man sich alle Zähne an ihm ausbeißen konnte. Für sie war das ganz schwer auszuhalten, denn durch sein ablehnendes Verhalten zwang er sie dazu, sich ständig Sorgen um ihn zu machen.

»Lass ihn«, meinte Matthias. »Wir können ja heute Abend mal telefonieren und hören, wie's ihm geht.«

»Tschüss«, sagte Alex leise und schloss die Augen.

Matthias und Thilda verließen das Loft.

Erst als Alex allein war und allmählich wieder klar denken konnte, wurde ihm klar, dass er einem erneuten Angriff von Leylas Vater jetzt vollkommen schutzlos ausgeliefert war.

12

Viola lag äußerst bequem auf ihrem Schreibtischstuhl, die Füße in den gefährlich hohen Sandalen auf dem Tisch, daneben ein Prosecco-Piccolo, und feilte sich die Fingernägel. Sie kippte vor Schreck fast vom Stuhl, als Matthias bereits um kurz vor elf das Büro betrat.

»Was ist denn mit dir los?«, stotterte sie, schwang die Beine zurück auf den Boden, nahm das gefüllte Sektglas in die Hand und versuchte es schnell verschwinden zu lassen, was ihr aber nicht gelang und auch nicht nötig war, denn Matthias hatte es längst bemerkt.

»Wieso bist du schon wach, ich meine, wieso bist du schon da, ist was passiert?«, fragte sie vorsichtig.

»Was wird denn hier gefeiert?« Matthias dachte nicht daran, Violas Frage zu beantworten, und spürte, dass er schlechte Laune bekam. »Hast du Geburtstag?«

»Nein!« Viola lachte künstlich. »Aber zu niedrigen Blutdruck. Der Sekt ist Medizin für mich, Chef!« Sie wippte mit dem Fuß und strahlte ihn an.

Aber auch darauf reagierte Matthias nicht. Nicht heute, nicht nach all dem, was geschehen war. Normalerweise kam er mit Viola glänzend klar. Sie war schön und naiv, tat, was man ihr sagte, und schien mit ihrem Job rundum zufrieden. Wenn er bei einer Veranstaltung eine Tischdame brauchte, nahm er sie mit. Bei diesen Gelegenheiten hielt sie sich im Hintergrund, lächelte unermüdlich und redete nicht dazwischen. Sie war absolut loyal, betrank sich nicht und konnte tanzen. Das alles wusste er zu schätzen. Zwar konnte man mit Viola keine tiefschürfenden Gespräche führen, aber er fühlte sich in ihrer Gegenwart nie unwohl oder gehemmt.

Insofern wollte er das Piccolöchen jetzt nicht zum Problem werden lassen, denn ihm war bewusst, dass er am liebsten seine schlechte Laune an ihr ausgelassen hätte. Also hielt er sich zurück.

»Was gibt's Neues, Viola?«

»Nichts. Aber vergiss den neuen Termin mit Hersfeld nicht. Um fünfzehn Uhr. Ich hab dir noch zwei weitere Projekte rausgesucht, die eventuell infrage kämen. Hier – guck sie dir mal an.« Sie schob ihm einige Exposés über den Tisch.

Matthias nickte. »Danke.« Er nahm die Papiere und ging in sein Büro.

Alex' Situation lastete schwer auf seiner Seele. Als er vor einer halben Stunde zusammen mit Thilda ziemlich verloren und verunsichert auf der Straße vor dem Loft stand, hätte er mit ihr gern noch einen Kaffee getrunken, um mehr über Alex zu erfahren, denn offensichtlich hatte sie mehr Kontakt zu ihm als er, aber sie lehnte ab.

»Du lieber Himmel, Matthias, wo denkst du hin?« Sie hatte ihn fassungslos angestarrt, als ob er sie gebeten hätte, mit ihm zum Mond zu fliegen oder nackt über den Ku'damm zu tanzen. »Es ist jetzt halb elf, und ich muss ins Geschäft! Wenn wir erst einmal zusammensitzen, werden ja doch zwei Stunden draus. Nein, bei aller Liebe, ein andermal gern, aber jetzt nicht. Ruf mich an, wenn du Lust hast, dann gehen wir zusammen essen.«

Matthias nickte stumm und wusste nicht, wohin mit sich, als sie in ihren Wagen gestiegen und mit Vollgas davongebraust war.

Also fuhr er ins Büro und nahm sich vor, in den nächsten Tagen mit Alex zu reden. So ging das alles nicht weiter.

Viola brachte ihm eine Tasse Kaffee ins Zimmer. Sie lächelte und registrierte, dass er sich die Exposés noch gar nicht angesehen hatte, er war mit seinen Gedanken ganz woanders. Sie ließ ihn in Ruhe, sprach ihn nicht an und ging leise hinaus. Wahrscheinlich war er doch noch nicht ganz wach.

Matthias wippte mit der Lehne seines Schreibtischstuhls und versuchte sich daran zu erinnern, ob er Thilda wirklich jemals geliebt hatte, oder hatte er es sich nur eingebildet? Er war in die Situation hineingerutscht wie in ein Sommergewitter, das man nicht vorhersehen konnte. Und der Gewittersturm brachte alles durcheinander, was er sich bis dahin von seinem Leben erträumt hatte. Ob es wirklich Liebe gewesen war, vermochte er nicht zu sagen. Liebe war nicht leicht zu erkennen. Ein vages Gefühl, das einem niemand erklären konnte.

13

Ende Juni 1984

»Bitte, Matthias«, sagte seine Mutter, als er vor mittlerweile fünfundzwanzig Jahren an einem kühlen Junimorgen zum Mittagessen im Esszimmer erschien, »könntest du mir einen großen Gefallen tun?«

Der Ton, in dem Henriette dies sagte, machte Matthias sofort klar, dass es keine Frage, sondern ein Befehl war. Wenn er ihrer Bitte nicht nachkam, würde sie wochenlang kein Wort mit ihm sprechen, da sie wusste, dass er das am allerwenigsten ertragen konnte.

»Sicher«, meinte er dumpf und fürchtete sich vor dem, was jetzt kommen würde.

»In acht Tagen, genauer gesagt am vierundzwanzigsten Juni, ist das jährliche Sommerfest auf Burg Lunden. Ich würde mich freuen, wenn du mich als mein Tischherr begleiten könntest. Übrigens habe ich für uns beide bereits zugesagt.« Sie lächelte.

Aha. Es war ein Scherz gewesen. Sie hatte es mal wieder furchtbar spannend gemacht und versucht ihn aufs Glatteis zu führen, denn im Grunde wusste sie ganz genau, dass er gern mitkam und sich dieses Fest nach Möglichkeit nicht entgehen ließ.

»Kein Problem, natürlich komme ich mit«, murmelte er erfreut. »Ist doch selbstverständlich. Aber ich brauche einen Smoking.«

»Wenn du willst, gehen wir morgen los und kaufen dir einen.« Henriette war zufrieden, und bevor sie aus dem Zimmer ging, küsste sie ihn schweigend auf die Stirn.

Acht Tage waren nicht viel, aber die Zeit reichte Matthias, um einen weinroten Mercedes 300 E anzumieten. Sein nagelneuer Smoking saß perfekt, und dann ließ er es sich nicht nehmen, das Abendkleid seiner Mutter zu kontrollieren. Er war zufrieden und fand sie wunderschön.

Gut eine Woche später fuhren sie im weinroten Mercedes auf Burg Lunden vor. Zwar besaß Matthias erst seit sieben Monaten einen Führerschein, aber er verzichtete darauf, einen Chauffeur zu organisieren, und lenkte den teuren Wagen selbst.

Matthias fühlte heftigen Stolz, als er versuchte, so schnell, mühelos und elegant wie möglich aus dem Auto auszusteigen, um seiner Mutter, die auf dem Rücksitz rechts saß, die Tür zu öffnen.

In diesem Moment hielt direkt hinter ihnen ein beigefarbener Bentley, und zwei junge Männer sprangen heraus. Der eine hatte sich sein blondes Haar mithilfe von Pomade streng nach hinten gekämmt, der andere war wesentlich rundlicher als sein Bruder und trug sein Haar millimeterkurz, sodass es fast wie eine Glatze wirkte.

»Matthias, alte Keule!«, brüllte der Blonde und winkte Matthias, der nur wenige Meter vor ihm stand, übertrieben zu. »Gibt's dich auch noch! Wie geht's denn so?«

Dem lauten, verbalen Überfall stand Matthias völlig hilflos gegenüber und sagte vor Schreck gar nichts.

»Kannst du mir vielleicht mal mit dem Gepäck helfen? Ich hab die Hände voll!«

Matthias nickte stumm und hob dessen Koffer aus einem Kofferraum, der sich automatisch geöffnet hatte. Inzwischen nahm Michael von Dornwald, der darauf Wert legte, mit »Meikel« angesprochen zu werden, einen Blumenstrauß für die Gastgeberin vom Rücksitz und sprang leichtfüßig die Freitreppe zum Hauptportal hinauf.

Die Erniedrigung war regelrecht schmerzhaft. Michael hatte ihn wie einen Lakaien behandelt, und er hatte es sich gefallen lassen. Hatte vollkommen automatisch reagiert und funktioniert. Ihm war speiübel.

»Was ist?«, fragte Henriette, als sie aus dem Wagen stieg und ihren Sohn seltsam unschlüssig dastehen sah, aber Matthias antwortete ihr nicht. Ebenso wenig begrüßte er Ingeborg von Dornwald und deren Tochter Thilda, die jetzt auch aus dem Bentley ausgestiegen waren und Henriette nur flüchtig zunickten.

Er sah und hörte nichts um sich herum, war paralysiert vor Wut und brauchte fast eine halbe Minute, bis er in der Lage war, seiner Mutter ins Haus zu folgen.

Fast immer hatten sie um Siebenschläfer herum Glück mit dem Wetter. Und auch dieses Mal waren die Nächte warm und trocken, das abendliche Buffet wurde im Garten aufgebaut, winzige schmiedeeiserne Laternen leuchteten in den Bäumen, und die Frauen trugen ärmellose Kleider. Eine leichte Stola genügte, um nicht zu frieren.

Matthias' Mutter hatte sich extra zu diesem Anlass ein fliederfarbenes Abendkleid gekauft. Auf ihrem Dekolleté glitzerte ein Collier, das ihr ihr Mann Linus zum fünften Hochzeitstag geschenkt hatte. Nur sechs Monate bevor er gestorben war. Sie hütete diesen Schmuck wie einen Schatz, und Matthias wusste, dass sie ihn nie verkaufen würde, auch nicht in der größten finanziellen Not. Nur einmal im Jahr legte sie ihn an, zu eben diesem Sommerfest auf Burg Lunden. Ihre Haare waren kürzer als im vergangenen Jahr, sie hatte ein paar Kilo abgenommen, und ihre Augen leuchteten. Für Matthias sah sie nicht aus wie eine Frau, die in wenigen Wochen fünfundfünfzig wurde, sondern wie eine Enddreißigerin in der Blüte ihrer Jahre.

Beim Streichquartett von Joseph Haydn, das vor dem Abendessen in der Eingangshalle gegeben wurde, schloss Matthias die Augen. Nicht weil er sich langweilte, sondern weil er einfach nach der Autofahrt entsetzlich müde war und wirken wollte wie ein Mensch, der mit der Musik aufs Innigste verschmolzen war. Aber nach einer Viertelstunde sank ihm der Kopf auf die Brust, und er nickte ein. Als seine Mutter ihm ihren Ellenbogen in die Seite rammte, schreckte er hoch und zwang sich, komplizierte Rechenaufgaben wie einhundertachtunddreißig mal siebzehn im Kopf zu lösen, um nicht erneut einzuschlafen.

Beim anschließenden Buffet sah er sie wieder. Thilda, die Schwester der unmöglichen Brüder derer von Dornwald. Er ging davon aus, dass auch der jüngere, pummelige Sohn dieser Familie, der nicht blond, sondern brünett war und jetzt beim Essen eine schmale, orangefarbene Brille trug, die ihm überhaupt nicht stand und mit der er aussah wie ein armseliger Clown, ein ähnliches Ekel war wie sein blond gegelter Bruder, obwohl er bisher noch kein Wort mit ihm gewechselt hatte.

Auch die Mutter mit ihrer grau belassenen altmodischen Hochsteckfrisur fand er auf den ersten Blick unsympathisch, und er wunderte sich selbst, dass er in diese familiäre Rundumschlag-Antipathie nicht auch Tochter Thilda mit einbezog, obwohl sie in ihrem bortenbesetzten »Kleinen Schwarzen« unmöglich aussah. Das schlichte Kleid ließ ihre Oberarme frei, die zwar weder fett noch schwammig waren, aber derartig weiß, dass man beim bloßen Anblick anfing zu frieren. Die Brustabnäher saßen zu tief an der falschen Stelle, und es gelang ihnen nicht, die bauchige Weite des Oberteils in Form zu bringen. Und dann hatte das ohnehin schon formlose Kleid eine extrem ungünstige Länge und endete knapp oberhalb der Knie, was Thildas Beine, die etwas zu gerade waren und unweigerlich an Holzstöcke erinnerten, obendrein noch plump wirken ließ.

Matthias wusste, dass sie vorhatte, Modedesignerin zu werden, was er absurd fand, aber dann erinnerte er sich daran, dass die meisten Modepäpste zwar andere Menschen anziehen konnten, aber nicht in der Lage waren, sich selbst die passende Garderobe zusammenzustellen.

Sie tat Matthias leid. Hatte sie zu Hause keinen Spiegel, in dem sie sich in ganzer Größe sehen konnte?, fragte er sich, während er sich gegrillte Knoblauchgarnelen auf den Teller häufte, das Einzige, was ihn an diesem reichhaltigen Buffet interessierte. Er beschloss, dazu noch etwas Salat, aber sonst nichts anderes zu essen.

Als er bemerkte, dass sie ihn anstarrte, und als sich ihre Blicke trafen, sah er schnell weg und ging mit seinem Teller und seinem Glas Sekt in den Garten.

Langsam schlenderte er an den hohen Stehtischen vorbei und lächelte ein paar Gästen zu, die er wohl vom Sehen kannte, aber nicht genauer und auch nicht namentlich einordnen konnte. Er überlegte gerade, an welchem Tisch er sich dazustellen sollte, als er hinter seinem Rücken hörte, wie eine dunkle Frauenstimme sagte:

»Ich finde, das geht gar nicht. Wo sind wir denn? Wenn wir nicht aufpassen, lösen sich die Adelsgeschlechter und Hierarchien allmählich in Wohlgefallen auf. Sie verwässern. Das erleben wir ja auch hier dauernd. Ich bin der Meinung, wenn ein Adliger stirbt, sollte seine angeheiratete bürgerliche Ehefrau den Titel verlieren.«

Matthias zuckte zusammen und wartete darauf, dass ihr jemand widersprach, aber das geschah nicht.

»Du hast völlig recht«, brummte eine Männerstimme.

»Es ist eine Schande, dass sich jedes Flittchen in unsere Kreise einheiraten kann«, setzte die Frau noch nach.

Matthias wagte es nicht, sich umzudrehen, er hielt es aber auch nicht aus, noch länger zuzuhören, und ging weiter. Wahrscheinlich sprachen sie über seine Mutter, die eine Bürgerliche gewesen war. Ihr Vater war Bierbrauer gewesen, ihre Mutter Hausfrau und hatte sich um sieben Kinder gekümmert. Henriette war bereits sechsundzwanzig, als sie den zweiunddreißig Jahre älteren Linus von Steinfeld kennenlernte und nur sechs Wochen später heiratete. Er war ihre ganz große Liebe und für Henriette ein Aufstieg wie im Märchen: Die Tochter aus ärmlichen Verhältnissen wurde Gutsherrin und eine »von Steinfeld«.

Aber ihr Glück war nur von kurzer Dauer, denn Linus starb, als Matthias erst drei Jahre alt war.

Henriette behielt nach Linus' Tod seinen Namen und seinen Titel. Und wahrscheinlich war dies für einige der hier Anwesenden ein Makel, den sie auch jetzt noch mit sich herumtrug.

Matthias schüttelte sich kaum merklich.

An einem der hinteren Tische sah er seine Mutter stehen. Sie war im Gespräch mit einem älteren Ehepaar und lachte. Ihr Collier funkelte in der untergehenden Sonne. Sicher war es an einem Sommerabend wie diesem zu schwer, zu pompös, einfach overdressed, aber Matthias wusste, dass sie es für ihn trug. Nur für ihn. Das rührte ihn und machte ihn stolz und verlegen zugleich.

Es dämmerte, und Thilda spürte, dass sie sich langsam entspannte. Auf Festen dieser Art hatte sie die Dunkelheit immer als tröstlich empfunden. Am liebsten wäre sie mit ihrer Mutter und ihren Brüdern überhaupt erst um zweiundzwanzig Uhr auf dem Sommerfest erschienen, aber das war mit ihrer Mutter nicht zu machen. Ingeborg von Dornwald hatte ständig Angst, irgendetwas zu verpassen, vom Buffet nicht genug abzubekommen und den wichtigsten Tratsch nicht zu hören.

Und so stand Thilda mit ihrem schwarzen Kleid in der gleißenden Sonne und wusste nicht, mit wem sie sich unterhalten sollte. Es kam auch niemand zu ihr und sagte: »Hallo, wie geht's?« Es interessierte sich einfach niemand für sie, und das war ihr ungeheuer peinlich. In ihrer Not wanderte sie durch den Park, aber dort gab es keine Sitzgelegenheiten, und es war unmöglich, von einem Teller zu essen und gleichzeitig ein Glas in der Hand zu halten. Als sie sich auf einen Stein setzte und versuchte, ihr Sektglas im Gras auszubalancieren, rollte ein gefülltes Weinblatt vom Teller und über ihr Kleid. Sie versuchte, die Flecken mit der bloßen Hand auszureiben, was aber nur teilweise gelang. Das Heulen saß ihr im Hals, und sie schluckte unentwegt, um nicht auch noch in Tränen auszubrechen und ihr spärliches Augen-Make-up zu ruinieren.

Schließlich stellte sie ihren Teller neben das mittlerweile umgekippte Glas ins Gras, stützte ihre Arme hinter dem Rücken ab, warf den Kopf in den Nacken und schloss die Augen.

Immer wieder tauchte Matthias in ihren Gedanken auf, jede noch so kleine Szene, die sie beobachtet hatte, ließ sie Revue passieren. Wie er ihrem Bruder den Koffer aus dem Auto gehoben hatte, fast automatisch, ohne viel nachzudenken, und dann die Fassungslosigkeit auf seinem Gesicht. Wie er Unmengen von Garnelen verdrückt hatte und sie sich sicher gewesen war, dass ihm von so viel Eiweiß schlecht werden würde. Fasziniert hatte sie zugesehen, wie lässig er durch die Gegend schlenderte und hier und da mit einzelnen Gästen ein paar Worte wechselte, die er sicher genauso wenig kannte wie sie. Sie beneidete ihn um seine Fähigkeit, belanglose Konversation zu halten, und wartete darauf, dass er auch zu ihr kommen und ein paar Sätze mit ihr wechseln würde. Aber er kam nicht.

Jetzt im Dunkeln wurde sie mutiger, ihr schwarzes Kleid sah nun auch nicht mehr so deplatziert aus wie im grellen Sonnenlicht und der Hitze des Tages.

Sie holte sich ein Glas kühlen Weißwein und stellte sich neben ihn. Einen Schritt zurückversetzt, sodass er sie erst bemerkte, als sie ihn ansprach.

»Hei«, sagte sie zaghaft, »kannst du dich noch an mich erinnern?«

Matthias drehte sich überrascht zu ihr um und machte eine kurze Denkpause, die er eigentlich gar nicht brauchte. »Jaja, klar. Ich glaube, du warst letztes Jahr nur kurz hier, weil dir irgendwie übel geworden ist …«

Thilda grinste. »Das Tiramisu war zu warm. Ich hatte drei Wochen zu tun, bis ich wieder okay war.«

Matthias nickte. Ihm fiel nichts mehr ein, was er sagen konnte. Und Thilda ging es offenbar genauso. Sie sah ihn an, lächelte verlegen und sah wieder weg. Mehrere Male. Dann meinte sie leise:

»Meine Brüder sind richtige Ekel. Ich glaube, du warst vorhin ganz schön sauer.«

Auf alles hätte sie ihn ansprechen, jede Frage hätte sie ihm stellen können, aber an die peinliche Posse mit dem Koffer wollte er nun weiß Gott nicht erinnert werden.

Daher murmelte er nur: »Kann schon sein«, und wandte sich ab. Die Diskussion mit der merkwürdigen Lady, die er für eine Schlaftablette hielt, ödete ihn an.

Thilda sah sich um. Sie standen ziemlich allein in der Nähe des Teehauses, und niemand konnte hören, dass sie beinah flüsterte: »Ehrlich gesagt, ich finde meine Brüder zum Kotzen.«

Das imponierte Matthias, und er musste grinsen.

Dennoch wandte er sich ab und ging langsam weiter. Diese kleine graue Maus hatte vielleicht mehr auf dem Kasten, als er dachte.

Thilda folgte ihm.

»Meine Brüder geben immer den großen Maxe, dabei sind sie im Grunde ihrer Seele einfach nur primitiv.«

»Komm, Thilda«, meinte er und blieb stehen. »Lass uns noch ein bisschen weitergehen. Hier in der Nähe der Terrasse gibt es viele Ohren.«

Thilda nickte begeistert. Das war genau das, was sie wollte.

Auf einem schmalen Weg entfernten sie sich vom Haus und gingen tiefer in den Park. Wenn er sie noch eine Weile animierte, würde er sicher noch eine Menge Köstliches über die Sippe derer von Dornwald erfahren.

Aber Thilda hatte keine Lust, noch länger über ihre Familie zu reden. Sie war mit Matthias allein. Es war dunkel, und es gab tausend Möglichkeiten, ein ungestörtes Plätzchen zu finden. So weit hatte sie es also geschafft, sie war fast am Ziel ihrer Träume. Aber eben nur fast.

Vorsichtig schob sie ihre Hand in seine. Er ließ es geschehen, und sie bildete sich ein, dass er sie ein wenig gedrückt hatte. Das machte ihr Mut.

Die Musik wurde immer leiser, nur noch Fetzen der Melodien drangen durch die Bäume, und das Rascheln des Laubes wurde immer lauter. Stimmen hörte er fast keine mehr, und er sah nicht, wo er hintrat. Nur wenn er sich umdrehte, konnte er am fernen Lichtschein sehen, wo das Fest stattfand, aus welcher Richtung er gekommen war. Wie ein dunkler Schatten erhob sich die Burg vor dem nächtlichen, nur schwach vom Mondlicht erhellten Himmel.

»Hier ist ein toller Platz!«, sagte plötzlich ihre leise Stimme. Er blieb stehen.

»Wollen wir uns ein bisschen hinsetzen?«

Matthias stand in Flammen. Nicht nur sein Gesicht glühte, sein ganzer Körper brannte. Er ließ sich im Gras nieder, wunderte sich, dass es ihm nichts ausmachte, wenn seine Hose Grasflecken bekam, und lehnte sich an einen Baum. Sie setzte sich neben ihn und schmiegte sich an ihn.

»Eigentlich kennen wir uns ja gar nicht«, flüsterte er.

»Das macht nichts«, hauchte sie leise und wartete, dass er seine Hand wandern ließ, aber er rührte sich nicht.

Da übernahm sie die Initiative, streichelte ihn behutsam mit zwei Fingern, dann mit der ganzen Hand. Überall dort, wo sie ihn erreichte, ohne dass sie ihre Sitzposition verändern musste. Sie wollte die Ruhe der Situation nicht zerstören, wollte ihm keinen Anlass geben, aufzustehen.

Matthias war wie elektrisiert. Es war dunkel, und er sah sie nicht an, er vergaß sogar streckenweise, wer ihn da berührte, ließ sich darauf ein und ließ es geschehen. Seine Erregung wuchs. Er küsste sie und spürte, wie sie in seinen

Armen immer weicher, aber auch gleichzeitig drängender wurde.

Hinterher wusste er gar nicht mehr, ob sie oder er damit begonnen hatte, sich auszuziehen.

Es war der leichte Wind, der über seinen nackten Körper strich, der ihn letztlich wahnsinnig machte, und er vergaß die Gefahr, von irgendjemandem entdeckt zu werden.

Und dann drang er in sie ein.

So war das also. Größer und absoluter, als wenn er sich selbst befriedigte. Er übernahm die Führung, bestimmte den Rhythmus und fühlte sich stolz und mächtig. Jetzt war ihm alles egal, sollte doch die ganze Welt im Park auftauchen und Zeuge dieser unglaublichen Situation werden.

Thilda keuchte, er drückte sie auf das weiche, kurz geschnittene Gras und ganz plötzlich – es erwischte ihn völlig unvorbereitet – war es vorbei. Er sackte über ihr zusammen und spürte, wie sie zuckte, aber achtete nicht weiter darauf.

In seinem Kopf war nur der eine Gedanke: Jetzt bin ich dabei und kenne die Spielregeln. Willkommen im Club.

»Alles klar?«, fragte sie leise, und er nickte nur.

Lange Zeit sagte keiner von ihnen ein Wort, weil sich jeder für sich ein wenig schämte.

Schließlich brach sie das Schweigen. »Ich würde dich gern mal anrufen. Geht das?«

Er nickte nur, aber wusste nicht, ob sie es gesehen hatte.

Beide zogen sich wieder an. Er hätte sie gern in den Arm genommen und wäre mit ihr im Gras eingeschlafen, aber irgendwie war die Situation eine andere. Es war klüger, so schnell wie möglich zu verschwinden, was er bedauerte, ihr aber nicht sagte.

Gemeinsam und etwas verunsichert, ob man ihnen ansah, was gerade geschehen war, gingen sie zurück zur Burg. Als sie am Festplatz ankamen, standen nur noch wenige Gäste mit ihren Gläsern in der Hand herum, und die Band spielte langsame, traurige Melodien. Rausschmeißer, dachte Matthias, die haben alle keine Lust mehr.

Er sah auf die Uhr. Es war jetzt halb zwei.

»Also dann bis morgen«, flüsterte sie. »Ich geh ins Bett.« Sie drückte ihm einen flüchtigen, trockenen Kuss auf die Wange und verschwand zwischen den dunklen Bäumen.

Seine Mutter war nirgends zu sehen. Wahrscheinlich schlief sie längst. Aber er wusste, dass er jetzt unmöglich einschlafen konnte, und ging in die Halle.

Links vor dem großen Portal zum Salon war die Bar. Weit und breit war niemand zu sehen, die letzten Gäste hielten sich alle im Garten auf. Daher nahm er selbst eine Cognacflasche und einen Schwenker aus dem Regal, schenkte sich großzügig ein und begann langsam zu trinken.

Er fühlte sich großartig und redete laut mit sich selbst. Lobte sich über den grünen Klee und blickte mit schwülstigen Worten hoffnungsvoll in die Zukunft.

Um vier Uhr versuchte er die Flasche zuzuschrauben, was ihm aber nicht gelang. Er rutschte vom Barhocker und wollte in sein Zimmer gehen, konnte sich aber beim besten Willen nicht mehr erinnern, wo es war.

Also legte er sich in einen Sessel und schlief, vollkommen betrunken, aber friedlich wie ein sattes Baby, ein.

14

September 1984

Zwei Monate dachte er nicht an sie, und er vermisste sie auch nicht. Sie hatte ihn neugierig gemacht auf das Leben, aber sonst kam die Baroness Thilda von Dornwald in seinen Gedanken und in seinem Alltag nicht mehr vor.

Aber dann erreichte Henriette eines Morgens um Viertel nach zehn ein Anruf des Büros derer von Dornwald.

Henriette war noch im Morgenrock und hatte ein ungutes Gefühl, als sie die unterkühlte Stimme der Sekretärin hörte.

»Ich würde Sie gern mit der Freifrau Ingeborg von Dornwald verbinden.«

»Ja, bitte.« Henriette ärgerte sich, dass sie nervös wurde.

»Meine Liebe, ich grüße Sie!«, begann Thildas Mutter. »Geht es Ihnen gut?

»Ja, doch. Danke der Nachfrage.« Henriette fühlte sich äußerst unbehaglich. Sie roch das drohende Unheil geradezu.

»Verzeihen Sie, wenn ich mich gar nicht groß mit langen Vorreden aufhalte und gleich *in medias res* gehe, aber die Angelegenheit, die ich mit Ihnen besprechen möchte, brennt mir unter den Nägeln.«

»Bitte, schießen Sie los«, unterbrach Henriette sie, und ihr ungutes Gefühl wurde noch stärker.

»Meine Tochter Thilda ist schwanger, und Ihr Sohn Matthias ist der Übeltäter.«

Sie sagte »Übeltäter«, nicht »Vater«, sie sagte auch nicht »Sie ist schwanger von Ihrem Sohn Matthias«, nein, sie wertete bereits, zog es in den Dreck, und Henriette spürte, wie der Zorn in ihr aufstieg.

»Das kann ich mir gar nicht vorstellen«, erwiderte sie schlicht, und dieser Satz entsprach durchaus der Wahrheit. Sich ihren Sohn mit einer Frau im Bett vorzustellen war ihr völlig unmöglich. Wenn sie sich zu derartigen Gedanken zwang, ekelte und schüttelte sie sich, es war schlicht widerlich. Und jetzt behauptete die Freifrau von Dornwald solche unvorstellbaren Dinge.

Ingeborg antwortete spöttisch, als hätte sie Henriettes Gedanken erraten. »Vielleicht können Sie es sich nicht vorstellen, aber es ist die Wahrheit. Die beiden hatten Kontakt – wenn ich es mal so banal ausdrücken darf – auf dem Fest von Burg Lunden. Für meine Tochter war es das erste Mal, wahrscheinlich hatten beide keine Erfahrung, jedenfalls ist es passiert. Wir waren vor drei Tagen beim Arzt. Sie ist im dritten Monat.«

Henriette war so schockiert, hilflos und mit den Nerven fertig, dass sie kurz davor war, einen hysterischen Lachkrampf zu bekommen, aber sie riss sich zusammen, um sich vor der arroganten Zicke keine Blöße zu geben, und sagte so ruhig wie möglich: »Vielleicht sollten wir uns alle zusammensetzen, um genau zu überlegen, was jetzt zu tun ist.«

»Nein. Das wäre genau das Verkehrte, und darum habe ich Sie auch angerufen. Die Entscheidung fällt jetzt. Während dieses Telefonats. Im Grunde habe ich sie schon getroffen, denn schließlich handelt es sich um meine Tochter, sie ist die Hauptbetroffene. Sie muss und sie wird dieses Kind zur Welt bringen, da gibt es keine Diskussion und kein Vertun. Aber bevor es so weit ist, werden die beiden heiraten. So schnell wie möglich. Die ganze Angelegenheit ist nur aus der Welt zu schaffen, wenn sie legalisiert wird. Letztendlich weiß in ein paar Jahren niemand mehr, ob das Kind neun oder sechs Monate nach der Hochzeit zur Welt gekommen ist. Wenn Sie verstehen, was ich meine.«

»Natürlich.« Mein Gott, was für eine raffinierte Frage. Sie war so gestellt, dass sich Henriette bei der Beantwortung automatisch dämlich vorkommen musste. Rhetorisch war ihr Ingeborg von Dornwald um Längen voraus, sie musste sich vorsehen.

»Wie schön.«

»Sind die Kinder denn einverstanden? Ich meine, sie kennen sich ja kaum.«

»Da können wir uns in diesem Fall nicht drum kümmern. Was geschehen ist, ist geschehen, jetzt müssen auch die Kinder die Konsequenzen tragen. So wie wir. Und sie haben ja nun genug Zeit, sich kennenzulernen.« Was sollte sie dazu noch sagen? Sie hatte ja keine Wahl.

»Ich glaube nicht, dass mein Sohn einverstanden beziehungsweise begeistert ist. Das heißt, ich glaube nicht, dass er Ihrer Entscheidung zustimmt.« Ihr Ton war jetzt genauso spitz und überheblich wie der Ingeborgs.

»Das liegt an Ihnen. Ich glaube schon, dass Sie beide diese Lösung einer Anzeige wegen Vergewaltigung vorziehen. Meine Tochter hat so etwas angedeutet, aber natürlich will sie Ihren Sohn schützen, wenn er sie jetzt nicht im Stich lässt. So ein Prozess wäre eine äußerst unschöne Sache, die Medien würden sich mit Leidenschaft darauf stürzen, und Ihr Sohn hätte keine Chance. Schließlich hat meine Tochter die Beweise im Bauch. So weiß ich nichts, aber wenn ich gezwungen sein sollte, mein Gedächtnis zu bemühen, kann es schon sein, dass ich in der Nacht im Park zufällig etwas sehr Unschönes gehört oder gesehen habe. Ich würde vorschlagen, wir telefonieren in einer Woche, um die Hochzeit zu besprechen, für heute wünsche ich Ihnen einen guten Tag.«

Ingeborg wartete Henriettes Antwort gar nicht mehr ab, sondern legte einfach auf.

Henriette saß da wie gelähmt. Mein Gott, wie widerlich. Da machten die Dornwalds aus einer Mücke einen Elefanten und drohten sogar, Matthias wegen einer nicht begangenen Straftat anzuzeigen. Sie hatte spontan Lust, sich Ingeborgs Anweisung zu widersetzen. Nur um Schwierigkeiten zu machen, um sich nicht einfach wie ein Schaf zu fügen und nach Ingeborgs Pfeife zu tanzen, aber die unverschämte Drohung, die sie ausgesprochen hatte, beunruhigte sie.

Sie ging in die Küche und kochte sich entgegen ihrer Angewohnheit noch einen Kaffee. Normalerweise trank sie am frühen Morgen drei Tassen und dann den ganzen Tag nicht mehr, aber sie wollte sich in Ruhe überlegen, was sie Matthias sagen würde.

Der Kaffee war heiß und stark, und je mehr ihr Blutdruck stieg, umso ruhiger wurde sie. Vielleicht war die Situation gar nicht so schlecht. Matthias war labil, unreif und unberechenbar. Er hatte nicht den geringsten Plan, was er werden und aus seinem Leben machen sollte. Die Gefahr, dass er sich in eine primitive Schlampe verlieben könnte, war groß. Sie hatte schon oft damit gerechnet, denn die Freunde, mit denen er sich herumtrieb, verursachten ihr Magenschmerzen. Thilda von Dornwald war weiß Gott keine schlechte Partie. Wohlerzogen, gebildet und aus reichem Haus. Es hätte schlimmer kommen können. Vielleicht sollte sie es mal von dieser Warte aus betrachten. Matthias kam unter die

Haube, gründete schneller eine Familie, als er je gedacht hatte, und musste ab sofort Familienvaterpflichten übernehmen. Das würde ihm guttun. Er käme zur Ruhe. Seine wilden Jahre, die gerade erst begonnen hatten, wären schon wieder vorbei. Im Ansatz erstickt. Das junge Füllen wäre bereits nach seinem ersten Ausritt gezähmt.

Henriette lächelte. Leichtfüßig wie ein junges Mädchen lief sie die Treppe hinauf und klopfte an Matthias' Tür.

»Ich denke nicht daran zu heiraten«, murmelte Matthias. »Ich kenne sie ja kaum.«

»Das hättest du dir vorher überlegen sollen!«

»Himmel, Mama! In welchem Jahrhundert leben wir denn? Heutzutage heiratet man doch nicht mehr, nur weil man mit einer Frau ins Bett gegangen ist und sie schwanger geworden ist! Komm mal wieder zurück auf den Teppich, Mutter!«

»Sie kommt aus keinem schlechten Stall, und das ist schon mal die halbe Miete. So ist die Gefahr gebannt, dass du irgendwann mit einer Wurstverkäuferin ankommst.«

»Wer garantiert dir, dass ich nicht auch jetzt noch mit einer Wurstverkäuferin ankomme?«

»Das wirst du schön bleiben lassen. Und eine Scheidung ist teuer und kompliziert. Vor allem, wenn ein Kind da ist.«

»Du kannst mir erzählen, was du willst, aber ich werde nicht heiraten!« Allmählich wurde Matthias ungehalten über den Ton seiner Mutter. »Wir sind hier weder in der Türkei noch im Mittelalter, und solange ich eine Frau nicht liebe, kommt eine Hochzeit nicht infrage.«

Henriette lächelte spöttisch. »Liebe, die von Anfang an da ist, verfliegt, mein Sohn. Aber die, die langsam entsteht, die bleibt. Und so groß kann die Antipathie zwischen euch nicht sein, sonst wäre Thilda nicht schwanger.«

Matthias stand auf und funkelte seine Mutter wütend an. »Ich warne dich, halt dich da raus, Mama! Das ist mein Leben, und das sind meine Entscheidungen. Die gehen dich nichts an.«

Henriette lachte kurz auf. »Ich erinnere dich daran, dass du mein Sohn bist, in meinem Haus wohnst und von meinem Geld lebst. Und zwar nicht zu knapp. Insofern geht mich das alles sehr wohl etwas an!«

Matthias ging hinaus. Er hatte Lust, die Tür zuzuschlagen, wagte es dann aber doch nicht. Und so sah er nicht mehr, dass seine Mutter zufrieden lächelte.

Von nun an lief Henriette nur noch mit Trauermiene durchs Haus. Sie sprach lediglich das Allernötigste, und wenn Matthias sie etwas fragte, antwortete sie stereotyp mit »Ach, lass mich«.

Hin und wieder fasste sie sich theatralisch an die Brust und sank in einen Sessel. Matthias erschrak jedes Mal zu Tode, und wenn er ihre Hand nahm, stöhnte sie: »Es ist nichts, schon gut, es geht schon wieder.« Und er überlegte, ob sie so erschreckend blass war, weil es ihr wirklich schlecht ging, oder ob sie einfach aus taktischen Gründen auf ihr gewohntes Make-up verzichtete.

Er hielt die Situation und die Stimmung im Haus kaum aus und wusste beim besten Willen nicht, wie er sich verhalten sollte. Mittlerweile war er nicht mehr wütend, dass er wie immer nach ihrer Pfeife tanzen sollte, sondern fühlte sich schuldig. Er konnte es nämlich überhaupt nicht ertragen, wenn sie seinetwegen litt.

»Was ist los mit dir, Mama?«, fragte er zwei Tage später gegen Mittag, als er gerade aufgestanden war und sich einigermaßen ausgeschlafen fühlte. »Was hast du? Tut dir was weh? Wollen wir zu einem Arzt gehen?«

»Ein Arzt kann mir nicht helfen«, antwortete Henriette knapp und verließ das Wohnzimmer, um in die Küche zu gehen. Matthias folgte ihr.

»Wer denn?«

»Du.«

Natürlich. Das wusste er. Die Frage nach dem Arzt war nur ein Ablenkungsmanöver gewesen.

Er fuhr sich entnervt durch die Haare und spürte, wie ihm heiß wurde. »Was soll ich tun?«

Zum ersten Mal seit Tagen sah sie ihn direkt an. »Das fragst du noch? Ich dachte, ich hätte dir hinlänglich klargemacht, was du unbedingt tun *musst*, wenn du mich oder uns nicht ins Unglück stürzen willst. Ich dachte, du liebst mich.«

»Ich liebe dich auch«, flüsterte er und fühlte sich elend dabei.

»Warum machst du es mir dann so schwer? So dumm kannst du doch gar nicht sein, dass du nicht begreifst, wie unmännlich und falsch du dich verhältst, wenn du Thilda nicht heiratest. Du hast ein Mädchen geschwängert. Gut, die ganze Sache war ein Versehen, etwas übereilt und vielleicht auch nicht die feine englische Art. Ich weiß es nicht. Ist ja auch egal. So etwas passiert im Leben, wir sind ja alle nicht aus Holz. Aber wenn man einen Fehler macht, dann muss man auch die Konsequenzen tragen. Und es geht einfach nicht, dass du Thilda mit einem unehelichen Kind sitzen lässt. Das gehört sich nicht. Das ist unmöglich.« Sie setzte sich mit einem ungeduldigen Seufzer und wirkte ungeheuer beleidigt, während sie weitersprach und dabei aus dem Fenster sah.

»Mein Gott, ich wiederhole mich ungern, aber ich verstehe nicht, warum du dich so anstellst! Heiraten tut doch nicht weh! Scheiden vielleicht, aber heiraten nicht. Und bei deinem gedankenlosen Abenteuer hast du verdammt viel Glück gehabt, dass es eben keine Wurstverkäuferin war, sondern die Baroness von Dornwald. Ich bitte dich! Es gibt Schlimmeres, als standesgemäß zu heiraten. Und darum tut mir seit Tagen das Herz weh. Weil mein einziger Sohn zu dumm, zu unsensibel, zu bösartig, zu verbockt oder weiß ich was ist, um einfach einmal das zu tun, was ich ihm rate. Ich will doch nur dein Bestes, Matthias, ich lass dich doch nicht ins offene Messer rennen! So viel Vertrauen solltest du eigentlich haben.«

Sie zündete sich eine Zigarette an. Das tat sie nur äußerst selten, aber jetzt signalisierte sie ihm damit, dass die Unterhaltung damit für sie beendet war. Zu dem Thema gab es nichts mehr zu sagen. Es lag an ihm, sich zwischen Krieg und Frieden zu entscheiden.

Drei Tage später kapitulierte Matthias.

»Also gut«, sagte er, »ich werde Thilda heiraten.«

»Brav«, meinte seine Mutter und küsste ihn auf die Stirn.

15

Herbst 1984

Zwei Wochen nach der Hochzeit zog Thilda bei ihm ein. Mit etlichen Kisten, einigen Koffern, Taschen und Tüten, ihrem Lieblingssessel, einer Handvoll Bilder, die Matthias alle scheußlich fand, und mit dreizehn Ballen Stoff und einer Nähmaschine.

All das stapelte sie im Wohnzimmer, schob den Sessel vors Fenster, ließ sich hineinfallen und strahlte.

»Wunderbar, wir machen es uns richtig gemütlich«, schnurrte sie. »Das bisschen Zeug krieg ich hier leicht unter. Du hast ja genug Platz!«

Matthias bekam Zustände. So hatte er sich das alles nicht vorgestellt. Wenn er etwas überhaupt nicht vertragen konnte, dann waren es Unordnung und Chaos um ihn herum.

»Du spinnst!«, schrie er. »Wo ist denn hier Platz? Wo soll denn dieser ganze Krempel hin? Und was hast du dir eigentlich dabei gedacht, hier mit Stoffballen anzutanzen?! Du musst doch vollkommen verrückt sein!«

Thilda blieb ganz ruhig. Mit einer derartigen Reaktion hatte sie gerechnet, denn so, wie sie Matthias einschätzte, hatte er wahrscheinlich geglaubt, sie käme mit leichtem Reisegepäck, einem Nachthemd, einer Zahnbürste und einem guten

Buch. Ihm war anscheinend immer noch nicht klar, dass sie vom heutigen Tag an zusammenwohnten. Und für einen kompletten Umzug war es erschreckend wenig, was hier im Zimmer stand.

»Du hast deine Arbeit, ich meine«, entgegnete sie mit einem eingefrorenen Lächeln im Gesicht. »Ich weiß zwar nicht genau, was du im Moment machst, aber ich denke mal, du brauchst einen Schreibtisch. Ich brauche eine Ecke, am besten ein separates Zimmer zum Nähen. Und die Stoffe sind mein Material. Ohne Material kann ich nicht üben, nichts kreieren, nichts erfinden, nichts entwerfen, nichts fertigstellen. Das ist doch wohl logisch. Und mit dickem Bauch kann ich nicht viel rumturnen, aber ich kann nähen und werde nicht trübsinnig vor lauter Langeweile.«

Matthias schwieg und stellte sich vor, wie es in seiner Wohnung aussehen würde, wenn jetzt auch noch haufenweise Spielzeug herumlag, vor dem Fernseher ein Laufstall, neben der Stereoanlage ein Berg von Kuscheltieren, im Schlafzimmer ein Babybett und eine Wickelkommode – entsetzlich! Sein Leben war bereits jetzt, bevor es richtig begonnen hatte, eine einzige Katastrophe.

Er hatte diese Wohnung immer geliebt. Vier Zimmer, Küche, Bad und ein großer Balkon zum Garten hin, den man schon fast als Terrasse bezeichnen konnte. Er hatte die Wohnung sparsam und hochmodern eingerichtet, spielte beim Design mit klaren Kanten, Geraden, Parallelen und rechten Winkeln, hatte wohldurchdachte Lichtakzente gesetzt, wozu er Wochen gebraucht hatte, und schwelgte in seinen Lieblingsfarben Weiß, Grau und Türkis. Er hatte diese ruhige, klare Wohnung immer als Luxus empfunden, zumal seine Mutter, die im Erdgeschoss wohnte, für Ordnung sorgte und die Putzfrau darauf achtete, dass kein Haar in der Badewanne und kein Krümel auf dem Teppich zu finden waren.

Und jetzt sollten hier Quietscheenten in der Badewanne schwimmen, im Wohnzimmer würde man über Spielzeug stolpern, Thilda würde ihre primitiven Mädchenbilder mit Sonnenuntergängen, Marilyn Monroe und sich umarmenden Nixen aufhängen und dann in ihrem knallroten Sessel rumsitzen und Röcke säumen? Die Farbe des Sessels tat ihm in den Augen weh und löste bei ihm Migräne aus.

Vier Zimmer. Eines fantastischer als das andere. Er hatte sie als Wohnzimmer, Schlafzimmer, Arbeitszimmer und als Gästezimmer für Freunde genutzt, die hin und wieder bei ihm übernachteten, außerdem stand im Gästezimmer ein Schrank, in dem er seine Winter- oder Sommergarderobe unterbrachte. Je nachdem.

Es war alles perfekt gewesen. Und jetzt gab es gar keinen Platz für Gäste mehr, das Gästezimmer würde sich in ein grellbuntes Kinderzimmer verwandeln, er würde seinen Schreibtisch notgedrungen im Wohnzimmer unterbringen müssen, und Thilda würde ihre verdammten Stoffballen in seinem ehemaligen Arbeitszimmer stapeln.

Wie piefig war das doch alles! Ihm wurde übel, und dass er überhaupt keine Idee hatte, aus dieser Situation wieder herauszukommen, ließ ihn verzweifeln.

Genauso geschah es. Fröhlich vor sich hin summend, richtete sich Thilda häuslich ein und veränderte die Wohnung so radikal, dass Matthias sie kaum wiedererkannte und sich überhaupt nicht mehr wohlfühlte. Es war, als würde *er* jetzt bei Thilda wohnen und nicht umgekehrt. Zu guter Letzt ließ sie vom Gartenbaucenter riesige schnell wuchernde, rankende und kletternde Topfpflanzen liefern, die jedes noch freie Fleckchen in einen Dschungel verwandelten, und Matthias wunderte sich jedes Mal, wenn er nach Hause kam, dass noch keine Vögel in den Pflanzen nisteten und sich keine Schlangen um die Stämme ringelten.

Für ihn war es die Hölle, und er sah der Geburt des Kindes mit Entsetzen entgegen.

Thilda saß in ihrem roten Sessel, nähte Gardinen mit rosafarbenen Flamingos in grünem Schilf und strickte Babysachen. Sie bestellte eine kitschige Wiege beim Otto-Versand und wurde immer runder. Nicht nur ihr Bauch wuchs, was Matthias normal gefunden hätte, sondern sie schien wie eine Puppe, die man aufpusten konnte, überall aus dem Leim zu gehen. Ihr ehemals schmales Gesicht wurde vollmondartig, ihre Knöchel verloren jede Form und verwandelten sich in Elefantenstampfer.

»Geh zum Arzt!«, sagte Matthias, der sie abstoßend fand. »Du siehst aus wie eine prallvolle Wärmflasche, das kann nicht gesund sein!«

»Blödsinn«, erwiderte Thilda, »so ist das nun mal, wenn man schwanger ist. Das Kind will schwimmen, darum speichert der Körper Wasser. Ganz einfach. Hinterher ist das alles wieder weg.«

Gut, dachte Matthias, du weißt ja immer alles besser, aber ich hab's zumindest versucht. Und er ertappte sich dabei, dass es ihm als optimale Lösung erschien, wenn Thilda und das Kind bei der Geburt wegen irgendwelcher Komplikationen auf der Strecke bleiben würden. Dann wäre alles wie vorher und alles wieder gut.

Er forderte sie nie wieder auf, zum Arzt zu gehen.

16

November 1984

Als die Tage dunkler und die Nächte kühler wurden, begann das Gezeter.

Seit Tagen lag Thilda beinah bewegungslos auf der Couch, die Beine hoch, und schwitzte. Wenn sich Matthias blicken ließ, verlangte sie nach Getränken, Zeitschriften, dem Telefon oder der Fernbedienung des Fernsehers. Sie rührte sich kaum noch, da sie ein ständiges Ziehen im Unterbauch verspürte und von der fixen Idee besessen war, dass sich Blutungen einstellen würden, sollte sie sich wieder in die Vertikale begeben und ein paar Schritte durch die Wohnung machen.

Wenn es irgendwie möglich war, flüchtete Matthias, gammelte in Cafés und Kaufhäusern herum und träumte von einem Leben im Luxus, das immer unerreichbarer wurde.

Und damit machte er alles nur noch schlimmer.

»Wo kommst du her?«, schrie sie, wenn er die Wohnungstür aufschloss, aber sie erwartete gar keine Antwort mehr, da er kaum noch ein Wort mit ihr sprach. »Hast du wenigstens etwas eingekauft? Der Kühlschrank ist leer, Matthias, wir haben nichts mehr, wir haben auch keinen Pfennig Bargeld mehr im Haus. Bis zur Geburt müssen wir noch so viel anschaffen, wir müssen die Autoversicherung bezahlen, aber wir sind total pleite, wir haben weniger als der ärmste Schlucker auf der Straße.«

»Du spinnst«, sagte er nur.

»Es ist schon erniedrigend genug, dass wir bei deiner Mutter wohnen und uns von ihr aushalten lassen, aber jetzt müssen wir bei ihr sogar noch um Geld betteln: Bitte, Henriette, hast du mal hundert Mark? Ich will einkaufen gehen … Könntest du mir mal fünfzig Mark leihen, ich muss unbedingt tanken … Das ist so erbärmlich, Matthias, das hab ich mir so nicht vorgestellt!«

»Pump doch deine Eltern an!«, meinte Matthias lächelnd. »Sie werden sicher ihrem lieben Töchterlein von Herzen gern mal unter die Arme greifen. Und ein kleiner Kredit oder eine freundliche Schenkung wären doch nicht verkehrt! Vielleicht denken sie einfach nicht daran, und man muss sie nur daran erinnern, dass ihre Tochter mit der Heirat in der Gosse gelandet ist! Na los? Mach schon!« Damit warf er ihr das Telefon auf den Bauch.

Thilda war ganz weiß im Gesicht und keifte nicht mehr, sondern sprach ganz ruhig und gefährlich leise.

»Wie wär's, wenn du mal ein bisschen was verdienst, mein Lieber? Ich kann nicht arbeiten, ich kann mich in meinem Zustand nicht mehr bewegen, und ich will das Baby nicht gefährden. Aber du könntest dir locker irgendwo 'nen Job suchen. Aber nein! Dazu ist sich der hohe Herr ja zu fein und zu schade! Du könntest dir ja die Hände schmutzig machen! Und das wäre ja eine Katastrophe für Matthias von Steinfeld!«

Irgendwo hatte sie recht, das spürte er ganz genau. Und er wusste, dass auch seine Mutter von ihm erwartete, dass er sich Arbeit suchte. Aber er wollte sich weder von Thilda noch von seiner Mutter zwingen oder herumkommandieren lassen, und vor allem wollte er nicht ständig das Opferlamm sein.

Er hatte sie geschwängert. Schön. Er war naiv und unerfahren gewesen. Okay. Das war alles nicht mehr zu ändern. Aber musste er zur Strafe dafür sein Leben lang ihre Launen und Vorwürfe ertragen? Das sah er gar nicht ein, und darum stellte er sich stur.

»Du kannst mich mal!« war der einzige Kommentar, den er abgab, als er mit ruhigen Schritten und hoch erhobenen Hauptes das Zimmer verließ.

Wie Thilda reagierte, wusste er nicht. Er drehte sich auch nicht um und konnte daher nicht sehen, ob sie weinte oder nicht.

Es interessierte ihn einfach alles nicht.

Er erwachte, weil ihm der penetrante Geruch von frisch aufgebrühtem Fencheltee in die Nase stieg, den er ekelerregend fand. Wie jeden Morgen. Beim Zähneputzen hatte er jedes Mal Mühe, sich nicht direkt ins Waschbecken zu übergeben, manchmal glaubte er sogar den Gestank von faulen Eiern eher zu ertragen.

Thilda rumorte in der Küche herum, und er hielt es im Bett nicht mehr aus, obwohl er sich todmüde und zerschlagen fühlte. Es war jetzt zwanzig nach neun, liebend gern hätte er noch zwei Stunden geschlafen, aber es ging beim besten Willen nicht. Sie würde jetzt bis zum Mittagessen ununterbrochen Fencheltee trinken, es war einfach widerlich.

Er rollte sich aus dem Bett und spürte sofort die kalte Luft, die durch seinen viel zu dünnen Schlafanzug zog. Sowohl im Sommer als auch im Winter schlief er in seidenen Pyjamas, weil er den glatten Stoff auf seiner Haut erhaben und erregend fand, auch wenn die Seide im Winter eher kühlte als wärmte.

Barfuß trat er ans Fenster. Durch die dicken, dunkelgrauen Wolken drang kaum Tageslicht. Die Luft war erfüllt von einem nasskalten Schnee-Regen-Gemisch, der Bürgersteig glänzte feucht, und beim Anblick der kahlen Bäume überkam ihn Entsetzen.

Eine tiefe Schwermut erdrückte ihn fast, er wusste einfach nicht, wohin mit sich. Er wusste nur, dass er Thilda jetzt nicht sehen, nicht mit ihr sprechen und die Fencheldünste, die sie umgaben, nicht ertragen konnte.

Im Bad beeilte er sich, obwohl es unsinnig war. Er zog sich die wärmsten Sachen an, die er auf den ersten Blick im Schrank finden konnte, und verließ – von Thilda unbemerkt – das Haus.

Als er im Wagen saß und den Motor startete, entspannte er sich. Ein ganz selten gewordenes Gefühl von Freiheit wärmte ihn innerlich wie eine Tasse heißer Kaffee nach einem Spaziergang im Schnee. Er sah in sein Portemonnaie. Viel Geld hatte er nicht mehr. Es reichte gerade noch, um einmal zu tanken und mittags eine Kleinigkeit zu essen. In keinem Fall konnte er irgendwo übernachten.

Und plötzlich wusste er, wohin er fahren würde.

Thildas Onkel Friedrich von Dornwald war Matthias bei seiner Hochzeit durch ein beeindruckend unkonventionelles Verhalten aufgefallen. Er scherte sich nicht um Etikette und schien seiner eigenen Sippe – derer von Dornwald – eher skeptisch als loyal gegenüberzustehen. Ganz beiläufig hatte er in einem kurzen Gespräch Matthias eingeladen, doch bei Gelegenheit einfach mal vorbeizukommen.

Friedrich besaß ein riesiges Landgut in der Nähe von Kassel. Ein Haupthaus, das man schon fast als kleines Schloss bezeichnen konnte, mit zwölf Zimmern, drei Bädern und einer Eingangshalle, in der man hätte Fahrrad fahren können, ein Gesindehaus mit noch einmal sechs Zimmern und zwei Bädern, drei Garagen und Stallungen mit Boxen für insgesamt sechzehn Pferde. Außerdem einen riesigen Schuppen, in dem Traktoren und landwirtschaftliche Geräte aller Art untergestellt waren. Mit seiner Frau Mechthild lebte er hier seit seiner Heirat vor neunundzwanzig Jahren kinderlos und war mit seinem Schicksal durchaus zufrieden. Er wusste, dass er weder etwas verpasst noch etwas ausgelassen hatte, und sah dem, was noch kommen würde, voller Neugier, aber auch mit Gelassenheit entgegen.

Gerade als Matthias vor dem Haus hielt, kam Friedrich auf einem Traktor angefahren. Er bremste, stutzte, sprang vom Trecker, und erst jetzt erkannte er ihn und ging mit ausgebreiteten Armen auf ihn zu.

»Jungchen!«, brüllte er. »Das ist aber eine Überraschung! Ich hab mich schon gewundert, welcher Schnösel mir hier mit seinem Porsche die Einfahrt versperrt. Komm rein!«

Matthias kam gar nicht dazu, irgendetwas zu sagen, da schüttelte Friedrich ihm schon mit seiner mächtigen Pranke die Hand.

Schon lange hatte sich Matthias nicht mehr irgendwo so willkommen gefühlt wie von der ersten Minute an bei Friedrich. Die Novembertristesse war verschwunden. Hier bin ich richtig, dachte Matthias, als ihm Friedrich das Landgut zeigte. Dieser Mann, dieses Haus – das ist einfach klasse.

Als sich Mechthild gegen sieben um das Abendessen kümmerte, ließ sich Friedrich in einen englischen Sessel fallen und öffnete eine Zigarrenkiste.

»Hört sich saublöd an, ich weiß, aber es sind wirklich echte Havannas. Willst du mal eine probieren?«

Matthias schüttelte den Kopf. »Ich glaube, mir wird schlecht.«

»So was denkt man, aber so was sagt man nicht«, meinte Friedrich grinsend. »Gib dir um Gottes willen nie eine Blöße, Jungchen. Haste gar nicht nötig. Du bist der Größte – und basta. Alles andere interessiert nicht. Sonst guckste in die Röhre und kriegst keinen Auftrag. So einfach ist das. Und wenn du dann einen Fisch an Land gezogen hast, mit dem du absolut nichts anfangen kannst, dann musst du dich halt schlaumachen. Das ist jedenfalls immer das kleinere Problem.«

Während er sich die Havanna anzündete, stand Friedrich auf und ging in den Salon. Matthias folgte ihm.

»Guck dir mal hier die Teppiche in diesem Salon an, Jungchen«, sagte Friedrich. »Die sind ein Vermögen wert, aber es interessiert mich einen Dreck. Wenn ich aus dem Stall komme, klebt der Mist an meinen Stiefeln, aber keiner traut sich, mir zu sagen, ich soll die verdammten Schuhe ausziehen. Und weißt du, warum?« Er lachte laut. »Weil mir dieser ganze verfluchte Laden hier gehört!«

Friedrich lachte so, dass er husten musste.

»Tja, allein hier in diesem Zimmer liegt 'ne gute halbe Million auf dem Boden, und alle trampeln drauf rum. So 'n Teppich wird ja nicht besser, wenn jeder die Hundescheiße reintritt, die er von draußen mitschleppt, aber ich finde, das hat Stil. Findest du nicht auch?«

Matthias war sprachlos und antwortete nicht.

»Aber was ich dir erzählen wollte – vor zwei Jahren, Mechthild und ich waren, glaub ich, gerade in Dubai, da haben sie hier eingebrochen. Sind mit 'nem Laster vorgefahren und haben bei Nacht und Nebel die ganze Bude ausgeräumt. Wir haben ja keine Nachbarn, und da waren sie vollkommen ungestört. Aber es waren Vollidioten. Manche sind so dämlich, dass sie noch nicht mal beim Klauen einen anständigen Reibach machen können. Karriere macht man nur mit anständiger Bildung, auch eine kriminelle. Also, die Schwachköpfe haben allen möglichen unwichtigen Plunder mitgenommen: Fernseher, Videorekorder, irgendwelches Silberzeugs, sogar einen zentnerschweren Tresor haben sie abtransportiert, weil sie ihn nicht aufbekommen haben. Aber der war leer! Das hab ich der Versicherung natürlich nicht auf die Nase gebunden!« Er lachte erneut. »Die Teppiche haben sie liegen lassen, einfach weil sie keine Ahnung hatten … Aber was einmal passiert ist, kann ja auch noch einmal passieren. Und beim nächsten Mal kommen vielleicht nicht solche Trottel. Darum hab ich mir überlegt, vielleicht sollte ich die Teppiche versichern.«

»Wenn du willst, übernehm ich das für dich.«

Friedrich sah ihn überrascht an. »Na klar, warum nicht? Ich hasse es, mich um solchen Kram zu kümmern. Aber dabei musst du natürlich aufpassen. So eine Versicherung ist schweineteuer, und fünfzehn Prozent sind für den Versicherungsmakler. Und wenn du dem nicht mindestens sieben Prozent für dich aus den Rippen leierst, dann hast du irgendwas falsch gemacht und gehst eben woanders hin.«

Matthias nickte. »Kein Problem.«

»Zeig mal deine Visitenkarte!« Friedrich hielt die Hand auf.

Matthias fummelte eine unscheinbare Karte aus seiner Jacketttasche. Friedrich warf einen Blick darauf und verdrehte die Augen.

»Ach du Heiliger! Was ist das denn? Das ist gar nichts, Jungchen, absoluter Schietkram! Die Dinger kannst du verbrennen! Selbst wenn du noch keinen Beruf hast – dein Beruf ist: von Steinfeld! Basta. Kapiert? Schreib irgendwas drunter. Eventmanager oder Aktionskünstler. Völlig wurscht. Die Welt will geblufft werden. Das ist traurig, aber wahr. So. Und jetzt wollen wir uns den Bauch vollschlagen. Mechthild ist bestimmt schon mit dem Essen fertig. Komm!«

Beim Abendessen führte Mechthild die Konversation, und das Gespräch plätscherte relativ belanglos vor sich hin, was Friedrich offenbar gar nicht behagte. Er langweilte sich und strahlte deutlich aus, wie überflüssig er nichtssagende Unterhaltungen fand. Er schlürfte und schmatzte laut, trank viel und schnell und warf schließlich seine Serviette auf den Tisch.

»Eins wollte ich dir noch sagen, Jungchen, bevor wir alle zu betrunken sind, um noch irgendetwas zu begreifen: Erwarte bloß nichts von den Dornwalds, von meiner lieben Familie. Du hast da in eine Räuberhöhle eingeheiratet. Da ist einer schlimmer als der andere und gönnt seinem Nächsten nicht das Schwarze unterm Nagel. Die ganze Sippe ist hochgradig intrigant, und im Grunde sind alle deine Feinde. Lächelnd und ohne mit der Wimper zu zucken, würden sie dich für 'nen lumpigen Hektar Wald verkaufen. Das muss man wissen, dann kann man auch damit umgehen. Aber man muss eben auf der Hut sein.«

»Was redest du denn da?«, warf Mechthild entsetzt ein.

»Die Wahrheit«, erwiderte Friedrich stur und fuhr fort: »Seit du Thilda geheiratet hast, Jungchen, sind alle scheißfreundlich zu dir. Stimmt's?«

Matthias nickte. Er war äußerst gespannt, was jetzt kam.

»Und vor allem mein lieber Bruder Ronald und meine Schwägerin Ingeborg tun so, als wärst du als Schwiegersohn das größte Glück der Erde. Das ist es auch, aber das hat nichts mit dir zu tun, Matthias. Bilde dir da bloß nichts drauf ein. Du bist vollkommen austauschbar. Mein Bruder ist heilfroh, dass er seine Tochter schmerzlos unter die Haube gekriegt hat. Er hält dich insgeheim zwar für einen Vollidioten, weil du die Vaterschaft so anstandslos akzeptiert und nicht angezweifelt hast, aber für die Familie war das natürlich wundervoll. Keine nervigen Anwälte, die sich gegenseitig hässliche Briefe schreiben, keine unschönen Details, die letztendlich vielleicht doch noch an die Öffentlichkeit kommen, und kein zum Fenster hinausgeworfenes Geld. Nein, du warst ein braver Junge, kommst auch aus keinem schlechten Stall, es ist also alles in Butter! Denn das war Ingeborgs größte Angst, dass Thilda eines Tages mit irgendeinem bekifften Taugenichts ankommt, der nicht bis drei zählen kann und seine Tage und Nächte versäuft. Und auch Thildas missratene Brüder, meine Neffen Hartmut und Michael, die beide lauthals hier geschrien haben, als der Herrgott Dummheit und Arroganz verteilt hat, triumphieren. Mit der Heirat hat Thilda ihr Erbe verspielt, und sie brauchen jetzt das gesamte Vermögen nur noch durch zwei zu teilen. Wie praktisch und wie lukrativ! Tja, Jungchen, da habt ihr Pech gehabt, aber so ist das nun mal in Adelskreisen: Die Mädchen sind weniger wert als der Staub auf der Straße.«

Nach dem Abendessen rauchte Matthias die erste Zigarre seines Lebens, und anschließend führte Friedrich ihn in sein Musikzimmer.

»Ich bin ein Sammler«, erklärte er. »Alles was mich interessiert, sammle ich. Und Musik ist nun mal meine große Leidenschaft. Ich habe so ziemlich alle Platten, die man sich vorstellen kann, alles, was das Herz begehrt, und wenn mir was fehlt, werde ich ganz verrückt. Guck, hier ist die Abteilung Blues, dann Chormusik, Country, Dark Wave, Gregorianik, Hip-Hop, Jazz ist fast meine umfangreichste

Abteilung, hier steht die Kirchenmusik, hier die klassische, Klaviermusik fängt auf der anderen Seite des Regals an, dann Metal, Orgelmusik, Pink, Reggae, Rock und Techno. Alles alphabetisch geordnet, hat mittlerweile wahrscheinlich einen enormen Wert, aber das ist egal. Es macht mich einfach glücklich, wenn die Sammlung vollständig ist und wenn ich meine Musik laut hören kann, weil sich Mechthild im anderen Trakt des Hauses rumtreibt.«

»Was fehlt dir denn noch?«

»Ach, das fällt mir jetzt so schnell nicht ein. Einiges vom jungen Benny Goodman aus dem Chicago Jazz zum Beispiel, dann fast der komplette Jimmie Rodgers und etwas ganz Spezielles, die Messe de Nostre Dame von Guillaume de Machaut. Das ist eine der ältesten Vertonungen des Ordinariums überhaupt, und ich weiß nicht, ob man sie überhaupt in Plattenform erhalten kann. Auch noch andere Sachen, aber da müsste ich jetzt nachgucken.«

Jimmie Rodgers und Benny Goodman konnte er sich merken, aber: »Guillaume de Machaut … Guillaume de Machaut … Guillaume de Machaut … Messe de Nostre Dame …«, hämmerte Matthias' Gehirn. Es müsste doch mit dem Teufel zugehen, wenn von den Wünschen Friedrichs nicht einiges auf Berliner Antikmärkten aufzutreiben wäre.

Am nächsten Morgen verabschiedete sich Matthias schweren Herzens.

»Du kannst jederzeit wiederkommen, Jungchen«, sagte Friedrich und schloss ihn in die Arme. »Und wenn es ein Problem gibt – du hast ja meine Telefonnummer.«

Thilda saß vor dem Fernseher und massierte ihren Bauch mit Babyöl, als er nach Hause kam. Und sagte kein Wort, keine Begrüßung, nichts.

»Pass auf«, sagte Matthias, schaltete den Fernseher ab und setzte sich ihr gegenüber. »Du brauchst dich hier nicht so anzustellen und die Beleidigte zu spielen. Dafür hast du keinen Grund. Das war kein Vergnügungstrip, ich war beruflich unterwegs, meine Liebe. Hab mich um meine Karriere gekümmert.«

Sie schnaubte verächtlich.

»Jedenfalls hab ich ein paar Aufträge an Land gezogen. Nur dass du dich seelisch schon mal drauf einrichtest: Ich werde in nächster Zeit wahrscheinlich viel unterwegs sein. Wenn du Gesellschaft brauchst, geh zu meiner Mutter. Die ist auch allein.«

Thilda sprangen Tränen in die Augen. »Gott, bist du widerlich!«

Matthias stand auf und ging zu seinem Schreibtisch. »Und bitte, hör auf mit der Ölschmiererei, das macht mich nervös. Im Bad kannst du so viel schmieren, wie du willst, aber bitte nicht hier!«

»Ich wusste ja nicht, dass sich der gnädige Herr die Ehre gibt!«, schrie sie. »Meinetwegen kannst du in der Weltgeschichte herumgurken, so viel du willst, das stört mich gar nicht, aber du könntest mir doch wenigstens Bescheid sagen, wenn du nachts nicht nach Hause kommst! Schleichst dich hier heimlich aus dem Haus und sagst noch nicht mal Tschüss?«

Da er nicht antwortete, stand Thilda auf, zog ihren Pullover wieder über den Bauch, nahm das Öl und verschwand ohne ein weiteres Wort im Bad.

In den nächsten zwei Wochen stand Matthias jeden Morgen um neun Uhr auf, trank zwei Tassen Kaffee im Stehen und verließ die Wohnung. Er besuchte sämtliche Trödelmärkte, zog durch die Antiquariate, und wenn er zwischendurch kurz nach Hause kam, um etwas zu essen, telefonierte er und verhandelte mit Versicherungen.

In der zweiten Woche stand er bereits um acht auf und am Wochenende um sieben.

Nach drei Wochen hatte er die wertvollen Teppiche extrem günstig versichert, hatte fünfzehn längst vergriffene Schellackplatten von Jimmie Rodgers aufgetrieben, vier Platten des jungen Benny Goodman gekauft und sogar die Messe de Nostre Dame gefunden. Er war darüber unglaublich glücklich und konnte es gar nicht erwarten, Friedrich damit zu überraschen.

Kurz vor Weihnachten fuhr er zu ihm.

»Ich fasse es nicht!«, brüllte Friedrich. »Du bist ein echter Tausendsassa. Hab ich mich doch nicht in dir getäuscht. Klasse, Jungchen.« Dabei drückte er ihn sanft auf einen Stuhl. »Ich hab eine Idee! – Jetzt gedulde dich zehn Minuten und warte auf mich. Ich muss nur mal kurz telefonieren, denn eventuell hätte ich einen fantastischen Auftrag für dich.«

Als Friedrich nach einer Viertelstunde wiederkam, hatte er zwei Sherry in der Hand und setzte sich Matthias gegenüber.

»Pass auf«, sagte er. »Mein Freund Hubertus sucht ein Liebesnest für sich und seine Geliebte in Berlin. Zentral gelegen, zwei Zimmer, kleine Dachterrasse, offene, moderne Küche – die Dame ist eine Küchenfetischistin. Wichtig wäre außerdem noch eine Garage. Der offene Sportwagen meines Freundes sollte, um nicht gesehen zu werden, nicht einfach so auf der Straße herumstehen. Keine einfache Sache, aber mein Freund will mit Maklern nichts zu tun haben, verstehst du? Sie sind zu dusslig, und die Gefahr ist einfach zu groß, dass sie eines schönen Tages bei ihm zu Hause anrufen, um zu einer Besichtigung einzuladen. Und was dann los ist, kannst du dir ja vorstellen. Also: Mach dich auf die Socken und hör dich um! Mein Freund knausert nicht mit der Provision, darauf kannst du dich verlassen!«

Als Matthias nach Hause fuhr, war er in Hochstimmung. Wenn er wollte und ihm niemand, so wie Thilda, Knüppel zwischen die Beine warf, konnte er alles erreichen! Das Leben war großartig, und die Welt war dazu da, von ihm aus den Angeln gehoben zu werden.

17

Dezember 1984

Bester Laune schlenderte Matthias durchs KaDeWe. Von seinem ersten selbst verdienten Geld wollte er sich etwas gönnen und gleichzeitig in seine berufliche Laufbahn investieren. Auf seinen frisch gedruckten Visitenkarten auf sündhaft teurem geschöpftem Büttenpapier prangte sein vollständiger Name: MATTHIAS AMADEUS VON STEINFELD, und darunter hatte er »Organisationsmanager« gesetzt.

Was immer das auch bedeuten mochte.

Seine Visitenkarten machten etwas her, das wusste er. Noch nie hatte er so aufwendige, auffällige, außergewöhnliche Visitenkarten gesehen, und das erfüllte ihn mit Stolz. Es war noch nicht einmal eine halbe Stunde her, seit er sie aus der Druckerei abgeholt hatte, und auch hier im KaDeWe blieb er immer wieder stehen, öffnete den Karton und bestaunte sie. Die Karten machten ihn zu einer Persönlichkeit, der er selbst Respekt und Bewunderung zollte.

Er wusste ganz genau, was er jetzt noch unbedingt brauchte, und fuhr mit dem Fahrstuhl in den dritten Stock.

Fast automatisch und zielsicher wie ein Schlafwandler steuerte er in der Schreibwarenabteilung zu dem Bereich, wo es Füllfederhalter zu kaufen gab. In allen Farben, allen Formen, Größen und Preislagen. Die meisten in Vitrinen ausgestellt, in edlen Kästen, auf Seidenkissen oder in samtenen Betten.

Der Verkäufer war perfekt frisiert, hatte eine aalglatte, weiche Babyhaut, machte einen sehr distinguierten Eindruck und lächelte freundlich.

»Kann ich etwas für Sie tun?«, fragte er leise und sprach damit Matthias direkt an, der versonnen vor einer Vitrine stand.

»Ja, das können Sie.« Matthias straffte die Schultern und trat an den Verkaufstresen.

»Ich suche einen Füllfederhalter. Es sollte ein ganz besonderer Füllfederhalter sein. Nicht ausgefallen – verstehen Sie, ich will nichts Buntes, Eckiges oder Kariertes –, sondern außergewöhnlich. Ein Füller, den die Welt noch nicht gesehen hat und der durch seine Einmaligkeit auffällt. Ich will einen, den kein anderer hat. Ein Einzelstück. Er muss eine Sensation sein, sonst kaufe ich ihn nicht. Also zeigen Sie mir einfach das Beste, was Sie haben.«

»An welche Preisklasse dachten Sie denn?«, fragte der Verkäufer.

»Es kommt darauf an«, erwiderte Matthias ausweichend. »Sagen wir mal so: Der Preis muss gerechtfertigt sein. Und es muss auf den ersten Blick für jedermann sichtbar sein, dass dieser Füllfederhalter sein Geld wert ist.«

Der Verkäufer zog einen Schlüsselbund aus seiner Jackettasche, fand auf Anhieb den richtigen Schlüssel und öffnete eine Schublade unterhalb einer Vitrine. Dort zog er einen ungefähr vierzig mal dreißig Zentimeter großen Kasten hervor, der außerdem zehn Zentimeter hoch und sehr schwer war . Schon allein das Design des Kastens war auffallend. Er hatte die Form von zwei aufeinandergesetzten dickbauchigen Bilderrahmen, der obere zeigte die grobfaserige Struktur eines Schiffstaus.

Eine Schatztruhe für einen einzelnen Füllfederhalter, dachte Matthias, das ist fantastisch.

Beinah feierlich und mit spitzen, vorsichtigen Fingern klappte der Verkäufer die wertvolle Truhe auf. Zum Vorschein kam ein edler Füllfederhalter, schwarz mit kunstvoll verzierten silbernen Einfassungen, dem eingravierten silbernen Namen *Amerigo Vespucci* und einer hölzernen Verschlussklappe. Die Feder war aus echtem Gold. Gebettet war er auf beigefarbenem Samt, zusammen mit einem kleinen Tintenfass.

»Ich erkläre Ihnen gleich, was es damit auf sich hat«, meinte der Verkäufer, »aber nehmen Sie ihn doch erst einmal in die Hand.«

Er wog schwer. Schwerer, als Matthias gedacht hatte, und er berührte ihn so zart wie die Wange einer Geliebten. Und er hatte das Gefühl, dass eine ungeheure Kraft von ihm ausging. Er war wie das Zepter zur Macht. Mit ihm würde er Verträge unterschreiben, die sein Leben änderten, die aus ihm endlich den machten, der er sein wollte. Mit ihm würde er Worte zu Papier bringen, die ihresgleichen suchten, Genialität begann mit diesem ersten Accessoire.

»Sie wundern sich vielleicht über das Holz, aus der die Verschlusskappe gearbeitet ist«, begann der Verkäufer leise, um die Wirkung seiner Worte noch zu verstärken. »Es handelt sich um echtes Holz vom Oberdeck der *Vespucci*, mit der der große Navigator Amerigo Vespucci auf Reisen ging. Wie Sie bestimmt wissen, war er der wahre Entdecker Amerikas und gab dem Kontinent seinen Namen. 1509 sank die *Vespucci* in einem fürchterlichen Sturm im Golf von Genua, als sich Vespucci auf dem Rückweg in seine Heimatstadt Florenz befand. Das Wrack wurde zu Beginn des zwanzigsten Jahrhunderts gehoben. Nur wenige Füllfederhalter wurden aus dem kostbaren Plankendeck gefertigt, jeder ist anders, jeder ist ein Unikat. Sie haben sozusagen immer ein Stück des berühmtesten Segelschiffes der Welt in der Hand.«

Matthias war schwer beeindruckt. Der Füller gefiel ihm ausgesprochen gut, und die Geschichte rührte und faszinierte ihn gleichermaßen. Genau so etwas hatte er sich erträumt.

»Ich nehme ihn«, sagte er und spürte in diesem Moment so etwas wie eine beginnende Leidenschaft. Dieser Füllfederhalter würde ihn begleiten. Sein Leben lang. Bei allem, was er tat.

Ein Stockwerk höher kaufte er noch einen anthrazitfarbenen Anzug mit passender Weste und Krawatte und zu guter Letzt im Erdgeschoss ein Paar italienische Halbschuhe aus Kalbsleder, die – wie er fand – wunderbar zu dem neuen Füllfederhalter passten.

Denn er erinnerte sich an den Satz, den Friedrich ihm zum Abschied mit auf den Weg gegeben hatte. »Jungchen«, hatte er gesagt. »Eins darfst du nie vergessen: Das Wichtigste sind deine Schuhe. Sie zeigen deinen Charakter, deinen gesellschaftlichen Stand, deine Vermögensverhältnisse und deinen Geschmack. Und von heute an möchte ich dich nie mehr auf Linoleum quietschen, sondern auf Marmorböden klackern hören!«

Als er das KaDeWe verließ, hatte er viertausendzweihundert Mark ausgegeben, hatte von seinem ersten selbst verdienten Geld noch dreihundert Mark übrig und war äußerst zufrieden mit sich. Im Grunde war er sogar richtig glücklich, und als er quer über den Wittenbergplatz zu seinem Auto ging, lief er schneller als gewöhnlich.

Er wusste, dass es klüger gewesen wäre. Aber er hatte keine Lust, seine Schätze zu verstecken.

Und so vergingen keine zwei Tage, bis Thilda Anzug, Schuhe und vor allem den Füllfederhalter entdeckte. Die Bons aus dem KaDeWe lagen passend dazu noch auf dem Schreibtisch.

Matthias kannte Thilda in letzter Zeit nur als pralle, leidende und bewegungsunfähige Schwangere oder als keifende Furie.

An diesem Abend war sie anders.

Matthias saß an seinem Schreibtisch, blätterte im Hochglanzprospekt eines Golfclubs und studierte die Aufnahmebedingungen, als sie still ins Zimmer kam und sich neben ihn stellte.

»Bist du eigentlich völlig übergeschnappt?«, flüsterte sie. »Bist du wahnsinnig geworden oder nicht ganz bei Trost?«

»Lass es. Es bringt nichts, wenn wir darüber reden«, meinte Matthias, ohne von seiner Lektüre aufzusehen, denn er wusste ganz genau, worauf sie hinauswollte.

»Halt den Mund!«, fauchte sie leise, und Matthias konnte nichts dagegen tun, dass sich ihm die Härchen auf den Unterarmen aufstellten. »Wir haben kein Geld. Alles, was wir an Lebensmitteln brauchen oder an Kleinigkeiten für den täglichen Bedarf, müssen wir uns bei deiner Mutter erbetteln. Das weißt du. Wir haben oft genug über unsere beschissene Situation geredet. Gut, ich habe nicht geglaubt, dass du wirklich was verdient hast. Aber dass du es sofort für so einen unnützen Scheiß auf den Kopf haust ...« Jetzt wurde sie lauter. »Damit hab ich nicht gerechnet.«

Sie trat vor ihn, stützte sich auf den Schreibtisch und sah ihn an. Er konnte ihrem Blick nicht ausweichen und sah, dass ihr Tränen über die Wangen liefen, die sie aber gar nicht zu bemerken schien.

»Wir haben nichts zu fressen, leben von Maggisuppen, und du kaufst dir einen Füller für zweitausendzweihundert Mark? Ja, spinnst du denn? Und einen Anzug? Wo willst du den denn anziehen? Zum Einkaufen auf dem Markt? Und Schuhe für vierhundert Mark? Dafür kriege ich acht Paar!«

»Ja, du. Ich nicht.« Das war alles, was er sagte.

Sie starrte ihn an, als wäre er von einem anderen Stern.

»Wie viel Geld hast du noch übrig?«

»Nichts«, log er.

»Du hast wahrhaftig alles ausgegeben?«

»Ja. Alles.«

»Weißt du, was du bist, Matthias von Steinfeld? Ein aufgeblasenes, wichtigtuerisches, größenwahnsinniges Angeberschwein. Dumm, oberflächlich und herzlos. Aber so arrogant, dass dir eigentlich der Schädel platzen müsste.« Sie griff in ihrer Wut in die Schachtel mit den Visitenkarten und warf eine Handvoll gegen die Wand.

Matthias erstarrte vor Schreck.

Dann ging Thilda zur Tür. »Und ich war wahrhaftig mal in dich verliebt.«

Als sie weg war, stürzte Matthias auf die Knie, krabbelte auf allen vieren durchs Zimmer und sammelte seine kostbaren Visitenkarten wieder ein. Jede einzelne untersuchte er genauestens, ob sie nicht zerknickt war und auch wirklich kein Haar daran klebte. Er begann zu schwitzen. Nur die wertvollen Karten machten ihm Sorge. Dass Thilda ihn hatte beleidigen wollen, war ihm egal, denn das hatte sie nicht geschafft. Im Gegenteil. Er fand sich eigentlich ganz gut charakterisiert und hatte sich offensichtlich schon verändert. In die richtige Richtung, und sie hatte es bemerkt.

Als er das letzte Kärtchen aufgehoben hatte, stand er auf und sortierte die Visitenkarten zurück in den Karton.

Das, was Thilda über ihn gesagt hatte, war der Matthias von Steinfeld, der es allen zeigen und der Geld und Erfolg haben würde. Brave Hausmütterchen wie Thilda blieben da unweigerlich auf der Strecke. Sie verschwanden irgendwann vollkommen unbemerkt wie ein Wattwanderer im dichten Nebel, indem sie eines Tages einfach ihre Sachen packten und gingen.

Matthias war davon überzeugt, dass dieser Tag nicht mehr in allzu weiter Ferne lag.

18

1986

Als Alexander ein Jahr alt war, hatte Thilda eine regelrechte Metamorphose hinter sich. Sie war schlanker als vor der Schwangerschaft, trug freche, moderne Klamotten, und durch einen witzigen Kurzhaarschnitt wirkte sie aktiv und sportlich. Sie war eine junge Frau, die sich vollkommen neu erfunden hatte, die in engen Jeans, aber auch in Miniröcken fantastisch aussah und bei der man sich kaum vorstellen konnte, dass sie vor einem Jahr ein Kind geboren hatte.

Auch ihre Boutique begann sich nach Anfangsschwierigkeiten durch rege Mundpropaganda gut zu etablieren. Thilda hatte offensichtlich eine Marktlücke gefunden, und der Laden warf gute Gewinne ab.

Matthias arbeitete ebenso erfolgreich in seiner Immobilienfirma.

Der Kühlschrank war nicht mehr leer, und sie redeten nicht mehr über Geld.

Sie redeten eigentlich über gar nichts, weil sich keiner mehr für den anderen interessierte.

Kurz vor Weihnachten bereitete Thilda ein aufwendiges Abendessen zu, was sie schon ewig nicht mehr gemacht hatte, und bat Matthias, mit ihr zu essen.

Direkt nach der Vorspeise kam sie zur Sache.

»Hör zu«, begann sie, »wir sollten einmal grundsätzlich über unsere Situation reden.«

Matthias stöhnte innerlich auf, aber er sagte nichts.

»Wir haben einen Sohn, der beschützt und geliebt aufwachsen soll, und dazu braucht er beide Eltern.«

Jetzt stöhnte Matthias laut.

»Ich weiß, solche Gespräche nerven dich, aber das kann ich nicht ändern«, fuhr sie ungerührt fort. »Du lebst in deinem Wolkenkuckucksheim und möchtest nicht gestört werden. Akzeptiert wird nur der, der mit einem lukrativen Auftrag und einem Sack voll Geld um die Ecke kommt.«

»Worauf willst du hinaus?«, fragte Matthias scharf. »Ich kann mir nicht vorstellen, dass du den Nachmittag in der Küche verbracht hast, um mich beim Essen zu beschimpfen.«

»Nein.« Thilda schnitt so winzige Stückchen von ihrem Steak, als wollte sie eine Laborprobe nehmen und einzelne Fasern in ein Reagenzglas stecken. Es fiel ihr sichtlich schwer, aber schließlich sagte sie: »Schwangerschaft und Geburt liegen ein Jahr zurück, Matthias. Es geht mir gut. Ich bin gesund und fühle mich wohler als früher. Ich habe abgenommen, meine Figur ist okay, finde ich, und ich habe keine ansteckende Krankheit. Ich bin eine Frau mit Gefühlen und Bedürfnissen, Matthias, aber du rührst mich nicht an. Du siehst mich ja nicht mal mehr an. Wahrscheinlich bemerkst du mich gar nicht, wenn ich durchs Zimmer gehe. Und so kann man natürlich auch keine Veränderungen mitbekommen. Was ist los mit dir, Matthias? Bin ich dir so zuwider?«

Nein, zuwider war sie ihm nicht. Sie war ihm einfach nur völlig egal. Irgendwo hatte er auch am Rande registriert, dass sie jetzt besser aussah als damals, als sie sich kennenlernten, aber auch das war nicht wichtig, und er hatte es

Minuten später wieder vergessen. Er dachte einfach nicht an sie. Weder wenn sie da noch wenn sie weg war. Geschweige denn, dass er sich nach ihr sehnte. Und wenn er sich vorstellte, sie in der Nacht zu berühren, wurde ihm übel. Aber er konnte beim besten Willen nicht sagen, warum.

»Nichts ist los. Wirklich. Es ist alles in Ordnung.«

»Ach ja? Wir leben nebeneinander her wie Bruder und Schwester, die sich gegenseitig schon lange zum Hals heraushängen. Jeder Satz, den du zu mir sprechen musst, wird zur Anstrengung. Und du fasst mich nicht mehr an, Matthias. Ist dir das aufgefallen? Seit unserer ersten Nacht im Park hat es nie wieder etwas zwischen uns gegeben. Das ist doch keine Ehe!«

Da hatte sie recht. Aber er konnte es nicht ändern.

»Was soll ich tun?«

Thilda starrte ihn fassungslos an, so ungeheuerlich fand sie die Frage. Aber auch demütigend und verletzend.

»Ich möchte, dass du aus unserem Schlafzimmer auszeihst. Ich ertrage diese Nähe nicht mehr, die keine ist. Wir werden dein Arbeitszimmer irgendwie umgestalten, sodass du da auch gleich schlafen kannst. Groß genug ist es. Wir kaufen dir ein Bett. Das kann ja nicht das Problem sein. Und ansonsten lassen wir alles beim Alten und tun deiner und meiner Familie gegenüber, als wäre alles in Butter.«

Sie hatte einen dicken Kloß im Hals und hoffte inständig, er möge ihr widersprechen oder sich dagegen wehren, aus dem gemeinsamen Schlafzimmer auszuziehen, aber er sagte nur:

»Das ist eine gute Idee, Thilda.«

19

Berlin, Juni 2009

Exakt nach der akademischen Viertelstunde, also fünfzehn Minuten nach drei Uhr, fuhr Dr. Hersfeld in einem cremefarbenen Jaguar vor. Aufgrund seiner jungenhaften Stimme am Telefon hatte sich Matthias einen sportlichen Mittvierziger vorgestellt und wunderte sich nicht schlecht, als ein kleiner, rundlicher Mann aus dem Auto sprang, der sicher über fünfzig war, aber noch älter aussah und überhaupt nicht daran dachte, seiner Gattin beim Aussteigen zu helfen, die Schwierigkeiten hatte, aus dem flachen Wagen zu klettern. Matthias sprang vor und reichte ihr die Hand.

Dr. Hersfeld stürzte auf Matthias zu und schüttelte ihm so ausgiebig die Hand, als wären sie sich gerade über den Verkauf eines Rennpferdes einig geworden. Matthias wunderte sich, dass er ihm nicht noch zusätzlich auf die Schulter schlug.

»Entschuldigen Sie, dass wir ein bisschen spät dran sind, aber Sie wissen ja, wie Frauen sind: Die umfangreichen Restaurierungsmaßnahmen dauern von Jahr zu Jahr länger!« Er lachte. Matthias war eher pikiert und beobachtete Frau Hersfeld, wie sie auf die Unverschämtheit reagierte, aber sie zuckte mit keiner Wimper.

»Wie schön, dass es heute endlich geklappt hat«, fuhr Dr. Hersfeld strahlend fort. »Vielleicht war es ja gut, dass Sie neulich verhindert waren, wir haben heute wesentlich mehr Zeit mitgebracht.« Er klatschte in die Hände. »Ich bin sehr gespannt!«
Der Mann kam ja direkt auf den Punkt. »Gut.« Matthias klappte seine Unterlagen auf, die er in einer ledernen Mappe unter dem Arm getragen hatte.

»Als Erstes möchte ich Ihnen eine exklusive, luxuriöse Altbauwohnung mit Dachterrasse anbieten. Sehr zentral gelegen, fünf Autominuten bis zum Ku'damm, dennoch Naturnähe. Das Haus liegt direkt am Lietzensee mit Blick aufs Wasser, fünfter Stock, Fahrstuhl, sieben Zimmer, drei Bäder, eine grandiose, neu installierte amerikanische Küche, insgesamt dreihundertzweiunddreißig Quadratmeter, reservierter Parkplatz direkt vor dem Haus.«

»Kein Parkhaus?«

»Nein. Kein Parkhaus.«

»Und mein Wagen?«, bemerkte Frau Hersfeld mit einer hohen, aber dennoch warmen Stimme.

»Da werden wir eine Möglichkeit finden«, beeilte sich Matthias zu sagen.

»Aber selbstverständlich, da bin ich ganz sicher. Und du gruselst dich doch sowieso im Parkhaus, nicht, Schatz?«

Statt einer Antwort schnalzte Frau Hersfeld mit der Zunge. Ein beunruhigendes Geräusch, das Matthias bereits als Ablehnung interpretierte. Aber er bemühte sich, weiterhin Zuversicht auszustrahlen.

»Ich würde vorschlagen, wir sehen uns dieses außerordentliche Objekt erst einmal an. Es wird Ihnen gefallen, denn es ist eine der Top-Adressen Berlins. Und wenn Sie irgendwelche Sonderwünsche haben: Nichts ist unmöglich. Jedenfalls nicht für mich und meine Mitarbeiter.«

»Kostenpunkt?«

»Eins Komma acht Millionen.«

»Okay. Und das zweite Projekt?«

»Ist eine Villa auf der Insel Schwanenwerder. Dreihundertsechzig Quadratmeter, sieben Zimmer, drei Bäder, zwei Terrassen, zwei Garagen, vor zwei Jahren vollständig saniert, absolut ruhige, großartige Lage direkt am See mit eigenem Bootssteg, sechstausend Quadratmeter Grundstück. Kostenpunkt: drei Komma eins Millionen. Die beiden Objekte sind nicht zu vergleichen, aber jedes für sich ist sensationell.«

Dr. Hersfeld wirkte über den Preis weder erschrocken noch sonderlich überrascht. Er rieb sich unentwegt die Hände, als könnte er seine Energie kaum noch bremsen, und Matthias hatte das Gefühl, er würde gleich wie ein Gummiball mit hohen Sprüngen davonhüpfen.

»Also gut.« Dr. Hersfeld verschränkte die Arme. »Dann gucken wir uns zuerst die Stadtwohnung an. Vielleicht wäre es was für unsere Kinder, die sicher nicht gern im Wald wohnen, wo sich die Füchse Gute Nacht sagen.« Er lachte schon wieder, aber Matthias konnte daran nichts komisch finden.

Matthias fuhr in seinem Wagen vor, Dr. Hersfeld folgte im Jaguar. Das leidige Parkplatzproblem würde sich also bereits jetzt bei der Besichtigung offenbaren.

Der wohnungseigene Parkplatz vor dem Haus war Gott sei Dank frei, Matthias hielt und machte Dr. Hersfeld ein Zeichen, er möge sich dort hinstellen. Er selbst fuhr weiter und betete, schnell einen Parkplatz zu finden, damit die Hersfelds nicht zu lange auf der Straße warten mussten und sich bereits negativ auf die Wohnung einschießen konnten.

Aber er hatte Glück. Bereits fünf Minuten später schloss er den Hersfelds die Haustür auf.

Wenn es in Berlin eine perfekte Altbauwohnung gab – dann war es diese. Das sah selbst ein absoluter Immobilienlaie auf den ersten Blick. Dr. Hersfeld ging langsam von Zimmer zu Zimmer, aber Matthias konnte seinem Dauergrinsen nicht entnehmen, ob er die hochwertige Ausstattung mit sehr viel Sinn und Liebe zum Detail überhaupt bemerkte. Ob er die Türen mit den im Jugendstil gehaltenen Glasverzierungen, die edlen Stuckdecken, die alten, originalen Türgriffe und Messingscharniere, den hochwertigen Marmor in der Küche oder den Redlake-Fußboden im Wannenbadezimmer überhaupt zu würdigen wusste. Genauso wäre er wahrscheinlich auch durch eine Zweieinhalb-Zimmer-Wohnung im Wedding spaziert.

Er sagte unentwegt: »Schön, schön«, und nahm Matthias' Erklärungen lediglich nickend zur Kenntnis. Offensichtlich war er ein absoluter Bauchmensch, der sich nur von seinem Gefühl leiten lassen wollte.

Frau Hersfeld stöckelte ihrem Mann von Raum zu Raum hinterher, und ihre Schuhe klapperten auf dem wunderschönen neu verlegten Eichenparkett, dass es Matthias in den Ohren wehtat und er insgeheim hoffte, dass nicht jeder Schritt eine kleine Delle im Fußboden hinterließ.

»Welches Baujahr ist die Wohnung?«, fragte Hersfeld.

»Neunzehnhundertsieben.«

»Und wann wurde sie saniert?«

»Vor zwei Jahren. Komplett, und wie Sie sehen, absolut hochwertig.«

Hersfeld nickte abermals. Matthias folgte den beiden leise. Wollte bei der Besichtigung nicht stören. Herr und Frau Hersfeld unterhielten sich leise, und ab und zu hörte Matthias ein paar Brocken, wenn Frau Hersfeld »Ja, warum nicht?« oder »Wenn du meinst« sagte.

»Wo ist der Kamin?« war die erste Frage, die Frau Hersfeld an ihn richtete.

»Im Terrassenzimmer, bitte kommen Sie.«

Matthias ging voran, und die beiden folgten.

»Wunderbar! Elmar, dieser Kamin ist ein Traum! Findest du nicht?«

»Sicher.« Er sah sich um, als überlegte er, wo er seine Werkbank aufbauen könnte.

»Auf der Terrasse haben Sie ab Mittag Sonne, und mit zweiundvierzig Quadratmetern ist sie groß genug, um im Sommer sogar kleine Festivitäten draußen zu veranstalten.«

Dr. Hersfeld nickte, als hätte er gar nicht richtig zugehört. Daher wandte sich Matthias jetzt an seine Gattin.

»Wie viele Kinder haben Sie, Frau Dr. Hersfeld?«

»Zwei. Einen Jungen und ein Mädchen.«

»Oh, wie schön. Und wie alt sind sie, wenn ich fragen darf?«

»Der Junge ist gerade achtzehn geworden, und das Mädchen ist sechzehn.«

»Ah ja. Na, ich denke, in dieser Wohnung haben Sie alle vier genug Platz, und bei drei Bädern gibt es morgens auch keinen Stau.«

Deinen Sohn würde ich mir gern mal für eine Nacht ausborgen, dachte Matthias, ich bevorzuge Söhne von unerzogenen Vätern, die ihren Frauen nicht aus dem Wagen helfen, nicht die Tür aufhalten und ihre Meinung ganz offensichtlich ignorieren. Unwillkürlich musste er lächeln, und auch Frau Hersfeld lächelte.

»Tja«, meinte Dr. Hersfeld vergnügt und stemmte die Fäuste in die Hüften, als stünde er auf dem Rummel und überlegte, ob er lieber Geister- oder Achterbahn fahren solle. »Ich für meinen Teil habe genug gesehen. Und du, Iris?«

»Ich auch. Meinetwegen können wir gehen.«

Nun gut. Keine Jubelschreie also, obwohl die Immobilie sie verdient hätte, aber wenigstens hier und da ein anerkennendes Wort über die riesigen, licht- und sonnendurchfluteten Räume oder den herrlichen Blick sowohl über die Stadt als auch über den See.

Doch einen Trumpf hatte er noch im Ärmel, wahrscheinlich eines der schönsten Objekte, die er während seiner gesamten Maklertätigkeit im Angebot gehabt hatte. Er war irgendwie verunsichert, denn Dr. Hersfeld war entweder ein Immobilien-Tourist, oder er schwamm wirklich im Geld, und die sieben Prozent Maklerprovision bei einem Drei-Millionen-Projekt waren schließlich nicht zu verachten.

»Also gut«, meinte er lächelnd. »Fahren wir auf die Insel, und ich zeige Ihnen etwas ganz anderes. Etwas wirklich Außergewöhnliches!«

Dichte Wolken schoben sich vor die Sonne, und während der Fahrt zum Wannsee fing es an leicht zu regnen. Das darf nicht wahr sein, dachte Matthias, gerade für diese Villa, die auf einem herrlichen Seegrundstück direkt am Wasser lag, brauchte er sonniges Wetter. Heute war eben nicht sein Tag.

Der Jaguar folgte. Matthias hätte ein Vermögen gegeben, um jetzt belauschen zu können, worüber sich die beiden im Auto unterhielten. Dieser Kunde war so verdammt schwer einzuschätzen, und kleine Männer verunsicherten ihn immer etwas. Entweder waren sie dominant und brutal oder aber gemütliche Teddybären, die keiner Fliege etwas zuleide taten. Matthias vermutete, dass Hersfeld nicht so leutselig war, wie er sich gab, sondern eher ein unglaublich ausgebuffter Geschäftsmann, der Naivität zur Schau stellte und sein Gegenüber sorglos werden ließ.

Ihm fiel ein, dass er heute noch nichts gegessen hatte. Dennoch verspürte er keinen Hunger, sondern fühlte sich im Gegenteil schwer und behäbig. Als hätte er in den letzten vierundzwanzig Stunden zwanzig Kilo zugenommen. Das ist der Frust über Alex, überlegte er, er wird immer größer und wächst in mir wie ein Krebsgeschwür. Mama und Alex. Die beiden Stützpfeiler seines Lebens schienen auf einmal gleichzeitig zusammenzubrechen.

Als er über die schmale Landzunge auf die Insel fuhr, schüttete es. Der Scheibenwischer arbeitete auf der höchsten Stufe, so konnten sie unmöglich Haus und Garten besichtigen. Es war zum Verrücktwerden.

Matthias parkte direkt vor dem Eingang des Hauses, der auf der Straßenseite lag und noch relativ bescheiden anmutete. Für Fälle dieser Art hatte er immer zwei Schirme im Auto, die er jetzt öffnete, um Herrn und Frau Hersfeld die wenigen Schritte bis zur Eingangstür zu geleiten.

Matthias lächelte traurig. »Es tut mir so leid, dass wir jetzt mit dem Wetter so ein Pech haben.«

»Dafür können Sie nun wirklich nichts.« Frau Dr. Hersfeld versuchte Haltung zu bewahren, aber sie war so blass, als litte sie unter Unterzuckerung und brauchte dringend eine Praline.

»Wir stehen hier im Grunde vor dem Hintereingang des Hauses, das eigentliche Entree ist vorn, auf der Seeseite. Aber ich würde vorschlagen, wir besichtigen erst einmal das Innere der Villa, vielleicht ändert sich ja das Wetter in der nächsten halben Stunde.«

Dr. Hersfeld nickte das hundertste Mal an diesem Tag.

Matthias schloss die Tür auf und ließ die beiden eintreten.

In den nächsten anderthalb Stunden besichtigte das Ehepaar die pompöse, aber äußerst stilvolle und mit großem Sachverstand und Geschmack renovierte Villa aus den Dreißigerjahren und begutachtete außerordentlich interessiert jedes einzelne Detail. Iris Hersfeld schlug vor Entzücken die Hände vors Gesicht, als sie im Kellergeschoss im Schwimmbad mit angeschlossener Sauna standen.

»Das ist ja alles kaum zu glauben«, murmelte sie.

Petrus hatte ein Einsehen. Als sie wesentlich später auf der Dachterrasse standen und über den Wannsee bis hin zum Grunewaldturm blickten, schien zwar immer noch nicht die Sonne, aber es regnete wenigstens nicht mehr.

Vor dem Haus reichte der parkähnliche Garten bis direkt an den See, ein eigener Bootssteg machte das traumhafte Bild perfekt.

»Nicht schlecht«, meinte Herr Dr. Hersfeld, und diese Schön-schön-Variation machte aus seinem Munde wahrscheinlich schon eine wahre Explosion der Begeisterung aus.

Matthias atmete tief durch. Der erste Schritt war getan. Jetzt brauchte er nur noch ein bisschen Glück.

»Kostenpunkt?«, fragte Dr. Hersfeld.

»Wie ich vorhin schon erwähnte: drei Komma eins Millionen. Leider gibt es nur wenig Verhandlungsspielraum. Der Eigentümer ist auf das Geld nicht angewiesen und daher relativ stur.«

»Verstehe.«

Wieder schien ihn der Preis nicht im Geringsten zu erschüttern.

»Gehen wir hinunter zum See«, sagte er ungewohnt leise und legte den Arm um seine Frau.

20

Die Schmerzen wurden gegen Abend immer schlimmer. Er betäubte sich mit Bier, und obwohl er wegen seiner Rippenbrüche kaum atmen konnte, rauchte er eine Zigarette nach der anderen. Zum Glück hatte er von beidem genug im Haus, sonst hätte er Manne bitten müssen, ihm Nachschub zu besorgen.

Allmählich dämmerte ihm, dass er in den nächsten Tagen allein wohl doch nicht so gut zurechtkommen würde. Und das regte ihn auf.

Um zehn rief er in der Küche an. Sein Souschef Jürgen war am Apparat. Er hatte wie immer eine Saulaune, aber das wunderte Alex nicht. In der Küche eines großen Hotels gab es keinen einzigen Koch, der sich wohlfühlte und während der vierzehn bis sechzehn Stunden Arbeitszeit keine schlechte Laune hatte.

»Wo bleibst du denn, du Arsch?«, polterte Jürgen sofort los, als Alex seinen Namen gesagt hatte. »Seit vierzehn Uhr warten wir hier auf dich, verflucht!«

»Ich war beim Arzt. Bin krankgeschrieben.«

»Das interessiert mich nicht. Nur der Tod entschuldigt.«

»Ich hab mir zwei Rippen gebrochen und ein Bein angeknackst.«

»Wie das denn?«

»Bin die Treppe runtergefallen.«

Drei Sekunden war es still in der Leitung. Dann schrie Jürgen wieder. »Was bist du denn für ein Vollidiot? Ich fasse es nicht! Wie bescheuert ist das denn?«

»Is' echt scheiße. Ist mir klar.«

»Wie lange?«

»Drei Wochen. Erst mal.«

Jürgen prustete wie ein Walross.

»Pass mal auf, mein Freund: eine Woche. Ist das klar? Und keinen Tag länger. Sieh zu, dass du wieder gesundgeschrieben wirst. Wie, ist mir wurscht. Und dann beweg deinen Arsch hierher. Sonst kannst du dir deine Papiere abholen. Hast du das kapiert, du Schwachkopf?«

Alex nickte in den Telefonhörer.

»Ob du das kapiert hast?«, blökte Jürgen.

»Ja.«

»Na also.« Jürgen legte auf.

Alex wusste, dass er seine Wut jetzt an irgendeinem Azubi oder Commis austoben würde. Beschimpft und beleidigt wurde man in der Küche sowieso unentwegt, gebrüllt wurde immer, das war normal, aber jetzt pickte er sich sicher noch einige raus, die er unnötig antreiben oder schikanieren konnte. Die er außerdem mal kurz im Kühlraum einsperrte oder denen er in die Suppe spuckte. Im wahrsten Sinne des Wortes.

Das, was Jürgen verlangte, war völlig unmöglich. In einer Woche war er auf keinen Fall fit genug, um wieder voll zu arbeiten und diesen Stress auszuhalten. Also würde er seinen Job verlieren. Wie schon so oft.

Er hüpfte auf Krücken zum Kühlschrank und öffnete sich eine neue Flasche Bier. Die wievielte heute wusste er nicht, aber noch fühlte er sich einigermaßen klar. Langsam und bedrohlich kroch die Depression seinen Nacken hinauf, wie eine Schlange, die sich beinah zärtlich um den Körper schmiegte, den sie erdrosseln wollte. Wenn das Opfer ausatmete, zog sie ihre tödliche Umarmung fester zu, bis kein Raum mehr für einen Atemzug blieb. Er trank schneller, um sich zu betäuben und nicht denken zu müssen, aber er konnte nicht verhindern, dass immer wieder die Bilder auftauchten, die letztlich schuld daran waren, dass er gestrandet war. In einem riesigen Loft, ohne Liebe, ohne Familie, ohne Freunde, ohne Geld. Mit einer menschenunwürdigen Arbeit ohne Perspektive. Er fühlte sich angeschwemmt wie zersplittertes, verlorenes Strandgut, das zu nichts weiterem nütze war, als verheizt zu werden.

Es war vor dreizehn Jahren, im Juli 1996. Matthias und Thilda machten mit ihrem elfjährigen Sohn Alexander Urlaub auf Fuerteventura.

Alex konnte es gar nicht glauben. Tag für Tag war der Himmel über dem Meer tiefblau, die Sonne strahlte unermüdlich, und nur selten zeigten sich einige Schäfchenwolken.

»Was für ein Wetter!«, seufzte Thilda jeden Morgen selig, schulterte die Badetasche, und sie wanderten zum Strand. Alexander war restlos glücklich. Der kilometerweite Strand war für ihn das Paradies, Freiheit pur und Sand, so weit das Auge reichte. Für sein Leben gern hatte er als kleines Kind im Sandkasten gespielt, und Sand war für ihn fast so geheimnisvoll und unwirklich wie Wasser.

Und nun waren sie hier an einem Strand, und die ganze Welt war voller Sand. Es gab für ihn nichts Gewaltigeres, als barfuß durch den weißen Sand zu laufen, immer weiter, immer weiter, bis zum Meer, wo die Wellen unermüdlich über den Sand rutschten und in der Sonne glitzerten. Er war in einer Zauberwelt und konnte sich nichts Schöneres vorstellen.

Seine Mutter lag am Rand der Dünen auf einem großen Badetuch, hatte alle drei Tage ein neues dickes Buch auf den Knien und trug eine riesige, undurchsichtige Sonnenbrille, in der sich Strand, Meer und Himmel spiegelten.

Jeden Vormittag gingen Vater und Sohn gemeinsam im Meer schwimmen, dann bauten sie Strandburgen, Krokodile und Schildkröten aus Sand, und Matthias ließ sich bereitwillig bis zum Hals eingraben.

Nachmittags ging Matthias immer spazieren. Stundenlang. Alex fragte ihn, ob er mitkommen könne, aber Matthias erklärte: »Bitte, Schatz, ich brauche ein paar Stunden am Tag für mich. Ich muss einfach mal allein sein. Sei nicht böse, aber das ist nun mal für mich die allerbeste Erholung. In der übrigen Zeit bin ich ja immer für dich da.«

»Kein Problem, alles klar.« Alex war zwar ein bisschen enttäuscht, aber er hatte dennoch Verständnis dafür. Offensichtlich hatte sein Vater so viel nachzudenken, weil er einfach auch wahnsinnig schlau war. Noch nie hatte er erlebt, dass sein Vater auf seine Fragen keine Antwort wusste, und wenn er sie nicht gleich beantworten konnte, präsentierte er ihm die Antwort garantiert einen Tag später.

Alex war davon überzeugt, dass er den fantastischsten Vater der Welt hatte. Was auch immer geschah: Sein Vater würde zu ihm halten, ihm helfen und ihn aus jeder noch so brenzligen Situation retten. Durch ihn fühlte er sich sicher und stark.

Am zehnten Urlaubstag fasste sich Alex ein Herz, nachdem Matthias ihm den Gutenachtkuss auf die Stirn gedrückt hatte, und sagte den Satz, der ihm bisher noch nie über die Lippen gekommen war, auch nicht bei seiner Mutter.

»Papa, ich hab dich unglaublich lieb«, flüsterte er und musste beinah selbst weinen, weil sein Herz in diesem Moment dabei war, überzuschäumen.

»Oh, mein Gott, Alex, Schatz …« Matthias zog ihn aus dem Bett hoch und nahm ihn ganz fest in den Arm. Dabei schmiegte sich Alex an seine Schulter, als wollte er in ihn hineinkriechen und mit ihm verschmelzen.

»Ich dich doch auch! Ich auch! Mehr, als ich es dir jemals sagen kann. Du bist das größte Glück, das mir je widerfahren ist, und ich sehe jeden Tag, dass ich den wundervollsten Sohn unter der Sonne habe.«

Jetzt liefen Alex die Tränen übers Gesicht.

Minutenlang saßen Vater und Sohn in inniger Umarmung da, keiner der beiden wagte sich zu bewegen, um diesen unendlich kostbaren Moment nicht zu zerstören.

Schließlich stand Matthias auf, ging leise zur Tür und hauchte das gefühlvollste Gute Nacht, das er jemals ausgesprochen hatte.

Am fünfzehnten Urlaubstag tauchte plötzlich Will auf. Alex saß in seiner Sandburg, die mit Wehrtürmen, Tunneln, überdachten Gängen und in die Burgmauer eingebauten Häusern so kompliziert war, dass der Bau mehrere Tage in Anspruch genommen hatte, und sah zuerst Wills kurze, stämmige Beine, auf denen rotblonde Härchen wuchsen, fast wie bei einem richtigen Fell.

»Kann ich mitmachen?«, fragte Will und stemmte die Hände in die Hüften.

»Nö«, antwortete Alex und schob seinen Arm bis zur Schulter in eine unterirdische Katakombe.

Matthias stand auf und klopfte sich den Sand von den Shorts. »Was ist denn los mit dir, Alex?«, fragte er und lächelte den fremden Jungen an. »Warum soll er nicht mitmachen? Wir können jeden gebrauchen, der bei dieser gewaltigen Burg helfen kann.«

Der Junge strahlte und nahm begeistert die Schippe, die Matthias ihm reichte. Alex zuckte nur die Achseln. Nun gut. Er hätte zwar gern allein mit seinem Vater weitergebaut, aber wenn er einen Spielkameraden hatte, war das vielleicht auch nicht schlecht. Zumal die Nachmittage furchtbar langweilig waren, wenn sein Vater spazieren ging und sich seine Mutter durch die dicken Bücher fraß.

Will hatte das rötlich blonde Fell am ganzen Körper, im Gesicht dazu Millionen von Sommersprossen und auf dem Kopf widerspenstiges rotes Haar, das in alle Himmelsrichtungen abstand. Er sah aus wie eine Figur aus einem Kinderbuch von Astrid Lindgren, und Alex konnte sich lebhaft vorstellen, dass er seinen Kopf wie Michel in eine Suppenschüssel steckte und nicht mehr herausbekam.

Will hieß eigentlich Wilhelm, fand seinen Namen aber abscheulich, langweilig und unerträglich altmodisch und bestand daher darauf, von allen nur Will genannt zu werden.

Es dauerte keine zwei Stunden, und Alex konnte sich gar nicht mehr vorstellen, wie sie jemals ohne Will gebuddelt hatten. Er war so ernsthaft bei der Sache und gab sich so große Mühe, dass es sowohl Alex als auch Matthias Spaß machte, den kleinen Jungen in ihr Spiel zu integrieren.

Wills Eltern wohnten im selben Hotel wie die Steinfelds, und kurz vor dem Mittagessen kamen sie, um Will abzuholen. Sie begrüßten Matthias und Thilda per Handschlag, unterhielten sich zehn Minuten und zogen dann los. Will versprach, nach dem Essen wiederzukommen.

Von da an waren die beiden Jungen unzertrennlich. Thilda erlaubte nicht, dass Alex allein und unbeaufsichtigt ins Wasser ging, da er einen zarten Körperbau hatte und kein guter, vor allem kein ausdauernder Schwimmer war, aber sonst durften sie nach Herzenslust am Strand und in den Dünen herumtoben und waren deshalb oft stundenlang verschwunden. Sogar abends spielten sie noch im hoteleigenen Park, während Thilda und Matthias mit Wills Eltern zusammensaßen und Cocktails tranken.

Es passierte vier Tage später.

Alex und Will spielten Robinson Crusoe, verschollen auf einer einsamen Insel. Sie hatten einen Dünenabschnitt entdeckt, in den sich normalerweise keine Touristen verirrten, und angeschwemmtes Holz dorthingeschleppt, um sich eine Hütte zu bauen. Während sich Will bemühte, irgendwie ein einigermaßen stabiles Dach hinzubekommen, stand Alex auf dem höchsten Punkt der Düne und hielt Ausschau nach einem eventuell vorbeifahrenden Schiff, das sie Schiffbrüchige retten könnte.

Aber er sah kein Schiff, sondern zwei Männer.

Und einer von ihnen war sein Vater.

Ging er also gar nicht allein spazieren. Er hatte gelogen, als er gesagt hatte, er wolle allein sein. Alex' Herz zog sich zusammen, er hatte gar keine Zeit mehr, Will Bescheid zu sagen, und schlich den Männern hinterher. Im weichen Sand waren seine Schritte lautlos, es gab keine Zweige, die knackten, kein Laub, das raschelte, und alle paar Meter duckte er sich vorsichtshalber in Vertiefungen hinter dem Strandhafer.

Keiner der beiden entdeckte ihn oder ahnte auch nur, verfolgt zu werden.

Sie gingen nebeneinander her und unterhielten sich, waren aber zu weit entfernt, als dass Alex irgendetwas hätte verstehen können. Der andere Mann war jünger als sein Vater, ein wenig größer und auch ein bisschen schlanker. Er hatte dunkles, gewelltes Haar, trug eine lange beigefarbene Leinenhose und ein blaues T-Shirt, Papa hatte seine Shorts an, die er immer trug, wenn sie an den Strand gingen, und ein weißes Polohemd.

Sie gingen hintereinander eine Düne hinunter, Matthias voran. Plötzlich stolperte der Jüngere, Matthias fing ihn auf, sodass er nicht fiel. Dadurch hielten sie sich in den Armen und sahen sich in die Augen.

Alex wagte kaum zu atmen.

Der Jüngere zog seinen Vater fester an sich, legte seine Hand auf Matthias' Hintern und drückte so den ganzen Unterkörper gegen sich. Dann küssten sie sich. Lange und von Sekunde zu Sekunde wilder.

Alex hatte so etwas zwar schon etliche Male im Fernsehen und in Zeitschriften gesehen, aber noch nie in der Wirklichkeit. Und noch nie mit zwei Männern. Und schon gar nicht mit seinem Vater.

Ihm wurde übel, dennoch hörte er nicht auf, zu beobachten, was weiter geschah.

Sie küssten sich ununterbrochen, ihre Hände wanderten über den Körper des anderen, und schließlich sanken sie gemeinsam in den Sand. Mit hektischen Bewegungen zogen sie sich gegenseitig aus.

Alex wusste ganz genau, was das bedeutete. Er hielt es nicht mehr aus, glaubte in diesem Moment sterben zu müssen. Es war alles vorbei, sein ganzes Leben war zerstört. Er hatte den Glauben an seinen Vater und somit auch an sich verloren. Er hasste ihn! Er hasste ihn in diesem Moment so abgrundtief, mit der ganzen Kraft seiner kindlichen Seele, dass er am liebsten geschrien hätte. Sein Vater war ein Lügner und ein Verräter. Diesen Mann da vorn, der jetzt mit einem anderen nackt in den Dünen lag und ihn liebkoste, kannte er nicht, wollte er auch nicht kennen.

Er begann sich so sehr zu ekeln, dass er sich übergeben musste, und dann drehte er sich um und kroch davon.

Die Tränen liefen ihm übers Gesicht, und er wusste nicht mehr, was er machen sollte. Hatte panische Angst, seinem Vater am Abend zu begegnen, und wünschte sich nichts sehnlicher, als ihn niemals wiederzusehen.

Auf dem halben Weg zurück zu ihrer provisorischen Hütte kam ihm Will entgegen.

Eigentlich war Will stinksauer, dass Alex einfach so verschwunden war, ohne ihm etwas zu sagen, aber als er ihn dann heulend ankommen sah, wie ein Häufchen Elend, erschrak er so, dass seine Wut augenblicklich verflogen war.

»Was ist passiert?«, schrie Will. Er ließ sich vor Alex in den Sand fallen und wollte ihn in die Arme nehmen, aber Alex stieß ihn zurück.

»Nichts. Gar nichts. Es ist alles klar.«

»Aber du heulst?«

Alex wischte sich mit dem Arm über die Augen und schniefte laut. »Ich wollte noch mehr Holz holen, bin hingeknallt und hab mir scheißwehgetan.«

»Wo denn?« Will sah auf Alex' Knie.

»War der Knöchel. Sieht man nicht, ist auch schon wieder besser.« Alex versuchte ein gequältes Lächeln.

»Machen wir weiter?«, fragte Will.

Alex schüttelte den Kopf. »Nee. Ich will zurück ins Hotel.«

Alex legte sich ins Bett und weigerte sich, zum Abendessen zu kommen.

»Was hast du denn bloß, mein Spatz?«, fragte Thilda besorgt und legte ihm die Hand auf die Stirn. »Ist dir übel?«

Alex nickte.

»Hast du Kopfschmerzen?«

Alex nickte.

»Tut dir was weh?«

»Alles«, flüsterte Alex.

Thilda kramte ein uraltes Fieberthermometer aus ihrem Kulturbeutel, das sie schon ewig nicht mehr benutzt hatte, und klemmte es Alex unter die Achsel.

»Schön festhalten, ja? Zehn Minuten.«

Alex nickte erneut und legte sich auf den Arm, unter dem das Thermometer steckte. In seinem Kopf drehte sich alles. Die Bilder vom Strand waren wie Messerstiche. Jeder Gedanke tat weh. Ich werde weglaufen, dachte er, abhauen. Ganz weit weg. Irgendwohin in ein fremdes Land. So weit, dass sie mich niemals finden, dass ich ihn nie wiedersehen muss.

Auf der einen Seite machte ihm diese Idee noch mehr Angst, aber auf der anderen beruhigte sie ihn auch. Er war völlig durcheinander.

Offensichtlich war er ein paar Minuten eingeschlafen, denn als er aufwachte, war sein Vater bei ihm und suchte unter seinem Arm nach dem Thermometer, das immer noch genau dort steckte, wo es sollte.

Er bekam eine steile Falte auf der Stirn, als er das Thermometer hin und her kippte, um die Quecksilbersäule besser zu erkennen.

»Der Junge hat Fieber«, murmelte er mehr zu sich als zu Alex.

Er setzte sich zu ihm aufs Bett.

»Was machen wir denn bloß mit dir?«, meinte er liebevoll und strich ihm den schweißnassen Pony aus der Stirn. »Wahrscheinlich hast du eine Sommergrippe. Ich werde mich im Hotel mal nach einem Arzt erkundigen. Jetzt bleibst du jedenfalls erst mal im Bett. Hast du Appetit auf eine Brühe?«

Alex schüttelte den Kopf, schloss die Augen und drehte sich zur Seite. Er konnte jetzt niemanden in seiner Nähe ertragen, und seinen Vater am allerwenigsten.

»Gut. Dann hole ich dir nur etwas zu trinken und vielleicht ein bisschen Obst.«

Matthias streichelte ihm die Wangen. »Schlaf dich gesund, mein kleiner Schatz, ich komme bald wieder.«

Damit stand er auf und ging hinaus.

Als die Hotelzimmertür hinter ihm ins Schloss gefallen war, fing Alex an zu weinen, wie er noch nie in seinem Leben geweint hatte.

Alexander schüttelte sich. Er wollte einfach nicht mehr an damals denken, er wollte einfach nicht daran denken! Aber die Bilder verblassten nicht, waren so frisch in seinem Kopf wie damals vor vierzehn Jahren.

Er setzte die Kopfhörer auf und drehte die Lautstärke bis zum Anschlag. Die Bässe des dumpfen Techno-Rhythmus donnerten ihm ins Gehirn, als würde er seinen Kopf mit aller Gewalt gegen die Wand schlagen. Sie hauten ihm die Gedanken aus dem Schädel, bis er vergessen hatte, dass er überhaupt noch lebte.

21

»Mama! Hörst du mich?«

Keine Reaktion.

Henriette von Steinfeld saß in ihrem Sessel wie eingefroren oder aus Wachs modelliert im Wachsfigurenkabinett von Madame Tussauds. Ihre Miene blieb unbeweglich und starr, dabei sah sie ungewöhnlich gut aus. Ihre Haut erschien ihm glatter als sonst, mit ein wenig Make-up hätte sie gewirkt, als hätte sie eine Verjüngungskur hinter sich.

Sie atmete ruhig, zitterte nicht, aber Matthias bemerkte, dass sie viel zu selten mit den Augenlidern blinkte.

»Du siehst gut aus, Mama.«

Zumindest dieser Satz hatte immer ein Lächeln in ihr Gesicht gezaubert, aber nichts geschah.

Das halte ich nicht aus, dachte Matthias, das ist die Hölle auf Erden. Da bin ich schlicht überfordert.

Er legte seine Hand unter ihre. »Meinst du, du schaffst es, einmal zu drücken, wenn du meine Fragen mit Ja beantwortest, und zweimal, wenn du Nein sagen willst? Wollen wir das mal versuchen?«

Sie drückte nicht, aber vielleicht hatte sie die letzte Frage auch nicht als Frage aufgefasst.

»Also gut, dann fangen wir jetzt an. Hast du heute schon zu Mittag gegessen?«

Sie drückte nicht.
»Kannst du verstehen, was ich sage?«
Nichts. Wie konnte ein Mensch nur so verflucht still sitzen. Das war einfach unvorstellbar.
»Vielleicht ist es leichter für dich, wenn du bei Ja einfach nur die Augen schließt und bei Nein zweimal hintereinander?«
Sie reagierte nicht.
»Ich finde, hier im Zimmer ist es unerträglich heiß. Ist dir zu warm?«
Ihre Augen blieben starr und offen.
»Soll ich dir die Jacke ausziehen?«
»Möchtest du etwas trinken?«
»Soll ich mit dir in den Garten fahren?«
Langsam wurde er wütend. Er hatte Lust, sie zu schütteln und zu schlagen, ihr wehzutun, bis sie sich einfach wehren und bewegen musste.

Unschlüssig stand er im Zimmer herum und starrte auf die wenigen Bilder, die im Zimmer hingen. Eine Frau im blauen Gewand und mit weißem Strohhut über dem Bett. In der Hand hielt sie eine rote Gerbera und blickte mit gesenktem Kopf auf die Blüte, als wollte sie gleich anfangen, die Blütenblätter abzuzupfen: Er liebt mich, er liebt mich nicht …

Matthias fand das Bild unerträglich kitschig und primitiv.

Über dem Fernseher hing ein Landschafts-Fotodruck. Auf einem Hügel ein einsames Haus, daneben einige Zypressen. Vor dem Haus ein weites, blühendes Sonnenblumenfeld. Die Sonne versank glutrot hinter den Hügeln und tauchte das Land in orangefarbenes Licht. Auch kitschig, dachte er, aber die Realität. Das faszinierte ihn, und er konnte gar nicht aufhören, das Bild anzustarren.

Ja, dachte er, ja, ich werde verreisen. Er würde endlich wieder nach Italien fahren, in die Toskana, die er so sehr liebte, die für ihn fast eine zweite Heimat geworden war. Dort fühlte er sich im Grunde mehr zu Hause als in dem kalten, spröden Deutschland, wo der Wein herb, die Landschaften blass und die jungen Männer nur selten leidenschaftlich waren. Er sehnte sich nach Wärme, Musik und der Schönheit eines David von Michelangelo.

Solange seine Mutter noch in der Reha war, war sie unter Kontrolle, und er konnte unbesorgt wegfahren. Wenn sie erst mal zu Hause war und eine Rund-um-die-Uhr-Betreuung brauchte, wurde es schwierig.

Sein Handy klingelte. Matthias empfand es fast als Befreiung. Er stand auf, entfernte sich ein paar Schritte von seiner Mutter und meldete sich.

»Von Steinfeld?«

»Grüß Sie, hier ist Hersfeld.«

»Oh, Dr. Hersfeld. Schön, Sie zu hören.«

»Wir kaufen das Haus.«

Matthias schnappte nach Luft und wagte nichts zu sagen.

»Daher möchten wir Sie zum Essen einladen, um alle Modalitäten zu besprechen. Wann passt es Ihnen?«

»Jederzeit.«

»Gut. Sagen wir heute Abend, zwanzig Uhr im Klosterhof?«

»Sehr gern.«

»Also gut, dann bis heute Abend.« Dr. Hersfeld legte auf.

Das war Wahnsinn. Matthias hätte am liebsten gejubelt und geschrien und seine Mutter aus dem Rollstuhl gezogen, um mit ihr durchs Zimmer zu tanzen. Drei Komma eins Millionen, davon gingen gut zweihunderttausend an ihn. Die Immobilienfirma gehörte ihm allein. Seine beiden Angestellten bekamen keine Gewinnbeteiligung, sondern ein

Gehalt, das Matthias als fürstlich empfand. Sie konnten sich nicht beklagen. Zweihunderttausend auf einen Streich! Grund genug, um vollkommen durchzudrehen.

»Mama, ich habe gerade ein sensationelles Geschäft gemacht. Wünsch dir was, ich bringe dich überall hin. Ans Meer, in die Berge, wohin du willst. Ich kaufe dir auch, was du willst. Einen elektrischen Rollstuhl, den du auf Knopfdruck bewegen kannst. Was hältst du davon?«

Es wäre ja auch zu schön gewesen, wenn sie wenigstens jetzt reagiert hätte, aber sie tat es nicht.

Das Schlimme ist, dass sie sich noch nicht mal mit Zyankali umbringen könnte, wenn sie es wollte, dachte Matthias. Sie ist gezwungen, so zu vegetieren.

Er hatte Lust, sie zu töten. Aus Liebe. Aber nicht hier, nicht in dieser hochbewachten medizinischen Anstalt.

Ohne sich von ihr zu verabschieden, drehte er sich zur Tür und ging aus dem Zimmer.

Es schien eine Bilderbuchfamilie zu sein, die ihm da gegenübersaß. Ein äußerst umgänglicher Vater, eine wie immer ruhige, aber anscheinend zufriedene Mutter, ein achtzehnjähriger Sohn mit vorzüglichen Umgangsformen, der die Pubertät offensichtlich schadlos überstanden hatte, und eine aufgeweckte, kiebige sechzehnjährige Tochter, die bei ihrem Vater einen Freifahrtschein hatte und sich alles erlauben durfte.

Bereits beim Aperitif kam Dr. Hersfeld zur Sache. »Tja, wie ich Ihnen am Telefon schon sagte, die Villa am See gefällt uns ausgesprochen gut, und wir beabsichtigen, sie zu kaufen.«

»Bastian und ich haben sie ja noch gar nicht gesehen«, warf Amalia ein. »Vielleicht gefällt sie uns gar nicht, denn schließlich müssen wir ja auch drin wohnen.«

Kleine, vorlaute Kröte, dachte Matthias, halt deinen Mund, und mach die Sache nicht noch komplizierт.

»Das Haus gefällt euch, da bin ich mir ganz sicher«, meinte Amalias Mutter Iris. »Wer wohnt schon mitten in Berlin auf einer Insel mit einem wundervollen Blick über den Wannsee. Ganz sicher niemand von euren Freunden.«

»Und wenn wir abends aus der Disco kommen, schwimmen wir auf die Insel, oder wie?« Amalia war auf Krawall gebürstet.

»Es führt eine Straße auf die Insel.«

»Dann ist es also gar keine Insel.«

Iris seufzte. »Streng genommen nicht, nein. Aber das ist doch wirklich sehr praktisch.«

»Was meinst du, Bastian?«

»Ich seh das leidenschaftslos. Schließlich wohne ich nicht mehr lange da. Nach dem Abi bin ich weg. Also – macht, was ihr wollt.«

Der Kellner kam und nahm die Bestellung auf.

Anschließend wandte sich Dr. Hersfeld wieder an Matthias. »Zwei Dinge müssten noch geklärt werden. Ich zahle zwei Komma neun Millionen und keinen Euro mehr. Ihnen zahle ich eine Provision von hunderttausend. Genug meines Erachtens für zwei Besichtigungen. Ich zahle also summa summarum drei Millionen und keinen Cent mehr. Wenn Sie damit einverstanden sind, kommen wir ins Geschäft, sonst nicht.«

Matthias stöhnte innerlich. Also nur hundert- und nicht zweihunderttausend. Wieder mal das alte Lied. Die Kunden zogen dreist die Maklerprovision vom Kaufpreis ab, und er musste dann sehen, wie er mit dem Verkäufer zurande kam. Insofern war der Verkauf des Hauses noch lange nicht perfekt.

»Ich werde mit dem Verkäufer sprechen und sehen, was ich tun kann.«

»Was denken Sie? Kriegen Sie das hin?«

»Ich hoffe. Für meinen Teil bin ich zu Zugeständnissen bereit, aber ob der Verkäufer das auch ist, steht in den Sternen. Ich hatte Ihnen ja schon angedeutet, dass er nicht verhandlungswillig ist.«

»Sicher. Aber ich denke mal, es kommt auch nicht jede Woche ein neuer Kunde vorbei und blättert drei Millionen auf den Tisch. Das ist 'ne Stange Geld. Vielleicht überlegt sich der Verkäufer, dass es unter Umständen lukrativer ist, die etwas geringere Summe sofort in der Hand zu haben. Die Zinsen sind ja auch nicht zu verachten. Und an dem altbewährten Spruch ›Lieber den Spatz in der Hand als die Taube auf dem Dach‹ ist durchaus was dran, finde ich.«

Alter Fuchs, dachte Matthias, und laut sagte er: »Das ist ein Argument. Ich bin gespannt, wie er reagiert.«

Die Vorspeise wurde serviert.

Matthias konnte sich an Bastian nicht sattsehen. Aber es war schwierig, sich nicht anmerken zu lassen, dass ihn im Moment nichts so sehr interessierte, wie dieser schöne junge Mann. Noch nie im Leben hatte er bei einem Jungen so dichte Wimpern und so strahlend blaue Augen gesehen.

Irgendwann, dachte Matthias, irgendwann rudern wir beide hinaus auf den See. Bei Sonnenuntergang. Nur wir zwei. Und dann werde ich in der Tiefe deiner Augen ertrinken.

22

Matthias war mit seinen Nerven völlig am Ende. Jeden Tag telefonierte er etliche Male mit dem Verkäufer der Wannseevilla, der sich bockig stellte. Dennoch lehnte er den Handel nicht grundsätzlich ab, und Matthias spürte, dass er nur bluffte. Er wollte nicht zugeben, dass ihm eigentlich das Wasser bis zum Hals stand.

Matthias blieb hartnäckig und war gleichzeitig freundlich. Es kostete ihn ungeheure Energie, und die Angst, dass dieses Geschäft vielleicht doch noch an einem alten, halsstarrigen Sturkopf scheitern könnte, machte ihn ganz verrückt.

Zehn Tage lang maßen die beiden ihre Kräfte und kämpften den Kampf, der dem Gewinner Reichtum und dem Verlierer eventuell einen Herzinfarkt bescherte, aber schließlich gelang es Matthias, die Bedingungen von Dr. Hersfeld durchzuboxen – der Verkauf war perfekt. Alles Weitere konnten Viola und Gernot erledigen, seine Arbeit war getan.

Samstagabend um kurz vor acht rief er Alex an.

»Hast du Lust, mit mir essen zu gehen?«

Es dauerte fast beleidigend lange, bis Alex antwortete. »Meinetwegen. Ich hab einen Scheißkohldampf.«

»Okay. Ich hol dich ab. Sagen wir in einer Viertelstunde?«

»Zwanzig Minuten.«

»Gut, dann eben in zwanzig Minuten.« Er legte auf. Ein bisschen ärgerte es ihn schon wieder. So war Alex eben, so war er immer gewesen. Nie konnte er etwas bedingungslos akzeptieren, einfach mal kommentarlos hinnehmen, immer musste er es ein wenig ändern, um Sieger zu sein. Er wollte die Musik spielen, nach seinem Willen musste alles geschehen. Auch wenn es nur so eine lächerliche Lappalie wie die war, ob sie sich nun in fünfzehn oder in zwanzig Minuten trafen.

Matthias seufzte und rief das Rautmann's an, um einen Tisch zu bestellen.

Punkt zwanzig Minuten später wartete er mit laufendem Motor vor dem Loft. Und es geschah wahrhaftig, was er schon vermutet hatte: Er stand da wie dumm, und wer durch Abwesenheit glänzte, war Alex. Nach fünf Minuten überlegte er zum ersten Mal, ob er einfach fahren und allein essen gehen sollte, nach sieben Minuten zum zweiten Mal, und als er nach zehn Minuten den Gang einlegte, um loszufahren, kam Alex gerade aus dem Haus gehumpelt. Er grinste breit, und es sah merkwürdig aus. Irgendeine Winzigkeit hatte der Zahnarzt verändert, es war nicht mehr das Lächeln wie zu der Zeit, als ihm noch niemand die Zähne ausgeschlagen hatte.

»Hallo«, sagte Alex und ließ sich auf den Beifahrersitz fallen. »Hat ein bisschen gedauert. Gerade als ich gehen wollte, kam noch ein Anruf.«

»Ich weiß. So ist es ja immer.« Matthias konnte den bitteren, vorwurfsvollen Ton nicht verhindern.

»Willst du mit mir essen gehen, um mich mit deiner schlechten Laune zu beballern? Dann sollten wir's lieber lassen.«

»Schon gut. Es ist nichts.«

Alex atmete tief durch und sah ihn von der Seite an. Abschätzend und voller Kritik. Du bist einfach ein beschissener Kleingeist, ein Pfennigfuchser und Korinthenkacker, sagte der Blick, bis auf dein elendes Rumgemache mit deinen Jungs bist du so spießig, dass es aus ist.

Einige Minuten lang schwiegen sie, bis Matthias fragte: »Und? Wie geht's dir?«

»So einigermaßen.«

»Was macht das Bein?«

»Wird langsam. Ich kann's noch nicht richtig belasten, das ist alles.«

»Und die Zähne?«

»Tun nicht mehr weh.«

»Du siehst auch fast schon wieder aus wie 'n Mensch.«

»Danke für die Blumen.«

Nur wenige Schritte vom Rautmann's entfernt fand Matthias auf Anhieb einen Parkplatz. Er nahm es als gutes Omen, dass der Abend mit Alex vielleicht doch erträglich sein würde.

Als sie bestellt hatten und die Karten zuklappten, entspannte sich Matthias etwas.

»Hast du noch mal was von den Typen gehört, die dich zusammengeschlagen haben?«

Alex schüttelte den Kopf. »Ja, was denkst du denn? Denkst du, diese wildfremden Typen lauern mir noch mal auf, um sich nach meinem werten Befinden zu erkundigen? Die wissen ja noch nicht mal, wo ich wohne, und kennen auch nicht meine Telefonnummer! Was für eine bescheuerte Frage.«

»Dann haben sie dich anscheinend wirklich nicht gemeint. Es war reiner Zufall, dass sie dich erwischt haben. Du hattest eben einfach Pech.«

»So ist es.«

Am liebsten hätte er seinem Vater erzählt, was es wirklich mit dem Überfall auf sich hatte, denn er wurde fast verrückt vor Angst und konnte mit niemandem darüber reden. Aber sein Vater war ein schwules Weichei, und eher würde er sich die Zunge abhacken, als ihm von seinen Problemen zu erzählen.

Leyla hatte ihm jeden Tag mehrere SMS geschickt und ihn angefleht, sich mit ihr zu treffen. Sie wollte ihm alles erklären, aber er hatte die Nachrichten stur ignoriert. Wenn diese dumme Nuss die SMS nicht sofort löschte und das Handy ihrem Vater in die Hände fiel, dann war er sowieso dran. Und dann würde er sicher nicht mit ein paar gebrochenen Knochen davonkommen. Leylas Vater war alles zuzutrauen, er würde nicht lange fackeln und ihn umbringen.

Vorgestern hatten die SMS dann plötzlich aufgehört. In ihrer letzten, die er am Donnerstagvormittag bekommen hatte, hatte sie noch geschrieben: »Ich brauche dich so sehr«, und dann kam nichts mehr. Er konnte sich das nicht erklären, aber er hatte auch keine Lust, sich über Leyla noch den Kopf zu zerbrechen. Wenn sie sich nicht mehr meldete, war ihm das nur recht.

»Wie lange bist du noch krankgeschrieben?«

»Bis Montag.«

»Lass dich noch zwei weitere Wochen krankschreiben. Mindestens!«

Alex grinste. »Nee. Montag geh ich wieder.«

»Bist du verrückt? Warum das denn? Du kannst kaum krauchen und willst da jeden Tag zwölf Stunden stehen und schwere Töpfe schleppen?«

»Ich kann das nicht ertragen, wenn meine Kumpels meine Arbeit mitmachen müssen. Aber das kapierst du nicht. Das hast du noch nie kapiert, weil du dich immer nur für dich selbst interessierst, darum lass es lieber.«

»Stimmt. Ich seh das nicht ein. Du machst dich richtig kaputt.«

»Ja. Na und?«

Matthias fühlte sich elend in diesem Moment. In seiner Familie lief alles schief. Keiner wusste, wie es mit seiner Mutter Henriette weitergehen würde, und Alex ruinierte konsequent seine Gesundheit. Seit Jahren schuftete er in den Großküchen unterschiedlicher Luxushotels, und überall war es dasselbe Lied. Keinen Tag arbeitete er weniger als zwölf Stunden, Doppelschichten waren an der Tagesordnung, und das alles für einen Hungerlohn: Überstunden wurden grundsätzlich nicht bezahlt. Wie oft hatte er versucht, ihn zu einem anderen Beruf zu überreden, aber es hatte alles nichts genutzt.

Die Vorspeise kam und bot eine gute Gelegenheit, das Thema zu wechseln.

»Warst du schon mal bei Oma?«

»Nee. Aber vielleicht humple ich morgen mal hin. Geht's ihr besser?«

»Sie lebt nicht mehr, Alex. Sie vegetiert. Es ist grausam. Kann sein, dass sie dich erkennt, kann auch nicht sein. Jedenfalls wirst du es nicht merken.«

Alex schwieg und stocherte in seiner Vorspeise herum. Matthias sah, dass in seinen Augen Tränen schwammen. Er ist so ein empfindsamer Mensch, dachte Matthias, und hat sich dazu entschlossen, unter diesen ganzen primitiven Köchen zu verrohen. Es brach ihm das Herz, wenn er seinen Sohn so vor sich sitzen sah. Auf der rechten Wange und unter dem Auge war die Haut noch leicht bläulich rot verfärbt, was einem aber nur auffiel, wenn man genau hinsah oder von dem Vorfall wusste.

»Schmeckt's dir?«, fragte Matthias vorsichtig.

Alex legte das Besteck weg. »Scheiße, ich denke an Oma. Warum hast du bloß damit angefangen?«

»Ich wär dir dankbar, wenn du ab und zu hingehst. Weil ich morgen nämlich verreise.«

»Na, dann amüsier dich schön!«, meinte Alex bissig. »Offensichtlich ist es dir wurscht, was mit Oma passiert.«

»Ganz und gar nicht. Aber solange sie in der Rehaklinik ist, ist sie gut aufgehoben. Ich weiß nicht, was wird, wenn sie wieder nach Hause kommt. Vielleicht kann ich dann gar nicht mehr weg.«

»Es ist alles so zum Kotzen.« Alex verschlang jetzt seine Vorspeise mit wenigen Bissen. Matthias war sich sicher, dass er gar nicht mitbekam, was er da aß.

Dafür trank er den Wein, von dem die Flasche zweiundfünfzig Euro kostete, noch hastiger. Matthias konnte nichts dagegen tun, dass Carlo Alex' Glas nicht aus den Augen ließ und sofort nachschenkte.

Er bestellte eine neue Flasche.

»Wo fährst du hin?«, fragte Alex. Es war selten, dass er sich überhaupt dafür interessierte, was sein Vater tat, und Matthias konnte sich nicht daran erinnern, dass er ihn überhaupt jemals gefragt hatte, wie es ihm ging, daher empfand er diese banale Frage, die Alex sicher nur gestellt hatte, um überhaupt etwas zu sagen und die Konversation aufrechtzuerhalten, als richtig wohltuend.

»Nach Italien. Wie immer.«

»Und wohin genau?«

»Nach Siena. Oder ans Meer. Ich weiß noch nicht genau.«

»Wie lange bleibst du weg?«

»Zwei Wochen. Vielleicht auch ein bisschen länger. Das hängt von Oma ab. Weißt du, ich spiele mit dem Gedanken, mir irgendwo in der Toskana 'ne kleine Wohnung zu kaufen. Was hältst du davon?«

Alex zuckte die Achseln. »Mach doch, wenn du zu viel Kohle hast.«

Carlo kam an den Tisch und öffnete die zweite Flasche Wein. Matthias kostete und nickte. Carlo schenkte ein und versuchte unbeteiligt auszusehen, aber natürlich bekam er jedes Wort mit, das gesprochen wurde.

»Ich meine nur, würde dich die Wohnung auch interessieren? Würdest du da auch hinfahren und Urlaub machen?«

»Kommt drauf an.«

»Worauf?«

»Wie die Wohnung ist. Und wo sie liegt. Wenn sie irgendwo in der Pampa ist, dann kannst du das Ganze vergessen.«

»Also würde dich eher eine Stadt interessieren?«

»Nicht unbedingt. Nicht so 'ne große Stadt. So 'n Mittelding.«

Na toll. Das war ja eine klare Aussage.

Alex überlegte einen Moment und begegnete dem aufmerksamen Blick seines Vaters. Schnell sah er wieder weg.

»Nein, ich glaube, wenn ich ehrlich bin …« Er zögerte und fixierte die Tischdecke. »Wenn ich ganz ehrlich bin, dann würde mich so 'ne Wohnung gar nicht interessieren. Ich würde da wahrscheinlich auch keinen Urlaub machen.«

Um die Diskussion zu beenden, stand Alex auf und ging auf die Straße, um eine Zigarette zu rauchen.

Zuerst sah Matthias ihn noch, wie er – gestützt auf seine Krücken – vor der großen Fensterfront des Restaurants stand und hastig inhalierte. Dann war er abgelenkt, weil Carlo kam und sagte, eine komplette Dorade habe er leider nicht mehr, aber ein Filet, ob ihm das auch recht sei … Matthias nickte. Es war ihm egal. Danach stand er auf und ging auf die Toilette. Als er wiederkam, war Alex nicht mehr da.

Ohne Appetit aß er mechanisch zu Ende und signalisierte Carlo, dass er selbstverständlich alles bezahlen werde, auch die Gänge, die Alex bestellt, aber nicht gegessen habe, aber Carlo winkte nur ab. Kein Problem. Wir alle wissen, wie das mit den Kindern ist. Vor allem, wenn sie älter werden.

Es war diese unglaubliche Leere in seinem Leben, die ihm plötzlich bewusst wurde. Sie kam so schnell und plötzlich wie die Todesangst nach dem Einbruch ins Eis eines winterlichen Tümpels. Irgendwo im Innern seiner Seele liebte Alex ihn, davon war Matthias überzeugt, aber Alex durfte dieses Gefühl nicht zulassen und es ihm nicht zeigen, dazu verachtete er seinen Vater zu sehr. Er ekelte sich vor ihm. Wie oft hatte er als Kind Schwulenwitze aus der Schule mit nach Hause gebracht, beim Mittagessen erzählt, und sie hatten herzhaft darüber gelacht. Und jetzt war all das, worüber sie sich immer amüsiert hatten, plötzlich ganz nahe Realität. »Wohin fliegt der schwule Adler als Erstes?« – »Zu seinem Horst.«

Matthias konnte sich gut vorstellen, wie sehr dies in einer kindlichen Seele schmerzte. In Alex' Fantasie war nicht mehr er, der Sohn, das Objekt der Liebe, sondern ein fremder Mann.

Wenn nicht noch ein Wunder geschah, hatte er Alex verloren. So wie er Thilda viele Jahre zuvor verloren hatte. Aber diese Trennung hatte er mühelos verkraftet. Wenn Alex sich endgültig von ihm abwandte, würde er das niemals ertragen.

Und nun war auch noch seine Mutter gegangen.

Als er auf die Straße trat, war es erst kurz nach elf. Er wusste nicht, wohin mit sich. In seiner Wohnung standen eine Kaffeemaschine, ein Bett und sein Rasierzeug. Aber ein Zuhause war es nicht mehr.

Er setzte sich in seinen Wagen und fuhr los. Dass er zu viel getrunken hatte, war ihm egal. Wenn sie ihn erwischten, dann war es eben so – wenn nicht, umso besser.

Es war wesentlich kühler geworden. Vor dem Mond hingen die Wolkenschleier und prophezeiten schlechtes Wetter. Kein Sommerabend, den man im Freien verbringen wollte.

Den Weg dorthin, wo die Jungs auch in der Nacht noch auf der Straße standen und auf Freier warteten, kannte er im Schlaf. Niemand kontrollierte ihn, niemand hielt ihn auf.

Eine halbe Stunde später stieg ein Siebzehnjähriger bei ihm ein, lächelte und hoffte aufgrund des teuren Wagens auf ein gutes Geschäft.

23

Um halb fünf Uhr früh rief Susanne Knauer ihren Assistenten Benjamin Kochanowski an.

»Ben, wach auf und komm her! Möglichst innerhalb der nächsten fünf Minuten.«

»Wo bist du?«, hauchte Ben ins Telefon und war so müde, dass ihm nur einfiel: Verflucht, ich habe nur drei Stunden geschlafen.

»Volkspark Jungfernheide. Am Ostufer des kleinen Sees.«

»Was ist passiert?«

»Ein toter Junge. Also beeil dich.«

Er sprang in seine Sachen und rannte aus dem Haus.

Zwanzig Minuten später war er im Volkspark Jungfernheide am Strand des kleinen Sees, den er eher als Tümpel bezeichnet hätte. Aber das war Ansichtssache.

Überall die Blinklichter der Polizei- und Feuerwehrwagen, die ihm in den Augen wehtaten. Auch die Spurensicherung war bereits zur Stelle. Das Einzige, was ihnen um diese Zeit erspart blieb, waren Schaulustige.

Die nackte Leiche lag am Ufer des Sees, gefesselt an einen Baum mit gebogenem Stamm, der auf dem Sand lag und sich dem Wasser entgegenkrümmte. Um den Hals hatte er einen weißen Seidenschal, mit dem er auch an den Baumstamm fixiert war. Hinter dem Knoten steckte ein Stöckchen.

Der Mörder hatte ihn langsam und qualvoll wie mit einer Garotte, dem mittelalterlichen Hinrichtungsinstrument, erdrosselt. Die weit aufgerissenen Augen des jungen Mannes starrten ungläubig und verzweifelt in den Nachthimmel.

Langsam zog das Licht des Morgens über den Wald.

Susanne Knauer trat zu Ben und drückte ihm einen Styroporbecher mit heißem Kaffee in die Hand.

»Jetzt ist genau das passiert, wovor wir uns die ganze Zeit gefürchtet haben«, sagte sie so leise, dass Ben sich konzentrieren musste, um sie richtig zu verstehen. »Wir haben es mit großer Wahrscheinlichkeit mit einem Serienmörder zu tun. Als Mordwaffe ein verfluchter weißer Seidenschal, handelsüblich, sündhaft teuer, aber nicht einzigartig. Ein deutlicher Unterschied ist, dass die Leiche sich diesmal nicht in einer stickigen Bude, sondern an der frischen Luft befindet.«

»Die DNA wird zeigen, ob es derselbe Täter war.«

»Du sagst es. Aber eine Besonderheit gibt es.«

»Was?«

»Komm mit!«

Ben folgte seiner Chefin und versuchte, seine Augen durch heftiges Blinken scharf zu stellen. Aber es nutzte wenig. Wegen der Müdigkeit verschwamm alles vor seinen Augen.

Am Ufer des Sees war noch eine kleine Absperrung, die Ben bis zu diesem Zeitpunkt nicht registriert hatte. Zwei Scheinwerfer beleuchteten den Platz im Sand, über den sich ein Kriminaltechniker beugte.

»Irgendein Vollidiot ist da durchgelatscht«, zischte Susanne wütend. »Ich versteh das nicht: Wir ermitteln in einem Mordfall, haben es eventuell mit einem Mehrfachtäter zu tun, und man müsste eigentlich davon ausgehen, dass die Leute, die hier arbeiten, ihren Job verstehen. Aber nein! Irgendwelche schwachsinnigen Trampeltiere sind immer dabei. Aber man kann es noch einigermaßen entziffern.«

Ben trat näher. Die Szenerie erschien ihm gespenstisch, aber jetzt sah er, was irgendjemand – wahrscheinlich mit einem Stock – in den Ufersand gekritzelt hatte: PRINZE.

»Was meinst du, was das zu bedeuten hat?«, fragte Susanne.

Ben schnaufte. »Bitte frag mich nachher im Büro, wenn ich drei Kaffee getrunken habe, jetzt kann ich nicht denken. Nur abspeichern, nicht interpretieren. Ich habe – wenn's hoch kommt – drei Stunden geschlafen.«

Susanne grinste. »Was treibst du denn?« Sie zuckte belustigt die Achseln. »Ein Polizist sollte kein Privatleben haben und rund um die Uhr einsetzbar sein.«

Ben fingerte nach seinen Zigaretten und lächelte amüsiert. »Ganz deiner Meinung.«

Er rauchte eine Weile schweigend. Susanne stand neben ihm und blickte still über den See.

»Prinz«, flüsterte Ben. »Das passt zu einem Schwulen. Lass mich dein Prinz sein!«

»Gut. Aber warum Prinze? ›Lass mich dein Prinze sein‹ ist Blödsinn.«

»Stimmt. Wahrscheinlich ging das Wort noch weiter, da, wo die Fußspuren sind.«

»Das glaub ich auch, aber wie hieß das Wort? Fällt dir nichts ein?«

»Prinzessin vielleicht. Lass mich deine Prinzessin sein! Warum denn nicht? Aber ich glaube, ich kann im Präsidium wirklich besser darüber nachdenken.«

Susanne reagierte nicht auf Bens Bemerkung. »Und wir wissen nicht, wer damit gemeint ist und wer hier in den Sand gekritzelt hat. Der Täter oder das Opfer.«

»Ich nehme an, der Täter. Denn wenn das Opfer irgendwas geschrieben hätte, hätte der Täter es garantiert weggewischt. Nein, der Täter wollte sich verewigen und uns ein lustiges kleines Rätsel aufgeben.«

»Wahrscheinlich. Aber das wissen wir alles erst, wenn er noch einmal unterschreibt.«

»Du meinst, wenn er noch einmal mordet.«

Susanne nickte stumm.

»Wissen wir schon, wie das Opfer heißt?«

»Nein. Es hatte keine Papiere dabei, nichts. Für den Mörder kann es perfekter nicht laufen. Ein mit großer Wahrscheinlichkeit zufälliges Opfer und dann noch eins, das wir ewig nicht identifizieren.«

Ben sah sich den Schriftzug im Sand noch einmal genauer an. PRINZE. Weiche, runde Buchstaben. Das N nicht spitz, sondern abgerundet wie ein Torbogen. So, wie man es in der Grundschule übte. Das P groß, hart, dominant und als Druckbuchstabe. Das I nicht mit einem Punkt, sondern einem Kreis. »Die Schrift sieht aus, als hätte es ein Mädchen in der fünften Klasse geschrieben. Das Wort ist nicht geschrieben, sondern gemalt.«

»Der Meinung bin ich auch«, antwortete Susanne und tippte eine Nummer in ihr Handy.

Es war jetzt kurz nach sechs, die Leiche war abtransportiert, die Spurensicherung arbeitete noch, aber für Susanne und Ben gab es am Tatort nichts mehr zu tun.

»Gehen wir frühstücken?«, fragte er. »Du siehst aus, als könntest du was Essbares gut vertragen.«

»Nein, aber lass uns irgendwo 'nen Kaffee trinken, und dann will ich nach Hause. Melanie muss zur Schule, und ich will wenigstens mit ihr frühstücken. Das heißt, den Moment erwischen, wo sie das Haus verlässt. Mehr gemeinsame Zeit haben wir eigentlich nicht.«

»Ja. Das versteh ich.«

»Bringst du mich anschließend nach Hause?«, fragte sie.

»Ich bin heute Nacht mit der Spurensicherung mitgefahren und hab kein Auto dabei. Lass mir zwei Stunden, dann komme ich ins Präsidium.«

Er nickte und hielt ihr die Wagentür auf.

Als Susanne zu Hause ankam, saß Melanie quietschfidel in der Küche und aß ein Graubrot mit derart viel Nutella, dass Susanne im ersten Moment dachte: Drei dieser Brote, und das Glas ist leer.

»Hei«, sagte Melanie und grinste mit schokoladenverschmierten Mundwinkeln. »Ich hab gar nicht mitgekriegt, dass du nicht da warst. Was ist passiert?«

»Wieder ein Mord. Wahrscheinlich derselbe Mörder. Das heißt, wir haben einen Serientäter.«

»Geil.« Melanie grinste.

»Wieso geil?«

»Weil so was selten ist. Vielleicht nicht in Amerika, aber in Berlin schon. Und das find ich spannend.«

So kann man es auch sehen, dachte Susanne.

In der Kaffeemaschine stand noch eine lauwarme Pfütze, die sich Susanne eingoss, dann setzte sie sich Melanie gegenüber.

»Alles klar?«

»Alles klar.«

»Du weißt, dass Nutella fett macht?«

»Warum kaufst du's dann?«

»Weil du süchtig danach bist. Aber wenn du mir sagst, du willst es nicht mehr, lass ich es bleiben.«

»Willst du mir jetzt um diese Zeit Moralpredigten halten oder mich mit diesem ganzen Gesundheitsscheiß volllabern? Da hab ich überhaupt keinen Bock drauf.«

Sie stand auf, raffte Vergrößerungsspiegel, Lippenstift, Lipgloss, Make-up, Puder und Wimperntusche zusammen – offensichtlich hatte sie sich am Küchentisch geschminkt –, schmiss alles in ihre Tasche, die aussah, als würde sie shoppen, aber nicht in die Schule gehen, und verließ die Küche. Mit dem rechten Hacken schmiss sie die Tür zu.

»Tschüss!«, rief Susanne resigniert, aber von Melanie kam keine Antwort.

Großartig, dachte Susanne. Gratulation. Zwei Sätze, und du hast es mal wieder versemmelt. Sie konnte aber auch machen, was sie wollte, ihre Tochter war immer sauer auf sie. Wahrscheinlich war das zwischen vierzehn und achtzehn Gesetz.

Ein paar Sekunden später kam Melanie noch einmal zurück. »Ich gehe übrigens heute nach der Schule zu Marlis. Mathe üben. Und dann penne ich auch gleich da.«

Es war keine Frage, sondern eine Feststellung. Sie wartete den Kommentar ihrer Mutter gar nicht erst ab, sondern drehte sich um und ging. Diesmal endgültig.

Susanne seufzte und trank den lauwarmen Kaffee aus. Währenddessen sah sie aus dem Fenster. Melanie überquerte gerade die Straße. Sie ging schnell, aber dennoch aufrecht und gerade. Ihr Rock war etwas zu kurz, ihre Schuhe ein bisschen zu hoch und ihr Pullover wesentlich zu eng. So in unmittelbarer Nähe am Küchentisch war ihr das gar nicht aufgefallen, aber jetzt, aus der Entfernung, sah sie es ganz deutlich.

Melanie war dabei, ihr zu entgleiten. Im Leben ihrer Tochter kam ihre Mutter nicht mehr vor.

Es tat weh, dies zu begreifen, aber Susanne wollte den Schmerz nicht zulassen. Sie wollte sich auch jetzt keine Sorgen machen, sondern einfach nur zwei Stunden schlafen, bevor sie wieder ins Präsidium ging und sich mit dem neuen Mordfall beschäftigte.

Seit fünf Jahren war sie alleinerziehende Mutter. Ihre Beförderung zur Hauptkommissarin und die Ansage ihres Ex, dass er sie verlassen werde, waren fast gleichzeitig passiert. Die Tage waren davon geprägt, dass sie nicht wusste, ob sie zuerst jubeln oder kotzen sollte. Und vielleicht hatte es ja auch an ihrem beruflichen Erfolg gelegen, dass Sven schließlich eine neue Frau kennengelernt hatte und gegangen war. Es war generell nicht einfach, mit einer Polizistin zusammenzuleben, die keine geregelten Arbeitszeiten kannte, sondern auch Abend- und Nachtschichten einschieben musste und so manches Wochenende im Büro verbrachte.

Und jetzt war Melanie dabei, auf der Strecke zu bleiben.

Verflucht, dachte sie, als sie sich todmüde auf Strümpfen den Flur entlangschleppte. In ihrem Zimmer ließ sie sich aufs Bett fallen und schlief augenblicklich ein.

Bereits eine Stunde später war sie wieder wach. Fluchend stand sie auf und stellte sich unter die heiße Dusche. Das war für sie Entspannung pur, und sie konnte am besten nachdenken, wenn das warme Wasser über ihren Körper lief.

Susanne wusste ganz genau, dass sie wenig Chancen hatte, einen Mörder zu überführen, der keine private, sondern nur eine sexuelle Motivation hatte und sich seine Opfer wahllos suchte beziehungsweise ihnen zufällig begegnete. Wenn er ein bisher unbeschriebenes Blatt war, in keiner Polizeidatei oder -statistik auftauchte, keinen gravierenden Fehler machte und seinen Personalausweis nicht am Tatort liegen ließ, war er kaum zu fassen.

Aber eine Möglichkeit gab es. Der Seidenschal, den sie bei dem zweiten Opfer gefunden hatten, sprach Bände. Wahrscheinlich war er ein Gentleman, einer, der darauf Wert legte, stilvoll zu morden. Aufgrund seines kultivierten Auftretens fassten die Opfer sofort Vertrauen und folgten ihm bereitwillig. Susanne glaubte, dass er gebildet war und zumindest aus einem gutbürgerlichen, wenn nicht intellektuellen Hause kam. Vielleicht war er extrem geltungssüchtig. Ein Narzisst.

Natürlich waren dies alles Vermutungen, aber allmählich reifte in ihr eine Idee. Sie würde versuchen, ihn aus der Reserve zu locken, ihn bei seiner Eitelkeit zu packen.

Sie stellte die Dusche ab und trocknete sich ab. Ja, das war nicht schlecht. In ein paar Tagen würde sie eine Pressekonferenz einberufen und Auskünfte über vermeintliche Ermittlungsergebnisse geben. Und dabei würde sie lügen, dass sich die Balken bogen.

24

Siena, Juli 2009

Die heiße Nachmittagssonne drückte auf das Land, das unreife Getreide zitterte in der Hitze.

Matthias stand in einer Parkbucht auf dem Gipfel eines Hügels und blickte in die Weite der Crete. In der flimmernden Luft sah er einen grauen Streifen am Horizont, vermutlich die Silhouette Sienas. Er hatte sein Ziel fast erreicht.

Jedes Mal, wenn er in der Gegend war, hielt er an dieser Stelle an, und seltsamerweise parkte er hier immer allein. Noch nie war ein anderer Autofahrer gleichzeitig mit ihm auf die Idee gekommen, den sagenhaften Ausblick an diesem Ort zu genießen, auch nicht, wenn die Toskana mit Touristen überfüllt war. Nur wenige hatten offensichtlich die Muße, ihr Besichtigungsprogramm, bei dem sie von einer Kirche zur andern, von Museum zu Museum, von Kloster zu Kloster und von einer Stadt zur nächsten hetzten, an einem stillen Platz wie diesem zu unterbrechen und die karge Schönheit der Landschaft zu genießen.

Matthias atmete tief durch. Er fühlte sich in der Toskana schon fast wie zu Hause, es war einfach herrlich, wieder angekommen zu sein. Hier konnte er alles hinter sich lassen und vergessen, was ihn in Berlin bedrückte, die Erholung begann jetzt in diesem Moment. Die Welt war hier oben ganz nah, und der so leicht dahingesagte Satz: »Ich könnte die ganze Welt umarmen«, schien beinah möglich zu sein.

Er hatte das Gefühl, den frischen herben Geruch von Limonen wahrzunehmen, obwohl weit und breit kein einziger Zitronenbaum zu sehen war. Durch die Luft zog der Staub der Straße, und seine Haut roch schon jetzt nach wenigen Minuten im Freien nach Sommer. Dieser eigenartige unbeschreibliche Duft, den die Sonne aus dem Körper zog. Am stärksten, wenn man zum ersten Mal im Jahr keine Jacke trug.

Einen glücklicheren Moment konnte er sich nicht vorstellen, und er versuchte ihn festzuhalten, indem er sich auf eine Bank setzte und sich bemühte, an nichts zu denken.

Für seine Verhältnisse war es früh, als der Wecker gestern Morgen um neun Uhr geklingelt hatte. Wie immer blieb er noch eine Weile ruhig liegen, und langsam kam die Erinnerung an die vergangene Nacht. Sein Herz klopfte, als er an den winzigen Strand des verschwiegenen Sees und den kleinen Stricher dachte.

Es war eine unbeschreiblich friedliche Nacht gewesen. Sie lagen im Sand, sahen in die Sterne und genossen die romantische Atmosphäre.

Der Löwe, der die Antilope jagt, achtet nicht auf den herrlichen glutroten Sonnenuntergang hinter den Pinien der Savanne, dachte Matthias. Ich schon. Das unterscheidet den Menschen vom Tier. Auch während der Jagd kann ich die Schönheit der Welt begreifen. Das ist fantastisch, das ist Perfektion.

Offensichtlich war der Junge noch nicht lange in diesem Gewerbe tätig, er erschien Matthias erfrischend unverdorben und unprofessionell. Denn er war nicht fordernd und geschäftsmäßig, sondern zärtlich und anschmiegsam. Als wäre das Zusammensein mit einem neuen Freier ein großes Abenteuer. Matthias war wie berauscht von seiner vollkommenen Hingabe und seinem Lächeln.

Als er ihn an den Baum gebunden hatte, sah ihm der Junge in die Augen, und Matthias glaubte in seinem Blick fast so etwas wie Liebe zu entdecken. Schließlich flüsterte er, als Matthias ihm den Schal um den Hals legte: »Du bist mein Prinz.«

Nein, dachte Matthias, du irrst. Ich bin nicht dein Prinz, sondern deine Prinzessin.

So hatte ihn Dennis immer genannt. Zwei Jahre lang. Aber Dennis rauchte zu viel, er trank zu viel, er schlief zu lange und wahrscheinlich liebte er zu sehr. Alles, was er tat, übertrieb er, er war wie eine Kerze, die von beiden Seiten brannte. Aber Matthias genoss jeden Tag mit ihm. Gemeinsam brausten sie im offenen Sportwagen durch die Toskana, bestiegen den Himalaja und tauchten in Ägypten. Dennis organisierte alles, Matthias brauchte sich um nichts zu kümmern.

»Lass mich nur machen«, sagte er ständig. »Eine Prinzessin wie dich muss man auf Händen tragen, und ich bin glücklich, wenn ich derjenige sein darf, der dich verwöhnt.«

In Dennis' Armen vergaß Matthias die Zeit und die Welt. Zum ersten Mal spürte er so etwas wie absolute Geborgenheit. Und zum ersten Mal lieferte er sich einem Menschen vollkommen aus. Er war glücklich. Hatte das Gefühl zu schweben. Dennis war sein Leben. Gegenwart und Zukunft. Und Dennis war der einzige Mensch, zu dem er »Ich liebe dich« gesagt hatte.

Es war mehr als ein Versprechen, es war ein Gelübde.

Und die Angst, Dennis eines Tages zu verlieren, wurde von Tag zu Tag stärker.

Doch es war passiert. Er hatte Dennis verloren und mit ihm die einzige große Liebe seines Lebens. Jemanden wie ihn hatte es nie wieder gegeben, obwohl er nie aufgehört hatte zu suchen.

In Erinnerung an Dennis schrieb er mit einem Stock *Prinzessin* in den Sand.

Minuten später schloss der Junge die Augen, glitt ab ins Reich seiner Fantasie und seiner Lüste und träumte von seinem Prinzen, der die kühle Seide um seinen Hals immer fester zuzog.

Was wirklich mit ihm geschah, merkte er erst, als es zu spät war.

Matthias erledigte seine morgendlichen Stretching-Übungen und tänzelte ins Bad. Vielleicht noch ein klein wenig bewusster und stolzer als sonst.

Um zehn Uhr hatte er einen Friseurtermin, ließ sich die Haare schwarz färben, fühlte sich danach schon fast wie ein Italiener und war um halb zwölf auf der Autobahn.

Italien war schon immer seine Leidenschaft gewesen. Nach seiner Heirat mit Thilda hatte er einen Italienischkurs belegt, denn er hatte so ein vages Gefühl gehabt: Wenn er irgendwo einmal groß herauskommen würde, dann in diesem Land. Und in Deutschland machte es viel her, wenn man ein wenig die italienische Sprache beherrschte.

Er wusste nicht, wie lange er ganz in Gedanken über die Crete geschaut hatte, aber jetzt kam ein frischer, kühler Wind auf. Daher beendete er seine Pause und fuhr weiter.

Bereits eine Stunde später erreichte er Siena.

Normalerweise war das Hotel nicht leicht zu finden, aber er war so oft hier gewesen, dass er den Weg durch die verwinkelten und sich ähnelnden Gassen wie im Schlaf fand.

Hinter dem Hotel gab es einen engen Parkplatz mit fünf Plätzen, der von der Straße aus nicht durch ein Schild angekündigt wurde und daher fast ein Geheimtipp war.

Matthias fuhr durch den Torbogen in die enge, schlauchartige Einfahrt und atmete erleichtert aus, als er sah, dass der letzte Platz vor einer Brandmauer noch frei war. Er musste fünfmal hin und her rangieren, bis er es geschafft hatte, den Porsche in die Lücke zu bugsieren, dann stieg er aus und ging über den Hof direkt durch den Hintereingang zur Rezeption.

Die junge Frau hinterm Empfangstresen erkannte ihn sofort. »Dottore!«, rief sie erfreut. »Benvenuto a Siena!«

Matthias genoss es, wenn er Dottore genannt wurde. Er hatte niemals behauptet, ein Dottore zu sein, aber offensichtlich machte er den Eindruck. Gnädig lächelnd begrüßte er die junge Angestellte und zückte seinen Amerigo-Vespucci-Füllfederhalter, der auch auf die Frau an der Rezeption Eindruck machte. Jedenfalls starrte sie den Füller eine Sekunde zu lange an.

»Ich habe ein Zimmer bestellt. Von Steinfeld.«

»Un attimo!« Sie schlug in einem Kalender nach und nickte. »Zimmer 215. Va bene. Come sempre.«

Er bestellte immer dasselbe Zimmer, weil es einen Blick zum Dom hatte und einen kleinen Erker, den er einfach entzückend fand. Schon manches Mal hatte er dort an einem winzigen Tischchen gesessen und mit seinem Begleiter eine Flasche Wein geleert. Er hatte die allerbesten Erinnerungen an dieses Zimmer, und in diesem Hotel wurden seine Männerbesuche geduldet. Was man aber auch von dem besten Hotel am Ort erwarten konnte.

Es war alles unverändert. Als wäre er gestern hier gewesen. Er öffnete das Fenster, weil es im Zimmer leicht muffig roch. Straßenlärm drang herauf bis zum zweiten Stock. Kindergeschrei, das Knattern der Vespas, entferntes Hupen, und hinter einem der offenen Fenster in dieser Straße dudelte ein Radio.

Da es im Zimmer ziemlich dunkel war, weil nur die Morgensonne das Erkerfenster erreichte, machte er sich im winzigen Bad schnell frisch. Er wechselte das Hemd, steckte sein Reiseportemonnaie ohne Papiere, aber mit einigen Euro ein und verließ das Hotel.

Langsam schlenderte er durch die engen Gassen. Überall hörte er von Touristen deutsche Sprachbrocken, was ihn störte. Er wollte nicht ihresgleichen sein, wollte nicht mit ihnen identifiziert oder verwechselt werden. Er war anders. Kein normaler Urlauber. Etwas Besonderes. In diesem Land war er schon lange kein Fremder mehr, fühlte sich schon wie ein halber Italiener, irgendwie zu Hause.

Als er nicht auf der Piazza del Campo, die er als Sammelpunkt der Touristen und somit als abstoßend einstufte, sondern in einer verschwiegenen Nebenstraße in einer Trattoria saß und einen schweren Brunello trank, wurde ihm allmählich klar, womit er sich endlich und endgültig von diesen primitiven Toskana-Urlaubern, die penetrant mit hässlichen Beinen in kurzen Hosen, Socken und Sandalen durch die Gegend stapften, absetzen und unterscheiden konnte: Er brauchte einen italienischen Wohnsitz. Sein Wunsch und halbherziger Plan war es ja schon lange, aber jetzt spürte er, dass es an der Zeit war. Dass es für ihn notwendig wurde.

Und die Gewissheit, in diesem Moment einen flüchtigen Gedanken in einen reellen Plan verwandelt zu haben, der seine Existenz wenn nicht verändern, so doch sehr beeinflussen würde, erfüllte ihn mit Stolz.

Es waren nicht viele Menschen, die in dieser abgelegenen Seitenstraße an seinem Tisch vorbeischlenderten, dafür konnte er sich auf die einzelnen besser konzentrieren.

Ein junges Paar ging Arm in Arm langsam an der Trattoria vorüber, und er bemerkte genau, dass die Frau ihn eingehend musterte. Er genoss diesen Blick und war sich bewusst, dass seinen Mund ein sanftes, selbstbewusstes Lächeln umspielte. Das Leben konnte so einfach sein. Wärmende Sonne am Tag, ein beruhigendes Glas Wein und Liebe in der Nacht. Es war ihm klar, dass er ein Mann war, der auffiel. Seine Gesichtszüge waren herb und männlich und standen im reizvollen Kontrast zu dem jetzt tief dunklen, leicht gewellten Haar. Sein Körper war schlank und machte einen sportlichen Eindruck, obwohl er nicht im Traum daran dachte, sich sportlich zu betätigen. Sich allein abzurackern langweilte ihn unendlich, und sich in einer Mannschaft oder in einem Fitnessstudio zusammen mit anderen schwitzenden Leibern zu bewegen widerte ihn an.

Sein Lächeln blieb unergründlich, und die Frau wandte sich wieder ihrem Begleiter zu, dem sie nichts davon sagte, dass sie der Fremde in dem kleinen Restaurant beeindruckt hatte. Matthias war sehr zufrieden, und unwillkürlich wurde sein Lächeln breiter.

Er saß ungefähr eine halbe Stunde lang so da, trank langsam, beobachtete und staunte. Was gab es in Italien doch für schöne Menschen, dachte er. Oder lag dieser Eindruck am weichen Licht der Abendsonne, den erhaben wirkenden, aber teils verrotteten, mittelalterlichen Gebäuden und der besonderen italienischen Atmosphäre, die man nicht fassen und nicht beschreiben konnte, die aber durch jedes Dorf und jede Stadt wehte? Matthias schloss die Augen und hörte die Musik von Verdis Macbeth, die in seinem Kopf erklang.

Als er seine Augen wieder öffnete, saßen am Nachbartisch zwei Männer, und die Oper in seinen Gedanken verstummte jäh. Der jüngere der beiden hatte ungewöhnlich dünnes, weiches Haar und wulstige, beinah weibliche Lippen, der ältere trug einen Vollbart, und sein Haar war bereits leicht ergraut und ungefähr auf dieselbe Länge gestutzt wie der Bart. Seine Augen waren dunkel, fast schwarz. Wie die Knopfaugen eines übergroßen Teddybären.

Matthias überlegte, ob die beiden Freunde, Geliebte oder Vater und Sohn waren. Der Jüngere bestellte ein Glas Prosecco, der Ältere einen Campari Soda.

Noch nie hatte er bei einem Jüngling so volle Lippen gesehen. Er konnte nicht aufhören, ihn anzustarren, und immer wenn ihm der Blick des anderen begegnete, lächelte Matthias entschuldigend. Von dem, was die beiden sagten, verstand er kein Wort, was ihn ärgerte. Wozu hatte er jahrelang italienische Vokabeln gepaukt, wenn er jetzt, wo er ein Gespräch belauschen wollte, kein einziges Wort übersetzen konnte? Seine ursprüngliche unerschütterliche Selbstsicherheit war einer Hilflosigkeit gewichen, die Blicke des Jungen irritierten ihn zunehmend, und er glaubte sich einzubilden, dass die ohnehin schon stechenden Augen des Bärtigen härter wurden und in ihnen eine Spur von Aggressivität aufblitzte.

Er kannte solche Augen. Sie blinkten kurz warnend auf, und dann kam die Aggression. Das hatte er einmal erlebt. Bei einem Autofahrer, dem er den Parkplatz weggenommen hatte, indem er elegant vorwärts in die Lücke glitt, während der andere noch in zweiter Spur wartete, um ihn vorbeizulassen. Der Autofahrer hatte nicht lange diskutiert, sondern ihm einfach durch das offene Fenster direkt ins Gesicht gespuckt. Über Matthias' Augen und Wange lief zäher, dickflüssiger und übelriechender Schleim, den der Fremde zu diesem Zweck extra heraufgehustet haben musste. Der Ekel brachte ihn fast um. Er schnappte nach Luft, glaubte sich übergeben zu müssen und fürchtete, der Schleim würde ihm auch noch in den Mund laufen. Mit fliegenden, zitternden Händen suchte er nach einem Taschentuch und heulte wie ein Schlosshund, als er sich den schmierigen Speichel vom Gesicht wischte und dabei noch großflächiger verteilte. Er hatte das Gefühl, den säuerlichen Gestank, den er unentwegt roch, nie wieder loszuwerden, und wusste nicht, was er machen sollte. Der Autofahrer, der ihn angespuckt hatte, war äußerst zufrieden wieder in sein Auto gestiegen und losgefahren. Matthias sprang aus dem Wagen, rannte in das nächste Geschäft, fragte nach einer Toilette und wusch dort dann so lange sein Gesicht, bis er es wieder einigermaßen aushalten und wieder atmen konnte.

Er brauchte wochenlang, um die Erinnerung zu verdrängen, und selbst bei einem flüchtigen Gedanken daran kam ihm noch Monate später das Würgen. Seit dieser Zeit vermied er jegliche Konfrontation. Und so war ihm klar, dass es hier ähnlich ausgehen würde, wenn er den beiden jetzt ein Getränk bestellte, sie in ein Gespräch verwickelte und den Jüngeren zu tief und zu oft ansehen würde. Das konnte er nicht riskieren.

Also bezahlte er, ließ einen erheblichen Teil seines Weines zurück und verließ das Lokal. Allerdings wagte er es, sich in der Tür noch einmal umzudrehen und den vollen Lippen zuzuzwinkern. Er sollte wissen, dass er Gefallen an ihm gefunden hatte.

Und während es in Siena dunkel wurde und sich die Straßenbeleuchtung einschaltete, kam die Gelassenheit zurück. In einem Alimentari-Laden, der gerade schließen wollte, kaufte er sich noch zwei Flaschen Wasser und eine Schachtel Konfekt und ging dann zurück ins Hotel.

Er wusste nichts mit sich anzufangen. Die Einsamkeit war völlig unerwartet gekommen und verstörte ihn zutiefst. Er lag auf dem Bett, trank Wasser und bereute es, keinen Wein gekauft zu haben. Mama, dachte er, wie gern würde ich dich jetzt anrufen und dir eine Gute Nacht wünschen, aber du hörst mich ja nicht mehr. Was bin ich denn ohne dich? Wie soll ich ohne die Gewissheit leben, dass du da bist und auf mich wartest? Du hast meinem Leben immer einen Sinn, einen Inhalt und Sicherheit gegeben, ohne dich bin ich wie ein armseliges Stück Holz, das irgendwo im unendlichen Ozean treibt! Ein Spielball der Wellen, die seine Richtung bestimmen. Mama, bitte! Du darfst mich nicht verlassen!

Ihm kamen die Tränen, und als das schlechte Gewissen, dass er sich so weit von ihr entfernt hatte, übermächtig wurde, steckte er sich ein Stückchen Konfekt in den Mund.

Endlich verblasste das Bild seiner Mutter, und die Erinnerung an den Jüngling in der Trattoria kehrte zurück. Und er stellte sich vor, er würde das Konfekt zwischen seine Lippen stopfen, bis ihm das dickpampige Nougat aus den Mundwinkeln quoll und seine Augen bettelten, er solle aufhören. Sein Körper läge in der Wanne. Ab und zu würde er ihn ins Wasser ziehen, um sein beschmiertes Schokoladengesicht zu waschen. Und sein dünnes Haar schwebte unter Wasser wie zarte Quallenfäden, die im Ozean tanzten. Sein Körper zuckte, strampelte und kämpfte, bäumte sich auf und sträubte sich, versuchte sich abzustoßen, um an die Oberfläche zu kommen, glitschte aber am Wannenrand immer wieder zurück in die Tiefe, die gar keine Tiefe war. Wie ein Fisch an der Angel, wie ein Aal, der keinen Platz im Einmachglas hatte, wie ein Folteropfer, dem man den Sauerstoff entzog. In seiner Fantasie ergötzte er sich am Todeskampf des Fremden, seine Hand fuhr unter die Bettdecke, er stöhnte wohlig und konnte sich nicht sattsehen an den Bildern in seinem Kopf. Wünschte, sie würden niemals enden.

25

Berlin, Juli 2009

Thilda trat auf die Straße. Es nieselte leicht, aber die Luft war warm. Auf ihrer Haut bildete sich ein milder, feuchter Film, was sie als angenehm empfand. Sie verschloss die dreifach gesicherte Ladentür ihrer Boutique und sah sich um. Nervös drehte sie den Schlüssel um ihren rechten Zeigefinger, runzelte die Stirn, streckte sich und versuchte die Straße zu überblicken, um den Passanten vorzuspielen, sie warte auf jemanden. Warum sie dieses Theater machte, wusste sie nicht, aber in Momenten wie diesen glaubte sie, allmählich sonderbar zu werden. Oder es lag an ihrer Unsicherheit, die mit den Jahren immer mehr zunahm.

Es war jetzt kurz nach neunzehn Uhr. Eigentlich machte sie um achtzehn Uhr Feierabend, aber heute war noch neue Ware aufzuhängen und einzusortieren gewesen, was mehr Zeit in Anspruch genommen hatte als üblich. Sie war einfach nicht bei der Sache. Alex ging nicht ans Telefon. Dreimal hatte sie versucht, ihn zu erreichen, aber ohne Erfolg. Sie konnte sich das nicht erklären. In seinem Zustand machte er sicher keine großen Ausflüge, und um diese Zeit war er gewöhnlich wach, da er normalerweise bis fünfzehn Uhr schlief und sich dann so langsam in den Tag trudeln ließ. Sie spürte eine immer stärker werdende Unruhe, weil er nicht abhob und auch sein Handy ausgeschaltet hatte, und sie hoffte, dass er nicht doch zur Arbeit gegangen war. Denn zuzutrauen war es ihm.

Die Stadt roch muffig. Wegen der hohen Luftfeuchtigkeit hatte sie den Eindruck, dass der Dreck der Straße in ihrer Lunge klebte. Und dennoch bewegte sie sich nicht von der Stelle, weil sie einfach nicht wusste, was sie mit diesem Abend anfangen sollte.

Evi. Sie würde Evi anrufen. Sie hatte einen positiven Blick auf die Welt und war so unbekümmert, dass man die eigenen Sorgen in ihrer Gegenwart leicht ein paar Stunden vergessen konnte.

Thilda ging die wenigen Schritte bis zu ihrem Auto und fuhr nach Hause. Es blieb ihr ja gar nichts anderes übrig, und sie wusste ganz genau, dass sie bald gar nichts mehr tun und in eine dumpfe Lethargie fallen würde, wenn es ihr nicht gelang, Evi jetzt so schnell wie möglich herbeizuzaubern.

Aus irgendeinem Grund zog sie heute Abend die Schuhe nicht aus, als sie in ihre Wohnung kam, sondern stolzierte auf hohen Absätzen bis ins Wohnzimmer. Vielleicht weil sie ohne Schuhe nicht mehr die Energie gefunden hätte, noch einmal wegzugehen. Sie ging zum Barschrank und goss sich einen Martini ein, den sie lauwarm trank. Das war ihr Feierabendritual und hatte für sie absolut nichts mit Alkohol zu tun.

Zehn Minuten später war sie überaus erleichtert, als Evi sich sofort am Telefon meldete.

»Süße! Geht's dir gut?«

»So li-la-leidlich. Heute so, morgen so. Die Frage könnte ich dir jeden Tag anders beantworten. Und dir?«

»Bestens! Alles prima.«

»Evi, hast du Zeit? Ich meine, nicht erst morgen oder nächste Woche, sondern heute Abend. Mir fällt gerade die Decke auf den Kopf.«

Evi überlegte einen Moment.

»Okay. Ich komme zu dir. So in 'ner Dreiviertelstunde, ich muss hier noch was zu Ende machen.«

»Wunderbar. Ich warte auf dich. Hast du Hunger?«

»Hunger habe ich immer, aber ich esse nichts. Bin auf Diät. Vielleicht hast du 'ne Flasche Sekt im Haus? Das reicht schon.« Sie kicherte. »Bis dann.«

Evi war die einzige Frau, die sie kannte, die man nachts um drei anrufen konnte und die dann eine Viertelstunde später mit zerzausten Haaren, einer Packung Eier, einer Flasche Sekt und einem Kanten Brot vor der Tür stand. Oder die einen völlig verschlafen in die Arme nahm und »Komm rein, Süße« murmelte.

Und genau das war passiert, 1998, drei Tage vor Ostern.

»Du siehst aus, als wenn vor einer halben Stunde die Welt untergegangen wäre«, gähnte Evi, als Thilda morgens um halb vier vor der Tür stand. Sie war leichenblass und hatte tiefe dunkle Augenringe. »Komm rein, Süße. Brauchst du Alkohol oder Kaffee?«

»Beides wahrscheinlich.«

»Okay.« Evi schlurfte in die Küche und schaltete die Kaffeemaschine an.

Dann warf sie ein Stück Käse, ein Messer und ein Päckchen Tempotaschentücher auf den Tisch und öffnete eine Flasche Sekt.

»Jetzt heul dich erst mal in Ruhe aus, und dann erzähl mir, was passiert ist.«

Thilda weinte nicht, aber sie brauchte lange, bevor sie anfing zu reden: »Matthias hat mich heute verlassen.« Ihre eigene Stimme dröhnte dumpf und wattig in ihrem Kopf. »Er will, dass Alex und ich ausziehen, weil er sich in einen Mann verliebt hat.« Thilda wunderte sich, wie schnell all das ausgesprochen war, was den Scherbenhaufen ihres Lebens ausmachte. Sie hatte keine zehn Sekunden dafür gebraucht, und doch war Evi bereits vollständig im Bilde.

»Boooccch«, stöhnte Evi als einzigen Kommentar. Dann ging sie zu Thilda und strich ihr übers Haar. Thilda drehte sich um, und Evi nahm die Freundin in den Arm. Minutenlang standen die beiden eng umschlungen da und sagten kein Wort.

Thilda saugte Evis Körperwärme und den schwachen, schon fast verflogenen Duft von Chanel No. 5 auf, ein Parfum, dem Evi treu war, seit sie sie kannte. Sie hatte nie etwas anderes ausprobiert, und der Geruch hatte für Thilda fast etwas Heimatliches. Eine Welle der Zärtlichkeit durchflutete sie, und in diesem Moment wurde ihr klar, dass es das war, was sie bei Matthias am meisten vermisst hatte. Er war der Letzte, der Gefühle für andere Menschen zeigen konnte, falls er überhaupt welche hatte.

»Du bist eine tolle Frau, aber ich liebe dich nicht«, hatte Matthias gesagt, als er sich am Abend direkt nach der Tagesschau völlig überraschend in der Küche zu ihr setzte. »Sorry, Thilda, aber wahrscheinlich hab ich dich nie geliebt, und ich denke, das weißt du auch. Das hast du gespürt. Es gab ja noch nicht mal Sex zwischen uns, aber es lag nicht an dir, es lag an mir. Das hab ich erst in letzter Zeit begriffen. Und darum mache ich das Theater auch nicht mehr länger mit. Mir ist egal, was unsere Familien sagen, sollen sie sich das Maul zerreißen, das halte ich schon aus. Mir ging es noch nie so schlecht wie in den vergangenen drei Monaten.

Lügen und Geheimniskrämereien sind ja das Schlimmste überhaupt, und damit mach ich jetzt Schluss.« Er nahm seine Tasse Kaffee und ging zum Fenster. »Ich hab mich verliebt, Thilda. Habe seit ein paar Wochen ein Verhältnis mit einem Mann. Zum ersten Mal in meinem Leben bin ich glücklich, und ich werde mit ihm zusammenziehen. Und darum will ich mich scheiden lassen.«

All dies, was Matthias gesagt hatte, klingelte Thilda in den Ohren, aber noch war sie nicht fähig, ihrer Freundin den Dialog wortwörtlich wiederzugeben, ihr Kopf war wie leer gefegt oder Sekunden später so übervoll, dass sie nicht mehr in der Lage war, ihre Gedanken zu sortieren.

Evi nahm die Sektflasche und ließ den Korken knallen. »Manchmal hab ich es geahnt«, murmelte sie. »Hast du mal drauf geachtet, wie er die Zigarette hält? Immer so mit einer abgeknickten Hand, das sieht irgendwie komisch aus. Aber ich hab mir nicht weiter darüber Gedanken gemacht. Und es ist natürlich erst mal ein Hammer, wenn man das hört. Klar, dass du ziemlich aus den Latschen gekippt bist, aber vielleicht haben wir ja auch einen Grund zu feiern? Es ist alles nur eine Frage der Perspektive.«

»Ich bin völlig durcheinander«, meinte Thilda leise und nahm ihr Glas Sekt dankbar entgegen. »Ich weiß ja noch gar nicht, was aus mir und Alex wird …«

Evi prostete ihr zu. »Immer langsam voran. Die Nacht ist noch lang. Uns wird schon was einfallen.«

Eine Weile war es still in der Küche.

»Weißt du«, begann Thilda plötzlich und suchte nach den richtigen Worten. »Als Matthias mir von diesem Typen erzählte, mit dem er seit drei Monaten ein Verhältnis hat – Dennis heißt der übrigens –, und als er mir von dem was vorschwärmte, ihn in den höchsten Tönen lobte und sich gar nicht mehr einkriegen konnte, wie toll der ist und wie lieb und wie schön und was weiß ich noch alles – das fand ich übrigens ganz schön unverschämt, also ich hätte die Chuzpe nicht, na gut, aber so ist er eben –, da saß ich da wie tot. Alles, was er sagte, prallte an mir ab. Ich kam mir vor wie eine dicke Eizelle, die von lauter Spermien attackiert wird, aber sie schaffen es nicht, die Membran zu durchstoßen. Und auch seine Stimme war ganz weit weg. Ich hab versucht zu kapieren, was er da sagt, und hab die ganze Zeit darauf gewartet, dass es wehtut. Aber es tat nicht weh, Evi, es hat mir nur irgendwie Angst gemacht.«

»Bestens!« Evi grinste. »Das ist genau richtig, Schatz! Und jetzt stell dir mal vor, er würde dich wegen einer anderen Frau verlassen. Würde das wehtun?«

Thilda nickte. »Das würde ich gar nicht aushalten. Ich würde verrückt werden.«

»Siehste. Weil du dann nämlich automatisch das ganze widerliche Vergleichsprogramm abspulst: Was hat sie, was ich nicht habe? Ist sie hübscher, schlanker, jünger? Ist sie vielleicht auch unterhaltsamer, lustiger, mutiger, gebildeter, was weiß ich. Die Liste ist ja endlos. Und wenn du die fertig durchgearbeitet hast, bist du sooo klein mit Mütze.« Evi zeigte mit zwei Fingern einen Spalt, in den gerade mal ein Blatt Papier gepasst hätte. »Und das ist es, was so wehtut. Die Männer gehen fremd und lassen einen als Häufchen Elend zurück. Und dann brauchst du drei Jahre, um dich langsam wieder aufzubauen und neu zu erfinden. Und das entfällt in diesem Fall ja komplett.«

Thilda malte mit dem Zeigefinger Achten auf die Tischplatte und hörte ihrer Freundin stumm zu. Evis Analysen waren drastisch und manchmal auch nicht leicht zu ertragen, aber letztlich kamen sie immer auf den Punkt.

»Dieser ganze Irrsinn hat überhaupt nichts mit dir zu tun«, fuhr Evi fort. »Mit einem Kerl kannst du dich nicht vergleichen. Du könntest eine Mischung aus Claudia Schiffer, Sophia Loren und der Jungfrau Maria sein – er würde es gar nicht merken, und das würde deine Chancen um keinen Deut erhöhen. Weil er sich eben nur für Männerärsche interessiert. Und das Gute ist, dass du es jetzt endlich weißt und dir nicht stundenlang den Kopf darüber zerbrechen musst, warum er mehr mit seinem Maklerquatsch verheiratet ist als mit dir. Und warum er nach Feierabend wie vom Erdboden verschluckt ist.«

»Stimmt. Da ist was dran.«

»Und jetzt versuche doch mal, ihn dir mit einem Kerl im Bett vorzustellen. Geht das? Oder ist das zu schlimm?«

Thilda überlegte und trank ihr Glas Sekt in einem Zug aus. »Das geht schon – ansatzweise jedenfalls – aber ...« Sie zögerte.

»Dir wird schlecht.«

»Ein bisschen schon.« Jetzt musste auch Thilda grinsen.

»Wunderbar. Alles richtig. Denn der allerallerallerschlimmste Vergleichspunkt mit der Konkurrentin ist ja: Ist sie im Bett besser als ich? Du kannst es gar nicht vermeiden, minutiös und detailliert in Gedanken alles durchzugehen, was ihr miteinander exerziert habt, und bei jeder Erinnerung legst du noch 'ne Handvoll Perversionen mit drauf, weil du glaubst, dass die andere sie mit Wonne praktiziert. Denn im Grunde deiner Seele bist du davon überzeugt, dass sie natürlich um Klassen besser im Bett ist und er dich nur deswegen verlassen hat. – Süße, das hält man nicht aus. Wenn du mit dem Programm anfängst, bist du reif für die Klapse. Aber auch das entfällt in diesem Fall. Darum kannst du dir auch die eine oder andere Spielart zwischen Matthias und 'nem Kerl vorstellen, ohne den Verstand zu verlieren. Also Fazit:

Willkommen im Club der Geschiedenen, heute Nacht beginnt für dich ein neues Leben. Es wird wunderbar werden, Thilda, davon bin ich überzeugt, denn etwas Besseres als einen schwulen Gatten findest du allemal.«

Sie redeten noch über zwei Stunden und leerten dabei zwei Kannen Kaffee und zwei Flaschen Sekt. Dennoch fiel Evi um Viertel nach sechs vor Müdigkeit fast vom Stuhl und ging ins Bett.

Thilda blieb in der Küche sitzen. Sie war immer noch hellwach und überzeugt davon, nie wieder in ihrem Leben tief und traumlos schlafen zu können, denn sie konnte nicht aufhören, an dieses Phantom »Dennis« zu denken, den sie nicht kannte, aber der in ihrer Fantasie immer deutlichere Konturen annahm. Für sie war er groß, blond, muskulös. Einfach ein schöner Mann. Sie sah ein diffuses Bild von Dennis, der Matthias lächelnd ansah und ihm seine rechte Hand entgegenstreckte.

Matthias erwiderte sein Lächeln nicht, sondern blickte ihm ernst in die Augen. »Ich liebe dich«, sagte er leise und deutlich, während er ihm den goldenen Ring über den Finger schob. Und dann küsste er ihn.

Thilda versuchte an etwas anderes zu denken, aber es gelang ihr nicht. Dieses Bild überlagerte jeden Gedanken und war schuld daran, dass sie nicht schlafen konnte. Der Schmerz kam und wurde immer schlimmer. Sie hätte es gern Evi erzählt, aber Evi schlief tief und fest. Thilda hörte ein leises Schnarchen. Bei Evi immer ein Zeichen, dass sie übermüdet oder betrunken war.

Heute Nacht war sie beides.

Matthias von Steinfeld, dachte sie, Vater meines Sohnes und ein unbefriedigtes, unerfülltes Kapitel meines Lebens, unter das ich heute den Schlussstrich ziehe.

Adieu und leb wohl.

Allmählich wurde sie ruhig. Die Angst fiel von ihr ab, und sie weinte sich endlich in den Schlaf.

Zehn Monate später wurden Matthias und Thilda geschieden.

»Ich habe es kommen sehen«, meinte Henriette lapidar zu Matthias. »Sie hat nie begriffen, was sie an dir hatte.«

Die Familie derer von Dornwald verzichtete auf jeglichen Kommentar.

Thilda nahm ihren Mädchennamen wieder an und zog zusammen mit Alex in eine Vierzimmerwohnung in der Nähe ihrer Boutique.

Das alles war jetzt zehn Jahre her. Es war schade, dass sie Evi danach einfach aus den Augen verloren hatte, aber umso mehr freute sie sich jetzt auf das Wiedersehen.

26

Das Telefon klingelte. Er schreckte hoch wie aus einem schrecklichen Albtraum und wusste weder, wo er war, noch, ob es morgens oder abends war. Schweißnass und schwer atmend, robbte er von seiner Matratze über die kalten Dielen bis zum Telefon, das unter dem Tisch stand, neben leeren Bierflaschen und zerknickten, fettigen Pizzakartons.

»Ja?«, hauchte er und musste husten.

»Hallo«, sagte eine kratzige, rauchige Stimme. »Hier ist Tarkan. Hörst du misch?«

»Verdammt, ich penne noch.«

»Es is' halb drei, verdammt.«

»Na und? Was ist?«

»Leyla ist weg.« Tarkan machte eine bedeutungsschwere Pause. »Verstehst du? Weg!«

»Ich verstehe kein Wort.«

»Sie ist nischt mehr in Berlin. Vater hat sie in Türkei geschickt. Alle wissen, warum. Urlaub wird das nischt. Weißt du? Das ist schlimm für sie. Keiner weiß, was sie machen mit ihr.«

Alex hatte zwar einen dicken Kopf, aber er begriff sofort. Leylas Onkel waren in der Türkei, sie wussten, dass sich Leyla unehrenhaft verhalten hatte. Sie würden versuchen, die Ehre der Familie wiederherzustellen. Vielleicht wurde sie zwangsverheiratet. Alex' Herz krampfte sich zusammen.

»Verdammte Scheiße.«

»Kannst du wohl sagen. Aber *du* hast Scheiße gebaut, *du!* Pass auf, was du tust, mein Freund, verstehst du? Wir hören wieder!« Damit legte Tarkan auf.

Am liebsten wäre Alex aufgesprungen und hätte seine Wut an seinem Punchingball ausgetobt, der gleich neben der Eingangstür hing, aber mit seinem kaputten Bein hatte er keine Chance.

Er hielt es in seinem Bett, in seinem Loft nicht mehr aus. Er musste raus. Ganz egal, wie er sich fühlte, auch wenn sein Bein immer noch bei jeder Berührung schmerzte.

Er rollte sich von der Matratze, zog sich mühsam hoch und ging ins Bad. Das warme Wasser funktionierte nicht, aber das war ihm egal. Er duschte kalt, putzte sich mit eiskaltem Wasser die Zähne und zog sich an. Da er keine Lust hatte, irgendetwas zu essen oder zu trinken, verließ er bereits eine Viertelstunde später die Wohnung und fuhr ins Hotel, um zu arbeiten.

Weil er nichts anderes hatte als seine Arbeit und weil er nichts anderes tun konnte, wenn ihm zu Hause die Decke auf den Kopf fiel.

Als Jürgen ihm um dreiundzwanzig Uhr mitteilte, dass seine Mutter mit einer Freundin im Restaurant saß und noch eine Kleinigkeit essen wollte, hatte er schon sieben Stunden auf dem Buckel. Sein Bein fühlte sich an, als würde es platzen und durch das lange Stehen den Gips sprengen. Die Schmerzen machten ihn wahnsinnig, jeder Schritt wurde zur Qual. Und jetzt saß da draußen auch noch seine Mutter. Hundertmal hatte er sie gebeten, nicht zu kommen. Nicht in die Läden, in denen er arbeitete. Es war ihm peinlich.

Von seinem Chef kein Ton des Dankes, dass er trotz seiner Krankschreibung bei der Arbeit erschienen war, nur ein knappes »Wird auch Zeit« und »Mach hinne, wir haben Spargel auf der Karte«.

Spargel. Es gab kein Gemüse, das arbeitsaufwendiger war und das er mehr hasste.

Bisher hatte er noch keine Pause gemacht. Hatte kein Frühstück gehabt und bis jetzt keinen Bissen gegessen und keinen Schluck getrunken. Er hatte das Gefühl, wie fast jeden Abend, im nächsten Moment umzufallen. Und natürlich hatten die beiden Damen Spargel bestellt. Zehn Minuten bevor die Küche geschlossen wurde.

Wie so oft war er den Tränen nahe. Sein erster halber Arbeitstag, denn normalerweise arbeitete er vierzehn Stunden ohne Pause, und schon jetzt konnte er nicht mehr.

Das Restaurant leerte sich, und knapp vierzig Minuten später setzte er sich zu seiner Mutter und ihrer Freundin an den Tisch.

»Hei, Mum, hallo, Evi«, sagte er knapp. »Lange nicht gesehen. Gibt's dich auch noch?«

»Wie du siehst!« Evi grinste und war über den unhöflichen, barschen Ton keinesfalls schockiert.

»Was wollt ihr hier?«, schnauzte er so leise wie möglich, damit niemand seiner Kollegen mithören konnte. »Gibt es in Berlin keine Restaurants, wo man um diese Zeit noch etwas zu essen kriegen kann? Muss es unbedingt hier sein?«

»Ich hab dich nicht erreicht«, sagte Thilda flüsternd. »Und da wollte ich sehen, ob du vielleicht doch wieder arbeitest. Dass Evi bei mir ist, ist reiner Zufall.«

»Ja, ich arbeite wieder. Das wär's dann also, oder ist noch was?« Es war ihm verdammt unangenehm, hier in seiner Kochuniform bei seiner Mutter am Tisch zu sitzen, und er wusste auch nicht, ob es erlaubt war. Mit großer Wahrscheinlichkeit würde sein Chef wieder einen Tobsuchtsanfall bekommen.

»Ich muss wieder rein.«

»Wie lange machst du noch?«

»Keine Ahnung. Zwei Stunden? Drei Stunden? Kommt drauf an, was noch anfällt und was noch für morgen früh vorzubereiten ist.«

»Wann kann ich dich morgen erreichen?«

»Gar nicht. Ich fang hier um acht an. Und dann open end. Vor Mitternacht bin ich bestimmt nicht fertig.«

»Das sind ja wieder sechzehn Stunden! Alex, das geht nicht! Und wenn du heute noch bis zwei machst ... und um acht wieder hier sein musst?«

»Dann kann ich vor der Doppelschicht noch drei Stunden pennen. Wunderbar.«

»Das ist gegen jede Bestimmung!«, schaltete Evi sich ein. »Vollkommen ungesetzlich.«

»Tja. Aber so ist das eben. Da kann man nichts machen.«

»Natürlich kann man da was machen! Ihr braucht es euch bloß nicht gefallen zu lassen.«

»Ach, was weißt du denn?«, zischte Alex. »Du hast ja keine Ahnung! Nicht den blassesten Schimmer! Wenn wir uns stur stellen, fliegen wir. Auf der Stelle! Und zwei Stunden später sind neue Leute hier. Köche gibt's wie Sand am Meer. In jedem Knast werden die zu Hunderten ausgebildet. Wenn man irgendwann mal was erreichen und vielleicht Küchenchef werden will, muss man da durch.« Er wandte sich ab. »Zerbrecht euch bloß nicht meinen Kopf!«

Grußlos verschwand er wieder in der Küche.

»Alex sieht ja zum Grausen aus, weißt du das?« Evi schüttelte nachdenklich den Kopf. »Himmel, wie ist der denn drauf?«

Thilda hatte das Gefühl, jeden Moment losheulen zu müssen. »Komm, lass uns gehen und irgendwo anders noch was trinken«, sagte sie. »Ich glaube, es war ein riesiger Fehler hierherzukommen.«

Der Abend mit Evi hatte ihr gutgetan. Zum ersten Mal erlaubte sie sich, wütend zu werden. Auf Alex, der dabei war, sich zugrunde zu richten, und auf jede hilfreich und liebevoll gemeinte Bemerkung aggressiv reagierte, und auf Matthias, der, immer wenn man ihn brauchte, in irgendeinem Sportwagen unterwegs war und durch Abwesenheit glänzte.

In ihrem Leben war kein Stein mehr auf dem anderen. Und ihr wurde klar, dass sie den Boden unter den Füßen längst verloren hatte. Sie hatte nur noch die Möglichkeit, mit aller Kraft gegen den Strom zu schwimmen.

27

Siena, Juli 2009

Pünktlich auf die Minute, um zwanzig nach neun, begann der Radiowecker zu plärren, und wie jeden Morgen schwor sich Kai Gregori auch heute, endlich ein Gerät mit besserem, wärmerem Klang zu kaufen. Der italienische Sänger, den er nicht kannte und auch nicht kennen wollte, schluchzte und weinte mehr, als er sang, und jammerte in seinem Lied von Sehnsucht und einem Herzen, das »nicht schlagen kann ohne dich«.

Es darf alles nicht wahr sein, dachte Kai und schloss noch einmal die Augen. Zehn Minuten quälte er sich weiter, hörte, dass Staatspräsident Napolitano zum Staatsbesuch in Bulgarien weilte, dass eine Mutter ihr Kind mit einem Stein erschlagen und bei einem Zugunglück in der Basilicata drei Menschen ums Leben gekommen waren.

Stöhnend stand er auf. Sein Gaumen klebte, und er glaubte, den Grappa noch zu schmecken, den er am Abend getrunken hatte. Zu viel natürlich. Und zu einem Zeitpunkt, an dem er schon längst genug gehabt hatte. Aber das Ritual, sich am Schluss eines Tages noch unnötigerweise auf der Terrasse mit einer Grappa-Dusche die Kante zu geben, konnte er einfach nicht lassen. Vor drei Monaten war er fünfzig geworden. Hatte dieses denkwürdige Ereignis gefeiert, indem er eine Zweiundzwanzigjährige in einer Bar dazu überredet hatte, mit zu ihm zu kommen. Sie hatten es zweimal miteinander getrieben – mehr schaffte er einfach nicht, aber er fand es durchaus beachtlich für sein Alter –, außerdem hatten sie zusammen eine Magnumflasche Champagner geleert, und dann hatte er sie gebeten zu gehen. Wollte nur noch allein sein, um in Ruhe und ungestört ein neues halbes Jahrhundert zu beginnen.

Bevor er ins Bad ging, trat er auf die Terrasse. Er liebte diesen Blick auf Siena, das Beste an seiner Wohnung, die mittlerweile dringend eine Grundrenovierung nötig hatte. Die Luft war diesig, das Sonnenlicht drang noch nicht völlig durch, wartete verhalten hinter einem diffusen Schleier, um erst am Nachmittag die Hitze zu bringen.

Tief durchatmend streckte er sich, bis seine Wirbel knackten. Das war auch schon die ganze Morgengymnastik, mehr war nicht möglich. Seine dennoch sportliche Ausstrahlung verdankte er dem Umstand, dass er zwar viel trank, aber wenig aß. *Das bisschen, was ich esse, kann ich auch trinken.* Italienische Pasta war nicht unbedingt seine Leidenschaft, und es musste schon ein ganz besonderer, lukrativer Kunde sein, wenn er sich zu einem Menü mit mehreren Gängen überreden ließ.

Heute war er mit einem Kollegen aus Deutschland verabredet, der eine Immobilie in der Toskana suchte. Das war beinah der Supergau. Kollegen konnte man nicht täuschen und nicht überreden, Kollegen wussten alles besser, fanden immer ein Haar in der Suppe, und meistens kostete so etwas unglaublich viel Zeit und ging aus wie das Hornberger Schießen.

Was für ein grauenhafter Tag.

Matthias von Steinfeld. Er hatte ein paarmal mit ihm telefoniert und sich seine Vorstellungen angehört, aber sympathisch war ihm der Mann rein vom Hören her nicht. Klang ziemlich eingebildet, und Kai glaubte, ein leises Tölen zu hören. Was er auf den Tod nicht ausstehen konnte.

Insofern war er keineswegs interessiert an dieser Begegnung heute Vormittag um elf.

Kai Gregori hatte es perfekt drauf, wie ein junger Gott die Bürotür aufzureißen, dynamisch und jung zu wirken und allseits gute Laune zu verbreiten, auch wenn es in seinen Schläfen dumpf pochte und der Kater der vergangenen Nacht ihm selbst nach einer heißen Dusche, zwei Aspirin und drei Cappuccini noch zu schaffen machte. Vielleicht das Geheimnis seines Erfolgs. Denn auch in seinem Alter war er ein attraktiver Mann mit grauen Schläfen und beneidenswerten Lachfältchen im Gesicht. Er war stets leicht gebräunt, was ihm ein gesundes Aussehen verlieh, aber eher auf eine günstige Genkonstellation als auf einen soliden Lebenswandel zurückzuführen war. Mit seiner Größe von einem Meter sicbenundachtzig überragte er die meisten Italiener um Hauptesänge, daher wurde man auch leicht auf ihn aufmerksam und übersah ihn nicht, wenn er einen Laden, eine Arztpraxis oder eine Hotelrezeption betrat.

Kai Gregori war eine Erscheinung, er wusste es, aber er nutzte es nicht aus. Man konnte ihm vieles nachsagen, aber arrogant war er nicht.

Sein Leben lang hatte er darauf gewartet, mit gesetzterem Alter auch solide oder zumindest beziehungsfähig zu werden, aber das war ihm bisher nicht gelungen. Sein Liebesleben gestaltete sich nach wie vor extrem abwechslungsreich, und die Damen, die er beglückte, wechselte er in der Regel häufiger als die zerknitterten Leinenanzüge, die er stets ohne Krawatte und offen trug und in denen er nicht arbeitete, sondern wohnte.

Die Maklerfirma, für die er tätig war, hatte Dependancen in aller Welt, er leitete das Büro in Siena. Seine Mitarbeiter wechselten häufig, bis auf Monica, die ihm bereits seit sieben Jahren morgens seinen Kaffee brachte, schnippische bis freche Bemerkungen machte, seine Termine koordinierte und Interessenten vertröstete, wenn Kai noch seinen Rausch ausschlief. Sie war ein Fels in der Brandung, hielt den Laden aufrecht und war die Einzige in seinem Umfeld, die er noch nicht flachgelegt hatte. Vielleicht war dies der Grund, dass es für sie bisher noch keinen Anlass gegeben hatte, ihren schwierigen und bisweilen mehr als anstrengenden Arbeitgeber zu wechseln.

»Er ist schon da!«, zischte Monica vorwurfsvoll, als Kai um zehn nach elf betont lässig zur Tür hereinschlenderte.

»Ja, na und? Ich bin auch da. Hat er was gesagt?«

Monica versuchte verächtlich zu kieksen, was sich aber wie ein Schluckauf anhörte, und Kai grinste.

»Mach uns zwei Kaffee, bitte.«

»Er hat schon einen gehabt.«

»Egal. Mach uns trotzdem zwei. Wenn es ihm zu viel ist, kann er ihn ja heimlich in den Geranientopf kippen.«

Zum ersten Mal an diesem Morgen lächelte Monica.

Drei Kaffee, eine Flasche Mineralwasser, zehn Kekse und anderthalb Stunden später legte Kai lächelnd seinen Kugelschreiber aus der Hand.

Der Maklerkollege, der da vor ihm saß, war eindeutig vom anderen Ufer, und er gab sich wenig Mühe, das zu verbergen. Was Kai wunderte, denn normalerweise legten Makler

Wert darauf, so distinguiert und gesellschaftlich korrekt wie möglich zu erscheinen. Vielleicht lag es auch einfach nur daran, dass Matthias von Steinfeld hier in Italien keinen Kunden von einer Immobilie überzeugen musste, sondern in eigener Sache unterwegs war.

»Okay«, sagte Kai. »Ich würde vorschlagen, wir stürzen uns direkt ins Geschehen und lassen die Spielchen. Sie kennen die Tricks genauso gut wie ich, und sie kosten uns nur Zeit. Ich könnte Ihnen also ein paar Objekte zeigen, um Sie heißzumachen, obwohl ich weiß, dass sie nicht optimal sind, und dann ziehe ich den Trumpf aus dem Ärmel, von dem ich weiß, dass Sie darauf fliegen. Ich nehme an, Sie machen es in Berlin genauso, aber wir brauchen uns nichts vorzuspielen. Sparen wir uns die Vorspeise, und gehen wir direkt in medias res.«

»Einverstanden«, sagte Matthias amüsiert.

»Dann fahre ich Sie jetzt zu einer Immobilie, von der ich glaube, dass sie für Sie genau die richtige ist. Nach allem, was Sie mir über Ihre Wünsche und Vorstellungen gesagt haben, gehe ich fast davon aus, dass dieses Objekt das einzige ist.«

»Sie machen mich neugierig.« Matthias stand auf und strich seine Hose glatt. Dieser ehrliche, dynamische Makler, der es sicher faustdick hinter den Ohren hatte, gefiel ihm.

Auf der Fahrt durch die Crete unterhielten sie sich über durchgeknallte Kunden mit aberwitzigen Vorstellungen, über einige, die sie wochenlang auf Trab gehalten und die dann letztlich doch nichts gekauft hatten, oder über Traumtänzer, die bei der Anfahrt zu einer Immobilie bereits »Kauf ich!« sagten und von ihrem übereilten Entschluss auch nicht mehr abzubringen waren.

Nach einer knappen Stunde erreichten sie San Gusmè. Sie umrundeten die Stadtmauer und bogen dann auf die Schotterstraße ab, vorbei an Villa d'Arceno mit der imposanten Zypressenallee bis direkt hinauf nach Montebenichi. Kai wagte sich mit seinem breiten Geländewagen sogar in die engen Gassen und fuhr direkt bis auf die Piazza.

»Da wären wir«, sagte er lässig und stieg aus.

Matthias hatte schon viele mittelalterliche Orte und Städtchen gesehen und schon auf so mancher Piazza gesessen, aber diese hatte etwas Besonderes. Sie war fast rund und von kleinen, zweistöckigen Häusern umgeben, die sich in unterschiedlichen Farben aneinanderschmiegten und alle durch eine toskanische Außentreppe begehbar waren, und es gab einen Brunnen als Relikt eines Treffpunkts aus alten Zeiten. Aber der Höhepunkt war ein Castello, fürstlich instand gesetzt und renoviert, was dem Ganzen einen Touch gab, der zwischen bäuerlich und herrschaftlich schwankte.

Matthias sah sofort, dass an einem Balkon, der direkt auf die Piazza ragte, *Vendesi*, zu verkaufen, stand.

»Es handelt sich im Grunde um eine Penthousewohnung in einem mittelalterlichen Ort. Etwas ganz Besonderes. So etwas findet man nirgends auf der Welt, denn von der Terrasse dieser Wohnung aus haben Sie einen Blick über die halbe Toskana.«

Matthias kommentierte das nicht. Superlative war er gewohnt – auch aus seinem eigenen Mund.

Dann stiegen sie die toskanische Treppe an der Längsseite des Hauses empor und betraten die Wohnung.

Matthias hielt die Luft an. Er stand, nachdem er durch einen kleinen, flurähnlichen Vorraum gegangen war, mitten in einer Küche, wie er sie so noch nie gesehen hatte. Die Wände waren unverputzt aus groben Natursteinen, in der Mitte des großzügigen Raumes ein von Säulen gehaltener zentraler Tresen, dahinter eine Küchenzeile, die keine Wünsche offen ließ. Zur Rechten ein Fenster mit dem Blick auf das Castelletto, geradeaus die große Tür, die auf eine große, trapezförmige Terrasse führte und den Blick bis zum Monte Amiata ermöglichte. Sonnenlicht durchflutete den Raum und sandte streifenförmiges Licht auf den gewaltigen hölzernen Esstisch, der aus einer Burg zu stammen schien. Daneben ein steinerner, riesiger Kamin. Genug Platz, um ein Spanferkel zu grillen oder Stunden an einem großen Feuer zu verbringen, das in der Lage war, die gesamte Wohnung zu erwärmen.

Matthias schloss die Augen und hielt einen Moment inne. Jetzt vermisste er nur noch einen gewaltigen Opernchor, der die unglaubliche Atmosphäre dieses einzigartigen italienischen Appartements unterstrich.

Mit flatterndem Puls besichtigte er weitere Schlaf- und Wohnräume, ein fantastisches Bad mit Whirlpool, Bidet, Dusche und zwei Waschbecken und trat schließlich auf den Balkon. Unter sich die Piazza. In Gedanken sah er sich hier mit einem Glas Wein sitzen, um den Tag ausklingen zu lassen, oder im Liegestuhl auf der Terrasse, umgeben von Zitronenbäumen und Oleander, uneinsehbar für die Nachbarn. Eine kleine Treppe im Inneren des Hauses führte in eine Art Garage, ein geräumiger Magazinraum, der von der Piazza aus befahrbar war und mehr als einem Wagen Platz bot. Hier konnte er außerdem Kühltruhe, Waschmaschine, Kaminholz und Arbeitsgeräte unterbringen, und das Wichtigste war, dass niemand der Nachbarn beobachten konnte, welche Besucher er in seinem Haus empfing.

Eine Sensation. Eine einmalige Gelegenheit. Er wusste schon jetzt, dass er sie sich nicht entgehen lassen würde, sagte aber noch nichts.

Schließlich stand er mit verschränkten Armen vor der offenen Balkontür und versuchte sich nicht anmerken zu lassen, wie beeindruckt er war.

»Kostenpunkt?«, fragte er.

»Fünfhundertfünfzigtausend.« Auch Kai Gregori zeigte sein geschäftsmäßiges Pokerface. »Angemessen, finde ich.«

Matthias antwortete nicht. Er zog seine Digitalkamera aus der Tasche und ging noch einmal durch alle Räume, um Fotos von jedem Zimmer und vom Blick aus jedem Fenster zu machen.

Ein gutes Zeichen, dachte Kai und grinste innerlich.

»Okay«, sagte Matthias schließlich. »Gehen wir was trinken und sprechen über alles. Ich habe gesehen, hier im Ort gibt es eine kleine Osteria.«

»Sie sind herzlich eingeladen«, beeilte sich Kai zu sagen. »Auch wenn Sie etwas essen möchten. Die Küche ist sehr zu empfehlen.«

Zwei Stunden später, nach einer Flasche Montepulciano, mit Spinat gefüllten Tortellini, Kaninchenbraten und Crème brûlée waren sie handelseinig. Fünfhundertdreißigtausend, Notariat und Übergabe in zwei Wochen.

Kai war überrascht. Sein Kollege war kein Nörgler, sondern ein Mann von schnellen Entschlüssen. Sein Wissen nutzte er nicht aus, um die Angelegenheit unnötig zu erschweren, hinauszuzögern oder über Gebühr herunterzuhandeln. Die Zwanzigtausend, die Kai heruntergegangen war, waren kein Problem, er hatte sie ohnehin vorher draufgeschlagen, und er nahm an, dass auch Matthias dies wusste. Sie spielten mit offenen Karten.

28

Giglio, Juli 2009

Um zwanzig nach zehn klingelte sein Handy. Meine Mutter, dachte er, nein, bitte nicht. Bitte, lass nichts passiert sein.

»Von Steinfeld?«, meldete er sich mit belegter Stimme und musste sich räuspern.

»Ich hoffe, ich habe Sie jetzt nicht geweckt?«, sagte Kai Gregori und klang unverschämt munter. »Aber ich hätte da etwas für Sie. Für die nächsten zwei Wochen, meine ich.«

Matthias brauchte einen Moment, dann dämmerte es ihm. Ja, richtig. Gestern, nach dem Abendessen und bei der zweiten Flasche Wein hatte er den Makler gefragt, ob er nicht eine Idee habe, wo er Urlaub machen könne. Etwas Besonderes sollte es schon sein. Und er hätte auch Lust ans Meer zu fahren, auf keinen Fall wollte er die Zeit bis zum Notariat in Siena verbringen.

»Ich denke darüber nach«, hatte Kai geantwortet. »Da wird sich wohl was finden lassen, obwohl sie am Meer jetzt in der Hauptsaison jede Hundehütte an mindestens drei Personen vermieten. Und wie ich Sie kenne, haben Sie gewisse Ansprüche.«

»Sicher. Ich fahre nicht in Urlaub, um mich zu quälen und um es wesentlich ungemütlicher und primitiver zu haben als zu Hause.«

»Verstehe.« Kai hatte gegrinst und zu dem Thema nichts weiter gesagt.

Matthias hatte damit gerechnet, noch mindestens drei Tage in Siena zu bleiben, bis Kai etwas Adäquates gefunden hatte, aber dass der Makler ihn bereits am nächsten Morgen aus dem Bett warf, kam völlig überraschend und machte ihn neugierig.

»Was haben Sie denn für mich?«

Statt zu antworten, fragte Kai: »Können Sie auschecken und in einer halben Stunde vor dem Hotel stehen? Ich hole Sie ab.«

»Ja, wenn's sein muss ...«

»Okay. Bis dann.« Kai legte auf.

Der machte es aber spannend. Matthias ärgerte sich darüber, dass er ihm noch nicht mal gesagt hatte, wo es hinging, sondern dass er einfach springen musste. Und dann noch so eilig. Das war überhaupt nicht die Art, wie er behandelt werden wollte, und er hatte Lust, einfach im Bett zu bleiben und den Makler vor der Tür stehen zu lassen, aber schließlich stand er seufzend auf, nahm eine Zwei-Minuten-Dusche, trank einen Viertelliter seines besonderen Wassers, von dem er vier Kästen im Kofferraum mitgenommen hatte, packte in Windeseile seine Sachen, bezahlte sein Zimmer und war neunundzwanzig Minuten später mit seinem Gepäck abfahrbereit. Aber natürlich dachte er nicht daran, jetzt schon hinunterzugehen. Schließlich wollte Kai etwas von ihm.

Genüsslich setzte er sich in einen Sessel und schloss die Augen.

Nach vier Minuten stand er auf und sah aus dem Fenster. Kai ging vor dem Hotel neben seinem Auto ungeduldig auf und ab.

Gut so, dachte Matthias, zwei Minuten lasse ich dich noch zappeln, dann komme ich. Sei froh, dass ich auf die akademische Viertelstunde verzichte.

Drei Minuten später erschien Matthias vor dem Hotel.

»Das hat ja prima geklappt«, meinte Kai betont fröhlich, als hätte es die Wartezeit nicht gegeben. »Wo haben Sie denn Ihr Auto?«

»Dort drüben. Der silberne Porsche.«

»Aha. Gut. Dann würde ich sagen, Sie folgen mir einfach. Wir fahren ans Meer. Porto Santo Stefano. Ungefähr anderthalb Stunden von hier. Je nachdem, wie gut wir durchkommen.«

Porto Santo Stefano sagte Matthias etwas. Er war zwar noch nie dort gewesen, hatte aber schon in mehreren Reiseführern gelesen, dass der Hafen sehenswert war.

»Falls wir uns irgendwie aus den Augen verlieren, treffen wir uns am Fähranleger zur Insel Giglio. Wir müssen uns ein bisschen beeilen, die Fähren fahren nur alle zwei Stunden, und es wäre ärgerlich, wenn wir da ewig auf der Straße stehen.«

Matthias nickte. »Meinetwegen, dann fahren wir los.« Und obwohl er sich darauf freute, auf eine Insel zu fahren, bemühte er sich, nicht allzu begeistert zu klingen.

Die Fahrt genoss er in vollen Zügen. Er war fest entschlossen, sich von dem Makler auf keinen Fall hetzen zu lassen, und fuhr betont langsam, hielt sein Gesicht in die Sonne, ließ sich den warmen Fahrtwind um die Nase wehen und ließ den linken Arm dekorativ aus dem Fenster hängen. Seine Rolex funkelte – für jedermann sichtbar – in der Sonne. Ab und zu machte er mit diesem Arm eine elegante Handbewegung, als wollte er eine Acht in die Luft malen, was seine ausgesprochen gute Laune ausdrücken sollte.

Dass Kai Gregori im Wagen vor ihm langsam verrückt wurde, merkte er ganz deutlich. Der Mann versuchte mithilfe des Rückspiegels Blickkontakt zu ihm aufzunehmen und ihn mit allen möglichen Gesten zum Schnellerfahren zu bewegen, aber vergeblich. Matthias winkte ihm fröhlich zu, folgte in seinem Porsche weiterhin im Schneckentempo, und wenn Kai nicht ab und zu auf ihn gewartet hätte, hätte er ihn aus den Augen verloren.

Matthias konnte sich gut vorstellen, wie Kai ihn jetzt verfluchte, auf ihn schimpfte und ihn für einen Vollidioten und Ignoranten hielt, aber das war ihm egal. Er war hier derjenige, der Ton und Tempo angab, nicht der Makler, der ihm eine Ferienwohnung aufschwatzen wollte.

Allmählich bildete sich hinter ihm ein Stau. Auf der Landstraße parallel zur Küste war meist gar kein Überholen möglich. Wenn es doch einer schaffte und dabei wütend über die Schlafmütze hupte, warf Matthias ihm Kusshändchen zu. Es war ihm klar, dass er sämtliche Verkehrsteilnehmer provozierte, und er fühlte sich großartig dabei.

Nach unendlich langen eindreiviertel Stunden erreichten sie Porto Santo Stefano. Der Hafen erschien Matthias riesig, auf den Fotos in den Reiseführern hatte er immer nur wenige typisch italienische Häuser gesehen, und davor ein paar weiße Jachten, aber hier gab es gleich drei Hafenbuchten, vollgepfropft mit Schiffen. Es war ein ständiges An- und Ablegen und an Land ein unübersichtliches Gewirr von Straßen. Autos hupten, parkten und kurvten durch die Gegend, dass es einem schwindlig werden konnte. Nirgends der Hinweis auf einen ruhigen Parkplatz, Matthias war in diesem Chaos sofort mit den Nerven am Ende.

Kai blieb auf der Strandpromenade hemmungslos in zweiter Spur stehen, Matthias hatte gar keine andere Wahl, als direkt hinter ihm anzuhalten. Kai stieg aus und kam zu ihm. Ein empörtes Hupkonzert begann. Mit großer Geste forderte Kai die Wagen hinter ihm auf, doch einfach vorbeizufahren. Er schüttelte den Kopf und wandte sich wieder lächelnd Matthias zu.

»Am besten, Sie bleiben hier stehen«, sagte er zu Matthias, der sein Fenster geöffnet hatte und sich am liebsten in Luft aufgelöst hätte. »Ich fahre die nächste links und suche mir dort einen Parkplatz. Das dauert höchstens zehn Minuten, denn dort kenne ich einen Geheimtipp. Hoffentlich ist der wirklich noch frei. Dann komme ich wieder hierher, und wir beide fahren mit Ihrem Wagen auf die Fähre. Ich muss ja heute Abend noch zurück.«

»Wenn man mich bis dahin nicht umgebracht hat«, murmelte Matthias entsetzt.

»Ach was! Hier stehen alle in zweiter Spur. Da ist doch nichts dabei.«

Fröhlich winkend stieg er wieder in sein Auto und brauste davon.

Matthias schwitzte Blut und Wasser, als sich der Verkehr in den folgenden quälend langen Minuten an ihm vorbeiwälzte. Er hatte die Warnblinkanlage eingeschaltet und hob ab und zu verzweifelt die Hände, als hätte er eine Panne und würde auf den italienischen Automobilclub warten. Am liebsten hätte er die Motorhaube aufgeklappt, dann wäre die Panne noch glaubhafter erschienen, aber er hatte keine Ahnung, wo der Hebel war, mit dem man die Klappe aufmachen konnte.

Die Minuten krochen dahin.

Schließlich tauchte Kai etliche Querstraßen weiter wieder auf und lief leichtfüßig auf Matthias' Porsche zu.

»Alles klar«, sagte er, als er sich auf den Beifahrersitz fallen ließ. »Fahren Sie dort hinten bei dem gelben Schild rechts, und halten Sie an der weißen Baracke. Wir müssen noch Tickets kaufen, und dann ab auf die Fähre. Sie geht in fünfzehn Minuten.«

Was für ein Wahnsinn, dachte Matthias. Er hielt bei dem Ticketschalter, machte aber nicht die geringsten Anstalten auszusteigen. Schließlich war es Kais Idee gewesen, auf die Insel zu fahren, dann sollte er sich auch um die Fahrkarten kümmern. Kai warf ihm einen verständnislosen Blick zu, sprang aus dem Wagen und löste ein Ticket für zwei Personen und ein Kraftfahrzeug.

In diesem Moment fuhr die Fähre in den Hafen und legte direkt vor ihnen an der Kaimauer an. Ein Ungetüm, das zwischen den Jachten jede Dimension sprengte. Nur Augenblicke später ließ die Fähre die Heckklappe herunter und spuckte Liefer-, Last- und Privatwagen, Motorräder und Heerscharen von Fußgängern aus.

Matthias' Oberschenkelmuskel zuckte unkontrolliert, als er schließlich mit seinem Porsche in den Frachtraum fuhr, wo er von einem italienischen Arbeiter brüllend eingewiesen wurde. »Weiter rechts, noch weiter rechts, viel weiter rechts und noch weiter vor, natürlich, dort ist noch ein halber Meter Platz, mindestens, komm, komm, komm, ein bisschen schneller, wenn's geht, andre wollen auch noch aufs Schiff!« Mit einer schwungvollen Handbewegung klappte er Matthias' Rückspiegel ein, dass es krachte. »Noch ein Stück weiter, ja, jetzt passt es. Stopp. Motor aus, Gang drin lassen, Handbremse anziehen. Fertig.«

An der Fahrerseite stand der Wagen jetzt zwei Zentimeter vom Stahl der Schiffswand entfernt.

»Na so was«, meinte Matthias. »Das ist aber ein kühler Recke, finden Sie nicht? Stapelt hier die Autos auf den Zentimeter genau. Und haben Sie gesehen, wie er meinen Rückspiegel eingeklappt hat? Ich muss sagen, ich bin beeindruckt.«

»Beeilen Sie sich und steigen Sie aus!« Kai war mittlerweile durch Matthias' Verhalten mehr als genervt. »Die Nächsten stellen sich jetzt direkt daneben. Und wenn Sie hier noch lange Reden halten, müssen Sie während der ganzen Überfahrt im Auto sitzen bleiben.«

Eine entsetzliche Vorstellung! Fähren gingen häufig und gern unter, besonders wenn sie überladen waren, und diese war bestimmt überladen, so wie der tapfere Recke sie vollstopfte. Er würde im Frachtraum jämmerlich ersaufen.

So schnell es ging, kletterte er über den Beifahrersitz aus dem Wagen und folgte Kai an Deck.

Sie setzten sich steuerbord in die erste Reihe, und Matthias spürte eine leichte Übelkeit. Dabei fiel ihm ein, dass er heute bisher weder etwas gegessen noch einen Kaffee getrunken hatte.

Keiner von beiden sagte ein Wort, bis die Fähre abgelegt hatte, Porto Santo Stefano verließ und aufs offene Meer hinausfuhr.

»Ich habe einen Freund auf Giglio«, begann Kai zehn Minuten später, obwohl Matthias sein Gesicht mit geschlossenen Augen in die Sonne hielt und seine Unterlippe leicht zitterte.

Kai hatte ihn eine ganze Weile beobachtet und war sich nicht sicher, ob er schlief oder ob der Wind, der an Deck ziemlich stramm wehte, seine Lippe in Schwingung brachte.

»Hören Sie mich, Matthias?« Matthias grunzte leise, daher fuhr Kai fort: »Und dieser Freund besitzt eine Wohnung direkt am Hafen. Ein Kleinod. Wirklich eine echte Kostbarkeit. Nicht mit Geld zu bezahlen. Ich weiß, dass er diese

Wohnung niemals verkaufen würde, dazu liebt er sie viel zu sehr, und man findet so schnell nichts Vergleichbares – aber ab und zu vermietet er sie. Nur an Freunde und sehr gute Bekannte, versteht sich. Also nur auf Empfehlung. Ich weiß, dass die Wohnung im Moment frei ist, und heute Nachmittag ist er auf der Insel. Ich kenne ihn sehr gut, und vielleicht haben wir Glück, und er hat gute Laune. Die Wohnung wird Ihnen gefallen.«

»Das hört sich traumhaft an«, murmelte Matthias, ohne die Augen zu öffnen, was Kai als unhöflich empfand.

»Das hört sich nicht nur so an, das ist traumhaft!« Kais kühler Tonfall war Matthias nicht aufgefallen, und er lächelte mit immer noch geschlossenen Augen in die Sonne.

Auch Kai sagte nichts mehr, sondern stand auf und ging vor an die Reling. Über den Charakter seiner Klienten durfte man sich keine Gedanken machen. Das nervte und war verschwendete Zeit.

Das Meer war ruhig, nirgends zeigte sich eine Schaumkrone, aber weite Wellen schoben sich wie flache, platt gedrückte Hügel übers Wasser.

Die riesige Fähre spürte davon nichts.

In einiger Entfernung dümpelte ein Segelboot, und Kai fragte sich, ob der graue Punkt am Horizont bereits die Insel Giglio war.

Eine Kulisse wie auf einem Werbeprospekt für die schönsten Häfen im Mittelmeer. Schmale und verschiedenfarbige ein- bis zweistöckige Häuser, kleine Läden, zahlreiche Fischrestaurants und Bars direkt am Wasser. Winzige Ruder- und Fischerboote am Ufer, an der Mole alte und verschrammte Seelenverkäufer, aber auch teure Jachten der Superreichen.

In diesen winzigen Hafen, der sich den Charme längst vergangener Zeiten bewahrt hatte, schob sich die riesige Fähre.

Direkt hinter dem Hafen erhoben sich die bewaldeten Hügel Giglios und der kleine Ort Porto Giglio mit malerischen Häusern an den Berghängen. Das Wasser in der Bucht glitzerte grell im Sonnenlicht.

Matthias fuhr von der Fähre und bugsierte seinen Wagen dann nach Kais Anweisungen durch eine schmale, enge Gassenpassage, in der man noch nicht einmal Schritttempo fahren konnte, da sich auch sämtliche Fußgänger, die auf der Fähre gewesen waren, durch dieses Nadelöhr bewegen mussten. Matthias brach der Schweiß aus, und in diesem Moment wünschte er sich, seinen pompösen Schlitten mit einem kleinen Fiat tauschen zu können.

»Hier können Sie parken«, sagte Kai endlich und wies auf ein verwildertes Privatgrundstück. »Stellen Sie sich einfach unter den Nussbaum, ich stehe immer hier, und es ist noch nie was passiert. Ich glaube, hier wohnt gar keiner mehr, oder die Leute sind nur ganz selten da.«

»Bei meinem Glück gibt es garantiert Ärger.«

»Ach was. Wir probieren es einfach. Wir können ja nicht bis Giglio Castello rauffahren und dann zwei Stunden wieder runterlaufen. Parkplätze sind auf dieser Insel ein riesiges Problem. Aber machen Sie sich mal keine Sorgen.«

Natürlich machte sich Matthias Sorgen, und er wusste, dass er in der Wohnung oder beim Essen am Hafen keine ruhige Minute haben würde, wenn er seinen Wagen nicht auf einem offiziellen Parkplatz wusste. Sowie Kai die Insel verlassen hatte, würde er einen anderen Parkplatz suchen, auch wenn er stundenlang zurücklaufen musste.

Sie gingen zurück zum Hafen. Als sie auf die Promenade einbogen, blieb Kai bereits wenige Schritte weiter vor einem hellgrün gestrichenen Haus stehen, das im ersten Stock vor einem der zwei Fenster einen kleinen Balkon mit schmiedeeisernem Geländer hatte.

»Hier ist es«, sagte er und grinste. »Wenn Sie morgens auf den Balkon treten, liegt Ihnen der Hafen zu Füßen.«

»Das ist ja wirklich ganz entzückend«, meinte Matthias und schob seine Sonnenbrille über die Stirn in die Haare, obwohl ihn das gleißend helle Sonnenlicht blendete.

29

Kais Freund hieß Mauro und saß nur ein Haus weiter in einem Büro. Er war ein stämmiger Mann Anfang vierzig, hatte kurz geschnittene, schwarze Haare, einen dichten Bart und dunkle Augen. Nur um die Augen herum leuchtete ein wenig helle Haut, der übrige Körper, jedenfalls so viel davon zu sehen war, war dunkel behaart. Sein schwarzes Fell quoll aus dem Hemdkragen und wucherte über den Hals bis zum Kinn, bedeckte die Unterarme und sogar die Handrücken.

Matthias hatte das Gefühl, würgen zu müssen, als der Behaarte ihm zur Begrüßung die Hand gab. Er ekelte sich so furchtbar, dass ihm die Luft wegblieb, und er glaubte, sich nicht auf den Beinen halten zu können.

Das ist ja widerlich, dachte er, der Mann ist kein Mensch, sondern ein Affe, ein Yeti. Morgens braucht er wahrscheinlich Stunden, um sich am ganzen Körper trocken zu föhnen.

Der Yeti lächelte freundlich. »Piacere, ich freue mich, Sie kennenzulernen«, sagte er. »Haben Sie denn die Wohnung schon gesehen?«

»Nein«, antwortete Kai für Matthias, »ich hab doch keinen Schlüssel, Mauro!«

»Ach, dann hab ich dir noch keinen gegeben. Kann sein. Also dann gehen wir mal rüber.«

Matthias folgte dem Yeti, und auf der schmalen Treppe nach unten stieg ihm der Geruch von dessen Aftershave in die Nase. Nussig-süßlich, fast ein wenig holzig und dumpf. Er schüttelte sich angewidert und dachte gleichzeitig, du bist vor mir sicher. Nicht einmal mit der Kneifzange würde ich dich anfassen.

Aber von der Wohnung war er so angetan, dass es ihm sogar gelang, den Gedanken, dass der Yeti schon einmal in dem Doppelbett geschlafen haben könnte, zu verdrängen. Von der Wohnküche hatte man einen direkten Zugang zum Balkon, zu einem kleinen Schlafzimmer und einem winzigen Bad. Nur wenige Meter unter dem Balkon pulsierte das Leben. Man hatte Blick auf die Hafenpromenade, eine Bar, die ihre Korbstühle direkt bis ans Wasser gestellt hatte, und die dümpelnden Boote. Er liebte das ständige Geräusch der Schäkel, die an das Metall der Masten schlugen.

Ein perfekter Ort, um allein und doch nicht allein zu sein, um auf einer Insel dem alltäglichen Leben zu entfliehen und zu verschwinden.

Kai beobachtete Matthias, wie er jede Schublade aufzog, in jeden Schrank schaute und das heiße Wasser in der Dusche ausprobierte.

Schließlich wandte er sich dem Yeti zu. Seine Augen strahlten. »Ich würde die Wohnung sehr gern nehmen, sie ist fantastisch. So schön habe ich sie mir nicht vorgestellt. Geht es in Ordnung, wenn ich zwei Wochen bleibe? Ich zahle im Voraus.«

Der Yeti nickte. »Geht in Ordnung. Dann bekomme ich zwei-acht von Ihnen. Die Woche eintausendvierhundert.«

Matthias schluckte. Mit so viel hatte er nicht gerechnet, aber wahrscheinlich hatte die sensationelle Hafenlage ihren Preis. Und Mauro war sicher auch nicht zimperlich, wenn es darum ging, Touristen kräftig auszunehmen.

Da Matthias grundsätzlich genügend Bargeld dabeihatte, weil es ihn verunsicherte, nur mit zwei- oder dreihundert Euro aus dem Haus zu gehen, und er unpersönliche Kreditkarten nicht ausstehen konnte, gab er Mauro sechs Fünfhunderteuroscheine. Der Yeti grinste übers zugewachsene, bärtige Gesicht, das wie ein Flokati aussah, der sich in Falten legte. »Ich kann Ihnen nicht rausgeben«, nuschelte er, »aber ich bringe Ihnen den Rest bei Gelegenheit vorbei.« Damit schob er sich die Scheine in die Hosentasche, und die Angelegenheit war für ihn erledigt.

Matthias erstarrte. Niemals würde er die fehlenden zweihundert Euro wiedersehen. Davon war er fast überzeugt. Der Yeti versuchte es offensichtlich mit allen Mitteln. Aber noch schlimmer war, dass das Geld einfach so in den versifften Taschen des Waldmenschen verschwunden war und er mit Sicherheit auch keine Rechnung dafür bekommen würde. Wahrscheinlich wusste der Zugewachsene gar nicht, was das war. Hier lebte man von der Hand in den Mund, vom direkten Tauschgeschäft, und erledigte alles mit Handschlag. Matthias zuckte unwillkürlich zusammen, denn bei diesem Gedanken gruselte es ihn schon wieder.

Also konnte er seine Giglio-Reise auch nicht von der Steuer absetzen. Das war ärgerlich, und er musste sich zwingen, weiterhin freundlich zu lächeln.

Der Yeti war dabei, seine Taschen zu durchwühlen, wurde schließlich fündig und drückte Matthias die Wohnungsschlüssel in die Hand.

Es war für Matthias wie ein schmerzhafter Stromschlag, als ihn feine Härchen berührten.

Pünktlich um zwanzig Uhr saß er in dem Restaurant, das ihm von außen am saubersten und vornehmsten erschien. Als Kai um fünf mit der Fähre zurückgefahren war, hatte er noch zwei Stunden geschlafen, geduscht und frische Sachen angezogen. Er fühlte sich nun ausgesprochen wohl. Morgen früh wollte er sich auf den Weg machen und die Insel erkunden und eine Badebucht suchen. Jetzt war er entschlossen, den Abend in diesem traumhaften Ambiente zu genießen.

Hatte ihn das Appartement auf den ersten Blick total in seinen Bann gezogen, so musste er auf den zweiten bereits Abstriche machen, denn mit Luxus hatte es nun rein gar nichts zu tun. Auch ein Telefon gab es nicht, und sein Handy funktionierte auf der Insel nicht, wie er entsetzt feststellen musste. Wenn irgendetwas mit seiner Mutter passierte – hier würde er es nicht erfahren. Er musste irgendwo eine Möglichkeit ausfindig machen, wenigstens einmal am Tag zu telefonieren, vielleicht gab es auf der Insel ja eine Post.

Er schaltete den Kühlschrank ein und legte sein besonderes Wasser hinein. Ein trauriger Anblick in einem völlig leeren Kühlschrank. Bevor er sich zum Mittagsschlaf hinlegte, besorgte er sich noch schnell zwei Flaschen Wein, einen Beutel Oliven und ein Ciabatta und war sich sicher, so auf alle Fälle die nächsten vierundzwanzig Stunden überleben zu können.

Er trug ein beigefarbenes Hemd mit dezenten brokatglänzenden Streifen, darüber hatte er sich einen hellbraunen Kaschmirpullover lässig über die Schultern gelegt und die Ärmel locker vor der Brust zusammengebunden. Auch seine leicht zerknitterte Seidenhose war beige, und die ledernen Mokassins, die er gern ohne Strümpfe anzog, waren im Farbton nur eine Nuance dunkler. Allein seine legere Sommerabendkleidung hatte einen Wert von ungefähr zweitausend Euro, und wenn er sich so umsah, konnte er im Restaurant niemanden entdecken, der ähnlich sorgfältig und teuer gekleidet war wie er. Und das erfüllte ihn mit tiefer Befriedigung.

Der Kellner trat an den Tisch und begrüßte ihn mit einer dezenten Verbeugung. Matthias war dermaßen irritiert, dass er vergaß zurückzugrüßen. Vor ihm stand ein schönes, aufregendes, androgynes Wesen. Matthias war völlig fasziniert, starrte es an, versuchte, sich nichts anmerken zu lassen, aber dennoch herauszufinden, ob es wirklich ein Kellner oder vielleicht doch eine Kellnerin war. Es verunsicherte ihn, dass er in seinen Gedanken nicht wusste, ob er diese Person mit »sie« oder »er« bezeichnen sollte, er fühlte sich hilflos, da half ihm auch sein perfektes Äußeres nichts.

Die Person trug eine schwarze Hose, wahrscheinlich obligatorische Arbeitskleidung, und er glaubte, eine gewisse Rundung der Hüften zu bemerken. Dazu ein weißes Oberhemd und eine schwarze Weste, die eng über dem Oberkörper spannte und keinen Busen vermuten ließ. Die Haut war zart und makellos, die Nase gerade und schmal und die Wimpern dicht. Die Haare waren zentimeterkurz geschnitten und unterstrichen das prägnante, aber dennoch sanfte Profil. Die Stimme war melodiös, weich und hell.

Matthias konnte sich keinen Reim darauf machen und ebenso wenig aufhören, die Person anzustarren.

Er bestellte sich einen Aperitif, obwohl er das gewöhnlich nie tat, wenn er allein eine ganze Flasche Wein trank, aber er hatte vor, den ganzen Abend in diesem Restaurant zu verbringen. Wollte warten, bis sie fertig war. Wollte der letzte Gast sein und sehen, in welche Richtung sie verschwand.

30

Der nächste Morgen war klar und warm. Er hatte lange geschlafen, so traumlos und fest wie schon lange nicht mehr, und trat kurz nach zehn barfuß auf den Balkon. Die Hafengeräusche machten ihn neugierig.

Die Luft roch nach Meer, und er atmete tief ein. Ein leiser Hauch von Salz und Fisch drang ihm in die Nase, und er wunderte sich, dass es ihm gefiel und sogar am Vormittag direkt nach dem Aufstehen keineswegs unangenehm war.

In der Bar gegenüber stellte jemand krachend die Korbstühle auf, einige Fischer machten ihre Boote klar. Die Fähre nach Porto Santo Stefano fuhr gerade hinaus aufs Meer, der Wagen der Carabinieri stand auf der Mole, und zwei Polizisten rauchten gelangweilt eine Zigarette. Ein Mann suchte seinen Hund, der immer wieder zwischen den riesigen Steinen der Hafenbefestigung verschwand, eine alte Frau kaufte Gemüse fürs Mittagessen.

Drei Touristinnen schlenderten gelangweilt in Miniröcken, knappen Tops und Flipflops die Hafenpromenade auf und ab, da in den Bars noch gähnende Leere herrschte.

Matthias lächelte. Was für ein Morgen. Was für eine Insel. Was für eine märchenhafte Hafenstadt. Er zweifelte nicht daran, sich hier in den nächsten zwei Wochen wohlfühlen zu können, und musste wieder an den kleinen Kellner denken, der gestern Nacht um halb zwei das Restaurant verlassen hatte.

»Buonanotte, Adriano«, hatte der Chef gesagt, als er ihn verabschiedete. »A domani.«

Adriano. Also war er ein Knabe. Aber vielleicht war er ja früher einmal Adriana gewesen.

Leichtfüßig war der Kellner aus dem Lokal gekommen, hatte sich flüchtig umgesehen, war am Ende der Promenade rechts abgebogen und hatte dann den Weg bergauf in die Altstadt gewählt.

Matthias war ihm nicht mehr gefolgt. Er wollte nichts überstürzen, wollte sich nicht auffällig verhalten und ihm auf keinen Fall auf die Nerven gehen.

Schließlich hatte er alle Zeit der Welt. Und er war davon überzeugt, in spätestens drei Tagen am Ziel zu sein.

Matthias trudelte durch den Tag. Er kaufte sich ein paar Kleinigkeiten wie Erdnüsse, Thunfisch und Knäckebrot im Alimentari-Laden, einen Sonnenhut im Andenkengeschäft, obwohl er es eigentlich entsetzlich entwürdigend fand, Geschäfte zu betreten, die mit aufgeblasenen Delfinen, Sonnenöl, Seesternen und Badelatschen ihre Kunden lockten. Überhaupt war das Angebot, das man auf Giglio kaufen konnte, nicht nur mager, sondern eine Katastrophe. Geschmacklosigkeiten in Andenkenläden, Grundnahrungsmittel, Coca-Cola und die Bild-Zeitung. Ende. Matthias fragte sich, wie man es auf Giglio schaffte, eine Wohnung einzurichten oder Kleidung zu besorgen, wenn man für jede Kleinigkeit des täglichen Lebens aufs Festland fahren musste.

Er schlenderte die Hafenpromenade entlang, und die Schlagzeile der aktuellsten Bild-Zeitung sprang ihm regelrecht in die Augen: *Ist schwuler Sex-Mörder asozial?* Matthias erstarrte. Er ging näher an den Zeitungsständer heran und las die ersten zwei Zeilen, die auf der ersten Seite unter der Schlagzeile standen: *Die Morde an dem Informatikstudenten Jochen U. (22) und dem Arbeitslosen Manfred S. (17) erschüttern Berlin. Beide kommen aus der homosexuellen Szene...*

Matthias las nicht weiter, sondern ging ins Geschäft und kaufte die Zeitung. Außerdem Ansichtskarten, Briefumschläge und die passenden Briefmarken, weil er Lust hatte, seiner Mutter eine Karte in die Klinik zu schicken, die sie ihr übers Bett oder an den Nachttisch kleben konnten. Oder auch an Alex, obwohl er wahrscheinlich die Karte gelangweilt auf den Boden segeln lassen und dann die nächsten Monate darauf rumtrampeln würde.

Obwohl er es kaum aushielt und den Artikel in der Bild-Zeitung sofort lesen wollte, trank er noch zwei Espressi in der Bar und schielte zum Restaurant, ob sich schon irgendjemand blicken ließ, aber die Tür blieb verschlossen.

Erst dann ging er zurück in sein Appartement und setzte sich mit der Zeitung auf seinen Balkon. Sein Herz raste.

Der große Artikel begann auf Seite zwei. Nach einer kurzen Zusammenfassung der beiden Fälle, über das Auffinden der Leichen und die knappe Charakterisierung der Opfer, kam ein Interview mit der Leiterin der Berliner Mordkommission, Susanne Knauer:

> BILD: *Frau Knauer, Sie sind die Leiterin der Mordkommission. Haben Sie es in Ihrer Laufbahn schon einmal mit einem ähnlichen Fall zu tun gehabt?*
> KNAUER: *Wenn es sich hier wirklich um einen Serientäter handelt, nicht. Nein.*

Matthias war amüsiert.

BILD: *Gehen Sie davon aus?*
KNAUER: *Alle Ermittlungsergebnisse sprechen dafür. Ja.*

Der Artikel machte Matthias richtig Spaß. Er stand auf und holte sich ein Glas seines besonderen Wassers, um ihn besser genießen zu können.

BILD: *Was wissen Sie über den Täter?*

Matthias hielt den Atem an.

KNAUER: *Leider noch nicht viel. Aber unsere Experten haben ein Täterprofil erstellt. Danach ist der Täter zwischen fünfzig und siebzig Jahre alt, lebt allein und hat erhebliche Kommunikationsprobleme mit seinen Mitmenschen. Er hat keine sozialen Kontakte und lebt höchstwahrscheinlich in einer völlig verwahrlosten Wohnung. Man könnte ihn als Messie bezeichnen. Eine Schulbildung hat er sicher nicht, seinen IQ schätzen wir auf unter hundert, er lebt von Hartz IV und verübt seine Morde unter Alkoholeinfluss. Falls er überhaupt eine Wohnung hat, dürfte er durch sein asoziales Verhalten auffallen, wir sind uns noch nicht einmal sicher, ob er Analphabet ist oder nicht.*
BILD: *Wie kommen Sie zu diesen Schlüssen?*
KNAUER: *Die Profiler erkennen dies an seiner Vorgehensweise an den Tatorten und in Verbindung mit den Opfern. Eine primitive Charakterstruktur ist deutlich erkennbar, ich möchte aber aus ermittlungstaktischen Gründen hier nicht näher ins Detail gehen ...*

Matthias schleuderte die Zeitung vom Balkon ins Zimmer. Sein Puls war auf hundertneunzig. Was bildete sich diese bescheuerte Schlampe eigentlich ein, solch einen Mist in der Welt zu verbreiten? Sie hatte ja keine Ahnung! Nicht die geringste, aber entblödete sich nicht, diese Lügengeschichten herumzuposaunen, die man in aller Welt lesen konnte! Sogar auf dieser gottverdammten Insel Giglio! Diese Frau war in ihrem Beruf völlig unfähig! Er war sowieso immer der Meinung gewesen, dass Frauen bei der Polizei nichts zu suchen hatten, hier war die Quittung!

Matthias kochte. Sein Gesicht glühte, er ging in seinem winzigen Appartement hin und her wie ein Tiger im Käfig und überlegte fieberhaft, wie er reagieren, sich wehren und sich abreagieren konnte.

Und dabei kam ihm eine Idee. Warum sollte er sich nicht mit der Nachricht, dass er gerade Urlaub machte, verpackt in eine kleine Denksportaufgabe, bei der Polizei melden? Ja, das war großartig! Das war genial! Der Vollidiot, der den IQ einer Scheibe Knäckebrot hatte, schickte ein kleines Rätsel an die Intelligenzbestien der Polizei! Einfach köstlich! Denn das zeigte seine Ruhe, seine Gelassenheit und vor allem seine Überlegenheit. Es störte ihn überhaupt nicht, wenn sie die Karte akribisch im Labor durch die Mangel drehten, im Gegenteil, er würde ihnen sogar noch seine DNA-Probe dazulegen.

Matthias merkte, dass er immer bessere Laune bekam, so gut gefiel ihm der Gedanke. Er war sogar in der Lage, die Mordkommission auf Trab zu halten, wenn er verreist war und absolut nichts passierte. Das begeisterte ihn.

Matthias stand auf und holte sich einen Prosecco aus dem Kühlschrank. Er brauchte die Leichtigkeit des Seins, um einen wunderbaren Text zu erfinden.

Nach zwei Gläsern Sekt fiel ihm wieder die Verschlüsselung ein, die sie schon während seiner Schulzeit benutzt hatten, damit die Lehrerin die abgefangenen Briefe nicht lesen konnte. Sie war simpel, aber äußerst wirkungsvoll. Wer nicht wusste, wie es funktionierte, konnte sich die Zähne daran ausbeißen.

Als er fein säuberlich mit einem Kugelschreiber den verschlüsselten Text auf die Karte geschrieben hatte, riss er sich eine Wimper aus und legte sie in den Brief hinein.

Eine kleine Aufmerksamkeit für die Herren und Damen des Morddezernats.

Dann klebte er den Briefumschlag zu und adressierte ihn: *An die Kripo Berlin, Frau Susanne Knauer, Mordkommission.*

Er würde schon ankommen. Da war er sich ganz sicher.

Er lief auf die Straße und steckte den Brief direkt am Hafen in einen Briefkasten.

Und dann dachte er nicht mehr an diese unschöne Geschichte.

Um Viertel vor zwölf hatte er bereits eine halbe Flasche Prosecco und eine Flasche Mineralwasser getrunken und ging auf die Toilette. Als er wiederkam, sah er gerade, wie der Jüngling das Restaurant betrat.

Matthias wurde nervös und spürte, dass seine Hand mit dem Prosecco-Glas zitterte. Sein Hals wurde trocken, und er trank schneller, als er wollte. Am liebsten würde ich einen Kniefall vor dir machen, dachte Matthias, ich würde vor dir hergehen und deinen Weg fegen, damit du deine Schühchen nicht beschmutzt, ich würde dir duftenden Lavendel und Rosenblätter vor die Füße streuen, mein Prinz, lass mich dein Knappe sein!

Die Sehnsucht nach dem androgynen Knaben brachte ihn fast um, er wusste nicht, wie er den Tag bis zum Abendessen um acht, wenn er sich wieder von ihm bedienen lassen konnte, verbringen sollte.

Er trank die Flasche leer, öffnete alle Fenster weit, warf sich aufs Bett und versuchte zu schlafen, eingelullt durch die immer lauter werdenden Hafengeräusche, das Murmeln der alten Männer, das Geschrei der Fischer, das Knattern der Vespas, das Hupen der Fähren und das Brummen der Busse, die die Touristen hoch ins Bergdorf Giglio Castello brachten.

Und schließlich fiel er in einen dämmrigen Schlaf, in dem Adriano Prinz Eisenherz glich, der gerade an Bord eines Schiffes ging. Winkend bedeutete Eisenherz Matthias, seinem Knappen, auch schnell an Bord zu kommen, aber das Schiff legte bereits ab. Mit einem beherzten Sprung vom Kai sprang Matthias' Pferd an Bord und wieherte wüst und stolz über die wagemutige Tat. Er erwartete Lob, aber Prinz Eisenherz war schon in der Kabine des Kapitäns verschwunden, aus der er die Laute eines heftigen Streites vernahm. Schwerter klirrten. Matthias riss die Kabinentür auf und sah, wie Prinz Eisenherz stolperte, wobei ihm das Schwert aus der Hand glitt. Gerade als sich der Kapitän auf den Wehrlosen stürzen wollte, durchbohrte ihn Knappe Matthias mit seinem Dolch. Anschließend funkelten die Augen des Prinzen nicht nur vor Liebe, sondern auch vor Dankbarkeit. In der Dunkelheit der Nacht warfen sie gemeinsam den Leichnam des Kapitäns über Bord. Kurz darauf zog ein schwerer Sturm auf. Das führerlose Schiff drohte zwischen den Wellenbergen zu zerbrechen. Knappe Matthias stand am Ruder, und die Wellen schlugen über ihm zusammen. Er konnte vor Müdigkeit und Übelkeit kaum noch stehen. Da hörte er ein gewaltiges Knirschen, Ächzen und Krachen und sah, wie der Mast brach. Knappe Matthias sah ihn fallen, genau in Richtung der Luke, aus der in diesem Moment Prinz Eisenherz kam, der den Kurs durch die stürmische See berechnet hatte. Matthias schrie …

… und erwachte schweißgebadet.

Mein Prinz, dachte er nur, mein über alles geliebter Prinz.

Er trat auf den Balkon, hoffte ihn zu sehen, hoffte aber gleichzeitig, ihn nicht zu sehen, um nicht verrückt zu werden.

Und in diesem Moment durchfuhr ihn ein fürchterlicher Gedanke: Der Brief beziehungsweise die Karte an die Kripo in Berlin war ein großer Fehler gewesen. Schon allein wegen Adriano hatte er schließlich vor, noch knapp zwei Wochen auf Giglio zu bleiben. War es nicht möglich, dass die Kripo, unmittelbar nachdem sie den Text entschlüsselt hatte, sich mit den Carabinieri auf Giglio in Verbindung setzte und von dem Tag an bei allen Touristen, die die Insel verließen, eine Passkontrolle durchgeführt wurde? Gut, sie hatten seine DNA, aber sie kannten seinen Namen nicht. Doch sie würden merken, dass er aus Berlin kam, somit rückte er sofort in den engeren Kreis der Verdächtigen, und sie waren ihm auf den Fersen. Außerdem bestand die Gefahr, dass sie dann von ihm einen DNA-Test forderten. Das wäre eine Katastrophe und sein Ende. Wieso war er so dumm gewesen, den Brief in seiner Wut einzuwerfen, ohne auch nur einen Augenblick zu überlegen? Es gab nur einen Ausweg: Er musste am Briefkasten warten, bis er das nächste Mal geleert wurde, und dann den Briefträger bitten, ihm den Brief wieder auszuhändigen. Was der Briefträger aber höchstwahrscheinlich nicht tun würde, da auf dem Brief kein Absender stand und er sich nicht als Eigentümer ausweisen konnte.

Es war zum Verzweifeln.

Schließlich hielt er es nicht mehr aus. Zog sich seine Mokassins an, warf sich seinen Seidenschal um die Schulter, obwohl ein leichter, warmer Wind blies und bei der Wärme kein Schal nötig war, verließ das Haus und ging direkt in die Bar.

Er bestellte sich einen Prosecco, weil ihn bereits der Hunger quälte und er zu dem Getränk automatisch ein Schälchen mit Erdnüssen bekam.

Um diese Zeit war in der Bar nur wenig Betrieb.

»Sagen Sie, ich hab mal eine Frage«, begann er vorsichtig. Der Barmann, der Gläser polierte, nickte ihm aufmunternd und freundlich zu.

»Ich habe heute einen Brief an meine Mutter eingesteckt. Sie wohnt in Hamburg und hat am Wochenende Geburtstag. Wie lange dauert denn hier die Post, die von Giglio abgeht? Heute ist immerhin erst Montag. Meinen Sie, der Brief kommt noch rechtzeitig an?«

Der Barmann grinste breit. »Oddio!«, rief er und rang die Hände. »Der kommt niemals rechtzeitig an! Das tut mir jetzt leid für Sie, aber auf Giglio gehen die Uhren anders. Es fängt schon mal damit an, dass kein Mensch den Postsack zum Hafen bringt, ehe er nicht ganz voll ist. Und dann steht auf dem Briefkasten zwar Leerung am Montag, Mittwoch und Freitag, aber das ist Blödsinn. Geleert wird nur freitags. Basta. Also verlässt Ihr Brief die Insel frühestens Freitagnachmittag. Oder Samstagvormittag. Vielleicht auch erst nächste Woche. So ist das eben. Wir haben uns alle gut dran gewöhnt.«

Matthias hätte jubeln können, aber er bemühte sich, ein besorgtes Gesicht zu machen.

»Du lieber Himmel!«, stöhnte er. »Was mache ich denn jetzt?«

»Gar nichts. Vielleicht sollten Sie mit Ihrer Mutter lieber telefonieren. Und im Winter ist es noch schlimmer. Weil die Fähre dann nur selten oder gar nicht fährt. Wenn Sie Anfang Dezember eine Weihnachtskarte einwerfen, dann kommt sie vielleicht im Februar an. Da sollten Sie die Ostergrüße gleich mit draufschreiben.« Er kicherte.

Matthias hörte gar nicht mehr richtig zu. Also kam der Brief sicher erst in Berlin an, wenn er die Insel bereits verlassen hatte. Das war ja wunderbar.

Er bedankte sich bei dem Barmann, bezahlte und ging. Leichten Herzens und mit schnellen Schritten lief er die Straße bergauf.

Natürlich war er gestern nicht mehr zum Auto zurückgekehrt, um es umzuparken, er hatte es einfach vergessen, und dann war es ihm auch nicht mehr als so dringend erschienen, aber der Wagen stand vollkommen unbehelligt, ohne Strafmandat oder Blessuren eines verärgerten Parkplatzbesitzers immer noch unter dem Nussbaum. Wie ein Dieb in der Nacht schob sich Matthias auf den Fahrersitz, startete den Motor und fuhr leise rückwärts vom Grundstück. Wenn er zurückkehrte, musste es eine andere Lösung geben.

Die Fahrt in das hoch gelegene mittelalterliche Bergdorf Giglio Castello dauerte nur zehn Minuten. Am liebsten hätte er ein paarmal angehalten, um von der Bergstraße aus Fotos aufs Meer hinaus zu schießen, aber er ließ es bleiben, kam sich dämlich dabei vor, wollte mit den Touristen, die zwanghaft in jeder Kurve fotografierten, nicht in einen Topf geworfen werden.

Eine gute halbe Stunde lang kletterte er durch die engen, oft von Bogen überspannten Gassen des im zwölften Jahrhundert erbauten Städtchens und sah ihn in seiner Fantasie hinter jedem Fenster. Vielleicht wohnte er ja dort? Oder da? Vielleicht öffnete sich im nächsten Moment ein Fensterladen, er würde dort stehen, ihn erkennen, lächeln und ihm zuwinken. Was für ein aberwitziger Traum, aber gleichzeitig durchaus möglich.

Er war nicht fähig, auch nur einen einzigen Schritt zu tun, ohne an Adriano zu denken. Giglio Castello verwandelte sich in einen romantischen Ort, in dem sein Prinz zu Hause war. Gebannt und fasziniert, betrachtete er jedes Haus, jede Gasse, jeden Portico und jeden verschwiegenen kopfsteingepflasterten Winkel, wo er ihn im Schatten der Laternen das erste Mal küssen würde.

Adriano war der Junge, der auf der Piazza sitzend las, der einen Wein in der Trattoria trank und der auf dem Vorplatz der Burg der Aldobrandesca mit glockenheller Stimme das Ave-Maria sang. Adriano war das Wesen von einem anderen Stern und aus einem anderen Jahrhundert, er war die Erfüllung all seiner Wünsche und Sehnsüchte.

Nach anderthalb Stunden des Umherirrens in Giglio Castello war Matthias völlig verwirrt und wusste, dass es ihm niemals gelingen würde, denselben Weg noch einmal zu finden. Er erinnerte sich, an einer Osteria vorbeigekommen zu sein, in der er jetzt ein kleines Nudelgericht essen und ein Glas Wein trinken wollte, aber er fand sie nicht wieder. Die Häuser waren ineinander verschachtelt, zogen sich über mehrere Ebenen, und hinter jeder Ecke wartete eine neue Überraschung.

Schließlich gab er es auf, verließ den Ort durch eines der Tore und setzte sich auf die Stadtmauer. Von hier hatte er einen atemberaubenden Blick übers Meer bis hin zum Toskanischen Archipel. Seine Füße baumelten ins Leere, denn die Stadtmauer war auf Felsen erbaut, die steil nach unten abfielen. Entfernungen und auch Tiefen und Höhen hatte er noch nie gut schätzen können. Waren es fünfzig Meter oder vielleicht doch hundertfünfzig oder mehr? Genug auf alle Fälle, um einen Sturz nicht zu überleben.

Er schloss die Augen, obwohl er wusste, dass man mit geschlossenen Augen viel leichter das Gleichgewicht verlor, und stellte sich vor, wie es wäre, sich einfach fallen zu lassen.

Was für eine reizvolle Versuchung, nur eine kleine Überwindung, und alles wäre vorbei. Wahrscheinlich würde er noch nicht mal den Aufprall auf den Klippen spüren. Er müsste jetzt nur den Mut haben, etwas Irrsinniges, absolut Außergewöhnliches zu tun. Es wäre einzigartig und würde zu seinem Charakter passen.

Das Absolute an dieser Idee fand er faszinierend. Es war eine Reise ohne Rückkehr. Wenn er die Entscheidung getroffen hatte und sprang, gab es kein Überdenken, kein Umkehren mehr.

Es wäre eine große Tat. Eine größere und existenziellere gab es nicht. Ein Wahnsinn, vor allem so ganz ohne Grund.

Aber dann dachte er wieder an Adriano und begriff, dass er verliebt war. Er glühte vor Leidenschaft und hatte gerade jetzt noch so viel vom Leben zu erwarten. Zu springen wäre Dummheit. Allerdings gab es eine Ausnahme: Für ihn würde er es tun. Sofort. Ohne Bedenken. Wenn es hieße, Adriano würde hingerichtet, es sei denn, er fände einen, der sich für ihn opfert – dieser eine wäre er. Er würde sich opfern. Er würde sich vom Felsen stürzen und dem Tod in der Gewissheit entgegenfliegen, dass kein Mensch auf dieser Welt jemals so selbstlos und absolut geliebt hatte wie er.

Matthias öffnete die Augen wieder. Das smaragdblaue Meer glitzerte im Sonnenlicht, in einer kleinen Bucht ankerte ein Segelboot.

Ein einziges Mal hatte er bisher geliebt, und jetzt hatte er vielleicht die Chance, so etwas noch einmal zu erleben. So ein perfektes Glück wie mit Dennis.

Dennis war stark gewesen. Stärker als er. Er hatte die Dinge geregelt, und das hatte seinem Leben eine Unbeschwertheit und Leichtigkeit gegeben, die er weder vor noch nach Dennis jemals wieder erlebt hatte.

Es passierte vor zwei Jahren, an einem Dienstag in der Woche nach Weihnachten um kurz nach zwölf. Der leichte Nachtfrost ließ die Straße im Licht der Laternen glänzen, und Matthias brauste viel zu schnell durch Berlin. Als er die Polizeikontrolle sah, war es zu spät. Er konnte ihr nicht entgehen, sondern hatte Mühe, den Wagen überhaupt zum Stehen zu bringen.

»Schön guten Abend, Fahrzeugkontrolle. Schalten Sie den Motor aus. Ihren Führerschein und die Fahrzeugpapiere hätte ich gern.«

Matthias' Hände zitterten wie Espenlaub, als er mit Müh und Not seine Papiere aus der Brieftasche nestelte. Der Polizist, der ungefähr fünf Jahre jünger war als er, sagte nichts dazu, aber er warf ihm einen durchdringenden Blick zu, als er die Dokumente in Empfang nahm.

»Haben Sie was getrunken?«, fragte er, und Matthias hoffte, dass diese Frage nichts als reine Routine war und nicht daraus resultierte, dass er sicher eine heftige Fahne hatte.

»Zwei Gläser Wein. Ich geb's zu, aber mehr trinke ich nie. Ich hab zusammen mit einer Kollegin zu Abend gegessen.«

»So lange? Bis nach Mitternacht?«

»Ja. Bin ich Ihnen darüber Rechenschaft schuldig?«

Der Polizist schüttelte den Kopf und schnalzte mit der Zunge. »Natürlich nicht.«

Matthias wurde immer unsicherer. Er musste mit der linken Hand die rechte festhalten, um sein Zittern zu verbergen und unter Kontrolle zu halten.

»Kleinen Moment, bitte warten Sie.« Der Polizist verschwand mit den Papieren im Einsatzwagen, und Matthias vermutete, dass er seine Personalien überprüfte.

Die zwei oder drei Minuten, die das dauerte, erschienen Matthias endlos. Er konnte sich nicht erinnern, schon jemals so in der Klemme gesessen zu haben.

Schließlich erschien der Beamte wieder. Matthias versuchte, ihn so offen und freundlich anzusehen wie nur irgend möglich, obwohl er nichts als Fluchtgedanken hatte und sich noch nicht einmal überlegen wollte, wie der Mann wohl ohne Polizeimütze aussehen würde.

Der Polizist beugte sich herunter, kam Matthias' Gesicht extrem nahe, und Matthias wich unwillkürlich zurück.

Nach einer Ewigkeit, die aber sicher nur wenige Sekunden gedauert hatte, gab ihm der Verkehrspolizist die Papiere zurück. Dabei berührte seine Hand die von Matthias. Matthias überlegte augenblicklich, ob es aus Versehen oder Absicht gewesen war.

»Gute Fahrt«, sagte der Polizist, und ein Lächeln huschte über sein Gesicht. »Fahren Sie vorsichtig und nicht wieder wie ein Verrückter.«

Matthias konnte es nicht fassen. »Schönes neues Jahr«, stotterte er und drückte zaghaft aufs Gas.

Er konnte kaum fahren. Der Wagen gehorchte ihm nicht mehr und schlitterte durch die Stadt, so verunsichert und verängstigt war er. Seine Knie zitterten, er hatte Mühe, langsam und ruhig Gas zu geben und den Wagen nicht hüpfen zu lassen.

Fünfzehn Minuten dauerte die Fahrt noch bis zu seiner Wohnung und war eine einzige Tortur. Unendlich erleichtert stieg er aus, schloss das Auto ab und schleppte sich ins Haus. Er konnte sich überhaupt nicht erklären, warum der Polizist keine Alkoholkontrolle gemacht hatte. Ganz sicher hatte er über zwei Promille, und er wusste, dass der gesamte Innenbereich des Wagens nach Alkohol stank, wenn man getrunken hatte. Für einen nüchternen Menschen – und er ging davon aus, dass der Polizist nüchtern gewesen war – musste das unbedingt zu riechen sein.

In seiner Wohnung zog er sich einen leichten Hausmantel an und öffnete auf den Schreck noch eine Flasche Champagner. Er schenkte sich ein Glas ein und stellte die Flasche zurück in den Kühlschrank. Dann legte er sich die Brandenburgischen Konzerte auf, warf sich auf die Couch, schloss die Augen und dankte dem Himmel.

Am nächsten Morgen um neun klingelte das Telefon.

»Schön guten Morgen, Herr von Steinfeld, hier ist Dennis Holthaus, Polizeiabschnitt sieben. Wir hatten gestern die zweifelhafte Ehre, uns bei einer Alkoholkontrolle zu begegnen. Meines Erachtens waren Sie durchaus alkoholisiert.«

Matthias schwieg.

»Zu dieser Angelegenheit hätte ich noch ein paar Fragen. Wäre es Ihnen möglich, wenn wir uns treffen? Sagen wir – in einer Stunde?«

»Wo? Auf dem Revier?«

»Nein.« Die Stimme des Polizisten klang jetzt leiser. »Wenn wir die Sache nicht an die große Glocke hängen wollen, sollten wir uns privat treffen. Wie wär's im Café Einstein Unter den Linden?«

»Einverstanden. In einer Stunde bin ich da.«

»Gut.« Der Polizist legte auf, und Matthias überlegte, was dieser merkwürdige Anruf und das Treffen zu bedeuten hatten.

Der Beamte, der aufstand und lächelte, als Matthias das Café betrat, hatte brünette, lockige Haare, war wenige Zentimeter größer als Matthias und sehr schlank.

Sie bestellten beide Milchkaffee, sahen sich an und wussten nicht so recht, was sie sagen sollten.

»Um was geht es denn?«, fragte Matthias schließlich und war fasziniert von den Augen des Mannes, die leicht ins Grünliche spielten.

»Sie gingen mir die ganze Nacht nicht aus dem Kopf«, flüsterte er. »Ich wollte Sie einfach wiedersehen.«

Matthias war zu überrascht, als dass er etwas hätte antworten können, aber ihre Blicke trafen sich.

»Ich heiße übrigens Dennis«, sagte der Polizist, als er den Becher mit dem Milchkaffee umfasste, als wollte er seine Finger wärmen. »Stört es dich, wenn wir uns duzen?«

»Aber ganz und gar nicht!« Eine Woge der Wärme durchflutete Matthias. Die Ehrlichkeit und Offenheit dieses jungen Polizisten waren einfach entwaffnend. Selten war ihm ein Mensch auf Anhieb so sympathisch gewesen.

»Ich bin Matthias.«

Dennis beugte sich vor, und sie besiegelten die Bruderschaft mit einem zaghaften Kuss auf die Wangen.

An die erste Nacht in einem kleinen Hotel in Steglitz hatte Matthias nur noch verschwommene Erinnerungen. Am eindringlichsten blieb ihm der Geruch von Dennis' Parfum in der Nase, frisch und kräftig, aber zugleich salzig und süß. Wie ein windiger Tag am Meer, der einen süßen Zauber hinterließ, gewürzt mit dem Geschmack salziger Lippen.

Berauscht von diesem Duft überschlug sich Matthias' Fantasie geradezu, und wenn er die Augen schloss, war Dennis der Pegasus, der über die Wellen ritt und schließlich in die Wolken galoppierte, um im tiefen Blau des Himmels zu verschwinden.

Matthias war besessen und wie von Sinnen. Er konnte nicht mehr arbeiten, nicht mehr denken, nicht mehr planen. Konnte sich mit niemandem mehr vernünftig unterhalten, war zu keinem klaren Gedanken mehr in der Lage. Dennis war sein Universum, und die wenigen Nächte und Stunden, die sie sich irgendwie freischaufelten und füreinander reservierten, waren das Einzige, wofür er noch lebte. Wenn er allein war, war er wie gelähmt und fieberte dem nächsten Wiedersehen entgegen. Es war ihm egal, ob es Tag oder Nacht, Vormittag oder Nachmittag war, er rechnete nur in den Intervallen, die er auf Dennis warten musste. Und versuchte irgendwie, sich zu beschäftigen. Das war das Allerschwierigste, weil ihn nichts und niemand mehr interessierte.

Und wenn sie sich trafen, weinte er vor Glück.

Dann lächelte Dennis, nahm ihn in den Arm und sagte: »Was bist du doch für ein riesengroßer Kindskopf, und was machst du dir bloß für unnötige Sorgen. Ich werde nie wieder weggehen, ich bleibe bei dir, da kannst du sicher sein.«

Zwei Monate nach ihrer ersten Begegnung redete er mit Thilda, sieben Tage später zogen Thilda und Alex aus. Dennis kam noch am selben Abend.

»Jetzt haben wir es geschafft«, jubelten sie. »Jetzt trennt uns nichts mehr.« Und sie tanzten durch die Wohnung wie fünfzehnjährige Mädchen, die eine Konzertkarte für einen lange umschwärmten Popstar ergattert hatten.

Es begann eine grandiose Zeit.

Wenn Dennis frei oder Urlaub hatte, regelte er Matthias' Leben. Er buchte gemeinsame Reisen, kaufte ein, kochte oder bestellte den Tisch im Restaurant. Er scheuchte Matthias' zum Zahnarzt, animierte ihn zum Sport, suchte die Filme aus, die sie sich gemeinsam ansahen, und überraschte ihn mit Opern- oder Theaterkarten. Dennis ließ italienische Rotweine liefern und sang Shanties, wenn er betrunken war. Er kümmerte sich um Matthias' Steuererklärung, bezog die

Betten neu und brachte den Wagen in die Werkstatt. Er erledigte die Post und verführte Matthias um Mitternacht bei Kerzenschein nach einem opulenten Mahl. Nachts schlief er höchstens sechs Stunden, war stets unverschämt gut gelaunt und brachte seinem Liebsten morgens den Kaffee ans Bett.

Dennis war ein Phänomen, und Matthias liebte ihn von Tag zu Tag mehr.

»Ich möchte dich heiraten.«

Es war Matthias' achtunddreißigster Geburtstag. Dennis hatte Matthias zum Essen bei einem kleinen, aber feinen Italiener in Charlottenburg eingeladen. Er war den ganzen Tag ungewöhnlich schweigsam gewesen, wirkte sehr nachdenklich.

Zum Aperitif bestellten sie wie immer Champagner, ihr Lieblingsgetränk, das sie sich aber nicht oft leisteten.

Als die gefüllten Gläser vor ihnen standen, sagte Dennis diesen Satz: »Ich möchte dich heiraten.« Er wirkte ruhig und überlegt, und Matthias sah ihm deutlich an, dass dies keine spontane Äußerung gewesen war.

Und dann ließ er einen schmalen, silbernen Ring in Matthias' Glas fallen.

Quälende Sekunden drehte Matthias sein Glas zwischen den Fingern und fixierte den Champagner, der um das Edelmetall herum verstärkt perlte. Sein Herz schlug bis zum Hals. Und dann sah er Dennis an.

»Ja, ja, ja!«, presste er hervor, bis ihm die Luft wegblieb. »Ja, ich möchte dich auch heiraten. Etwas Schöneres kann ich mir im Leben nicht vorstellen.«

Matthias trank seinen Champagner aus und fischte den Ring aus dem Glas. Dennis nahm Matthias' Hand und steckte ihm den Ring an. Dann holte er das Pendant aus seiner Jackentasche, das ihm Matthias auf den linken Ringfinger schob.

»Prinzessin, ich liebe dich.«

»Mein Prinz, ich liebe dich auch.«

Um ein Uhr waren sie zu Hause. Sie hatten eine Flasche Champagner, zwei Flaschen Rotwein und sechs Grappa getrunken, und Matthias musste sich am Treppengeländer festhalten, um nicht zu schwanken oder den Halt zu verlieren.

Im Wohnzimmer zog er die Schuhe aus, sank aufs Sofa und stöhnte: »Sorry, Dennis, es war ein wundervoller Abend, aber ich kann nicht mehr. Lass uns ins Bett gehen.«

»Moment.« Dennis platzte vor Energie, und Matthias wusste, dass der Abend für ihn jetzt erst begann. Morgen hatte er frei und würde jetzt weitertrinken und kein Ende finden.

Dennis drehte die Stereoanlage auf und tanzte zur Musik von Queen. »Komm«, schrie er. »Sei kein Spielverderber, heute ist dein Geburtstag und unser Verlobungstag! Das müssen wir feiern! Ich habe mich noch nie so großartig gefühlt!«

Damit riss er Matthias an sich und wirbelte mit ihm durchs Zimmer. Matthias wurde übel.

»Entschuldige, Dennis«, stotterte Matthias. »Ich kann wirklich nicht mehr, mir geht's nicht gut, ich muss ins Bett. Blöd, dass ich mich gerade an einem Abend wie heute nicht gut fühle, aber das ist ja nicht zu ändern. Andererseits haben wir noch unser ganzes Leben vor uns und jede Zeit der Welt für viele, viele tolle Abende.«

Er ging zu ihm, nahm ihn in den Arm, schlabberte und schleckte ihm das Ohr, denn er wusste, dass Dennis das ganz besonders gern hatte und meist zu schnurren begann wie ein alter Kater.

Dennis küsste ihn. »Schon gut. Leg dich hin. Ich höre noch ein bisschen Musik.«

Damit verschwand Matthias im Bad. Aus den Augenwinkeln sah er noch, wie Dennis die Kopfhörer aufsetzte und eine Flasche Whisky vom Regal nahm.

Matthias erwachte um kurz nach acht. Die Morgensonne schien ins Zimmer, und er fröstelte, weil er sich abgedeckt und seinen Rücken entblößt hatte. Ohne die Augen zu öffnen, rollte er sich auf die Seite, um zu Dennis unter die Decke zu schlüpfen und sich aufzuwärmen, aber die Decke lag immer noch zusammengefaltet auf der anderen Seite des Bettes.

Dennis war nicht da.

Völlig unmöglich, dass er bereits aufgestanden war. Erstens liebte er es – genauso wie Matthias – lange zu schlafen, und zweitens hätte er das Bett nicht säuberlich gemacht, wenn er nur auf die Toilette oder in die Küche gegangen wäre.

Dennis hatte in dieser Nacht überhaupt nicht im Bett geschlafen.

Die Angst krampfte sich um Matthias' Herz wie eine eiskalte Hand.

Er sprang aus dem Bett und lief barfuß direkt ins Bad. Dort war er nicht.

Im Flur war es totenstill. Auch aus der Küche oder dem Wohnzimmer hörte er keinen Laut.

Er lief nicht mehr, sondern schlich auf Zehenspitzen. Fürchtete sich in seiner eigenen Wohnung.

Und dann sah er ihn. Er lag auf der Couch, der Mund weit offen, Erbrochenes klebte an Wangen, Kinn und auf der Brust, sein Hemd war besudelt von Alkohol und bereits durchgekautem Speisebrei. Die Arme hingen schlaff herunter, seine Füße waren merkwürdig verdreht, als hätte er im Moment des Todes noch Krämpfe bekommen.

Dennis' Anblick war so grauenvoll, so abgrundtief hässlich und abstoßend, so erschreckend und widerwärtig, dass Matthias nicht glauben konnte, was er sah. Er starrte seine große Liebe an, die nur noch eine verdreckte Todesfratze war.

Er ist es nicht, hämmerte sein Gehirn, er kann es nicht sein. Lass dich jetzt durch diesen Horror nicht verrückt machen. Geh unter die Dusche, und wenn du dann wiederkommst, ist alles in Ordnung. Du träumst nur. Dennis lebt. Dennis kann gar nicht tot sein.

Wer liebt, stirbt nie. Das hatte er vor Jahren mal in irgendeinem Schlager gehört und es im Grunde seines Herzens immer als Wahrheit akzeptiert.

Wer liebt, stirbt nie.

Zaghaft ging er zu Dennis und nahm seine Hand so vorsichtig in die seine, als könnte sie zerbrechen. Sie war eiskalt.

Matthias kniete nieder und strich ihm übers Haar. »Wach auf, Liebster, bitte, bitte, wach auf und sieh mich an!«

Aber Dennis rührte sich nicht.

Er drückte seine Lippen auf Dennis' verschmierten Mund, aber da war nicht der Hauch eines Atems.

Matthias begann ihn zu streicheln. Dann zu massieren. Über eine Stunde lang.

Und erst dann begriff er allmählich, dass da nichts mehr zu machen war.

Es war später Vormittag, als er den Notarzt rief.

Sein Hals schmerzte, und seine Stimme war rau und klang fremd.

Er konnte nicht weinen, und sein Mund war vollkommen ausgetrocknet, wie ein Flussbett in der Wüste, in dem es nie wieder Leben geben würde.

Die Prinzessin hatte ihren Prinz verloren.

»Prego, Signor«, sagte Adriano leise und goss unendlich langsam und vorsichtig den sündhaft teuren Brunello, den Matthias bestellt hatte, aus der Flasche in den Dekanter. Er ließ ihn ausgiebig kreisen, schüttete etwas davon zurück in ein Glas, probierte selbst und ließ den Wein erneut kreisen. Und dabei sah er Matthias an.

Ihre Blicke trafen sich. Dass Adriano nicht verlegen wegsah, wunderte Matthias, und es schien ihm ganz und gar nicht unangenehm zu sein, denn er lächelte und wandte sich dann erst ab. Dabei schwang er die linke Hüfte zur Seite, um nicht an die Tischkante zu stoßen, aber Matthias war sich sicher, dass der Hüftschwung ihm gegolten hatte.

Es machte ihn sicherer. Das Spiel begann.

Die ganze Zeit hatte er nicht darauf geachtet, jetzt bemerkte er, dass Albano als Hintergrundmusik lief, der mit hoher Stimme Liebeslieder sang.

Ein Ragazzo knatterte mit einer ohrenbetäubend lauten Vespa am Restaurant vorbei, fuhr noch ungefähr fünfzig Meter, drehte um und knatterte wieder vorbei. Der Krach überlagerte alles, machte jedes Gespräch unmöglich, die Musik ging völlig unter. Auf diese Art und Weise nervte der junge Mann, den Matthias nicht älter als siebzehn schätzte, unentwegt weiter. Er machte nicht die geringsten Anstalten, damit aufzuhören, aber im Restaurant schien es niemanden zu stören.

Matthias spürte, wie er immer wütender, immer aggressiver wurde. Seine Bauchdecke begann zu zittern, er hatte sich kaum noch in der Gewalt, hatte Lust hinauszugehen, ihn vom Motorroller zu reißen und ins Gesicht zu treten.

Lächelnd brachte Adriano die Vorspeise. Es war schon kein Lächeln mehr, eher ein breites Grinsen. Matthias wusste, dass er immer mehr verkrampfte, die Knattermaschine da draußen machte alles kaputt.

Und dann war plötzlich Ruhe, und der Ragazzo betrat das Lokal. Adriano begrüßte ihn überschwänglich freundlich und setzte sich sofort zu ihm. Er stand noch einmal kurz auf, brachte Matthias Crostini, und dann durchblätterten die beiden die Gazetta dello Sport. Dabei legte Adriano dem Jungen einen Arm um die Schultern.

Matthias gab es einen Stich.

Auch wenn Adriano Matthias oder andere Gäste bediente, er ging zwischendurch immer wieder kurz zu seinem Freund zurück, und den Chef schien es nicht zu stören, solange die übrigen Gäste nicht vernachlässigt wurden.

Aber Matthias fühlte sich vernachlässigt. Die Anwesenheit des Jungen und die offensichtliche Aufmerksamkeit, die Adriano ihm schenkte, stressten ihn jetzt mehr als zuvor das unerträgliche Knattern. Der Abend schien verdorben, und er überlegte angestrengt, was er tun konnte, um seine Laune zu retten.

»Wie heißen Sie?«, fragte Matthias, als Adriano das gegrillte Filetsteak brachte.

»Adriano«, antwortete er.

»Ich finde Sie sehr sympathisch«, sagte er mutig. »Außerdem erinnern Sie mich an jemanden, ich weiß aber im Moment nicht, an wen. Haben Sie Zeit, sich nachher ein wenig zu mir zu setzen?«

Adriano schien zu überlegen und sah sich um. »Ich weiß nicht, heute ist 'ne Menge los ...«

Matthias ließ nicht locker. »Nun, wie soll ich es sagen? Ich studiere Italienisch, aber ich habe einfach zu wenig Übung. Könnten Sie mir vielleicht behilflich sein? Sie haben so eine wohlklingende Stimme und so eine gute Aussprache ... Ich könnte viel von Ihnen lernen.«

Adriano zuckte die Achseln. »Sicher. Vielleicht.« Er war innerlich aufgewühlter, als man es ihm ansah. Ein offensichtlich reicher Deutscher wollte etwas von ihm. Dienste. Welcher Art auch immer. Wenn er es geschickt anstellte, war da 'ne Menge rauszuholen.

»Ich meine, zeigen Sie mir etwas von Ihrer wunderschönen Insel!«, fuhr Matthias fort. »Lassen Sie mich teilhaben an den Geheimnissen Ihrer Heimat. Ich glaube, es gibt keine bessere Art, diese wundervolle Sprache zu erlernen.«

Adriano lächelte und schien zu überlegen.

»Wann haben Sie denn Ihren freien Tag?«, fragte Matthias.

»Morgen«, sagte Adriano leise, und dieses Wort klang für Matthias wie das Zwitschern eines Vogels. »Morgen ist hier Ruhetag.«

»Hätten Sie nicht Lust, mit mir den Tag zu verbringen und mir die Insel zu zeigen?«

Adriano spielte gekonnt den Schüchternen und fixierte das Tischtuch.

»Ja, warum nicht? Das mach ich gern.«

Matthias durchfuhr ein warmer, wohliger Schauer.

»Großartig. Wo und wann treffen wir uns?«

»Um elf hier vor dem Restaurant. Ist Ihnen das recht?«

»Ich freue mich.«

»Ich mich auch.« Adriano warf Matthias einen tiefen Blick zu.

Matthias versuchte, diesen Blick zu interpretieren, aber er schaffte es nicht. Noch hatte er keine Ahnung, was Adriano von ihm dachte.

Schließlich ließ Adriano ihn allein, und Matthias aß das leicht blutige Fleisch beinahe kalt.

Dass Adriano anschließend mit dem Vespa-Ragazzo tuschelte und die beiden kicherten, registrierte er nicht. Oder er wollte es einfach nicht sehen. Was interessierte ihn auch so ein Jüngelchen? Er wagte gar nicht, daran zu denken, was morgen alles geschehen konnte.

31

Berlin, Juli 2009

Die Soko »Prinzessin« traf sich pünktlich um zehn im Besprechungsraum 2 des Kommissariats. Susanne Knauer hatte die Leitung der Zwölf-Personen-Truppe übernommen. Sie wirkte blass und dünnhäutig, als sie mit knappen Worten ihre Kollegen begrüßte. Seit sie die Leiche von Manfred Steesen am Ufer des Sees gefunden hatten, spielten im Kommissariat alle verrückt. Es war die unterschwellige Nervosität, es eventuell mit einem Serientäter zu tun zu haben, die alle erfasst hatte.

»Liebe Kollegen«, begann Susanne Knauer. »Lassen Sie mich kurz zusammenfassen, was wir wissen. Bisher wurden zwei junge Männer ermordet aufgefunden. Jochen Umlauf, zweiundzwanzig Jahre alt, und Manfred Steesen, siebzehn. Beide aus der homosexuellen Szene, einer während des Liebesspiels mit einem exquisiten, weißen, aber handelsüblichen Seidenschal erwürgt, der andere wahrscheinlich auch mit einem derartigen Schal, aber das wissen wir nicht definitiv. Jochen Umlauf wurde in seiner Wohnung getötet, Manfred Steesen am Ufer des kleinen Sees im Volkspark Jungfernheide. Die reichlich vorhandene DNA des Täters, die wir in beiden Fällen aus Sperma, Haaren und Hautpartikeln entnehmen konnten, ist identisch. Wir haben es also mit ein und demselben Täter zu tun. Selbstverständlich ist die DNA gecheckt worden, es gab keinerlei Übereinstimmung mit einer bereits registrierten oder irgendwann einmal auffällig gewordenen Person.«

Ihr Hals war ganz trocken, und sie musste einen Schluck trinken. Im Raum war es still.

»Die Taten sind sexuell motiviert, wahrscheinlich lernt der Täter seine Opfer eher zufällig kennen, denn es gibt bisher keine ersichtlichen Verbindungen zwischen Täter und Opfer. Insofern müssen wir damit rechnen, dass weitere Morde stattfinden werden.« Sie atmete tief durch. »Was wissen wir über den Täter? Höchstwahrscheinlich ist er zwischen zwanzig und sechzig Jahre alt und hat ein angenehmes, sympathisches Äußeres. Er kann seine Opfer leicht zum Mitkommen überreden. Ganz gleich, ob sie sich Geld oder einfach nur einen schönen Abend versprechen. Manfred Steesen war ein Stricher, der sich einen hohen Verdienst erhoffte, Jochen Umlauf hatte keinerlei finanzielle Motivation. Offensichtlich macht der Täter einen soliden Eindruck und ist teuer gekleidet.«

»Auf der Pressekonferenz haben Sie etwas anderes behauptet«, fiel ihr eine junge Kollegin ins Wort.

»Natürlich.« Susanne war froh über diesen Einwurf. »Ich habe bewusst gelogen, um ihn zu provozieren. Er soll sich ärgern, soll in seinem Stolz verletzt sein, und vielleicht meldet er sich, um die Sache richtigzustellen. Bis jetzt ist noch nichts passiert, aber ich fand, es war einen Versuch wert.« Sie sah auf ihre Notizen und fuhr dann fort. »Ich nehme an, dass gerade jetzt irgendetwas in seinem Leben passiert ist und ihn aus der Bahn geworfen hat. Der Tod eines geliebten Menschen, vielleicht der der Mutter, eines Freundes, eines

Kindes oder des Lebensgefährten. Alles gerät aus den Fugen, er ist orientierungslos. Sein Trieb ist das einzig Beständige in seinem Leben, und da brennen bei ihm alle Sicherungen durch. Aber das empfindet er so nicht, sondern er spürt nach jedem Mord eine unendliche Erleichterung, weil er die Kontrolle, die er über sein Leben verloren hat, nun plötzlich wiedergefunden hat. Er hat die Macht über einen Menschen, er bestimmt über Tod und Leben, er lässt ihn sterben, wenn er es für richtig hält. Das hilft ihm in seiner Irritation und seiner Hilflosigkeit, es gibt ihm Kraft und Zuversicht. Er ist wieder wer und kann den Alltag weiter bewältigen. In diesem psychischen Zustand muss er morden, um weiter unauffällig funktionieren zu können. Und das macht ihn so gefährlich.«

Es war totenstill im Raum. Niemand hatte das Gefühl, Susanne unterbrechen und eine Bemerkung machen zu müssen. Noch nicht einmal ein Räuspern war zu hören.

»Er hat Geld«, fuhr Susanne fort. »Existenzängste kennt er nicht, nur die Angst vor seiner Schwäche. Er ist ein einsamer Wolf und zieht auf der Suche nach einem Abenteuer, das ihn wieder stolz macht, durch die Straßen Berlins. Ein paar Blicke, wenige Sätze, und schon folgt ihm einer. Ahnungs- und bedingungslos. Gibt sich ihm hin. Das findet er großartig. Unser Täter fühlt sich allmächtig. Gottähnlich. Und das ist Balsam auf seine schwer irritierte Seele.«

Susanne sah sich in der Runde um. Die Kollegen waren an der Analyse interessiert, keine Frage, aber gleichzeitig auch ungeduldig, denn sie konnte ihnen nichts Handfestes präsentieren, worauf man eine Ermittlung aufbauen konnte. Lediglich Vermutungen.

»Jochen Umlauf kam aus Stuttgart, ist erst vor wenigen Wochen nach Berlin gezogen, um Informatik zu studieren. Er war ein Einzelgänger, relativ schüchtern, seine Kontakte

an der Uni beschränkten sich auf das Nötigste. Zu seiner Mutter hatte er einen freundlichen, aber oberflächlichen Draht, im Grunde wusste sie nicht, was mit ihm los war und mit wem er verkehrte. Dicke Freunde hatte er in Berlin noch nicht, aber die Nachbarn schildern ihn als ruhig, höflich und hilfsbereit. – Manfred Steesen dagegen hat die Hauptschule nicht geschafft und wohnte als ältester von fünf Geschwistern offiziell noch bei seinen Eltern. Er war viel unterwegs, und seine Eltern lebten in der Annahme, er hätte hin und wieder Arbeit und eine Freundin. Beides war nicht der Fall. Manfred ging anschaffen, war aber relativ genügsam, beklagte sich nie und tat für seine kleinen Geschwister, was er konnte. Manfreds Mutter Ilona ist eine ängstliche, misstrauische Frau, die sich ständig um ihre Kinder sorgt und Gedanken macht. Nur um Manfred hatte sie nie Angst. ›Der kommt schon zurecht‹, hat sie immer gesagt, ›wenn es einen gibt, der sich durchboxt und nicht unterkriegen lässt, dann ist es Manfred.‹
Wenn man sich mit ihr unterhält, hat man fast das Gefühl, die wahre Katastrophe für diese Frau ist nicht der Tod ihres Sohnes, sondern die Tatsache, dass sie sich getäuscht hat.«
»Gibt es irgendeine Verbindung zwischen den beiden Opfern?«
»Nein. Keine. Nicht die geringste. Bis auf die Tatsache natürlich, dass beide in Berlin lebten, haben wir keine Zusammenhänge oder Schnittpunkte gefunden. – Aber nun zu dem Seidenschal. Der Mörder hat das Mordwerkzeug beim zweiten Mal am Tatort zurückgelassen. Es handelt sich um ein reinseidenes, teures Produkt, das knapp zweihundert Euro kostet. Wir werden sämtliche Geschäfte aufsuchen, die solche Seidenschals führen. Das ist zeitaufwendig und mühsam, aber vielleicht kann sich irgendein Verkäufer daran erinnern,

an wen er so ein exklusives Teil verkauft hat. Das passiert sicher nicht alle Tage.«

Sie fühlte sich plötzlich so unendlich müde und ausgelaugt. Am liebsten hätte sie sich auf dem Schreibtisch ausgestreckt und geschlafen. Wollte nur noch raus aus diesem Raum, um draußen an der frischen Luft eine halbe Stunde spazieren zu gehen, um vielleicht eine Idee zu bekommen, wie man bei diesem Fall weitermachen konnte.

»Das Problem ist, dass es keinen einzigen Zeugen gibt«, sagte Ben mit seiner ruhigen, melodiösen Stimme. »Niemand hat einen Fremden in Jochen Umlaufs Mietshaus gesehen, niemand hat in der Nacht am See etwas beobachtet und könnte uns wenigstens eine vage Beschreibung geben. Wir haben noch nicht mal ein Strichmännchen als Phantombild und können so also auch nicht durch die Schwulenkneipen ziehen oder uns an den einschlägigen Schwulentreffs durchfragen.«

Einige lachten leise.

»Die Frage ist also: Wie gehen wir weiter vor?« Susanne musste sich unheimlich zusammenreißen. Sie war sich sicher, dass jeder ihr ansah, wie schlapp und unkonzentriert sie war.

Niemand meldete sich.

»Verflucht noch mal!« Ben schlug mit der Faust auf den Tisch, und seine Verzweiflung war deutlich. »Wir können doch nicht einfach hier rumhängen und darauf warten, dass er wieder zuschlägt und vielleicht einen Fehler macht!«

»Es hilft nichts, wenn du hier rumbrüllst!«, zischte Susanne. Sie schloss einen Moment die Augen und fuhr sich über die Stirn. Dann sprach sie weiter: »Er ist eitel. Geltungssüchtig. Er hinterlässt uns eine Visitenkarte. Schreibt uns sein Kosewort in den Sand. Prinze. Wir gehen davon aus, dass er

Prinzessin geschrieben hat. Ich bitte, über diese Information absolutes Stillschweigen zu bewahren. Kein Wort davon an die Presse. Sonst haben wir irgendwann lustige Trittbrettfahrer, die die halbe Stadt mit dem Wort Prinzessin vollschmieren. Und das wäre fatal.«

Das allgemeine Gemurmel, das Susanne hörte, klang zustimmend, und sie setzte ihren Vortrag fort.

»Er will beachtet werden. Wahrscheinlich ist dieser Name eine neue Erfindung, deswegen hat er ihn uns auch beim ersten Mal noch nicht hinterlassen. Es ist nur eine Vermutung, sicher, aber ich könnte mir vorstellen, dass er diese Bezeichnung, die er offensichtlich für sich als sehr treffend und passend einordnet, wieder in irgendeiner Form hinterlässt, sollte er weitermorden. Wir suchen also eine Prinzessin. Empfindlich, eingebildet, zartbesaitet und pedantisch. Er hält sich für was Besseres. Spürt diese weibliche Ader in sich, kokettiert aber damit nur. Wenn es darauf ankommt, ist er eiskalt und brutal. Eine mordende, gewalttätige Prinzessin: Das findet er ungeheuer erregend. Er kann seine Homosexualität perfekt verstecken und begegnet uns als ganz normaler Mann. Nur wenn er ein Opfer sucht, legt er tuntige Verhaltensweisen an den Tag, um einen Gleichgesinnten auf sich aufmerksam zu machen. Wir müssen darauf gefasst sein, dass jeder Verdächtige, mit dem wir es zu tun bekommen, jeder, den wir verhören, ja sogar jeder unauffällige Familienvater Prinzessin sein kann.«

»Im Grunde wissen wir nichts«, sagte leise ein junger Beamter, der bereits die ganze Zeit Zigaretten auf Vorrat drehte.

»So ist es.« Susanne rieb sich die Hände, was kein Zeichen von Tatendrang, sondern von Resignation war. »Da haben Sie völlig recht. Und alles, was ich gesagt habe, ist reine Spekulation. Eine Vermutung. Hypothetisch. So wie ich mir aufgrund der wenigen Indizien den Mörder vorstelle. Aber natürlich kann er auch ganz anders sein. Vergessen Sie das bitte nie. Bei allem, was Sie in den nächsten Tagen und Wochen tun. Irgendwann wird er einen Fehler machen, oder er wird uns eine noch deutlichere Visitenkarte hinterlassen, weil er es einfach nicht mehr aushält und gefasst werden will. Aber auch das ist nur eine Hoffnung.« Susanne lächelte. »Ich glaube, unser Täter geht nicht davon aus, jemals geschnappt zu werden, daher glaubt er, sich alles erlauben zu können. Ich warte darauf, dass er mit uns zu spielen beginnt, denn das ist unsere einzige Chance.«

Sie packte demonstrativ ihre Unterlagen in ihre Tasche.

»Alle Ermittlungsergebnisse, jede noch so nebensächlich erscheinende Winzigkeit, landen bitte auf meinem Schreibtisch. Bei mir laufen alle Fäden zusammen, und wir treffen uns hier am Freitag wieder. Um die gleiche Zeit. Ich danke Ihnen für Ihre Aufmerksamkeit.«

Zwanzig Minuten später trabte sie bereits durch den Park. In ihrem Spind im Präsidium hatte sie immer Leggings, T-Shirt, Trainingsjacke und Laufschuhe deponiert, und wenn sie nicht mehr weiterwusste oder wenn sie spürte, dass die aufsteigenden Aggressionen ihr die Luft abschnürten, rannte sie los. Ihr Handy hatte sie ausgeschaltet, und sie hörte keine Musik. Nur ein winziges Diktafon steckte in ihrer Jackentasche. Für den Fall, dass ihr irgendetwas Wichtiges einfiel.

Ihre Gedanken rasten. Noch nie während ihrer Zeit als leitende Kommissarin hatte sie einer Soko, die sie leitete, weder Fakten noch Ermittlungsergebnisse mitteilen können. Es war frustrierend. Sie hatte psychologische Schulweisheiten von sich gegeben, die sie auf einem Profiler-Lehrgang in

Bad Salzuflen gelernt und abgespeichert hatte. Eigentlich hatte sie eine Weiterbildung zur Profilerin machen wollen, aber als sie die Möglichkeit hatte, zur leitenden Kommissarin der Mordkommission aufzusteigen, hatte sie die zusätzliche Ausbildung bereits nach einem halben Jahr wieder abgebrochen. Dennoch war ihr das wenige, was sie über Serientäter und ihre Motivation erfahren hatte, auch in ihrem normalen Polizeialltag hilfreich.

Sie lief schneller. Trotz ihrer inneren Erschöpfung rannten ihre Beine wie ferngesteuert, und ihre Lunge lief zur Höchstleistung auf und pumpte kraftvoll den Sauerstoff durch ihren Körper. Sie spürte, dass sie zu schwitzen begann, und ihre Wangen glühten.

32

In den darauffolgenden Tagen stürzte sich Susanne in die Arbeit, war ungeduldig und nervös und scheuchte ihre Kollegen. Dabei versuchte sie Zuversicht zu verbreiten, obwohl sie selbst nicht daran glaubte. Die Soko arbeitete auf Hochtouren, aber die entscheidende Spur war immer noch nicht dabei.

Als Susanne an diesem Abend ihr Haus betrat, sah sie, dass der Hausbriefkasten prallvoll war. Also würde sie noch einmal hinuntergehen und ihn leeren müssen.

Sie seufzte und stieg die Treppe zu ihrer Wohnung hinauf. Es war erst kurz vor neun, aber sie fühlte sich, als ob sie die ganze Nacht durchgetanzt hätte. Fast zwölf Stunden war sie – wie fast jeden Tag – im Büro gewesen, hatte Unmengen von Kaffee getrunken und drei Käsebrötchen gegessen. Ihr Herz raste. Ich bin nicht mehr fit, dachte sie, ich muss irgendetwas tun. Einen langen Urlaub und währenddessen kontinuierliches, leichtes Training. Aber daran war im Moment überhaupt nicht zu denken.

Susanne Knauer war zwar schlank und sah sehr sportlich aus, aber an diesem Abend merkte sie deutlich, wie sich müde Knochen anfühlten.

Ihr Assistent Ben hatte darum gebeten, den Nachmittag freizubekommen, er musste zur Zulassungsstelle, um sein neues Auto anzumelden, und hatte – wie er sagte – noch jede Menge zu erledigen. Um vierzehn Uhr war er gegangen, und sie hatte weiter über den Akten gebrütet.

Manfred Steesen war als Stricher bekannt und bevorzugte als Arbeitsgebiet eher verschwiegene Parks als offene Straßen. In der Nacht, in der er ermordet wurde, arbeiteten drei junge Männer an der Ecke Jungfernheideweg und Saatwinkler Damm. Es war großes Pech für Manfred, dass die beiden anderen gerade beschäftigt waren und so niemand sah, zu wem er ins Auto stieg.

Also gab es auch beim zweiten Mord keine Zeugen – es war zum Verrücktwerden.

Im KaDeWe glaubte sich eine Verkäuferin an einen blonden Mann mittleren Alters zu erinnern, der einen teuren Seidenschal gekauft hatte, aber sicher war sie sich nicht. Und sie war auch nicht in der Lage, ihn genauer zu beschreiben.

Als Susanne vor ihrer Wohnungstür ankam, sah sie, dass Melanie eine Mülltüte in den Hausflur gestellt, aber dann doch nicht mit hinuntergenommen hatte, als sie das Haus verließ. Es war grauenvoll. Auf Melanie konnte man sich überhaupt nicht verlassen, und man musste ihr ständig hinterherräumen.

In der Wohnung zog Susanne die Schuhe aus und ließ sich als Erstes ein Bad ein. So konnte sie entspannen, und meist hatte sie in der Badewanne auch ihre besten Ideen. Der Briefkasten konnte noch eine halbe Stunde warten.

Melanie übernachtete schon wieder bei ihrer Freundin Marlis, das schien ja auf einmal die ganz große Liebe zu sein zwischen den beiden. Susanne konnte sich gut daran erinnern, dass Melanie noch vor einem halben Jahr gesagt hatte, Marlis sei doof wie Brot und ihren Eltern hörig. Was ja absolut das Letzte sei. Und nun gluckten die beiden ununterbrochen zusammen. Aber schließlich war es ja in ihrer Jugend nicht anders gewesen: Die dicksten Freundschaften zerbrachen wegen einer Nichtigkeit innerhalb von fünf Minuten, und ebenso schnell entstanden neue Bündnisse mit denen, die man vorher keines Blickes gewürdigt hatte.

Als sie in das angenehm warme und nach Lavendel duftende Badewasser stieg, wurde sie doch wehmütig. Wie schön wäre es gewesen, wenn Melanie jetzt hier wäre und ihr etwas von ihrem Tag erzählen könnte. Sie würden in der Küche sitzen wie zwei Freundinnen und Geheimnisse austauschen.

Aber Melanie lehnte ihre Freundschaft ab. Warum auch immer. Wahrscheinlich, weil es in diesem Alter uncool war, sich mit seiner Mutter zu verstehen. Sie musste einfach Geduld haben und es ertragen, fast jeden Abend allein zu sein.

Eine Dreiviertelstunde später saß sie im Bademantel am Küchentisch, aß Knäckebrot mit Käse und trank ein Glas Wein. Ihre Gedanken waren bei dem blonden Mörder, der vielleicht gerade jetzt in diesem Moment wieder auf den Straßen Berlins unterwegs war, um sein nächstes Opfer zu finden. Und sie hockte in ihrer Wohnung und konnte es nicht verhindern.

Vielleicht sollte sie jetzt erst einmal die Post holen. Sie ging in den Flur, wo neben der Tür in einem kleinen Schlüsselkasten ganz links normalerweise der Briefkastenschlüssel hing. Aber der Haken war leer. Natürlich. Sie hatte es auch nicht anders erwartet. Melanie hatte den Schlüssel mitgenommen und würde ihn sicher erst in ein paar Tagen, wenn überhaupt, wiederfinden.

Susanne wurde allmählich sauer. Erst der Müll vor der Tür und dann auch noch der Briefkastenschlüssel. Sie musste auf andere Gedanken kommen und sah in die Zeitung, ob es jetzt um kurz nach zehn noch irgendetwas Spannendes im Fernsehen gab. Eine Dokumentation über spektakuläre Kriminalfälle, die in fünf Minuten beginnen sollte, interessierte sie brennend, und sie suchte die Fernbedienung, um den Apparat einzuschalten. Aber sie war wie vom Erdboden verschluckt, lag nicht auf dem Fernseher, auch nicht auf dem Couchtisch, nicht auf dem Regal. Sie suchte in der Küche, in ihrem Zimmer, in Melanies Zimmer, sogar im Bad. Die Fernbedienung war weg. Ohne Fernbedienung war der Fernseher zwar direkt am Gerät einzuschalten, aber man konnte die Programme nicht wechseln.

Jetzt wurde Susanne richtig wütend. Wahrscheinlich hatte Melanie die Fernbedienung einfach gedankenlos in ihren riesigen Sack, den sie als Handtasche bezeichnete, zusammen mit Handy, iPod und tausend anderen Kleinigkeiten geworfen. Manchmal wischte sie auch einfach über den Tisch und fegte alles, was darauf lag, in ihre Tasche. So hatte sie auch schon Susannes Schlüsselbund und ihr heiliges Notizbuch im wahrsten Sinne des Wortes eingesackt und sich sogar noch aufgeregt, als sich Susanne beschwerte. »Meine Güte, nun stell dich nicht so an. Die Sachen sind ja nicht *weg!* Es ist echt ätzend, dass du dich wegen jedem Mist aufregst und rummeckerst!«

Und nun war wieder so ein Fall, und Susanne dachte gar nicht daran, ihren Mund zu halten, und wählte Melanies Handynummer. Aber dort ertönte nur die monotone Ansage, es später noch einmal zu versuchen – das Handy war ausgeschaltet. Was bildet sich diese kleine Kröte eigentlich ein, dachte Susanne und wählte Marlis' Nummer.

Marlis' Mutter meldete sich schon nach dem dritten Klingeln und klang durchaus noch sehr wach. »Ja?«

»Guten Abend, hier ist Susanne Knauer, entschuldigen Sie, wenn ich so spät noch störe, aber könnte ich wohl mal ganz kurz meine Tochter sprechen?«

Einige Sekunden lang war es still in der Leitung. Dann fragte Marlis' Mutter etwas irritiert: »Nein, ich meine, wie soll ich das verstehen? Ihre Tochter ist gar nicht hier!«

Augenblicklich durchfuhr Susanne ein brennender Schmerz in der Brust. »Wie? Sie ist nicht bei Ihnen? Melanie wollte heute Nachmittag mit Marlis Mathe üben und dann bei Ihnen übernachten.«

»Davon weiß ich nichts.«

»Die beiden sind ja in der letzten Zeit unzertrennlich, daher hab ich mir nichts weiter dabei gedacht, als Melanie sagte, sie wäre bei Ihnen.«

»Ich hab Melanie schon ewig nicht mehr gesehen.«

Jetzt schwieg Susanne und fragte schließlich mit schleppender Stimme: »Das heißt, sie hat also auch nicht vorgestern und auch nicht zweimal in der letzten Woche bei Ihnen übernachtet?«

»Nein, das hat sie nicht. Soll ich Ihnen vielleicht mal Marlis an den Apparat holen?«

»Ja, bitte«, flüsterte Susanne. Der Schmerz in der Brust war immer noch da.

Wenige Augenblicke später kam Marlis ans Telefon und sagte mit sehr heller, kindlicher Stimme: »Ja?«

»Marlis, ich bin Melanies Mutter. Melanie hat mir erzählt, sie würde bei dir übernachten, aber das war offensichtlich gelogen. Weißt du, wo sie ist?«

»Nee.«

»Hat sie einen Freund, bei dem sie sein könnte?«

»Glaub schon.«

»Du weißt es nicht genau?«

»Nee. Wir reden nich so viel miteinander.«

»Das heißt, du weißt auch nicht, wie der Freund heißen könnte?«

»Nee.«
»Aber in der Schule hat Melanie nicht gefehlt?«
»Nee. Sie war immer da.«
»Okay. Danke, Marlis.«

Susanne legte auf und sank auf einen Stuhl. Sie hatte Melanie immer vertraut. Nie im Leben wäre sie auf die Idee gekommen, dass ihre Tochter sie belügen könnte, wenn sie sagte, sie schlafe bei einer Freundin. Das war ja köstlich. Eine Kriminalbeamtin glaubte bedingungslos alles, was man ihr sagte. Ohne zu hinterfragen, ohne zu kontrollieren, ohne zu überprüfen. Bei der eigenen Tochter versagte jeder Kontrollmechanismus.

Aber wo war sie? Bei ihrem Vater sicher nicht. Sie sahen sich regelmäßig, wenn auch selten, hatten ein ganz gutes Verhältnis, und es gab keinen Grund, warum sie ihn heimlich besuchen sollte. Es musste ein Freund sein. Einer, von dem sie zu Hause nie etwas erzählt hatte.

Susanne spürte, wie Angst in ihr aufstieg. Sie war jetzt nicht mehr wütend, sondern fühlte sich völlig hilflos und wusste nicht, wie sie die Nacht durchstehen sollte, wenn Melanie nicht da war.

Zehn Minuten überlegte sie krampfhaft, was sie tun könnte. Alle aus Melanies Klasse durchtelefonieren, von denen sie eine Nummer hatte? Das war sinnlos. Melanie hätte nicht zu lügen brauchen, wenn sie bei einer anderen Freundin übernachtet hätte. In ihrer Klasse gab es keine Jungen, Melanie war auf einem reinen Mädchengymnasium. Susanne hatte geglaubt, das wäre entspannter, aber offensichtlich war das Gegenteil der Fall.

Die Polizei brauchte sie nicht zu rufen, die Polizei war sie selbst. Wie oft hatte sie schon Eltern beruhigt. Nach dem Motto, das sie sich jetzt einfach selbst einreden musste:

Warten Sie vierundzwanzig Stunden. Bis dahin ist Ihre Tochter sicher wieder da. Höchstwahrscheinlich ist sie morgen ganz vergnügt in der Schule. Machen Sie sich jetzt nicht allzu viele Sorgen, spätestens morgen Nachmittag telefonieren wir wieder, und wenn sie bis dahin immer noch nicht aufgetaucht ist, sehen wir weiter.

Jetzt erst verstand sie wirklich, was Eltern durchmachten, die so eine Ansage bekamen. Aber sie musste unbedingt mit jemandem reden, die Stille in der Wohnung war unerträglich, daher rief sie ihren Assistenten Ben an.

»Ben, hör zu, du musst mir helfen«, sagte sie und bemühte sich um eine ruhige Stimme. »Melanie ist weg. Ich weiß nicht, wo sie ist, und ich bin kurz davor, wahnsinnig zu werden. Sie hat mir gesagt, sie übernachtet bei einer Freundin, aber da ist sie nicht.«

»Oh Mann!«, stöhnte Ben.

»Mehr fällt dir dazu nicht ein?«

»Was soll ich dir sagen? Soll ich dich beruhigen? Dir erzählen, dass du dir keine Sorgen machen sollst, sie wird schon wieder auftauchen? Dass letztendlich, mit großer Wahrscheinlichkeit, ja doch immer alles wieder gut wird? Hilft dir das?«

»Ein bisschen.«

»Susanne, trink ein Glas Wein und versuch zu schlafen. Du kannst jetzt nichts machen. Es hat auch wenig Zweck, noch in der Gegend herumzugeistern und sie zu suchen. Hat sie denn vielleicht eine Lieblingsdisco, in die sie immer geht?«

»Nicht dass ich wüsste. Discos interessieren sie nicht so.«

»Tja.« Er machte eine Denkpause. »Guck mal, Melanie ist siebzehn. Vielleicht hat sie sich verliebt. Wahrscheinlich ist sie jetzt gerade im siebten Himmel der ersten Liebe und denkt an alles, nur nicht daran, dass du zu Hause sitzen und dir fürchterliche Sorgen machen könntest. Pass auf, morgen früh ist sie in der Schule, und dann fährst du mittags nach Hause und knöpfst sie dir vor.«

Susanne seufzte. »Danke, Ben.«

»Wenn was ist, ruf mich an. Jederzeit.«

»Is' klar.« Susanne legte auf, goss sich noch ein Glas Wein ein und begann zu weinen.

Anderthalb Stunden später hörte sie einen Schlüssel in der Tür, und Sekunden danach stand Melanie im Wohnzimmer. Sie runzelte die Stirn, als sie die verweinten Augen ihrer Mutter sah.

»Hei«, sagte sie leise. »Sorry, is' 'n bisschen später geworden.«

»Wo warst du?«, fragte Susanne scharf.

»Bei einem Freund.«

»Bei einem Freund?«

»Okay, bei meinem Freund.«

»Wie heißt er?«

»Das ist doch egal.«

»Nein, das ist nicht egal!« Susanne war kurz davor zu brüllen.

Melanie stöhnte entnervt auf. »Das hat man nun davon, wenn man nach Hause kommt. Du machst hier schon wieder so 'n Terz. Ich hätte ja auch die Nacht bei ihm bleiben können, wär dir das lieber gewesen?«

Bei so viel Unverschämtheit blieb Susanne die Spucke weg.

»Pass mal auf, mein Fräulein«, explodierte Susanne und hörte sich an wie ihre eigene Mutter, als sie selbst in Melanies Alter gewesen war, was sie grauenvoll fand. »Du bist siebzehn, ich bin für dich verantwortlich, und ich muss wissen, mit wem du dich herumtreibst.«

»Ich sag's dir aber nicht, da kannst du dich auf den Kopf stellen.«

»Okay, dann läuft es jetzt anders zwischen uns. Du hast mich belogen, ich kann dir nicht mehr vertrauen. Also bleibst du hier. Die Verabredungen mit deinem mysteriösen Freund kannst du knicken.«

Melanie lachte laut auf. »Willst du mich etwa einsperren? Wie denn? Mich mit Handschellen an die Heizung ketten, wenn du nicht da bist? Und du bist ja nie da! Denkst du im Ernst, ich sitze hier rum und warte auf dich? *Das* kannst du knicken!«

Susanne wusste, dass Melanie recht hatte. Sie konnte sie nicht einsperren, und sie konnte auch nicht halbtags arbeiten. Nicht in ihrem Beruf.

»Pass mal auf, Muttertier.« Melanie goss sich schwungvoll von dem Wein ein, den Susanne übrig gelassen hatte, sodass der Rotwein auf die Dielen schwappte. »In vier Monaten bin ich achtzehn. Und dann stell ich dir meinen Freund vor. Dann kann ich nämlich machen, was ich will.« Sie trank das Glas in einem Zug leer. »Und jetzt geh ich ins Bett. Gute Nacht!«

Damit war sie verschwunden.

33

Giglio, Juli 2009

Die Sonne stand bleich am wolkenlosen Himmel über dem Hafen. Seit acht Uhr hatte Matthias kein Auge mehr zugemacht. Noch war die Luft frisch und kühl, aber es war klar, dass es ein heißer Tag werden würde.

Matthias saß auf dem Balkon und sah auf die Eingangstür des Restaurants. In zwei Stunden würde er dort stehen, und er hatte keine Ahnung, dass Matthias ihn von hier aus beobachten konnte.

Adriano. Ein Name wie Samt und Musik, wie Strand und Meer, wie Rotwein und Jasmin. Adriano war Capri, Sardinien und Sizilien, war der Geschmack von Knoblauch, Limonen und reifer Melone, war der Duft von staubiger Straße, frischem Schweiß und süßlichem Sperma. Adriano war der frische Quell, die Geranienblüte und die dumpfe Kokosnuss, war wie ein weißes Segelboot am Horizont …

Matthias konnte es nicht mehr erwarten.

Das Meer war ruhig und glatt, keine Welle kräuselte sich, die Segler würden im Hafen bleiben. Hätten wir ein Boot, dachte Matthias, würden wir in einer Bucht dümpeln, uns lieben und anschließend die Angel ins Wasser halten, um einen gewaltigen Fisch zu fangen. Lass uns fliegen, lass uns um die Welt fahren, irgendwohin, bis wir auf einer Insel stranden, du und ich, für immer und ewig.

Er war glücklich, frei und hatte alle Möglichkeiten dieser Welt.

Um zehn Uhr zog er sich sorgfältig an. Sandalen, leichte Leinenhose, offenes, dazu passendes Leinenhemd, der Seidenschal luftig und wie zufällig um die Schultern geworfen. Er schob seine Brieftasche aus echtem Krokoleder in die Gesäßtasche und spürte sofort, dass das nicht gut war. Sie war zu dick und zu schwer, zog die leichte Hose nach unten und beulte die Tasche hässlich aus. Außerdem schimmerte das dunkle Leder durch den hellen Stoff.

Besser, ich lasse sie zu Hause, dachte er sich, was brauche ich meine Kreditkarten bei einem Spaziergang über die Insel? Vielleicht nehmen wir irgendwo einen kleinen Imbiss zu uns, und dann reichen ein paar Euro.

Dem winzigen Täschchen, in dem er den Schmuck aufbewahrte, den er auch auf Reisen dabeihatte – einen Siegelring, eine goldene Kette, Manschettenknöpfe –, entnahm er eine echt goldene übergroße Klammer, in die er ein paar Geldscheine, sechs Fünfziger, einen Zwanziger und zwei Zehner klemmte. Klammer und Münzen verstaute er in den Hosentaschen. Das war unauffällig, elegant und allemal ausreichend für den kleinen Ausflug.

Ab halb elf saß er auf seinem Balkon und begann nervös zu werden. Was war, wenn Adriano die Verabredung nicht so ernst genommen oder vergessen hatte? Er war ein Tourist unter vielen, vielleicht hatte er die Anfrage auch nur abgenickt, wie er es schon Dutzende Male getan hatte. Und hatte das Angebot zwei Minuten später vergessen.

Der Schweiß brach ihm aus. Ohne Adriano würde er keine Nacht mehr überstehen. Der frische Wind vom Hafen fühlte sich unter seinem feuchten Hemd kühl, aber klebrig an.

Er überlegte, ob er sich noch einmal umziehen sollte, als er das Knattern einer Vespa hörte. Der Ragazzo donnerte die Straße herunter, hinter ihm auf dem Sozius saß Adriano.

Matthias' Herzschlag setzte einen Moment aus.

Der Ragazzo bremste scharf vor der Marcelleria. Adriano stieg ab und zündete sich eine Zigarette an. Die beiden wechselten noch ein paar Worte, und dann brauste der Ragazzo wieder davon.

Matthias jubilierte. Dieser Widerling wusste mit großer Wahrscheinlichkeit von ihrem Treffen. Adriano betrog den kleinen Stricher also öffentlich, denn dass an diesem herrlichen Tag etwas geschehen konnte, war ja leicht vorstellbar. Wie wundervoll!

Es war ein erhebendes Gefühl, den geliebten Menschen einfach nur so zu sehen und beobachten zu können, und er bildete sich ein, noch keine zwanzig zu sein.

Matthias sah auf die Uhr. Zwanzig vor elf. Wieso war Adriano so früh gekommen? Dem anfänglichen Impuls, sofort hinunterzulaufen, widerstand er und wartete ab.

Keine drei Minuten brauchte Adriano, die Zigarette zu rauchen, dann verschwand er im Haus. Und Matthias' ursprüngliche Angst, dass er die Verabredung vergessen haben könnte, war wieder da.

Quälende fünfzehn Minuten geschah gar nichts.

Jedoch pünktlich um zwei Minuten vor elf trat Adriano wieder auf die Straße und sah sich suchend um.

Matthias schaffte es mit Müh und Not, während er sich gegen die Wand stemmte und vor Nervosität mit den Fingerspitzen trommelte, weitere drei Minuten zu warten. Am liebsten wäre er ihm sofort entgegengerannt, noch lieber hätte er ihn umarmt, aber das durfte alles nicht sein.

Schließlich ging er ihm entgegen. Adriano bemerkte ihn nicht, er sah gerade auf die Uhr und schien zu überlegen, ob er noch länger warten solle, als Matthias ihm leicht auf die Schulter tippte und ihn anlächelte.

»Buongiorno.«

»Ciao«, erwiderte Adriano, und seine helle Stimme, deren Klang Matthias schon wieder vergessen hatte, war wie ein leichter Windhauch an einem schwül-heißen Tag. Matthias spürte die Erregung in jeder Faser seines Körpers.

Er gab sich so locker, wie es ihm in dieser Situation möglich war.

»Ich freue mich, dass du wirklich gekommen bist«, meinte er. »Ich heiße übrigens Matthias.«

»Okay. Ich bin Adriano.«

»Wohin gehen wir?« Matthias hoffte, dass Adriano ihn nicht erneut durch Giglio Castello schleppen würde, das er sich schon allein zur Genüge angesehen hatte. Er wollte in die Einsamkeit, wollte allein mit ihm sein und ihn mit keinem anderen Menschen teilen.

Als hätte er seine Gedanken erraten, sagte Adriano prompt: »Ich dachte, ich zeige dir Teile der Insel, wohin sich so schnell kein Tourist verirrt. Allein würdest du diese Stellen nie finden, aber sie sind wildromantisch und atemberaubend schön.«

Matthias' Herz machte einen Sprung. Es würde schon heute so weit sein, er brauchte keine drei Tage mehr zu warten.

Sie fuhren in Matthias' Wagen bis Giglio Castello, und Matthias musste sich zusammennehmen, seine Hand nicht auf Adrianos Knie zu legen. Adriano trug kurze schwarze Shorts, seine Beine waren muskulös, tief gebräunt und beinah gänzlich unbehaart. Dazu ein weißes Netzhemd, das seine ebenso durchtrainierten Oberarme gut zur Geltung brachte.

Was bin ich gegen ihn, dachte Matthias, ein zwar sportlich wirkender, aber doch schon erschlaffter Mittvierziger mit Geld, der noch einmal die Frische der Jugend kosten wollte.

Nach dem Ort dirigierte Adriano ihn auf eine schmale kurvige Straße, die Matthias allein niemals gefahren wäre. Links von ihm steile Felsen, rechts der ungesicherte Abgrund. Mehrere Hundert Meter tief bis zum Meer.

Matthias schwitzte Blut und Wasser, weil er nicht wusste, was er machen sollte, wenn ihm hier jemand entgegenkam. Ausweichstellen gab es nur alle paar Hundert Meter, und er konnte sich nicht vorstellen, dass er es wagen würde, auf dieser Straße rückwärts bis zur nächsten Parkbucht zu fahren.

»Gefällt dir der Ausblick?« Adriano warf den Kopf in den Nacken und sah in die Ferne. Sein Adamsapfel war nicht ausgeprägt.

»Sehr. Ich hoffe nur, dass uns niemand entgegenkommt.«

»Ach was.« Adriano lachte. »Dann fährt einer von euch beiden rückwärts. Was soll schon sein?«

Sieben Minuten dauerte die Fahrt, dann gelangten sie auf einen Parkplatz, auf dem nur ein einziges Auto stand.

»Hier lassen wir den Wagen stehen«, meinte Adriano. »Den Rest des Wegs gehen wir zu Fuß. Ich hoffe, du schaffst das. Bis zu den Klippen sind wir mindestens anderthalb Stunden unterwegs, und dann müssen wir ja auch wieder zurück. Aber ich bin mir sicher, du hast noch nie etwas Vergleichbares gesehen.«

»Wunderbar«, murmelte Matthias. »Alles kein Problem. Ich bin ganz gut zu Fuß.« Und er war sich sicher, dass er so etwas auch noch nie erlebt hatte. In seiner Fantasie sah er Adriano nackt im Sonnenlicht auf einem warmen Felsen, der ins Meer hinausragte. Ab und zu spritzte die Gischt einer Welle über ihn, was ihn jedes Mal zusammenzucken ließ. Und seinen ganzen Körper überzog eine leichte Gänsehaut. Matthias wusste nicht, welchen Gedanken er erregender fand: von dieser blutjungen Schönheit genommen zu werden oder ihn selbst zu besitzen, bis Adriano ihm schwor – vor Lust völlig von Sinnen –, diesen kleinen, penetranten Ragazzo nie wiederzusehen.

Die ersten fünfhundert Meter liefen sie auf einem bequemen Wanderweg am Rand eines Wäldchens, und Matthias stellte sich auf einen angenehmen Spaziergang ein.

Als sich der Wald lichtete und die Felsen begannen, bogen sie auf einen steinigen, schmalen Pfad ein. Matthias bemerkte hinter einem zugewucherten Steinhaufen eine umgekippte Vespa und dachte noch einen Moment, wie ungehörig und unmöglich es war, dass die Leute solche Dinge hier einfach entsorgten, aber dann vergaß er es auch sofort wieder und konzentrierte sich auf Adriano, der leichtfüßig voranlief.

Matthias hatte Mühe, ihm zu folgen. Er musste bei jedem Schritt aufpassen, wo er hintrat, um sich nicht die Füße zu brechen. Aber er wollte sich keine Blöße geben und lief schneller, als er konnte. Der Schweiß rann ihm in Strömen übers Gesicht und den Rücken hinab, sein Kopf glühte, und er wusste, dass es ein Fehler gewesen war, keinen Hut aufzusetzen. So würde er die nächsten anderthalb Stunden niemals überstehen. Sein Herz würde aussetzen, und er würde umfallen wie ein gefällter Baum.

»Langsamer«, stöhnte er. »Bitte, lauf nicht so schnell, ich bin schließlich auch schon sechsundzwanzig!« Es sollte ein Scherz sein, aber Adriano lachte nicht.

»Gut, gut.« Adriano lehnte sich gelangweilt an einen Felsen und zündete sich eine Zigarette an. »Kein Problem. Setz dich hin und ruh dich aus.«

Er stand da und wippte ungeduldig mit dem Fuß.

Ich langweile ihn, dachte Matthias, du lieber Himmel, er hat das Gefühl, mit einem alten Herrn spazieren gehen zu müssen. Im Schneckentempo.

Noch nicht einmal Wasser hatten sie dabei.

Nach fünf Minuten gingen sie weiter, und Matthias diktierte das Tempo. Adriano ging zwar voraus, musste aber ab und zu stehen bleiben und auf ihn warten.

Nach dreißig Minuten erreichten sie den Leuchtturm. Ein quadratischer, weißer Turm an der Steilküste der Insel. Mit Brettern vernagelte Fenster, das kleine, zum Leuchtturm gehörende Grundstück eingezäunt und vollkommen verwildert. Brombeeren und knorrige Heckenrosen wucherten bis ans Gebäude, Plastiktüten mit uraltem Müll lagen in der Gegend herum. Die weiße Farbe des Turms war großflächig abgeplatzt, die Fenster, die nicht zugenagelt waren, waren vergittert und erinnerten an eine Kaserne. Die wenigen Türen im Zaun waren mit schweren, verrosteten Vorhängeschlössern gesichert. Dieses Grundstück hatte schon ewig niemand mehr betreten.

Außerhalb des Zauns stand ein winziger Schuppen. Matthias ging hinein und pinkelte in eine Ecke. Er schämte sich, traute sich nicht, im Freien zu pinkeln, fürchtete, von Adriano beobachtet zu werden. Aber Adriano interessierte sich gar nicht dafür, ging direkt vor dem Leuchtturm auf einem schmalen Pfad auf und ab und telefonierte.

Zum Teufel mit dem Ragazzo, dachte Matthias.

»Wie alt bist du?«, fragte Matthias, als Adriano aufgehört hatte zu telefonieren.

Adriano grinste. »Rate.«

»Neunzehn«, tippte Matthias. Eigentlich erschien ihm Adriano jünger, aber er wusste, dass junge Männer gern älter erscheinen wollten, als sie aussahen, daher wollte er ihm die Freude machen.

»Falsch – du hast keinen guten Blick«, meinte er und sah stolz aufs Meer. »Ich bin zweiundzwanzig.«

Matthias glaubte ihm kein Wort, aber es war ihm auch egal. Er fuhr Adriano mit zwei Fingern zart über den Arm. »Du bist wunderschön«, flüsterte er. »Und deine Haut ist so weich wie die eines Babys. Vielleicht hab ich mich deswegen verschätzt?«

Adriano kicherte, entzog ihm den Arm und hüpfte leichtfüßig über einen Felsen.

»Komm. Es ist noch ziemlich weit.«

Sie gingen weiter. Adriano redete nicht viel. Ein paar belanglose Sätze über die Insel, dann schwieg er wieder. Als Fremdenführer war er untauglich. Aber Matthias war es gleich. Was interessierte ihn die Insel? Inseln gab es viele, Adriano war einmalig.

Schließlich bemerkte Matthias eine Veränderung bei Adriano. Von einer Minute auf die andere wirkte er mürrisch, abweisend, unwillig. Sagte gar nichts und lächelte auch nicht mehr, was Matthias verunsicherte. Was war los? Was hatte er falsch gemacht? In Gedanken ging er noch einmal die wenigen Sätze durch, die er gesagt hatte, aber sie waren völlig unverfänglich gewesen. Oder hatte er ihm die kurze, flüchtige Berührung übel genommen?

Sie stiegen stetig bergauf, der Pfad wurde immer schmaler, an manchen Stellen war er nur noch so breit wie ein Fuß, und sie mussten sich um Felsen hangeln. Matthias wurde schwindlig, wenn er hinuntersah. Tief unter ihnen brodelte das Meer, Wellen brachen sich schäumend an spitzen Felsen, die wie überdimensionierte Schwerter in die Höhe ragten und offensichtlich nur darauf warteten, ein fallendes Opfer aufzuspießen.

Der Wassermangel machte Matthias zu schaffen. Warum hatte er nur auf seine Kleidung geachtet, die perfekt sitzende Leinenhose, den Seidenschal und das völlig überteuerte Designer-Hemd? Aber keine Sekunde hatte er daran gedacht, dass eine Flasche Wasser an einem heißen Tag in den Bergen lebenswichtig war.

»Ich kann nicht mehr«, sagte Matthias und blieb schwer atmend stehen. Sein Hemd war durchgeweicht und zeigte riesige Schwitzflecken, seine Hose klebte im Schritt. »Ich brauche dringend was zu trinken, so stehe ich das nicht durch.«

»Stell dich nicht so an!«, fauchte Adriano. »Du hättest dir ja was mitnehmen können, wenn du so empfindlich bist.«

Matthias erschrak über diese so offensichtliche Feindseligkeit und wagte es nicht, weiterzureden. Und es schien, als ginge Adriano jetzt noch schneller voran.

Auf einer kleinen Plattform aus Granit, einem riesigen glatt geschliffenen Felsen, hielt er an und stemmte die Fäuste in die Hüften.

»So, mein Lieber«, bellte Adriano, und seine Stimme klang gar nicht mehr so glockenhell. »Jetzt wollen wir uns mal unterhalten. Hier sind wir unter uns, und keiner hört mit. Du Schlaffsack kannst ja sowieso nicht mehr laufen, also können wir unseren netten Spaziergang hier auch beenden. Aber vorher gibst du mir erst mal deine Knete. Denn du glaubst doch wohl nicht, dass ich dir alten Tunte meinen Arsch hinhalte, ohne dass ich Geld kriege. Na los, her damit. Und zwar alles!«

Matthias war so entsetzt, dass ihm die Luft wegblieb. Das war nicht sein Stil. Er war die Prinzessin und kein Schlaffsack und erst recht keine alte Tunte. Und in diesem Moment, in dem alle seine Illusionen und Träume zerplatzten, kam die Angst. Er wusste einfach nicht, was er jetzt tun sollte, aber alles in ihm sträubte sich, diesem Kriminellen sein ganzes Geld zu überlassen. Er hatte dreihundertvierzig Euro in seiner goldenen Klammer.

Dadurch zögerte er zu lange, und Adrianos Faust flog ihm ins Gesicht. Sein Kiefer krachte, und ein brennender Schmerz zog sich von den Zähnen bis hinauf zum Auge.

»Was tust du?«, schrie Matthias. »Was soll denn das?« In seinem Mund sammelte sich Blut, das er angewidert hinunterschluckte, und Adriano schlug noch einmal zu. Wesentlich härter als vorher.

Matthias ging zu Boden und versuchte, auf allen vieren wegzukriechen. Aber es hatte keinen Zweck.

»Hast du nicht verstanden, was ich gesagt habe?«, schrie Adriano und trat ihm ins Gesicht. »Gib mir deine Knete, oder ich schlage dich windelweich!«

Tränen der Scham und des Schmerzes sprangen Matthias in die Augen. Sein Kiefer fühlte sich an, als bestünde er nur noch aus Splittern, er hatte das Gefühl, den Mund nie wieder öffnen und schließen, geschweige denn sprechen oder kauen zu können. Er spuckte Blut und wunderte sich, dass keine Zähne auf den Felsen fielen.

Adriano kicherte.

Matthias fingerte unsicher nach der Klammer und den Münzen. Plötzlich sah er gegen die Sonne einen Schatten aus dem Gebüsch treten. Die Gestalt kam langsam auf ihn zu. Für den Bruchteil einer Sekunde flammte Hoffnung in ihm auf, aber dann erkannte er ihn. Es war der Ragazzo,

Adrianos Verstärkung. Der kleine Stricher, den er auf den Mond gewünscht hatte und der seine Angst jetzt nur noch verstärkte. In der Hand hielt er eine Anderthalbliterflasche Mineralwasser, aus der er eher gelangweilt trank. Dann gab er die Flasche Adriano.

Matthias streckte die Hand aus. »Bitte!«, röchelte er, aber Adriano reagierte gar nicht. Er trank genüsslich, bis er genug hatte, dann goss er den Rest des Wassers auf den heißen Stein.

»Affrettati!«, keifte der kleine Ragazzo. »Na los, beeil dich!« Und er zog eine Pistole aus seiner Gesäßtasche, mit der er auf Matthias zielte.

Zitternd gab Matthias Adriano das gesamte Geld.

»Na also«, meinte der immer noch grinsend, »geht doch.« Er entnahm sämtliche Scheine, stopfte sie sich in die Hosentasche, warf die Klammer, die er für eine billige Spielerei hielt, hinter sich ins Gebüsch und kippte die Münzen auf den Fels.

»Na los, aufsammeln!«, brüllte der Ragazzo. »Aber ein bisschen fix!«

Auf den Knien rutschte Matthias auf dem heißen Stein hin und her, um alle Münzen aufzusammeln. Der Ragazzo trat ihm währenddessen immer wieder in die Seite.

»Kannst du das nicht schneller, du Dreckschwein?« Er lachte schrill. »Guck dir den Pisser an, Adriano! Lässt hier den großen Macker raushängen, ist sich aber zu fein, so ein paar alberne Cent aufzuheben!«

Matthias verstand nicht genau, was der Ragazzo schrie, aber er zuckte zusammen, weil er wieder einen Tritt in die Nieren bekam.

Sand, Steine und Kies raffte er mit den Münzen zusammen, er wischte über den Granit, und der Ragazzo trat ihm in den Nacken.

»Nimm sie in die Fresse, leck sie sauber, so will ich das Geld nicht!«

Matthias begann, einzelne Münzen sauber zu lecken, obwohl er sich zu Tode ekelte, aber der Ragazzo war nicht einverstanden. Adriano stand ein Stück abseits, beobachtete die Szene und rauchte.

»Nimm sie alle in den Mund. So viele wie möglich. Kau sie durch. Der Geschmack des Geldes ist geil!«

Matthias stopfte sich das Geld in den Mund und erstickte fast daran, weil der Ragazzo ihn in den Nacken trat und ständig »mehr« oder »noch mehr« brüllte. Schon allein das Öffnen des Mundes verursachte ihm höllische Schmerzen. Er war davon überzeugt, dass sein Kiefer gebrochen, wenn nicht völlig zertrümmert war.

»Okay, das reicht«, meinte Adriano schließlich und trat seine Zigarette aus. »Ich kann diesen elenden Wurm nicht länger ertragen. Machen wir ihn fertig.«

»Superidee! – Pass mal auf, du Wichser!« Der Ragazzo riss Matthias' Kopf an den Haaren hoch, Matthias schrie auf, dann röchelte er und hätte beinah eine Münze verschluckt, aber der Ragazzo lockerte den Griff, und Matthias' Hals kam wieder frei. »Kau schön weiter. Wir werden dich jetzt erschießen, okay? Mit der Fresse voller Geld beißt du ins Gras. Wie findest du das?«

Matthias hatte kein Wort verstanden. »Bitte, lasst mich!«, wimmerte er wie ein kleines Kind, und in seiner Angst jammerte er auf Deutsch. »Lasst mich leben! Bitte, bitte, bitte, ich will nicht sterben!«

Der Ragazzo kreischte und schlug sich auf die Schenkel vor Vergnügen.

»Hilfe!«, flehte Matthias, aber zu hören war nur ein leises, völlig unverständliches Würgen.

Adrianos Blick war kalt und bedrohlicher als der brutale Aktionismus des Ragazzos. Matthias schauderte. Von dem Knaben, in den er sich verliebt hatte, war keine Hilfe zu erwarten. Er war allein. Er würde verlieren.

»Knie dich aufrecht hin!«, befahl der Ragazzo.

Matthias hatte den Befehl nicht verstanden, er konnte sowieso nicht mehr denken.

Der Ragazzo trat ihm in den Rücken, Matthias kniete jetzt vor ihm. Die Todesangst stand ihm in den Augen.

»Hände in den Nacken!«

Wieder wusste Matthias nicht, was er tun sollte, aber da riss ihm der Ragazzo schon die Hände hoch und schob sie ihm hinter den Kopf. »So, mein Freund, und jetzt schieße ich dir eine Kugel in den Kopf. Vielleicht kannst du noch hören, wie dein Hirn hier auf die Steine klatscht.«

Er spürte den Lauf der Pistole an seiner Schläfe.

Mama, dachte er, ich sterbe. Noch vor dir. Diese Primitivlinge pusten mein Leben weg, als wäre es nichts. Weil sie keine Ahnung haben, wer ich bin. Mama, ich liebe dich, verzeih mir.

Und dann spürte er, wie es warm und feucht wurde in seiner Hose. Kot und Urin liefen ihm gleichzeitig die Hosenbeine im Inneren seiner hellen, leicht durchsichtigen Leinenhose hinunter. Er hatte sich nicht mehr unter Kontrolle, da war nur noch Angst.

Er hatte nicht gewusst, dass ein Mensch so viel Angst haben konnte.

Der Ragazzo drückte ab.

Matthias brach zusammen.

Sekunden später hörte er das schrille, wiehernde Gackern des Jungen, und er verstand nicht, dass er lebte.

Wut erfasste ihn. Wut, die ihn stark machte. Er spürte keinen schmerzenden Kiefer mehr und kein Verlangen nach Wasser.

Was jetzt passierte, war nicht überlegt, es brach aus ihm heraus wie eine Explosion der Gewalt, wie das Meer, das plötzlich den Deich brach.

Matthias spuckte die Münzen aus, packte im gleichen Moment die Beine des Ragazzos und zog sie mit Wucht nach vorn. Der Junge verlor das Gleichgewicht und stürzte, wobei ihm die Pistole aus der Hand fiel.

Mehr im Unterbewusstsein registrierte Matthias das dumpfe, taube Geräusch und wusste, dass sie aus Plastik war, was ihn nur noch wütender machte und ihm noch größere Kräfte verlieh.

Und dann ging alles sehr schnell. Matthias kam auf die Beine, trat dem Ragazzo gegen den Bauch, dieser torkelte rückwärts und schrie. Adriano stürzte hinzu, versuchte seinen Freund zu halten, aber Matthias gab beiden einen heftigen Stoß und hatte Mühe, durch die Wucht nicht auch noch in den Abgrund zu stürzen.

Er sah, wie sie fielen. Einen Moment schien es, als hielten sie sich an den Händen, aber dann schlugen sie an unterschiedlichen Stellen auf.

Der Ragazzo rollte noch zweimal um die eigene Achse, fiel ins Meer und trieb dann hilflos auf den Wellen. Adriano lag – seltsam verrenkt – zwischen den Steinen.

Matthias wartete. Der Ragazzo machte nicht die leiseste Schwimmbewegung. Sein Gesicht hing unbeweglich unter Wasser, Wellen schwappten über ihn und spülten ihn an Land. Und auch Adriano hing unverändert zwischen den Felsen und bewegte sich nicht.

Das Objekt seiner Begierde, seiner Hoffnungen, Wünsche und seiner Sehnsucht war tot.

Matthias stand minutenlang bewegungslos da, bis er begriffen hatte, was geschehen war.

Dann legte er sich bäuchlings auf den heißen Fels. Die Sonne brannte, und er fühlte sich wie ein Stück Fleisch auf dem Grill. Sein Hals kratzte, seine Zunge klebte am Gaumen, er konnte nicht mehr schlucken, hatte keinen Speichel mehr. Die Scheiße in seiner Hose begann zu trocknen und fiel in kleinen Brocken aus dem Hosenbein. Sein Kiefer stand in Flammen, und sein Herz dröhnte in den Ohren.

Noch hatte er nicht begriffen, was geschehen war, und noch hatte er keine Idee, wie er es schaffen sollte, zurück in seine Wohnung zu kommen.

Aber eines war ihm klar: So wie er aussah, durfte er keinem Menschen begegnen. Er musste warten, bis es Nacht war, und dann versuchen, sich im Dunkeln an den Felsen entlangzuhangeln.

Es ging um das nackte Überleben.

ZWEITER TEIL
MÄNNERFANTASIEN

34

Ambra, Juli 2009

Donato Neri fragte sich, was er verbrochen hatte und warum das Schicksal ihn damit bestrafte, als kleiner Dorfpolizist in Ambra sein Leben verbringen zu müssen.

Er trat aus der Carabinieri-Station auf die Straße, und die Hitze traf ihn, als hätte man ihm ins Gesicht geschlagen. Am Außenthermometer direkt neben seinem Bürofenster, das im Schatten lag, hatte er zweiundvierzig Grad Celsius abgelesen, und er wusste, dass die Hitzewelle laut dem Wetterbericht von RAI 1 noch mindestens zwei weitere Wochen andauern sollte. In Rom, wo er vor Jahren noch arbeiten durfte, bevor er wegen permanenter Unfähigkeit zuerst nach Montevarchi und dann in die denkbar kleinste Carabinieri-Station Ambra versetzt wurde, war er bei ähnlichen Hitzewellen stets im klimatisierten Dienstwagen durch die Stadt gebraust und hatte den Motor auch laufen lassen, wenn sie das Haus einer verdächtigen Person stundenlang beobachten mussten. Da war das Leben erträglich und angenehm gewesen. Außerdem fand sich immer eine Bar, in der einen niemand kannte und in der man einen Campari trinken konnte, hier in diesem Nest konnte man nichts, aber auch gar nichts tun, was nicht umgehend und brühwarm von der ganzen Dorfgemeinschaft durchdiskutiert wurde.

In seinem winzigen, quittegelb gestrichenen Büro in Ambra gab es statt einer Klimaanlage nur einen riesigen Ventilator, der unangenehm brummte, dessen Stufenregulierung kaputt war und der einem mit höchster Geschwindigkeit den ganzen Tag lang die Haare aus dem Gesicht und die Papiere vom Schreibtisch wehte.

Aber trotz Ventilator klebte ihm die Uniform am Leib, und er fürchtete sich vor dem Moment, Haus und Büro verlassen zu müssen.

Und dieser Moment war jetzt gekommen.

Er wünschte die korrekte und stets perfekt gebügelte Uniformjacke und die dazu passende dunkelblaue Hose mit auffälligem rotem Streifen, aus hochwertigem Stoff, fein und dicht gewebt, zum Teufel. Da drang kein Lüftchen durch, er steckte wie in einem Kokon, der die Hitze noch zusätzlich speicherte.

Donato Neri war davon überzeugt, dass es bei diesen Temperaturen keinen fürchterlicheren Job gab als den des Carabiniere.

Die Dorfstraße, die hinauf bis zur Piazza führte, lag wie ausgestorben da. Wer nicht unbedingt musste, wagte sich bei dieser Hitze nicht auf die Straße. Neri war erst wenige Sekunden unterwegs, aber der Schweiß lief ihm bereits am Körper hinab und durchnässte seine Uniform von innen. Er hatte Lust, sich alle Klamotten vom Leib zu reißen und nur in Unterhose nach Hause zu laufen, aber das hätte das Ende seiner Karriere auch in Ambra bedeutet.

Natürlich war auch auf der Piazza um diese Zeit kein Mensch. Die Tür zur Bar stand weit offen, drinnen saßen zwei Männer am Tresen, draußen waren die Tische und Stühle unter den großen weißen Sonnenschirmen leer. Neri überlegte, ob er noch schnell etwas trinken sollte, aber dann entschied er sich, lieber so schnell wie möglich weiter durch die heiße Hölle nach Hause zu laufen, wo er sich ausziehen konnte, als die Quälerei durch ein Getränk in der Bar noch zu verlängern.

Es war ungewöhnlich still, als er seine Haustür öffnete. Kein Geschirrklappern in der Küche, kein Gezeter von Oma, keine Musik aus Giannis Zimmer. Nichts.

Irritiert ging er zuerst ins Schlafzimmer, wo er sich aus der Uniform pellte und sich ein leichtes T-Shirt und eine kurze Hose anzog. Anschließend ging er hinunter in die Küche.

Gabriella saß am Küchentisch und blätterte durch die Werbebroschüre des Supermarktes mit den Sonderangeboten. Als Neri hereinkam, nahm sie nicht die geringste Notiz von ihm, sah noch nicht einmal auf.

»Was ist los?«, fragte Neri. »Gibt's heute kein Essen?«

»Steht alles auf dem Herd. Siehst du doch!«

»Was ist mit Oma? Mit Gianni? Ist was passiert?«

»Aber nein, tesoro, es ist alles wunderbar!«

Neri stöhnte innerlich auf. Diesen liebreizenden, sarkastischen Ton gebrauchte sie immer, wenn sie auf hundertneunzig war, aber er sagte nichts, sondern wartete ab.

»Was für ein herrlicher Tag!«, säuselte sie. »Die Sonne scheint, es ist Viertel nach eins, das Essen ist fertig, aber dein Sohn schläft noch. Für ihn ist es mitten in der Nacht. Vielleicht kommt er nachmittags um drei oder vier zum Frühstück. Kann sein. Kann auch nicht sein. Und Oma ist vor einer halben Stunde in der Küche aufgetaucht, um mir mitzuteilen, dass sie auf das Abendessen verzichten werde, da der Fraß in diesem Haus ungenießbar sei. Sie ist schon ins Bett gegangen. Für sie ist jetzt schon Abend. Also alles prima. Wir können die Uhr abhängen, Tageszeiten gibt es nicht mehr. Vielleicht möchtest du die Pasta erst heute Abend um zehn?«

»Nein, ich möchte sie jetzt!«, knurrte Neri. »Das heißt gleich, wenn ich mir Gianni vorgeknöpft habe.«

Gabriella verdrehte die Augen. An Gianni war bisher jeder gescheitert, jedes Gespräch verlief im Sand, Absprachen waren so sinnlos wie ein Konzertbesuch für einen Tauben. Aber sie sagte nichts. Wenn Neri beschlossen hatte, etwas zu tun, war das ein seltener Anfall von Tatendrang und Energie, den man in keinem Fall stören oder behindern sollte.

Gianni bewohnte im ersten Stock ein Fünfzehn-Quadratmeter-Zimmer mit einem schönen Blick über Robertos Wiese bis hinauf nach Duddova.

Neri klopfte, aber es kam keine Reaktion. Also öffnete er die Tür.

»Spinnst du?« Gianni blinzelte verschlafen aus zugequollenen Augen, seine Haare standen wüst vom Kopf ab, und sein Gesicht war durch die Hitze unter der Decke hochrot. »Hab ich irgendwas von herein oder so gesagt? Ich penne noch!«

»In fünf Minuten bist du unten in der Küche, oder es knallt. Ist das klar?«

»Wieso das denn? Hat Alfonso wieder irgendwas gesagt, oder warum musst du deine schlechte Laune an mir auslassen?«

»Ich muss mit dir reden.« Neri wartete keine weitere Reaktion ab und verließ das Zimmer.

Gianni zog sich die Decke übers Gesicht und fluchte. Aber dann quälte er sich doch aus dem Bett und schlurfte ins Bad.

Neri und Gabriella waren mit dem Essen fast fertig, als Gianni erschien und sich ein Bier aus dem Kühlschrank nahm.

»Und?«, sagte er. »Was gibt's denn so ungemein Wichtiges?« Die Büchse knallte beim Öffnen und schäumte provozierend.

»Es geht so nicht weiter, mein lieber Freund«, begann Neri. »Du bist mit der Schule fertig. Schön. Und nun? Hast du dir überlegt, was du tun willst? Oder willst du dein Leben im Bett verbringen?«

»Am liebsten ja«, grinste Gianni.

»Dann tu das, aber nicht hier in meinem Haus!«

»Du schmeißt ihn raus? Was soll denn das jetzt, Neri?« Gabriella war fassungslos. »Mein Gott, es ist doch völlig normal, dass man nach der Schule nicht sofort weiß, was man machen soll. Ich finde diese Rumhängerei und das Schlafen bis in die Puppen auch nicht in Ordnung, aber du kannst ihn doch nicht gleich rausschmeißen!«

Neri reagierte nicht darauf und konzentrierte sich weiter auf Gianni. »Such dir eine Arbeit, eine Ausbildung oder fang an zu studieren. Mir egal. Aber tu was!«

»Ich könnte ja zur Polizei gehen, aber ich hab natürlich wenig Lust, deinen Idiotenjob hier zu beerben. Kannst du nicht in Rom ein gutes Wort für mich einlegen, oder knallen die immer noch den Hörer auf die Gabel, wenn sie den Namen Neri hören?« Gianni sagte das, um seinen Vater noch mehr zu reizen, und genau so kam es auch bei Neri an.

Er stand auf und verließ türenschmeißend die Küche.

»Das war ja nun nicht nötig«, fauchte Gabriella. »Kann man sich denn in dieser Familie nie in Ruhe und Frieden unterhalten?«

»Offensichtlich nicht«, meinte Gianni und ging ebenfalls.

Gabriella stellte das Geschirr in die Spülmaschine.

Sie wusste nicht, was sie machen sollte, sie wusste nur, dass das so kein Leben mehr war.

35

Giglio, Juli 2009

Matthias erwachte mit rasenden Kopfschmerzen. Er brauchte eine gute Minute, um zu begreifen, dass er noch lebte.

Die Fensterläden waren geschlossen, im Zimmer war es stockdunkel. Seine linke Gesichtshälfte schmerzte, er versuchte zu schlucken, aber sein Mund war vollkommen ausgetrocknet. Er musste dringend etwas trinken.

Langsam und vorsichtig setzte er sich auf, darauf gefasst, dass die Kopfschmerzen sich verschlimmern würden, aber nachdem er zwei Minuten aufrecht gesessen hatte, wurde der Schmerz schwächer. Er schaltete die Nachttischlampe an.

Jetzt erst bemerkte er, dass er seine stinkende Hose noch anhatte. Sie war verdreckt, zerrissen und hatte blutige Flecken an den Knien. Auch das Bett war durch die Hose eingesaut. Sein Hemd sah nicht besser aus und lag zerknüllt am Boden. Noch nie in seinem Leben war er in einem derartigen Zustand ins Bett gegangen, und er konnte sich auch nicht mehr daran erinnern, wie er eingeschlafen war.

Sich vorsichtig bewegend, um zu sehen, welche Knochen ihm wehtaten und wo er weitere Verletzungen hatte, ging er zum Fenster und öffnete die Läden. Die Hitze waberte ins Zimmer.

Im Hafen glitzerte das Meer, die Boote dümpelten im Sonnenlicht, die Bars waren mäßig besetzt. Friedliche Sommerstimmung, wie man sie sich schöner nicht vorstellen konnte.

Matthias sah auf die Uhr. Es war kurz nach zwei. In der Küchenecke standen zwei Flaschen seines besonderen Wassers, er trank eine davon fast ganz leer. Danach fühlte er sich wesentlich besser.

Der Schal! Sein Seidenschal. Er lag nirgends herum, nicht auf dem Boden, auch nicht unter dem Hemd. Leichte Panik stieg in ihm auf, und er suchte jeden Zentimeter seines Zimmers ab. Nichts. Der Schal war verschwunden. Wahrscheinlich hatte er ihn verloren, und wenn er Glück hatte, war er wie ein letzter Gruß von den Klippen geweht und im Meer versunken.

Und die goldene Klammer, die der Ragazzo ins Gebüsch geworfen hatte, war auch weg. Er hatte sie nicht gesucht, hatte gar nicht mehr daran gedacht.

Angewidert zog er seine Hose aus und stopfte sie zusammen mit Unterwäsche, Hemd und Schuhen in zwei Müllsäcke, die er erst einmal unter der Spüle hinter dem Mülleimer verstaute. Dann duschte er ausgiebig, wusch sich die Haare, cremte sich sorgfältig ein und behandelte seine Kratzer und Schürfwunden mit einem nicht brennenden Jodersatz, den er auf Reisen immer dabeihatte. Sein Gesicht war noch geschwollen, aber er glaubte nicht mehr daran, dass der Kiefer gebrochen war, da er ihn langsam bewegen konnte.

Matthias zog sich frische Kleidung an und fühlte sich fast wie neugeboren. Das restliche Wasser nahm er mit auf den Balkon. Dort setzte er sich und beobachtete das Leben und Treiben im Hafen. Er wusste natürlich, dass es Unsinn war, aber dennoch konnte er das Restaurant nicht aus den Augen lassen und hoffte, Adriano würde einfach auftauchen. Einfach so, als hätte es den gestrigen Tag nicht gegeben.

Ganz langsam, bruchstückhaft kam die Erinnerung wieder.

Er brachte es nicht fertig, noch einmal nach den beiden Leichen zu sehen, wollte nichts mehr damit zu tun haben. Er hatte aus reiner Notwehr gehandelt. Nein, eigentlich hatte er noch nicht mal gehandelt, sondern in Todesangst einfach nur reagiert. Die beiden hatten ihre gerechte Strafe bekommen, niemand konnte ihm einen Vorwurf machen.

Das sagte er sich immer wieder. Hundertmal. Tausendmal, während er langsam weiterkroch. Bloß weg von der Stelle, wo die so wunderschön geplante Begegnung so ekelerregend geendet hatte.

Kurz vor dem verlassenen Leuchtturm fand er einen Felsvorsprung, der mit Gestrüpp bewachsen war und wenigstens ein bisschen Schatten spendete. Völlig erschöpft setzte er sich und streckte die Beine aus. Alles tat ihm weh. Jeder Millimeter seines Körpers schmerzte, und er wusste nicht, wie er den ganzen Tag in der sengenden Hitze ohne Wasser überstehen sollte.

Er musste nachdenken. Musste überlegen, was zu tun war, was in dieser Situation das Beste war, wie er sich retten konnte. Denken, solange er überhaupt noch denken konnte.

Kurz vor dem Parkplatz, wo er sein Auto abgestellt hatte, liefen verschiedene Wege zusammen. Man konnte von dort an der Ost- oder Westküste der Insel entlanglaufen, um den südlichsten Zipfel zu erreichen, oder sich auf den Höhenzügen durch die Wildnis schlagen. Seines Wissens befand er sich an der Westküste. Aber eines war klar. Niemals würde er seinen Wagen erreichen, ohne anderen Wanderern oder Spaziergängern zu begegnen. Und auch wenn ihm das gelingen sollte und er nach Giglio Porto zurückfahren konnte – dort musste er meilenweit entfernt von seinem Appartement parken und in seinem Aufzug durch den gesamten Ort und Hafen marschieren. Das durfte er niemals riskieren. Wasser oder nicht, er musste ausharren, bis es Nacht war und sich kaum noch jemand auf Giglios Straßen aufhielt.

Was für eine schreckliche Vorstellung.

Stundenlang dämmerte Matthias vor sich hin, versuchte sich damit zu trösten, dass man auch in der Wüste sicher drei Tage ohne Wasser ausharren konnte, bevor man starb. Er kroch dem Schatten hinterher und schlief streckenweise ein. Nur wenn die Sonne ihn wieder traf, wachte er auf und veränderte seine Position.

Bei Sonnenuntergang machte er sich auf den Weg. Schlich davon und hangelte sich zentimeterweise über den Abgrund. Nur am Anfang waren die schwierigen und gefährlichen Passagen, da konnte er sich noch im letzten Tageslicht orientieren. Als der Mond schien, erreichte er sein Auto.

Er konnte kaum fahren. Der Gedanke, dass er jetzt mit seiner verdreckten Hose, die er in Todesangst beschmutzt hatte, auf dem kostbaren Ledersitz seines Porsches saß, war ihm unerträglich. Er ekelte sich vor sich selbst, und seine Beine zitterten so, dass er Schwierigkeiten hatte, die Pedale zu treten. Im Schritttempo fuhr er an der Steilküste entlang, das Einzige, was ihn beruhigte, war der Gedanke, dass um diese Zeit wahrscheinlich niemand in Richtung Meer fahren und er zum Glück niemandem mehr begegnen würde.

Problemlos erreichte er Giglio Castello. Auf einem Parkplatz am Straßenrand wartete er weitere vier Stunden, bis er sich schließlich um drei Uhr nachts nach Giglio Porto traute, wo er an einer extrem steilen Stelle kurz vor Ortseingang einen Parkplatz bekam.

Mehr torkelnd als laufend erreichte er sein Appartement und konnte sich nicht erinnern, irgendeinem Menschen begegnet zu sein. Er sah und hörte nichts mehr, der Durst trieb ihn fast in den Wahnsinn. In seinem Zimmer trank er gierig, so viel er konnte, bis ihm übel wurde. Dann fiel er ins Bett. Hilflos, vollkommen am Ende.

Aber er hatte es geschafft.

Alles war gut. Zwei tote Jungen waren von Klippen aufgespießt worden oder trieben im Meer, aber das war jetzt nicht wirklich das, was ihn interessierte.

Adriano und sein nervtötender Ragazzo würden nie wieder auftauchen. So viel war klar. Da brauchte er das Restaurant nicht länger zu beobachten. Das Leben im Hafen erschien friedlich. Vielleicht hatte wahrhaftig noch niemand die beiden Toten gefunden?

Nachdem er sich genügend regeneriert, sorgfältig frisiert und geschminkt hatte, verließ er kurz vor zwanzig Uhr seine Wohnung. Sein Gesicht war noch verschwollen, aber er hoffte, das mit seiner eleganten, sportlichen Kleidung wettzumachen. Er sah aus wie ein Tourist auf dem Weg zum abendlichen Essen, betrat das bekannte Lokal und wurde vom Wirt herzlich begrüßt. Automatisch bekam er den Tisch, den er auch zwei Tage zuvor schon gehabt hatte, den mit dem atemberaubenden Blick auf den Hafen.

Er wählte schnell. Eine Flasche Rosso di Montepulciano, Mineralwasser, Carpaccio vom Schwertfisch als Vorspeise und dann als Hauptgericht eine gegrillte Dorade. Dazu einen kleinen gemischten Salat. Am liebsten hätte er als Vorspeise eine herzhafte Bruschetta gegessen, aber mit seinem geschwollenen Kiefer war das Kauen des knusprigen, harten Weißbrotes unmöglich.

Das Lokal füllte sich. Der Chef war im Stress. Wie ein Irrer rannte er hin und her, nahm Bestellungen auf, brachte die Vorspeisen an die Tische, servierte Getränke, es war nicht mit anzusehen.

»Was ist los?«, fragte Matthias, als der Chef ihm Wein und Wasser auf den Tisch knallte. »Wo ist Ihr schöner, junger Kellner, der mich immer so angenehm bedient hat?«

»Weg!«, schnauzte der Chef. »Hat sich mit seinem Lover verdünnisiert. Ist mit diesem kleinen Stricher durchgebrannt, und ich sitze hier auf dem Trocknen. Ich sage Ihnen, wenn der wiederkommt, kann er was erleben. Mich hier in der Hauptsaison hängen zu lassen, nur weil er wahrscheinlich wieder um die Häuser gezogen und versackt ist!«

Damit pfefferte der Chef noch eine Stoffserviette auf den Tisch und rannte weiter.

Matthias lächelte.

Sie hatten die Leichen also noch nicht gefunden. Und da nicht eine Person allein, sondern ein Pärchen zusammen verschwunden war, ging niemand ernsthaft davon aus, dass etwas passiert war. Wahrscheinlicher war, dass die beiden sich zusammen aus dem Staub gemacht hatten.

Er lehnte sich zurück und entspannte sich.

36

Am nächsten Morgen war alles anders als sonst.

Matthias erwachte von der Unruhe, die vom Hafen ausging und bis hinauf in sein Zimmer drang. Es war kaum merklich, eigentlich nur ein ungutes Gefühl, das ihn zwang, aufzustehen und auf den Balkon zu gehen.

Minutenlang stand er dort und überlegte, was los war.

Eine gewisse Nervosität und Gereiztheit lag in der Luft. Wie ein Wispern, das einem der Wind entgegenwehte, und dann erschienen die Stimmen im Hafen ein wenig hektischer und lauter als sonst. Die Einwohner Giglios dösten nicht etwa auf der steinernen Bank der Mole, sondern diskutierten. Wildfremde Menschen redeten miteinander, der Brötchenkauf dauerte dreimal so lange wie gewöhnlich.

Ohne Zähne zu putzen oder ein paar Schlucke seines Wassers zu nehmen, ging Matthias hinunter in die Bar, um einen Kaffee zu trinken.

Und dort erfuhr er sofort und brühwarm die unterschwellige Aufregung: Am Strand von Campese war in der Nacht die Leiche eines jungen Mannes, eigentlich eines Jungen, eines Ragazzos, angeschwemmt worden. Ob es sich um den seit zwei Tagen vermissten Fabrizio handelte, der mit seinem ebenfalls vermissten Freund Adriano unterwegs gewesen war, wurde noch überprüft.

Aber Giglio brauchte keinen DNA-Test, auf der Insel wussten instinktiv alle, dass es Fabrizio war, und seine Mutter weinte seit den frühen Morgenstunden.

»Mein Gott, wie furchtbar!«, sagte Matthias zum Inhaber der Bar und verschüttete fast seinen Espresso. »Man ist seines Lebens wirklich nirgends mehr sicher. Selbst hier auf dieser zauberhaften kleinen Insel nicht.«

»So etwas ist hier auch noch nie vorgekommen!« Der Barmann knallte die Espressotässchen ineinander, als müsste er seine Wut abreagieren. »Das ist eine Schande. Giglio war immer wie ein weißer Fleck im Mittelmeer. Niemand hat sich für uns interessiert, selbst die Touristen kamen spärlich. Aber jetzt werden wir in aller Munde sein. Das Fernsehen wird über uns berichten, weil hier ein halbes Kind zu Tode gekommen ist. Auf einmal sind wir die Insel, auf der man nicht mehr sicher ist, so wie Sie ja selbst sagen. Touristen werden kommen, um die Stelle am Strand anzustarren, wo er angeschwemmt wurde. Ich sag Ihnen was, das sich irgendwie blöd anhört, aber es stimmt: Giglio hat seine Unschuld verloren!«

Er presste die Lippen zusammen, und Matthias wusste, dass er nun nichts mehr sagen würde.

Daher meinte Matthias nur knapp: »Sie haben völlig recht, es ist eine Schande!«, und verließ die Bar.

Den ganzen Tag über ging er nicht mehr hinunter ans Meer. Auch nicht ins Restaurant. Er saß auf dem Balkon und überlegte. Aß Käsereste aus dem Kühlschrank, trank eine halbe Flasche Wein und zwei Flaschen von seinem Wasser und dachte nach.

Die entscheidende Frage war, ob er sich schleunigst aus dem Staub machen sollte oder nicht. Auch Adriano würde sicher in den nächsten Stunden gefunden werden. Aber konnte man ihn überhaupt mit den beiden in Verbindung bringen? Und machte er sich nicht erst recht verdächtig, wenn er für zwei Wochen gebucht und bezahlt hatte und dann plötzlich überraschend und völlig überstürzt abreiste?

X-mal hatte er das alles hin und her überlegt und war zum Ergebnis gekommen, dass es besser war, zu bleiben, aber nun war die Aufregung in Giglio so nah, und die Situation erschien viel bedrohlicher als am Tag zuvor.

Sicher begann man jetzt damit, nicht nur Einheimische, sondern auch Touristen zu überprüfen. Und vor allem die, die versuchten, sich aus dem Staub zu machen.

Und wieder fiel ihm die Ansichtskarte ein, die er aus Giglio an die Berliner Kommissarin geschickt hatte. Er hatte die Polizei einfach nur ein wenig ärgern und verrückt machen wollen, und da konnte er ja noch nicht ahnen, dass er auch hier zwei junge Männer ins Jenseits befördern würde. Die ganze Sache war verdammt dumm gelaufen, aber jetzt ließ sich nichts mehr rückgängig machen. Was für ein Irrsinn! Vielleicht sollte er sich wirklich schleunigst aus dem Staub machen?

Nein. Er musste bleiben. Musste sich verhalten, als würde ihn die ganze Sache überhaupt nicht tangieren. Interessieren schon, aber nur so, wie man sich für einen Fremden interessierte, der von der U-Bahn überfahren worden war. Es erschütterte und verstörte einen, aber es traf einen nicht persönlich. Und schließlich hatte er mit den beiden nichts, aber auch gar nichts zu tun gehabt. Er kannte sie gar nicht. Da gab es keine Verbindung, also auch keinen Verdacht.

Oder hatte Adriano irgendjemandem erzählt, dass er vorgehabt hatte, mit ihm eine Tour zu machen? Wahrscheinlich nicht, da er Matthias einfach nur ausnehmen wollte. Da war es sicherer, wenn niemand Bescheid wusste.

Und dieser kleine Stricher war sowieso nur der Handlanger, der Typ fürs Grobe, der dazu verdonnert war, zu allem, was er tat und was passierte, die Schnauze zu halten. Nur so konnte man sich vor Dummheit schützen. Und dass Adriano der Intelligentere der beiden und der Kopf der kleinen Bande war, war Matthias von Anfang an klar gewesen.

Im Grunde hatte er keine Lust mehr, auch nur fünf Minuten länger auf dieser verdammten Insel zu bleiben, aber er begriff, dass es besser war. Er musste aushalten. Ganz egal, wie schwer es ihm fiel.

Am nächsten Morgen fand man – nach der größten Suchaktion, die es auf dieser Insel jemals gegeben hatte – auch Adriano.

Es war also nicht so, dass Adriano seinen Freund und Kumpel Fabrizio im Streit die Klippen hinuntergestoßen hatte und dann abgetaucht war, nein, sie waren ganz offensichtlich zusammen in den Tod gesprungen.

Die Jugend auf Giglio hatte nicht die geringste Perspektive. Wer eine Zukunft haben wollte, ging nach Perugia, Grosseto, Mailand oder noch besser nach Rom, wer blieb, versank in Arbeitslosigkeit, Verwahrlosung und Depression.

Matthias interessierte das alles nicht. Solange die Carabinieri nicht vor seinem Appartement auftauchten, war alles gut.

Er saß auf seinem kleinen Balkon, sah hinaus aufs Meer und langweilte sich zu Tode.

Am Nachmittag hielt er es nicht mehr aus. Trotz brütender Hitze setzte er sich ins Auto und fuhr hinauf nach Giglio Castello. Mittlerweile gingen ihm jedes Haus, jede Straße, ja sogar der atemberaubende Ausblick auf die Nerven.

Und wieder hielt er direkt an der Stadtmauer, wo er vor Kurzem noch überlegt hatte, sich in seliger Verliebtheit in den Tod zu stürzen. Wegen eines primitiven Verbrechers, wie er jetzt wusste, der selbst nichts anderes als den Tod verdient hatte.

Er setzte sich auf die Mauer und sah in die Ferne. Das Meer war tiefblau und spiegelglatt, und er wünschte sich, die Schönheit und Größe dieses Momentes mit irgendjemandem teilen zu können. Mit einem Adriano, der es wert gewesen wäre, oder mit seinem Sohn. Allein war es nichts wert.

Hier oben, am höchsten Punkt der Insel, hatte sein Handy Empfang.

Als Erstes wählte er Alex' Nummer, und obwohl er überhaupt nicht damit gerechnet hatte, war der sofort am Apparat.

»Ja?«

»Hei, Alex. Ich bin's. Wie geht's?«

»Geht so.«

»Was machst du?«

»Nichts.«

»Wie geht's Oma?«

»Keine Ahnung. War noch nicht da.«

»Wann gedenkst du endlich mal hinzugehen?«

»Wenn ich Zeit hab.«

Für ein derart unerfreuliches Telefonat brauche ich aus Italien keine Unsummen zu bezahlen, dachte Matthias und legte einfach auf.

Dann wählte er die Nummer der Reha-Klinik.

Er vertelefonierte vier Euro fünfundsiebzig, bis er den behandelnden Arzt am Apparat hatte.

»Wie geht es ihr?«, fragte Matthias.

»Ein klein wenig besser«, meinte der Arzt.

»Inwiefern?«

Der Arzt zögerte. »Sie hat angefangen zu sprechen.«

»Aber das ist doch fantastisch!«, brüllte Matthias und wäre am liebsten singend und tanzend auf der Stadtmauer balanciert. »Das ist eine Sensation! Und da sagen Sie: Ein klein wenig besser?!«

»Nun ja. Wir sehen das genauso wie Sie, aber …«

»Was aber?«

»Gehen Sie jetzt bitte nicht davon aus, dass Sie sich mit ihr unterhalten können. Sie reagiert nicht auf Fragen, und sie antwortet auch nicht. Alles, was sie sagt, ist völlig zusammenhanglos. Manchmal sagt sie nur ein einziges Wort am Tag, manchmal sind es ganze Sätze, oder sie erzählt eine kleine Geschichte. Aus der Vergangenheit oder aus ihrer Fantasie, jedenfalls vollkommen wirr.«

»Egal. Es ist ein Fortschritt.«

»Da haben Sie recht.«

Matthias schwieg. Er wusste vor lauter Freude nicht mehr, was er sagen sollte.

»Wie lange sind Sie noch auf Reisen?«, fragte der Arzt schließlich. »Es wäre gut, wenn Sie hier wären.«

»Ich brauche noch drei Wochen.«

Der Arzt seufzte genervt und machte dadurch deutlich, dass er dafür keinerlei Verständnis hatte.

»Was für Worte sagt sie?«

»Halleluja zum Beispiel.«

»Hm.«

»Kommen Sie und helfen Sie ihr, ein bisschen Ordnung in ihre Gedanken zu bringen. Und jetzt entschuldigen Sie mich, ich habe zu tun.«

Damit legte der Arzt auf.

Matthias wusste, dass er dringend nach Hause musste. Aber es war unmöglich.

In den nächsten Tagen blieb er im Hafen. Spaziergänge konnte er nicht ertragen, denn man blickte auf der Insel überall von den Bergen, Felsen oder Klippen hinunter aufs Meer.

Vormittags um zehn oder elf verließ er seine Wohnung, ging dreihundert Meter am Hafen entlang, was er als Morgenspaziergang bezeichnete, kaufte sich eine Zeitung und trank in einer Bar seinen Morgenkaffee. Anschließend besorgte er sich Obst fürs Mittagessen und zog sich auf seinen Balkon zurück. Jetzt wurde es schwer, die Zeit bis zum Abend totzuschlagen.

Um neunzehn Uhr nahm er in der Bar direkt unter seinem Balkon einen Aperitif und betrat dann um Punkt acht das Restaurant. Von Luigi, dem Wirt, erfuhr er täglich, was die Ermittlungen der Polizei ergeben hatten. Und dies war der Moment, an dem sich jeden Abend seine Laune besserte. Denn die Carabinieri hatten nicht die geringste Ahnung, was sich an jenem Tag auf den Klippen abgespielt hatte.

»Ich bin mir absolut sicher, dass die beiden Selbstmord begangen haben«, sagte er.

Luigi nickte. »Das glauben wir hier alle.«

»Aber wenn es wirklich einen Mörder geben sollte, dann werden sie ihn auch kriegen.«

»Natürlich. Das ist doch selbstverständlich.« Luigis Glaube an die Fähigkeiten der italienischen Polizei war unerschütterlich. Er schenkte Matthias noch einmal Wein nach und ging dann in die Küche, weil der Koch geklingelt hatte.

Ein riesiges Problem waren immer noch seine verdreckten und blutigen Kleidungsstücke in den Müllbeuteln, die er noch nicht entsorgt hatte, weil er nicht wusste, wohin damit. Ins Meer konnte er sie nicht werfen, sie würden unweigerlich wieder angeschwemmt werden. Und er wagte es auch nicht, sie in eine öffentliche Mülltonne zu stecken. Aber wenn die Carabinieri wirklich eines Tages aus irgendeinem Grund bei ihm aufkreuzen würden und die Tüten fanden, wäre er dran. Ihm blieb keine andere Wahl, als die Tüten mitzunehmen, wenn er die Insel verließ, und sie irgendwo, weit weg, in eine Tonne zu werfen.

Die Vorstellung von all dem machte ihn wahnsinnig. Er fühlte sich nicht mehr wohl in seiner Haut und in seinem kleinen Appartement erst recht nicht.

Vielleicht hatte er sich auch bei Luigi zu oft nach dem Fall und den Ermittlungen erkundigt? Vielleicht hatte er sich gerade dadurch verdächtig gemacht, denn normalerweise interessierten sich Touristen doch nicht für zwei Schwule, die von den Klippen fielen. Er hatte gedacht, sich durch Informationen schützen zu können, aber das war Dummheit gewesen. Dadurch hatte er sich überhaupt erst in Gefahr gebracht.

Er musste weg. Jetzt war es genug, die Karte war längst überreizt.

Morgen würde er abreisen. Weil er diese Insel mittlerweile hasste, weil sie ihn ängstlich und nervös machte und er sich selbst nicht mehr wiedererkannte.

Er verbrachte eine unruhige Nacht. Zweimal stand er auf, trank ein paar Schluck seines Wassers und ging auf die Toilette.

Danach war es ein Problem, wieder einzuschlafen. Weder auf dem Bauch noch auf dem Rücken oder auf der Seite fand er eine entspannte Position. Seine Gedanken rasten und kreisten nur um die beiden Worte: Bloß weg!

Um sechs Uhr war an Schlaf nicht mehr zu denken. Er duschte, packte seine Sachen, verschloss das Appartement und warf den Schlüssel in einen kleinen Briefkasten vor dem Büro des behaarten Yetis. Bezahlt hatte er schon, es würde also keine Probleme geben. Dazu schrieb er eine kurze Notiz: *Buongiorno, Mauro, ich musste meinen Urlaub leider ein wenig früher abbrechen, aber es war wunderschön auf Giglio. Ich habe mich gut erholt und in Ihrer Wohnung ausgesprochen wohlgefühlt. Ich würde mich freuen, vielleicht im nächsten Jahr wiederkommen zu dürfen. Nehmen Sie die zweihundert Euro, die Sie mir noch schulden, bereits als kleine Anzahlung. Molte grazie, Ihr Matthias von Steinfeld.*

Um sieben Uhr dreißig fuhr er mit seinem Wagen auf die erste Fähre, die nach Porto Santo Stefano ablegte.

37

Marina di Grosseto, Juli 2009

Er hatte keine Ahnung, wohin er fuhr.

Heute war Freitag. Am Montag um fünfzehn Uhr dreißig hatte er den Notartermin in Montevarchi, irgendwo musste er das Wochenende verbringen.

Jetzt hatte er zehn Tage auf einer Insel gelebt, aber direkt am Meer war er kein einziges Mal gewesen. Hatte nicht einen Fuß ins Wasser gesetzt, sondern nur auf dem Balkon gesessen und darauf gewartet, dass die Zeit verging. Und mehr als sechshundert Meter täglich war er auch nicht gelaufen.

Er musste sich bewegen, wollte schwimmen, so weit hinaus, wie es seine Kräfte zuließen.

Er konnte es kaum noch erwarten.

Von Porto Santo Stefano aus fuhr er am Meer entlang. Auf einer unausgebauten, gefährlich engen Autobahn, vom Gegenverkehr lediglich durch Palisadenwände getrennt, voller Schlaglöcher und mit einem durch die Hitze aufgequollenen und spröde gewordenen Asphalt. Schneller als neunzig zu fahren war überhaupt nicht möglich, und die Strecke zog sich unendlich.

Die Augen fielen ihm fast zu.

Eigentlich hatte er vorgehabt, mindestens bis Castiglione della Pescaia zu fahren, aber schließlich hatte er von der Fahrerei so die Nase voll, dass er die Ausfahrt Grosseto Sud nahm und dem ersten Hinweis »Mare« folgte.

Zehn Kilometer lang fuhr er – wie vorgeschrieben – auf schnurgerader Strecke fünfzig und wurde pausenlos in halsbrecherischen Manövern überholt.

Schließlich erreichte er Marina di Grosseto, die düstere Stadt am Meer, die unter gewaltigen Pinien, die keinen Sonnenstrahl hindurchließen, erstickte. Eine bedrückende Dunkelheit lag über der kleinen Stadt, gepaart mit einer Trockenheit, die unter den Nadelbäumen knisterte und durch einen einzigen Funken die ganze Stadt in ein flammendes Inferno verwandeln konnte. Er schauderte und hoffte, niemals durch diesen gespenstischen Stadtwald gehen zu müssen.

In der Nähe einer Tankstelle hielt er an und stopfte die Mülltüten mit seinen verdreckten Sachen, die er während des Überfalls getragen hatte, in einen Müllcontainer. Danach fühlte er sich wesentlich befreiter.

Er fuhr weiter bis ans Meer und stellte seinen Wagen direkt neben dem Jachthafen Porto San Rocco ab, der von der Stadt durch eine Mauer getrennt war.

Die Parkgebühr bezahlte er gleich für den ganzen Tag und schlenderte die Strandpromenade entlang. Ein Eiscafé, zwei Alimentari-Läden, drei Restaurants, zwei Schuhgeschäfte, zwei Boutiquen und ein Kiosk. Auf der Piazza eine große Post und eine ebenso große Apotheke. Die Stadt erschien ihm klinisch, unpersönlich und kalt, dennoch fragte er in dem erstbesten Hotel, nur wenige Meter von der Strandpromenade entfernt, nach einem Zimmer.

Es war kein Problem. Hundertfünfzig Euro die Nacht, inklusive Frühstück, Minibar und Fernseher im Zimmer und einen Blick aufs Meer, wenn man sich auf dem Balkon auf die Zehenspitzen stellte und mindestens eins achtzig groß war.

Matthias packte seine Sachen aus, zog sich Badehose und T-Shirt an, kaufte sich direkt vor dem Hotel Badeschuhe für zehn Euro und ein Zitroneneis und ging direkt zum Strand.

Es nahm ihm fast den Atem. Damit hatte er wirklich nicht gerechnet.

Da war kein Strand. Kein weißer Sand. Kein Blick aufs Meer oder die Küste entlang. Und keine Brandung.

Da waren nur Menschenmassen, die jeden Zentimeter des Strandes mit ihren Decken, Liegen und Sonnenschirmen bevölkerten, keinen Schritt konnte er tun, ohne in Spielzeug zu treten, es war ein durch Hüpfen unterbrochener Slalom, bis er endlich das Wasser erreichte.

Konsterniert sah er sich um. In der Ferne lagen die hellen Häuser von Castiglione della Pescaia, die fast im Dunst verschwanden. Die zehn Kilometer Strand waren braun vor Menschen, und es gruselte ihn.

Langsam tastete er sich vorwärts, versuchte bei jedem Schritt, ein wenig die auslaufenden Wellen zu erwischen, aber das war fast unmöglich. Er musste ausweichen, musste um kleine Kinder herumgehen, die kreischend Löcher gruben, er sah Väter, die in diesem Irrsinn versuchten, mit ihren Sprösslingen Ball zu spielen, Großväter, die immer wieder ins Wasser rannten, um kleine Eimerchen zu füllen, krebsrote Babys, die auf dem Arm ihrer Mutter erbarmungslos verbrannten, weil sie weder eingecremt waren, noch ein Mützchen auf dem empfindlichen Schädel hatten. Er umrundete Liebespaare, die nur mit den Füßen im Wasser lang ausgestreckt in der Brandung lagen, Gruppen von Hausfrauen, die gerade dort standen und diskutierten, wo sich der Menschenstrom entlangschob. Er wich Anglern aus, die gerade dort ihre Angeln ins Wasser hängten, wo die kleinen Kinder tobten, und war entsetzt über Kindergruppen, die sich kreischend mit nassem Sand bewarfen.

Dies war alles nicht seine Welt. Aber das Schlimmste waren die Menschen, die ihm entgegenkamen oder ihn überholten.

Fette Leiber. Feiste Bäuche, die sich über einer winzigen Badehose wölbten, behaarte, dralle Waden und Oberschenkel, die besser verborgen geblieben wären. Frauen, weit über der Zwei-Zentner-Grenze, weiß, weich und schwabbelig, denen man offenbar unter Strafandrohung befohlen hatte, einen Bikini zu tragen, um ihre Fettmassen besser präsentieren zu können. Ebenso Männer, die ihr Gewicht kaum schleppen konnten und dann im fünfzig Zentimeter tiefen Wasser erleichtert zusammenbrachen. Er sah Missbildungen, Hautkrebs, monströse Wucherungen und wundgescheuertes Fett. Er sah Körperteile, die flammend rot verbrannt waren, verdrehte Gliedmaßen, verzerrte Gesichter und verkrüppelte Kinder. Er sah das ganze Elend dieser Welt, zur Schau gestellt an einem Strand, in der Sonne der Toskana, nackt, entblößt und hemmungslos präsentiert.

Nach zweihundert Metern, die er in Richtung Castiglione della Pescaia ging, war er kurz davor, sich zu übergeben. Und seine Wut, dass er keinen Schritt unbehelligt gehen konnte und ständig angerempelt wurde, wurde immer größer.

Wer war er denn, dass er diesem ekelhaften Pöbel Platz machen musste? Dass er einer fetten Schlampe ausweichen musste, die in ihrem Leben noch nichts weiter geleistet hatte, als auf der Couch zu sitzen, Chips zu fressen und ab und zu die Beine breit zu machen, um genauso dröge, fette Kinder zu kriegen, denen nichts weiter einfiel, als sich sinnlos mit Schlamm zu panieren.

Vor dreißig Jahren hatten sich noch schöne Menschen am Strand gezeigt und andere neidisch gemacht, die Zeit war lange vorbei. Schöne Menschen gab es nicht mehr.

Es widerte ihn an.

Er zog den Bauch ein, obwohl er all diesen Übergewichtigen gegenüber Untergewicht hatte, aber irgendwann sah er keine andere Möglichkeit mehr und stürzte sich ins Meer.

Algen legten sich um seine Beine, seinen Bauch, seine Brust, sodass er strampelte, als hätte sich ein Raubfisch in seine Waden verbissen.

Ein kleiner Junge sah ihm zu und jauchzte vor Vergnügen.

Matthias wollte und konnte nicht zurück an den Strand. Er riss sich zusammen und schwamm hinaus. Ruhig, langsam und gleichmäßig. Nach hundert Metern hatte er keinen Menschen mehr vor sich. Da waren nur noch er und die Weite des Meeres.

Allmählich entspannte er sich und schwamm ruhig und stetig weiter.

Er verlor jegliches Gefühl für Zeit und Entfernung, tauchte ein in die Wellen und fühlte sich stark, als würde er endlos so weiterschwimmen können, bis nach Elba, auch wenn es einen Tag und eine Nacht dauern würde.

Irgendwann drehte er sich auf den Rücken und erschrak. Häuser, Restaurants und Bars waren nur noch winzige Punkte am Horizont, in unerreichbarer Ferne. Wie Stecknadelköpfe hinter dem Strand, einem lang gezogenen Strich.

Das schaffe ich nicht, dachte er.

Also war es das jetzt. Ich werde ertrinken. In Schönheit, an einem warmen Sommertag vor der Küste der Toskana. Allein in den Fluten. Lau und schmeichelnd, aber stärker als ich. Ich werde untergehen, nicht in der Nähe von schreienden Kindern oder pfeifenden Bademeistern, sondern einfach hier in der unendlichen Weite im Meer versinken. Wahrscheinlich nie wieder auftauchen, einfach verschwunden sein von dieser Welt.

Und dieser Gedanke gefiel ihm.

Er versuchte zu singen, aber als er Salzwasser schluckte, hörte er damit auf.

Angst hatte er nicht, als er langsam in Richtung Ufer schwamm. Wasser war ein Element, in das er eingetaucht und dem er sich ausgeliefert hatte.

Als er schließlich regelrecht an den Strand geschwemmt wurde und es merkwürdig fand, Sand unter den Füßen zu haben, hatte er kein Gefühl dafür, wie lange er geschwommen war. Eine Stunde, zwei Stunden oder einen halben Tag?

Er hatte nicht gekämpft und war doch nicht ertrunken.

Das Meer liebte ihn.

Stolz schritt er durch die öltriefenden Leiber, schaffte es, all das zu ignorieren, was er wirklich nicht sehen wollte, und verließ den Strand.

In seinem Zimmer duschte er, wusch sich den Sand von den Füßen und empfand einen unglaublichen Frieden.

Es war richtig, dass er Adriano und Fabrizio von den Klippen gestürzt hatte. Er würde jeden von den Klippen stürzen, wenn er die Gelegenheit dazu hätte. Schade wäre es um keinen, im Gegenteil, es wäre besser für die Welt.

Und niemand würde ihm je auf die Spur kommen.

38

Ambra, Juli 2009

Die Hitze hielt an. Neri hatte in seinem Büro alle Papiere unter schweren Gegenständen wie Locher, Aschenbecher, Blumenvase, Wasserflasche oder Telefon gesichert und hielt sein Gesicht dem Ventilator entgegen. So konnte er bewegungslos sitzen, ohne irgendetwas zu denken. Jedenfalls kam es ihm so vor.

Alfonso war seit zwei Wochen in Urlaub und hatte schon drei Karten von der Insel Elba geschickt, die Neri nach kurzem Überfliegen vor Wut in winzige Fetzen zerrissen hatte.

Am Donnerstag kam um fünfzehn Uhr ein Anruf. Die Witwe Carmini war in Tränen aufgelöst und ziemlich hysterisch. Sie behauptete, dass jemand in ihrem Haus eingebrochen habe, während sie Siesta machte. Das Merkwürdige war, dass sie fünf weiße Terrier besaß, die sie jeden Morgen schamponierte, duschte und hinterher zwei Stunden fohnte und bürstete. Die armen Viecher hatten von dem Einbruch offenbar nichts mitbekommen.

Neri fand es zu heiß, um zu lachen.

Er hatte zwar nicht die geringste Lust, sich die haarsträubende Räuberpistole der Witwe Carmini anzuhören, aber ihm blieb nichts anderes übrig, als seine Uniformjacke anzuziehen und sich auf den Weg zu machen.

Bis zur Witwe waren es nur ungefähr vierhundert Meter, aber er fuhr dennoch mit dem Auto, das ihm vorkam wie eine glühende Blechbüchse, die auf dem Feuer gestanden hatte.

Das Haus der Witwe war schmucklos und hatte einen ehemals weißen Anstrich, der bereits an vielen Stellen zusammen mit dem Putz abbröckelte, sodass das Haus aussah, als hätte es einen unangenehmen Ausschlag. Im winzigen Vorgarten stand eine rot-grüne Plastikrutsche, obwohl Clara Carmini – wie Neri wusste – gar keine Enkelkinder hatte.

Aber er beschloss, sich darüber keine Gedanken zu machen. Warum stellten sich Menschen eine Bank in den Garten, wenn sie nie darauf saßen? Warum horteten sie Holz in der Garage, wenn sie nur eine Zentralheizung hatten und gar keinen Kamin besaßen? Und schließlich: Warum hatte Clara Carmini fünf Hunde, wenn sie nicht in der Lage waren, auf diese armselige Bruchbude aufzupassen?

Neri parkte vor dem Haus, ging die drei Schritte durch den Vorgarten, rief laut und deutlich »Permesso« und betrat das Haus.

Clara saß tränenüberströmt in der Küche, zerbröselte altes Brot mit langen, knallrot lackierten Fingernägeln und krault einen ihrer Hunde, der bei ihr auf dem Schoß saß. Die übrigen lagen wie überdimensionierte Wattebäusche auf dem Linoleumfußboden.

»Salve, Commissario«, flüsterte sie leidend. »Nett, dass Sie gekommen sind. Bitte, setzen Sie sich doch. Möchten Sie etwas trinken? Oder essen? Ich habe noch ein bisschen Pasta vom Mittagessen übrig.«

»Nein, danke, sehr freundlich«, sagte Neri und setzte sich. »Erzählen Sie mal. Was ist denn passiert?«

Clara räusperte sich lautstark wie ein alter Bauer, der jahrelang auf dem Trecker gesessen und Heustaub eingeatmet hatte, und warf den kleinen Hund auf ihrem Schoß durch die Küche, weil er sie offensichtlich beim Denken und Reden störte. Der Hund schüttelte sich und verwandelte sich in Sekundenschnelle in einen ebenso unübersichtlichen Haufen Fell wie seine Geschwister, bei denen man nicht erkennen konnte, wo vorn und wo hinten war.

»Ich hatte mich nach dem Mittagessen gerade ein paar Minuten hingelegt und muss wohl eingenickt sein, denn ich wurde wach, weil ich so ein merkwürdiges Geräusch hörte. Als ob ein Fenster im Wind schlägt.«

»Wo waren die Hunde?«

»Bei mir im Schlafzimmer, das heißt, in meinem Bett unter der Decke.«

Bei der Hitze!, dachte Neri schaudernd. Ein Wunder, dass sie überhaupt noch lebten, aber unter der Decke hörten sie natürlich schon mal wesentlich weniger. Ganz abgesehen davon, dass er es ekelhaft fand, wenn Hunde im Bett schliefen. Und dann gleich fünf an der Zahl!

»Vielleicht schlug ja wirklich ein Fenster im Wind?«

Witwe Clara formte ihre Lippen zu einem wütenden Kussmund und sah aus, als wollte sie sich jeden Moment auf Neri stürzen.

»Nein, Commissario«, meinte sie spitz. »Das ist nicht möglich. Weil nämlich niemals ein Fenster offen steht, wenn ich mich mittags oder abends hinlege.«

Neri seufzte. »Gut. Und weiter?«

»Ich lag wie erstarrt da und horchte. Vielleicht können Sie sich das nicht vorstellen, aber ich war bewegungsunfähig vor Angst.«

»Und dann?«

»Dann gab es ein fürchterliches Geräusch. Als ob ein tönerner Krug auf dem Steinfußboden zerbricht.«
»Aus welchem Zimmer kam das Geräusch?«
»Hier aus der Küche.«
»Aber hier ist Linoleumfußboden!«
»Ich habe ja auch nicht gesagt, dass der Krug auf dem Steinfußboden zerbrochen ist, sondern ich hab gesagt, dass es sich anhörte, als wäre er auf einem Steinfußboden zerbrochen! Warum hören Sie mir denn nicht zu?«
»Ist ein Krug zerbrochen?«
»Ja.«
»Wo?«
»Hier.«
»Also auf dem Linoleumfußboden.«
»Herrgottnochmal, ja!«, kreischte Clara.
»Und Sie nahmen an, dass ein Einbrecher im Haus ist?«
»Natürlich!«
»Gut. – Die Hunde schliefen immer noch friedlich?«
»Sicher.« Clara stand auf und holte eine Flasche Grappa vom Regal über der Spüle. Aus dem Schrank nahm sie ein kleines Wasserglas und drehte sich um.
»Möchten Sie auch einen?«
»Nein danke«, antwortete Neri, dabei hätte er liebend gern einen getrunken.
Witwe Clara setzte sich, schenkte sich ein und kippte den Grappa, der ungefähr einer Menge von fünf Schnäpsen entsprach.
Dann knallte sie das Glas auf den Tisch und brach in Tränen aus.
»Meine Ruhe ist dahin«, schluchzte sie. »Ich fühle mich nicht mehr sicher! Gott sei Dank ist der Einbrecher nicht ins Schlafzimmer gekommen, ich hätte tot sein können!«

In diesem Moment klingelte Neris Handy.
Er nahm das Gespräch an. »Ja?«
Es war Gabriella. »Neri, kannst du schnell kommen? Es ist wichtig.«
»Nein, Gabriella, ich kann nicht. Wirklich nicht.«
»Was ist denn?«, fragte sie, und er hörte ganz genau ihren spöttischen Unterton, da sie immer davon ausging, dass er nur in der Gegend spazieren fuhr, auf der Piazza herumlungerte oder die Kreuzworträtsel in der »La Nazione« löste.
»Es hat einen Einbruch gegeben, und ich rede gerade mit dem Opfer. Tut mir leid, Gabriella.«
Er legte auf und wandte sich wieder der Witwe zu, die sich den nächsten Monstergrappa einschenkte.
Wenn sie so weitersäuft, weiß sie sowieso bald nichts mehr, dachte Neri, und sein Telefon klingelte erneut.
»Carabinieri Ambra«, meldete er sich diesmal ganz offiziell.
»Dein Sohn zieht aus«, meinte Gabriella kühl. »Die Klamotten stehen schon im Flur. Mehr als zehn Minuten braucht er nicht mehr, dann ist er weg. Vielleicht willst du noch Ciao sagen.«
Diesmal legte *sie* auf.
Neri war wie vom Donner gerührt und stand auf.
»Mi scusi, Signora, aber ich muss weg. Ein Notfall. Ich komme später noch einmal zu Ihnen. Sehen Sie doch schon mal nach, was alles gestohlen wurde.«
Damit ließ er die verdutzte Clara in der Küche zurück und rannte fast aus dem Haus.
Als Neri zu Hause eintraf, sah er gerade noch, wie Gabriellas Wagen auf die Hauptstraße in Richtung Siena einbog.
»Porcamiseria!«, schrie Neri, schlug vor Wut mit der flachen Hand auf das Steuerrad und tat sich dabei empfindlich

weh. Dann knallte er das Blaulicht aufs Autodach, schaltete das Signal ein und raste seiner Frau hinterher.

Da hatte er die Rechnung allerdings ohne Gabriella gemacht. Bisher war es ihm immer ein Leichtes gewesen, Wagen einzuholen, die bei Rot über die Ampel oder mit achtzig durch die Ortschaft gedonnert waren, aber das waren Bauern im schrottreifen Fiat, die sich leicht durch ein Blaulicht einschüchtern ließen und irgendwann kampflos rechts ranfuhren – Gabriella war da ein ganz anderes Kaliber. Mit großer Wahrscheinlichkeit war ihr vollkommen klar, wer sie da einzuholen versuchte, und jetzt machte sie sich einen Heidenspaß aus der innerfamiliären Verfolgungsjagd.

Sie schnitt die Kurven und schleuderte, dass Neri angst und bange wurde. Wenn sie so weitermacht, zieht Gianni nicht nach Siena, sondern geradewegs auf den Friedhof, dachte Neri und wurde immer wütender.

Kurz vor Pietraviva hatte sie Glück und überholte auf gerader Strecke einen Laster mit Anhänger, Neri hatte dazu keine Gelegenheit mehr und fiel zurück. Der Lastwagenfahrer reagierte auf das Martinshorn hinter ihm überhaupt nicht. Wahrscheinlich war er blind und taub und hatte auch noch nie in seinem Leben in einen Rückspiegel geguckt.

Neri hatte keine Chance. Er stellte sich vor, wie Gabriella jetzt zufrieden vor sich hin grinste, ein fröhliches Liedchen pfiff und dazu mit den Fingern den Rhythmus aufs Lenkrad trommelte.

Nein, so nicht. Nicht mit ihm. Er hatte keine Lust, sich länger zum Affen zu machen, stellte das Blaulicht ab und drehte auf einem Feldweg um.

Sollten sie doch fahren, wohin sie wollten. Es war ihm egal. Und wenn Gianni es nicht für nötig hielt, sich von seinem Vater zu verabschieden, wie es sich gehörte, dann konnte er ihn mal kreuzweise. Er würde ihm jedenfalls nicht hinterherrennen. Es war wahrscheinlich überall auf der Welt so, dass die lieben Kinder nur dann ein freundliches Wort über die Lippen brachten, wenn sie dringend etwas brauchten.

Langsam fuhr er zurück nach Hause. Ihm war schlecht vor Hunger, daher wollte er erst ein paar Happen essen, bevor er wieder ins Büro ging. Er war äußerst gespannt, ob ihm die liebe Familie überhaupt etwas übrig gelassen hatte. Ein paar Brocken, die keiner mehr mochte und die man dem Hofhund oder Neri vorsetzen konnte.

Zum Teufel auch mit der Witwe Carmini. Er würde heute Abend noch mal vorbeischauen, oder morgen. Es hatte ja keine Eile, denn Neri ging davon aus, dass sich die alte Dame den Einbruch sowieso nur eingebildet hatte.

Es war allgemein bekannt, dass die Witwe ihre magere Rente nur in Grappa umsetzte, und wer bei ihr einbrach, musste verrückt sein, weil es außer Hundefutter und Häkeldeckchen absolut nichts zu holen gab.

Als er sein Haus betrat, saß Oma im Wohnzimmer am Fenster und starrte auf die Straße. Ihr Mittelfinger zuckte nervös hoch und runter, als würde sie auf einer imaginären Tastatur immer wieder ungeduldig einen einzigen Buchstaben antippen.

»Er ist weg«, flüsterte sie. »Verflucht noch mal, er wohnt nicht mehr hier. Jetzt stirbt das ganze Haus aus.«

»Er ist erwachsen, Oma, in seinem Alter ist es normal, wenn man auszieht.«

»Ach was.« Sie sah ihren Schwiegersohn wütend an. »Red nicht so dummes Zeug! Du hast ihn rausgeekelt.«

»Wie kommst du denn darauf?«

»Ich hab doch Augen im Kopf.«

Das hatte ihr also Gabriella eingetrichtert. Es war immer dasselbe: Ganz egal, was in diesem Hause geschah, Neri war grundsätzlich an allem schuld. Allmählich ging ihm das auf die Nerven.

Wortlos verließ er das Zimmer. In der Küche fand er im Kühlschrank lediglich einen kleinen Teller mit zwei Tage alter Pasta, einen halben Salatkopf und einen Kanten eingetrockneten Pecorino. Es widerte ihn alles an. Er trank nur einen Viertelliter eiskalte Milch und machte sich auf den Weg zurück ins Büro. Er wollte Oma nicht noch einmal begegnen und sehnte sich richtig nach seiner stillen Amtsstube, wo ihm wenigstens niemand Vorwürfe machte.

Als er schließlich wieder am Schreibtisch saß und seine Bleistifte anspitzte, dachte er an Gianni. Der Vogel, der flügge ist, fliegt davon. So ist das. Im Haus würde es leerer werden, es wohnte dort kein Kind und kein Jugendlicher mehr, Gianni kam eben nur noch zu Besuch.

Neris Herz krampfte sich zusammen. Das ist doch wunderbar, versuchte er sich in Gedanken zu beruhigen, das hast du dir doch immer gewünscht: kein Gemecker mehr, weil kein Bier im Kühlschrank war, keine Turnschuhe auf der Treppe und keine dreckigen Socken in der Obstschale im Flur. Niemand benutzte mehr seinen Rasierapparat, niemand schlurfte nachmittags um vier völlig verschlafen durchs Haus, niemand bedröhnte sich stundenlang mit nervtötender Musik. Kein schlecht gelaunter, schweigender Sohn mehr am Esstisch und keine Sorgen mehr, wenn er nachts um drei immer noch nicht zu Hause war. Und kein Streit mehr wegen Gianni mit Gabriella.

Paradiesische Zustände. Frieden.

Und plötzlich hatte Neri Angst davor.

Giannis Wohnung war eigentlich keine Wohnung, sondern ein dunkles Loch. Ein schmaler Schlauch von ungefähr fünfzehn Quadratmetern mit einem einzigen Fenster zu einer nur zwei Meter breiten Gasse, in die nie ein Sonnenstrahl gelangte. Im Zimmer war es so dunkel, dass man es ohne Licht gar nicht besichtigen konnte. Es war mit einem Bett, einem Schrank, Tisch und Stuhl notdürftig möbliert, eine Küche fehlte, links neben der Eingangstür gab es lediglich eine Nasszelle mit Toilette, Dusche und Waschbecken. Die Wohnung war heruntergekommen und seit über zwanzig Jahren nicht mehr renoviert worden.

»Herzlich willkommen in meinem neuen Zuhause, Mama«, sagte Gianni und grinste.

Gabriella hatte es wahrhaftig die Sprache verschlagen. Das war die fürchterlichste Unterkunft, die sie je gesehen hatte, und es brach ihr fast das Herz, wenn sie sich vorstellte, dass ihr Sohn jetzt einziehen und seine Tage, Abende und Nächte hier verbringen sollte.

»Hier gibt es ja noch nicht mal eine Heizung«, stotterte sie.

»Das macht nichts. Im Winter stelle ich mir einen kleinen Elektroheizer rein, das Zimmer wird bestimmt schnell warm, außerdem bin ich hier durch die umliegenden Wohnungen so eingebaut, da kann es gar nicht richtig kalt werden.«

Gabriella öffnete das Fenster. Das Haus gegenüber war so nah, dass man dem Nachbarn sicher die Hand geben konnte, wenn man sich weit genug vorbeugte.

»Soll ich dir für das Fenster eine Gardine nähen?«, flüsterte sie. »Hier kann dir ja jeder problemlos auf den Teller gucken!«

»Ich werde ein Rollo oder eine Jalousie anbringen. Gardinen kann ich nicht ausstehen. Nun guck nicht so entsetzt,

Mama, ich finde das Zimmer okay. Fürs Erste völlig ausreichend. Und schließlich kostet es nur dreihundert Euro. Mehr hab ich nicht.«

»Du kriegst doch was von uns ...«

»Ich will nichts von euch, ich habe einen Job und werde schon klarkommen.«

Gabriella riss die Augen auf. »Was denn für einen Job?«

»Bei der Stadt. Ich werde Fremdenführungen übernehmen. Siena-Rundgänge. Eine Führung dauert zwei Stunden, dafür krieg ich vierzig Euro, ich mach drei am Tag, dreimal die Woche. Alles easy. Ich muss nur diesen ganzen Schmus über die Medici und so auswendig lernen.«

Gabriella überschlug Giannis Verdienst im Kopf. Das waren gut eintausendvierhundert Euro. »Dafür kannst du dir doch eine bessere Wohnung leisten! Und wenn wir dir noch was dazugeben?«

»Lass mal, Mama, das passt schon.« Damit war für Gianni die Wohnungsdiskussion beendet.

Während sie ein paar Koffer und Taschen nach oben schleppten, überlegte Gabriella: Der Job war nicht schlecht. Gianni hatte mit Menschen zu tun und würde viele unterschiedliche und sicher auch interessante Leute kennenlernen. Und vielleicht auch endlich eine Freundin finden.

Beim anschließenden Mittagessen in einer Osteria sah sie ihren Sohn an, als sähe sie ihn zum ersten Mal. Sein langes, schwarzes Haar band er seit ein paar Monaten mit einem Gummiband hinten im Nacken zusammen. Er hatte ihre schmale Nase und Neris ausgeprägte Wangenknochen geerbt, seine dunklen Augen waren unergründlich und konnten einen sowohl zornig als auch liebevoll ansehen.

Gianni war ein verdammt gut aussehender Junge, was ihr bisher noch gar nicht so aufgefallen war. Vielleicht, weil sie ihn nur noch in Boxershorts kannte, wenn er verschlafen im Kühlschrank herumwühlte.

Jetzt war der Moment gekommen, wo sie ihn sich selbst überließ, allein in der Stadt. Das beschauliche Ambra war Vergangenheit.

Aber er würde seinen Weg machen, da war sie sich ganz sicher.

39

Berlin, Juli 2009

Der Wecker klingelte um Viertel vor fünf. Alex stöhnte und warf sich auf die andere Seite, um noch ein paar Minuten zu entspannen. Das war der Moment, wo er sein ganzes Dasein verfluchte und sich nichts weiter wünschte, als einfach einzuschlafen und nie wieder aufzuwachen. Aber das war ihm bisher noch nicht gelungen, ganz gleich wie viel Alkohol er am Abend vorher in sich hineingeschüttet hatte.

In zehn Minuten versuchte er, so tief zu entspannen, dass es ein paar Stunden wettmachen würde, aber schon klingelte der nächste Wecker auf dem Regal, oberstes Fach vor den DVDs von »Stirb langsam«, Teile eins bis vier.

Er war schweißnass, als er sich aus dem Bett quälte und den verdammten Wecker abstellte.

Mittlerweile konnte er wieder einigermaßen laufen, nur wenn er stundenlang am Herd stand – was jeden Tag der Fall war –, kamen die Schmerzen, und das Bein schwoll an.

Er ging auf die Toilette, band sich einen Müllsack um das eingegipste Bein, duschte, trank als Frühstück einen Schluck lauwarmes Duschwasser und putzte sich die Zähne, während das warme Wasser über seinen Rücken floss. Vor drei Tagen war der Techniker der Heißwassertherme gekommen und hatte lediglich einen Wärmefühler im Wert von zwei Euro fünfundsiebzig ausgetauscht. Außerdem hatte Alex noch dreißig Euro Anfahrtkosten und fünfzehn Euro für die ungeheure Arbeit des Einsetzens eines neuen Wärmefühlers bezahlt, aber er fasste sich dennoch nachträglich an den Kopf, warum er wochenlang ohne heißes Wasser gelebt hatte.

Zügig trocknete er sich ab, zog sich an und verließ sein Loft.

Es war jetzt zwanzig nach fünf.

Als er aus dem Haus trat, ging gerade die Sonne auf. Sie blinzelte orangefarben über die Häuser und versprach wieder einmal einen schönen Tag.

Es war selten, dass er überhaupt registrierte, ob es kalt oder warm, Morgen oder Abend, Sommer oder Winter war. Er erlebte keine Jahreszeiten und im Grunde auch keine Tageszeiten mehr. Wenn er zur Arbeit aufbrach, war er meist so kaputt und müde, dass er ganz automatisch ging, ohne zu denken und ohne etwas zu spüren. Ob es schneite oder regnete, interessierte ihn schon lange nicht mehr. Er besaß eine einzige Jacke, die er das ganze Jahr über anzog: im Sommer, wenn es kühl war, aber auch im Winter, wenn der Dauerfrost minus fünfzehn Grad erreichte.

Je nachdem, ob er Früh- oder Spätschicht hatte, verschwand er im Hotel, arbeitete sechzehn Stunden und schleppte sich dann nach Hause. Betäubte sich mit Alkohol und schlief bis zum nächsten brutalen Weckerklingeln und bis zum nächsten lauwarmen Schluck aus der Dusche.

Das war sein Leben.

Seit Jahren.

Er konnte sich nicht erinnern, wann er das letzte Mal den Himmel gesehen oder bewusst den ziehenden Wolken nachgeschaut hatte.

Aber heute Morgen hielt er inne, als er den Sonnenaufgang bemerkte, und musste an seinen Vater denken, der jetzt irgendwo in Italien war, ausschlafen konnte, solange er wollte, um sich dann bei einem Prosecco in die Sonne zu setzen und den Tag zu genießen.

Es machte ihn schon wieder wütend, und er lief los. Schneller als sonst.

Um Viertel vor sechs war er fertig umgezogen in der Küche, und er war – wie immer – der Erste.

Die Küche war tadellos aufgeräumt, und man sah ihr nicht an, welche Schlachten dort jeden Tag ausgetragen wurden. Die Arbeitsplatte wirkte blitzblank, aber der Schein trog.

Spüler Ali war ein armes Schwein. Arbeitete für drei Euro die Stunde, ernährte damit eine fünfköpfige Familie und zweigte außerdem Geld ab, das er nach Tunesien schickte. Ali schrubbte den ganzen Tag schwere Pfannen und Töpfe, ohne Pause, ohne etwas zu essen und zu trinken. Die Köche konnten wenigstens das eine oder andere kosten und tranken lauwarmes Bier.

Nach zwölf Stunden ließen Alis Kräfte nach, nach vierzehn Stunden konnte er kaum noch eine Pfanne heben, er kippte vor Hunger fast aus den Latschen. Normalerweise musste er für sein Essen bezahlen und gönnte sich meist nur ein belegtes Brötchen, aber die Köche hatten einen Weg gefunden, der für Ali und für sie günstig war.

Nach vielen Stunden Arbeit war die Küche ein Schlachtfeld, völlig verdreckt und nicht wiederzuerkennen, denn keiner der Köche achtete darauf, ob irgendetwas neben den Topf fiel und auf dem Herd einbrannte oder auf der Erde landete. So war der Fußboden übersät mit Gemüse und Fleischresten, zerschlagenen Eiern, saurer Milch, verklebten Nudeln, zertretenen Kartoffeln und Dreck von der Straße.

Außerdem Blut und Schweiß und jede Menge Urin der Köche, die – da sie ihren Posten nicht verlassen und keine Pause machen konnten, weil sonst in Stress- und Stoßzeiten das gesamte aufeinander abgestimmte System binnen weniger Sekunden zusammenbrach – einfach die Hose öffneten und während des Kochens unter sich pinkelten.

Es war Alis Aufgabe, diesen stinkenden Matsch jeden Abend mit einem Schieber zusammenzukehren.

Ali war hart im Nehmen, aber davor ekelte er sich.

»Ali«, sagte eines Nachts Rolli, der Demischef, »wenn du zusätzlich noch unsere Arbeitsplatten und die Herde sauber machst, brat ich dir ein dickes Steak.«

Das ließ sich Ali nicht zweimal sagen, und er war in seiner Arbeitsweise fix und keineswegs zimperlich. Auch auf den Arbeitsplatten klebten Essensreste und lagen aufgeschnittene und nicht mehr benötigte Zitronenhälften, zermanschte Tomaten und Zwiebelschalen herum, außerdem war alles voller Soßen- und Rotweinpfützen, angetrocknetem Käse und verbranntem Eiweiß. Der Wischer war Ali vertraut, er hatte nichts anderes und putzte von nun an damit sowohl Fußboden als auch Arbeitsplatte und kassierte dafür sein Filet.

So gut war es Ali schon lange nicht mehr gegangen.

Alex hatte zwei Tage freigehabt und traute seinen Augen nicht, als er seinen Posten begutachtete. Die Übergabeliste, die in seinem Fach lag, war der reinste Hohn. Routinemäßig checkte er die Vorräte und stellte fest, dass die À-la carte Karte nicht zu kochen war. Als spezielles Gemüse war Rosenkohl angekündigt, allein fünf Gerichte basierten darauf, aber niemand hatte es für nötig befunden, Rosenkohl zu bestellen. Zum Mittagessen gab es sechzig Vorbestellungen, aber auch die Mittagskarte, die um diese Zeit längst gedruckt sein musste, lag noch nicht vor. Auf der Abendkarte standen zwei Menüs, speziell mit Lachs, aber auch der war nicht bestellt worden.

Es war absolut nichts vorbereitet.

Alex war fassungslos. Ein derartiges Desaster hatte er noch nie erlebt, und er begriff in diesem Moment, dass er weder eine Mittags- noch eine Abendkarte und erst recht keine À-la-carte-Karte kochen konnte. Er konnte gar nichts kochen. Sie wollten ihn fertigmachen.

Er warf einen letzten Blick in den Vorratsraum, aber auch das hatte keinen Zweck, der Räucherfisch war verschimmelt. Sicher wurde er noch verarbeitet, der Schimmel wurde abgekratzt, der Fisch gesäubert und zubereitet, aber auf dieses dünne Eis wollte er sich nicht begeben. Einen Augenblick lang überlegte er noch, welches Fleisch er aus dem Tiefkühlraum für die Mittagskarte auftauen könnte, aber dann verwarf er auch diesen Gedanken. Erst vor einer Woche hatten sie das Tiefkühlfleisch, das schon sechs bis neun Jahre eingefroren war, umetikettiert, weil sich die Hygiene angemeldet hatte und mehr als sechs Monate Lagerung nicht erlaubt waren.

Es kotzte ihn alles so an, und jetzt wollte ihn jemand ins offene Messer laufen lassen.

Er schloss sich auf der Toilette ein und rauchte drei Zigaretten. Aber er beruhigte sich nicht, sondern wurde von Minute zu Minute wütender. Als er fast glaubte zu platzen, rannte er die Treppe hinauf.

Fast alle Jungköche und Lehrlinge waren mittlerweile eingetroffen.

Alex stürmte in die Küche und fühlte sich wie einer, der nichts mehr zu verlieren hatte. Dass ihm alles egal war, war fast ein gutes Gefühl.

Der Souschef war nicht da, natürlich nicht, er kam sicher erst um zehn. Wenn überhaupt. So war er der einzig Verantwortliche in der Küche.

»Was wird hier für ein Scheißspiel gespielt?«, schrie er, nahm eine Pfanne und knallte sie auf den Boden, sodass sie durch die ganze Küche schlitterte.

Alle standen wie erstarrt.

»Bestellt Jürgen einen schönen Gruß von mir, ich hau ab, das mach ich nicht länger mit. Wenn die Posten ihren dreckigen Job nicht richtig machen, dann bade ich das nicht aus. Denk ich gar nicht dran. Ruft den großen Meister meinetwegen an, er kann ja herkommen und selber kochen. Vielleicht zaubert er einen Rosenkohl-Auflauf mit ein paar verschrumpelten Karotten und 'ner Kiste Eisbergsalat. Kann ja sein. Viel Spaß dabei!«

»Nu reg dich erst mal ab«, murmelte ein Demischef. »Allet halb so wild.«

»Allet halb so wild?«, brüllte Alex und seine Stimme rutschte erschreckend hoch. »Wir haben keine Mittagskarte, keine Zutaten für *à la carte,* aber eine Gruppe von sechzig Leuten um eins. Dazu die üblichen Idioten, die hier in diesem Drecksladen zum Essen kommen. Wir können eine klare Brühe anbieten, das ist alles. Und das nennst du halb so wild? Du kannst ja versuchen, den Laden zu retten, aber ich halte meinen Kopf für die faulen Säcke der letzten Schicht nicht hin!«

Er riss seine Schublade auf, nahm seine persönlichen Messer heraus und verließ die Küche.

Seine Kollegen sahen ihm fassungslos hinterher.

Fünf Minuten später stand er auf der Straße. Mit einer Tasche voller Messer, einer zerknüllten Kochuniform unterm Arm und keinem Cent in der Tasche.

Fünf-Sterne, dachte er. Tolles Hotel. Es gab nur tolle Hotels in Berlin, denn er wusste, dass es in keinem einzigen besser lief. Die Gäste gaben gern mehrere Hundert Euro aus, um gut zu essen, und bekamen lieblos hingewichste Mahlzeiten, ungewaschen, verdreckt und oftmals verdorben. Und die Köche verdienten weniger als eine ungelernte Putze.

Und wieder einmal hatte er keinen Job. Das Arbeitsamt würde ihn sechs Wochen sperren, weil er selbst gekündigt hatte. Er war pleite, total pleite, und seinen Vater wollte er nicht anpumpen. Um nichts in der Welt.

Mit schleppendem Schritt ging er nach Hause. Sein Bein schmerzte wieder, und sein Kopf dröhnte. Dass die Sonne schien und der Himmel blau und wolkenlos war, bemerkte er nicht. Für ihn war die Welt ein einziges, undurchdringliches Grau.

Er wusste nicht mehr weiter.

40

Ende der Woche, am Freitagvormittag, bekam Susanne Knauer einen anonymen Brief. Adressiert war er *an die Kripo Berlin, Frau Susanne Knauer, Mordkommission.* Abgeschickt in Italien, abgestempelt auf der Insel Giglio. Susanne erinnerte sich dunkel, dass diese Insel irgendwo vor der Toskana im Mittelmeer lag, aber sie war noch nie dort gewesen.

Mithilfe einer Lupe versuchte sie den schwer leserlichen Poststempel zu entziffern und kam schließlich zu dem Ergebnis, dass der Brief fast zwei Wochen unterwegs gewesen war. Wahrscheinlich wurden die Briefkästen dort auf der Insel nicht täglich geleert und brauchten schon mal ein paar Tage bis zum Festland.

Sie wunderte sich nicht schlecht, als im Umschlag eine Ansichtskarte der Insel Giglio zum Vorschein kam. Ein traumhaftes Foto des malerischen Hafens Porto Giglio, mit stahlblauem Meer, weißen Booten und bunten Häusern. Das Adressfeld war nicht ausgefüllt, aber dort, wo man normalerweise die Grüße für die Lieben daheim unterbrachte, war in schönster und akkurater Blockschrift geschrieben:

EKGBK DKGMHKB CKHX
NGB TKXXKGWV
NGW NODL
Z.

Und dann bemerkte sie die Wimper im Briefumschlag und sicherte sie vorsichtig mithilfe einer Pinzette in einer Plastiktüte fürs Labor.

Die Insel Giglio war Susanne vollkommen unbekannt, aber ganz instinktiv blinkten bei ihr alle Warnlampen auf. Vielleicht ist er es, dachte sie, verdammt noch mal, er meldet sich. Immerhin war der Brief an sie adressiert.

Aber bereits Sekunden später glaubte sie nicht mehr daran, weil sie die Ansichtskarte extrem irritierte. Warum sollte eine Karte aus Italien mit dem Mörder zu tun haben, der in Berlin sein Unwesen trieb?

Schließlich war sie nur noch genervt über die chiffrierte Botschaft, die jede Menge Arbeit verursachen und Labor und Kryptografen tagelang beschäftigen würde.

Sie griff zum Telefon und rief Ben an.

»Komm mal rüber«, sagte sie. »Ich hab da was ziemlich Interessantes.«

Sekunden später kam Ben herein, in der Hand eine Kanne Kaffee. Er schenkte zwei Becher voll, und Susanne reichte ihm wortlos die Karte.

»Guck dir das an. Was hältst du davon?«

Ben atmete hörbar aus.

»Tja, also, entweder ist es irgendein übler Spinner, der so was lustig findet, und der Buchstabensalat hat keinerlei Sinn und Verstand, oder es ist unsere Prinzessin, die ein großes Mitteilungsbedürfnis hat, es ein bisschen spannend machen und uns vor allem durcheinanderbringen will.«

»Das glaube ich eher.«

Susanne schrieb die Buchstabenfolge ab und schob dann auch die Ansichtskarte in eine Plastikfolie. »Da haben wir beide mit dem Rätsel noch eine hübsche Feierabendbeschäftigung.«

»Wollen wir den Text nicht an die Kryptologie weiterreichen?«

»Später. Erst will ich mir eine Nacht lang selbst den Kopf zerbrechen. Ich kann mir nicht vorstellen, dass unser Mörder ein Experte auf dem Gebiet ist. Vielleicht ist das alles ganz fix mit der heißen Nadel zusammengeschustert, und dann sollte es auch zu knacken sein. Versuchen wir es beide. Wer das Rätsel löst, wird vom andern zum Essen eingeladen. Einverstanden?«

Ben seufzte. Lust hatte er zu nichts von beidem, aber er nickte.

Als Susanne nach Hause kam, war Melanie natürlich nicht da. Sie hatte es auch nicht anders erwartet. Sensationell fand sie, dass eine Nachricht auf dem Küchentisch lag:

Keine Panik, ich werde nicht geklaut. Bin gegen elf zurück, muss morgen zur Ersten.

Na, wenigstens etwas.

Susanne zog sich Leggings und einen weiten, bequemen Pullover an, kochte sich eine Tütensuppe und aß sie herzhaft und laut schlürfend. Melanie hätte sich vor Entsetzen geschüttelt, aber sie war ja allein.

Als sie fertig gegessen hatte, machte sie es sich im Wohnzimmer auf der Couch bequem, legte die Beine auf den Tisch, nahm ihre Notizen zur Hand und begann zu grübeln.

Auch Melanie lümmelte sich auf einer Couch. Sie trug nur einen Slip, trank eine Cola und rauchte eine Zigarette. Ihre Beine lagen auf einem Glastisch und hinterließen fettige Abdrücke, was Ben, der ihr gegenüber in einem Sessel saß, irgendwie störte. Aber er sagte nichts.

»Ich hab einen Mörderhunger«, meinte Melanie nach einer Weile. »Lass uns 'ne Pizza essen gehen.«

»Keine Zeit, Melly, tut mir leid, aber deine Mutter hat mich dazu verdonnert, das Rätsel eines anonymen Briefes zu lösen. Sie will es erst mal selbst versuchen, bevor sie es an die Kryptologie gibt.«

»Das ist ein Problem von meiner Mutter, dass sie nicht delegieren kann. Ich finde Rätsel grauenvoll.«

»Ich eigentlich nicht. Vielleicht, weil jeder Fall ein Rätsel ist.«

Melanie kicherte. »Okay. Hör zu: Was ist der Anfang der Ewigkeit, das Ende der Stunde, der Anfang allen Endes und das Ende der Tage?«

»Oh Mann, was Philosophisches!«

»Na klar. Also los. Ich bin mir sicher, so doof kannst du gar nicht denken.«

Sie wiederholte das Rätsel noch dreimal langsam, Ben zerbrach sich den Kopf, aber er kam nicht drauf.

»Ich weiß es nicht. Sag's mir.«

»Das E, du Blödkopp.« Sie lachte sich kaputt. »Zeig mal her.«

Er reichte ihr den Zettel, auf den Susanne die verschlüsselte Botschaft übertragen hatte.

»Das habt ihr anonym bekommen?«

Ben nickte.

Melanie wurde plötzlich ernst. »Das sieht genauso aus wie der Quatsch, den unsere durchgeknallte Lateinlehrerin mit uns gemacht hat. Sie fand es todkomisch, den Übersetzungstext in der letzten Lateinarbeit zu verschlüsseln. Wir mussten ihn also erst entschlüsseln und dann übersetzen. Die Olle langweilt sich irgendwie, ist nicht ausgelastet mit ihren blöden lateinischen Texten, und dann kommt sie auf solche Mätzchen. Ich würde sagen, das ist ein Cäsar. Oder ein revertierter Cäsar. Der is' noch 'ne Spur komplizierter. Guck doch mal im Internet.«

Ben schaltete den Computer an und wurde bei Wikipedia sofort fündig:

Die Cäsar-Verschlüsselung ist ein besonders simpler Sonderfall einer monografischen Substitution. Dabei wird jeder einzelne Buchstabe des lateinischen Alphabets um eine bestimmte Anzahl von Positionen zyklisch verschoben.

»Alles klar?«

Ben sah sie entsetzt an. »Da haben wir fünfundzwanzig Versuche, die Verschiebung mit allen Buchstaben durchzuprobieren. Du meine Güte! Das dauert ja die ganze Nacht!«

Melanie reagierte nicht darauf, sondern las laut weiter, was auf dem Bildschirm stand:

»Der Name der Caesar-Verschlüsselung leitet sich vom römischen Feldherrn Gaius Julius Caesar ab, der diese Art der geheimen Kommunikation für seine militärische Korrespondenz verwendet hat. Dabei benutzte Caesar selbst häufig den Schlüssel C, also eine Verschiebung des Alphabets um drei Buchstaben. Der römische Kaiser Augustus soll eine Verschiebung der Buchstaben um nur eine Position vorgezogen haben (vielleicht passend zu seinem Namen, der mit A beginnt). Das können wir ja zuerst probieren. Wie heißt denn euer Herzchen?«

»Keine Ahnung. Eventuell nennt er sich Prinzessin.«

»Okay. Dann nehmen wir …«, sie zählte das Alphabet an den Fingern durch, »eine Verschiebung um sechzehn Positionen.«

Ben nahm sich einen großen Zettel und schrieb das verschobene Alphabet unter das Richtige, aber es kam ein völlig anderer Buchstabensalat heraus als der des Briefes.

»Das war es schon mal nicht. Müssen wir also doch alle fünfundzwanzig Buchstaben durchprobieren.«

»Oder der Kerl hat wirklich den revertierten Cäsar genommen.« Sie las weiter: »Eine weitere Variante der Verschiebechiffre besteht darin, statt des Standardalphabets ein *revertiertes* (umgekehrtes) Alphabet zu benutzen und dieses zu verschieben. Diese Methode wird oft knapp als ›revertierter Caesar‹ bezeichnet.« Sie sah ihn an und grinste. »Also: letzter Versuch. Wenn wir das Ding knacken, krieg ich 'ne Pizza. Einverstanden? Wenn nicht, geh ich nach Hause.«

»Einverstanden.«

»Dann roll das Ding von hinten auf. Fang mit ›P‹ an und mach rückwärts weiter.«

Ben schrieb die variierte Form unter das Standardalphabet. Und es dauerte weniger als fünf Minuten, bis sich der entschlüsselte Text herauskristallisierte.

Melanie strahlte, und Ben umarmte sie.

»Du bist großartig. Und jetzt spendier ich dir die größte Pizza, die du jemals gesehen hast.«

41

Als Melanie wenige Minuten nach elf die Wohnungstür aufschloss, war es absolut still in der Wohnung. Der Fernseher war aus, und es lief auch keine Musik, was sie ungewöhnlich fand.

Ihre Mutter schlief in der Küche. Ihr Oberarm lag weit ausgestreckt auf dem Küchentisch, darauf ihr Kopf, neben sich eine halb leere Weinflasche und ebenso ein Zettel mit dem Buchstabensalat.

Melanie grinste.

»Hei, Muttertier«, sagte sie laut, sodass Susanne augenblicklich hochschreckte, »da komm ich mal superpünktlich nach Hause, und du pennst!«

»Ja, ich bin irgendwie eingenickt.«

»Was hast du denn hier Interessantes?« Sie nahm den Zettel in die Hand.

»Eine chiffrierte Botschaft. Aber ich blick da nicht durch. Völlig unmöglich, das zu entschlüsseln. Ich schaff es einfach nicht.«

»Ich kann das auch nicht. Das kann keiner. Aber für diesen Müll wird es doch wohl Experten bei euch geben, oder?«

»Sicher. Die können sich morgen damit beschäftigen.«

In diesem Moment klingelte das Telefon.

»Kann das für dich sein?«, fragte Susanne und ging in den Flur, um abzuheben.

»Nee. Glaub nicht.«

Susanne meldete sich mit leiser Stimme. »Ja? – Ach du bist's, Ben. Was gibt's denn?«

Nach dem Bruchteil einer Sekunde wurde sie laut. »Wie bitte? Du hast das Ding geknackt? Ja, wie denn? Und was steht da?«

Melanie amüsierte sich königlich.

Als ihre Mutter in die Küche zurückkehrte, war sie wütend. »Ben hat den Brief entschlüsselt. Aber er sagt mir erst morgen im Büro, was da steht. Sicher ist jedenfalls, dass der Mörder ihn geschrieben hat.«

»Da hast du ja einen richtig cleveren Assistenten«, meinte Melanie immer noch grinsend. »Der ist echt gut, der Junge, den würde ich mir an deiner Stelle warmhalten. Und dass er dich jetzt noch bis morgen früh auf die Folter spannt, find ich echt cool. Nacht, Mama, ich muss morgen früh raus.«

Damit entschwand Melanie und ließ Susanne fassungslos zurück.

Susanne konnte nicht schlafen. Sie warf sich von einer auf die andere Seite, zog die Bettdecke bis über beide Ohren, konnte sich aber nicht entspannen. Ihr Herz klopfte wie wild, und sie fing an zu schwitzen. Also deckte sie sich wieder ab und fing nach wenigen Minuten an zu frieren. Um vier ging sie auf die Toilette und zog ein trockenes T-Shirt an. Zum Schlafen trug sie immer die T-Shirts ihres Exmannes, die mehrere Nummern zu groß waren und aussahen wie ein superkurzes Nachthemd.

Es war ihr klar, dass sie nicht schlafen konnte, weil sie so wütend war, dass Ben sie bis zum Dienstbeginn am Morgen quälen wollte. Er wusste, dass sie vor Neugier fast platzte, und kostete seinen Triumph so ekelhaft brutal aus, dass sie schon gar keine Lust mehr hatte, ihn zum Essen einzuladen. Aber da kam sie wohl nicht drum herum.

Der Wecker klingelte um sieben, und Susanne hatte das Gefühl, in der letzten halben Stunde endlich im Tiefschlaf gewesen zu sein, aus dem sie jetzt gerissen wurde. Sie fühlte sich wie zerschlagen, als sie ins Bad schlurfte, um sich schnell die Zähne zu putzen und dann bei der ersten Tasse Kaffee Melanie bei ihrer obligatorischen Nutellafresserei zuzusehen. So blieben ihr wenigstens ein paar Minuten mit ihrer Tochter.

Aber Melanie war wenig gesprächig und antwortete fast auf jede Frage nur mit »Lass mich zufrieden, um diese Zeit hab ich keinen Bock auf irgendwas«.

Als Melanie weg war, duschte sie kurz, zog sich Jeans an, streifte sich ein T-Shirt über und brauste ins Büro.

Es war acht Uhr dreißig, als sie auf ihrem Drehstuhl saß und mit ihrem Kugelschreiber rhythmisch auf die Arbeitsplatte klopfte, als hätte sie einen Tremor in der rechten Hand. Ben war noch nicht da. Natürlich. Meist war er eher im Präsidium als sie, aber heute machte er es spannend.

Um halb zehn kam er. Glänzender Laune.

»Ich höre«, sagte sie statt einer Begrüßung.

»Du bist tierisch neugierig, ich weiß«, erwiderte er lächelnd und setzte sich an den Schreibtisch. »Aber der Text ist völlig unspektakulär. Beinah banal. Ein Geplänkel zwischen Mörder und Polizei.«

»Ich höre«, wiederholte sie.

»Gut. Also. Er hat geschrieben, Moment ...« Ben zog sein Notizbuch aus der Tasche und las langsam: »Keine Leichen mehr, bin verreist, bis bald. P.« Er sah Susanne erwartungsvoll an. »Was sagst du dazu?«

Susanne vergaß allen Ärger über Ben und wurde plötzlich ganz ernst. »Das ist Wahnsinn«, murmelte sie. »Und gleichzeitig brutale Realität. Er teilt uns ganz lapidar mit, dass er weiter morden wird, momentan macht er nur mal ein Päuschen, weil er auf Urlaub ist. Wenn er zurückkommt, geht es weiter. Er fühlt sich absolut sicher, unantastbar, wagt es sogar, uns zu kontaktieren. Unsere Prinzessin ist ein Monster, Ben, und wenn wir ihn nicht stoppen, wird er bis zum Sankt-Nimmerleins-Tag schwule Jungs umbringen. Das haben wir jetzt schwarz auf weiß. Von ihm persönlich. Und das macht mich krank.«

Ben schwieg. »So seh ich das auch.«

Die Sekretärin kam herein. »'tschuldigung, aber die Laborergebnisse sind da.«

»Schieß los.«

»Die DNA-Spuren der Wimper sind mit denen des Täters von beiden Morden identisch. Es war also kein Trittbrettfahrer und auch kein Wichtigtuer. Der Brief ist echt.«

Susanne fuhr sich nervös durch die Haare. »Das hatten wir schon befürchtet. Danke.«

Die Sekretärin legte die Unterlagen auf den Tisch und ging wieder hinaus.

»Gehen wir heute Abend zum Italiener? Ich hab verloren, ich lad dich ein.«

Ben wand sich. »Heute Abend kann ich nicht, tut mir leid.«

»Okay, dann gleich heute Mittag. Auf 'ne Pizza?«

Schon wieder Pizza, dachte Ben, aber er lächelte und nickte.

42

Ambra, Juli 2009

Donato Neri verließ sein Büro eine Viertelstunde vor Dienstschluss. Er hielt es einfach nicht mehr aus, untätig herumzusitzen, während er vor Wut fast platzte.

Es war jetzt Viertel vor sieben. Abendbrotzeit. Wahrscheinlich saß Oma schon am gedeckten Tisch und trommelte mit dem Besteck. Das war das Letzte, was er jetzt ertragen konnte, denn wenn Oma dabei war, konnte er nicht mit Gabriella reden. Er musste einen günstigen Moment erwischen, um ihr die schlechte Nachricht zu überbringen, und das ging nur, wenn sie allein waren und Oma nicht auch noch ihren Senf dazugeben konnte.

Bevor er ging, rief Neri Gabriella an. »Es tut mir leid, cara, aber es dauert heute ein bisschen länger. Ich muss noch mal zur Witwe Carmini, weil die überfallen wurde. Ihr könnt ruhig schon essen, ich habe keinen Hunger.«

Gabriella hatte nichts gesagt, nur wütend geschnaubt und aufgelegt.

Das war weiter nichts Besonderes, so reagierte sie häufiger, wenn er später kam, und meist war ihr Zorn nach ein oder zwei Stunden wieder verraucht, daher machte sich Neri darüber keine Gedanken mehr.

Am Nachmittag war er noch einmal bei der Witwe Carmini vorbeigegangen, und diesmal hatte sie einräumen müssen, dass sie die ganze Räuberpistole eventuell nur geträumt hatte und letztlich gar keine Einbrecher im Haus gewesen waren, zumal auch nichts – weder ein paar Euro noch die Brosche von Tante Isadora und erst recht keine Flasche Grappa – geklaut worden war. Und da sich die lustige Witwe gern auch schon mal am Vormittag einen anschäkerte, schlief sie nachmittags häufig tief und fest.

In der Bar setzte er sich vor die Tür und bestellte sich ein Glas kühlen Weißwein und dazu eine große Flasche Wasser. Er trug zwar noch die Uniform, aber er war nicht mehr im Dienst.

Francesca brachte die Getränke, Neri nickte ihr kurz zu, schlug die Beine übereinander und öffnete seine Jacke. Der Abend war immer noch sehr warm, aber die Hitze nicht mehr so drückend und klebrig wie vor einigen Stunden.

Neri war dankbar, dass er unbehelligt blieb, dass sich niemand zu ihm setzte und ihn mit Fragen bombardierte. Das lag vor allem daran, dass die Bar fast leer war. Um diese Zeit wurde in den Familien gegessen.

Eine halbe Stunde später bestellte er ein weiteres Glas Wein und dazu zwei belegte Brötchen mit Schinken und Käse.

Momentan läuft einfach nichts rund in meinem Leben, dachte er, nichts funktioniert so, wie ich es erhoffe, nichts klappt. Gabriella hat ganz recht: Ich bin ein gottverdammter Pechvogel.

Aber bevor er in Selbstmitleid versank, zwang er sich, sich darüber nicht weiter den Kopf zu zerbrechen, bis er irgendwann das Gefühl hatte, es geschafft zu haben, und an gar nichts mehr dachte.

Als Neri gegen einundzwanzig Uhr nach Hause kam, schien auf den ersten Blick alles friedlich zu sein. Gabriella und ihre Mutter Gloria saßen vor dem Fernseher und guckten »Chi vuol essere Millionario«.

Oma hatte trotz der Hitze eine Häkeldecke auf den Knien, eine dicke Brille auf der Nase und verfolgte die Sendung mit weit aufgerissenen Augen. Nervös mit den Fingern flatternd, wenn sie überlegte, beantwortete sie jede Frage. Lautete die Frage: *Welcher Käse wird auch als Frischkäse bezeichnet? A: Laubenkäse, B: Hüttenkäse, C: Katenkäse, D: Schuppenkäse,* dann sagte Oma: »Ganz klar A. Pecorino. Das ist der frischeste Käse überhaupt. Wenn man weiß, wo man ihn kauft. Auf die Nase fallen und altes Zeug angedreht bekommen kann man überall.«

Gabriella hatte die Augen geschlossen, und Neri wusste nicht, ob sie noch wach war oder schon schlief. Niemand schien sein Hereinkommen bemerkt zu haben. Schließlich hustete er laut und deutlich. »Hallo, ihr beiden! Da bin ich wieder!«

Gabriella schlug die Augen auf. »Ach, Neri! Ciao!«

Oma nahm die Brille ab und sah Neri hasserfüllt an. »Da kommt ja der, der mein Enkelkind vertrieben hat!«, keifte sie.

Neri spürte, wie er schon wieder wütend wurde. »Ja, ja, ja!«, schrie er. »Und vergiss nicht, Oma, ich bin auch der, der schuld daran ist, dass wir nicht mehr in Rom wohnen, sondern hier in diesem Käsenest versauern!«

»Neri, bitte, hör auf!« Gabriella stellte den Ton des Fernsehers lauter. »Komm mit in die Küche! Willst du noch eine Kleinigkeit essen?«

»Schscht!«, zischte Oma. »Wenn es euch nicht interessiert und wenn ihr blöd sterben wollt – bitte schön. Aber bei dieser Sendung kann man 'ne Menge lernen, und darum möchte ich die jetzt sehen und nicht gestört werden, bitte!«

Omas Hände fingen schon wieder an zu flattern, und Neri und Gabriella schlichen aus dem Zimmer und gingen in die Küche.

»Giannis Wohnung ist eine Katastrophe, Neri!«, platzte Gabriella sofort los. »Ein enger Schlauch, ein dunkles Loch, ohne Licht, ohne Sonne, ohne Luft, ohne Blick – ich sag dir, ganz, ganz unten. Wenn man sich vorstellt, dass das Kind da jetzt wohnt, bricht einem das Herz.«

»Das *Kind* hat es sich doch selbst ausgesucht, Gabriella. Oder haben wir ihm die Wohnung besorgt?«

Gabriella schüttelte stumm den Kopf.

»Na also. Dann wird sich das Kind das dunkle Loch ja auch vorher angesehen haben. Und er hat sich für den hässlichen Schlauch entschieden. Und da das alles anscheinend besser ist als hier zu Hause, bitte schön. Dann muss er da durch.«

»Wenn du doch mal zu dem ganzen Abschaum, mit dem du normalerweise in deinem Job zu tun hast, auch so unerbittlich und hart wärst. Dann hättest du wahrscheinlich wesentlich mehr Erfolge aufzuweisen.« Gabriella flüsterte, aber sie wusste ganz genau, wie sehr sie Neri damit bis ins Mark traf. Da konnte sie noch so leise sprechen.

Sie räumte Oliven, Tomaten, Salami, Parmesan, Brot und Öl auf den Tisch und setzte sich.

»Ich muss mit dir reden, Gabriella«, begann Neri.

»Nur zu! Schieß los! Oma ist beschäftigt.«

Neri atmete tief durch, nahm seinen ganzen Mut zusammen und sagte: »Ich hab leider schlechte Nachrichten, cara.«

Er wartete schon vorab auf mitfühlendes Verständnis in ihrem Blick, aber da war nur sachlich gespannte Aufmerksamkeit.

»Sie haben mir eine Urlaubsvertretung aufs Auge gedrückt. Auf Giglio. Isola del Giglio. Ein kleines Paradies im Meer. Drei Wochen. Sonne, Wasser, Wind und einen Blick bis ans Ende der Welt.«

»Hochinteressant!«, meinte Gabriella spöttisch. »Und wann?«

»Im August.«

»Waaas?« Gabriella sprang auf. »Im August wollten wir nach Capri! Die Pension ist seit einem halben Jahr gebucht!«

»Ich weiß, ich weiß! Aber was soll ich denn machen? Die haben sich heute bei mir gemeldet, und das war keine Anfrage, sondern ein Befehl! Auf dieser Winzlingsinsel haben sie nur zwei Carabinieri, und wenn einer Urlaub macht, dann ist nur noch einer übrig, und das ist zu wenig. Man braucht ja immer einen Kollegen als Zeugen, wenn was ist …«

»Wenn was ist!« Gabriella stemmte die Fäuste in die Taille und sah aus wie eine Furie. »Auf Giglio ist es wahrscheinlich noch aufregender als hier in Ambra! Du wirst täglich in wilde Schießereien verwickelt sein und alle Hände voll zu tun haben, tesoro!«

»Warum kannst du nicht einmal sachlich über irgendetwas reden?«

»Himmel, Neri, das ist doch alles ein Witz! Ich weiß ein bisschen was von Giglio, eine Freundin von mir war mal da. Giglio ist sehr überschaubar, wie man so schön sagt, da gibt es drei kleine Orte, und aus die Maus. Jeden Tag kommen ein paar Touristen, klettern auf den Klippen herum und schippern wieder nach Hause. Ein paar machen da auch Urlaub, aber durchschnittlich nicht länger als drei Tage. Weil sie nämlich dann bereits jeden Stein auf der Insel wie einen alten Freund begrüßen. Da ist seit Jahrtausenden nichts passiert, Donato, und da wirst du dich sicher nicht überarbeiten.

Denn im Gegensatz zu Giglio ist Ambra ja regelrecht die Hochburg der Kriminalität!«

»Willst du nicht mitkommen?«, fragte Neri kleinlaut.

»Und was soll ich da drei Wochen lang tun, wenn mein Gatte acht Stunden lang am Strand seine Uniform spazieren führt?«

»Dich erholen, faulenzen, dicke Bücher lesen, was weiß ich. Einfach mal Urlaub machen, Gabriella. Abschalten. Ich glaube, es gibt keinen schöneren Flecken auf dieser Welt als Giglio.«

»Va bene. Und was machen wir mit Oma? Vorher vergiften? – Nein, mein Schatz, das ist alles Blödsinn. Du wirst einfach hingehen und denen sagen, dass du nicht kannst. Du hast bereits einen Urlaub gebucht, da sollen sie sich einen andern suchen, der frei ist. Du bist es nicht!«

»Das kann ich nicht machen, Gabriella!«

»Warum nicht?«

»Weil es, wie ich dir schon gesagt habe, ein Befehl und keine freundliche Nachfrage war! Und weil ich schon zugesagt habe!«

»Was bist du doch für eine Pfeife!«, schrie Gabriella, und es war ihr in diesem Moment egal, ob Oma gleich in der Tür auftauchen würde oder nicht. »Immer ziehst du den Schwanz ein! Mit dir kann man alles machen! Wenn dir ein Vorgesetzter sagt: Spring aus dem Fenster!, dann springst du. Nach dem Motto: Ist mein Vorgesetzter ja selber schuld, wenn ich tot bin!« Sie schlug sich mit der flachen Hand vor die Stirn, dass es heftig klatschte. »Erzähl mir doch jetzt hier keine Opern von wegen Befehl! Nur *du* lässt dir alles gefallen! Ich schwör dir, alle anderen haben gesagt: ›Capo, es tut mir leid, aber meine Kinder haben Ferien, ich hab Urlaub am Meer gebucht, den kann ich nicht absagen, meine Frau und meine

Kinder bringen mich um …‹, und fertig. Weil sich nämlich alle andern nicht so auf der Nase herumtanzen lassen wie du. Du stellst dich hin und sagst: ›Aber natürlich, Chef!‹ – ›Selbstverständlich, Chef!‹ – ›Geht in Ordnung, Chef!‹, anstatt mal anständig mit der Faust auf den Tisch zu schlagen. Mein Gott, Neri, was bist du doch für ein Schlappschwanz!«

Das stimmte natürlich. Er hatte die Sache akzeptiert und gar nicht erst versucht, sie abzuwehren. Weil er sich im ersten Augenblick auch ein bisschen geehrt gefühlt und gedacht hatte: Ganz so schlecht kann meine Arbeit hier in Ambra wohl nicht sein, sonst würden sie ja einen anderen schicken.

Neri schwieg. Auf Gabriellas Ausbrüche konnte er nie etwas erwidern.

Nach einer Weile stand er auf. Von dem Brot, der Salami, dem Öl und den Oliven auf dem Tisch hatte er nichts angerührt.

»Was machst du?«, fragte Gabriella.

»Der Schlappschwanz geht ins Bett«, meinte Neri und stieg schwerfällig wie ein alter Mann die Treppe hinauf.

43

Giglio, August 2009

Wie auf einem Gemälde thronten weiße Schaumkronen auf den Wellen und standen im reizvollen Kontrast zum tiefblauen Himmel. Die Dünung war sanft und gar nicht zu sehen, nur wenn man sich mit dem Schiff direkt in den Wellen befand, sah und spürte man, wie das Schiff vom bewegten Meer leicht gehoben und gesenkt wurde.

Das Wetter war fabelhaft, der Wind hatte sich gelegt und wehte im Gegensatz zum Tag zuvor nur noch mit Windstärke zwei, in Böen drei.

Das ist ja scheußlich, dachte Neri. Wenn ich das gewusst hätte, dass so eine fürchterliche Überfahrt auf mich zukommt, hätte ich mich schon deswegen nie auf diese Insel eingelassen.

In seiner Fantasie stellte er sich vor, dass jetzt einige Hundert Meter tiefes Wasser unter dem Schiff waren. Das war schon allein eine gruselige Vorstellung, aber wenn er sich dann noch ausmalte, welches Getier dort herumschwamm, geriet er fast in Panik. Wale, Haie, giftige Seeschlangen und ekelerregende Kraken. Es war einfach entsetzlich.

Er hing auf der hölzernen Bank an Deck wie ein Schluck Wasser, wusste nicht, ob er besser sitzen oder liegen, leben oder sterben sollte. Am liebsten hätte er sich eine Treppe tiefer auf die Toilette geschleppt, aber dann ließ er es bleiben. Er hatte zu viel Angst, dass ihm noch auf dem Weg dorthin schlecht werden würde. Ich werde hier auf diesem Dampfer, auf diesem Oberdeck elendig verrecken, dachte er. Und nie wieder werde ich diese verfluchte Insel verlassen, weil ich nie wieder in meinem Leben ein Schiff betrete.

Neri hatte sich nicht übergeben, aber er schwankte bedenklich, als er von Bord ging.

»Verflucht sei die ganze christliche Seefahrt«, grummelte er leise vor sich hin, als er über die breite Gangway an Land torkelte. »Zum Teufel mit allen Schiffen, Matrosen und Kapitänen dieser Welt, zum Teufel mit dem Meer, mit Wasser, Wind und Wellen, dem ganzen Meeresgetier und dem ganzen Gemurkse, das sonst noch dazugehört.«

Bis zur kleinen Carabinieri-Station war es nicht weit. Die winzigen Büroräume lagen direkt am Hafen, quasi in zweiter Reihe. Dort hatte man zwar keinen Blick aufs Meer, war aber mit ein paar Schritten dort.

Auf Giglio orientierte sich das gesamte öffentliche Leben am An- und Ablegen der Fähren, und so wusste Valentino Minetti fast auf die Minute genau, wann die Urlaubsvertretung aus Ambra, Donato Neri, ankommen und wann er die Polizeistation erreichen würde.

Daher stand Minetti auch schon in der Tür, als Neri die Straße heraufkam.

Valentino Minetti war schon allein durch seine Körpergröße ein beeindruckender Mann. Er war einen Meter fünfundneunzig groß, wog hundertfünfunddreißig Kilo und hatte Pranken wie ein Bär. Wenn er breitbeinig und unbeweglich dastand, wirkte er wie ein Monster, das Bäume mit der bloßen Hand ausreißen und Jungfrauen um die Taille zerquetschen konnte. Er hatte eine Vollglatze, aber das wusste kaum einer, weil er seine Polizeimütze fast nie ablegte. So nackt, wie er ohne sie aussah, fühlte er sich dann auch.

Minetti war auf der Insel eine Respektsperson, gleichermaßen geachtet und gefürchtet. Nur wenn man ihm auf der Straße folgte, sah man, dass er entsetzliche X-Beine hatte und längst nicht so beweglich und so gut zu Fuß war, wie man allgemein vermutete.

Gegen Minetti war Neri eine halbe Portion, und das störte ihn ungemein, als er den Kollegen mit Handschlag begrüßte.

»Herzlich willkommen auf Giglio!«, trompetete Minetti, sodass es die halbe Straße hören konnte. »Kommen Sie herein, ich zeige Ihnen unser Gästezimmer. Kein großer Luxus, aber praktisch und gut. Sie werden sich schnell einleben. Und wenn Sie sich ein bisschen frisch gemacht und ihre Sachen ausgepackt haben, können Sie sich ja noch ein bisschen unsere wunderschöne Insel ansehen. Einen Dienstwagen stellen wir Ihnen zur Verfügung.«

Neri hatte eigentlich wenig Lust auf eine Besichtigungstour gleich am ersten Tag, er wollte sich viel lieber hinlegen und eine salzige Brühe trinken, um seine Übelkeit zu bekämpfen. Ganz sicher stand ihm nicht der Sinn danach, heute noch über Stock und Stein zu stolpern. Aber er widersprach Minetti nicht und versuchte, interessiert und erfreut auszusehen.

»Aber auf alle Fälle treffen wir uns heute Abend bei Lino. Das ist das dritte Lokal, direkt am Hafen. Da essen wir zusammen und können alles Weitere in Ruhe besprechen. Einverstanden?«

»Va bene.« Neri schlug in die Hand ein, die Minetti ihm hinhielt.

»Also dann um acht.«

Minetti ließ Neri allein und marschierte die Straße hinunter.

Neri sah sich um. Das Büro war in der Größe vergleichbar mit seinem Büro in Ambra, nur dass die Wände nicht gelb, sondern lindgrün gestrichen waren, was Neri überhaupt nicht leiden konnte. Eingerichtet war es ähnlich karg und funktionell, über dem Schreibtisch hing eine Karte der Insel, auf der die drei existierenden Straßen fett eingezeichnet waren. Sonst war sie übersät mit Symbolen: ein Froschmann für gute Tauchgründe, ein Sonnenschirm für einen schönen Strand, ein Stern für einen guten Aussichtspunkt und ein Wigwam für die Möglichkeit zu campen.

Auf dem Fensterbrett rostete eine alte Espressomaschine, die ihre besten Zeiten schon lange hinter sich gelassen hatte, und dem Schreibtisch gegenüber stand ein wenig einladender, schlichter Holzstuhl. Akten waren in einem metallenen Schrank eingeschlossen. Hinter dem Schreibtisch führte eine Tür ins »Gästezimmer«, und dieses Wort war für die primitive Kammer eine sehr freundliche Übertreibung. Das Bett war ein schmales Notbett, eher als Pritsche zu bezeichnen, das in der Mitte durchhing und bei jeder Bewegung unangenehm nachfederte. Dem Bett gegenüber ein kleines Waschbecken mit lediglich kaltem Wasser, ein schmaler Schrank, Tisch und Stuhl. Wahrscheinlich waren Gefängniszellen komfortabler eingerichtet.

Neri seufzte, räumte seine Sachen aus seinem Koffer in den Schrank, machte sich ein wenig frisch und trat hinaus auf die Straße. Bis zum Abendessen waren es noch zwei Stunden. Genug Zeit, um in Giglio Porto und am Meer etwas herumzubummeln.

44

Minetti wartete schon und ging Neri entgegen, als er das Restaurant betrat.

»Na, haben Sie sich schon ein wenig umgesehen? – Kommen Sie, setzen Sie sich.«

Minetti bestellte Wein und Wasser und begann augenblicklich, Weißbrot in sich hineinzustopfen. Er kaute mit vollen Backen, sodass Neri kaum hingucken konnte. Das ganze Gesicht war in Bewegung, da schienen mindestens fünfzig Muskeln Höchstleistungen zu liefern.

Die Kellnerin kam und brachte Wein und Wasser. Sie war eine rundliche Brünette mit einem Pferdeschwanz und dünnen Ponyfransen im Gesicht. In den Wangen hatte sie fröhliche Grübchen. Sie trug einen knallroten Lippenstift und strahlte übers ganze Gesicht, als sie den Wein einschenkte.

»Rosa«, sagte Minetti. »Das ist Donato Neri, ein Kollege vom Festland. Er macht hier Urlaubsvertretung.«

»Piacere! Was für eine nette Überraschung und was für ein schmucker Commissario!« Rosa lächelte und sah ihm zwei Sekunden zu lange in die Augen, bevor sie Minetti fragte: »Wie immer, Valentino?«

Minetti wandte sich an Neri. »Machen wir es nicht so kompliziert, Donato, ich gehe hier fast jeden Tag essen. Nehmen Sie als Vorspeise auch Bruschetta?«

Neri nickte brav. »Gern.«

»Okay. Dann nehmen wir zweimal Bruschetta, dann zweimal Tortellini al Pomodoro und danach zwei Orate. Einverstanden?«

»Va bene.« Neri hätte zwar lieber ein gebratenes Bistecca als einen Fisch gegessen, denn Fisch aß er nicht gern, aber er fügte sich. Wollte nicht gleich am ersten Abend schwierig werden.

Rosa schob sich den Kugelschreiber hinters Ohr und entfernte sich mit der Bestellung. Neri sah ihr hinterher, wie sie schwungvoll und schnell einen Tisch abräumte. Er konnte sich nicht erinnern, wann ihm das letzte Mal eine Frau auf Anhieb so gut gefallen hatte.

Minetti faltete die Hände auf dem Tisch wie zum Gebet und beugte sich vor. Seine Schweinsäuglein blitzten freundlich.

»Giglio ist eine wunderbare Insel, müssen Sie wissen. Ein kleines Paradies. Wer hier mal Urlaub gemacht hat, kommt immer wieder, und ich sag Ihnen, Sie werden auch noch infiziert werden.« Er grinste. »Es gibt nicht viele Insulaner, die auch im Winter hier wohnen. Das ist schon was Spezielles. Da fährt die Fähre nur noch einmal am Tag. Wenn überhaupt.«

Bei dem Wort *Fähre* drehte sich Neri der Magen um.

»Meine Familie lebt seit Generationen auf Giglio. Ich kenne hier nicht nur jeden Stein, sondern auch jede Butterblume und jede Nase persönlich. Und ich sag Ihnen, es gibt schlechtere Arten zu leben.«

Ich sag Ihnen schien eine Lieblingsfloskel von Minetti zu sein.

»Probleme machen die Touristen. Die verursachen Autounfälle, verlieren ihre Brieftasche, bezahlen ihre Zeche nicht oder schlagen sich gegenseitig die Köpfe ein, wenn sie betrunken sind. Und um diesen ganzen Kleinkram müssen wir uns kümmern. Aber ich sag Ihnen, hier auf Giglio hat sich noch niemand überarbeitet. Sie nehmen den Vorfall auf, schreiben einen kurzen Bericht und fertig. Ich denke mal, das ist bei Ihnen in Ambra nicht anders.«

»Ganz genau.«

»Wie ganz genau?« Minetti guckte irritiert.

»Na, ich wollte sagen, das ist bei uns in Ambra genauso. Kriminalität haben wir so gut wie gar nicht, Schwierigkeiten machen die Touristen.«

Minetti steckte das letzte Stück Brot in den Mund. »Sehen Sie, und deshalb hab ich auch *Sie* als Urlaubsvertretung haben wollen. Hier auf Giglio braucht niemand das Rad neu zu erfinden. Auch nicht als Carabiniere. So einen Heißsporn aus Rom, der alles besser weiß und alles anders machen will, können wir hier nicht gebrauchen. Aber jemand wie Sie, aus so einem kleinen Ort, wo die Uhren auch anders gehen als in der Großstadt, so jemand weiß, was ich meine. Ich denke, da werden wir uns verstehen.«

»Sicher.«

Die Bruschetta kam, und beide begannen schweigend zu essen.

Die Anfrage aus Giglio war also keine Auszeichnung gewesen. Sie hatten ganz bewusst einen kleinen Krauter haben wollen, ländlich, sittlich und genügsam. Na schönen Dank. Er hatte nicht übel Lust, Minetti zu beweisen, dass so ein kleiner Krauter durchaus in der Lage war, das Rad neu zu erfinden, wie Minetti es nannte. Er würde sich mal so richtig ins Zeug legen, ob es den Schlafmützen auf dieser Insel nun passte oder nicht.

Als sie die Bruschetta gegessen hatten, gesellte sich Lino an ihren Tisch.

»Ciao, Valentino«, sagte er und schlug seinem Freund, der aufgestanden war, kräftig auf die Schulter. »Come stai?«

»Tutto bene. Und bei dir?«

»Auch alles klar. Ich kann nicht klagen.«

Minetti drehte sich zu Neri um. »Ich möchte dir Donato Neri vorstellen, er ist die Urlaubsvertretung für Pietro.«

Lino und Neri schüttelten sich die Hand. Minetti setzte sich wieder.

»Ihr beide seid heute Abend meine Gäste. Als Einstand sozusagen.«

»Oh, das ist aber nett von dir, Lino.« Minetti war keineswegs überrascht.

»Ja, vielen Dank!« Neri war leicht verunsichert und wusste nicht, wie er mit der Situation umgehen sollte. »Wie komme ich denn zu der Ehre, ich meine …«

»Machen Sie sich keine Gedanken!« Lino tätschelte ihm die Hand. »Das ist hier bei uns so üblich. Wer zu uns auf die Insel kommt, um zu arbeiten, wird eingeladen. Sicher nicht nur von mir. Das ist unsere Art, Ihnen zu zeigen, dass Sie bei uns willkommen sind.«

Neri trank einen Schluck Wein. »Grazie. Tante grazie.«

»Und?«, sagte Lino und wandte sich dabei an Minetti. »Was macht die Angelegenheit mit den beiden Jungs? Habt ihr schon irgendeinen Hinweis, einen Verdacht?«

»Gar nicht.« Minetti winkte ab. »Wen willst du da auch verdächtigen? Du lieber Himmel, zwei junge Männer nehmen sich an der Hand und fliegen den Möwen hinterher. Das ist wildromantisch, dumm ist nur, dass sie bei dem Blödsinn noch zweihundert Meter tief fallen und auf den Klippen zerschellen. Wenn du mich fragst, ist es so gelaufen. Und auf Hinweise können wir lange warten. War ja niemand dabei! Heutzutage wird zwar jeder Mist auf Video aufgenommen, auf Giglio aber zum Glück noch nicht, und das ist ja auch gut so. Also werden wir nie erfahren, was die beiden für Flausen im Kopf hatten.«

»Völlig richtig.« Plötzlich tat Lino so, als hätte er nie etwas anderes gedacht als der Carabiniere. »Der Meinung bin ich auch. In die ganze Sache wird viel zu viel hineingeheimnist. Die Leute quatschen halt gern, vor allem hier, wo man sonst keine anderen Themen hat.«

»Genau. Hast du vielleicht noch ein bisschen Brot für mich?«

»Certo.« Lino ging in die Küche.

Neri hatte mit großen Ohren zugehört. Da hatten sich also zwei junge Männer umgebracht. Von den Klippen in den Tod gestürzt. Vielleicht waren sie aber auch gestürzt worden? Die Möglichkeit gab es sicher, auch wenn es dem Giglio-Patrioten Minetti nicht in den Kram passte. Gleich morgen im Büro würde er alles genau durchlesen, was es in den Akten über den Fall gab, und dann würde er mit Gabriella am Telefon darüber sprechen. Sie zerbrach sich gern den Kopf über ungelöste Fälle und sah normalerweise überall Gespenster, wo Neri gar keine vermutete.

»Sie sagen, die beiden wären von den Klippen gesprungen. Kann es nicht auch sein, dass sie gestürzt wurden. Das heißt, dass sie ermordet wurden?«

Minetti sah Neri an, als hätte er eine ungeheure Zote gerissen, die ihn einen Moment sprachlos machte.

»Nein, das kann nicht sein!«, erwiderte er scharf. »Und das können Sie auch nur vermuten, weil Sie die Insel nicht kennen. Auf Giglio gibt es so was nicht. Mord und Totschlag kommen hier nicht vor. Fangen Sie bloß nicht an, sich den Kopf über solchen Unsinn zu zerbrechen!«

Neri erwiderte nichts, weil er das Gefühl hatte, an seinem ersten Abend bereits einen Fehler gemacht zu haben, und er wollte das nicht noch durch eine weitere Bemerkung verschlimmern.

»Das habe ich übrigens mit dem Begriff ›das Rad neu erfinden‹ gemeint, Kollege.«

Neri nickte.

Rosa kam mit dem Hauptgang und strahlte Neri an. »Ich hab Ihnen noch ein extra Stück Fisch mit draufgelegt«, flüsterte sie. »Sie haben doch sicher Hunger nach der langen Reise …«

Sie stellte die Teller hin und schenkte den Wein nach.

»Wenn Sie noch irgendwelche Wünsche haben?« Sie rückte Salz- und Pfefferstreuer zurecht, während sie wartete, und es wirkte eine Spur kokett, aber gleichzeitig auch verlegen.

»Danke, Rosa«, antwortete Minetti. »Im Moment nicht. Später vielleicht.«

Neri sagte nichts. Er sah sie nur an, wusste nicht, ob er nicken oder den Kopf schütteln sollte. So verwirrt war er.

45

Neri saß bereits drei Stunden am Schreibtisch, als Minetti um kurz vor zwölf angeschlendert kam und eher wie beiläufig im Büro vorbeischaute.

»Guten Morgen, junger Freund!«, tönte er bestens gelaunt. »Ich hoffe, Sie haben gut geschlafen, und der Wein war nicht zu schwer?«

»Nein, er war wunderbar. Und vielen Dank noch mal.«

»Niente. Ich sehe, Sie arbeiten sich ein?«

Neri nickte.

»Oddio! Meinen Sie nicht, dass das ein bisschen übertrieben ist? Ich meine, was sind drei Wochen Urlaubsvertretung? Nichts! Und dann sind Sie wieder weg, und die ganze Mühe war umsonst!« Minetti schlug Neri jovial auf die Schulter. »Genießen Sie doch die Zeit, und kümmern Sie sich um die aktuellen Dinge, aber um Gottes willen nicht um diese alten Kamellen!«

Neri überhörte die Bemerkung. »Ich habe mir so ziemlich alles durchgelesen, was in den letzten Wochen passiert ist und was ich über die beiden verunglückten Jungs finden konnte. Sehr viel ist es nicht …«

Minettis Miene verfinsterte sich. Der gute Mann war einfach unbelehrbar und absolut beratungsresistent. »Natürlich nicht!«, brummte er. »Was soll man auch herausfinden über einen Vorfall, den niemand beobachtet hat, und beide Zeugen sind mausetot. Es gibt Geheimnisse auf der Welt, die werden Geheimnisse bleiben.«

»Ich bin hier dennoch auf eine interessante Sache gestoßen.«

»So?« Minetti zog eine Augenbraue hoch, setzte sich breitbeinig auf einen Stuhl und sah Neri an, als erwartete er jetzt den allergrößten Schwachsinn.

»Ja. Hier in den Akten steht in einem Bericht, dass am Tatort, also ich meine an dem Ort, von dem aus die beiden abgestürzt sind, Münzen gefunden wurden. Ziemlich viele. Fünf-, Zehn-, Zwanzig-, Fünfzig-Cent-Stücke, auch einige Euro. Alle mit Sand verschmutzt und verklebt, da sie eingespeichelt waren. Und von dem Speichel gibt es eine bereits festgestellte DNA.«

»So ist das.«

»Aber das ist doch hochinteressant!«

»Wieso ist das hochinteressant? Ich kann da nichts Aufregendes entdecken.« Minetti schlug die Beine übereinander und lehnte sich zurück, um seine Überlegenheit zu demonstrieren.

»Die DNA ist – wie eindeutig festgestellt wurde – nicht von den beiden Opfern. Also von einem Dritten. Also war noch jemand auf den Klippen, als es passiert ist.« Neri kam sich vor wie in der Schule, wenn es darum ging, mit Halbwissen zu punkten.

»Sicher war noch jemand auf den Klippen!«, schnauzte Minetti. »Jeden Tag ist irgendjemand auf den Klippen. Aber wann, wissen die Götter. Am Tag, als es passiert ist, oder drei Tage vorher oder einen Tag später oder drei Wochen vorher? Alles möglich. Und es kann jeder verdammte Inselbewohner gewesen sein und auch jeder Tourist. Ein Japaner oder ein Chinese, ein Deutscher, ein Franzose oder ein Eskimo. Oder der Heilige Geist höchstpersönlich. Jedenfalls ein Spinner, der es witzig fand, Münzen anzulutschen und auszuspucken und sie dann für die Nachwelt als kleine Spende im Dreck liegen zu lassen. Vielleicht haben auch ein paar Kinder Weitspucken gemacht. Allerdings kann ich mir kaum erklären, warum sie das Geld liegen lassen und sich dafür nicht lieber ein Eis kauft haben.«

»Das ergibt doch alles keinen Sinn!«

»Eben!«

»Aber da man sich das alles nicht auf normale, logische Weise erklären kann, muss es irgendwie mit dem Fall zu tun haben. Irgendjemand hat die Münzen ausgespuckt, hatte aber keine Zeit mehr, sie wieder einzusammeln.«

Langsam ging die Diskussion Minetti auf die Nerven. »Unsere beiden Opfer hatten sicher keine Zeit mehr, als sie den Abflug gemacht haben. Aber leider ist ja nun mal die DNA nicht von ihnen.«

»Vielleicht sind sie ja doch von den Klippen gestoßen worden!«

»Und der Mörder hat anschließend noch ein bisschen Münzen gelutscht und ausgespuckt, um der Polizei eine leckere Spur zu hinterlassen, ja? Jetzt hören Sie mir mal gut zu, Signor Neri, und ich hatte eigentlich gedacht, ich könnte mir bei Ihnen solche Ansprachen sparen, was wollen Sie denn tun? Einen DNA-Test bei sämtlichen Inselbewohnern erzwingen, die darüber alle natürlich stinksauer sind? Und selbst wenn Sie einen Fischer finden, der in geistiger Umnachtung Münzen erbrochen hat, ist das noch lange kein Beweis, dass er die Jungs geschubst hat. Oder wollen Sie die ganze Welt verrückt machen und den einen Chinesen finden, der auf den Klippen durchgedreht ist? Mit dem Erfolg, dass Giglio als die Mörderinsel in die Schlagzeilen kommt, wo schreckliche Dinge geschehen und man lieber nicht Urlaub machen sollte? Wollen Sie die braven Leute, die hier seit Jahrzehnten vom Tourismus leben, ruinieren? Wegen so einem Quatsch? Ich lebe hier gut, ich kenne die Leute, ich kriege den frischesten Fisch und alles, was ich brauche. Und das soll – verdammt noch mal – auch so bleiben. Ich weiß, Pietro hatte die Analyse veranlasst. Er ist ein Übergenauer und hätte am liebsten jedes Blatt und jede Kakteennadel im Umkreis von hundert Metern ins Labor gebracht. Den Sand in sterile Tütchen abgefüllt und die Steine abgeklebt.« Er kicherte. »Ich hab nichts gesagt und hab ihm seinen Spaß gelassen. Ein gutes Betriebsklima ist mir immer am allerwichtigsten. Aber jetzt ist er in Urlaub, und wir beide werden nichts weiter tun, als in aller Ruhe Gras über die Sache wachsen zu lassen. Es war ein bedauerlicher Unfall, und in zwei Monaten kräht kein Hahn mehr danach.«

Neri fand das Desinteresse Minettis unerträglich und blieb hartnäckig. »Ich hab Fotos gesehen. An der Stelle stürzt man nicht so einfach ab. Da ist eigentlich ganz viel Platz.«

»Wie wär's, wenn Sie sich heute Nachmittag den Tort antun und zu dieser denkwürdigen Stelle hinwandern? Ich warne Sie, es ist verdammt anstrengend, aber dann werden Sie schon, dass man sich auf diesem Klippenweg alle fünfzig Zentimeter problemlos zu Tode stürzen kann, wenn man ein bisschen waghalsig oder wackelig auf den Beinen ist.«

Neri hatte die Ironie in Minettis Tonfall sehr wohl gehört und beschloss in diesem Moment, diesen Spaziergang am späten Nachmittag auf alle Fälle zu tun. Auch wenn er Spaziergänge nicht ausstehen konnte.

»Trauen Sie denn den beiden Jungs einen Selbstmord zu?«, fragte er Minetti.

»Ich traue generell *jedem* einen Selbstmord zu. Irgendwann ist man so fertig, dass man die Lampe ausknipst. Das geht vielleicht schneller, als man denkt. Ich hab die beiden gekannt, seit ihre Mütter sie im Kinderwagen spazieren gefahren haben. Erst haben sie zusammen gebuddelt, und dann haben sie sich irgendwann ineinander verknallt. So was gibt's. So was passiert. Alle haben's gewusst, und keiner hat was gesagt. Und die beiden waren unzertrennlich. Ein bisschen schräg drauf, ein bisschen anders als die anderen, und der Jüngere, Fabrizio, hatte schon 'ne kriminelle Ader. Wenn der Geld gerochen hat, hat er überlegt, wie er's kriegt. Und da war er ziemlich radikal. Adriano hingegen war sensibler. Er war der Subtile. Der hat die Leute auch ausgenommen, wenn er konnte, aber auf die feine Art. Nachweisen konnte man den beiden nie was, und da sind auch keine Klagen gekommen. Also alles in Butter. Adriano hat zu Hause 'nen kranken Vater. Der ist seit einem Badeunfall vor zehn Jahren querschnittsgelähmt. Und fahren Sie mal im Rollstuhl auf so einer Insel spazieren. Das ist die Hölle, oder sagen wir mal lieber: Das geht gar nicht. Und ich weiß, dass der Junge Knete zu Hause abgeliefert hat. So viel, wie er konnte. War ein verdammt feiner Kerl.«

»Aber Selbstmord?«

»Was weiß ich. Was weiß ich, was einem in den Sinn kommt, wenn man schwul und verliebt ist. Die Jugend hat's nicht leicht auf Giglio, so viel kann ich Ihnen sagen.«

Neri schwieg. Unfall? Selbstmord? Mord? Im Grunde konnte er sich nichts davon richtig vorstellen. Und das machte die Sache so spannend. Aber er spürte, dass er Minetti damit auf die Nerven ging, und bohrte nicht weiter nach.

Minetti stand auf. »Es wäre schön, wenn Sie ab vierzehn Uhr unten am Fähranleger sind. Wenn die Leute von der

Fähre kommen, sind sie merkwürdigerweise alle orientierungslos. Sorgen Sie einfach dafür, dass sich das Chaos in Grenzen hält.«

Minetti wartete Neris Antwort nicht mehr ab und verließ das Büro.

Pluspunkte hatte er heute als kleiner Krauter nicht gesammelt, so viel war Neri klar, aber die Insel mit ihrem eigentümlichen Mikrokosmos begann ihn zu interessieren.

Am nächsten Nachmittag wollte er gerade in den Wagen steigen, um nach Giglio Castello zu fahren, als Rosa aus dem Haus trat, das er gerade verlassen hatte. Er sah sie vollkommen konsterniert an, denn in seinem Büro war sie nicht gewesen.

»Buonasera«, sagte sie und lächelte, wie es ihre Art war.

»Ich verstehe nicht ganz«, stotterte er. »Wohnen Sie hier?«

»Ja. Direkt über der Carabinieri-Station. Haben Sie mich nicht singen hören?«

Darauf konnte Neri nicht antworten. Aber er wagte den Sprung nach vorn.

»Ich wollte gerade ein bisschen spazieren gehen. Haben Sie nicht Lust mitzukommen?«

»Wohin?«

»Auf die Klippen.«

»Wunderbar! Warten Sie einen Moment auf mich? Ich gehe nur schnell nach oben und ziehe mir andere Schuhe an.«

Neri nickte, und schon war Rosa verschwunden.

Keine fünf Minuten später war sie wieder da. »Gehen wir!«, sagte sie.

Neri hielt ihr die Wagentür auf, ließ sie einsteigen und fuhr dann die Straße hinauf nach Giglio Castello.

Von Giglio gab es auf der ganzen Insel nur eine einzige Karte, die großzügig in jedem Geschäft und jedem Restaurant verteilt wurde, die in Ämtern herumlag und eben auch bei den Carabinieri an der Wand hing. Wer mit dieser armseligen Karte nicht zurechtkam, hatte entweder ein Navigationssystem oder einfach Pech. Neri hatte es nicht ausprobiert, aber er bezweifelte, dass ein Navigationssystem auf diesem Fleckchen Erde hinter den Bergen bei den sieben Zwergen überhaupt funktionierte. Doch der Kollege Pietro, der sich momentan auf den Malediven den Pelz verbrennen ließ, hatte auf der Karte im Büro ganz genau die Stelle eingezeichnet, von der aus die beiden Jugendlichen in den Tod gestürzt waren.

Und diese Karte hatte Neri jetzt in der Hand.

Rosa wusste mittlerweile, welchen Ort Neri suchte, und sie fand es äußerst spannend, fühlte sich in die Zeit zurückversetzt, als sie mit ihren Freunden Schnitzeljagden auf der Insel veranstaltet hatte. Insofern kannte sie sich auf den schmalen Wegen ziemlich gut aus.

Selbst jetzt am späten Nachmittag brannte die Sonne mit unvorstellbarer Kraft, der Himmel war wie ein durchsichtiger Diamant und das Meer dunkelblau und spiegelglatt. Seine Abreise, die ja noch in weiter Ferne lag, stand Neri wie ein Alb vor Augen, und er hoffte insgeheim, dass er so einen windstillen Tag wie diesen erwischen möge, um die für ihn auf jeden Fall wackelige Rückfahrt mit der Fähre irgendwie zu überleben. Dennoch blieb ihm die gewaltige Schönheit dieses Blickes über das Meer nicht verborgen und machte ihn stumm.

So liefen sie ungewöhnlich lange nebeneinander her, bis Rosa fragte: »Woher kommen Sie, Commissario?«

»Bitte, nennen Sie mich Donato.«

»Gern. Ich meine, wo wohnen Sie, wenn Sie nicht auf Giglio sind?«

»In Ambra, in der Nähe von Bucine. Circa dreißig Kilometer von Montevarchi und ungefähr fünfundvierzig Kilometer von Arezzo entfernt.«

»Ah ja.« So genau hatte Rosa das eigentlich gar nicht wissen wollen.

»Haben Sie eine Familie?«

»Nein. Ich bin allein.« Im selben Moment, als er dies sagte, erschrak Neri selbst über seine Antwort. Ihm war nicht klar, warum er gelogen hatte, aber jetzt gab es kein Zurück mehr. »Das heißt, ich habe einen Sohn«, erklärte er, »aber der ist schon ausgezogen, und meine Frau und ich leben getrennt.« Ihm wurde bewusst, dass es schlimm um seine Ehe bestellt sein musste, wenn er bereits anfing, solche Dinge zu erzählen.

Rosa nickte. »Es ist unglaublich, aber egal, wo du hinschaust, richtig glücklich ist niemand. Wenn die Leute gefragt werden, sagen sie alle ›va bene‹, ›grazie tutto bene‹ und was weiß ich nicht alles, aber wenn du mal wirklich hinter die Fassaden guckst, ist alles kaputt.«

Neri hatte gedacht, Rosa würde immer nur lächelnd mit ungeheurer Leichtigkeit und vollkommen unbelastet durchs Leben tanzen, und wunderte sich über die Töne, die sie hier anschlug.

»Und was ist mit dir?«

»Ich bin Witwe.« Sie blieb stehen und sah ihn an, und jetzt lächelte sie wieder. »Was für ein schreckliches Wort, ich weiß. Es hört sich an, als wäre ich schon achtzig. Aber so ist es nun mal. Mein Mann war Fischer. Er ist wie alle tagaus, tagein und jahrelang mit diesen winzigen Schrippen, diesen besseren Ruderbooten mit Außenbordern, aufs Meer hinausgefahren und eines Tages einfach nicht mehr zurückgekommen. Er sparte für ein größeres Boot, aber er hat es nicht mehr rechtzeitig geschafft. Das Meer hat ihn einfach verschluckt. Eine Welle hat ihn umgeworfen, und dann war es vorbei. Seine Leiche wurde erst vier Wochen später angeschwemmt.«

»Oh mein Gott!«

»Tja, das war vor zehn Jahren. Kinder hatten wir noch nicht, weil wir erst das größere Boot und dann Kinder haben wollten. Hätten wir es mal umgekehrt geplant.«

Neri sah, wie sie schluckte. Er blieb stehen und nahm sie einfach in den Arm.

Rosa ließ es geschehen und sagte keinen Ton.

»Erzähl mir was von deinem Sohn.«

»Ich kann nicht. Er ist gerade erst ausgezogen, und ich vermisse ihn schrecklich. Bin noch nicht drüber hinweg.«

Schweigend liefen sie weiter, was Neri auch sehr zupasskam, denn der Weg wurde von Minute zu Minute anstrengender, und er konnte während des Gehens kaum noch sprechen.

»Willst du auf der Insel bleiben?«, fragte er nach einer Weile.

»Ja«, sagte sie bestimmt und wirkte auf einmal wieder fröhlich. »Wo soll ich denn sonst hin? Ich habe keine andere Heimat. Vielleicht ist es schwer zu verstehen, aber zum Leben brauche den Blick auf das Meer. Und den gibt's nur hier!«

Sie blieb stehen. Ein paar Möwen schwebten über das Wasser.

Neri wusste nicht, wie ihm geschah. Dieser Moment war so unglaublich schön, Rosa bezauberte ihn, denn sie hatte eine Sanftheit, die er an ihr nie vermutet hätte. Er überlegte nicht. Es passierte einfach mit ihm, dass er ihr Gesicht in die Hände nahm und sie küsste.

Rosa schloss die Augen und erwiderte den Kuss.

Danach sahen beide minutenlang hinaus aufs Meer.

Es dauerte noch fast eine Stunde, bis sie die Stelle erreicht hatten, wo das Drama passiert war. Neri sah sich aufmerksam um und versuchte sich vorzustellen, was sich an diesem Ort abgespielt haben könnte, während Rosa auf Spurensuche ging, den Boden abtastete, zwischen die trockenen Gräser und unter die knorrigen Büsche sah und lockere Steine umdrehte.

Dieser Platz war wie ein Tablett. Wie eine winzige Piazza am Abgrund zwischen den Felsen. Das Dach der Welt mit einem grandiosen Blick.

Neri bekam eine Gänsehaut. Hier war man dem Himmel näher als der Erde, hier wurden Geist und Seele still und friedlich. Dies war keine Arena für einen Kampf auf Leben und Tod, aber dennoch ein schöner Platz zum Sterben. Wahrscheinlich der schönste, den man sich vorstellen konnte.

Und augenblicklich glaubte Neri wieder an die Selbstmordtheorie. Minetti kannte seine Insel. Er hatte also doch recht gehabt.

In diesem Moment stieß Rosa einen kurzen, hohen, überraschten Schrei aus.

»Donato, komm mal her!«, rief sie. »Neri! Ich hab was gefunden!«

Neri ging zu ihr. Rosa hatte eine goldene Klammer in der Hand, die sie sich ungläubig von allen Seiten ansah.

»Ich glaub, sie ist echt«, sagte sie staunend. »Sie hat da hinten im Gebüsch gesteckt.«

Auch Neri besah sich die Klammer genauer. Ganz offensichtlich wurde sie dazu verwendet, Geldscheine zusammenzuhalten. Als schlichter, aber edler Portemonnaie-Ersatz.

»Ja, sie ist echt. Hundertprozentig. Es ist sogar was eingraviert.« Die Klammer funkelte im Sonnenlicht, und wenn er sie ein wenig wegdrehte, konnte er die Buchstaben *M. v. S.* erkennen, die ihm überhaupt nichts sagten.

Aber der Fund, nur wenige Meter vom Tatort oder vom Ort des Unglücks entfernt, war immerhin eine Sensation! Vielleicht der Durchbruch bei den Ermittlungen! Vielleicht ein ganz neuer Ansatzpunkt! Vielleicht letztlich etwas, was den Stein ins Rollen brachte, oder sogar der endgültige Beweis, um den Täter zu überführen.

»Meinst du, die Klammer hat etwas mit der ganzen Sache zu tun?«, fragte Rosa zaghaft.

»Natürlich! Da bin ich mir ganz sicher.« Er nahm sie Rosa aus der Hand und rollte sie in ein Papiertaschentuch, da er keine Plastiktütchen dabeihatte, und steckte sie in seine Brusttasche. Und im selben Moment fiel ihm ein, was Minetti sagen würde:

»Du lieber Himmel, Neri! Ja, was glauben Sie denn? Die beiden verunglückten Ragazzi waren arm wie die Kirchenmäuse. Die besaßen so einen Schickimicki-Schnickschnack nicht. Es sei denn, sie hatten ihn kurz zuvor irgendjemand geklaut, aber dann bringt er uns nicht weiter. Und wenn der mysteriöse Täter, an den Sie ja anscheinend immer noch glauben, dieses Kleinod verloren haben sollte, dann wäre das ein Zufall ohne jede Bedeutung. Denn ob die Initialen mit seinem Namen identisch sind, wissen wir erst, wenn wir ihn haben. Aber genauso gut kann diese blöde Klammer ein Japaner, Chinese oder ein reicher Russe verloren haben. Und zwar gestern, vorgestern, letzte Woche, vor einem Monat oder vor einem halben Jahr! Nun kommen Sie endlich zu sich, Neri, und hören Sie auf mit diesen absurden Hirngespinsten!«

Diese Rede klingelte Neri bereits in den Ohren und dämpfte seine Freude.

»Lass uns nach Hause gehen, Rosa«, sagte er. »Dass du das gefunden hast, ist fantastisch, und ich will so schnell wie möglich mit Minetti darüber reden.«

»Vergiss es«, meinte auch Rosa. »Ich kenne Minetti seit zig Jahren. Wenn er will, zertrampelt er jede Idee wie ein Elefant, der durch frisch gesäten Salat marschiert. Er wird sagen, auf Giglio stirbt man an Altersschwäche oder man bringt sich um. Das kann schon mal passieren. Aber ganz sicher wird man hier nicht ermordet!«

Neri musste grinsen. Rosa hatte den Nagel auf den Kopf getroffen.

Sie ging zu ihm, zog ihn auf einen Stein, setzte sich neben ihn und lehnte ihren Kopf an seine Schulter.

»Lass uns noch einen Augenblick«, flüsterte sie. »Es ist grade so schön … hier … mit dir …«

Rosa war Balsam für Neris Seele. Sie war sanftmütig und schön. Hungrig nach Zärtlichkeit und durch und durch romantisch. Und vor allem hatte sie ihn noch nicht ein einziges Mal kritisiert.

Er hielt sie im Arm, und es lag nicht an der Sonne, dass ihm immer heißer wurde.

Um neunzehn Uhr verschwand Rosa in Linos Restaurant. Sie arbeitete abends von neunzehn bis vierundzwanzig Uhr, manchmal auch länger, wenn Gruppen im Restaurant waren, die feierten, kein Ende fanden und irgendwann die Nacht zum Tag machten.

»Wenn es mehrere oder sogar viele sind, schmeiße ich niemanden raus!«, hatte Lino schon oft verkündet. »Geld verdienen kann man nur mit den Getränken, nicht mit dem Essen. Und wenn die Touristen sich die Hucke volllaufen lassen – mir recht. Dafür schlage ich mir gern auch mal 'ne Nacht um die Ohren.«

Das kam ungefähr einmal in der Woche vor, und dann musste Rosa bleiben. Bis zum bitteren Ende.

Als Neri ins Büro kam, war Minetti nicht da, und so konnte er ihm die Klammer nicht zeigen. Er legte sie in seine Schreibtischschublade, machte sich in seiner Stube, so gut es ging, frisch und ging um kurz nach acht zu Lino. Dort konnte er sie den ganzen Abend sehen, konnte eine Spur ihres Duftes riechen, wenn sie an seinem Tisch vorbeiging, und konnte wenigstens hin und wieder ein Wort mit ihr wechseln.

Rosa. Ihr Name kreiste in seinem Kopf, und er hatte das Gefühl, keine Sekunde mehr allein sein zu können.

Um dreiundzwanzig Uhr fiel er vor Müdigkeit fast vom Stuhl. Der Marsch auf die Klippen hatte ihn doch mehr angestrengt, als er gedacht hatte. Und das Lokal war noch fast voll. Die Chance, dass Rosa pünktlich um Mitternacht Feierabend haben würde, war äußerst gering.

»Buonanotte, Rosa«, sagte er leise zu ihr, als er ging, und sie spitzte lediglich den Mund. Wie der Hauch eines Kusses.

Neri ging durch den nächtlichen Hafen wie ein Schlafwandler. So müde war er. In seinem Hinterzimmer schaffte er es gerade noch, sich auszuziehen, dann fiel er in einen tiefen, ohnmachtsähnlichen Schlaf.

Sie kam kurz nach zwei.

Er schreckte hoch, weil jemand vor der Tür leise seinen Namen rief.

Neris Herz begann zu rasen, als wäre er sechzehn und müsste zum ersten Mal ein Mädchen zum Tanzen auffordern.

Er öffnete.

Sie lächelte und hatte eine Flasche Wein unterm Arm.

»Komm mit zu mir nach oben«, sagte sie schlicht. »Da ist es gemütlicher.«

In ihrer kleinen Wohnung öffnete sie den Wein und schenkte ihn ein.

»Es war stressig heute«, meinte sie. »Immer wenn man unbedingt nach Hause will, nimmt es kein Ende.«

Dass sie das sagte, klang für ihn wie eine Liebeserklärung. Sie prosteten sich nur mit Blicken zu und tranken.

»Die Nacht ist so schön«, murmelte sie.

Dann beugte sich Neri zu ihr hinüber und küsste sie. Er spürte, dass sie seinen Kuss leidenschaftlich erwiderte, schob den Gedanken energisch beiseite, ob das, was er tat, richtig oder falsch war, nahm all seinen Mut zusammen, stand auf, nahm ihre Hand und zog sie aufs Bett.

Erst als er im Morgengrauen neben Rosa erwachte, fiel ihm schmerzlich Gabriella ein, und er wusste nicht mehr, was er denken sollte. Fühlte sich glücklich und tieftraurig zugleich.

46

Der Anruf kam am nächsten Morgen.

Neri hockte seit neun Uhr im Büro und konnte sich kaum bewegen. Er hatte das Gefühl, bei einer schnellen Bewegung könnten wie zur Strafe Kopfschmerzen aufflammen, die ihn den ganzen Tag lahmlegen würden. Aber das Schlimmste war der Muskelkater. Er war es einfach nicht gewohnt, stundenlang in den Bergen herumzuklettern.

Um zehn Uhr achtundzwanzig klingelte das Telefon. Ein Gespräch aus Deutschland.

Neri brach innerlich zusammen.

Aber die Verständigung klappte weitaus besser als erwartet. Hauptkommissarin Knauer aus Berlin meldete sich von ihrer Polizeidienststelle aus mit einer knappen italienischen Begrüßung, und dann übernahm ein Dolmetscher das Wort, wofür Neri außerordentlich dankbar war. Er hatte schon oft mit der deutschen Polizei zu tun gehabt, weil es Probleme mit Touristen gegeben hatte, und hatte sich dann mehr recht als schlecht mit seinen paar Brocken Englisch abgemüht, um sich zu verständigen.

Die Berliner Kripobeamtin kam sehr schnell zur Sache.

»Hören Sie«, begann sie, und der Dolmetscher übersetzte alles, was sie sagte, beinah simultan. »Wir suchen hier in Berlin einen Täter, der junge homosexuelle Männer tötet. Noch haben wir keinen Verdacht, keinerlei Hinweis auf seine Identität. Aber wir haben vom Mörder vor wenigen Tagen eine Karte mit einer verschlüsselten Botschaft erhalten. Es handelt sich um eine handelsübliche Ansichtskarte von der Insel Giglio. Mit einem Foto des Porto Giglio. In dieser Botschaft teilt er uns mit, dass er verreist sei. Wir gehen davon aus, dass der Mann, den wir suchen, vor Kurzem auf Giglio Urlaub gemacht hat oder sich immer noch auf Giglio aufhält. Unsere Frage: Gab es in letzter Zeit bei Ihnen irgendwelche Vorkommnisse, die unseren Verdacht bestätigen könnten? Können Sie uns irgendetwas dazu sagen?«

Neri brach der Schweiß aus. Er war den zweiten Tag im Amt und wurde gleich mit so einer komplizierten Kiste konfrontiert, das hieß, er musste einer deutschen Kollegin zum Klippensturz Auskunft geben, über den er wahrscheinlich weniger wusste als jeder einfache Fischer und jede Andenkenverkäuferin auf der Insel. Ganz kurz überlegte er noch, ob er Minetti bitten sollte, die Kommissarin zurückzurufen, aber dann verwarf er diesen Gedanken sofort wieder. Minetti würde schweigen und sich eher den Fuß abhacken, als irgendetwas vom Tod der beiden jungen Männer zu erzählen, damit seine geliebte Insel nicht ins Gerede kam. Dass die deutsche Kripo sich auch noch für den Fall interessieren könnte, wäre für ihn bestimmt der Supergau schlechthin.

Auf der anderen Seite machte er sich bei Minetti rasend unbeliebt, und er würde es ihm sicher bis ans Ende seiner Tage übel nehmen, wenn er jetzt die kleine Inselgeschichte weit über Italien hinaus bis hin nach Deutschland bekannt machte. Er plauderte sozusagen aus der Schule, und das war eine Todsünde auf Giglio.

»Ja, es hat auf Giglio einen Vorfall gegeben«, sagte er langsam. »Zwei junge homosexuelle Männer sind ums Leben gekommen. Noch ist nicht geklärt, ob durch Unfall, Mord oder Selbstmord.«

Seiner Meinung nach liege ein Mord durchaus im Bereich des Möglichen, fügte er hinzu, und dann erzählte er der deutschen Kollegin alles, was er über die Angelegenheit wusste, erwähnte vor allem den merkwürdigen Fund der eingespeichelten Münzen.

Susanne Knauer hörte still und hoch konzentriert zu, wagte kaum, eine Zwischenfrage zu stellen, um seinen Bericht nicht zu unterbrechen.

So etwas hatte sie selbst in ihren kühnsten Träumen nicht erwartet.

Als Neri geendet hatte, sagte sie leise: »Das ist ja alles äußerst interessant, Commissario, und ich glaube, dass es für uns von größter Wichtigkeit sein könnte. Würden Sie so freundlich sein, mir die Ergebnisse der DNA des Speichels an den Münzen umgehend einzuscannen und per Mail zuzuschicken?«

»Sicher kann ich das. Kein Problem.«

»Das ist furchtbar nett von Ihnen. Molte grazie.« Sie diktierte Neri ihre E-Mail-Adresse und wollte gerade das Gespräch beenden, als Neri noch etwas einfiel.

»Ach – eine Bitte hätte ich noch.«

»Ja?«

»Bitte halten Sie mich auf dem Laufenden. Berichten Sie mir, falls Sie die DNA weiterbringt und wenn Sie jemanden verdächtigen. Es interessiert mich einfach, und ich würde darüber gern informiert werden.«

»Aber selbstverständlich, das mache ich in jedem Fall«, sagte Susanne Knauer, verabschiedete sich und legte auf.

Neri saß auf seinem harten Bürostuhl und rührte sich nicht. Auf der kleinen Dorfstraße war wie immer reger Betrieb:

Autos hupten, Vespas knatterten, Kinder schrien, und die Bauarbeiter, die gegenüber ein Dach reparierten, unterhielten sich lautstark.

Er zog noch einmal die Akte von Fabrizio und Adriano hervor. Zwei junge Italiener, Ragazzi, am Beginn ihres Lebens. Eine Liebe auf Giglio. Und dann dieser Ort auf den Klippen, hoch über dem Meer. In schwindelerregender Höhe, sodass man schon frei von Höhenangst sein musste, um überhaupt hinuntersehen zu können. Ein steinernes Plateau zwischen Himmel und Erde. Vielleicht einer der schönsten Plätze dieser Welt. Aber bestimmt kein guter Ort, um zu sterben. Jedenfalls nicht, wenn man sechzehn und achtzehn und bis über beide Ohren verliebt war.

Neri schlug die Akte wieder zu, weil die Buchstaben vor seinen Augen tanzten. Er verließ das Büro und ging hinaus auf die Mole, ganz vorn bis zum Leuchtfeuer des Hafens. Wollte hinausschauen bis zum Horizont, um in der unendlichen Weite vielleicht irgendwann eine Ahnung davon zu bekommen, was den beiden widerfahren war.

Susannes Gesicht glühte. Als wenn sie Chili gegessen hätte, das sie absolut nicht vertrug. Zwei tote Schwule auf Giglio, und der Mörder hatte von dort eine Ansichtskarte geschickt. War der denn verrückt geworden? Größenwahnsinnig? Er spielte der Kripo Informationen zu und brachte sich damit selbst in Gefahr. Oder war er seiner Sache so sicher und derart davon überzeugt, nicht gefasst werden zu können, dass er sich diese Spielchen und Provokationen leisten konnte?

Commissario Neri, schick mir die Untersuchungsergebnisse, betete sie, bitte, mach schnell, ich platze, ich halte es nicht mehr lange aus, ich möchte wissen, ob es der ist, den wir suchen.

47

Montevarchi, August 2009

Es gibt doch nichts Öderes auf der Welt, als sich eine italienische Immobilie zu kaufen, dachte Matthias und wippte nervös mit dem Fuß auf und ab. Seit einer halben Stunde las der Notar mit nuscheliger Stimme den Vertragstext vor und leierte ihn so undeutlich in einem monotonen Tonfall herunter, dass Matthias davon überzeugt war, dass ihn auch ein Italiener nicht verstehen würde. Zumindest war es eine Zumutung, ihm zuzuhören.

Sicher war dies auch dem Notar bewusst, und er legte es darauf an, durch diese Lesart zwei Drittel der Zeit einzusparen.

Matthias langweilte sich zu Tode und versuchte sich abzulenken, indem er auf seiner Unterlippe kaute und sich im Büro umsah.

Obwohl draußen die Sonne schien, war in diesem Raum ewige Nacht. Schwere grüne Vorhänge vor den hohen Fenstern schluckten jedes Licht, Schränke und Regale waren aus dunklem Holz, und eine hässliche, muschelförmige Lampe, die an der Decke klebte und einen beige-braunen Schirm hatte, gab dem Raum den Rest.

Die finstere Atmosphäre machte jeden Klienten auf der Stelle depressiv und unterwürfig zugleich, man wagte es nicht mehr, Fragen zu stellen. Dieser Notar war wahrscheinlich auch nicht sonderlich daran interessiert, Licht ins Dunkel des Paragrafendickichts zu bringen.

Makler Kai Gregori saß Matthias genau gegenüber. Wie eingefroren bewegte er sich überhaupt nicht mehr, und Matthias konnte nicht erkennen, ob er mit stoischer Ruhe seine Knie fixierte oder ob er bereits eingeschlafen war. Faszinierend fand er allerdings, dass den Mund dieses Mannes, der wahrscheinlich noch keine einzige Minute dem Vortrag wirklich zugehört hatte und längst in anderen Sphären schwebte, ein sanftes Lächeln umspielte, das ihm einen zufriedenen, wissenden Ausdruck verlieh.

Der Eigentümer der Wohnung saß hingegen weit vornübergebeugt und hing regelrecht an den Lippen des desinteressierten Notars, als wollte er jedes vernuschelte Wort einzeln aufsaugen. Er hatte einen Kugelschreiber in der Hand, wippte ihn mit kurzen schnellen Bewegungen wie ein Specht auf und ab, berührte dabei aber die glasierte Tischplatte nicht.

Er hat es nötig, folgerte Matthias daraus, er muss unbedingt verkaufen. Er braucht das Geld! Jetzt hat er Angst, dass noch irgendetwas dazwischenkommt. Hätte ich ihn früher kennengelernt, hätte ich ihn sicher noch runtergehandelt.

Und schon begann sich Matthias zu ärgern. Die böse Ahnung, dass er zu viel gezahlt haben könnte, machte ihn ganz krank.

Der Notar las immer noch.

Matthias' Aggressionen wurden immer stärker. Er hatte Lust, den Vertrag zu zerreißen, dem nervösen Eigentümer den Kugelschreiber aus der Hand zu schlagen und seine Faust direkt in dem selbstgefälligen Lächeln des Maklers zu platzieren.

Aber nichts von alledem tat er. Er konzentrierte sich auf seinen Atem und dachte plötzlich an Alex.

Alex, der sich nicht einfach mal eine Wohnung, ja noch nicht mal ohne großes Nachdenken Schuhe oder eine Jacke kaufen konnte, der mit derben Sprüchen auf sich aufmerksam machte, immer einen Tick zu laut sprach, der auf Knopfdruck in den deutschen Türkenslang umschalten konnte, der, wenn es nötig war, breitbeinig durch die Straßen ging, um seine Stärke zu demonstrieren, und dem immer und überall eine Kippe im Mundwinkel hing – auch an Orten, an denen man nicht rauchen durfte.

Alex spielte den großen Max, war in Wahrheit ein kleiner Anarchist und der sensibelste Mensch, den Matthias je erlebt hatte. Aber das hielt Alex selbst für eine Schwäche und versuchte es zu verstecken. Sein ganzes Machogehabe war im Grunde ein einziges, verzweifeltes Täuschungsmanöver.

Komm zu mir nach Italien, dachte Matthias, bitte, Kind, komm! Wir werden uns in dieser Wohnung in Montebenichi nicht auf den Geist gehen – im Gegenteil, wir werden dort zusammen eine wunderbare Zeit verbringen. Du und ich, Vater und Sohn.

Der Notar unterbrach seinen Vortrag, schnäuzte in ein riesiges Stofftaschentuch und las weiter.

Als er umblätterte, sah Matthias, dass er endlich auf der letzten Seite des Vertragstextes angekommen war.

Am liebsten wäre er auf der Stelle losgerannt, ins Auto gesprungen und nach Berlin gerast, um Alex endlich mal wieder in den Arm zu nehmen, aber das war im Moment nicht möglich.

Alex musste warten, und das zerriss ihm fast das Herz.

Dass Alex wenig Lust hatte, überhaupt von ihm in den Arm genommen zu werden, daran dachte er keinen Augenblick.

Er erinnerte sich noch gut an Ostern vor zehn Jahren. Alex war gerade fünfzehn geworden, und sie trafen sich zweimal im Monat, um ins Kino zu gehen, in eine Kneipe oder in ein Restaurant. Diese Treffen waren nie sehr erfreulich, denn Alex hatte keine große Lust, seinen Vater zu sehen. Entweder maulte er herum und blockierte jeden Vorschlag, der von Matthias kam, oder sie saßen in Matthias' Wohnung und stritten sich.

Und dann fuhr Matthias drei Wochen nach Kenia. Als er wiederkam, war er nicht braun gebrannt, sondern grau im Gesicht. Seine Wangen waren eingefallen, und seine Augen glänzten fiebrig. Er fühlte sich so schwach, dass er seinen Koffer nur mit Müh und Not zum Taxistand schieben konnte. Zu Hause legte er sich sofort ins Bett und bat seine Mutter, ihn mit Wasser, Tee und Brühe zu versorgen, schon allein der Gang zur Toilette war für ihn eine unüberwindliche Anstrengung.

Vierundzwanzig Stunden dauerte dieser Zustand. Dann rief Mutter Henriette die Feuerwehr, die ihn ins Krankenhaus brachte.

Lungenentzündung durch bakterielle Infektion, lautete die Diagnose. Auf Antibiotika sprach er nicht an, sein Leben hing am seidenen Faden. Er schlief fast Tag und Nacht, und wenn er nicht von Fieberträumen geschüttelt wurde, dämmerte er vor sich hin und bekam nur wenig davon mit, was um ihn herum geschah.

Ab und zu registrierte er, dass Henriette oder Thilda an seinem Bett saßen. Henriette kam meist vormittags, Thilda nachmittags.

Zuerst glaubte er zu fantasieren, aber abends, wenn auf den Stationen schon das Licht gelöscht wurde, schlich sich Alex ins Zimmer und setzte sich an sein Bett. Saß einfach nur da, sagte nichts und wagte es nicht, ihn zu berühren. Er blieb sitzen, auch wenn Matthias immer wieder wegdämmerte.

Es war wie ein unwirklicher, heiserer Gesang aus einer anderen Welt, als er hörte, wie Alex weinte.

Matthias ließ die Augen geschlossen, um ihn nicht zu beschämen, und tat weiterhin so, als ob er fest schliefe.

»Bitte, Papa, du darfst nicht sterben«, schluchzte Alex leise. »Bitte, bitte, ich brauch dich doch!«

Und dann verschwand er ebenso leise, wie er gekommen war.

Von nun an begann Matthias zu kämpfen. Er wollte unbedingt weiterleben. Für Alex. Er hatte nur diesen einen Sohn, und der war ihm das Wichtigste auf der Welt.

Denn dieser Junge liebte ihn, er traute sich nur nicht, es zu zeigen.

Drei Wochen später wurde Matthias aus dem Krankenhaus entlassen.

Als er mit seinem Amerigo-Vespucci-Füller endlich seinen Namen unter den Kaufvertrag setzte, hatte er das Gefühl, einen neuen Lebensabschnitt zu beginnen. Vielleicht würde er eines Tages sogar ganz nach Italien ziehen. Man konnte ja nie wissen.

»Haben Sie vor, in Montebenichi Urlaub zu machen?«, fragte Kai seinen Kunden und Kollegen, als sie nach der Vertragsunterzeichnung in einem Restaurant in Siena saßen.

»Ich weiß noch nicht«, antwortete Matthias. »Ich weiß noch gar nicht, was ich mit der Wohnung mache, sie hat mir einfach nur gefallen.«

»Die meisten Leute wollen was am Meer, wenn sie ein Urlaubsdomizil suchen, oder sie nehmen ein einsames Haus in den Bergen. Aber so eine Wohnung in einem kleinen Dorf – das hat man selten.«

»Vielleicht bin ich nicht ›die meisten Leute‹.«

Während Matthias den Satz sagte, hörte er, dass er arrogant und ein bisschen zu spitz klang, und es tat ihm schon leid, bevor er zu Ende gesprochen hatte. Er hatte nicht vor, die Atmosphäre zu vergiften, denn Kai war ihm eigentlich recht sympathisch. Zwar ein Hetero durch und durch, aber auch eine ehrliche Haut und eine Spur unkonventionell mit einem wohltuenden Schuss Humor.

Um die Schärfe seiner vorigen Bemerkung abzumildern, fügte er hinzu: »Ich glaube, ich hatte einfach nur die Sehnsucht, in Italien eine Immobilie zu besitzen. Irgendwo ein Domizil, ein Nest, das mir gehört. Ich weiß nicht, wie oft ich hier sein werde, aber es ist einfach ein gutes Gefühl, in Berlin zu arbeiten und zu wissen, ich könnte mich jederzeit ins Auto setzen und nach Montebenichi fahren. Ich muss kein Hotelzimmer buchen und keine Koffer packen, ich bin dort zu Hause, auch wenn ich vielleicht nur selten meine Zeit dort verbringe.«

»Das verstehe ich gut.«

Der Kellner kam an den Tisch, und Kai bestellte sich ein riesiges Fiorentiner-Steak, er selbst begnügte sich mit einer gegrillten Hühnerbrust und Salat.

»Es ist einfach meine Wohnung, denke ich. Basta. Man kann es vielleicht auch nicht als Urlaub bezeichnen, wenn ich dort bin, sondern eher als *kreativen Ortswechsel*. Ich wohne dann eben dort. Auf jeden Fall wollte ich statt etwas Touristisches lieber bescheidener Teil einer Dorfgemeinschaft sein. Wenn ich morgens auf meinem Balkon einen Cappuccino trinke, dann will ich mich mit der Frau unterhalten, die die Piazza fegt, und nicht mit einem gelangweilten Angestellten in einem Souvenirladen, der Badelatschen, Sonnenhüte und Quietscheenten verkauft.«

Bei dem Wort »bescheiden« musste Kai zwar innerlich grinsen, dennoch wurde ihm Matthias allmählich sympathisch.

»Wie laufen die Geschäfte sonst so hier in der Toskana?«, fragte Matthias.

»Ganz gut, aber ich würde Ihnen nicht raten umzuziehen, dazu gibt es hier einfach zu viel Konkurrenz. Und haufenweise kleine Möchtegern-Immobilienmakler, die ihren Job nicht verstehen.«

»Solche Typen gibt es bei uns in Deutschland auch. Da darf man sich nicht verrückt machen lassen.«

Die Vorspeise kam, und Kai wusste nicht, worüber er sich mit seinem Gast unterhalten sollte. Also schnitt er ein Thema an, das in der Regel jeden interessierte.

»Sie sind ja nun vom Fach«, begann er grinsend. »Ich habe seit Jahren drei interessante Immobilien im Angebot, die unverkäuflich sind. Das heißt, ich habe alles probiert, es findet sich einfach kein Käufer.«

»Warum?« Matthias' Neugier war geweckt.

»Weil in allen Häusern, die wirklich außergewöhnlich schön und typisch toskanisch sind, Morde geschehen sind. Bei der einen Immobilie handelt es sich um eine zauberhafte, romantische Wassermühle, aber leider lebte dort ein Kindermörder, der auch in diesem Haus gemordet hat. Das zweite ist eine einsame Ruine im Wald. Das Besondere an diesem Haus ist, dass es so klein ist. Das hat man hier bei Einzellagen in der Toskana nur ganz, ganz selten. Ein richtiges Hexenhaus, sehr verwunschen, aber dort spielte sich eine Familientragödie ab, und man hat eine Frau mit durchschnittener Kehle gefunden. Und das dritte ist ein großer Landsitz mit riesigem Grundstück, wo eine Frau ihren Mann getötet und im Garten vergraben hat. Alle Häuser haben etwas Besonderes, aber keiner will sie haben.«

»Das kann ich verstehen«, erwiderte Matthias. »Ich würde auch nicht in einem Haus leben wollen, in dem jemand umgebracht wurde. Mein Gott, wie entsetzlich!«

Jetzt hab ich ihn für einen Moment aus der Fassung gebracht, offensichtlich ist er ein ängstlicher Mensch, dachte Kai.

Matthias sah den Makler mit weit aufgerissenen Augen an. »Ich hoffe nicht, dass in meiner Wohnung in Montebenichi schon mal etwas Ähnliches passiert ist. Das hätten Sie mir sagen müssen, dann hätte ich die Wohnung nicht gekauft.«

»Nein, nein, da können Sie ganz versichert sein. Ich weiß genau, dass sich in diesem Appartement noch keine Tragödien abgespielt haben. Ich meine, Tragödien gibt es zwar überall, aber ermordet wurde dort noch niemand. Sie können sich entspannen.«

Kai grinste.

»Wurden die Mörder denn in allen Fällen gefasst?«

»Na sicher. Und das Merkwürdige ist, dass in allen drei Fällen Deutsche mit im Spiel waren. Aber die Zusammenarbeit zwischen den Carabinieri und der deutschen Polizei klappt außergewöhnlich gut.«

»Aha.« Mehr sagte Matthias nicht, denn in diesem Moment servierte der Kellner die Fleischgerichte. Das riesige Fiorentiner-Steak, das Kai bestellt hatte, schwamm auf seinem Teller im Blut, und Matthias wurde beim bloßen Anblick übel.

Kai begann mit Appetit zu essen. Matthias bekam keinen Bissen hinunter und wusste nicht, wo er hinsehen sollte. Wenn

Kai das Blut aufs Kinn tropfte, wischte er es mit seiner Serviette weg, und nach einer Weile sah die Serviette aus, als hätte jemand Nasenbluten gehabt oder eine Wunde gestillt.

»Werden Sie gleich in der Wohnung schlafen, oder bleiben Sie noch ein paar Tage im Hotel?«, fragte Kai mit vollem Mund.

»Ich muss für die Wohnung noch einige Möbel kaufen«, antwortete Matthias mit leiser Stimme, so schlecht war ihm. »So lange bleibe ich im Hotel.«

Als Kai aufgegessen hatte, schob Matthias seinen unberührten Teller zur Seite.

»Was ist los? Haben Sie keinen Appetit? Habe ich Sie mit meinen Schauergeschichten schockiert?«

»Nein, nein, aber mir ist nicht ganz gut. Ich denke, ich werde mich jetzt verabschieden.«

»Kommen Sie, trinken Sie mit mir noch einen Grappa, dann wird Ihnen bestimmt besser.«

Matthias nickte, und Kai orderte die Schnäpse.

Erst als der blutige Teller abgeräumt war und der Grappa seine Kehle und seinen Magen wärmte, konnte Matthias wieder einigermaßen durchatmen.

48

Siena, August 2009

Am nächsten Vormittag verließ er um halb zwölf das Hotel, trank in einer Bar seine ersten zwei Cappuccini, aß ein Croissant und schlenderte durch die Stadt. Er brauchte für seine neue Wohnung dringend ein Bett. Das war an sich schon schwierig, weil es keine großen Kaufhäuser, geschweige denn Möbelhäuser gab – jedenfalls kam er an keinem vorbei –, aber noch schwieriger wurde es, weil das nicht irgendein Bett sein durfte. Er hatte da ganz genaue und ganz spezielle Vorstellungen.

Vereinzelt sah er Betten in Antiquitätenläden, eines zog er zumindest in Erwägung, das einen eisernen Rahmen und ein aus Eisen geschmiedetes Kopfteil in Form einer Lilie hatte. Aber eigentlich wollte er etwas Goldenes und hatte außerdem keine Lust, in einem Bett zu liegen, in dem eventuell schon Lucrezia Borgia ihre vielen Kinder geboren oder Katharina de Medici geschlafen hatte. Ganz zu schweigen von den nachfolgenden Generationen.

Nein. Er wollte ein nagelneues, goldenes Messingbett, das alles andere als einen bescheidenen Eindruck machte.

Nach zwei Stunden erfolglosen Umherirrens stand er plötzlich vor dem Dom und kaufte sich ganz spontan eine Eintrittskarte. Er wollte einfach nur eine Weile sitzen und seine Ruhe haben.

Ganz vorn, unmittelbar vor dem Hochaltar, waren einige Bankreihen aufgestellt. Matthias setzte sich und ließ das gotische Bauwerk und die prunkvolle dunkelgrün-weiße Marmormaserung der Wände und Säulen auf sich wirken.

Oh Gott, ich danke dir, betete er und faltete unwillkürlich die Hände, danke für dieses wundervolle, sorgenfreie Leben, das du mich führen lässt. Danke für meine Gesundheit, meine finanzielle Freiheit, danke, dass ich reisen und tun und lassen kann, was ich will, danke für dieses Glück, hier sein zu dürfen.

In dem hohen Dom war er auf einmal ganz erfüllt von einem tiefen, religiösen Gefühl und überlegte, ob er dem Dank auch noch eine Bitte hinterherschicken konnte. Normalerweise flehte und bat er nur in sorgenvollen Zeiten oder ängstlichen Momenten, heute war er so stolz, endlich einmal nur danken zu können. Es musste Gott gefallen, wenn einige seiner Schafe nicht nur forderten und baten, sondern auch danken konnten, und er wollte diesen positiven Eindruck, den er wohl hinterlassen hatte, jetzt nicht gleich wieder durch eine Bitte zerstören. Andererseits dachte er daran, dass Gott seine Gedanken kannte und diese Unsicherheit mitbekommen hatte, insofern war es bestimmt ehrlicher, die Bitte auszusprechen oder in Gedanken auszuformulieren, als sie sich verlogen zu verkneifen.

Der Allmächtige würde damit umzugehen wissen.

Oh Herr, betete er in Gedanken weiter, bitte erlöse meine Mutter. Hole sie zu dir, erspare ihr die Qual des Dahinvegetierens und mir die Strapazen einer jahrelangen Pflege, der ich niemals gerecht werden könnte. Schenke ihr und mir den verdienten Frieden, in Ewigkeit, amen.

Dann stand er auf und ging die wenigen Meter zu einem kleinen Holztischchen, wo man Kerzen spenden konnte. Er entzündete drei, was einen Euro fünfzig gekostet hätte, gab aber großzügig zwei Euro. Einen Augenblick lang überlegte er, ob er noch eine vierte Kerze anzünden sollte, ließ es dann aber bleiben. Drei waren genug, waren stimmiger, und er hatte mehr bezahlt als nötig.

Er sah sich um und schlenderte langsam durch die Kirche. Direkt neben der weltberühmten Marmorkanzel stand eine deutsche Reisegruppe und hörte einem jungen Italiener zu, der gerade über den Erbauer der Kanzel, Nicola Pisano, sprach. Pisano hatte dieses Kunstwerk von 1266 bis 68 zusammen mit seinem Sohn und einigen Schülern auf einem achteckigen Grundriss ganz aus weißem Marmor gemeißelt.

Matthias hörte nur mit halbem Ohr hin. Er hasste Menschenansammlungen und wollte niemals Teil einer Gruppe sein. Was er tun wollte, tat er allein oder gar nicht. Niemals würde er sich einer Führung anschließen, auch wenn das, was er dort hören konnte, noch so interessant sein mochte.

Er schlenderte weiter. Vor der Libreria Piccolomini stand eine japanische Gruppe. Matthias wandte sich angewidert ab und ging zurück in Richtung Hochaltar.

Der junge Mann redete immer noch, und die Umstehenden hörten ihm gebannt zu. Matthias hielt nun doch einen Moment inne.

»Wie man sehen, isse die Kanzel auf neun colonne aus Granit und Marmor. Da sind gewöhnliche Sockeln, oder Sie bemerken auch die Sockeln mit Löwen, die Tiere fressen. Wechselt immer. In der Mitte isse eine Gruppe von Skulpturen von freie Künste und zeigt: Grammatik, Dialektik,

Rhetorik, Philosophie, Arithmetik, Geometrie, Astronomie und Musik.«

Mein Gott, was hatte dieser junge Italiener für einen entzückenden deutschen Akzent! Matthias hatte das Gefühl, ihm Stunden zuhören zu können. Die leichten Fehler im Satzbau waren einfach nur charmant, die eigenwilligen Betonungen und das rollende R ließen Matthias schmunzeln. Wahrscheinlich hatte er, um die Sprache zu lernen, auch zu oft deutsches Fernsehen geguckt, denn dort betonten die Nachrichtensprecher konsequent die Substantive und berücksichtigten nicht den Sinn des Satzes. Matthias machten die Tagesschausprecher, denen die unsinnigen falschen Betonungen antrainiert worden waren und die offensichtlich vertragsmäßig verlangt wurden, wahnsinnig wütend. Bereits unzählige Male hatte er die Nachrichten abgeschaltet, damit er nicht vor Wut den Fernseher zerschlug, aber hier, bei diesem Italiener, fand er die hilflosen, falschen Betonungen einfach nur süß. Dieser Fremdenführer konnte es nicht besser wissen. Er war ja kein Deutscher. Das alles war nichts, was man ihm übel nehmen konnte. Und wahrscheinlich hatte er die Sätze, die er sprach, schlicht auswendig gelernt. Vielleicht wusste er gar nicht so genau, wovon er redete.

Vielleicht. Er würde es erfahren, denn der junge Fremdenführer begann ihn zu interessieren.

»Hier oben von diese parte der Kanzel Sie sehen sieben Bilder: Geburt Christi und Heimsuchung, Ankunft von Heilige Drei Könige, Auftreten Christi im Tempel und Flucht nach Ägypten, Ermordung von unschuldige bambini, Kreuzigung, Jüngste tribunale von Bösen und Jüngste tribunale von Guten.«

Es waren ja nicht nur der charmante Akzent und auch nicht das Äußere des Jungen – es waren seine weichen, fließenden Bewegungen, die Matthias elektrisierten. Wie der junge Fremdenführer seine zartgliedrige Hand hob, um locker, aber bestimmt auf die Kreuzigung zu zeigen, das machte ihm so schnell keiner nach. Dieser Junge war so entspannt und gelöst, es war eine Lust, ihm zuzuschauen. Matthias war sich sicher, dass man derart harmonische Bewegungen noch nicht einmal einem Schauspieler beibringen konnte. Entweder man hatte dieses gewisse Etwas, oder man hatte es nicht. Es ließ sich nicht erlernen.

Matthias setzte sich wieder in eine der Kirchenbänke, ließ ihn nicht aus den Augen und überlegte, wie er ihn ansprechen könnte.

Lass es!, schrie eine warnende Stimme in seinem Kopf, das Desaster mit Adriano ist noch nicht allzu lange her, und du schlitterst bereits in die nächste Geschichte. Lass es bleiben! Sprich ihn nicht an! Steh auf, geh aus der Kirche, vergiss den Jungen, und alles ist gut.

Aber Matthias blieb. Wie gern würde ich mit dir über die Flucht nach Ägypten und die Ermordung der Kinder sprechen, und noch viel lieber würde ich mit dir über das Jüngste Gericht philosophieren, amico. Dieser gewaltige Dom befreit die Gedanken. Dazu wünsche ich mir die dumpfen, eintönigen gregorianischen Gesänge der Mönche, und dann werden wir Stunden an diesem heiligen Ort zubringen. Er wird zu unserer Welt, unserem Mikrokosmos, ihn kann uns keiner nehmen. Und wenn wir anschließend zu dir oder zu mir gehen, haben wir ein großes Erlebnis miteinander geteilt.

Das war mehr als eine Oper oder ein Sonnenuntergang am See. Das war wahre Größe. Und er wollte sie mit diesem Jungen erleben.

Matthias sprach ihn direkt von hinten an, und Gianni drehte sich überrascht um.

»Wo haben Sie so gut Deutsch gelernt? Sie sprechen fantastisch!«

Gianni fühlte sich geschmeichelt. »In der scuola. Ich habe nicht Englisch, nur Deutsch gewählt. Und für diese lavoro hier hab ich auswendig gelernt. Tantissimo.«

»Das bewundere ich zutiefst«, hauchte Matthias und sah Gianni nicht an. Stattdessen fixierte er mit seinen Blicken die Darstellungen auf dem Fußboden des Doms. *David wirft den Stein gegen Goliath.*

Aber er nahm nicht wirklich wahr, was er sah, sondern redete weiter.

»Sie sind ein Sprachgenie. Sie erinnern mich an einen Mönch, dem ich vor Jahren auf dem Peloponnes begegnet bin. Er unterhielt sich mit mir in fließendem Deutsch. Und darüber war er stolz und glücklich, denn ich war der erste Mensch, mit dem er überhaupt ein deutsches Wort wechseln konnte. Er hatte sich die Sprache ganz allein mit Büchern von Thomas Mann, Goethe, Heinrich Heine und einem deutschen Wörterbuch beigebracht. Am folgenden Abend haben wir dann philosophiert, gegessen und getrunken, und ich kann Ihnen sagen, diese Begegnung war eines der schönsten Erlebnisse in meinem Leben überhaupt.«

Gianni hatte nicht alles verstanden. Aber ihm war klar, dass dieser Fremde ihn mit Komplimenten überschüttete. Daher lächelte und nickte er.

»Sie sind ein ähnlich begabter Mensch wie dieser Mönch«, fuhr Matthias fort. »Das, was Sie tun, ist außergewöhnlich, und mich interessieren außergewöhnliche Menschen.«

Gianni hatte für heute Feierabend, er hatte Hunger und Durst und sehnte sich nach einer großen Portion Pasta und einem kühlen Glas Wein, aber der Fremde zog ihn immer tiefer ins rechte Kirchenschiff.

»Ich möchte Sie um etwas bitten. Möchte Ihnen etwas vorschlagen. Wären Sie bereit, mir Ihre Stadt zu zeigen? Die Kunstschätze näher zu erläutern? Mir ein besseres Italienisch beizubringen? Wir könnten beide voneinander lernen. Sie perfektionieren Ihr Deutsch, und ich lerne Italienisch. Seien Sie mein Fremdenführer! Ich möchte nicht in einer Gruppe sein, ich möchte allein alles von Ihnen erzählt bekommen, und ich möchte Fragen stellen dürfen.«

So viel hatte Gianni verstanden: Der Fremde wollte ihn als privaten Fremdenführer engagieren und bei dieser Gelegenheit mehr Italienisch lernen. Das war auf jeden Fall nicht schlecht, denn er war lange noch nicht ausgebucht.

Also nickte er erneut.

»Es wird Ihr finanzieller Schaden nicht sein. Ich zahle gut. Sagen wir: zwanzig Euro die Stunde? Ganz gleich, ob Sie mir einen Vortrag halten oder mich zum besten Friseur der Stadt fahren. Ich brauche einfach einen klugen, jungen Menschen um mich. Einen wie Sie.«

Dieser Fremde war wie ein kleines Wunder, und Gianni hatte in diesem Moment das Gefühl, in einen Geld- und Glückstopf zu fallen. Dieser Mann war ein Geschenk des Himmels, ein Ende seines finanziellen Desasters war in Sicht, und die nächste Zeit schien wesentlich interessanter zu werden.

Und er schlug in die Hand, die ihm Matthias hinhielt, voller Freude ein.

Sie verabredeten sich für den nächsten Vormittag um zehn.

49

Berlin, August 2009

Erst am nächsten Morgen kam die ersehnte Mail von Commissario Donato Neri von der Insel Giglio. Bis dahin hatte sie schon hundertmal die italienische Polizei verflucht, aber als sie dann schließlich die Papiere in den Händen hielt, rannte sie mit weichen Knien los, um jeden Fehler auszuschließen und die Experten die DNA-Ergebnisse vergleichen zu lassen.

Nun hieß es, weitere zwei Tage auf das Ergebnis zu warten.

Am dritten Tag erledigte sie den ganzen Vormittag über liegen gebliebene Post und schrieb Berichte, spürte aber, dass sie nicht wirklich bei der Sache war. Daher ging sie bereits um halb eins in die Kantine, aß lustlos Königsberger Klopse mit Reis, die ihrer Meinung nach versalzen waren, trank dazu einen Apfelsaft und eine kleine Flasche Mineralwasser und hörte jedes Mal ihr Herz klopfen, wenn sie sah, dass eine diffuse Gestalt, die Ähnlichkeit mit ihrem Assistenten Ben hatte, hinter der Milchglasscheibe den Flur entlangging, um dann die Kantine zu betreten. Ben hatte versprochen, ihr die Ergebnisse sofort zu bringen, wenn sie ins Büro gereicht wurden.

Zwei Stunden später hatte sie endlich Gewissheit: Die DNA des Mannes, der zwei junge Männer in Berlin ermordet und auf Giglio mit großer Wahrscheinlichkeit ebenfalls zwei junge Homosexuelle umgebracht hatte, war identisch.

Susanne zitterte, so aufgeregt war sie.

Der Kerl hatte doch wirklich die Unverfrorenheit besessen, ihr eine Ansichtskarte von Giglio zu schicken, auch auf die Gefahr hin, dass sie ihm auf die Spur kam.

Er musste sich seiner Sache absolut sicher sein und besaß anscheinend eine Hybris, dass einem Hören und Sehen verging.

Susanne rief die Soko zusammen und teilte die neuen Erkenntnisse mit.

Die Kollegen trommelten vor Begeisterung auf ihre Tische. Dies alles zeigte zwar, dass dieser Mörder unberechenbar war und seine Taten keineswegs auf einen gewissen Radius oder eine einzige Stadt eingrenzte, aber sie hatten doch alle das Gefühl, ihm einen Schritt näher gekommen zu sein, auch wenn sie noch nicht genau wussten, wie.

Um einundzwanzig Uhr kam sie endlich aus dem Büro. Es hatte den ganzen Abend gewittert, jetzt regnete es heftig und dauerhaft.

Susanne rannte zu ihrem Auto und hechtete auf den Fahrersitz, wurde aber dennoch klatschnass. Ich müsste mal wieder ins Kino gehen, dachte sie, oder ins Theater. Manchmal ist es gar nicht schlecht, auf andere Gedanken zu kommen, vielleicht finde ich durch eine völlig irrsinnige Geschichte einen Weg aus dem Dilemma.

Wenn jemand auf dieser Welt ganz schräge und unkonventionelle Gedanken hatte, dann war es ihre Tochter. Und plötzlich spürte sie die heftige Sehnsucht, mal wieder die halbe Nacht mit ihr am Küchentisch zu sitzen und zu reden oder kichernd mit Chips und Cola vor dem Fernseher zu hocken.

Doch die Hoffnung auf solche Abende hatte sie längst aufgegeben.

Als sie die Wohnungstür aufschloss, hielt sie überrascht inne und horchte einen Moment. Ganz klar. Ihre Tochter war offensichtlich zu Hause und sah in idiotischer Lautstärke eine TV-Schnulze. Susanne hörte einen Mann und eine Frau, die sich während eines alles überlagernden Geigenkonzerts ihre Liebe gestanden.

Leise zog sie Jacke und Schuhe aus und schlich sich mit einem Glas Wasser in der Hand ins Wohnzimmer.

Melanie hob abwehrend die Hand. »Sei still und untersteh dich auszuschalten. Den Film will ich jetzt auch zu Ende sehen.«

»Schon gut, schon gut«, murmelte Susanne. »Ich sag ja gar nichts.«

Sie ging in die Küche, machte sich ein Salamibrot, kehrte mit ihrem Teller ins Zimmer zurück und setzte sich Melanie stumm gegenüber. Lange hatte sie sie nicht mehr so ausgiebig und in Ruhe ansehen können, denn Melanie war eigentlich nur immer in Eile gewesen und an ihr vorbeigestürmt.

Alles an Melly war ein wenig anders. Sie hatte kein Nutellabrot in der Hand und trank auch keine Cola, sondern einfach nur Wasser. Ihre Haare waren länger und ihre Taille ein wenig schmaler geworden, zumindest bildete Susanne sich das ein. Entweder war mit dem neuen Liebhaber Schluss, oder aber er tat ihr richtig gut.

Zum ersten Mal begriff Susanne, dass ihr da kein kleines Mädchen mehr, sondern eine Frau gegenübersaß, die ihre Knie mit den Armen umschlang und sich nicht regte.

Und es tat weh, dass der Liebhaber jetzt wichtiger in Mellys Leben war als sie.

Noch zwanzig Minuten studierte sie ihre Tochter, dann war der Film zu Ende, und Melanie sah sie an.

»Und?«, sagte sie. »Was gibt's Neues von der Mörderfront?«

»Wir strecken jetzt unsere Fühler weiter aus, bis nach Italien«, antwortete Susanne. »Und das ist etwas, worüber ich unbedingt mit dir reden muss.«

»Bitte schön.« Melanie streckte sich auf der Couch lang aus und schloss die Augen.

Susanne war schon wieder verärgert.

»Jemand zu Hause?«, fragte sie daher.

»Aber sicher. Ich bin ganz Ohr, Muttertier.«

»Es macht mich wahnsinnig, wenn du mich nicht anguckst, sondern so aussiehst, als würdest du schlafen.«

»Ich schlafe nicht.«

»Aber du siehst so aus.«

»Himmel-Arsch-und-Zwirn, ich schlafe nicht!«

»Aber wahrscheinlich gleich.«

Melanie schwang die Beine von der Couch, setzte sich auf und sah ihrer Mutter direkt ins Gesicht.

»Hast du mal beobachtet, wie oft dich irgendwas *wahnsinnig* macht? Da muss man ja verrückt werden! Du bist übernervös, völlig überdreht und gehst einem tierisch auf den Zeiger!«

Susanne wusste, dass das Gespräch in den nächsten Sekunden beendet war, wenn sie ihm nicht schleunigst eine andere Wendung gab.

»Vielleicht hast du recht«, sagte sie daher sanft. »Ich bin wahrscheinlich überarbeitet, und der Fall geht mir mehr an die Nieren, als ich dachte. Pass auf, Melly: Ich spiele mit dem Gedanken, ein paar Tage, vielleicht übers Wochenende, nach Giglio zu fahren. Das ist eine kleine Insel im Tyrrhenischen Meer, nahe Grosseto.«

»Aha. Na prima. Ist doch super.«

»Hast du Lust mitzukommen? Wegen Samstag könnte ich mit Frau Voss reden.«

»Mit Frau Voss kann ich auch allein reden. Ich bin schließlich keine sieben mehr. Aber ich komme nicht mit. Schlag dir das aus dem Kopf. Keine Chance.«

Susanne schluckte. So etwas hatte sie erwartet. Sie flüsterte fast, als sie sagte: »Solange ich nicht weiß, bei wem du deine Zeit verbringst und mit wem du schläfst, kann ich hier nicht weg. Das halte ich nicht aus. Kannst du dir das nicht vorstellen?«

»Vorstellen kann ich mir das schon«, meinte Melanie ungerührt, stand auf, kramte in ihrem riesigen unergründlichen Beutel und fischte nach bewundernswert kurzer Zeit ihre Zigaretten heraus und zündete sich eine an.

»Wie gesagt, vorstellen kann ich mir das schon, aber verstehen kann ich das nicht. Meine Fresse, wenn ich dir sage, der Typ ist okay und du brauchst dir keine Sorgen zu machen, dann müsste das reichen. Du musst mir zur Abwechslung einfach mal glauben, das ist alles.«

Es war also kein Vertrauensbruch, dass Melly ihr den Namen ihres Freundes nicht verriet, sondern es lag an ihr, weil sie so unsicher war, mit wem sich ihre Tochter abgab. Melly hatte es schon immer geschafft, jede Schuldfrage zu ihren Gunsten umzudrehen. Obwohl es diesmal ja nicht um Schuld, sondern schlicht um Ehrlichkeit und Vertrauen ging.

Susanne bekam ein flaues Gefühl im Magen.

»Was hast du dagegen, dass wir uns ein paar schöne Tage machen? Ich habe mit den Carabinieri bestimmt nicht viel zu tun, wir hätten also auch ein bisschen Zeit füreinander.«

»Vergiss es!« Melanie blies den Rauch an die Decke und sah der weißen Wolke hinterher. »So ein Kurztrip ist doch Panne. Stress pur. Nee danke. Nicht mit mir!«

Vielleicht hatte Melly recht. Wahrscheinlich brachte es wirklich nichts, nach Giglio zu fahren. Schließlich erkannte sie den Mörder – falls er überhaupt noch da war – nicht an der Nasenspitze. Die Italiener machten ihre Arbeit sicher gewissenhaft, und sie hatte mehr davon, ausgiebig mithilfe des Dolmetschers zu telefonieren und die Informationen auszutauschen, als vor Ort zu sein, aber kein Wort von dem zu verstehen, was die Carabinieri sagten.

Und wenn sie ehrlich war, wollte sie eigentlich nur ein Wochenende mit ihrer Tochter zusammen sein. Sie hatte geglaubt, Melly mit einer kleinen Reise locken zu können.

Aber selbst das hatte nicht funktioniert. Melly zeigte nicht mehr das leiseste Interesse an ihr.

50

Siena, August 2009

Drei Tage waren sie nun schon gemeinsam in der Stadt unterwegs, besichtigten Kirchen, Plätze und den Palazzo Pubblico mit dem Museo Civico, und zum krönenden Abschluss bestiegen sie den Torre del Mangia, den Glockenturm des Rathauses mit seiner Spitze aus Travertin.

»Hier sind fünfhundertfünfundfünfzig Stufen, Dottore, schaffen Sie?«, hatte Gianni gefragt. Der Titel Dottore schmeichelte Matthias, und er glaubte entzückt, Besorgnis aus Giannis Stimme herausgehört zu haben.

»Aber natürlich!«, erwiderte Matthias lächelnd. »In Berlin trainiere ich für den Halb-Marathon, da werden mir die paar läppischen Stufen wohl nichts ausmachen.«

Als dann der Anstieg begann, hatte er jedoch Schwierigkeiten, sich seine Konditionsprobleme nicht anmerken zu lassen.

Gianni dagegen lief leichtfüßig und flink nach oben und schien noch nicht einmal außer Atem zu sein. Das Ganze erinnerte Matthias fatal an Adriano, mit dessen Tempo er auf den Klippen auch nicht hatte mithalten können.

Sie redeten einen bunten Mix aus Deutsch und Italienisch, und manchmal vergaß Matthias bei dem Durcheinander sogar für wenige Momente, welche Sprache er gerade sprach.

Die ganze Zeit über stand Matthias unter Hochspannung. Er hielt es kaum noch aus, wollte zumindest seine Hand nehmen, wenn sie nebeneinander durch die Straßen gingen, tat aber nichts dergleichen. Hatte Gianni noch kein einziges Mal, auch nicht nur aus Versehen, berührt.

Es war Freitagmittag, und sie saßen in einer kleinen Trattoria nahe der Via di Città.

»Wo kann ich hier ein Bett kaufen, Gianni?«, fragte Matthias. »Ich will endlich raus aus dem Hotel und in meiner neuen Wohnung schlafen. Zeig mir ein Geschäft, wo ich ein Bett finde. Etwas Schönes, etwas Besonderes, keine Kaufhaus- oder Katalogware.«

»Senza problemi«, sagte Gianni und grinste.

Anderthalb Stunden später stand Matthias vor dem Messingbett seiner Träume. Blank poliert mit filigranen Formen, Verstrebungen und Ornamenten – ein kleines Kunstwerk. Matthias konnte sich nicht sattsehen, ging immer wieder um das Bett herum, fuhr mit der Fingerkuppe beinah zärtlich über das metallene Gitter und legte sich schließlich auf die Matratze.

Er bewegte sich, drehte sich, ließ sich fallen, rollte sich vom Rücken auf den Bauch und wieder zurück, und der Verkäufer stand abwartend daneben. Ganz geheuer war ihm dieser Interessent nicht. Ein Bett war ein Gebrauchsgegenstand, im Haus vielleicht einer der wichtigsten überhaupt, aber so enthusiastisch hatte er noch keinen Kunden erlebt.

»Na los«, sagte Matthias zu seinem Begleiter, und der Verkäufer überlegte, ob es der Sohn oder ein Freund war. »Leg dich auch mal hin. Probier es aus! Mit Matratzen kann man sich so leicht vertun.«

»Aber das Bett isse non per me, für Sie, Dottore!« Gianni war ziemlich irritiert. »Warum provo io, ich nich schlafe da?«

»Weil ich sehen will, wie es aussieht. Wie du darin aussiehst! Und du kannst mir sagen, wie du dich darin fühlst. Das ist einfach wichtig für mich, verstehst du das nicht?«

Gianni nickte zaghaft, aber er war immer noch verunsichert.

»Tu mir doch den kleinen Gefallen! Das ist doch nicht zu viel verlangt, oder?«

Gianni wollte seinen neuen Freund nicht verärgern.

»Va bene.«

Er legte sich aufs Bett und streckte sich aus.

»Benissimo«, meinte er nach einer Weile. »Sehr gut. Commodo.«

»Bleib liegen!« Matthias wollte nicht, dass Gianni sofort wieder aufsprang und seine Fantasie zerstörte. Dieser junge Mann in *seinem* Bett war einfach perfekt.

Für einen Moment schloss Matthias die Augen und stellte sich alles vor, was er sich vorstellen konnte. Dann lächelte er, reichte Gianni die Hand und zog ihn hoch.

»Komm. Wir gehen. Ich kaufe das Bett.«

Zum ersten Mal hatte er ihn berührt. Ganz unverfänglich, ganz nebenbei. Und hatte dabei einen leichten Schweißfilm auf Giannis Handfläche wahrgenommen, der ihn schier wahnsinnig machte.

51

Giglio, August 2009

»Was gibt es denn so Dringendes?«, fragte Minetti, als sie zum Abendessen wie üblich bei Lino saßen.

»Ich hab den ganzen Tag versucht, dich zu erreichen, hab im Büro gewartet, war am Hafen, hab dich gesucht, aber du warst wie vom Erdboden verschluckt.« Neri konnte es nicht vermeiden, dass in seiner Stimme ein leiser Vorwurf mitschwang. Mittlerweile duzten sie sich, weil das Siezen unter Kollegen völlig unüblich war.

»Ich war hier und dort. Hab ermittelt. Die Leute befragt. Dies und das.« Er grinste.

Neri ging davon aus, dass er zu Hause auf der Couch gelegen hatte.

»Übrigens habe ich heute wieder ein Fax von den Kollegen in Berlin bekommen«, begann Neri und senkte die Stimme. »Und jetzt halte dich fest: Die DNA des Mehrfachmörders in Berlin, der Homosexuelle umbringt, und die DNA, die wir hier an den Münzen gefunden haben, ist identisch!«

»Wie?«, sagte Minetti vollkommen überrumpelt.

»Das heißt, dass der Mörder aus Berlin hier auf Giglio war und dort aus irgendeinem Grunde Münzen ausgespuckt hat. Genau dort, wo Fabrizio und Adriano in den Tod gestürzt sind. Glaubst du jetzt immer noch, dass das ein Zufall war? Die beiden waren schwul. Es liegt doch nahe, dass er auch sie umgebracht hat!«

»Ach was!« Minetti wirkte unwillig. Er wollte diesen Gedanken weder näher an sich heranlassen noch weiterverfolgen. Doch dann sagte er: »Vielleicht war er da. Gut. Muss ja wohl so sein. Und das ist dann eben ein ganz blödsinniger Zufall. Aber warum sollte er die Jungs umbringen? Es macht doch keinen Spaß, jemanden einfach so von den Klippen zu schubsen! Wenn ein Triebtäter erst vergewaltigt und dann tötet – okay, das kann ich irgendwo noch nachvollziehen, aber diese Geschichte hier ergibt für mich einfach keinen Sinn.«

»Wir sind mitten drin in einem ganz großen, internationalen Fall. Siehst du das nicht, Minetti?«

»Nein, das sehe ich überhaupt nicht!«, brummte Minetti. »Das liegt einfach alles nur an diesem ganzen modischen Zeugs, dieser DNA-Hysterie. Früher hätte man das alles überhaupt nicht miteinander in Verbindung gebracht und den Willen der Jungs, wie zwei Möwen davonzusegeln, einfach akzeptiert. Aber heute wird man durch diesen ganzen Quatsch völlig verrückt. Und darum will ich mich auch nicht weiter damit beschäftigen.«

Neri ging nicht darauf ein. »Wenn du dich erinnerst, haben wir da oben eine goldene Geldscheinklammer mit den Initialen M. v. S. gefunden. Wir könnten nun natürlich versuchen herauszufinden, ob irgendein Tourist mit den Initialen M. v. S. hier Urlaub gemacht hat. Wir könnten sämtliche Hotelreservierungen durchsehen und auch die Fährbuchungen im Internet ...«

»Aber wir können es auch bleiben lassen!« Minetti wurde bereits heftiger. »Denn ich kann mir nicht vorstellen, dass sich dein mysteriöser Fremder, wenn er wirklich ein Mörder sein sollte, hier unter seinem richtigen Namen eingemietet hat. So blöd wird er nicht sein. Also, was soll das alles?«

Neri verstummte. Der Chef hatte gesprochen.

Eine unangenehme Stille entstand, weil weder Neri noch Minetti wussten, was sie jetzt sagen sollten.

Zum Glück kam wenige Minuten später Rosa an den Tisch und brachte die Vorspeise. Sie lächelte Neri verhalten zu, wirkte aber sehr geschäftig und sagte nichts.

Auch die Vorspeise aßen sie schweigend.

»Diese verfluchten Ragazzi!«, stieß Minetti plötzlich zwischen den Zähnen hervor, stand auf und ging zur Toilette.

Nicht die Ragazzi sind schuld, sondern ein Wahnsinniger, der sie umgebracht hat, dachte Neri. Minetti bringt da was durcheinander, weil es ihm nicht in den Kram passt.

Rosa hatte nur auf den Moment gewartet, wo Neri allein war, und kam an den Tisch.

»Sehen wir uns heute Nacht?«, flüsterte sie.

»Natürlich! Ich warte auf dich!«

»Gut!« Sie huschte wieder davon.

Die letzten drei Nächte hatten sie miteinander verbracht, und Neri hatte nicht vor, auf dieser Insel irgendwann einmal allein zu schlafen. Er war zwar nicht in Rosa verliebt, aber er mochte sie sehr, sie tat ihm gut, und er genoss es, mit ihr zusammen zu sein, weil er sich so lebendig fühlte wie schon lange nicht mehr.

Sie hatte gerade noch die letzte Fähre nach Giglio bekommen. Es war ein wunderbares Gefühl, in weniger als einer Stunde Neri zu überraschen, der mit allem rechnete, aber niemals mit ihrem Eintreffen auf der Insel. Der Streit vor seiner Abreise tat ihr leid. Sie hatten nie wieder darüber gesprochen, aber die wenigen Telefonate, die er von Giglio aus mit ihr geführt hatte, waren knapp und sachlich gewesen und taten ihr irgendwo in der Seele weh. Wahrscheinlich war er genauso frustriert über diese Urlaubsvertretung wie sie und trauerte ihrem gemeinsamen Urlaub ebenso wie sie hinterher.

Oma hatte wieder angefangen, nachmittags zu Silena zu gehen, um mit ihr zusammen ein paar Gläschen Weißwein zu trinken, wie sie es auch schon früher oft getan hatten. Aus irgendeinem Grund waren diese Treffen erst aus der Mode und schließlich ganz in Vergessenheit geraten, aber jetzt waren Silena und Oma wieder ein Herz und eine Seele. Gabriella war auf die Idee gekommen, Silena zu fragen, ob es ihr etwas ausmachen würde, wenn Oma ein paar Tage, wahrscheinlich nur übers Wochenende, bei ihr wohnen und sie ein achtsames Augen auf Oma werfen könne. Silena war nicht nur einverstanden gewesen, sondern von dem Vorschlag sogar richtig begeistert.

Und nun stand Gabriella an Bord der Fähre und fühlte sich so frei wie schon lange nicht mehr.

Es war keine gemütliche Überfahrt. Der Wind hatte jetzt gegen Abend noch einmal aufgefrischt und wehte stürmisch mit Windstärke sechs, in Böen acht. Immer mehr Passagieren wurde übel, die Toiletten waren ständig belegt, so manch einer stand an der Reling und übergab sich ins Meer. Die Fähre rollte und stampfte bedenklich, hielt aber unerschütterlich an ihrem Kurs und ihrem Fahrplan fest.

Gabriella hatte mit den heftigen Schiffsbewegungen keine Probleme. Die stürmische Fahrt passte zu ihrer Stimmung, und sie bedauerte, dass die Überfahrt nach Giglio nur eine gute Stunde und nicht mehrere Tage dauerte. Von einer weiten Schiffsreise hatte sie immer geträumt, aber das war mit Neri leider unmöglich, der schon seekrank wurde, wenn er sich nur ein Foto von einem auf den Wellen tanzenden Schiff ansah.

Sie spürte Sehnsucht nach ihm. Ein Gefühl, das sie schon ewig nicht mehr gehabt hatte, und die Vorfreude auf die Überraschung in seinem Gesicht, wenn sie ihm plötzlich gegenüberstand, wurde immer größer.

Allmählich ging die Sonne unter. Mit einem Tempo, dem man zusehen konnte, steuerte der orangerote Ball auf den Horizont zu. Als die Sonne das Meer erreichte, zogen einige der Gäste im Lokal ihre Kameras hervor, und kaum hatten sie einige Fotos aus unterschiedlichen Blickwinkeln und Perspektiven im Kasten, war der Feuerball auch schon fast am Horizont versunken.

Fast gleichzeitig gingen am Hafen die Laternen und Lichter an, einige letzte Möwen segelten zu ihren Schlafplätzen auf den Sonnensegeln unbewohnter Boote.

»Ich mag diese Stunde«, meinte Neri, um das Gespräch wieder in Gang zu bringen. »Es ist die romantischste Zeit des ganzen Tages. Ein ruhiges Atemholen zwischen der Hektik des Tages und der Aufregung der Nacht.«

Minetti zog als Kommentar nur eine Augenbraue hoch und sah aus, als wollte er sagen: Jetzt ist er völlig verrückt geworden.

Rosa brachte für jeden gegrillten Fisch.

»Buon appetito«, sagte sie lächelnd, und diesmal erwiderte Neri nichts, sondern sah sie nur an.

Die letzte Fähre war bereits in Sicht und wurde in der Ferne allmählich größer, während sie sich auf die Hafeneinfahrt zubewegte.

Nicht nur auf dem offenen Meer, auch im Hafenbecken war das Wasser durch den starken Wind unruhig, die

Schäkel klapperten, und einige Boote schlugen dumpf aneinander.

Die Fähre kam näher.

Hinter der Mole waren bereits die hohen Aufbauten des gewaltigen Schiffes zu sehen, und es wirkte, als würde es von Geisterhand geschoben.

»Ich finde es unvorstellbar, wie die Fähren hier in diesem engen Hafenbecken wenden«, sagte Neri. »Bei meiner Ankunft auf der Insel dachte ich, der schafft das nie, das kann einfach nicht passen. Aber es hat locker gepasst. Unglaublich.«

»Die Jungs wenden hier jeden Tag drei-, viermal. Die machen das im Schlaf.«

»Ich bewundere das.«

»Die Fähre, die jetzt kommt, wendet nicht mehr. Sie legt einfach nur am Fähranleger an und startet dann morgen ganz früh. Um halb sieben, glaube ich, jedenfalls so ungefähr.« Minetti fand das alles nicht so spannend.

In diesem Moment erreichte die Fähre die Hafeneinfahrt.

Sie war schneller, als Neri erwartet hatte. Sie war sehr schnell. Viel zu schnell.

»Porcamiseria, hat die viel Tempo drauf, findest du nicht auch?«, fragte Neri, und obwohl Minetti, der mit dem Rücken zum Hafen saß, Neri für ein unbedarftes Landei hielt, der so etwas gar nicht beurteilen konnte, drehte er sich um.

Sie ist wirklich zu schnell, schoss es Minetti durch den Kopf, und – verflucht noch mal – sie hat den falschen Winkel. Was macht der Typ? Wo fährt er hin mit dem Kahn? Um Himmels willen!

Und dann geschah es in Sekundenschnelle.

Die Fähre schoss in den Hafen, driftete backbord viel zu nah an den Kai, kam nicht mehr weg, konnte ihre Fahrt nicht kontrollieren und krachte in die großen bewohnten Jachten, in denen fast überall Licht brannte, und faltete sie wie Papierboote übereinander.

Neri und Minetti sprangen fast gleichzeitig auf, und Rosa, die gerade hereinkam, schrie auf, als sie sah, was da passierte. Nur Sekundenbruchteile später schrien auch fast alle Gäste des Restaurants vor Schreck und liefen ans Fenster, um das Unglück zu sehen.

Mittlerweile war die Fähre zum Stehen gekommen, die Ostseite des Hafens sah aus wie nach einem verheerenden Tornado oder Taifun.

Neri und Minetti rannten aus dem Lokal.

Rosa setzte sich an deren verwaisten Tisch. Sie konnte das alles nicht fassen.

»Ist so was schon mal passiert?«, fragte sie ein Gast, der hektische Flecken im Gesicht hatte und sich unentwegt die Haare raufte, während alle andern lautstark durcheinanderredeten.

»Nein, nie!«, rief Rosa. »Nie, niemals! Das ist das erste Mal!«

Sie sah, wie sich der Kai mit Menschen füllte, der Wagen der Carabinieri kam angefahren, und kurz darauf glaubte sie direkt an einer zerstörten Jacht Neri zu erkennen, aber sie war sich nicht sicher.

Es war wie im Märchen. Die gelben Lampen des Hafens, die Straßenlaternen und die warmen Lichter der Restaurants funkelten in der Dämmerung, denn mittlerweile war es fast dunkel. Gabriella war überwältigt von der Schönheit dieses verschlafenen Mittelmeerhafens, und sie stellte sich backbord ganz vorn an den Bug, um das Anlegemanöver gut beobachten zu können.

Die Kaimauer kam bedrohlich näher. Mit einer unglaublichen Geschwindigkeit, und Gabriella spürte, dass da etwas nicht stimmte.

Sie hatte den Unfall vor Augen, sah förmlich vor sich, was jetzt passieren würde, und klammerte sich an der Reling fest. Als die Fähre in die Mauer und in die Sportbootjachten krachte, schrie auch Gabriella. Das Getöse des Stahlrumpfs, der gegen Stein und Beton donnerte, war übermächtig laut und beängstigend. Gabriella hatte das Gefühl, das Schiff wäre komplett zerstört und müsste in den nächsten Minuten hier im Hafen sinken.

In Panik rannte sie die Treppe hinunter.

Es dauerte noch fast eine Dreiviertelstunde, bis die Passagiere von Bord durften, und Gabriella war eine der ersten, die blass und geschockt über die Gangway an Land stolperten. Der Schaden an der Fähre war gering. Böswillig hätte man es nur als ein paar Kratzer und Beulen bezeichnen können, aber die Zerstörung der Jachten war verheerend. Wie durch ein Wunder war keiner der Skipper, die fast alle an oder unter Deck gesessen und Abendbrot gegessen hatten, verletzt worden.

Gabriella blieb am Kai stehen. Wie paralysiert durch das eben Erlebte. Sie starrte ins Wasser und auf die Bootsteile, die im Hafenbecken schwammen, und wusste überhaupt nicht, was sie jetzt machen sollte, ob ihr Wagen heute Nacht noch ausgeladen wurde oder nicht und wohin sie gehen konnte. Die Vorfreude war verflogen, ihr war zum Heulen zumute.

Und dann tauchte Neri plötzlich vor ihr auf und starrte sie an, als stünde er einer optischen Täuschung gegenüber.

»Gabriella«, sagte er nur fassungslos. »Was machst du denn hier?«

Gabriella fiel ihm wortlos in die Arme.

Neri streichelte ihr hilflos über den Rücken. Er wusste nicht, was er machen sollte. Er war im Stress, mit dem Unfall hatte er eine Heidenarbeit, musste Unmengen klären, organisieren, ordnen, auf dem Kai herrschte Chaos, das sich vor Mitternacht sicher nicht lichten würde. Und jetzt hing eine geschockte Gabriella an seinem Hals. Wenn er ihr sagte, dass er jetzt keine Zeit für sie hatte, war sie sauer bis ans Ende ihrer Tage. Und das wollte er ihr auch nicht antun. Also saß er in einer Zwickmühle und erwartete jeden Augenblick, dass Minetti mit einem Haufen Befehlen, Vorwürfen und Aufgaben wie ein drohender Neptun aus den Menschenmassen auftauchen würde.

»Ich bin gekommen, um dich übers Wochenende zu besuchen, Neri«, schluchzte sie leise. »Ich wollte dich überraschen, und dann passiert so etwas Schreckliches!«

»Beruhig dich! Es sieht schlimmer aus, als es ist. Sachschaden kann man ersetzen, und wie es scheint, ist niemandem was passiert.«

Männer und Frauen waren eben grundverschieden. Er hasste Überraschungen jeder Art, und genauso leidenschaftlich liebte Gabriella sie. Besonders in seiner gegenwärtigen Situation konnte er Gabriella auf Giglio überhaupt nicht gebrauchen, obwohl er es rührend fand, dass sie Oma wahrscheinlich irgendwo weggesperrt und sich dann nur seinetwegen auf den Weg gemacht hatte.

Und was sollte er Rosa erzählen? Dass er gelogen und doch eine Frau hatte, die auch noch urplötzlich auf der Matte stand?

Ihm grauste bei dem Gedanken.

»Hast du ein Zimmer?«, fragte er sie, und was er schon befürchtet hatte, passierte: Gabriella schüttelte den Kopf.

»Du lieber Himmel! Wo willst du denn wohnen?«

»Bei dir! Ich weiß, es ist nicht komfortabel, aber zwei, drei Tage wird es schon gehen.«

»Es geht nicht, Gabriella! Ich schlafe auf einer Pritsche, so breit wie ein Feldbett im Dreißigjährigen Krieg. Da passen auf keinen Fall zwei Personen drauf!«

»Du wirst schon eine Lösung finden. Schließlich kennst du dich hier aus.« Damit schwieg sie und wartete einfach ab.

Neri sah sich um und entdeckte Minetti im Gewühl vor einer der am schlimmsten zerstörten Jachten.

»Valentino, entschuldige«, mischte er sich ein. »Meine Frau war auf der Fähre. Sie wollte mich besuchen. Überraschen, verstehst du?«

Minetti nickte grimmig. Dieses Thema kannte er zur Genüge.

»Hast du eine Idee, wo sie für zwei, drei Nächte schlafen kann?«

»Frag doch mal Rosa!« Minetti lachte kurz auf, und Neri zuckte zusammen. Offensichtlich hatte Minetti doch ein paar Antennen, die er nur heimlich ausfuhr. Ein ganz so tumber Tor war er also nicht und hatte bemerkt, dass sich zwischen Rosa und Neri etwas angebahnt hatte.

»Bitte, Valentino!«

Minetti dachte nach. »Ja, klar«, sagte er schließlich. »Das könnte eine Möglichkeit sein. Mauro hat ein kleines, schönes Appartement direkt am Hafen. Er vermietet nur sporadisch, nur wenn ihm die Nase des Gastes passt, aber vielleicht habt ihr ja Glück, und er hat was frei. Ansonsten fällt mir auch nichts ein.«

Minetti kritzelte Mauros Telefonnummer auf die abgerissene Ecke einer herumliegenden Zeitung, gab sie Neri und wandte sich dann wieder dem Eigner der Jacht zu.

»Komm mit!«, sagte Neri zu Gabriella, und Gabriella folgte ihm.
»Was ist mit meinem Auto auf der Fähre?«
Neri hielt die Hand auf. »Gib mir den Schlüssel, ich kümmere mich drum.«

Mauro war hocherfreut, von einem Carabiniere besucht und dann noch um ein Zimmer gebeten zu werden.
Er schüttelte Neri und Gabriella die Hand, und Gabriella hatte das Gefühl, von der Pranke eines Bären gepackt zu werden. Noch nie in ihrem Leben hatte sie einen derartig behaarten Menschen gesehen. Sie stellte sich vor, wie er nackt aussehen musste, und schüttelte sich innerlich vor Entsetzen.
»Sie haben unverschämtes Glück!«, trompetete Mauro strahlend. »Gerade in dieser Jahreszeit, wo jede Hundehütte doppelt belegt ist, habe ich noch ein wunderbares Appartement frei. Das Beste! Der letzte Gast ist einige Tage früher abgereist. Wegen familiärer Probleme.«
»Kann ich es kurz sehen?«, fragte Gabriella.
»Aber selbstverständlich.«
Mauro ging voran.
Gabriella taten im Sommer immer die Hunde leid, die bei der Hitze ihr dichtes Fell nicht ablegen konnten und sich durch den Tag hechelten – bei Mauro war es sicher ähnlich.
Gabriella konnte gar nicht mehr aufhören, sich immer neue alltägliche Horrorszenarien eines Zugewachsenen auszumalen, als Mauro endlich das Appartement aufschloss.
So schön hatte sie sich eine Unterkunft auf Giglio nicht vorgestellt. Sie war auf Anhieb begeistert und öffnete sofort das Fenster. Hafengeräusche und das Gewirr der aufgereg-

ten Stimmen vom Kai schallten ihr entgegen, die Lichter spiegelten sich glitzernd im Wasser, es roch nach Fisch und Salz.

»Wunderbar!«, sagte sie. »Es ist wunderschön! Ich würde es wirklich furchtbar gern mieten.«

»Kein Problem.« Mauro ließ den Schlüssel noch einmal kurz vor ihrem Gesicht hin und her baumeln, dann drückte er ihn ihr in die Hand und verabschiedete sich.

»Pfui Teufel!«, sagte Gabriella prompt, als er die Tür hinter sich zugezogen hatte. »Ich habe in meinem ganzen Leben noch nie so einen abstoßend hässlichen Menschen gesehen. Das ist ein leibhaftiger Gorilla.«

Neri grinste. »Tut mir leid, aber ich muss zurück zum Kai. Gibt noch eine Menge zu regeln.«

»Kommst du, wenn du fertig bist? Ich warte auf dich.«

Heute Nacht warten also zwei Frauen auf mich, ich werde wahnsinnig, dachte Neri, aber er nickte und sagte: »Natürlich komme ich.«

»Und schläfst du auch hier bei mir? Es ist bestimmt schöner, als auf deiner Pritsche aus dem Dreißigjährigen Krieg.«

»Ja, ich schlafe auch hier«, meinte Neri und drückte ihr einen Kuss auf die Wange. Und gleichzeitig dachte er an Rosa und wurde ganz wehmütig dabei.

Um halb eins hatte Rosa Feierabend. Seit ungefähr einer Stunde waren Minetti und Neri nicht mehr am Kai, und sie hatte sich gewundert, dass Neri nicht gekommen war, um vielleicht noch eine Kleinigkeit zu essen oder zu erzählen, was genau passiert war. Ein Kollege aus dem Nachbarrestaurant hatte erzählt, der Kapitän der Fähre sei betrunken gewesen. Aber ob das nur ein Gerücht war oder tatsächlich stimmte, wusste zu diesem Zeitpunkt noch niemand.

Wahrscheinlich hatte Neri genug von dem Trubel, war direkt nach Hause gegangen und wartete dort auf sie. Oder er saß noch im Büro und schrieb einen Bericht über die Vorkommnisse des Abends, überlegte Rosa und ging zur Carabinieristation.

Umso erstaunter war sie, als sie sah, dass sowohl im Büro als auch in Neris kleinem Zimmer kein Licht brannte. Sie klingelte trotzdem. Immerhin konnte es ja sein, dass er eingeschlafen war.

Nichts rührte sich. Im Haus war alles still.

Schließlich rief sie laut seinen Namen, und es war ihr egal, ob es jemand hörte.

Erst Minuten später sah sie ein, dass alles keinen Zweck hatte. Neri war nicht da, er hatte also doch nicht auf sie gewartet.

Sie konnte es einfach nicht verstehen und ging enttäuscht nach oben in ihre Wohnung. Ihr blieb nur die winzige Hoffnung, dass er vielleicht doch noch kommen würde. Wenn er alles erledigt hatte, was es noch zu erledigen gab.

Rosa hatte die ganze Nacht unruhig geschlafen, weil sie ständig auf die Geräusche vor dem Haus geachtet hatte und auf keinen Fall sein Klopfen überhören wollte.

Aber er war nicht gekommen.

Um halb sieben stand sie auf und war todmüde. Aber sie hielt es auch im Bett keine Sekunde länger aus. Es war ungeheuerlich! Er hatte sie wahrhaftig versetzt. Ohne ihr Bescheid zu sagen.

In ihrer Küche trank sie eine Tasse Kaffee nach der anderen und hoffte dadurch einen klaren Kopf zu bekommen, aber sie hatte das Gefühl, dass jede Tasse sie nur noch müder machte.

Schließlich legte sie sich noch einmal hin und grübelte darüber nach, was in ihren Neri gefahren war, dem sie so ein Verhalten niemals zugetraut hätte.

Um neun stand sie auf und ging hinunter an den Hafen, um ein paar Lebensmittel einzukaufen.

An diesem Morgen gab es auf der Insel kein anderes Gesprächsthema als das Fährunglück im Hafen. Viele Hausfrauen gingen überhaupt nur zum Einkaufen, um das Allerneuste zu erfahren. Und obwohl Rosa nur Brot, Salat und Käse kaufen wollte, dauerte es fast eine halbe Stunde, bis sie den Laden wieder verließ, in dem seit heute früh heiß diskutiert wurde.

Eigentlich sah sie nur jemanden aus den Augenwinkeln, einen diffusen Schatten, aber sie wusste sofort, dass er es war, und drehte sich um. Auf dem kleinen Balkon eines schmalen Hauses stand Neri zusammen mit einer Frau.

Rosa war ungefähr dreißig oder vierzig Meter entfernt, aber sie konnte deutlich erkennen, dass er den einen Arm um die Schultern der Frau gelegt hatte und mit der anderen Hand aufs Meer zeigte und irgendetwas erklärte.

Ihr wurde schwindlig. Das Sonnenlicht flimmerte vor ihren Augen, und der Leuchtturm an der Mole schien zu schwanken.

Und wieder sah sie zum Haus. Jetzt ging er mit der Frau zusammen zurück ins Zimmer.

Rosa musste sich setzen und sank auf eine der steinernen Bänke, die überall an der Promenade aufgestellt waren.

Viele Möglichkeiten gab es nicht. Die Frau sah gut aus. So viel hatte sie auf Anhieb gesehen und sofort das Vergleichsprogramm aufgerufen. Sie war größer und schlanker als Rosa, ob sie auch jünger war, konnte man aus der Entfernung nicht abschätzen. Wahrscheinlich eine Touristin, denn Rosa kannte das Appartement und wusste, dass Mauro ab und zu an Touristen vermietete. Neri hatte sie anscheinend kennengelernt, als er die mit der Fähre Ankommenden befragte, und war ihr sofort ins Appartement gefolgt. Ein paar nette Sätze – und ab in die Kiste. Das waren ja schöne Zustände. Neri war also kein stilles Wasser, sondern ein Draufgänger und Schwerenöter, der es perfekt verstand, die Frauen um den kleinen Finger zu wickeln.

Rosa hatte immer geglaubt, eine gute Menschenkenntnis zu besitzen, aber auf diesen schüchternen Carabiniere war selbst sie hereingefallen.

Enttäuscht und verletzt ging sie langsam nach Hause. Sie fühlte sich kraftlos und schlapp, ihre erfrischende Energie und ihr aufrechter, stolzer Gang waren verschwunden. Wenn man sie so sah, mit rundem Rücken und traurig eingefallenen Schultern, wirkte sie zehn Jahre älter, als sie war.

Neri kam in der Mittagspause.

»Rosa, es tut mir leid, dass ich gestern Abend nicht mehr gekommen bin. Aber es ging einfach nicht. Und ich konnte dir auch nicht Bescheid sagen.«

»So«, meinte sie spitz, »konntest du nicht.«

»Nein. Weil …« Neri schluckte und schämte sich entsetzlich. »Meine Frau ist gekommen. Sie war auf der Unglücksfähre und wollte mich mit ihrem Besuch überraschen.«

Das hatte Rosa nicht erwartet. Sie war völlig perplex. Dieser Schweinehund hatte sie also belogen und war doch verheiratet.

»Wie hast du denn jetzt so schnell eine Familie aus dem Hut gezaubert? Ich denke, du hast keine?«

»Doch. Ich weiß auch nicht, warum ich das gesagt habe. Es ist mir einfach so rausgerutscht, weil ich dich so aufregend fand.«

Sie lachte kurz und bitter auf. »Weißt du was, Neri? – Verschwinde!«

»Rosa, es tut mir leid! Es tut mir wirklich leid. Meine Frau bleibt nur übers Wochenende, dann ist alles wieder gut, ja?«

Rosa baute sich vor ihm auf, und ihre Augen funkelten wütend. »Geh mir aus den Augen, Donato Neri, und lass dich hier nie wieder blicken!«

Neri sah sie irritiert an, aber ihr Blick blieb hart und kalt.

Daraufhin drehte er sich um und verließ ohne ein weiteres Wort Rosas Wohnung.

52

Minetti hatte sich gerade Milchkaffee gekocht und stippte sein Croissant hinein, als das Telefon klingelte. Die Störung passte ihm gar nicht. Es war schon schlimm genug, dass er an diesem Morgen im Büro saß, weil Neri immer noch mit dem leidigen Fährunglück am Hafen beschäftigt war, aber die Kaffeestunde war ihm heilig. Daher überlegte er, ob er abheben oder es einfach weiterklingeln lassen sollte, doch dann entschied er sich schweren Herzens, an den Apparat zu gehen. Zu dieser unchristlichen Zeit morgens um zwanzig nach neun konnte es etwas Wichtiges sein, denn seine Freunde wagten ihn erst nach elf Uhr anzurufen.

Dementsprechend unwirsch meldete er sich, brüllte ein unfreundliches Pronto in den Hörer, zuckte aber augenblicklich zusammen, als er hörte, dass die Kollegen der Kripo aus Deutschland am Apparat waren. Seit Neri ihm gestern Abend von dem Fax aus Berlin erzählt hatte, hatte er so etwas tief in seinem Unterbewusstsein schon befürchtet.

Die Kommissarin Susanne Knauer begrüßte ihn und zog dann einen Dolmetscher hinzu, der durch seine Simultanübersetzung das Gespräch erheblich erleichterte.

Minetti war dankbar dafür. Er konnte es nicht ausstehen, sich mit jemandem unterhalten zu müssen, der nicht Italienisch sprach.

»Sie haben mein Fax bekommen?«, begann Susanne freundlich.

»Aber ja. Und ich muss sagen, ich kann es kaum glauben, dass die DNA des Mörders in Berlin mit der, die wir hier auf der Insel gefunden haben, identisch ist.«

»Das stimmt. Es ist sehr merkwürdig, aber es ist eine heiße Spur, der wir unbedingt nachgehen müssen.«

»Sicher.« Minetti hoffte, dass die Signora Knauer seinen leisen Seufzer nicht gehört hatte.

»Der Mann, den wir suchen, ist also auf Giglio gewesen, oder er ist immer noch dort. Dazu kommt, dass er uns direkt von der Insel Giglio eine Ansichtskarte geschickt hat. Es zeugt von einer ungeheuren Hybris. Angst, gefasst zu werden, hat er offenbar nicht, und er leidet auch nicht an mangelndem Selbstbewusstsein.«

»Oh.« Minetti musste grinsen. Das war ja sehr elegant formuliert.

»Wir möchten Sie bitten, uns Amtshilfe zu leisten, Commissario Minetti. Gibt es irgendeine Möglichkeit herauszufinden, ob ein Deutscher vor circa drei Wochen auf Giglio Urlaub gemacht hat?«

»Madonna«, meinte Minetti und stöhnte vernehmlich. »Das ist sehr sehr schwierig. Als wir Ihr Fax bekamen, haben wir uns selbstverständlich sofort an die Arbeit gemacht. Das heißt, wir haben Himmel und Hölle in Bewegung gesetzt. Es gibt hier auf der Insel dreizehn Hotels. Die haben wir sofort überprüft.«

Er wunderte sich, wie leicht ihm die dreiste Lüge über die Lippen kam.

»Und?«, fragte Susanne ungeduldig.

Minetti stippte sein Croissant in den Kaffee und schlürfte genüsslich. Es war ihm egal, ob die Kollegin das hören konnte, er hatte sie nicht gebeten, um diese Zeit anzurufen. In dieser kurzen Denkpause entschied sich Minetti, ihr von der goldenen Klammer zu erzählen. So war die Suche – wenigstens theoretisch – ein wenig einzugrenzen, denn auf der Insel gab es viele Deutsche, die im Sommer Urlaub machten. Und Minetti wollte unter allen Umständen verhindern, dass diese Signora Knauer angereist kam und noch mehr Staub aufwirbelte.

»Wir haben übrigens am Tatort, das heißt an dem Ort, an dem die beiden Ragazzi zu Tode gestürzt sind, eine goldene Klammer für Geldscheine gefunden. Mit den Initialen M. v. S. – Sagt Ihnen das etwas?«

»Nein. Aber gut zu wissen.«

»Es ist nur ein vager Hinweis. Die Klammer kann jedem gehören. Wir haben hier jeden Tag Hunderte Tagestouristen. Je nach Jahreszeit. Und alle machen Spaziergänge über die Klippen.«

»Verstehe.«

»In den Hotels hat sich niemand eingetragen, zu dem diese Initialen gepasst hätten. Aber das will natürlich nichts heißen. Der Mann, den Sie suchen, kann sich unter jedem x-beliebigen Namen eingemietet haben.«

Am andern Ende der Leitung war es für ein paar Sekunden still. Minetti wusste, dass er dabei war, die Hoffnung der Kollegin Stück für Stück zu zerschlagen, doch das störte ihn nicht.

Daher fuhr er fort: »Es gibt natürlich massenweise Privatunterkünfte. Aber mal ganz unter uns, Frau Kollegin: Auf Giglio leben arme Menschen, und hier vermietet niemand offiziell. Das geht alles an der Steuer vorbei. Das heißt, Sie werden niemanden treffen, der Ihnen eine ehrliche Antwort gibt. Und wenn – dann ist es wie in den Hotels. Die Namen müssen nicht stimmen.«

Minetti hörte, dass der Dolmetscher leise lachte.

»Und das sagen Sie so in Ihrer Funktion als Carabiniere?«

»Was soll ich machen? Alle Bürger als Steuerhinterzieher anzeigen? Nein. Die Menschen hier sind meine Freunde, und es gibt Dinge, die weiß man, aber man redet nicht darüber. Außerdem ist das eine Sache der Guardia di Finanza. Wir Carabinieri kümmern uns um die Kapitalverbrechen.« Ganz automatisch streckte er seinen Rücken und saß jetzt – zumindest für wenige Sekunden – gerade.

»Das kann doch alles nicht wahr sein«, murmelte Susanne Knauer, und Minetti machte ein bedenkliches Gesicht. Auch wenn sie es nicht sehen konnte.

»Oder aber der Mann war nur einen Tag auf der Insel«, fuhr Minetti fort. Allmählich begann ihm das Gespräch Spaß zu machen, denn die Deutsche hatte offensichtlich keine Ahnung, wie die Uhren auf Giglio tickten. Er bekam immer bessere Laune. »Vielleicht ist Ihr Mörder ja auch morgens früh mit der Fähre gekommen und abends wieder gefahren? Dann bleibt er auf alle Fälle anonym, denn auf den Tickets steht kein Name.«

»Das gibt es doch nicht, dass Sie keine Möglichkeit haben, mir eine Liste derjenigen deutschen Touristen zu erstellen, die sich in der fraglichen Zeit auf Giglio aufgehalten haben!« Der freundliche Klang war aus Susannes Stimme verschwunden.

»Doch, das ist so, Signora! Wir sind hier kein Polizeistaat, sondern nur eine kleine, romantische toskanische Insel. Jeder kann kommen und gehen, wie es ihm gefällt, ohne den Pass vorzeigen zu müssen. Versuchen Sie mal zu ermitteln, welche Italiener am Soundsovielten auf dem Oktoberfest in München waren. Da werden Sie auch keinen Erfolg haben.« Seit Jahren träumte er davon, das Oktoberfest zu besuchen, aber bis jetzt hatte es noch nie geklappt. Umso ärgerlicher, da fast alle seine Kollegen schon dort gewesen und total begeistert waren.

Susanne Knauer schwieg und sagte schließlich: »Sie haben ja recht, entschuldigen Sie meine Ungeduld, aber es ist so ernüchternd, und im Moment ist Giglio unser einziger Anhaltspunkt.«

Jetzt klang sie ganz klein mit Hut. Das gefiel Minetti schon besser.

»Aber mal etwas ganz anderes, Frau Kommissarin: Sind Sie sicher, dass der Mörder, den Sie suchen, überhaupt ein Deutscher ist?«

»Er hat bereits zweimal in Berlin gemordet, daher liegt die Vermutung nahe.«

»Vielleicht. Es kann aber auch ein Albanese, Franzose, Chinese oder Russe sein. Und insofern wissen wir überhaupt nicht, wo wir mit der Suche ansetzen können.«

»Halten Sie es für sinnvoll, wenn ich oder meine Kollegen nach Giglio kommen?«

»Eher nicht, so gern ich Sie auch kennenlernen würde, Signora, denn Ihre Stimme klingt äußerst sympathisch«, schmeichelte Minetti ihr. »Ich denke, Sie können hier nichts ausrichten. Was wir tun können, tun wir, und wir kennen uns vor Ort natürlich wesentlich besser aus.«

Susanne erwiderte nichts. Sie war offensichtlich sprachlos, und Minetti war sehr zufrieden. Er rührte in seinem Kaffee und wartete ab.

»Gut. Dann bitte ich Sie, Commissario, den Fall nicht aus den Augen zu verlieren und mich bei der kleinsten Kleinigkeit zu informieren«, sagte sie nach einer kurzen Pause.

»Das ist doch selbstverständlich, und es wird mir eine Freude sein.«

»Vielen Dank für Ihre Mühe.«

»Grazie a lei e una buona giornata!« Minetti legte auf.

Er lehnte sich zurück, streckte sich wohlig und war sehr froh, wie problemlos er die Wogen wieder einmal geglättet hatte.

Alles war gut. Zumindest auf Giglio. Er nahm die Akte, auf die er »Berlino/Giglio« geschrieben hatte, und ließ sie tief in einer Schublade verschwinden.

53

Galgano, August 2009

Es war sein letzter Tag in Italien, ein strahlend schöner Hochsommertag mit dunkelblauem Himmel und klarer Sicht bis zum Horizont, und Matthias spürte, dass er wehmütig wurde. Vorgestern hatte völlig überraschend Thilda angerufen. Er wusste, dass sie nur im Notfall anrief, und bekam einen Heidenschreck, als das Telefon klingelte und er auf dem Display ihre Nummer erkannte.

»Keine Sorge«, begann sie sachlich, »ich rufe dich nicht an, weil es deiner Mutter schlechter geht – im Gegenteil.« Sie nahm regelrecht Anlauf. »Matthias, deine Mutter redet wieder. Nicht viel, aber immerhin. Und unentwegt fragt sie nach ihrer *Prinzessin!*«

Matthias hätte heulen können, so glücklich war er. Sie kam zurück! Sie erinnerte sich wieder! Er musste nach Hause. Unbedingt. Sie rief nach ihm. *Er* war ihre Prinzessin, er wollte so schnell wie möglich zu ihr und für sie da sein.

Im ersten Moment konnte er kaum sprechen. Seine Stimme war belegt. »Ich komme, so schnell ich kann«, sagte er. »In zwei, drei Tagen bin ich da!«

Thilda kommentierte die eilige Rückkehr nicht. »Prima, das ist sicher gut für sie. Aber ich wollte dir nur sagen, dass sie jetzt im Heim ist. Bei der Reha haben sie sie rausgeworfen, da kann man schließlich nicht ewig bleiben, das ist der ganz normale, automatische Weg.«

»Heim? Wie? In welchem Heim?«

»Im Heim der Barmherzigen Schwestern. Ich glaube, das ist in Ordnung, es erschien mir ganz okay. Ich hatte auch nicht die Zeit, mir noch sechsundzwanzig andere Heime anzugucken.«

»Warum hast du mich nicht angerufen?«

»Ich hab es zweimal versucht und keinen Anschluss bekommen. Vielleicht warst du gerade in einem Funkloch. Und dann musste ich schnell entscheiden. Sie ist auch erst seit ein paar Tagen dort.«

»Wie hast du das alles geregelt?«

»Ich bin hingefahren, hab den Vertrag unterschrieben, und dann wurde sie dorthin transportiert. Die Rechnung bekommst du irgendwann. Oder vielleicht ist sie auch schon in der Post.«

»Danke, Thilda. – Wann kann ich zu ihr?«

»Jederzeit. Rund um die Uhr, wenn du willst.«

Thilda legte auf, und Matthias ließ seinen Tränen freien Lauf.

Er musste und wollte nach Hause, aber die bevorstehende Trennung von Gianni machte ihm jetzt schon zu schaffen.

Um zwölf Uhr holte Matthias Gianni in Siena ab. Er wollte einen letzten, wunderschönen Ausflug mit ihm machen, wollte etwas haben, was ihm in Erinnerung blieb.

Gianni stand – wie verabredet – pünktlich vor seiner Haustür, und dann fuhren sie auf der Autostrada in Richtung Grosseto und bogen nach kurzer Fahrt nach San Galgano ab. Gianni hatte gemeint, in der Toskana gäbe es nichts Vergleichbares.

Schon der von Zypressen gesäumte Weg bis zur Abtei war einmalig. Als sie sich auf der Zypressenallee der Abtei näherten, hörte er den knirschenden Kies unter seinen dünnen Ledersohlen, und er wusste, dass er nicht ging, sondern *schritt*. Ein wunderbares Gefühl, denn seinen gelassenen, gleichmäßigen und gleichzeitig erhabenen Gang würden ohne Zweifel auch andere bemerken. Nicht zuletzt Gianni, von dem er inzwischen wusste, wie sehr er ihn bewunderte, und dem er vor drei Tagen gestattet hatte, *Matthias* statt *Dottore* zu ihm zu sagen. Natürlich hatte ihm das *Dottore* ausgesprochen gut gefallen, aber als vertrauenschaffende und freundschaftsfördernde Maßnahme war es wichtig, mit dem Vornamen angesprochen zu werden.

Matthias hatte Bilder von der Abtei San Galgano gesehen und Großes erwartet, aber als er dann wirklich in dem gewaltigen, hohen und ungedeckten Kirchenschiff stand, war er überwältigt. Er konnte sich gar nicht sattsehen, legte den Kopf in den Nacken und ließ die außergewöhnliche Atmosphäre der hohen Kirchenmauern mit den gotischen Fenstern und darüber die überraschende Weite des stahlblauen Himmels langsam und lange auf sich wirken.

»Komm«, flüsterte er. »Setzen wir uns, und du erzählst mir was über San Galgano.«

Gianni hatte schon am Tag zuvor, als sie wussten, wohin sie fahren würden, ausführlich über dieses Kloster gelesen.

»1218 wurde erbaut la chiesa. Von französische Zisterzienser. Hierhin war zurückgezogen der heilige Galgano von Ambrogio Lorenzetti, er liebte zu sein ganz einsam. Ha capito, la guerra isse sinnlos. Wollte nie wieder kämpfen in eine Schlacht.«

Matthias hörte andächtig zu und sah aus, als würde er vor seinem inneren Auge die Geschehnisse der Vergangenheit an sich vorbeiziehen lassen.

Ganz sacht, ganz sanft und beinah zufällig legte er seine Hand auf Giannis Knie.

Gianni zuckte zusammen. Er wusste nicht, was er machen sollte, glaubte, seinen Gönner und Freund zu verärgern, wenn er sein Knie jetzt einfach zur Seite zog, sodass dessen Hand abrutschen musste. Also versuchte er, dem Ganzen keine Beachtung zu schenken, es als eine normale, freundschaftliche Geste hinzunehmen und einfach weiterzureden.

»Galgano hatte geschworen, von jetzt an sein Leben Gott zu gebe. Zu zeige, dass er mache Ernst, wollte er zerbrechen sein Schwert auf der Klippe, aber Schwert fuhr hinein in den Fels. Bis zum Griff.« Matthias' Hand rückte auf seinem Bein ein wenig höher. »Du kannst es sehen in Chiesina Monte Siepi«, hauchte Gianni mit zitternder Stimme.

Ihm brach der Schweiß aus.

»Ja, das können wir«, flüsterte Matthias. Er schloss die Augen, zog die Hand zurück und faltete seine Hände.

Gianni war so erleichtert, dass er beinah laut geseufzt hätte.

Er sagte nichts mehr, sondern ließ Matthias diesen stillen Moment, der minutenlang dauerte.

Dann standen sie auf und gingen in die Kapelle.

Matthias war locker und entspannt wie immer. Als wäre nichts gewesen, als hätte es diese Berührung niemals gegeben. Nach der ausführlichen Besichtigung der Abtei machten sie einen langen Spaziergang und gingen dann am Abend in Monticiano essen.

Am Tag zuvor hatte Matthias Gianni in sein Appartement bestellt und ihm ganz genau erklärt, was er dort bis zu Matthias' Rückkehr im Oktober noch erledigen sollte. Es ging darum, das Bad zu streichen, bestellte Möbel anzunehmen, Vorhänge, Überdecken, Teppiche und verschiedene Accessoires zu besorgen, die in Italien schwer zu finden waren. Es erforderte langes Suchen, viel Hin-und-her-Fahrerei von einer Stadt zur andern und vor allem eine Menge Zeit. Matthias wollte, dass in seiner Wohnung in zwei Monaten alles perfekt war.

Gianni kannte Matthias' Vorstellungen, er hatte ganz genau verstanden, worauf es ankam, und er übernahm die Aufgabe gern. Damit hoffte er, Matthias vielleicht mit seiner Kreativität beeindrucken zu können.

Matthias hatte nach dieser Besprechung ein gutes Gefühl. Gianni war feinfühlig genug und würde seinen Geschmack treffen. Und es war ja nicht nur dies. Er war sich ganz sicher, dass Gianni dieser Wohnung etwas von seiner Seele einhauchen und Matthias es dort mit jedem Atemzug spüren würde.

An diesem Abend wollte er nun nicht über die Wohnung sprechen. Gianni sollte sich nicht wie ein Angestellter vorkommen, sondern wie ein Freund.

»Warum musst du nach Deutschland?«

»Wegen meiner Mutter, wegen meines Sohnes und wegen meiner Arbeit. Aber vor allem wegen meiner Mutter. Sie ist sehr krank, ist im Heim, und sie braucht mich. Das verstehst du doch, oder?«

»Certo.« Wenn ein Italiener überhaupt etwas nachvollziehen konnte, dann war es die Sorge um die eigene Mutter.

»Und wann?«, fragte Gianni und nippte an seinem Wein.

»Morgen früh. Ich schätze mal so um acht. Denn ich will durchfahren, und wenn ich Glück habe und nicht viel Verkehr ist, bin ich in zwölf Stunden zu Hause. Irgendwann musst du mal mitkommen, Gianni. Dann zeige ich dir Berlin.«

Gianni lächelte. »Va bene.«

Matthias sah ihm in die Augen. »Ich fahre gar nicht gern weg. Am liebsten würde ich hierbleiben.«

»Sì, sì ... Aber Berlino isse interessante. Sicuro. Hier isse langweilig.«

»Mit dir ist es nie langweilig.«

Gianni errötete. Er fühlte sich gehemmt, wusste nicht, was er sagen sollte.

Matthias nahm seine Hand. »Du bist mir ein richtiger Freund geworden, Gianni. Ich bin sehr froh, dass wir uns kennengelernt haben.«

Gianni entzog ihm die Hand und lächelte entschuldigend. »Ich auch felice.«

In diesem Moment trat der Ober an den Tisch und schenkte Wein nach, was die Atmosphäre ein bisschen entkrampfte.

Matthias war klar, dass in der Beziehung zu Gianni noch ein weiter Weg vor ihm lag, bis Gianni sich ihm gegenüber völlig entspannte. Aber eines Tages würde er seinen Widerstand aufgeben und ihn lieben. So wie Matthias Gianni jetzt schon liebte. Vielleicht bekäme er ja doch noch einmal eine zweite Chance und einen zweiten Dennis.

Als Matthias Gianni gegen dreiundzwanzig Uhr nach Hause fuhr und vor seiner Wohnung in zweiter Spur parkte, beugte er sich zu ihm und küsste ihn auf beide Wangen.

»Ciao, amico«, sagte er. »Wir können ja ab und zu mal telefonieren.«

»Va bene.«

»Pass auf dich auf, Gianni, denn ich habe Angst vor jedem Regentropfen, dass er dich erschlagen könnte.« Dieser Satz war aus irgendeinem Gedicht, aber Matthias wusste nicht mehr, aus welchem. Das war ja auch egal. Er fand jedenfalls, dass diese Worte an dieser Stelle und in dieser Situation wunderbar passten. Gianni würde ihn als einen poetischen, zartbesaiteten Menschen in Erinnerung behalten.

Gianni lächelte. »Buon viaggio. E grazie per tutto!«

Damit stieg er aus dem Wagen, winkte noch einmal kurz und verschwand im Haus.

54

Berlin, August 2009

Es war wie in einem immer wiederkehrenden Albtraum: An der Tür klingelte es, er öffnete, und vor ihm stand eine grinsende Fratze, die ihm unverständliche türkische oder arabische Brocken zuzischte und ihm gleichzeitig ein Messer in den Bauch rammte.

Jedes Mal erwachte er schweißgebadet und rappelte sich auf, um sich zur Toilette zu schleppen und vielleicht so den beängstigenden Albtraum abzuschütteln.

Albträume waren wie Vampire: Sie fürchteten das Licht des Tages und verschwanden dann sofort. Aber auch eine grelle Badezimmerbeleuchtung konnte schon helfen.

Und nun klingelte es wirklich an der Tür.

Alex schreckte auf und sah unwillkürlich zur Uhr. Dreizehn Uhr dreißig. Das war nicht unbedingt die Zeit, die sich Kemal und Salih für ihre Rachefeldzüge aussuchten. Aber was konnten sie auch noch von ihm wollen? Leyla war in der Türkei und würde mit ziemlicher Sicherheit nie mehr zurückkehren.

Es klingelte erneut. Länger und anhaltender.

Alex stöhnte wie ein verwundetes Tier, schleppte sich zur Tür und sah durch den Spion.

Vor der Tür stand sein Vater.

Du lieber Himmel! In seinem Loft hatte er seit Wochen nicht mehr aufgeräumt, geschweige denn sauber gemacht. Er hatte seit ewiger Zeit Tag und Nacht dieselben Klamotten an, seine fettigen Haare klebten strähnig am Kopf, und wahrscheinlich stank er wie ein Puma.

Er hatte zu nichts Lust. Warum konnten sie ihn alle nicht einfach in Ruhe lassen?

Dennoch öffnete er.

So ein guter Schauspieler war Matthias nicht, dass er spontan verbergen konnte, wie sehr ihn der Anblick seines Sohnes erschreckte. Ein verwahrlostes menschliches Wrack stand ihm da gegenüber. Wie ein Penner unter der Brücke wirkte er, nur allein die Tatsache, dass er noch in seiner Wohnung war, gab ihm ein kleines bisschen Schutz.

Alex' Augen waren blutunterlaufen, von feinen geplatzten Äderchen durchzogen, darunter tiefe dunkle Schatten. Seine Haut war blass und wächsern, seine Hände hingen schlaff und kraftlos herab, und Matthias konnte sich gar nicht vorstellen, dass sie noch vor einiger Zeit stundenlang schwere Eisenpfannen geschwenkt hatten.

Er schob sich zur Tür hinein und versuchte seinen Sohn in den Arm zu nehmen, aber der entzog sich ihm sofort.

»Musst du nicht gleich los? Und willst du so zur Arbeit gehen?« Matthias hätte sich für diese Frage ohrfeigen können. Anstatt zu fragen, wie es ihm gehe, ob er krank oder ob irgendetwas passiert sei, kam er sofort mit diesem spießbürgerlichen Interesse und der versteckten Kritik.

»Ich muss nirgendwohin«, sagte Alex müde. »Ich hab keinen Job mehr. Hab in'n Sack gehauen.«

Matthias war entsetzt. »Und nun?«

»Nix *nun*. So ist das eben. Wahrscheinlich ganz normal in dieser Scheißzeit und in dieser Scheißgesellschaft.«

»Kriegst du Stütze?«

»Nee. Bin ja gesperrt, weil ich bei diesen Schindern, Halsabschneidern und Betrügern die Notbremse gezogen hab und gegangen bin. So was wird bestraft in Deutschland. Wenn der Arbeitgeber monatelang keine Knete rüberwachsen lässt – das ist egal. Da kommt ihm keiner aufs Dach. Aber wenn du dann aus lauter Notwehr kündigst, kriegst du vom lieben Arbeitsamt noch zusätzlich eins auf den Deckel. Ich sag dir, wenn ich 'ne Knarre hätte, würde ich auf dieses verlogene Scheißamt gehen und jeden erschießen, der mir vor die Flinte kommt.«

»Mein Gott, hör auf, so zu reden!«

»Na, ist doch wahr!« Alex ließ sich schwer auf seine Matratze fallen und machte eine einladende Handbewegung. »Setz dich irgendwo, wenn du willst und wenn du 'nen Platz findest. Zu trinken kann ich dir nichts anbieten, der Kühlschrank ist leer, ich trinke nur noch aus der Leitung. Hab noch nich mal mehr Alkohol.«

»Seit wann hast du nichts mehr gegessen?«

»Seit drei Tagen vielleicht. Können aber auch vier sein.«

Matthias war von der haarsträubenden Situation überfordert und im Moment unfähig, blitzschnell zu überlegen, was jetzt am besten zu tun sei. Er nahm schmutzige Wäsche von einem Stuhl und setzte sich.

»Was machen wir bloß mit dir?«, fragte er leise.

Alex' Hände zitterten so, dass er es kaum schaffte, sich eine Zigarette zu drehen. Dann fing er stumm an zu weinen.

Matthias ließ ihn eine Weile in Ruhe und wartete ab. Als Alex' Tränen versiegt waren und er hektisch an einer Zigarette zog, sagte er: »Komm doch einfach eine Weile mit nach Italien. Ich hab dort eine ganz süße Wohnung gekauft, du kannst dort wohnen und bleiben, solange du willst. Allein, mit mir, mit Freunden, ganz egal. Nur dass du mal auf andere Gedanken und aus diesem Irrsinn hier rauskommst.«

»Leck mich am Arsch mit deinem blöden Italien«, fauchte Alex.

Matthias zuckte zusammen. »Wieso? Was hast du denn dagegen?«

»Leck mich am Arsch mit deinem blöden Italien!«, schrie Alex mit hoher Fistelstimme. Jetzt war er nicht mehr blass, sondern knallrot im Gesicht und zitterte am ganzen Körper vor Wut. Dennoch gab er ein erbärmliches, bemitleidenswertes Bild ab. »Ich will nicht nach Italien, kapierst du das nicht? Da werd ich verrückt! Ich kann die Sprache nicht, da gibt es nur italienisches Fernsehen, italienische Filme im Kino, ich kenn da niemanden, alle reden nur dieses verdammte Italienisch. Also, was soll ich da?«

Stimmt. Was sollte er da?, überlegte Matthias. Alex konnte nicht wochenlang im Liegestuhl liegen und die schöne Aussicht genießen. Was er brauchte, waren ein vernünftiger Job, ein geregelter Tagesablauf, Geld im Portemonnaie und Lebensmittel im Kühlschrank. Denn im Grunde seiner Seele liebte er sein Loft.

»Was hältst du davon, wenn ich uns ein paar Pizzen bestelle?«

»Meinetwegen. Und vielleicht liefern die ja auch Bier mit.«

Matthias telefonierte. Der Pizzaservice versprach, in weniger als einer halben Stunde da zu sein.

»Möchtest du denn im Moment überhaupt wieder arbeiten? Oder willst du dich lieber eine Weile erholen?«

»Erholen? Erholen?«, keifte Alex. »Nennst du das hier erholen? Sieht das hier nach Sommerfrische aus? Ich würde das dahinvegetieren nennen. Je eher ich hier nicht mehr vierundzwanzig Stunden am Tag rumhänge, umso besser.«

»Okay. Also willst du arbeiten?«
»Natürlich will ich arbeiten.«
»Ich könnte im Rautmann's vielleicht was für dich tun. Du weißt, ich kenne den Küchenchef ziemlich gut, und ich bin sicher, er tut mir gern mal einen Gefallen.«
»Meinetwegen. Versuch's.«
Matthias war überrascht. Er hatte damit gerechnet, dass ein Vorschlag, der von ihm kam, sofort abgeschmettert wurde, aber Alex wirkte plötzlich zahm und gefügig, wie ein Luftballon, aus dem langsam die Luft entwich.
»Der Laden ist – glaub ich – in Ordnung. Ich kann mir nicht vorstellen, dass da solche Zustände und solch ein Ton herrschen wie im Hotel. Ich war auch schon oft in der Küche, das sieht da alles sehr, sehr anständig aus.«
»So von außen sieht immer alles anständig aus. Und normalerweise bist du nur nach Feierabend in der Küche. Da ist dann natürlich Ruhe. Aber wir können es ja mal versuchen. Schlimmer kann's schließlich nicht kommen. – Übrigens hab ich mein Konto schon bis zum Gehtnichtmehr überzogen, da wird nichts mehr abgebucht. Als Nächstes stellen die mir hier Strom und Telefon ab.«
Matthias wollte das alles nicht mehr hören. Am liebsten wäre er auf der Stelle zurück nach Italien gefahren, um von all dem nichts mitzubekommen. Aber er musste dringend ins Büro, einiges klären, vielleicht ein paar Aufträge an Land ziehen und eventuell sogar die eine oder andere Immobilie verkaufen, bevor er wieder losziehen konnte.
Berlin war einfach nicht zu ertragen. Kaum war man ein paar Stunden hier, schwappte das Elend über einen wie die übelriechende Woge aus einer Kloake. Er wollte das alles nicht mehr, die Welt war so schön, und das Leben war zu kurz, um davor die Augen zu verschließen.

55

Matthias war so aufgeregt wie ein Kind vor der Bescherung am Heiligabend.

Als er das Heim betrat, rannte er über den Flur, riss die Tür auf, stürzte ins Zimmer und fiel vor seiner Mutter, die im Rollstuhl am Fenster saß, auf die Knie.

»Mama!«, rief er. »Deine Prinzessin ist wieder da!«

Henriette war wie immer bestens frisiert, und ihre weißen Haare waren wie in den Zwanzigerjahren in Wellen gelegt. Sie saß mit gefalteten Händen da, und ihre wuchtigen Ringe glänzten in der Nachmittagssonne, die trotz der dünnen, weißen Gardinen ins Zimmer schien.

Vorsichtig legte sie ihre Hände auf seinen Kopf, als wollte sie ihn segnen.

»Ich bin's!«, flüsterte er noch einmal. »Deine Prinzessin!«

Langsam, wie ein Nebel, der sich verzog, erschien ein Lächeln auf ihrem Gesicht.

»Prinzessin!«, hauchte sie. »Oh mein Gott, meine Prinzessin!«

Ihre Augen wurden feucht, und ihre Hände zitterten.

Matthias stand auf und setzte sich aufs Bett.

»Wie geht es dir? Wie fühlst du dich?«

Sie antwortete nicht, sondern begann ihren Handrücken zu kratzen.

Er sah sich um. Der ganze Raum war quittegelb gestrichen, eine Farbe, die er auf den Tod nicht ausstehen konnte. Auf der sonnengelben Wand prangte, dem Bett genau gegenüber, ein bedrohliches dunkelbraunes Holzkreuz, das einschüchternd wirkte und fast jede weltliche Wanddekoration unmöglich machte.

Der quadratische Tisch am Fenster war mit einem grauen, abwaschbaren Belag beklebt, ebenso die Sitzflächen der beiden Stühle, die unter den Tisch geschoben waren. An der Wand ein Toilettenstuhl, ein Regal mit einigen zerlesenen Büchern aus dem Heim, daneben auf einem fahrbaren Tischchen ein Fernseher und neben der Badezimmertür ein kleiner Schrank aus hellem Holz. Vor der gelben Wand sah der Schrank primitiv und erbärmlich aus.

Das war alles. Keine Bilder, keine Blumen, keine Teppiche, keine Tischdecke – nichts. Überhaupt keine persönlichen Dinge.

»Wo sind deine Sachen, Mama?«

Sie zuckte mit den Achseln.

»Haben die aus der Reha nichts hierhertransportiert?«

Wieder Achselzucken.

In Matthias stieg die Wut hoch. Thilda hätte ja wenigstens mal nachfragen und sich drum kümmern können.

Er ging zu ihr und streichelte vorsichtig ihre Wange. »Wie schön, dass es dir so gut geht, Mama! Kannst du mir sagen, wie du dich fühlst?«

»Ich will weg hier«, sagte sie tonlos. »Bitte!«

»Alles, was du willst, Mama. Jeden Wunsch, den du hast, werde ich dir erfüllen. Das verspreche ich dir.«

Um achtzehn Uhr sprach Matthias kurz mit der Pflegerin und verließ das Heim, als das Abendessen auf den Tisch kam.

»Sie hat von Tag zu Tag mehr lichte Momente«, hatte die Pflegerin erklärt, »aber das wissen Sie sicher alles längst. Manchmal murmelt sie den ganzen Tag ohne Pause vor sich hin, aber dann spricht sie auch wieder tagelang kein Wort. So ist das eben. Noch ist ihr Gehirn durcheinander. Es spuckt aus, was gerade kommt. Jeder Kontakt tut ihr gut. Sie braucht jetzt Anreize, Beschäftigung, man muss sie einfach fördern und das Gehirn trainieren. Manchmal – aber nicht immer – ist sie sogar in der Lage, Fragen zu beantworten. Das ist in ihrem Zustand wirklich eine Sensation! Die Windel braucht sie leider, laufen kann sie überhaupt nicht, aber sie schafft es schon, sich ein bisschen und langsam mit dem Rollstuhl allein fortzubewegen.

All diese Dinge sind ein riesengroßer Fortschritt. Und wenn Sie bedenken, wie wenig Zeit erst seit dem Schlaganfall vergangen ist, grenzt es fast an ein kleines Wunder. Also müssen wir zufrieden sein. Mehr kann ich Ihnen im Moment nicht sagen.«

Matthias bedankte sich und versprach, so bald wie möglich wiederzukommen und seine Mutter überhaupt regelmäßig zu besuchen, wenn er in Berlin war.

Als er anschließend mit schwebenden, beinah tänzelnden Schritten den Flur entlang bis zum Ausgang ging, sah ihm die Pflegerin nach und wusste nicht so recht, was sie von dem Versprechen halten sollte.

Um einundzwanzig Uhr dreißig, nachdem er sein Gepäck nach Hause gebracht und sich geduscht und umgezogen hatte, betrat er das Rautmann's.

Carlo war erfreut, ihn zu sehen.

»Sie waren aber lange nicht da! Wir haben uns schon Sorgen gemacht!«

»Ich war verreist. In Italien.« Matthias grinste breit.
»Ach! Wo denn?«
»Auf einem Landgut in der Nähe von Siena. Es war sehr schön.«
»Das glaub ich. Traumhaft!«
Matthias setzte sich und nahm die Speisekarte in die Hand. Er hatte keine Lust, sich noch länger über Italien zu unterhalten.
»Was können Sie mir denn empfehlen?«
»Unser Tagesmenü ist heute etwas ganz Besonderes: italienischer Nudelsalat mit Zucchini und getrockneten Tomaten, dann Saltimbocca alla Romana und als Dessert Erdbeertiramisu.«
»Wunderbar. Das nehme ich und dazu eine Flasche Brunello.«
»Sehr gern.« Carlo entfernte sich, um die Bestellung aufzugeben.
Matthias aß langsam, ruhig und mit Bedacht. Von den beiden Pizzen, die er heute Mittag für Alex und sich bestellt hatte, hatte er nur einen kleinen Happen gekostet, den Rest hatte Alex regelrecht verschlungen. Matthias hatte ihm zugesehen und darauf gewartet, dass er sofort alles wieder erbrechen würde, aber das Gegenteil geschah. Von Bissen zu Bissen ging es Alex besser, und als die Pizzen aufgegessen waren und Alex vier Bier getrunken hatte, verirrte sich sogar ein dankbares Lächeln auf sein Gesicht.
Es brach Matthias fast das Herz. Das konnte einfach nicht sein Sohn sein, der genauso am Ende war wie die übergewichtigen Asozialen in den reißerischen Dokus der privaten TV-Sender, bei denen sich die Zuschauer an den Elendsgeschichten weideten und an dem Unvermögen derer ergötzten, die unfähig waren, in einer streit- und gewaltfreien Beziehung zu leben.

»Ich komme wieder«, hatte er zu Alex gesagt. »Mach dir keine Sorgen, ich finde einen Weg.«

Dann war er gegangen und hatte Alex in seinem Chaos allein zurückgelassen.

Das Saltimbocca im Rautmann's war fantastisch. Matthias ließ jeden Bissen im Munde zergehen und wünschte sich, Alex würde öfter mit ihm essen gehen, anstatt ständig die schweren, fettigen Pizzen mit hart und kalt gewordenem Analogkäse und gewellten, trockenen Salamischeiben in sich hineinzustopfen.

Nach der Hauptspeise fragte er Carlo, ob der Küchenchef vielleicht einen Moment Zeit für ihn habe.

»Das könnte sein«, meinte Carlo ausweichend. »Ich werde mal fragen. Wenn die Küche geschlossen ist, bestimmt, aber jetzt? Wir werden mal sehen.«

»Ich kann warten, ich habe heute Abend nichts mehr vor«, murmelte Matthias und war sich nicht sicher, ob Carlo ihn verstanden hatte.

Um dreiundzwanzig Uhr setzte sich endlich der Küchenchef an Matthias' Tisch. Er hatte keine Kochmütze auf, und nur die weiße Kochjacke identifizierte ihn noch als zugehörig zum Personal des Restaurants.

Clemens Majewski war sechsunddreißig Jahre alt und sah aus, als wenn er während seiner beruflichen Laufbahn schon viele Sahnesoßen gekostet hätte. Er hatte ein klassisches rundes Mondgesicht, in dem die winzigen Äuglein, die Nase und der zusammengepresste Mund wie »Punkt, Punkt, Komma, Strich« wirkten. Insofern war seine Mimik schwer einzuschätzen.

Seine Haut war rosig und glatt, und Matthias überlegte, ob er sich jeden Morgen so sorgfältig rasierte oder ob er überhaupt keinen Bartwuchs hatte.

Sein Schädel war rasiert, geölt und gecremt und wirkte, obwohl er aussah wie ein schweinslederner Fußball, sehr gepflegt.

»Herr von Steinfeld!«, begrüßte ihn Majewski überschwänglich. »Wie geht's? Schön, Sie zu sehen. Hat es Ihnen heute Abend bei uns geschmeckt?«

»Das Essen war vorzüglich. Kompliment.«

»Danke, das freut mich.«

Damit war alles gesagt, die höfliche Eröffnung abgeschlossen, und Majewski sah Matthias erwartungsvoll an.

»Sie wissen, dass mein Sohn Koch ist?«

Majewski nickte.

»Zehn Jahre lang hat er in den führenden Hotels Berlins gearbeitet, alles Fünf-Sterne- und Fünf-Sterne-Plus-Häuser.« Dann zählte er die betreffenden Hotels auf.

»Jetzt geht es einfach nicht mehr. Er will raus aus so einem riesigen Betrieb, möchte lieber in einem Restaurant arbeiten. Und da ich kein besseres weiß als Ihres, wollte ich Sie mal fragen, ob Sie zufällig eine vakante Stelle haben und vielleicht einen fähigen, zuverlässigen und fleißigen Koch wie meinen Sohn brauchen könnten.«

Majewski überlegte ziemlich lange und machte dabei ein Gesicht, als hätte ihn jemand gefragt, wie viel die Wurzel aus einhundertneununddreißigtausendfünfhundertsiebzehn war.

»Das ließe sich eventuell einrichten«, sagte er schließlich. »Er soll seine Bewerbungsunterlagen, Lebenslauf, Zeugnisse und so weiter mitbringen und drei Tage zur Probe arbeiten. Dann sehen wir weiter.«

Halsabschneider, dachte Matthias im Stillen, drei Tage Probearbeiten waren mindestens dreißig Stunden schwerste Maloche für lau. Keinen Cent bekam man dafür. Es gab

Betriebe, die sparten eine ganze feste Stelle ein, nur weil sie ständig Köche, die Arbeit suchten, zur Probe arbeiten ließen, um sie anschließend mit einem verlogen bedauernden Lächeln wieder nach Hause zu schicken.

»Das ist furchtbar nett von Ihnen«, säuselte Matthias. »Wann soll er vorbeikommen?«

»Meinetwegen gleich morgen um fünfzehn Uhr. Neben dem normalen Geschäft haben wir morgen Abend eine Vorbestellung für achtzig Personen. À la carte. Das kompliziert die ganze Sache, wie Sie sich sicher vorstellen können.«

Am liebsten hätte Matthias ihm gesagt, Alex kann leider erst übermorgen, aber er wagte es dann doch nicht, wollte die Tür nicht zuschlagen, wenn sie erst einen Spaltbreit offen war. Also blieb er freundlich.

»Gut. Ich werde es ihm ausrichten. Morgen fünfzehn Uhr. Herzlichen Dank, Herr Majewski.«

Der Küchenchef des Rautmann's stand auf, reichte Matthias wortlos seine fleischige Hand und ging zurück in die Küche.

56

In den nächsten Tagen hatte Matthias alle Hände voll zu tun, sodass er gar keine Zeit hatte, Gianni nachzutrauern und ihn zu vermissen. In der Wannseevilla von Dr. Hersfeld musste die Heizung modernisiert werden, und Hersfeld hatte ihn gebeten, die Organisation dieser ganzen Angelegenheit zu übernehmen, da er sich zurzeit viel im Ausland aufhalte. Also telefonierte sich Matthias die Finger wund, bis er eine Firma an der Hand hatte, die den Auftrag gleich übernehmen konnte und nicht erst Termine in einem halben Jahr ausmachte.

Aber seine ganze Fürsorge galt seiner Mutter. Er besuchte sie jeden Tag im Heim, und sie machte erstaunliche Fortschritte. Wenn er ihr Zimmer betrat, erkannte sie ihn mittlerweile sofort und lächelte. Und jeden Tag sprach sie ein paar Brocken mehr. Eine Unterhaltung mit ihr war zwar anstrengend, aber nicht mehr unmöglich. Sie gab sich Mühe und beantwortete sogar seine Fragen.

Ihre schrittweise Besserung machte ihn ganz euphorisch. Unentwegt überlegte er, was er ihr Gutes tun könnte, etwas, was ihr freudloses, langweiliges Dasein etwas aufmuntern könnte – und dann hatte er eines Morgens eine Idee.

Er würde ihr ihren größten, sehnlichsten Wunsch erfüllen. Noch war es nicht zu spät.

Drei Tage später, um fünfzehn Uhr dreißig, rief Matthias bei Herrn Dr. Hersfeld an. In der Wannseevilla ging niemand an den Apparat, daher probierte er es auf dem Handy.

Er ließ es pausenlos klingeln und wollte schon wieder auflegen, als Dr. Hersfeld sich schließlich doch meldete.

Die Verbindung war schlecht, das permanente Rauschen in der Leitung war lauter als Dr. Hersfelds Stimme, und es hörte sich keineswegs so an, als wäre er in Berlin unterwegs.

»Ich rufe Sie wegen der Heizungsmodernisierung und der Rohrleitungsdämmung an«, brüllte Matthias ins Telefon. »Ich habe eine kompetente Firma ausfindig gemacht, die die Sache zu einem sehr anständigen Preis übernehmen würde. Wann könnten wir denn einen Termin mit der Firma machen? Diese Woche wär gut, nächste Woche bin ich wahrscheinlich nicht in Berlin.«

Die Geräusche, die Dr. Hersfeld machte, klangen wie ein Glucksen.

»Ich bin zu einem Kongress in Bangkok, und komme erst am sechsundzwanzigsten wieder.« Er brüllte ebenfalls in den Apparat. »Wir müssen die Sache bis nach meiner Rückkehr verschieben.«

»Aber es geht doch nur darum, den Auftrag zu unterschreiben! Kann das nicht eventuell Ihre Frau machen?«

»Meine Frau ist auch hier in Bangkok, meine Tochter absolviert ein Schuljahr in England, und nur mein Sohn ist zu Hause und hütet das Haus. Aber ihm möchte ich die Angelegenheit nicht so gern übertragen, denn ganz so billig ist das Projekt nun auch wieder nicht.«

»Nein, da haben Sie recht. Gut, dann warten wir bis nach Ihrer Rückkehr!«

»Alles Gute!«, flötete Dr. Hersfeld noch – dann legte er auf.

Mein Sohn ist zu Hause und hütet das Haus.
Der Satz klingelte Matthias in den Ohren und war für ihn wie Musik.

In seiner Erinnerung sah er den blonden Achtzehnjährigen bei dem Essen, zu dem Dr. Hersfeld geladen hatte, um deutlich zu machen, dass er die Villa kaufen wolle, noch genau vor sich: wie er in seiner Lasagne stocherte, ab und zu verschmitzt grinste, sich aber sonst nicht an dem Gespräch beteiligte.

Es war ihm egal, ob sein Vater die Villa kaufte oder nicht. Wichtig war nur, dass man ihn in Ruhe ließ.

Er würde ihn nicht in Ruhe lassen.

Der Spätsommerabend war warm, die Luft weich und samtig. Vielleicht einer der letzten schönen Abende oder Nächte in diesem Jahr. Ideal, um den Sonnenuntergang am Wannsee zu genießen oder sogar noch eine kleine Tour mit dem Ruderboot zu machen.

Matthias' Lenden kribbelten vor Vorfreude.

Um sechzehn Uhr packte er noch einige Utensilien in eine Sporttasche, nahm vorsichtshalber eine Jacke mit, falls die Nacht auf dem Wasser doch empfindlich kühl werden sollte, und machte sich um sechzehn Uhr fünfzehn auf den Weg nach Schwanenwerder.

Siebenunddreißig Minuten später klingelte er an der Tür der Villa.

Er wartete. Doch nichts geschah.

Matthias legte das Ohr an die Tür, konnte drinnen aber keinen Laut hören. Auch keine Musik aus einem der hinteren Zimmer.

Die Enttäuschung machte ihn wütend, und er läutete Sturm, als könnte er Bastian auf diese Weise herbeizaubern.

Als er schon unverrichteter Dinge wieder fahren wollte, sah er ihn.

Er kam angeschlendert, kickte ab und zu ein Steinchen weg und hatte die Hände tief in den Hosentaschen vergraben. Eine Jacke hatte er nicht an, trug lediglich ein T-Shirt mit einem Graffiti-Aufdruck, den Matthias weder verstehen noch entziffern konnte.

Matthias lächelte freundlich, als Bastian auf die Haustür zusteuerte und einfach nur irritiert und keineswegs erfreut wirkte.

»Hei!«, sagte Matthias. »Ich wollte eigentlich zu deinem Vater. Ein paar Sachen wegen der Heizung besprechen – aber offensichtlich ist niemand da.«

»Nee. Meine Eltern sind in Bangkok. Eine Woche noch.«

Eine Woche, dachte Matthias, wenn er wollte, hätte er eine ganze Woche Zeit!

»Das ist ja dumm.«

»Tja. Da kann ich Ihnen nicht weiterhelfen.« Bastian stand nun in der offenen Tür und sah Matthias abwartend an, als wollte er fragen: »Gibt's noch was?«

»Könnte ich vielleicht mal einen Moment reinkommen?«, fragte Matthias. »Ich hab vorhin einen toten Marder von der Straße geräumt und müsste mir unbedingt mal die Hände waschen.«

»Bitte.« Bastian machte Platz und deutete Matthias an einzutreten. »Warum haben Sie den Marder nicht einfach liegen lassen, wenn er doch schon tot war?«

»Weil ich es entwürdigend für die armselige Kreatur finde, wenn pausenlos Autos über sie rüberfahren und sie nach einer Weile platt ist wie 'ne Briefmarke. Nein, so was tut mir in der Seele weh. Jetzt liegt der Marder im Schilf, da wird er seine letzte Ruhe finden.«

Bastian fand diese Einstellung und diesen Zirkus für einen mausetoten Marder zwar reichlich merkwürdig, sagte aber nichts.

Matthias ging ins Bad. Pro forma ließ er das Wasser laufen, immerhin konnte es ja sein, dass Bastian horchte. Jetzt kam es vor allem darauf an, dass er nicht den geringsten Verdacht schöpfte.

Er füllte ein Zahnputzglas mit Leitungswasser und verließ damit das Bad.

Bastian stand mit verschränkten Armen im Flur.

Matthias spielte den Unsicheren und trank einen Schluck Wasser.

»Sie können natürlich auch gern etwas anderes zu trinken haben.«

Genau darauf hatte Matthias abgezielt. »Ach, vielleicht ein bisschen Saft und ein Mineralwasser wäre herrlich. Es war heute so heiß, und ich war den ganzen Tag unterwegs und hatte keine Zeit, genügend zu trinken.«

Er folgte Bastian in die Küche.

Bastian holte eine Tüte Traubensaft aus dem Kühlschrank und öffnete sie. Dann schenkte er zwei Gläser jeweils halb voll und stellte noch zwei Glas Mineralwasser dazu.

Bastian blieb stehen. »Ich muss mir schnell was zu essen machen. Möchten Sie auch was?«

»Nein danke. Aber wir können auch zum Italiener gehen, wenn du willst. Ich lad dich ein.«

Bastian schüttelte den Kopf. »Hab nicht viel Zeit.«

Was hat er denn?, überlegte Matthias und war einen Moment verunsichert. Bekam er heute Abend etwa noch Besuch von Freunden? Das wäre fatal.

Es war ein Leichtes, die K.-o.-Tropfen ins Glas fallen zu lassen, während Bastian Käse und Margarine aus dem Kühlschrank nahm und sich ein Käsebrot schmierte. Zusätzlich versuchte Matthias, ihn abzulenken, indem er redete.

»Das Haus ist wirklich toll geworden, alle Achtung. Deine Eltern haben für Innenarchitektur offensichtlich ein gutes Händchen.«

»Das macht alles meine Mutter.«

»Ich kann mich noch genau erinnern, wie die Villa aussah, als sie total leer war. Jetzt hätte ich sie – glaub ich – kaum wiedererkannt. Wenn deine Mutter zurückkommt, grüß sie schön und sag ihr: mein Kompliment!«

Bastian legte sein Brot auf den Tisch und setzte sich. Matthias nahm sein Glas.

»Prost. Und guten Appetit.«

»Danke.«

Bastian nahm ebenfalls sein Glas und trank es in einem Zug leer.

Jetzt galt es nur noch, ein paar Minuten zu warten.

Matthias redete über Italien, erzählte von seiner neuen Wohnung und der zauberhaften Insel Giglio, die man unbedingt einmal besucht haben müsse.

Bastian aß gierig und hörte nur mit halbem Ohr hin. Was der merkwürdige Makler alles erzählte, interessierte ihn herzlich wenig.

Gut, dass du die Tropfen auf nüchternen Magen genommen hast, dachte Matthias, so geht es noch schneller.

Niemals hätte er sich vorstellen können, wie leicht es war, an K.-o.-Tropfen heranzukommen. Es kostete ihn eine halbe Stunde Recherche im Internet, dann fuhr er in einen Baumarkt und kaufte sich Lösungsmittel für Graffiti und Klebstoffe. Das war alles. Er konnte es gleich in dieser Form verabreichen. Schwierig war nur der unangenehme Geschmack, aber in einem großen Glas Fruchtsaft verdünnten sich zwei oder drei Milliliter ausreichend. Jedenfalls war Bastian offenbar nichts aufgefallen.

Seit zwei Monaten bewahrte er die Droge bereits in seinem Kühlschrank auf. Er hatte sie nicht gebraucht, da alle freiwillig das taten, was er wollte. Jetzt, bei Bastian, kam sie endlich zum Einsatz.

Der gesamte Cocktail kostete ihn so noch nicht mal vierzehn Cent.

Perfekt. Manchmal war das Leben einfacher, als man dachte.

Bastian sah ihn komisch an. Matthias wusste, dass ihm übel war, er aber nichts sagen wollte, weil er sich dem Fremden gegenüber keine Blöße geben wollte.

Nach weiteren zwei Minuten hielt er es nicht mehr aus.

»Mir ist so verdammt übel«, stöhnte er. »So scheiß schlecht, ich weiß gar nicht, was los ist.«

»Komm«, sagte Matthias und nahm ihn an der Hand. »Du musst dich hinlegen, dann geht es dir gleich besser.« Er hoffte inständig, dass er nicht zu hoch dosiert hatte und Bastian in diesem Zustand bleiben und nicht gleich ohnmächtig werden würde. Mit einem Ohnmächtigen zu spielen, hatte er wenig Lust.

Hinterher würde Bastian sich zwar an nichts erinnern, aber das war in diesem Fall gleichgültig. Es würde kein Hinterher und kein Aufwachen am nächsten Tag geben.

Er führte ihn ins Kaminzimmer, Bastian folgte ihm und ließ sich problemlos erst einmal an die Heizung fesseln.

Dann spazierte Matthias durchs ganze Haus, um zu sehen, wo für das, was er vorhatte, der beste Platz war.

Die Betten, die er fand, waren entsetzlich. In seinen Augen unförmige Ungetüme, wie konturenlose Pritschen mit kostbaren Überdecken und fantasielosen Kopfteilen mit integriertem Radio und Stereoanlage, aber ohne jede Möglichkeit, jemanden anzubinden. In dieser Villa gab es kein Gitter-, kein Messing-, kein Eisenbett, auch kein Himmelbett, das wenigstens an allen vier Ecken einen Pfosten gehabt hätte.

So viel Einfallslosigkeit hatte er der Familie Hersfeld gar nicht zugetraut.

Und so entschied er, vorerst im Kaminzimmer zu bleiben.

»Wie fühlst du dich?«, fragte er, als er zu Bastian zurückkehrte, aber Bastian antwortete nicht. Er drehte nur wüst den Kopf hin und her, als könnte er sich so von seinen Fesseln befreien.

Seine Hände waren über dem Kopf zusammengebunden und an die Heizung gefesselt. Matthias war klar, dass diese Haltung auf die Dauer sehr unangenehm war, aber das stand jetzt nicht zur Debatte.

»Hab keine Angst«, flüsterte er und schob ihm seinen Finger in den Mund. »Die Prinzessin tut dir nicht weh. Du wirst es nicht spüren.«

Dann küsste er ihn.

Da er keine Lust hatte, Bastian noch einmal loszubinden, ging er in die Küche, holte ein Messer und schnitt ihm die Sachen vom Leib.

Bastian wehrte sich nicht und lag jetzt nackt und hilflos vor Matthias, der sich nicht sattsehen konnte. Er drehte ihn auf die Seite und vergewaltigte ihn. Zuerst langsam und vorsichtig, dann immer wilder und brutaler.

Bastian starrte mit weit aufgerissenem Mund zur Wand, als wollte er schreien, aber er brachte keinen Ton heraus.

Matthias holte den Seidenschal aus seiner Tasche und fuhr mit ihm sanft über Bastians Körper.

Dann legte er ihn um Bastians Hals. Aber er zog noch nicht zu.

Lange noch nicht.

»Ich bin deine Prinzessin«, flüsterte er. »Nur für diese eine Nacht.«

57

Der Morgen war kühl, und Nebelschwaden zogen über den See. Ein untrügliches Zeichen, dass der Herbst nicht mehr weit war.

Wilhelm Wesseling überließ sich nicht wie sonst ein paar Minuten lang seinen Träumen, denn circa fünfzig Meter entfernt trieb ein Ruderboot im Wasser.

Größer als seines, das schon fast auseinanderfiel, und soweit er erkennen konnte, tadellos in Schuss. Und es saß niemand darin.

Er beobachtete es jetzt bestimmt schon eine Viertelstunde, nichts regte sich. Immerhin konnte es ja sein, dass jemand darin schlief.

Der See war spiegelglatt, daher dümpelte das Boot fast auf der Stelle.

Wenn wirklich niemand in dem Boot war, würde er es sich holen. Bis an sein Lebensende würde es ihm zum Angeln reichen. Und wahrscheinlich müsste er auch nie wieder Wasser schöpfen, das langsam, aber unaufhörlich in sein altes Boot eindrang.

Wilhelm zog sich eilig Gummistiefel und Anorak an, machte sein Boot los und ruderte zu dem Geisterschiff.

»Hallo!«, rief er, als er näher kam, und seine Stimme schallte über den See, aber es kam keine Antwort.

Bei Wilhelm wuchs die Hoffnung.

Noch zehn Meter, noch fünf, noch zwei. Er bekam die Bordwand zu fassen, hielt sich am Boot fest und erhob sich etwas, um hineinsehen zu können.

Auf dem Boden des Bootes lag ein junger Mann. Er war vollständig nackt, sein blondes Haar klebte am Kopf, und seine Augen starrten weit aufgerissen und angstvoll in den Himmel.

Wilhelm saß da wie gelähmt. Das Boot schaukelte leicht. Er wusste weder, was er denken, noch, was er machen sollte. Die Situation überforderte ihn völlig.

Wilhelm Wesseling brauchte fast zehn Minuten, bis er sich einigermaßen gefangen hatte.

Dann ruderte er, wie er schon ewig nicht mehr gerudert hatte, und schleppte das Boot mit der Leiche ans Ufer seines Grundstücks.

Er ist also wieder da, dachte Susanne Knauer und zog ihre Jacke, die hier in den frühen Morgenstunden am Wasser deutlich zu dünn war, enger um ihren Körper. Verdammt noch mal, unsere Prinzessin mordet wieder.

Dr. Schacht kam zu Susanne und riss sie aus ihren Gedanken.

»Viel kann ich Ihnen noch nicht sagen«, meinte er, während er sich die Handschuhe von den Fingern zog. »Auf alle Fälle wurde er erdrosselt. Aber das ist auch so ziemlich das Einzige, was feststeht. Herauszufinden, ob Drogen im Spiel waren, und die Bestimmung des Todeszeitpunktes dauert noch eine Weile. Sie kennen das ja.«

»Ist er im Boot getötet worden?«

»Auch das weiß ich noch nicht, aber ich denke mal, eher nicht. Die geringste Gegenwehr wird auf einem Boot zu einer wackeligen Angelegenheit. Es ist nicht einfach, jemand in so einem Kahn umzubringen, dazu müsste das Opfer schon betäubt sein. Im Moment stellt die Spusi das Haus auf den Kopf. Spricht 'ne Menge dafür, dass er dort getötet wurde.«

»Danke, Doktor. Lassen Sie mich wissen, wenn die Obduktion etwas ergeben hat.«

Dr. Schacht nickte und ging zu seinem Wagen.

Bevor Susanne zu ihrem Assistenten Ben, der zurzeit Wilhelm Wesseling ausführlich befragte, und den Kollegen der Spurensicherung ging, sah sie noch einmal ruhig über den See.

DRITTER TEIL

TODESSEHNSUCHT

58

Atlantik, westlich von Madeira, September 2009

Seit zwanzig Stunden pflügte die MS *Deutschland* ruhig durch den Atlantik.

Matthias schlenderte über das Kommodore-Deck und überlegte, ob er noch genügend Zeit hatte, in der Bar »Zum Alten Fritz« einen Sherry zu trinken, als er Tatjana auf sich zukommen sah.

Mit ihren kurzen, stämmigen Beinen, die wie Bockwürste unter ihrem knielangen Rock hervorquollen, rührte sie ihn zwar, aber gleichzeitig war sie ihm auch so widerwärtig wie nur irgendetwas.

Konnte er es schon nicht verhindern, beim Essen mit ihr an einem Tisch zu sitzen, ekelte er sich streckenweise so, dass er nichts mehr hinunterbekam. Denn wenn sie Gabel oder Löffel zum Mund führte, streckte sie ihre fleischige Zunge so weit vor, dass sie bis zum Grübchen ihres Kinns herunterhing, um sie dann wie eine fleischfressende Pflanze zurückzuziehen und den Bissen zu verschlingen.

So fraß Tatjana und schmatzte dabei hemmungslos. Oft sah sich Matthias ängstlich um, ob es jemand von den anderen Passagieren mitbekam. Er schämte sich unsäglich für sie.

Aber Tatjana erledigte ihre Aufgaben zu seiner vollsten Zufriedenheit. Immerhin musste sie ständig nach seiner Mutter sehen, sie waschen und wickeln, in den Rollstuhl hieven und sie dann übers Schiff schieben. Auf die Sonnenterrasse oder in eines der Restaurants.

Mithilfe einer Agentur hatte er Tatjana für diese Kreuzfahrt engagiert. Es musste für die vierzigjährige Russin, die bisher nur versiffte Seniorenwohnungen geputzt oder bettlägerige Alte gewaschen, gefüttert und gewindelt hatte, wie ein Lottogewinn gewesen sein.

Matthias hatte ihr eine Innenkabine auf Deck vier, dem Steuermanns-Deck, gebucht. Die Kabine war nicht groß und sehr schlicht, aber für Tatjana musste es reichen. Immerhin hatte die Kabine – wie alle – ein eigenes Bad. Auf ein Bullauge oder ein Fenster, um hinaus aufs Meer sehen zu können, musste sie verzichten.

Seine Mutter wohnte ebenfalls in einer Einbettkabine auf dem Steuermanns-Deck, allerdings lag ihre Kabine außen, sodass sie aufs Meer gucken konnte. Es war Matthias äußerst praktisch erschienen, dass Patientin und Pflegerin auf demselben Deck untergebracht waren.

Manchmal sah Tatjana sogar nachts nach Henriette. Falls sie noch einigermaßen nüchtern war, denn wenn sie gegen zweiundzwanzig Uhr Henriette ins Bett gebracht hatte, ließ sie sich normalerweise an einer der Bars mit Wodka volllaufen, und Matthias hatte die Vermutung, dass auf diese Weise von ihrem Lohn, oder besser: von dem Taschengeld, das er ihr neben der Reise zukommen ließ, nicht viel übrig blieb.

Tatjana lebte seit fünf Jahren in Deutschland, konnte die Sprache gut verstehen, aber ziemlich schlecht sprechen. Immerhin verstand sie, welche Aufgaben sie zu erledigen hatte.

Selbst sagte sie kaum etwas. »Guten Morgen«, »Gute Nacht« und »Danke«. Manchmal nickte sie oder schüttelte den Kopf. Das war fast alles.

Matthias empfand es als sehr angenehm, dass sie keine blödsinnigen Widerworte gab oder Diskussionen anzettelte, die zu nichts führten.

Als er ihr jetzt an Deck begegnete, wusste er, dass sie gerade auf dem Weg zu seiner Mutter war, aber er fragte sie trotzdem: »Holst du meine Mutter zum Kaffee?«

Tatjana nickte.

»Gut. Dann treffen wir uns in einer Viertelstunde auf dem Lido-Deck. Bring ihr eine leichte Decke mit, dort oben ist es windig.«

Tatjana nickte, streckte den Kopf vor wie eine Schildkröte, die unter ihrem Panzer hervorkam, und stapfte weiter.

Matthias stützte sich mit den Unterarmen auf die Reling und sah hinaus aufs Meer. Diese stillen Momente an Bord waren selten, er hatte ständig das Gefühl, seiner Mutter Gesellschaft leisten zu müssen, Tatjana war da sicher kein Ersatz.

Seine Mutter hatte sich schon seit Jahren gewünscht, einmal mit dem Traumschiff zu fahren, und auch keine Folge der Fernsehserie verpasst. Dabei interessierten sie nicht die Geschichten, sondern das Schiff. Sie konnte sich nicht sattsehen, wenn jemand im Pool planschte, übers Deck joggte oder auf der Sonnenterrasse die Aussicht aufs Meer genoss. Sie überlegte, welches Kleid sie zum Captains-Dinner anziehen würde, und doch war es nie dazu gekommen, dass sie wirklich gebucht hatten.

Immer im letzten Moment bekam sie Bedenken.

»Ich bin zu alt für eine Schiffsreise«, hatte sie bereits vor zehn Jahren zu Matthias gesagt, und er hatte überlegt, warum sie so einen Unfug erzählte. »Stell dir vor, ich werde seekrank und liege dann tagelang in meiner Kabine und möchte sterben. Das kann man ja alles nicht wissen. Und wenn man wirklich ernsthaft krank wird? Dann ist man gerade irgendwo am Ende der Welt. Und ich bin mir nicht sicher, ob man in dieser kleinen Krankenstation auch vernünftig operiert werden kann.«

»Man kann«, hatte Matthias ihre Zweifel zu zerstreuen versucht. »Meines Wissens haben sie dort schon einen Blinddarm rausgenommen. Natürlich werden sie keine Herzen verpflanzen, aber ich würde mal sagen, es gibt keinen Grund, sich Sorgen zu machen. Schließlich bist du für dein Alter noch topfit.«

»Noch, ja. Jedenfalls einigermaßen. Aber es ist wackelig, auf einem Schiff herumzulaufen.«

»Die haben Stabilisatoren. Das wackelt kaum. Da musst du schon Pech haben und einen Sturm erwischen.«

Henriette überhörte die Bemerkung. »Wie leicht kann man da auf diesen engen Treppen stürzen! Dann hat man einen Oberschenkelhalsbruch, und was dann?«

»Mama, warum siehst du eigentlich immer so schwarz? Noch kannst du reisen und dir diesen Traum erfüllen, also lass es uns in Angriff nehmen!«

Aber auch wenn Henriette ihre Ängste zeitweilig hinunterschluckte, war dann doch immer etwas dazwischengekommen. Wenn Matthias Zeit hatte, gefiel ihr die Reiseroute nicht, und umgekehrt. Und schließlich blieb die Kreuzfahrt ein lang gehegter, aber unerfüllter Wunsch.

Den hatte er ihr nun erfüllt.

Der Flug von Berlin nach Frankfurt und von dort nach Funchal auf Madeira klappte problemlos, die Fluggesellschaft bemühte sich rührend um die alte Dame im Rollstuhl, die auch im Flugzeug ihren Hut nicht absetzte und sich standhaft weigerte, irgendetwas zu essen oder zu trinken.

Auf Madeira bestiegen sie das Schiff. Matthias hatte extra eine Atlantiküberquerung gebucht. Er vermutete stark, dass es seiner Mutter nicht darauf ankam, im Rollstuhl durch irgendwelche exotischen Städte und Landschaften gekarrt zu werden – ihr ging es einzig und allein um das Erlebnis Schiff. Und das sollte sie haben.

Auch die fürchterliche Tatjana war im Grunde ein Segen. Ohne sie wäre das alles nicht möglich gewesen, denn sie kümmerte sich stumm und ergeben um alle täglichen und unangenehmen Dinge, die die Pflege seiner Mutter mit sich brachte. Darüber hinaus musste er Tatjana einfach übersehen. Das war das Einfachste.

Matthias war glücklich und wurde für alles entschädigt, wenn seine Mutter lachte, weil Delfine neben dem Schiff herschwammen und aus dem Wasser sprangen, wenn sie »wie schön!« sagte, während die glutrote Abendsonne am Horizont im Meer versank, oder wenn sie mit Appetit aß, weil beim Abendmenü eine seltene Spezialität serviert wurde.

Sie war dabei, zu ihm zurückzukehren.

Die Lido-Bar war um diese Zeit nur mäßig besucht. Es gab nicht allzu viele Leute, die es sich mit ihrer Figur leisten konnten, neben den üppigen Hauptmahlzeiten am Nachmittag auch noch Kaffee und Kuchen zu verspeisen.

Matthias setzte sich, bestellte ein Glas Champagner und ließ vollkommen entspannt den sonnigen Nachmittag auf sich wirken. Sie hatten noch viereinhalb Tage auf hoher See vor sich. Ein wunderbares Gefühl. Er war ein Gefangener der unendlichen Weite, konnte nicht weg, nichts erledigen und nichts verpassen. Urlaub pur.

Er sah sich um. In der Bar saßen drei ältere Ehepaare, zwei alleinreisende Frauen, höchstwahrscheinlich Witwen, die ihren Schmuck spazieren führten, und ein attraktiver, sportlicher Mann, der den Kuchen ignorierte, nur einen schwarzen Kaffee trank und in einer medizinischen Fachzeitschrift blätterte. So viel konnte Matthias erkennen.

Dieser Mann, der also offensichtlich Arzt war und den er auf Mitte dreißig schätzte, war ihm schon beim Frühstück aufgefallen, da er nur Obst aß. Vorzugsweise Ananas. Er hatte gepflegte Umgangsformen und rückte seiner Frau immer den Stuhl zurecht, bevor sie sich setzte.

Ganz anders als Dr. Hersfeld, der ungehobelte Klotz. Aber zurzeit hatte der sicher andere Sorgen, als sich um sein Benehmen zu kümmern. Vielleicht war die Leiche schon freigegeben worden. Dann musste er die Beerdigung organisieren, Freunde und Bekannte informieren – auf alle Fälle war es eine Gelegenheit, mal wieder mit vielen Geschäftsfreunden in Kontakt zu treten, ohne dass man einen Anruf mit einer albernen Ausrede tätigen musste, um sich erneut ins Gespräch und in Erinnerung zu bringen. Insofern konnte ihm Dr. Hersfeld fast dankbar sein.

Matthias lächelte. Beinah hätte er laut gelacht, aber dann wären die anderen auf ihn aufmerksam geworden, und das wollte er auf keinen Fall.

Eine kleine, rundliche Frau mit kurzen, leicht gewellten dunklen Haaren kam dazu. Richtig, jetzt erkannte er sie auch wieder, es war die Frau des Arztes, die am liebsten englisches Frühstück verspeiste: Berge von Rührei mit gebratenem Schinken und dazu Toast. Tausend Kalorien schon mal am frühen Morgen. Wenn sie nicht aufpasste, würde sie in fünf Jahren nur noch übers Deck rollen.

Er sah sie genauer an. Unter ihrer Bluse, die der Fahrtwind eng an ihre Haut presste, zeichnete sich ein kleines, strammes Bäuchlein ab. Das kam nicht von zu viel Ham and Eggs, die beiden waren offensichtlich dabei, sich zu vermehren.

Gott, wie banal und wie gewöhnlich! Innerlich schüttelte es ihn. Noch konnten sie schöne Reisen unternehmen und ihren Horizont erweitern, bald würde ihr Alltag nur noch von Windeln, lauwarmer Milch und Bananenbrei geprägt sein. Eine entsetzliche Vorstellung.

Die Frau ging zum Kuchenbuffet und holte sich ein Stück Himbeer-Sahnetorte. Dazu bestellte sie sich einen doppelten Milchkaffee, während ihr Mann sich noch einen Espresso kommen ließ.

Als die Frau sich ihrem Mann näherte, sprang er auf, rückte ihr wie immer den Stuhl zurecht, und sie setzte sich so vorsichtig, als wäre sie schon im neunten Monat. Der Arzt lächelte sie an, sagte ein paar Worte, die Matthias nicht verstand, dann nahm er ihre Hand und hielt sie an seine Wange. Anschließend streichelte er zu allem Überfluss auch noch ihren kleinen Kugelbauch.

Matthias spürte eine aufkommende Übelkeit. Das war ja alles so ekelhaft und fürchterlich! Im Grunde veranstaltete der Arzt mit seiner Frau einen ähnlichen Zirkus wie er mit seiner Mutter. Nur dass die junge Frau nicht alt und krank, sondern gesund und dieses Aufheben, das der Mann machte, einfach nur affig und überhaupt nicht nötig war.

Das Paar störte ihn. Das, was er mit ansehen musste, beleidigte seine Augen. Und er hatte den Arzt für einigermaßen intelligent gehalten. Wie man sich täuschen konnte!

In diesem Augenblick hörte Matthias das leise Pling des ankommenden Fahrstuhls. Die Tür öffnete sich, und Tatjana schob Henriette in die Lido-Bar. Sie hatte seine Mutter zuvor noch frisiert und ihr mit einem roten Lippenstift die Lippen nachgezogen. Sie wirkte wie eine Gräfin, und Matthias bedauerte, dass er fast ihren gesamten Schmuck zu Hause im Safe gelassen hatte.

Er stand auf, ging ihr entgegen und schob dann den Rollstuhl neben sich an seinen Tisch. Von diesem Platz aus war die Aussicht auf das Meer grandios.

»Bitte hol meiner Mutter eine Erdbeerschnitte und ein kleines Stückchen Streuselkuchen«, sagte er zu Tatjana. »Dazu ein Kännchen Kaffee. Koffeinfrei.«

Matthias bezweifelte, dass Tatjana, die tumbe Nuss, sich das alles merken konnte, aber sie nickte wie immer ergeben und ging zum Kuchenbuffet.

»Geht es dir gut?«, fragte er seine Mutter mit leiser, sanfter Stimme, während er ihre dünne, faltige Hand in seine nahm.

»Sehr gut«, antwortete Henriette. »Es ist alles so wunderschön!«

»Das freut mich, Mama.«

Die tumbe Nuss kam mit dem Kuchen wieder und balancierte in der linken Hand ein kleines Tablett mit einem Kännchen Kaffee, Tasse, Untertasse, Löffel, Zucker und Milch.

Matthias hielt den Atem an und wollte schon zur Seite springen, aber Tatjana schaffte es doch, das Tablett klirrend abzustellen, ohne den Kaffee zu verschütten.

»Danke«, meinte Matthias knapp. »Geh doch, und hol dir auch ein Stückchen Kuchen, wenn du willst.«

Das ließ sie sich nicht zweimal sagen und stapfte wieder zum Buffet.

Matthias begann seine Mutter zu füttern. Sie schaffte es zwar schon, den Löffel allein zum Mund zu führen, aber es war mühsam und dauerte lange. Zwischendurch flößte er ihr langsam und vorsichtig den Kaffee ein und wischte ihr hinterher sofort den Mund ab.

Er hasste das alles und hätte es natürlich auch Tatjana machen lassen können, aber er sah die Blicke der anderen Passagiere und gefiel sich in der Rolle des aufopferungsvollen Sohnes, der alles tat, um seiner armen, kranken Mutter das Leben so schön wie möglich zu gestalten. Außerdem beruhigte es sein ständiges schlechtes Gewissen, sich zu wenig um sie gekümmert zu haben, wenigstens etwas.

Zwei Stunden verbrachte Matthias mit seiner Mutter in der Lido-Bar, und Henriette redete ohne Punkt und Komma. Erzählte Geschichten von früher, die er schon auswendig kannte, weil sie sie jeden Tag erzählte. Dann fielen ihr regelmäßig die Augen zu, und sie nickte ein. Matthias gab Tatjana, die vier Stück Torte verdrückt hatte, einen Wink, und Tatjana schob Henriette für ein kleines Schläfchen zurück in ihre Kabine.

59

Beim Abendessen fütterte er seine Mutter mit rosig gebratenem Filetsteak, das er in winzige Würfel geschnitten hatte, bis sie fast in einzelne Fasern zerfielen. Zusammen mit Mango-Chutney-Soße schluckte sie bereitwillig jeden Bissen, aber die Brot- oder Salathappen, die er ihr zwischendurch auch in den Mund zu stecken versuchte, spuckte sie ohne Vorwarnung einfach wieder aus.

Es machte ihn wütend, aber er ließ sich nichts anmerken, lächelte milde, wischte das Ausgespuckte, das ihn zu Tode ekelte, möglichst unauffällig mit Servietten auf und strich ihr liebevoll immer wieder über die Wange.

Wohl wissend, dass es von den beiden Witwen gesehen wurde, die irgendwie immer in seiner Nähe waren und ihn ständig zu beobachten schienen.

Ein paar Tische weiter saß schon wieder dieses grässliche Arztehepaar. Gerade als Matthias hinübersah, kreischte die Frau laut auf und riss die Hände hoch, als hielte ihr jemand einen Revolver in den Rücken.

Matthias verdrehte die Augen.

»Da ist Blut!«, schrie sie. »Auf meinem Teller ist Blut!«

Ihr Mann legte ihr beruhigend eine Hand aufs Knie. »Rebecca, bitte, reg dich nicht auf, wir können ja dein Steak noch etwas mehr durchbraten lassen.«

Rebecca hieß die hysterische Ziege also.

Jetzt sackte sie in sich zusammen. »Mir ist richtig übel«, stöhnte sie.

Ihr Mann winkte dem Kellner, und Matthias war es leid, die beiden weiter zu beobachten, es ärgerte ihn schon wieder und verdarb ihm das herrliche Barbecue in der warmen Sommernacht.

Die Mousse au Chocolat schluckte Henriette widerstandslos. Anschließend lehnte sie sich zurück, legte den Kopf in den Nacken und schloss die Augen.

»Ich bin satt«, sagte sie, und damit war die Fütterung beendet.

Matthias stand auf und bedeutete Tatjana, die am Nebentisch wartete, mit einer auffordernden, aber dennoch elegant fließenden Handbewegung: Du bist dran. *It's your turn.* Nimm den Rollstuhl und fahr los!

Tatjana verstand sofort. Umständlich bugsierte sie den Stuhl zwischen den Tischen hindurch und machte sich auf den Weg. Eine geschlagene Stunde würde sie nun immer wieder um das ganze Schiff herumlaufen. Eine Runde waren dreihundertfünfzig Meter, der Parcours, der morgens von Joggern unterschiedlich oft zurückgelegt wurde.

Wieder eine wundervolle Verschnaufpause.

Er setzte sich und zündete sich einen superschmalen Zigarillo an, eine Sorte, die er nur wegen des ungewöhnlich eleganten Erscheinungsbildes gekauft hatte, denn im Grunde interessierte es ihn herzlich wenig zu rauchen. Es widerte ihn auch nicht an – es war ihm einfach egal. Ob er rauchte oder nicht, das spielte für ihn keine Rolle.

Den hauchdünnen Zigarillo zwischen den Fingern strich er sich die Haare aus der Stirn. Er setzte ein sorgenvolles Gesicht auf, dem er durch einen tiefen Atemzug noch einen

Hauch Schmerz hinzufügte, und sah – scheinbar ganz in Gedanken – hinaus aufs Meer.

Die ältere der beiden Witwen war lang und hager und hatte ein scharfkantiges Gesicht, dessen Konturen von den tiefen Falten noch unterstrichen wurden. Durch ihre derbe, lederne Haut sahen sie aus wie Nähte in einem Kissen. Matthias hatte Lust, die Schründe mit Spachtelmasse aufzufüllen und wie Risse im Putz zuzuschmieren. Die blond gefärbten Haare, die sie sich in weichen Wellen in die Stirn kämmte, konnten nichts daran ändern, dass sie hart und verbittert wirkte.

Ihre Freundin musste einmal eine Schönheit gewesen sein. Ihre feinen Züge waren mit den Jahren nur ausdrucksstärker und interessanter geworden, was sie durch ihre Haare, die sie schlicht nach hinten gekämmt und im Nacken zusammengefasst hatte, noch unterstrich. Auch sie war schmal und schlank, wirkte aber nicht so grob und verhungert wie die andere.

»Bitte entschuldigen Sie, dass wir Sie stören«, begann die Jüngere vorsichtig, als sich die beiden Matthias' Tisch näherten, »aber haben Sie etwas dagegen, wenn wir uns einen Moment zu Ihnen setzen?«

»Aber ganz und gar nicht!« Matthias löschte seinen Zigarillo augenblicklich, aber nicht eilig, erhob sich, deutete eine Verbeugung an und rückte den beiden Damen zwei Stühle zurecht. »Bitte, nehmen Sie doch Platz! Darf ich Ihnen etwas zu trinken bestellen?«

»Nein, nein, vielen Dank, wir haben gerade einen Kaffee getrunken, und wir wollen Ihnen auch nicht Ihre kostbare Zeit stehlen, es ist nur so, wir treffen uns ja hin und wieder hier oben in der Lido-Bar ...« Sie suchte nach Worten. »Also ... wir wollten Ihnen nur sagen, wie fantastisch wir es finden, dass Sie sich so rührend um Ihre Frau Mutter kümmern. Immer geduldig und liebevoll … So etwas sieht man wirklich selten!« Sie sah Matthias direkt an und errötete leicht.

Matthias lächelte geschmeichelt.

»Das ist nett, dass Sie das sagen. Danke.«
»Hatte Ihre Mutter einen Unfall?«
»Nein. Einen Schlaganfall. Aber sie ist auf dem Weg der Besserung.«
»Sie spricht wenig?«
»Unterschiedlich. Mal spricht sie viel, mal wenig. Das kommt darauf an. Jedenfalls genießt sie diese Reise sehr.«
»Für Sie ist es aber nicht unbedingt eine Erholung, obwohl sie diese Frau, diese Hilfe, dabeihaben.«
»Es ist in Ordnung. Ich freue mich über jede Minute, in der es meiner Mutter noch einigermaßen gut geht.« Während er sprach, überlegte Matthias, ob er eben, als die Ältere »diese Hilfe« gesagt hatte, einen abfälligen Unterton gehört hatte. Aber vielleicht hatten die beiden ja Tatjanas Essmanieren beobachtet, und auch ihre gewöhnungsbedürftige Kleidung war nicht zu übersehen.

Es konnte alles sein, er ließ es auf sich beruhen, ging nicht weiter darauf ein und seufzte theatralisch.

Die beiden Damen schwiegen beeindruckt.

In diesem Moment schob Tatjana zum zweiten Mal den Rollstuhl vorbei. Matthias ergriff die Gelegenheit, weil er der Meinung war, dass die beiden Grazien genug erfahren hatten. Es war sinnlos, weiter krampfhaft über seine Mutter zu reden oder nach Gesprächsthemen zu suchen.

»Bitte entschuldigen Sie mich«, sagte er und reichte den beiden die Hand. »Es hat mich sehr gefreut, Ihre Bekanntschaft zu machen. Aber jetzt muss ich mich wieder um meine Mutter kümmern.«

Damit schob er die fassungslose Tatjana sanft beiseite und entfernte sich mit dem Rollstuhl, äußerst zufrieden mit der kleinen Vorstellung seines Samariterdaseins, aber auch heilfroh, den beiden neugierigen Damen, die sich offensichtlich an Bord langweilten, entflohen zu sein.

60

Die Nacht war sternenklar. Als Matthias das Achterdeck betrat, ertappte er sich dabei, dass seine Hand automatisch in die Brusttasche seines Jacketts fuhr, wo normalerweise seine Sonnenbrille steckte, und er musste über sich selbst lächeln.

Noch vierundzwanzig Stunden, dann war Vollmond, und an Deck war es beinah taghell.

Weit und breit kein einziger Passagier und auch niemand von der Besatzung. Er warf einen kurzen Blick auf die Uhr. Fünf Minuten vor halb drei. Wunderbar. Das war die Zeit, die er liebte, seine ganz eigene blaue Stunde, Erholung nach der Last des Tages. Und wenn es irgendwie ging, dachte er nicht daran, diese köstlich stille Stunde zu verschlafen.

Einen Moment stand er an der Reling und sah auf das vom fahlen Mondlicht beleuchtete, nachtschwarze Meer. Der Ozean zeigte eine schwere Dünung, und die Schaumkronen der Wellen, die vom Licht des Schiffes angestrahlt wurden, leuchteten weiß und beinah grell.

Er konnte sich nicht sattsehen daran.

Die Schiffsmotoren arbeiteten ruhig und gleichmäßig, das Schiff stampfte durchs Wasser, ein beruhigendes Geräusch, das fast so etwas wie Geborgenheit signalisierte.

Aus den Deckskisten an der Seite, unmittelbar neben den Rettungsbooten, nahm er eine blaue Schaumstoffauflage und legte sie auf einen Liegestuhl, den er nah an die Reling rückte. Hier wehte ein frischer Wind, den er im Schutz der Brücke nicht gespürt hatte, aber er störte ihn nicht. Im Gegenteil. In seinem Alltag in der Stadt kam Wind so gut wie gar nicht vor.

Er legte sich auf den Liegestuhl und sah in den Himmel. Noch nie war ihm so bewusst geworden, wie unendlich viele Sterne es gab, allein in seinem kleinen beschränkten Blickfeld auf diesem Punkt der Erde.

Einen Stern musste er finden, seinen eigenen. Einen, der nur für ihn leuchtete, der ihn begleitete, egal, wo er sich aufhielt. Den er immer wiedererkannte, wenn er die Zeit und Muße finden sollte, in Deutschland in den Himmel zu schauen.

Er war nicht religiös, aber in dieser Nacht war er dankbar für sein wunderbares, erfülltes Leben, für den Frieden, den er gerade jetzt, in diesem Moment empfand.

Natürlich war er einsam, aber das war gut so. Ein Genie musste einsam sein. Warum nur konnte nicht jeder seiner Gedanken der Nachwelt überliefert und erhalten werden? Sein Leben und seine Leidenschaft waren einzigartig. Ein treffenderes Wort gab es dafür nicht.

Er atmete tief durch und streckte sich wohlig aus. Ein warmer Schauer absoluter Zufriedenheit durchzog ihn. Vielleicht würde er jede Nacht an Deck verbringen.

Eine Melodie fiel ihm ein, die in seinem Kopf zu klingen begann, und er überlegte, um welches Lied es sich handelte, als er die schwere Eisentür zum Promenadendeck klappen hörte.

Unwillkürlich zuckte er zusammen und wurde augenblicklich wütend über die Störung.

Es war der gut aussehende Mann, der Arzt, der zum Frühstück nur Obst aß und seine schwangere Frau umsorgte, als wäre sie sterbenskrank.

Und jetzt kam er mitten in der Nacht an Deck. Allein. Ohne seine Frau.

Er nickte Matthias kurz zu und stellte sich an die Reling.

Hoffentlich spricht er mich nicht an, dachte Matthias. Das ist das Letzte, was ich will und was ich jetzt gebrauchen kann. Außerdem zerstörte er das Bild. Die kostbare Einsamkeit an Bord.

Es regte ihn auf, dass der Mann es wagte, dort zu stehen. Es war ein ästhetisches Problem.

Der Arzt hielt sich merkwürdig unsicher an der Reling fest, schwankte leicht und dann erbrach er sich ins Meer.

Das ist ja ekelhaft.

Mehr dachte er nicht.

Matthias stand aus seinem Liegestuhl auf, ging zu dem jungen Arzt, dem immer noch übel war, und ohne ein Wort zu ihm zu sagen, packte er ihn an den Beinen, hob ihn hoch und warf ihn wie ein Paket über die Reling ins Meer.

Nach ein oder zwei Sekunden hörte er, wie der Körper auf dem Wasser aufschlug.

Es interessierte ihn nicht. Er sah ihm noch nicht einmal hinterher, sondern drehte sich mit einem eleganten Hüftschwung um und legte sich zurück auf seinen Liegestuhl.

Allmählich kehrte wieder Frieden ein. Er schloss die Augen und genoss diese wundervolle Nacht.

61

»Ich habe ein Problem«, begann Rebecca vorsichtig an der Rezeption. »Mein Mann ist verschwunden. Ich habe überall gesucht, aber er ist wie vom Erdboden verschluckt.« Dass der Erdboden eine völlig unpassende Formulierung gewesen war, fiel ihr erst auf, als sie es schon ausgesprochen hatte, aber die Blondine hinter dem Tresen hatte sehr gut verstanden, was sie meinte, und starrte sie ungläubig an.

»Wie *verschwunden*? Ich meine, haben Sie sich irgendwo verabredet und das hat nicht geklappt? So was passiert auf einem Schiff öfter, als Sie denken. Soll ich ihn mal ausrufen? Wie ist denn der Name?«

»Heribert. Dr. Heribert Bender. Kabine 5077.«

»Und Ihr Name?«

»Rebecca Bender.«

Die Dame an der Rezeption nickte und nahm das Mikro zur Hand.

»Heribert Bender. Dr. Heribert Bender! Bitte melden Sie sich an der Rezeption! Dr. Heribert Bender! Bitte melden Sie sich an der Rezeption!« Sie lächelte Rebecca beruhigend an. »Jetzt müssen wir einfach nur ein paar Minuten warten, und dann wird er schon auftauchen. Da bin ich mir ganz sicher.«

Rebecca war sich da überhaupt nicht sicher und kehrte in ihre Kabine zurück.

Sie wartete eine Viertelstunde. Dann ging sie wieder zu der blonden Dame am Empfang.

»Er ist nicht gekommen«, sagte sie schlicht. »Ich habe es Ihnen ja bereits gesagt: Er ist verschwunden.«

Die Blondine starrte sie an, als spräche sie Chinesisch.

»Seit wann vermissen Sie denn Ihren Mann?«

»Eigentlich seit gestern Abend. Ich bin nach dem Essen sehr früh ins Bett gegangen und habe ihn seitdem nicht mehr gesehen. Ich weiß, dass er abends im Alten Fritz gern noch etwas trinkt. Normalerweise geht er dann so um Mitternacht schlafen. Ob er ins Bett gekommen ist, weiß ich nicht.«

»Und Sie haben ihn überall gesucht?«

»Natürlich. In den Bars, am Pool, im Wellnessbereich, in der Bibliothek, auf den verschiedenen Decks – mein Mann ist nicht mehr da! Außerdem würde er mir immer Bescheid sagen, wenn er irgendwo hingeht. Ich hab ihm auch eine Nachricht in der Kabine hinterlassen, dass er dort unbedingt auf mich warten soll – nichts.« Rebecca schaffte es kaum noch, die Fassung zu bewahren. »Er ist weg. Einfach weg!«

»Wie war noch mal Ihre Zimmernummer?«

»5077.«

Die Blondine nahm das Telefon und wählte, aber es nahm niemand ab.

»Ich glaube, wir müssen den Kapitän verständigen«, sagte sie leise, weil sie nicht wollte, dass es die Passagiere, die von ihrer Kollegin bedient wurden, mitbekamen. »So etwas ist auf diesem Schiff, soviel ich weiß, noch nie passiert, aber es hilft ja alles nichts: Wir müssen den Kapitän verständigen.«

Einen verschwundenen Passagier zu suchen verlief wie eine Katastrophenübung nach Plan. Offiziere und Stewards wurden verständigt, und jeder suchte seinen Zuständigkeitsbereich ab. Das System funktionierte perfekt, und nach zwei Stunden war mit fast hundertprozentiger Sicherheit klar: Dr. Heribert Bender war nicht mehr an Bord.

Flugzeuge wurden entsandt und suchten den Atlantik nach dem Vermissten ab, obwohl die Suche schon zu Beginn so gut wie aussichtslos war, da niemand wusste, um welche Zeit der Arzt über Bord gegangen war, und somit die ungefähre Position des Unglücksortes nicht ermittelt werden konnte.

Es war die Suche nach einer Nadel im Heuhaufen.

Nach vierundzwanzig Stunden wurde sie eingestellt.

Kurz vor dem Abendessen war Tatjana mit Henriette beschäftigt, um sie herzurichten, und Matthias saß auf seinem Lieblingsplatz an Deck, als die beiden Witwen auf ihn zukamen. Nach dem Gespräch in der Lido-Bar zeigten sie sich jetzt viel zutraulicher.

»Haben Sie schon gehört?«, fielen sie gleich ohne lange Vorrede mit der Tür ins Haus. »Dieser nette junge Arzt, ich glaube, er war Orthopäde, wissen Sie, wen ich meine? Der mit der schwangeren Frau ...«

Matthias nickte.

»Der wird vermisst! Das heißt, er ist verschwunden. Wahrscheinlich über Bord gefallen und ertrunken.« Das Entsetzen stand der Hageren ins Gesicht geschrieben.

»Ja, ich habe davon gehört«, sagte Matthias. »Das ist eine ganz fürchterliche Geschichte. Wenn ich nur daran denke, bekomme ich sofort eine Gänsehaut!«

»Genau! So geht es uns auch! Was sagen Sie denn dazu? Wie kann so was überhaupt passieren?«

»Ich weiß es nicht. Es ist eigentlich unvorstellbar. Vielleicht war der Mann betrunken und hat an der Reling das Gleichgewicht verloren? Mehr Möglichkeiten gibt es ja gar nicht!«

»Eben«, sagte die Hübschere. »Und das macht die Sache so bedrohlich. Bei einem Kind kann das passieren – aber doch nicht bei einem erwachsenen Mann!«

Matthias wollte die Spekulationen beenden. »Wir werden nie erfahren, warum er über Bord gegangen ist, aber wenn ich mir vorstelle, wie er da im Wasser schwimmt, noch sieht, wie das Boot davonfährt, weil niemand bemerkt hat, dass er gefallen ist, das muss ein entsetzliches Gefühl sein. Das schlimmste überhaupt. Denn er weiß, dass er keine Chance hat, keine Hoffnung auf Rettung. In der unendlichen Weite des Ozeans ist er verloren. Er ist mutterseelenallein und kann nicht aufhören, an seine Frau und sein ungeborenes Kind zu denken. Die Sehnsucht bringt ihn fast um den Verstand. Doch die Qual wird noch Stunden dauern. Unentwegt sieht er dem eigenen Tod ins Auge, bis ihn seine Kräfte verlassen und er langsam im Meer versinkt.«

»Mein Gott, hören Sie auf!«

»Ja, aber so ist es doch! Ich denke schon den ganzen Tag an nichts anderes, es macht mich fertig, ich glaube, ich bekomme heute Abend keinen Bissen herunter.«

»Das müssen Sie aber. Sie können ihm ja nicht helfen!«

»Nein. Niemand kann ihm helfen. Gegen das Schicksal sind wir alle machtlos.«

»Da haben Sie recht.« Beide Witwen wirkten jetzt völlig verstört. »Komm, Lisa«, sagte die Hübschere. »Ich möchte vor dem Essen noch mal kurz in die Kabine. Angenehmen Abend noch!«

»Danke gleichfalls.«

Die beiden Damen entfernten sich. Matthias hatte den Eindruck, sie hätten es plötzlich eilig, von ihm wegzukommen, und das amüsierte ihn.

Entspannt legte er sich zurück, schloss die Augen und genoss die Abendsonne.

Rebecca war mit ihrer Kraft am Ende. Sie konnte nicht weinen und nicht mehr hoffen, sie fühlte sich wie versteinert.

Ganz allmählich wurde ihr klar, dass Heribert sie von einer Sekunde auf die andere ohne Grund verlassen hatte und von den Wellen des Atlantiks verschluckt worden war, aber sie konnte nicht begreifen, warum.

62

Um neun Uhr hämmerte Tatjana wie eine Verrückte an Matthias' Kabinentür.

»Was ist denn?«, rief er genervt, da er eigentlich noch eine Stunde schlafen wollte.

»Mutter geht nicht gut«, schluchzte Tatjana.

Matthias war sofort alarmiert. »Ich komme!«, brüllte er. »In fünf Minuten bin ich da.«

Als er in ihre Kabine kam, lag Henriette vollkommen unbeweglich mit geschlossenen Augen auf dem Rücken. Die linke Hälfte ihres Mundes hing schlaff herunter und gab ihr ein groteskes Aussehen.

»Mama, was ist los mit dir?«, fragte Matthias und schüttelte sie leicht an der Schulter.

Sie reagierte überhaupt nicht.

Tatjana stand an der Tür und hatte sich ein Taschentuch vors Gesicht gedrückt.

Matthias zog Henriettes Lider hoch. Ihre Augäpfel zuckten unkontrolliert. Er versuchte, sie mit einer schnellen Handbewegung zu erschrecken, aber auch darauf gab es keine Reaktion.

»Mama, bitte, bewege mal deine Finger!«

Nichts passierte.

Ein neuer Schlaganfall, dachte Matthias, verdammt noch

mal, sie hat noch einen bekommen und kann sich nicht mehr bewegen. Und nicht sehen. Und sprechen wahrscheinlich auch nicht.

Er drehte sich zu Tatjana um.

»Erzähl mir, was passiert ist.«

»Ich heute Morgen wollte ihr wecken und waschen, aber ging nicht. Konnte nicht bewegen, nicht reden. War wie tot!« Tatjana brach in Tränen aus, was Matthias völlig übertrieben und unangemessen fand. Wenn hier jemand Grund hatte zu weinen, dann er, aber nicht eine hergelaufene russische Pflegerin, die Henriette gerade mal eine Woche kannte.

»Geh in deine Kabine und beruhige dich«, sagte er unwillig zu ihr. »Sie braucht jetzt Ruhe. Ich werde bei ihr bleiben und den Schiffsarzt rufen.«

Tatjana nickte und schlich hinaus, als hätte sie etwas verbrochen.

Eine Weile stand Matthias vor seiner Mutter und sah sie nur an. Dann beugte er sich über sie. »Mama, ich bin's! Deine Prinzessin! Bitte, Mama, gib mir ein Zeichen, dass du noch nicht tot bist. Dass du mich liebst und dass du weiterleben willst.«

Er wartete ab.

Seine Mutter reagierte nicht. Nicht einmal ein Wimpernschlag verriet, dass noch ein Funken Leben oder Verstehen in ihr war. Er setzte sich zu ihr.

»Wach auf, Mama, ich bin's, deine Prinzessin!«, wiederholte er.

Matthias glaubte, einen leisen Seufzer gehört zu haben. Aber vielleicht hatte er sich auch getäuscht.

»Bitte, sieh mich an! Ein letztes Mal!«

Nichts geschah.

»Weißt du noch, Mama, ich muss so sieben oder acht gewesen sein, da war wie jedes Jahr Kinderfasching in der Schule. Ich wollte unbedingt als Cowboy gehen, um auch mal eine Pistole am Gürtel tragen zu können. Alle Jungs in meiner Klasse hatten Pistolen und Gewehre zu Hause und Panzer und Kanonen. Nur ich nicht. Du hattest es mir verboten. Um meinen Charakter nicht zu verderben. Noch nicht einmal eine Wasserpistole durfte ich haben. Es wäre so schön gewesen, in der Badewanne damit herumzuspielen oder die Nachbarskatze nass zu spritzen. Kannst du dich noch erinnern, wie sie hieß? Minka, glaube ich, oder Tinka? Oder war das schon die neue Katze der Breitbachs, die das Haus von den Wesels gekauft hatten? Ich weiß es nicht mehr, ist ja auch nicht so wichtig.

Jedenfalls war es mein sehnlichster Wunsch, als Cowboy zu gehen, aber du hattest andere Pläne, Mama, weißt du das noch? Du hast glänzende rosa Faschingsseide und weiße Spitze gekauft und mir ein langes, rüschiges rosa Kleid genäht. Dazu trug ich ein kleines Krönchen, das man wie einen Reif aufsetzen konnte. Dann hast du mir die Lippen rosa geschminkt, und fertig war deine kleine, süße Prinzessin. Mit deinen viel zu großen Stöckelschuhen musste ich dann in die Schule stolpern. Ich habe mich so geschämt, Mama. So unglaublich geschämt. Kannst du dir das vorstellen?«

Matthias erinnerte sich noch, dass er weinend in die Klasse gerannt kam, barfuß, mit den Stöckelschuhen in der Hand. Es war Februar, und er hatte eiskalte Füße. Als Erstes zog er sich Turnschuhe an, seinen Turnbeutel hatte er zum Glück unter der Bank. Und dann stand er völlig verloren in der Klasse herum, zwischen Indianern und Cowboys, Bären, Katzen, Hexen, Supermännern, Vampiren und undefinierbaren Fantasiegestalten. Außer ihm gab es keine einzige weitere Prinzessin. Noch nicht einmal ein Mädchen hatte sich so verkleidet.

Ganz still hockte er sich auf seinen Platz, stopfte das Krönchen in die Tasche und zählte die Stunden und Minuten, bis der Spuk und das Faschingsfest vorbei waren und er wieder nach Hause laufen und sich umziehen konnte.

Henriette schloss ihn an der Haustür in die Arme. »Meine Hübsche«, hatte sie gesagt, »meine Süße, mein Püppchen, meine allerliebste, zauberhafte, entzückende Prinzessin!«

Matthias betrachtete seine Mutter.

»War ich eine Enttäuschung für dich, Mama? Hättest du nicht viel lieber ein Mädchen gehabt, um es nicht nur im Fasching, sondern jeden Tag in bunte Kleidchen zu stecken? Solange ich in der Grundschule war, musste ich mich beim Karneval als Prinzessin verkleiden. Und wenn ich es ertrug, hast du mich hinterher mit Liebe und Geschenken überhäuft. Diesen einen Tag im Jahr war ich so, wie du mich eigentlich haben wolltest. Dein Püppchen. Deine Prinzessin.«

Er lächelte.

»Das willst du alles nicht hören, stimmt's? Aber keine Sorge, ich bin dir nicht böse. Überhaupt nicht. Ich hatte mich ja schon fast daran gewöhnt, denn von da an hast du mich immer öfter *Prinzessin* genannt. Einfach so. *Prinzessin, komm mal runter, und bring mir aus dem Schlafzimmer die warme Jacke mit! Bist du mit den Schularbeiten fertig, Prinzessin?*

Du hast es wahrscheinlich gar nicht gemerkt, dass ich schon bald nicht mehr Matthias, sondern *Prinzessin* war. Und weißt du, was das Komische daran ist, Mama?« Er lachte. »Ich bin wahrhaftig die Prinzessin geworden, die du dir immer gewünscht hast.«

Matthias faltete die Hände und schwieg eine Weile. Dann redete er leise weiter. »Ich glaube, so wie es ist, ist es in Ordnung. Ich bin zufrieden, Mama, und insofern kann ich dir keinen Vorwurf machen. Ich weiß, du hast es immer nur gut gemeint. Ich sehe es noch genau vor mir: Draußen schüttete es, unsere Einfahrt vor dem Haus war matschig und völlig aufgeweicht, meine Schuhe waren dreckig und lehmverkrustet, als ich aus der Schule nach Hause kam, aber verprügelt hast du mich trotzdem. Vielleicht wüsste ich heute schöne, saubere Dinge nicht so zu schätzen, wenn du es damals anders gemacht hättest. Nein, ich nehme dir nichts übel.

Übel nehme ich dir, dass du jetzt nicht mit mir redest, nicht zu mir zurückkommst, Mama.« Matthias starrte sie an. Ihre geschlossenen Lider flatterten, und ihre Lippen waren so schmal wie der Rand eines Euros.

»Ich brauch dich doch, Mama«, flüsterte er, und die Tränen liefen ihm über das Gesicht. »Ich brauch dich so sehr.«

Matthias wartete mehrere Minuten.

»Warum hast du mich verlassen? Warum bist du nicht mehr hier, bei mir? War es nicht schön? War diese Reise nicht immer dein größter Wunsch? Ich schwöre, ich würde dich bis zum Grabe pflegen, aber so bist du nicht mehr meine Mutter!«

Er küsste sie auf den Mund und hauchte ein kaum hörbares »Ich liebe dich, Mama«, nahm ein Kissen und drückte es ihr aufs Gesicht.

Sie war nicht fähig, sich zu wehren.

Matthias drückte mit aller Kraft und lag mit seinem ganzen Gewicht auf ihr.

Kein Laut war unter dem Kissen zu hören, aber er drückte dennoch weiter.

Erst nach mehreren Minuten ließ er los und stand auf. Sein Herz hämmerte, er war flammend rot, schwitzte, und seine Muskeln zitterten.

Vorsichtig zog er das Kissen von ihrem Gesicht.

Sie atmete nicht mehr. Ganz ruhig lag sie da, wie eine bleiche Porzellanpuppe. Zerbrechlich, kostbar und auf ihre Art einzigartig.

Er strich ihr die Haare aus der Stirn, ordnete das Bettzeug und sah sich noch einmal aufmerksam im Zimmer um. Dann wandte er sich zum Gehen.

»Ciao, Mama!«, sagte er und schloss hinter sich die Tür.

63

Berlin, Ende September 2009

»Hör zu, ich kann nicht lange reden, wir sind immer noch auf dem Atlantik und erreichen erst morgen früh Barbados, die Telefoniererei kostet vom Schiff aus ein Vermögen, ich wollte dir nur sagen, Oma ist tot.« Jetzt erst machte sein Vater eine bedeutungsschwere Pause.

Alex schluckte. Ihm war, als würde er jeden Moment in Ohnmacht fallen, aber gleichzeitig spürte er, wie der Zorn in ihm hochstieg. Selbst bei so einem Telefonat war es für seinen Vater anscheinend das Allerwichtigste, wie hoch die Telefonkosten werden würden, wenn man auch nur ein überflüssiges Wort sagte. Es war so erbärmlich, so kleinlich und so knauserig, dass einem übel werden konnte.

Er sagte nichts, sondern wartete ab. Wollte das Telefonat nicht unnötig verlängern und auch kein heiliges Donnerwetter provozieren.

»Sie hatte heute Morgen wieder einen schweren Schlaganfall und ist unmittelbar danach ganz friedlich eingeschlafen. Ich war in ihren letzten Minuten bei ihr und hab ihr die Hand gehalten.«

»Und nun?«, fragte Alex tonlos. Er konnte den Gedanken, dass Oma nicht mehr da sein würde, noch nicht fassen.

»Nun hab ich hier jede Menge Ärger an der Backe. Ich habe keine Ahnung, wie ich die Leiche von Barbados aus so schnell wie möglich nach Deutschland überführen kann. Das wird einen fürchterlichen bürokratischen Irrsinn nach sich ziehen. Oder aber Oma unterliegt der Hoheit des Schiffes und wird mit ihren Papieren einfach nach Frankfurt geflogen, wie jeder lebendige Passagier auch. Ich hab keine Ahnung, Alex, aber ich kann dir sagen, so froh ich bin, dass sie so einen schmerzfreien, leichten und glücklichen Tod hatte, es wäre besser gewesen, sie hätte mit dem Sterben noch ein paar Tage gewartet, bis wir wieder in Deutschland gewesen wären. Hoffentlich bekomme ich überhaupt meinen geplanten Flieger nach Frankfurt und muss nicht noch ein paar Tage hier in der Karibik verlängern.«

»Du Armer! Das wäre ja ein fürchterlicher Schicksalsschlag für dich!«

Matthias überhörte den süffisanten Ton. So etwas war er von Alex gewohnt. Problematisch wurde es erst, wenn man darauf einging. Dann war der Streit vorprogrammiert.

»Bitte, sag deiner Mutter Bescheid, und besorg dir einen vernünftigen schwarzen Anzug. Du kannst auf keinen Fall in Jeans und Schlabberpullover zur Beerdigung kommen.«

Zum zweiten Mal verschlug es Alex die Sprache. Wenn Matthias weiter keine Sorgen hatte, dann war es ja gut.

Wie so oft sagte er nichts dazu und legte einfach auf.

Noch eine halbe Stunde, dann musste er los. Heute hatte er Schicht ab zwölf, und vor vierundzwanzig Uhr würde er den Laden sicher nicht wieder verlassen. Er quälte sich von seiner Matratze und ging unter die Dusche. Dort trank er wie jeden Morgen ein paar Schluck Duschwasser, mehr frühstückte er nie.

Er rubbelte sich die Haare trocken, zog sich an und zündete sich eine Zigarette an. Die erste des Tages schmeckte ihm nie. Er hustete mehr, als dass er rauchte, als empörte und wehrte sich seine Lunge gegen das, was ihr da tagtäglich angetan und zugemutet wurde. Aber er konnte es nicht ändern. Alkohol und Zigaretten waren das Einzige, wofür es sich noch zu leben lohnte.

Aber heute war alles anders. Oma war tot.

Er hatte es kommen sehen, hatte oft daran gedacht, dass es passieren könnte, aber dann hatte er den Gedanken immer wieder erfolgreich verdrängt.

Jetzt wurde ihm bewusst, dass er Oma Henriette nur selten besucht hatte, aber wenn, dann war er gern bei der alten Dame gewesen. Sie war stets perfekt frisiert, geschminkt und gekleidet, ihre Wohnung war immer tadellos sauber und aufgeräumt, und wenn sie ihm Tee und Gebäck servierte und ihn fragte: »Nun, mein Junge, dann erzähl doch mal, was gibt es denn Neues?«, dann hatte er gern geredet und die wenigen Stunden mit ihr wirklich genossen.

Sie war eine Dame, sprach leise und in gewählter Ausdrucksweise, und nach jeder Mahlzeit rauchte sie eine Zigarette mit Spitze. Schon als Kind konnte er sich nicht sattsehen daran, wie ihre Ringe an den schmalen, langen Fingern funkelten. Als er älter wurde und selber rauchte, schob sie ihm wortlos den Aschenbecher hin, und er wusste, dass sie darauf hoffte und irgendwie auch erwartete, dass er nur wenig rauchte. Aber sie sagte nichts, stellte nie Ansprüche. Sagte auch nie »Komm, hilf mir mal« oder »Kannst du mal dies oder das für mich besorgen«. Sie saß da, legte die Hände übereinander in den Schoß und hörte ihm zu. Ganz gleich, ob er eine schlechte Zensur aus der Schule mit nach Hause gebracht hatte oder von dem Krieg in den First-Class-Küchen dieser Welt erzählte. Und sie sagte ihm ihre Meinung. Sanft, aber klipp und klar.

»Der Kochberuf ist nichts für dich, mein Junge«, hatte sie ihm schon vor ein paar Jahren erklärt. »Die Arbeit und vor allem das Umfeld und deine Kollegen sind primitiv, dumpf, ordinär und gewalttätig. Ich habe das Gefühl, die Küchen sind das Sammelbecken des Abschaums, der Asozialen und der Verlierer. Hör auf damit. Geh da weg. Lerne etwas anderes. Lass dich nicht verrohen, und rette dich, solange du noch kannst. Du gehörst da nicht hin.«

»Das ist doch Quatsch, Oma. Und ich koche gern.«

»Vielleicht. Das mag sein. Aber du hast gar keine Chance, etwas Gutes zu kochen. Kreativ zu sein. Etwas Schönes, Wohlschmeckendes, Neues geschehen zu lassen. Du ackerst auf Befehl. Du *schickst* im Akkord. Du bist sechzehn Stunden am Tag im Dauerstress. Du *knallst* die Steaks in die Pfanne, du *haust die Scheiße in den Topf,* wie du so schön sagst, Lebensmittel sind für dich keine Genussmittel, das wundervolle vielfältige Material, mit dem du arbeiten darfst, sondern irgendwelches Zeugs, dass du klatschen, knallen, schmeißen, hauen und was weiß ich was musst. Du liebst es nicht. Du liebst deine ganze Arbeit nicht. Oder hast du ein einziges Mal gesagt, Oma, heute koche ich dir etwas ganz Besonderes? Etwas, das ich selbst erfunden habe und das die Welt noch nicht gesehen hat. Ich habe eine großartige Idee, wollen wir beide mal probieren, ob es auch schmeckt?

Nein. Niemals hast du dir etwas einfallen lassen. Du warst immer nur froh, wenn du fünfzig Kilo Bohnen verarbeitet hattest, die schon angegammelt waren, und keiner hat's gemerkt. Du warst froh, wenn du durchgedrehten Salat als Spinat verkaufen konntest. Du warst erleichtert, wenn die Hygiene nicht gemerkt hat, dass ihr das Fleisch, das seit Jahren über das Verfallsdatum hinaus war, umetikettiert habt. Du warst zufrieden, wenn du vierhundert Essen *rausgehauen* hast und keiner sich beschwert hat, obwohl nur Lebensmittel für dreihundertfünfzig Portionen zur Verfügung standen. Dein Job besteht aus Stress und Betrug. Ihr kratzt den Dreck von der Erde und schmeißt ihn in die Pfanne. Ihr spuckt in die Suppe, wenn ihr einen Gast nicht leiden könnt. Ihr niest hemmungslos ins Gemüse, wenn ihr erkältet seid. Es kommt euch nicht darauf an, ein wundervolles Gericht zu kochen, sauber und geschmacklich auf allerhöchstem Niveau, um einen Gast glücklich zu machen und ihm für sein Geld etwas Adäquates zu bieten – es ist euch allen egal, was ihr macht, ihr seid nur noch froh über jeden Tag, den ihr überlebt habt. Weil ihr nicht zusammengebrochen seid, keine Pfanne an den Kopf, kein heißes Fett über den Arm und kein Messer in den Bauch bekommen habt.

Das ist doch kein Leben, Alex!

Du hast keine Freunde, keine Familie, keine Freizeit, nichts. Du schläfst und arbeitest. Du isst ja noch nicht mal was Vernünftiges. Kostest nur hin und wieder einen Löffel Gemüse oder Soße.

Bitte, lass es. Und wenn du eine andere Ausbildung machen willst: Egal, wie lange es dauert, egal, was es kostet, du kriegst von mir das Geld.«

Von jedem anderen hätte er sich derartige Predigten nicht angehört, Oma durfte ihm das sagen.

Vielleicht hatte sie das zu früh getan, vor ein paar Jahren war er noch nicht so weit gewesen, zu begreifen, wie recht sie gehabt hatte.

Oma!, schrie er innerlich. Verdammte Scheiße, Oma!

Im Rautmann's war er vom Regen in die Traufe gekommen. Es war wie überall. Wie in jedem Hotel. Er machte unbezahlte Überstunden ohne Ende, schuftete für einen Hungerlohn, und der Arbeitsalltag im hochgelobten Sternerestaurant war um keinen Deut besser als anderswo. Im Gegenteil.

Er wusste, dass er es nicht mehr lange aushielt, dass er etwas ändern musste, um nicht selbst ein für alle Mal vor die Hunde zu gehen, aber Oma würde es nicht mehr mitbekommen. Sie konnte sich nicht mehr freuen, wenn er den Absprung doch noch einmal schaffte.

Und dieser Gedanke brach ihm fast das Herz.

Fünf Stunden später schwitzte er wie ein Schwein, hatte sechzehn Pfannen vor sich, und seine Blase war kurz davor zu platzen. Der Kollege, der für das Fleisch und die auf Punkt gebratenen Steaks zuständig war, arbeitete präzise auf die Sekunde. Musste ein Teller warten, weil das Gemüse noch nicht fertig war, wurde das Fleisch kalt. Oder er musste es notgedrungen länger im Ofen lassen, dann war es durchgebraten, *tot*, wie es die Köche nannten, und verdorben.

Sie arbeiteten alle wie ein Räderwerk, bummelte einer, brach das ganze System nicht nur für ein Gericht, sondern für etliche zusammen, was wiederum einen Schneeballeffekt auslöste, der manchmal den ganzen Abend aus dem Gleichgewicht bringen und immer längere Verzögerungen provozieren konnte.

Alex arbeitete jetzt seit knapp drei Wochen im Rautmann's, bisher hatte er noch nie Probleme gehabt, im Stoßgeschäft zur Toilette zu müssen, heute hielt er es nicht mehr aus.

»Scheiße!«, schrie er und versuchte, das übliche Stressgebrüll der Köche und die Befehle des überforderten Küchenchefs zu übertönen. »Ich muss aufs Klo!«

»Geht jetzt nicht!«, brüllte irgendjemand zurück.

Dann hörte er nur noch das Übliche: »Los, wir müssen schicken!« – »Tisch siebzehn hat Kroketten bestellt, du Idiot!« – »Mach hinne, du Arsch!« – »Welche Sau hat den Spargel für den Fettsack an Tisch fünf gefressen?«, und so weiter.

Er biss die Zähne zusammen und versuchte weiterzukochen, zu braten, zu brutzeln, zu schwenken und auf die Teller zu verteilen, so gut es ging.

»Ich halt es nicht mehr aus!«, raunte er dem Azubi zu, der die Teller vom Fleischposten holte und anreichte. »Ich platze gleich. Oder ich mach mir in die Hosen.«

»Tu's doch«, meinte der Azubi ungerührt. »Machen doch alle hier. Wundert mich, dass du hier überhaupt so rumschreist, is' doch wurscht, lass doch laufen!«

»Leck mich am Arsch«, sagte Alex nur, was so gut wie alles heißen konnte. Dann versuchte er, sich für den Bruchteil einer Sekunde zu entspannen – und machte sich in die Hose. Ließ es einfach laufen, während er den Brokkoli anrichtete, den Spargel aus dem Wasserbad fischte und Zwiebeln in Butter schwenkte.

An seinem Platz bildete sich eine Pfütze, die aber nur Sekunden zu bemerken war. Dann vermischte sich alles mit Gemüseabfällen, Fleischresten, Mehlstaub und wurde außerdem von den schweren Arbeitsschuhen zertreten.

Alex fühlte sich sofort besser und um eine Erfahrung reicher.

Küchenchef Clemens Majewski war der junge Schnösel Alexander von Steinfeld schon die ganze Zeit ein Dorn im Auge, obwohl er ja so jung eigentlich gar nicht mehr war. Er hatte schon einige Berufsjahre und jede Menge unangenehmer

Erfahrungen auf dem Buckel. So leicht konnte man ihm nichts mehr vormachen, er arbeitete schnell und unauffällig und hatte ein System perfektioniert, nirgends anzuecken, um seine Ruhe zu haben.

Das konnte Majewski nicht ausstehen.

Er hatte ihn vom ersten Augenblick an nicht leiden können, und dass sein Vater, diese Tunte, ihm den Kerl regelrecht aufgeschwatzt hatte und er bei einem der besten und lukrativsten Kunden, die das Rautmann's hatte, nicht einfach Nein sagen konnte, stank ihm am allermeisten.

Alex hatte Majewski bisher keinen Grund gegeben, ihn rauszuschmeißen, also würde er versuchen, ihn rauszuekeln. Und so etwas war ihm bisher immer gelungen.

Als das Stoßgeschäft vorbei war und es im Laden allmählich ruhiger wurde, besah sich Majewski die neun unterschiedlichen Dips für Salate und Steaks, die Alex bereits für den morgigen Tag vorbereitet hatte. Appetitlich, sauber, in mit Folie verschlossenen Glasgefäßen. Da war nichts über den Rand gekleckst, da sah man keine Fingerspuren, wo ein Tropfen weggewischt worden wäre, Alex arbeitete einwandfrei.

Majewski riss von allen Gefäßen die Folie ab, nahm ein brüchiges Stück Baguette und kostete jede einzelne Soße. Üppig, gierig und keineswegs vorsichtig.

Alex gefror das Blut in den Adern, als er sah, dass Majewski das Baguette absichtlich zerdrückte und in die Soßen krümelte.

Als der Küchenchef fertig war, blökte er: »Was ist das denn? Sorg dafür, dass keine Krümel in deinen Soßen herumschwimmen. Wo sind wir denn! So kannst du in einer Dreckskantine arbeiten, aber nicht bei uns!«

Es gab keinen in der Küche, der das nicht gehört hatte.

Alex musste an sich halten, um sich nicht mit dem nächsten Messer auf Majewski zu stürzen und die Sau abzustechen. Er ließ jeden einzelnen seiner Fingerknöchel knacken und pumpte wie ein Maikäfer. Dann begann er stillschweigend, die Krümel aus den Soßen zu fischen.

Aber Majewski war noch nicht fertig.

Kurz vor Feierabend, als alle müde und genervt waren und nur noch den einen Wunsch hatten, möglichst schnell nach Hause zu kommen, präsentierte Majewski Alex auf sechs verschiedenen Desserttellern unterschiedlich aussehende Fleisch- und Gemüsesoßen, die alle gleich waren und alle gleich schmeckten.

»Da hätte ich doch gern mal von unserem berühmten und adeligen Chef de Partie eine Einschätzung. Koste mal und sag mir, Klugscheißer, welche Soße was taugt und welche nicht. Du hast doch erst vier Bier intus, da wird man so was ja wohl noch schaffen.«

Alex wusste ganz genau, dass Majewski ihn nur auflaufen lassen wollte, aber er hatte keine Wahl. Er musste da durch.

Er ließ sich Zeit. Kostete einmal, zweimal, dreimal. Die Soßen waren mittlerweile kalt und breiig. Schmeckten wie salzige Pampe mit einem Anflug von Kräutern und Knoblauch.

Majewski sah ihn mit hochgezogenen Augenbrauen an, trommelte auf der blank polierten Arbeitsplatte herum und hinterließ dort seine fettigen Fingerabdrücke.

Die Kollegen standen in einigem Abstand und waren mucksmäuschenstill.

Schließlich atmete Alex tief durch und sagte: »Ich finde keinen Unterschied. Es ist immer dieselbe Soße. Nicht besonders originell, Fond, Gemüse, Kräuter, Sahne, passt immer, tut nicht weh, aber haut einen auch nicht vom Hocker.

Wenn du Tipps brauchst, der ganzen Sache den gewissen Pfiff zu geben, herzlich gern.«

Über fast jedes Kollegengesicht zog ein Grinsen.

Majewski dagegen lachte lauthals und schlug sich auf die Schenkel. Wischte sich die Tränen aus den Augen, während er brüllte: »Schau an, unser Herr Baron hat sich seine Geschmacksknospen weggesoffen! Das ist ja köstlich, aber mach dir keine Sorgen, so etwas kann man trainieren, und im zweiten Lehrjahr hab ich's auch nicht besser gekonnt! Fragt sich nur, was du hier als Chef de Partie zu suchen hast, wenn du noch nicht mal so ein paar läppische Soßen abschmecken kannst!«

Die Kollegen, die fast alle Alex' Untergebene waren, lachten dröhnend, was Majewski Auftrieb gab.

»Du bist ja behindert, Junge! Wenn wir dich weiterbeschäftigen, kriegen wir 'ne Sonderprämie vom Staat! Das ist großartig, solange du geschmackstechnisch nicht auf die Menschheit losgelassen wirst. Denn da bist du auf einem Niveau wie ein humpelnder Marathonläufer oder ein blinder Maler!«

Das Gelächter schwoll an. Jetzt wurden auch die Azubis, die sich bisher noch zurückgehalten hatten, mutiger.

»Pflegefall, komm mal her!«

Alex reagierte nicht.

»Was haltet ihr davon, wenn wir unseren Herrn Baron von nun an nur noch *Pflegefall* nennen? Ist das nicht herrlich?« Er deutete durch die offene Tür in den Flur auf eine Kiste Kiwis, die noch vor dem Kühlraum stand.

»Pflegefall, geh los und zähl die Kiwis. Aber richtig, verstanden? Denn wenn du so zählst, wie du abschmeckst, müssen wir dich leider in der Behindertenwerkstatt abgeben.«

Das Gelächter hielt an, und Majewski fühlte sich großartig. Endlich mal wieder wie der King auf seiner Insel. Und wenn Alex dazu taugte, dass man sich über ihn lustig machte, dann hatte er gar nichts mehr dagegen, dass er der Tunte einen Gefallen getan und dieses verzogene Gör eingestellt hatte.

Alex nahm die Kiste Kiwis und verschwand im Kühlraum. Sein Hass war übermächtig.

64

Allmählich kam der Herbst. Susanne wollte es nicht wahrhaben, aber hatte sie gestern noch auf dem Balkon gesessen und zumindest eine halbe Stunde in der Sonne gelesen, so tobte heute ein Sturm durch die Straßen der Stadt, fegte das erste Laub vor sich her und brachte den Regen.

Das Wetter passte zu Susannes Stimmung. Die Ermittlungen in den drei Berliner Mordfällen stagnierten, und auch die Verbindung mit den Toten auf Giglio brachte keine neuen Erkenntnisse. Ein wahllos zuschlagender Mörder, der seinen Opfern rein zufällig begegnete, war kaum zu stoppen. Und noch nicht einmal das homosexuelle Milieu war eine konstante Verbindung: Bastian Hersfeld hatte keinerlei homoerotische Neigungen gezeigt. Davon waren zumindest seine Eltern überzeugt.

An diesem Morgen war sie früher im Büro als gewöhnlich. Melanie hatte stillschweigend das Nutellabrot eingeworfen, hatte ihren Taschensack gegriffen und war in die Schule abgeschwirrt. Nachdem Susanne die Küche in Ordnung gebracht und die Wohnung gelüftet hatte, war sie ins Büro gegangen. Normalerweise fing sie erst um zehn an, aber im Büro konnte sie ihre Zeit besser nutzen als zu Hause.

Die Post kam um Viertel nach neun. Sie erkannte den Brief sofort. Der gleiche Umschlag, die gleiche knappe Adresse.

Mit zitternden Händen öffnete sie ihn. Wieder ein Buchstabensalat wie beim letzten Mal, was sie wütend machte. Das war die reinste Beschäftigungstherapie, als wenn die Polizei weiter nichts zu tun hätte. Und außerdem in einer winzigen Plastiktüte, einer Art Schutzhülle für Briefmarken, ein paar Haare.

Noch eine DNA-Probe. Er spielt mit uns. Fühlt sich unangreifbar. Kommt sich vor wie der Größte.

Allerdings konnte es auch sein, dass er eine falsche DNA schickte. Obwohl er sich denken konnte, dass sie alle Proben miteinander vergleichen würden. Also nur eine weitere Beschäftigungsmaßnahme.

Die dritte Möglichkeit war, dass er ernst genommen werden wollte. Dass er durch seine DNA-Probe sicherstellen wollte, dass sie nicht auf die Idee kamen, den Brief einem Trittbrettfahrer zuzuordnen.

Was sie stutzig machte, war, dass die Haarprobe schwarz war. Sowohl am Tatort von Jochen Umlauf als auch dem von Manfred Steesen hatten sie einige wenige blonde Haare gefunden. Eventuell färbte er seine Haare, und wahrscheinlich war er auch schon schwarzhaarig gewesen, als er Bastian Hersfeld ermordet hatte. Noch so ein Spielchen.

»Ben!«, rief sie schrill.

Erst als sie keine Antwort bekam, fiel ihr ein, dass Ben erstens um diese Zeit noch nie im Büro war und zweitens heute seinen freien Tag genommen hatte.

»Oh Mann!«, brüllte sie, sprang auf, riss ihre Handtasche von der Rückenlehne ihres Stuhls, ließ den Briefumschlag hineingleiten, stürmte aus dem Büro und warf die Tür hinter sich zu.

Auf dem Parkplatz vor dem Präsidium musste sie ein paarmal hin und her rangieren, was sie noch zusätzlich wahnsinnig machte, und dann brauste sie zu Bens Wohnung, wofür sie trotz morgendlichen Berufsverkehrs nur knapp zwanzig Minuten brauchte.

Ben wohnte in einem Neubauviertel der Siebzigerjahre, das sie unerträglich fand. Mit Zwei- bis Fünfzimmerwohnungen. Der ewig gleiche, wenig originelle Wohnungsschnitt, Kunststofffenster, genormte Balkone, fantasielose Bäder und billige Einbauküchen.

Offensichtlich hatte Ben ihren wenig begeisterten Gesichtsausdruck bemerkt, als er sie einmal zu einem Spaghettiessen eingeladen hatte, weil die Kantine gerade renoviert wurde.

»Tja«, sagte er. »Es ist vielleicht nicht gerade hip, hier zu wohnen, und meine Wohnung ist auch kein Palast, aber immerhin sehe ich über die Stadt, und wenn ich Glück habe, erwische ich sogar ab und zu einen Sonnenuntergang. Die Heizkosten halten sich in Grenzen, die Nachbarn sind selten zu Hause, der Fahrstuhl funktioniert, und im Treppenhaus gibt es ungewöhnlich wenig Graffiti. Was will man mehr?«

»Da hast du recht«, beeilte sich Susanne, ihm zuzustimmen. »So hab ich das noch gar nicht bedacht.«

Ein weiterer Pluspunkt von Bens Wohnung war, dass auf dem Parkplatz vor dem Haus immer Plätze frei waren. Ganz egal, ob man nachmittags um fünf oder nachts um drei vorfuhr. Während Susanne manchmal eine halbe Stunde durch die kleinen Nebenstraßen ihrer Umgebung kurvte, bis sie dann doch noch einen Parkplatz ergatterte, obwohl sie die Hoffnung längst aufgegeben und überlegt hatte, am Volkspark zu parken und dann mit dem Taxi nach Hause zu fahren.

So hielt sie auch jetzt direkt vor seinem Haus und klingelte an der Haustür Sturm.

Es dauerte ewig, bis sich Ben reichlich unwillig über die Sprechanlage meldete.

»Ja?«

»Ich bin's, Susanne. Kannst du mich reinlassen?«

»Jetzt? Bist du verrückt? Ich hab erstens frei und zweitens noch geschlafen!«

»Ich weiß. Trotzdem. Bitte, Ben, es ist wichtig!«

»Kannst du in 'ner halben Stunde wiederkommen?«

»Nein. Glaubst du, ich sitze jetzt eine halbe Stunde im Auto, nur weil du so lange brauchst, dir 'ne Jeans überzuziehen? Ben, es ist mir wurscht, ob deine Wohnung aufgeräumt ist oder nicht. Ich brauche auch keinen Kaffee. Aber ich muss mit dir reden!«

»Worüber?« Ben stöhnte.

»Müssen wir das über die Sprechanlage eines Mietshauses diskutieren, verdammt?« Susanne wurde langsam wütend. »Jetzt mach endlich auf, und lass mich hier draußen nicht rumstehen wie eine dumme Pute!«

Ben drückte auf den Summer, und Susanne schlüpfte ins Haus.

Ben trug Jeans und T-Shirt, als er Susanne die Tür öffnete. Na also, dachte Susanne, hat er es also doch noch geschafft, in eine Hose zu steigen. Wozu also der ganze Aufstand? Aber sein Gesicht war kalkweiß. Susanne ging davon aus, dass er die halbe Nacht durchgemacht hatte.

»Grüß dich, Ben, tut mir leid, dass ich dich an deinem freien Tag störe, aber wir haben mal wieder Post bekommen, und ich brauche deine Hilfe. Heute noch. Nicht erst morgen.« Sie warf ihre Jacke über einen Stuhl, der neben der Garderobe stand, wartete seine Antwort gar nicht ab, sondern ging direkt ins Wohnzimmer.

»Willst du 'n Kaffee?«, stotterte Ben und fuhr sich fast zwanghaft immer wieder mit der Hand durch die Haare.

»Gern.«

Susanne setzte sich auf die Couch und war so damit beschäftigt, den Brief unbeschadet und nicht zerknickt aus ihrer Tasche zu ziehen, dass sie im ersten Moment die Person, die in der offenen Schlafzimmertür stand, gar nicht bemerkte.

Erst als sie eine wohlbekannte, aber ungewohnt leise Stimme »Hei, Mama!« sagen hörte, fuhr sie wie von der Tarantel gestochen hoch und starrte ihre Tochter fassungslos an, die barfuß in einem übergroßen Männerhemd nur wenige Meter vor ihr stand. Und obwohl sie sich scheinbar lässig gegen den Türrahmen lehnte, wirkte sie doch wesentlich verkrampfter als sonst. Ihre Haare waren ebenso zerzaust wie die von Ben, und genau wie er wischte sie sie immer wieder beinah verlegen aus dem Gesicht. Noch nie war Susanne ihre Tochter so verletzlich, so jung und so verunsichert vorgekommen wie in diesem Moment.

Und noch nie war sie sich selbst so verletzlich und verunsichert vorgekommen.

»So ist das also«, sagte sie schließlich, und Melanie nickte nur.

»Dann können wir ja jetzt mit dem Versteckspiel aufhören.«

»Mhm.«

»Schwänzt du gerade die Schule, oder wie seh ich das?«

»Das siehst du falsch. Die machen heute einen blödsinnigen Ausflug. So was Ähnliches wie 'n Wandertag, und das muss ich nicht haben. Außerdem ist das freiwillig.«

Susanne wurde plötzlich übel, und sie war dankbar, als Ben mit dem Kaffee hereinkam.

»Kannst du mir den Gefallen tun und dich anziehen?«, sagte sie zu Melanie.

Melanie nickte kaum merklich und verschwand im Schlafzimmer.

Ben goss stumm den Kaffee ein.

»Wie alt bist du genau?« Susanne sah Ben kampflustig an. Ihre kurze Verunsicherung war wieder verschwunden.

»Einunddreißig.«

»Und Melanie ist siebzehn.«

»Fast achtzehn.«

»Gut. Fast achtzehn. Wenn du doch auch bei den Ermittlungen so verflucht pingelig und genau sein würdest!«

Die Schlacht war eröffnet, und jetzt pfiff Ben augenblicklich zurück. »Ich finde, du solltest nicht alles in einen Topf werfen. Bei Ermittlungen schmeißt du ja auch nicht alle Fälle zusammen.«

»Okay. Versuchen wir, sachlich zu bleiben. Meine Tochter ist vierzehn Jahre jünger als du. Findest du das in Ordnung?«

»Am Anfang dachte ich, es wäre ein Problem. Aber es ist keins. Im Gegenteil. In manchen Dingen ist mir Melly sogar ein Stück weit voraus.«

»Zum Beispiel?«

»Willst du unbedingt, dass ich ins Detail gehe?«

»Nein.« Susanne stöhnte auf. »Sonst wird mir wahrscheinlich noch übler, als mir sowieso schon ist.«

Ben kommentierte den Satz nicht. »Es tut mir leid, dass du es auf diese Weise erfahren musstest. Wir wollten es dir anders beibringen. Wir wussten zwar noch nicht genau, wann und wie, aber anders in jedem Fall.«

»Wie zartfühlend.« Susanne bekam ihren sarkastischen Ton einfach nicht in den Griff. Das ärgerte sie selbst, aber sie konnte es nicht ändern.

»Wie lange geht das schon so?«

»Fast fünf Monate. Melly hat vor dem Präsidium gewartet, weil sie dich abholen wollte.« Ben grinste. »Aber du hattest noch irgendwas zu tun, jedenfalls dauerte es länger, das richtete ich Melly aus, und dann sind wir einen Kaffee trinken gegangen. Es war Zufall. Ich kannte sie ja vom Sehen, aber ich hätte nie gedacht, dass ich mich so toll mit ihr unterhalten würde. Und so ist es dann irgendwann passiert.«

»Im Grunde bin ich also schuld an der ganzen Sache.«

»Im Grunde schon.« Ben lachte, und auch Susanne merkte, wie sie sich ein kleines bisschen entspannte.

Melanie kam fertig angezogen herein, schenkte sich ebenfalls Kaffee ein und setzte sich dazu.

»Ich würde ja gern *tut mir leid, Mama* sagen, weißt du, aber das geht nicht, weil es mir nicht leidtut, denn es ist klasse, so wie es ist.«

»Das mag sein. Aber ich brauche ein bisschen Zeit, um mich an den Gedanken zu gewöhnen. Falls ich mich überhaupt jemals daran gewöhnen kann, dass meine Tochter und mein Kollege … Oh Gott!«

Melanie setzte sich neben ihre Mutter und legte den Arm um sie. Eine zärtliche Geste, die Susanne Monate oder wahrscheinlich sogar schon Jahre nicht mehr erlebt, aber schmerzlich vermisst hatte. Daher nahm auch sie ihre Tochter in den Arm und hatte Mühe, die Tränen hinunterzuschlucken, die ihr in die Augen schossen und ihr Gesicht zum Glühen brachten.

Ben ließ den beiden eine Weile Zeit und fragte dann vorsichtig: »Aber was ist passiert? Warum bist du gekommen?«

Susanne befreite sich aus der Umarmung, schniefte einmal kurz und deutete auf den Briefumschlag.

»Unsere Prinzessin hat geschrieben. Wieder in Rätselform. Du bist gefragt. Bitte versuche, es so schnell wie möglich zu entschlüsseln.«

Ben sah Melanie an. »Ich kann das nicht. Ich hätte auch das letzte Mal das Rätsel niemals lösen können, aber deine Tochter kann das.«

Melanie nickte. »Zeig her.«

Susanne gab ihr fassungslos den Brief. Melanie verzog sich damit an Bens Schreibtisch und benötigte keine zehn Minuten, dann hatte sie den Text entschlüsselt.

Ich habe mich ja gar nicht zurückgemeldet.
Entschuldigen Sie vielmals. Wie unhöflich von mir.
Aber sicher haben Sie es selbst gemerkt.
Anbei wieder ein kleines, sehr persönliches Geschenk.

Susanne und Ben sahen sich an.

»Das kleine, sehr persönliche Geschenk ist die Locke. Diesmal in Schwarz. Wieder ein bisschen Arbeit fürs Labor. Aber immerhin wird er ja regelrecht zutraulich. Irgendwann lädt er uns zum Kaffee ein.«

»Ich finde ihn unerträglich arrogant«, murmelte Ben und betrachtete eingehend die Haarsträhne in der winzigen Plastiktüte. »Wenn ich wüsste, wer er ist, würde ich ihm eine reinhauen. Und wenn er fragt, warum, kriegt er gleich noch eine.«

Susanne musste grinsen und stand auf.

»Gut. Jetzt wissen wir, woran wir sind. Und es geht weiter. Ich denke, wir müssen uns auf einiges gefasst machen. Ich fahr jetzt zurück ins Büro. Wir sehen uns morgen um neun im Besprechungszimmer.«

Ben stand ebenfalls auf.

»Nein, ich komme auch ins Präsidium. Gib mir 'ne Stunde, dann bin ich da.«

Susanne nickte.

»Gut. Ach übrigens, Melly ... Danke fürs Entschlüsseln. Bei Gelegenheit musst du mir das mal erklären.« Susanne nahm ihre Sachen und ging zur Tür, wollte unbedingt noch etwas sagen, stand unschlüssig da, während Melanie und Ben sie abwartend ansahen.

Schließlich sagte sie nur leise »Tschüss«, drehte sich um und verließ die Wohnung.

Im Auto überlegte sie, was für Gefühle wirklich im Moment in ihrem Inneren tobten, denn so richtig wütend war sie weder auf Melanie noch auf Ben. Und dann wurde ihr klar, dass sie sich schämte. Sie kam sich vor wie eine alte, spießige Tante, die auf den Freund ihrer Tochter eifersüchtig war.

Die beiden Menschen, die ihr privat und beruflich am nächsten standen, hatten plötzlich eine intensive Beziehung miteinander.

Sie war nicht mehr der Mittelpunkt und nicht mehr die Chefin.

Sie stand außerhalb und war wieder allein.

Es begann zu regnen. Erst leicht, dann immer stärker. Als sie vor dem Präsidium anhielt, lehnte sie ihre Stirn gegen das Lenkrad und überlegte, ob sie bisher alles falsch oder alles richtig gemacht hatte.

Nach zehn Minuten war der Wolkenbruch vorbei. Ohne eine Antwort auf diese Frage gefunden zu haben, stieg sie aus und lief ins Büro.

65

Mit sechzehn sagte ich still: ich will,
will groß sein, will siegen,
will froh sein, nie lügen,
mit sechzehn sagte ich still: ich will.
Will alles – oder nichts:

Für mich soll's rote Rosen regnen,
mir sollten sämtliche Wunder begegnen,
die Welt sollte sich umgestalten
und ihre Sorgen für sich behalten.

Die ganze Zeit hatte er sich beherrscht, aber als in der kleinen Kapelle das Lied von Hildegard Knef laut und in erstklassiger Qualität vom Band kam, konnte er seine Tränen nicht mehr zurückhalten. Er saß in der ersten Reihe und weinte jetzt hemmungslos. Die Deiche waren gebrochen, es war ihm egal, was Freunde und Bekannte dachten. Eigentlich wussten alle, wie sehr er seine Mutter geliebt hatte.

Der helle Eichensarg war ausschließlich mit grünem Efeu und roten Rosen geschmückt, unzählige Kränze und Blumengestecke bedeckten den Kirchenfußboden.

Wir werden Dich immer lieben stand in Gold auf dem seidenen Band seines Blumenschmuckes und darunter in geschwungener Schrift: *Matthias und Alexander.*

Alex war nicht erschienen. Der Platz neben ihm war frei, und es schmerzte ihn. Es musste jedem auffallen, dass der Enkel zur Beerdigung seiner Großmutter nicht gekommen war. Auf dem leeren Holzstuhl lag eine einsame rote Rose, die nun niemand dem Sarg hinterherwerfen würde.

Ich werde ihn mir vorknöpfen, schwor sich Matthias, was bildete der Bengel sich überhaupt ein?

Schräg hinter ihm saß Thilda, und ab und zu spürte er fast körperlich ihren brennenden Blick auf seiner Schulter. Offensichtlich wollte sie ihm irgendetwas sagen, aber er hatte keine Lust, mit ihr zu reden. Nicht heute. Nicht an einem solchen Tag, an dem einem sowieso alles über den Kopf wuchs.

Vielleicht war sie wütend, weil er die gesamte Sippe derer von Dornwald nicht extra und persönlich eingeladen hatte. Er hatte unpersönliche Traueranzeigen verschickt und wollte sich überraschen lassen, wer zur Beerdigung nach Berlin kam und wer nicht.

Auf diese Art und Weise war die Trauergesellschaft mehr als überschaubar geblieben, und es war ihm recht.

Vor dem Sarg stand ein sechzig mal vierzig Zentimeter großes Porträt Henriettes. Zur Zeit der Aufnahme war sie gerade fünfzig und wirkte wie eine außergewöhnlich schöne Frau Anfang vierzig.

Er konnte sich nicht sattsehen an ihr.

Aber schön war es doch, aber schön war es doch,
und ich möcht' es noch einmal erleben,
dabei weiß ich genau, dabei weiß ich genau,
so was kann es doch einmal nur geben.

Als der Pfarrer über den außergewöhnlichen Menschen Henriette von Steinfeld sprach, den niemand in dieser Kapelle jemals vergessen werde, hörte er gar nicht hin. Er starrte sie an und versuchte zu begreifen, was er verloren hatte.

Sie, seine Göttin.

Nach der Trauerfeier war er ungemein erleichtert. Tränen liefen zwar immer noch ab und zu über seine Wangen, aber es war gut so. Er litt, er trauerte, war überwältigt von seinem Schmerz. Kein Mensch auf dieser Welt hatte einen ähnlich gravierenden und existenziellen Verlust erdulden müssen. Niemand war unglücklicher und bemitleidenswerter als er, und alle Welt sollte dies nicht nur merken, sondern auch gebührend zur Kenntnis nehmen.

Er folgte dem Sarg als Erster und setzte, sowie der Zug die Kirche verließ, seine dunkle Sonnenbrille auf.

»Kann ich dich einen Moment sprechen?«, fragte Thilda leise, nachdem sich der Pfarrer verabschiedet hatte.

»Schon«, erwiderte Matthias unwirsch. »Worum geht's denn?«

»Um Alex.«

»Ja, und? Weißt du, warum er nicht gekommen ist?«

»Er muss arbeiten, Matthias, er hat versucht freizubekommen, aber es ging nicht. Sie haben ihn nicht gehen lassen. Du kennst das ja.«

Matthias nickte.

»Es funktioniert nicht im Rautmann's, Matthias. Du kennst den Laden nur als Gast und hast keine Ahnung, was da abläuft. Es ist die Hölle. Schlimmer als im Hotel. Und Alex kommt überhaupt nicht mehr klar.«

Einige Trauergäste kamen, um sich zu verabschieden.

»Thilda, können wir das ein andermal besprechen? Ich habe heute meine Mutter zu Grabe getragen und hab jetzt weiß Gott was anderes im Kopf! Außerdem hab ich – wie du siehst – weder Ruhe noch Zeit. Ich ruf dich in den nächsten Tagen an. Okay?«

»Nein, das ist nicht okay!«, zischte Thilda. »Denn ich finde, es eilt. Alex geht kaputt, er muss da raus, aber er wagt es nicht, einfach zu kündigen.«

»Warum denn nicht?«

»Wegen dir, verdammt! Du hast ihm den Job verschafft, also glaubt er, dir was beweisen zu müssen. Er fühlt sich wie ein Versager, wenn er in den Sack haut, verstehst du das? Aber er kann nicht mehr. Er wird da fertiggemacht, hält das nicht mehr aus. Und wenn ihm einer helfen kann, dann du!«

»Sowie ich Zeit hab, rede ich mit ihm.«

Thilda versagten die Worte. Ihr brannte so viel auf der Seele, sie musste Matthias unbedingt alles erzählen, was sie von Alex gehört hatte. Ihr Sohn war in der Höhle des Löwen und wurde gerade langsam und genüsslich zerfleischt. Und Matthias hatte keine Zeit! Wie immer.

Sie starrte ihn stumm an. In ihrem Blick hielten sich Verzweiflung und Wut die Waage.

»Ich ruf dich an«, fügte Matthias noch hinzu.

Thilda drehte sich grußlos um und ging.

Im Haus war es nicht auszuhalten, und er wurde fast verrückt. Er hörte sie im Wohnzimmer rumoren, hörte das Radio, das in der Küche den ganzen Tag lief. Er hörte ihre Schritte auf der Treppe und das Klappern von Geschirr, ja sogar den Duft von gebratenen Zwiebeln glaubte er in der Nase zu haben. Ganz gleich, welches Essen sie zubereitet hatte, sie hatte immer damit begonnen, Zwiebeln in der Pfanne anzubraten.

Ein paarmal lief er hinunter, weil er sich sicher war, dass sie gerufen hatte.

Im Schlafzimmer hing noch der Duft ihrer Nachtcreme, und im Bad sah es aus, als würde sie jeden Moment hereinkommen und sich die Zähne putzen.

Dabei war sie schon seit Wochen nicht mehr hier gewesen.

Ihre Gegenwart war einfach unerträglich.

Er begann, zwei Umzugskisten zu packen. Suchte nützliche Dinge zusammen, die er in seiner Wohnung in Montebenichi gebrauchen konnte. Etwas Geschirr, Handtücher, Staubsauger und Putzmittel, Bettbezüge, Kosmetikutensilien fürs Bad, Bücher, die er schon seit Monaten oder sogar Jahren lesen wollte, zwei Nachttischlampen, Kerzen und Kerzenständer, einen Wecker und einige Bilder, die er immer geliebt hatte, aber die seine Mutter nun nicht mehr sehen würde. Er ging durchs ganze Haus und warf immer wieder eine Kleinigkeit in die Kiste.

Dann packte er zwei Koffer mit Bekleidung, die er in Italien lassen wollte. Für sein neues Leben, das ihm dabei helfen sollte, seine Göttin zu vergessen.

Und dann rief er Gianni an.

»Ich komme morgen Abend«, sagte er. »Vielleicht schaffe ich es bis zwanzig Uhr. Treffen wir uns direkt in meiner Wohnung?«

Gianni antwortete nur mit »Ja«.

Das war genug. Mehr benötigte Matthias nicht, um den Rest des Tages und die Nacht bis zu seiner Abfahrt zu überleben.

Um zweiundzwanzig Uhr dreißig ging er ins Rautmann's.

»Buonasera, Carlo«, begrüßte er den Kellner betont freundlich. »Come va?«

»Tutto bene, grazie.«

Matthias nahm Platz, ließ sich viel Zeit mit dem Lesen der Karte und bestellte schließlich ein aufwendiges Vier-Gänge-Menü und eine Flasche Barolo.

»Arbeitet mein Sohn noch?«, fragte er, während er Carlo seine Wünsche diktierte.

Carlo nickte. »Sì, sì.«

»Wie lange denn noch?«

»Bis Feierabend. Bis Mitternacht, oder später. Je nachdem.«

»Wann hat er denn heute angefangen?«

Carlo zuckte die Achseln und blickte zur Decke, als würde er nachdenken. »Ich weiß es nicht. Aber als ich um zwölf gekommen bin, war er schon da.«

Also hatte Thilda recht gehabt. Er hatte wieder einen Vierzehn- bis Sechzehnstundentag, und die Schweine hatten ihm noch nicht mal zur Beerdigung seiner Großmutter freigegeben.

Noch nie war ihm ein Abendessen so entsetzlich lang vorgekommen, und noch nie war ihm jeder Bissen so schwergefallen. Seine Geschmacksnerven waren ausgeschaltet, er konnte Fisch von Fleisch nicht mehr unterscheiden.

Die Flasche Wein hatte er längst ausgetrunken, aber er wollte sich nicht noch mehr bestellen. In wenigen Stunden musste er aufstehen und losfahren, er konnte es kaum noch erwarten, Gianni wiederzusehen. Nur der Gedanke an ihn konnte ihn im Moment noch aufheitern.

Allmählich leerte sich das Restaurant. Matthias trank noch zwei Espressi und aß dazu drei Ricciarelli. Wenigstens den Marzipan- und Mandelgeschmack konnte er erahnen.

»Kannst du deinem Schwuchtel-Vater nicht mal beibringen, nicht immer erst auf die letzte Minute hier anzutanzen und dann die aufwendigsten Menüs zu bestellen?«, tönte Küchenchef Majewski durch die Küche. »Soll er meinetwegen um acht hier aufkreuzen – aber nein! Wir sind alle schon dabei, sauber zu machen, und dann erscheint Königinmutter, und wir müssen springen.«

Alex zuckte zusammen. *Schwuchtel-Vater* hatte er gesagt. Vor allen. Das war das Letzte, das würde er ihm nie verzeihen. Noch ein Wort, und er würde ihm eine reinhauen.

Innerlich wappnete er sich.

Ein paar Köche lachten.

Sicherheitshalber sah Alex noch einmal alle Bons durch, aber es waren keine Gemüsebestellungen mehr offen. Wenn nicht noch etwas Unvorhergesehenes passierte, war er für heute fertig. Er putzte seinen Kochbereich weiter, der schon fast perfekt war. Sowohl auf den Fliesen hinter dem Herd als auch auf der chromglänzenden Arbeitsplatte war kein Krümel, kein Streifen, kein Spritzer mehr zu sehen. Nur mit den gusseisernen Herdteilen musste er sich noch beschäftigen.

Majewski kam angeschlendert. Mit einem Bier in der Hand. Sicher seinem fünften oder sechsten an diesem Abend. Und das war erst der Aufgalopp.

»Na los, Pflegefall!«, brüllte Majewski. »Schwirr ab, und hol 'ne Kiste Karotten und 'ne Kiste Gurken, und schneid die schon mal für morgen. Vielleicht beehrt uns dein Vater ja wieder, und da steht er bestimmt drauf!« Er lachte dröhnend, und wieder lachten ein paar Köche mit.

Alex wusste nicht, was er sagen sollte, aber er platzte fast.

»Mach dir nichts draus, Pflegefall«, schrie Majewski. »Schwul ist schließlich nicht der, der fickt, sondern der, der gefickt wird!«

Etliche Köche klopften vor Begeisterung und zur Zustimmung mit Kochlöffeln und -kellen auf die Arbeitsplatten. Einige brummten: »Geil!«, oder: »Leck mich fett, so hab ick det noch janich jesehn!«

Majewski hatte noch nicht genug. Er kramte in einer Kiste Obst, die bereits für das Frühstücksbuffet hochgebracht worden war, fand eine faulige Melone, nahm sie und schmiss sie mit voller Wucht gegen die frisch geputzten Fliesen über Alex' Herdbereich. Sie zerplatzte augenblicklich, und ihr überreifes Fruchtfleisch spritzte über Fliesen, Herd, Arbeitsplatte und Fußboden.

»Oh!« Majewski spielte den Erschrockenen und schlug die Hand vor den Mund. »Ist dein Dreckstall ein bisschen bekleckert. Das tut mir aber leid! Muss ich dir wohl oder übel beim Putzen helfen!« Mit diesen Worten schüttete er sein Bier über Alex' Herd, und die Brühe schwamm zwischen immer noch angetrocknetem Fett und Melonenresten.

Alex' Gesicht stand in Flammen, aber er sagte nichts, sondern machte sich daran, seinen Platz erneut zu putzen.

Gut gelaunt begann Majewski das Lied zu singen, das er den ganzen lieben langen Tag vor sich hin schmetterte und womit er allen anderen, denen jegliches Singen oder Pfeifen untersagt war, erheblich auf den Nerv ging:

> *»In einem unbekannten Land,*
> *vor gar nicht allzu langer Zeit,*
> *war eine Biene sehr bekannt,*
> *von der sprach alles weit und breit.*
> *Und diese Biene, die ich meine, nennt sich Majaaaaa,*
> *kleine, freche, schlaue Biene Majaaaaa.*
> *Maja fliegt durch die Welt,*
> *zeigt uns das, was ihr gefällt.*
> *Wir treffen heute unsre Freundin Biene Maja,*
> *diese kleine, freche Biene Maja,*
> *Maja, alle lieben Maja,*
> *Maja, Maja, Maja, Majaaaaa …«*

Sicher wusste Alex, dass er da war. Carlo erzählte so etwas immer brühwarm, aber Alex hatte sich nicht blicken lassen. Matthias wusste, dass es Alex unangenehm war, wenn sein Vater in der Küche erschien, und wahrscheinlich wurde er richtig sauer, aber das war Matthias jetzt egal. Als sich die letzten Gäste anschickten, das Rautmann's zu verlassen, stand er auf und schlenderte in die Küche.

Er drückte die saloonähnliche Schwingtür auf, lehnte sich an den Ausgabetresen, auf dem während des Abends die fertigen Gerichte zur Abholung warteten, der aber jetzt leer war, und sah sich lächelnd um.

»Wunderschönen guten Abend!«, sagte er laut.

Niemand der letzten herumirrenden und immer noch geschäftig wirkenden Köche reagierte auf ihn, nur einer wurde schließlich nach einer Weile auf ihn aufmerksam, wischte sich die Hände an dem Handtuch ab, das aus seiner Hosentasche heraushing, und kam langsam auf ihn zu.

»Ja?«

»Ist denn der Herr Majewski nicht da?«

»Doch, doch. Der kommt gleich.«

»Und der Alex?«

»Der auch.«

»Gut. Dann warte ich einen Moment.«

Der junge Koch zuckte die Achseln, ließ Matthias stehen und räumte seine Sachen zusammen.

Nur Sekunden später stand Majewski mit zwei großen Biergläsern vor Matthias, druckte ihm eines in die Hand und grinste breit.

»Welche Freude!«, tönte er laut, sodass jeder, der es wollte, mitbekommen konnte, wie wenig willkommen dem Chef Besucher in der Küche waren. »Was treibt Sie denn in unsere heiligen Hallen? Hoffentlich keine Beschwerde?«

»Nein, nein. Das Essen war gut. Sehr gut.«

»Na, da bin ich aber froh.« Majewski hob sein Glas. »Ich freue mich immer, nach Feierabend noch mit einem Stammgast anzustoßen. Zum Wohl!«

Es passte Matthias gar nicht, nach dem Wein jetzt auch noch ein relativ warmes Bier hinterherschütten zu müssen, außerdem konnte er Bier sowieso nicht ausstehen, aber er nippte tapfer, während Majewski das Bier gleich mit dem ersten Zug zur Hälfte austrank.

»Ich habe gehört, Sie waren verreist?«, sagte Majewski ohne großes Interesse.

»Ja. Ich hab eine kleine Kreuzfahrt gemacht. War jetzt auch nur ein paar Tage in Berlin, morgen früh fahre ich wieder los. Nach Italien.«

»Oh, wie schön. Nach bella Italia! Da würde ich am liebsten mitkommen.«

Matthias konnte dieses dämliche *bella Italia* nicht mehr hören. Fast überall begegnete man dieser Überschrift, als würden den Machern von Zeitschriften und Zeitungen, Filmen und Büchern zum Thema Italien absolut keine originelleren Titel einfallen. Und gleichzeitig stellte er sich vor, im Auto zusammen mit diesem fetten Majewski gen Süden zu fahren, und bei diesem Gedanken schüttelte er sich.

»Ihnen ist doch wohl nicht kalt, hier in der Küche.«

»Nein, nein, ich bin nur ein wenig erschöpft. Es war ein anstrengender Tag. Sie haben ja sicher davon gehört, aber ich habe heute meine Mutter beerdigt.«

»Ja, ja, ich erinnere mich. Alex hat da mal was erwähnt.«

»Wieso war es nicht möglich, ihm freizugeben?«, fragte Matthias schärfer, als er eigentlich vorgehabt hatte. »Er hat seine Großmutter sehr geliebt, und jetzt konnte er noch nicht mal von ihr Abschied nehmen.«

»Tja, mein Gott!« Majewski hob abwehrend die Hände. »So ist das nun mal. Da hat der Junge ein bisschen Pech gehabt. Aber Schnaps ist Schnaps, und Dienstpläne sind Dienstpläne. Die kann man eben nicht so einfach umschmeißen.«

»Sind Sie so wenig flexibel?«

Bevor Majewski antworten und Matthias anständig über die Schnauze fahren konnte, so wie er es in diesem Moment vorgehabt hatte, kam Alex dazu und machte Majewski die Retourkutsche kaputt. Alex' Haut war gerötet, großporig und verschwitzt, und Matthias überlegte, ob es daher kam, dass er sich geärgert oder dass er so schwer gearbeitet hatte. Wahrscheinlich beides.

»Was willst du hier?«, pfiff er seinen Vater an.

»Ich rede mit deinem Chef. Ist das verboten?«

»Worüber?«

»Über die Beerdigung deiner Großmutter, zu der du nicht kommen konntest.«

»Lass, es, Vater! Bitte lass es, und kümmere dich um deinen eigenen Scheiß!«

»Ich rede, mit wem ich will, wann ich will und worüber ich will. Ist das klar?«

Alex drehte sich um und verließ die Küche. Mittlerweile war außer ihnen beiden niemand mehr da. Es war allgemein Feierabend. Matthias fragte sich, ob Alex jetzt auch ohne ein weiteres Wort direkt nach Hause ging.

Carlo betrat die Küche, sah, dass Majewski und Matthias noch dort standen, und wollte zurückweichen, aber Majewski gab ihm einen Wink und zeigte auf sein leeres Glas. Carlo nickte und ging zurück an die Bar.

»Passen Sie mal auf, mein lieber Freund«, setzte Majewski wieder beim Thema ein, da er nun genug Zeit gehabt hatte, sich eine Rede zurechtzulegen. »Ich hatte hier heute ein verdammtes Problem. Ich habe in diesem Laden und mit diesem Sauhaufen von Köchen eigentlich jeden Tag ein verdammtes Problem. Und wenn ich *Sauhaufen* sage, dann meine ich *Sauhaufen*, und da kann ich leider auch Ihren Sohn nicht ausnehmen. Aber heute war hier die Kacke wirklich am Dampfen. Fünf von elf Köchen fehlen zurzeit krankheitsbedingt, die Azubis haben erst vor vier Wochen angefangen und wissen überhaupt noch nicht, wo die Glocken hängen, dann ist mir die Lachslieferung fürs Abendmenü geplatzt, der Saftsack von Lieferant ist einfach nicht gekommen, und dann gab's eine Bestellung zum zusätzlichen Irrsinn. Sechzig Leute, Reisegruppe aus Tel Aviv, alle wünschen à la carte zu speisen, natürlich koscher und für alle die Gänge gleichzeitig, mindestens vierzig haben Extrawünsche, das zeigt die Statistik: Ach, könnte ich bitte Kroketten statt der Bratkartoffeln haben? Und statt Brokkoli einen kleinen gemischten Salat? Das Fischfilet bitte ohne Soße, aber dafür bitte im Ofen mit Käse überbacken und, und, und. Lauter solche Extrawippchen. So eine Gruppe ist der Supergau, wenn Sie sich das auch nur annähernd vorstellen können. Und da werde ich den Teufel tun und auch noch einem meiner Köche freigeben, damit er seiner Oma Sand hinterherschmeißen kann. Nee, mein Lieber, das geht ja nun mal gar nicht!«

Matthias fand den überheblichen und primitiven Ton des Küchenchefs unerträglich und geradezu unverschämt, obwohl er diesem selbst sicherlich gar nicht bewusst war.

Und da er wenig Lust hatte, sich mit diesem Proleten weiter zu unterhalten, trank er sein Bier und schwieg. Nickte lediglich, zu mehr konnte er sich nicht aufraffen.

Carlo brachte ein neues Bier für den Küchenchef, der es in die Hand nahm und sofort gierig trank.

Carlo entfernte sich.

Es war still geworden im Rautmann's. Offensichtlich waren alle Köche und wahrscheinlich auch Alex bereits gegangen.

Majewski war vollkommen darauf konzentriert, sein Bier Schluck für Schluck und ohne Pause hinunterzukippen, um endlich den Alkoholpegel zu erreichen, bei dem er entspannen konnte.

So ungewohnt still und menschenleer hatte die Küche etwas Gespenstisches.

»Ich muss mich dann verabschieden«, sagte Matthias und stellte sein noch halb volles Bierglas ab. »Will morgen früh raus. Wenn nicht zu viel Verkehr ist und ich vor Florenz keinen Stau erwische, bin ich abends bereits in der Toskana und sitze bei einem Kollegen von Ihnen in einer italienischen Osteria.«

Majewski starrte in sein Glas. »Gute Reise.«

Matthias war erstaunt, wie es passieren konnte, dass Majewskis Augen binnen weniger Minuten blutunterlaufen waren und aussahen, als hätte er bereits die ganze Nacht durchgesoffen. Er musste sich also nicht lange anstrengen, um seinen gewohnten Level zu erreichen, der ihn vergessen ließ, in welch desolatem Leben er gestrandet war.

»Gute Nacht«, sagte Matthias und verließ durch den Gastraum das Restaurant.

Auch Carlo war nirgends mehr zu sehen.

Die kühle Nachtluft tat ihm gut. Er atmete ein paarmal tief durch, dann ging er zu seinem Wagen. Schade. Er hatte gehofft, vor seiner Abreise noch einmal in Ruhe mit Alex reden zu können, aber das hatte ja nun nicht mehr geklappt.

Er würde versuchen, ihn übers Handy zu erreichen. Schließlich mussten sie sich keine Romane erzählen, aber vielleicht konnte ihm Alex sagen, wie er sich die Zukunft vorstellte. Ob er sich überhaupt vorstellen konnte, eine Zukunft zu haben.

Als er an seinem Wagen angekommen war, zögerte er für den Bruchteil einer Sekunde, ob er sich nicht doch lieber ein Taxi rufen sollte. Nach einer Flasche Wein und einem ekelhaft warmen, halben Bier war er geliefert, wenn er in eine Kontrolle kommen sollte, und dann konnte er sein Wiedersehen mit Gianni in den Wind schreiben.

Das Risiko war groß.

Sein Herz klopfte wie wild, weil er sich, bevor er Gianni kennengelernt hatte, solche Gedanken noch nie gemacht hatte.

Gianni braucht mich, dachte er, mich, seine Prinzessin. Ich sorge für ihn und bin sein bester Freund. Glücklich ist er nur in meiner Nähe. Er kann ohne mich nicht sein, und ich will ihn nicht enttäuschen.

Daraufhin steckte er den Schlüssel ins Zündschloss und fuhr los.

Es war null Uhr vierunddreißig.

66

Toskana, Montag, 5. Oktober 2009

Obwohl er nur vier Stunden geschlafen hatte, wurde er nicht müde. Wie von einem magischen Band gezogen, fuhr er hellwach, beinah überkonzentriert. Hörte fast ausschließlich Musik von Zucchero, hielt nur ein einziges Mal an, aß ein Baguette mit Salat und Käse, trank zwei Milchkaffee und raste weiter. Richtung Süden.

Hinter dem Brenner wurde ihm ganz leicht ums Herz. Am frühen Abend passierte er Florenz ausnahmsweise ohne größeren Stau, rief Gianni an, nannte ihm seine ungefähre Ankunftszeit, und kurz vor neunzehn Uhr erreichte er bereits Montebenichi.

Es war beinah ein feierlicher Moment. Hier gab es jetzt für ihn ein winziges Stück Zuhause und einen neuen Freund.

Gianni. Sicher ist er jetzt unendlich glücklich, dass ich bald bei ihm bin, dachte Matthias. Nur noch eine gute Stunde, dann hatte auch seine Sehnsucht ein Ende.

Als er die Dorfstraße hinauf zur Osteria fuhr, wirkte der Ort wie leer gefegt. Niemand lief zu den Mülltonnen am Ortsende, keiner sah aus dem Fenster, noch nicht einmal eine Katze kreuzte seinen Weg.

Auch die Fenster der Osteria waren dunkel, an der Tür hing ein Schild: *Wegen Ruhetag geschlossen.*

Matthias fuhr weiter bis auf die Piazza. Auch hier das gleiche Bild, alles wirkte wie ausgestorben.

Was ist hier los?, dachte Matthias und sah auf die Uhr. Es war fast dunkel, vielleicht waren alle in ihren Häusern und machten Abendbrot oder sahen die Abendnachrichten, aber er hörte auch keine Stimmen, nicht das Dröhnen eines Fernsehers oder weit entfernte Musik aus einem Radio.

Auf der Piazza standen nur zwei Wagen. Einer, den er nicht kannte, und Giannis kleiner roter Fiat. Matthias' Herz machte einen Sprung. Er war also da und wartete in der Wohnung auf ihn.

Matthias stieg aus, öffnete das große Garagentor zu seinen unteren Magazinräumen und fuhr ins Haus hinein. Dann schloss er das Tor und ging durch den engen, kurzen Flur die Steintreppe hinauf bis zu seiner Wohnung und klopfte.

Gianni öffnete und lächelte.

Er erschien ihm schöner denn je.

Matthias hatte nicht damit gerechnet, dass ihn das Wiedersehen derart überwältigen würde. Noch nicht einmal eine Begrüßung fiel ihm ein, jedes Wort erschien ihm in diesem Moment zu banal. Daher umarmte er ihn stumm, hielt ihn etwas länger fest als gewöhnlich und küsste ihn auf beide Wangen.

»Ciao, Gianni«, sagte er schließlich und sah ihm in die Augen. »Danke, dass du da bist«, und: »Wie schön, dass du auf mich gewartet hast.«

»Ach.« Gianni machte die für Italiener typische Handbewegung, als würde er etwas hinter sich werfen. »Ich habe nicht gewartet lange. Vielleicht Viertelstunde. Massimo. – Hast du gehabt buon viaggio?«

»Wunderbar. Keine Staus, keine Störungen, keine Probleme. Ich hab nur knapp dreizehn Stunden gebraucht, das ist, wenn man allein fährt, beinah schon der Rekord.«

»Komm!«, sagte Gianni. »Ich habe sorpresa, Überraschung für dich.«

Matthias ging durch den kleinen Vorraum, wo Gianni eine antike Garderobe angebracht hatte, die ihm schon sehr gut gefiel, direkt hinein in die große Wohnküche und war regelrecht erschlagen. Vor den beiden Fenstern, die zum Castelletto hinausgingen, hingen schwere Brokatvorhänge, üppig drapiert mit goldenen Ornamenten.

Matthias hatte Gianni geschildert, dass er solche Vorhänge suche, dass so etwas sein Traum sei, er aber nichts gefunden habe, was seinen Vorstellungen auch nur nahekomme. Und jetzt hingen sie dort. Schöner, als er es sich je ausgemalt hatte.

Vor dem Küchentresen und den zarten Marmorsäulen, die die Verbindung von Tresen und Decke herstellten, stand der gewaltige, derbe Holztisch, der in der Wohnung gewesen war, passende Stühle waren geliefert worden. Darauf ein fünfarmiger Leuchter, den Gianni besorgt haben musste und der den einzigartigen Tisch überhaupt erst richtig zur Geltung brachte.

Die Kerzen brannten.

Der Tisch war mit einem dicken, typisch toskanischen Keramikgeschirr gedeckt, jedes Teil in anderem Muster und anderer Farbe, aber alles harmonierte perfekt. Blank geputztes, silbernes Besteck und handgeschliffene, langstielige Weingläser brachten Glanz auf den Tisch.

Ein kurzer Blick genügte Matthias, um zu sehen, dass auch die Küche eingerichtet war. Nicht üppig, aber ausreichend, um darin zu arbeiten, was er ja eigentlich nicht vorhatte, aber schon allein das alles zu sehen gab ihm ein Gefühl von Zuhause.

Ein Knoblauchzopf und ein Sack mit Zwiebeln hingen neben dem Herd, ebenso Gewürze in kleinen Porzellangefäßen, über dem Herd kupferne Töpfe und Pfannen.

Matthias war fassungslos. Sprachlos starrte er Gianni an, der immer unsicherer wurde.

»Ti piace?«

»Gianni!« Matthias schluckte. »Was du gemacht hast, ist mehr als schön und perfekt, es ist fantastisch! Du hast meinen Geschmack genau getroffen, du hast genau verstanden, was ich will und wovon ich geträumt habe.«

Und noch einmal nahm er ihn in den Arm und lehnte seine Stirn auf Giannis Schulter.

»Komm!«, sagte Gianni. »Jetzt zeig ich dir Schlafzimmer und Bad.«

Im Schlafzimmer war Matthias ähnlich, wenn nicht noch mehr beeindruckt. Das von ihm bestellte Messingbett war geliefert worden, Gianni hatte eine passende Überdecke aus dunkelblauem Samt besorgt, die das golden glänzende Bett noch besser zur Geltung brachte. An der Decke prangte ein Lüster aus Muranoglas, dazu gab es passende Nachttischlampen auf goldenen Tischchen, ein mit Ornamenten verzierter pompöser venezianischer Spiegel hing dem Bett genau gegenüber. Vor dem Fenster ähnliche Brokatvorhänge, nur in einer dezenten Farbvariante.

»Das ist unfassbar, Gianni, weißt du das? Ich hatte noch nie so eine schöne, so originelle und außergewöhnliche Wohnung! Hier geh ich nie wieder weg. Hier bleib ich. Mir wird jeder Tag leidtun, den ich in Berlin verbringen muss.«

Gianni nickte. »Danke.«

Im Bad stand eine mit Perlmutt verzierte Wanne auf Löwenfüßen, auch hier gab es goldene Armaturen, einen Waschtisch aus schwarzem Granit und einen rundum mit Untervoltlämpchen beleuchteten Spiegel. Vor dem Fenster hing ein roter Seidenvorhang, der bis zum Boden reichte, aber an den Seiten mit einer Kordel gerafft werden konnte.

»Ich wusste gar nicht, dass du Gardinen nähen kannst!«

»Kann ich nicht.« Gianni grinste leicht verlegen. »Haben gemacht andere. Das ist servizio normale, oder war falsch?«

»Aber überhaupt nicht! Ich hätte es genauso gemacht. – Sag mir, was du an Ausgaben hattest.«

Gianni holte diverse Quittungen aus seiner Hosentasche, erklärte Matthias die einzelnen Posten, und das Ergebnis war eine Summe, die Matthias zwar hoch, aber nicht astronomisch fand. Er gab Gianni das Geld sofort, bezahlte ihn außerdem fürstlich für seine Mühen und war froh, das leidige finanzielle Thema nun bereits erledigt zu haben. Er wollte jetzt den privaten, gemütlichen Teil des Abends einläuten und nicht mehr ans Geschäftliche denken. Außerdem hasste er es, irgendeinem Menschen etwas zu schulden.

»Komm, lass uns eine Flasche Wein aufmachen und auf deine ausgezeichnete Arbeit anstoßen.«

Matthias hatte noch vor seiner Abreise im Sommer gute Weine gekauft und zwei Kisten in der Wohnung gelagert, denn er konnte es nicht leiden, vielleicht spätnachts anzukommen und nicht mehr die Möglichkeit zu haben, einen Wein zu trinken. Jetzt musste er nur noch einen Weg finden, sein besonderes Wasser direkt nach Italien liefern zu lassen, damit er es nicht ständig aus Berlin mitbringen musste.

Er öffnete einen Chianti Riserva und stieß mit Gianni an.

»Ich weiß nicht, wie ich dir danken soll.«

»Non c'è di che«, antwortete Gianni leise. »Nichts zu danken, gern geschehen.«

Gianni hatte Käse, Schinken, Salat und unterschiedliche Brotaufstriche eingekauft, und sie begannen zu essen.

»Meine Mutter ist tot«, erzählte Matthias. »Sie ist auf der Reise, die ich mit ihr gemacht habe, gestorben. Ganz leise im Schlaf. Es war ein Tod, den sie sich immer gewünscht hat. Ich habe sie gestern beerdigt und bin dann gleich hergefahren, auch um das alles erst mal hinter mir zu lassen.«

»Mi dispiace.«

Matthias schwieg eine Weile. Dann fragte er Gianni: »Liebst du deine Mutter?«

»Ja, ja.«

»Und deinen Vater?«

»Vielleicht. Als ich zu Hause weg bin, war Erlösung. Ich habe wenig contatto, das ist gut so. Al momento.«

Matthias stand auf, holte seinen iPod aus der Jackentasche, dazu den kleinen Lautsprecher aus der Reisetasche, steckte ihn in die Steckdose und legte John Denver auf. Songs, die ihn immer wehmütig machten.

»Ich habe meine Mutter geliebt«, sagte er leise und lief dabei im Zimmer herum. »Sehr sogar.« Er ging zum Fenster und sah hinaus in die Nacht, auf die beleuchtete Fassade des Castelletto gegenüber. Wandte Gianni den Rücken zu und wollte ihn dadurch locken, magisch anziehen.

»Seit gestern hat sich die Welt für mich verändert. Sie ist plötzlich vollkommen leer, weil meine Mutter nicht mehr da ist. Sie war mein Halt, mir konnte nichts passieren, weil es sie gab. Verstehst du das?«

Gianni antwortete nicht, und Matthias sah sich auch nicht um.

»Alles, was ich tue, ist plötzlich sinnlos geworden. Ich bin es nicht gewohnt, allein auf der Welt zu sein. Ich habe es nicht gelernt, und es verwirrt mich. Es macht mir Angst. Einsamkeit ist das schlimmste Gefühl, das ich kenne.«

Er zuckte mit den Schultern und senkte den Kopf, als würde er weinen.

Und dann spürte er Giannis tröstende Hand auf seinem Arm.

Als er sich umdrehte, stand vor ihm ein mitfühlender, aber verunsicherter Junge, der ihm so unendlich verletzlich und sensibel erschien, dass er fast verrückt wurde vor Verlangen.

»Gib meinem Leben einen Sinn!«, flüsterte er und sah Gianni in die Augen wie ein Mensch, der in höchster Not um Hilfe bettelte.

Gianni wusste nicht, was er machen sollte, und nickte.

Ein Lächeln huschte über Matthias' Gesicht. »Komm, ich will dir was zeigen.«

Er ging ins Schlafzimmer, und Gianni folgte ihm nichtsahnend.

Direkt vor dem Bett blieben beide stehen. Die Handschellen, die er noch vor der Beerdigung seiner Mutter im Internet bestellt hatte, weil ihm die Fummelei mit den Kabelbindern auf die Nerven ging und zu lange dauerte, hatte Matthias in der Hosentasche.

»Ich liebe dich«, flüsterte er, legte gleichzeitig seinen Arm um Gianni, zog ihn an sich und versuchte ihn zu küssen.

Gianni stieß ihn von sich. Er war in einer Zwickmühle. Wollte nichts von Matthias, wollte ihn aber auch nicht verletzen.

Das hatte Matthias erwartet. Daher lockerte er seinen Griff nicht, zog ihn erheblich fester und warf Gianni aufs Bett.

»Hab keine Angst!«, raunte er, als er sich auf Gianni warf, und fasste ihm in den Schritt. Das paralysierte Gianni für wenige Sekunden, und Matthias nutzte die Gelegenheit, warf ihm die erste Handschelle um und ließ sie mit einem Klick einrasten. Jetzt konnte er nicht mehr entkommen. Matthias sah die Angst in Giannis Augen und ließ die zweite Handschelle am Messingbett einklicken.

Jetzt war der Weg frei. Gianni konnte nicht mehr weg.

»Ich will nicht, bitte, nein!«, stöhnte Gianni, aber Matthias hörte gar nicht darauf, packte seine andere Hand und klickte auch die am Bett ein. Gianni strampelte, und Matthias schlug ihm ins Gesicht, bis er sich nicht mehr wehrte.

Langsam und genüsslich zog er ihn aus, bis er vollkommen nackt vor ihm lag, und machte ein Foto mit seiner Digitalkamera.

Dann zog Matthias auch sich aus, ließ seine Sachen direkt neben dem Bett auf den Boden fallen. Ging noch einmal zum iPod und drehte die Musik lauter.

Anschließend knebelte er Gianni und legte ihm einen Seidenschal um den Hals.

Dieser Abend und diese Nacht gehörten ihm und Gianni. Es sollte ein Fest der Liebe werden, anders und intensiver als alles, was er mit seinen Zufallsbekanntschaften erlebt hatte.

Dieser Mann war der Teufel. Ein Wahnsinniger.

Er hatte ihm vertraut, war auf ihn hereingefallen und hatte verloren.

Allmählich wurde ihm klar, dass er in einer Falle saß, aus der er nicht mehr entkommen würde. Er würde ihn nicht leben lassen.

Die Angst, die ihn überschwemmte, war so übermächtig, dass es schmerzte. Es war Todesangst, die ihm das Herz zusammenzog, sodass er kaum noch spürte, was Matthias mit ihm tat.

Er hatte nicht mehr viel Zeit. Seine Gedanken wirbelten in Panik durcheinander. Wenn er keinen Ausweg fand, war er in ein paar Minuten tot.

Sein Mörder flüsterte: »Ich liebe dich«, während er ihm die tränenfeuchten Augen küsste und den Schal fester zuzog. »Ich bin es. Deine Prinzessin, deine Principessa. Vergiss das nie.«

Dann verdrehte er ihm brutal das Becken und stieß in ihn hinein.

Gianni konnte nicht schreien. Er spürte, dass er sich übergeben musste, aber der Knebel hinderte ihn daran, sodass er fast erstickte. Er schluckte ohne Unterlass, um das Erbrochene in seinem Mund hinunterzuwürgen, das sich mit den Tränen in seinem Hals vermengte. Selbst husten konnte er nicht.

Ihm wurde heiß, seine Augen brannten und traten aus ihren Höhlen.

Die Prinzessin zog den Schal wieder fester zu. Schlucken war nun nicht mehr möglich.

Gianni betete.

Und er wusste in diesem Moment, dass er seine Eltern liebte. Mehr als alles auf der Welt.

Aber seine Zeit war um, er konnte es ihnen nicht mehr sagen.

Er musste sterben, weil ein sadistischer Vergewaltiger die Schlinge um seinen Hals zuzog. Immer und immer wieder. Und immer wieder lockerte, bis er es irgendwann nicht mehr tun würde.

Wie aus der Ferne registrierte er den Orgasmus seines Peinigers, der Schal schnürte sich fester und fester in seine Haut, er bekam keine Luft mehr, der Wahnsinnige kannte kein Erbarmen, es war vorbei.

Ich bin doch noch so jung, dachte er verzweifelt, bitte lass mich leben, lass ein Wunder geschehen.

Sein Kopf schien zu platzen, seine Lunge schrie nach Luft, aber er konnte nicht Atem holen, der andere lag auf ihm, und immer noch nahm der Druck auf seinen Hals unerbittlich zu.

Gianni konnte nicht mehr. Sein Körper war ein einziges Meer aus Schmerz.

Als Letztes sah er Lichtblitze hinter seiner Stirn, dann fiel er in ein unendlich tiefes Dunkel. Um ihn herum war alles schwarz, er spürte nichts mehr.

In dieser Sekunde klingelte Matthias' Handy.

Es lag auf seinen Sachen, die er einfach neben dem Bett fallen gelassen hatte.

Auf dem Display stand der Name des Anrufers: Alexander.

Noch nie hatte Alexander ihn angerufen. Niemals. Immer war Matthias es gewesen, der sich bei seinem Sohn erkundigt hatte, wie es ihm ging.

Matthias glitt der Schal aus der Hand, er schob sich vom schweißnassen Körper Giannis weg, der sich nicht mehr regte, und nahm das Gespräch an.

»Ja?«, hauchte er und wischte ganz in Gedanken über seinen spermafeuchten, klebrigen Bauch.

»Papa?«, sagte eine dünne Stimme am anderen Ende.

»Ja. Was ist, Alex?«

»Papa, bitte komm schnell und hilf mir! Sie haben mich verhaftet. Ich stehe unter Mordverdacht!«

Matthias hörte nur noch ein Schluchzen, dann war die Verbindung unterbrochen.

Sicher waren es nur Sekunden, aber sie kamen Matthias vor wie Minuten, in denen er bewegungsunfähig neben Gianni kniete. In seinem Kopf drehte sich alles.

Er musste Alex helfen. Das war alles, was er wusste.

Gianni bewegte sich nicht, lag da wie tot. So hatte er sich das nicht vorgestellt.

Matthias lockerte den Seidenschal um Giannis Hals und fühlte seinen Puls. Aber er spürte nichts. Rein gar nichts.

Schade. Es war viel zu schnell gegangen. So hätte es nicht passieren sollen.

Matthias stand auf, lief ins Bad, wusch sich notdürftig, zog sich an und überlegte einen Moment. Er hatte keine Zeit mehr, die Leiche zu entsorgen, in die Berge zu bringen, zu verscharren oder zu verstecken. Dazu musste er erst einen passenden Platz suchen, und das war nicht einfach, wenn man die Gegend nicht kannte.

Gianni würde jetzt erst einmal dort bleiben müssen, wo er war.

In wenigen Tagen wäre er sicher zurück.

Matthias ging in den Flur, schaltete die Klimaanlage ein und stellte sie auf die kälteste Stufe.

Der alte Apparat begann krachend zu rütteln und zu arbeiten, und Matthias bemerkte bereits nach wenigen Sekunden den eisigen Luftzug, den die Klimaanlage verbreitete. Das würde reichen, die Leiche die wenigen Tage frisch zu halten, bis er sich um sie kümmern konnte.

Dann griff er seine nach der Fahrt noch nicht ausgepackte Reisetasche, verließ die Wohnung und schloss sorgfältig ab.

Ciao, Gianni, e scusami, amore.

67

Berlin, Dienstag, 6. Oktober 2009

Kurt Bredow war ein Mann, den so leicht nichts mehr erschüttern konnte. In seiner über vierzigjährigen Berufslaufbahn hatte er so ziemlich alles gesehen, was selbst einem abgebrühten Kriminalkommissar den Schlaf rauben konnte – umso mehr wunderte es ihn, dass er von diesem Mord schockiert war. Bis ins Mark getroffen.

Montag um drei Uhr früh weckte Frau Ollech ihren Sohn Sven sanft, aber bestimmt. Sie verließ das Zimmer erst, als er sich aufsetzte, um aufzustehen. Sven war siebzehn, Auszubildender im Rautmann's. Zurzeit war er im angeschlossenen Hotel beim Frühdienst für das Hotelfrühstück eingeteilt.

Er nahm seine Ausbildung sehr ernst, war überpünktlich, hilfsbereit und flink und träumte davon, eines Tages Fernsehkoch zu werden.

Noch wohnte er zu Hause, und seine Mutter ließ es sich nicht nehmen, jeden Morgen mitten in der Nacht aufzustehen, um ihn zu wecken, Tee zu kochen und ihm zwei Toasts mit Marmelade hinzustellen. Sie tat ihm den Gefallen gern, denn sie wusste, dass sie nicht mehr lange die Gelegenheit dazu haben würde. Spätestens wenn er seine Lehre beendet hatte, würde er ausziehen.

Sven war ein ruhiger, sensibler Junge, und seine Mutter war über die Berufswahl ihres Sohnes sehr unglücklich. Sie bezweifelte, dass er für die Schwerstarbeit als Koch überhaupt geeignet war, und befürchtete, dass er eines Tages daran zerbrechen würde.

Auch an diesem Morgen verließ Sven um halb vier die Wohnung seiner Eltern und fuhr fünfzehn Minuten mit dem Fahrrad bis zur Großküche. Er war wie immer eine Viertelstunde zu früh und wie fast jeden Tag der Erste der Frühschicht.

Sven zog sich um und wollte gerade Käse, Aufschnitt und Obst aus dem Kühlraum holen, als er hörte, dass der Konvektomat in der Restaurantküche des Rautmann's, die im Nachbarraum der Hotelküche angeschlossen war, unaufhörlich schnarrte. Dieses Geräusch setzte immer dann ein, wenn der Garprozess des Fleisches, das im Konvektor geschmort wurde, erreicht war. Das Schnarren hörte erst dann auf, wenn der Konvektor per Hand abgeschaltet wurde.

Sven ging davon aus, dass die Restaurantköche den Konvektomaten vergessen hatten, da die Küche des Rautmann's erst ab vierzehn Uhr wieder in Betrieb war, und ging hinein, um das Gerät auszuschalten und das gegarte Fleisch herauszuholen.

Auf das, was er sah, als er vor dem überdimensionalen Ofen stand, war er in keiner Weise vorbereitet. Es ließ ihn einen Moment erstarren, und dann schrie er in höchster Not. Das Entsetzen saß ihm derart im Nacken, dass er sich nicht mehr bewegen konnte, sondern zusammensackte und auf die Knie fiel.

Küchenchef Majewski stand im Konvektor, die Arme durch die Gitter gesteckt und festgebunden. Er war vollkommen nackt und bei einer Kerntemperatur von sechsundfünfzig Grad und neunzig Grad Umluft seit drei Stunden rosa gebraten. Seine Haltung war gekrümmt, da sich seine Sehnen beim Garprozess zusammengezogen hatten, sein ganzer Körper war wabbelig und schwammig geworden, Fett und Wasser waren aus ihm ausgetreten. Seine Augen waren weiß wie bei gekochtem Fisch, und in seinem Hintern steckte ein circa zwanzig Zentimeter langer Temperaturfühler.

Mit seinen toten, fischigen Augen starrte der Küchenchef den Azubi geradezu vorwurfsvoll an.

Sven Ollech kippte um und wurde bewusstlos.

Nur wenige Minuten später kamen die Kollegen, die Küche wurde sofort geschlossen und die Polizei alarmiert.

Kommissar Bredow traf um Viertel vor fünf am Tatort ein. Sven Ollech war mit der Feuerwehr wegen schweren Schocks ins Krankenhaus transportiert worden, und auch die Spurensicherung war schon vor Ort, hatte den Konvektor abgeschaltet, aber die Haltung der Leiche noch nicht verändert. Das hatte sich Bredow ausdrücklich ausbedungen und war froh, dass seine Anweisung auch befolgt worden war.

Als er vor dem riesigen Ofen stand und den rosa gebratenen Koch betrachtete, wusste er, dass sich dieses Bild auf ewig in sein Gedächtnis einbrennen würde. Es war das Scheußlichste, was er jemals gesehen hatte.

Und er hoffte, die Obduktion würde ergeben, dass Majewski erst nach seinem Tod und nicht noch bei lebendigem Leib in den Apparat geschoben worden war.

Jetzt saß Bredow, fast neunundzwanzig Stunden später, dem Hauptverdächtigen Alexander von Steinfeld gegenüber.

Der junge Mann zitterte am ganzen Leib.

»Sie sind Alexander von Steinfeld?«
Das Ja war kaum zu hören.
»Sie arbeiten im Rautmann's?«
»Ja.«
»Seit wann?«
»Seit ungefähr einem Monat.«
»Arbeiten Sie gern da?«
»Nein.«
»Warum nicht?«
»Niemand arbeitet gern da. Und wer das behauptet, lügt.«
»Warum?«
»Es ist die Hölle.«
»Warum arbeiten Sie dann dort und nicht woanders?«
»Weil es überall die Hölle ist. Es gibt nichts Besseres.«
Bredow murmelte etwas, was wie ein Aha klang, und atmete tief durch.
»Sie sind fünfundzwanzig?«
»Ja.«
»Ledig? Keine Kinder?«
»So ist es.«
»Sie lieben Ihren Beruf?«
»Schon. Aber man kann ihn nirgends so ausüben, dass er Spaß macht.«
Bredow schnaufte. Er wusste nicht so recht, was er davon halten sollte.
»Woran liegt das?«
»Überall hat man mindestens eine Sechzigstundenwoche, überall werden die Überstunden nicht bezahlt, überall arbeitet man wie ein Idiot, überall wird man behandelt wie ein Arsch, überall geht es nur ums *Schicken* und nicht ums *Kochen*, überall werden die Gäste beschissen, so macht das einfach alles keinen Spaß.«

»Warum suchen Sie sich nicht was anderes?«

»Ich kann nichts anderes. Und ich koche – verdammt noch mal – gern. Verfluchte Scheiße.«

»Sie haben Ihren Küchenchef nicht gemocht?«

»Natürlich nicht. Niemand hat ihn gemocht. Er war ein widerliches Arschloch. Ende. Aber so sind sie alle. Ich kenne keine netten, kultivierten Küchenchefs. Damit muss man sich abfinden.«

»Kein Grund, so ein Arschloch umzubringen?« Bredow grinste, und Alexander grinste zurück.

»Kein Grund, so ein Arschloch umzubringen.«

»Hatten Sie sich an dem Abend denn mit Ihrem Chef gestritten?«

»Wir streiten uns jeden Abend. Das ist nichts Besonderes. Aber an diesem Abend war eigentlich kein großer Krach.«

»Sie sind dann gegangen?«

»Ja. Und zwar so schnell wie möglich. Bloß raus aus dem Schuppen.«

»Und dann? Was haben Sie gemacht, als Sie das Rautmann's verlassen hatten?«

»Ich hab überlegt, ob ich noch irgendwo ein Bier trinken gehe.«

»Und?«

»Ich konnte nicht.«

»Warum?«

»Ich hatte nicht genügend Kohle.«

»Dann sind Sie also direkt nach Hause gegangen?«

»Nein. Nicht direkt.«

»Sondern?«

»Ein paar Kollegen sind noch was trinken gegangen und haben mich eingeladen.«

»Und Sie sind mitgegangen?«

Alex nickte.
»Wohin?«
»Zu einer Imbissbude am Stutti.«
»Wie lange?«
»Keine Ahnung. Zwanzig Minuten? So ungefähr.«
»Stimmt es, dass Sie dort gesagt haben: ›Ich geh zurück in die Küche, ich hau in'n Sack, hol meine Messer, und Feierabend. Der Majewski sieht mich nie wieder …‹?«
»Das stimmt, ja.« Alex ließ seine Fingerknöchel knacken.
»Und? Waren Sie da? Haben Sie noch einmal mit Majewski gesprochen?«
»Nein! Ich hab mein Bier ausgetrunken und bin nach Hause gegangen. Ich wollte eigentlich zurück ins Rautmann's, aber ich hab's gelassen. Hatte keine Lust mehr. Wollte Majewski nicht noch mal sehen.«
»Wie spät war es da?«
»Eins, ungefähr.«
»Wann waren Sie also zu Hause?«
»So um halb zwei.«
»Kann das jemand bezeugen? Hat Sie jemand gesehen?«
Alex zuckte die Achseln. »Keine Ahnung.«
»Haben Sie noch mit irgendjemandem telefoniert?«
»Nein.«
»Was haben Sie dann gemacht?«
»Ich hab 'ne Videokassette reingeschoben. Wie immer.«
»Sie waren in dieser Nacht also nicht noch mal im Rautmann's?«
»Nein, verdammt! Wie oft soll ich das denn noch sagen?!«
»Kann es nicht sein, dass Sie mutig und beschwingt von ein paar Bier zurückgegangen sind, um Ihre Messer zu holen und Ihren Spind zu räumen, dass Sie Majewski getroffen haben, obwohl Sie dachten, der wäre jetzt auch schon zu

Hause? Auch Majewski hatte schon etliche Bier intus, er war wütend, dass Sie kündigen wollten, beide schaukelten Sie sich gegenseitig hoch, ein Wort gab das andere, es kam zu einem wirklich handfesten, fürchterlichen Streit, vielleicht hat Majewski Sie auch beleidigt. Sie sind fast verrückt geworden vor Wut, haben eine Pfanne genommen und einfach zugeschlagen. Ohne groß nachzudenken. Es war im Affekt. Aber Majewski war tot.«

»Nein, das hab ich nicht getan!«, schrie Alex und sprang auf. »Ich war, verdammt noch mal, nicht noch mal im Rautmann's. Wer den alten Sack erschlagen hat, weiß ich nicht, ich war's jedenfalls nicht!«

»Ihre Fingerabdrücke waren am Konvektor.«

»Ja! Kunststück! Ich arbeite da. Ich benutze den Konvektor tausendmal am Tag, und dabei hinterlassen wir Spuren, Herr Kommissar! Leider haben wir alle nicht die Zeit, nach jedem Türöffnen unsere Fingerabdrücke wegzuwischen! Was reden Sie denn bloß für einen Stuss! Das ist ja nicht zum Aushalten! Außerdem haben sämtliche Köche Schlüssel für die Küche. Jeder kann jederzeit kommen. Jeder kann es gewesen sein. Niemand konnte Majewski leiden, alle haben ihm die Pest an den Hals gewünscht. Warum denn gerade ich?«

»Weil Sie vor Zeugen gesagt haben, dass Sie noch mal zurückgehen, um Ihre Messer zu holen.«

»Ja und? Kann man seine Meinung denn nicht ändern?«

»Kann man. Ist nur dumm, wenn man Derartiges verkündet und dann so etwas passiert.«

Alex schwieg.

»Sie sollen sehr impulsiv sein, hab ich gehört. Man könnte auch sagen, cholerisch. Aufbrausend. Aggressiv.«

»Ach ja?« Alex verschränkte die Arme vor der Brust. Er hatte genug, wollte raus aus diesem kargen Büroraum, wollte das Gelaber von Bredow nicht mehr hören, sondern nach Hause und mindestens fünf Bier trinken. Als Anfang.

»Ja. Alle Nase lang drohen Sie irgendjemand wegen der kleinsten Kleinigkeit Prügel an. Und dass Sie Majewski am liebsten umbringen wollen, haben Sie schon mehrfach öffentlich verkündet.«

»Nicht nur ich! Alle verkünden so was! Aber das interessiert Sie ja nicht! Sie brauchen einen Mörder und haben sich auf mich eingepfiffen. So einfach ist das, und jetzt wollen Sie alles so hindrehen, dass es auch passt. Aber nicht mit mir. Ich will einen Anwalt.«

»Bitte schön.« Bredow reichte ihm sein Handy. »Rufen Sie einen an. Kein Problem.«

Alex nahm das Handy gar nicht in die Hand. Er wusste keinen Anwalt, musste auf seinen Vater warten.

»Stimmt es, dass Sie den Job durch die Fürsprache Ihres Vaters bekommen haben?«

Alex antwortete nicht.

»Es war also gar nicht *Ihr* Wunsch, im Rautmann's zu arbeiten?«

Alex antwortete wieder nicht.

»War Ihnen das unangenehm? Ich meine, hat man Sie damit aufgezogen, nach dem Motto: Papi besorgt dem Söhnchen einen Job?«

»Nee. Das wusste ja keiner.«

»Aber Majewski schon. Der hat Sie ja schließlich eingestellt.«

»Ja, klar. Der schon.«

»War Majewski ekelhaft? Ich meine, verletzend? Hat er gern provoziert?«

»Das hat er. Aber so sind sie alle.«

»Sie haben ihn gehasst?«

»Ja, schon. Logo. Aber man hasst sie eigentlich alle.«

»Ich halte fest: Sie haben Ihren Küchenchef gehasst, er hat Sie ständig beleidigt und provoziert, Streit war an der Tagesordnung, mehrmals haben Sie gesagt, Sie würden ihn am liebsten umbringen. Sie sind ein aufbrausender Typ und zu allem fähig, wenn Sie mal so richtig wütend sind. An diesem Abend sind Sie so sauer auf Majewski, dass Sie Ihre Sachen holen und Ihren Job schmeißen wollen, Sie treffen Majewski noch in der Küche an, Sie sind beide angetrunken, der Streit eskaliert, und Sie bringen ihn um. Und weil Ihr Hass grenzenlos ist, haben Sie sich für ihn noch etwas ganz Besonderes ausgedacht und braten ihn wie ein Spanferkel. – Habe ich mich in irgendeinem Punkt getäuscht?«

»Es ist alles Müll. Von A bis Z. Stimmt vorne und hinten nicht.«

»Wie war es dann?«

»Wie oft wollen wir den immer gleichen Mist noch durchkauen? Ich hab gesagt, ich hab mit meinen Kumpels ein paar Bier getrunken, hab 'ne Currywurst gegessen und bin nach Hause. Ende der Durchsage. Alles andere entspringt Ihrer kranken, dreckigen Fantasie.«

»Gut.« Bredow stand auf. »Dann bringen wir Sie jetzt zurück in Ihre Zelle. Morgen früh werden Sie dem Haftrichter vorgeführt, und der wird über alles Weitere entscheiden.«

Bredow verließ den Raum und gab zwei Beamten ein Zeichen, Alexander von Steinfeld abzuführen.

68

Montebenichi, Dienstag, 6. Oktober 2009

Zuerst dachte Paolo Spadini, es läge an seinem empfindlichen Magen und seinem ständigen Sodbrennen, dass er die ganze Nacht nicht schlafen konnte, aber langsam begriff er, dass es dieses merkwürdige, nervtötende und penetrante Geräusch war, das ihn wach hielt. Es ratterte, schepperte und klapperte die ganze Nacht. Ohne Unterbrechung. So etwas hatte er noch nie gehört.

»Was ist das?«, fragte er seine Frau Livia und schüttelte sie sacht an der Schulter.

»Nichts«, antwortete sie. »Oder irgendwas. Keine Ahnung.« Damit drehte sie sich um und schlief weiter.

Paolo ließ das alles keine Ruhe. Er stand auf und schlich auf Strümpfen durchs Haus, um Livia nicht noch einmal zu wecken. Kontrollierte die Heizung, die Wasserpumpe und die Heißwassertherme, den Schornstein, den Kamin, Waschmaschine, Geschirrspüler und Tiefkühltruhe, er sah nach, ob ein Fensterladen im Wind schlug oder ein Marder in der Dachrinne tobte.

Nichts. An seinem Haus war alles in Ordnung, aber das Geräusch blieb.

Paolo legte sich noch einmal hin und versuchte ein bisschen zu dösen, aber es war zwecklos. Schließlich stand er noch vor sieben Uhr auf, zog sich an, kochte sich einen Espresso und ging nach draußen.

Es war ein kühler, aber klarer Morgen. Nicht so neblig verhangen wie in den letzten Tagen. Der orangefarbene Schimmer des Sonnenaufgangs versprach, dass es ein sonniger Tag werden würde.

Das Geräusch hörte er jetzt deutlicher.

Er blieb stehen und lauschte.

Jetzt konnte er es genau orten. Es kam vom Nachbarn. Von Renato, der schon seit zwei Jahren nicht mehr im Dorf wohnte, seine Wohnung verkaufen wollte, sie aber einfach nicht loswurde.

Seines Wissens war Renato in Milano, aber es knatterte hinten an seinem Haus, an der Außenwand, zum Weinberg hin.

Paolo ging durch den schmalen Gang zur Nordwand des Hauses. Dort hing die Klimaanlage, ein altes, rostiges Ding, dem man überhaupt nicht zutraute, noch jemals einen Laut von sich zu geben, und das Renato schon Jahre nicht mehr benutzt hatte. Jedenfalls konnte sich Paolo nicht daran erinnern.

Und jetzt ratterte das Ungetüm unaufhörlich in einer Lautstärke, dass man sich kaum vernünftig unterhalten konnte, wenn man danebenstand. Offensichtlich war es bisher nur noch niemand unangenehm aufgefallen, weil hinter dem Haus nur die Schotterstraße entlangführte, die außer ein paar Weinbauern niemand benutzte.

Nun war ja alles in Ordnung. Wenn die Klimaanlage tobte, dann musste Renato zu Hause sein. Vielleicht war er spät in der Nacht gekommen.

Paolo fröstelte, zog sich die Jacke fester um den Körper und ging zurück in seine Wohnung. Am späten Vormittag wollte er zu Renato rübergehen, ein bisschen plauschen und ihn bei der Gelegenheit bitten, die Höllenmaschine, wenn sie bei diesen niedrigen Temperaturen überhaupt laufen musste, doch zumindest in der Nacht abzustellen.

Paolo hatte seine Weinberge schon vor einigen Jahren verkauft, und er dachte nicht daran, bei anderen Weinbauern als Tagelöhner zu arbeiten und bei der Lese zu helfen. Das kam überhaupt nicht infrage. Also saß er nach dem Frühstück, während seine Frau zum Markt nach Ambra ging, am Fenster und wartete darauf, dass Renato vielleicht Fenster und Türen öffnen oder zumindest auftauchen würde.

Aber nichts geschah.

Die Klimaanlage ratterte weiter, und hinter den Fenstern regte sich nichts.

Um elf ging Paolo hinüber und klingelte, aber niemand öffnete.

Um zwölf Uhr aß er mit Livia zu Mittag, legte sich danach eine Stunde hin, schließlich hatte er in der Nacht so gut wie gar nicht geschlafen, und klingelte um drei Uhr nachmittags erneut.

Nichts.

Von nun an probierte er es jede Stunde und ließ die Piazza und Renatos Haustür nicht mehr aus den Augen.

Renato tauchte nicht auf.

Um neunzehn Uhr, als die Osteria öffnete, ging er zu Pepe. Vielleicht wusste der etwas.

Pepe spendierte ein Glas Chianti und setzte sich zu Paolo, da noch keine Gäste da waren und er in der Küche nichts mehr vorzubereiten hatte.

»Was ist da in Renatos Wohnung los?«, fragte Paolo. »Da rattert seit vierundzwanzig Stunden die Klimaanlage, dass man verrückt werden könnte, und niemand ist da.«

»Meines Wissens hat Renato verkauft«, sagte Pepe. »Jedenfalls war einmal ein Interessent mit einem Makler hier, und die beiden haben bei mir gegessen. Es war ein Deutscher, und er war sehr interessiert. Er wollte auch kaufen. So viel hab ich mitbekommen. Aber ob er dann auch wirklich unterschrieben hat, weiß ich nicht. Ich hab Renato schon ewig nicht mehr gesprochen.«

Paolo überlegte einen Moment. Dann fragte er vorsichtig: »Du hast doch einen Schlüssel zu der Wohnung, oder?«

Pepe nickte.

»Dann lass uns mal reingehen und sehen, ob alles in Ordnung ist. Da wäre Renato sicher nicht böse. Schließlich hast du den Schlüssel für genau solche Fälle. Und noch eine Nacht halte ich es mit diesem Krach nicht aus.«

»Va bene.« Pepe strich sich die tadellos saubere und exakt gebügelte Schürze glatt. »Wenn du meinst, dass da etwas nicht stimmt, dann gehen wir rüber.«

Pepe beeilte sich, den Schlüssel zu holen. Er wusste zwar, dass in der Osteria auch alles funktionierte, wenn er mal eine halbe Stunde nicht da war, da sein Sohn und seine Frau alles perfekt im Griff hatten, aber er wollte doch gern die Gäste per Handschlag begrüßen, wenn sie sein Restaurant betraten.

Als Pepe und Paolo die Wohnung betraten, schlug ihnen eisige Kälte entgegen. Sie hatten das Gefühl, in einen Kühlraum zu kommen, sogar der Nebelhauch beim Ausatmen war sichtbar.

Pepe und Paolo sahen sich an, als wollten sie sagen: Was soll denn der Blödsinn?

Paolo schätzte die Temperatur in der Wohnung auf maximal acht Grad, und er konnte sich nicht erklären, was das Ganze sollte.

»Hallo! Ist da jemand? Renato! Permesso!« Niemand antwortete auf Pepes Rufen. Die ganze Situation war ihm äußerst unangenehm, und er ging, gefolgt von Paolo, langsam und vorsichtig weiter.

Auch durch das Wohnzimmer wehte ein eisiger Hauch, aber dennoch waren beide Männer davon angetan, was der offensichtlich neue Besitzer mit wenigen Kleinigkeiten und Accessoires aus Küche und Wohnzimmer gemacht hatte.

Paolo öffnete die Schlafzimmertür.

Was er sah, konnte er im ersten Moment gar nicht glauben. Auf dem Bett lag nackt, an Händen und Füßen gefesselt, geknebelt und blau gefroren, Gianni, der Sohn des Carabiniere Donato Neri.

Auf dem Bettlaken war Blut.

Er bewegte sich nicht.

»Gianni!«, rief Pepe.

Paolo ging zu ihm, nahm sein Gesicht in beide Hände und beugte sich über ihn.

Er hörte ein leises Röcheln.

»Er lebt!«, schrie Paolo. »Porcamiseria, Madonnina, er lebt! Ruf die ambulanza, Pepe, schnell! Die sollen sich beeilen, verdammt, gut sieht er nicht aus, aber er lebt!«

Dann rief er die Carabinieri.

»Komm schnell, Neri, hier liegt dein Sohn.«

»Wo bist du?«

»In Montebenichi. Auf der Piazza. Haus Nummer 89. Die ambulanza muss gleich hier sein.«

Neri klickte das Gespräch weg und gab Gas.

Nach siebzehn Minuten kamen Neri und sein Kollege Alfonso und nur zwei Minuten später der Rettungswagen. Neri musste an sich halten, seinen halb erfrorenen Sohn nicht sofort in den Arm zu nehmen und in eine Decke zu wickeln, aber er beherrschte sich, und Alfonso machte in Windeseile Fotos, damit festgehalten wurde, wie sie Gianni gefunden hatten.

Dann wurde er von der ambulanza abtransportiert und ins Krankenhaus nach Siena gebracht.

Neri folgte dem Krankenwagen, Alfonso sicherte den Tatort, alarmierte die Spurensicherung und versiegelte schließlich die Wohnungstür.

Pepe und Paolo hatten nichts Eiligeres zu tun, als im Dorf zu verbreiten, was in der Wohnung geschehen war.

Montebenichi stand unter Schock.

69

Berlin, Mittwoch, 7. Oktober 2009

Mit Friedrichs Hilfe hatte Matthias Dr. Edmund Rusper, einen der besten Strafverteidiger Deutschlands, ausfindig gemacht. Er reiste sofort aus Hamburg an, übernahm Alex' Verteidigung und begleitete ihn, als er dem Haftrichter vorgeführt wurde.

Die Indizien reichten nicht aus. Alex wurde freigelassen, musste aber weiterhin in Berlin bleiben und sich zur Verfügung halten.

Damit war der Fall für Alex noch lange nicht ausgestanden, aber ihm war eine Atempause gewährt. Und er durfte nach Hause.

Bredow war darüber gar nicht glücklich. Rein verstandesmäßig begriff er zwar, dass er keine stichhaltigen Beweise hatte, Alex als Mörder zu überführen, aber sein Bauchgefühl sagte ihm, dass er den Richtigen erwischt hatte.

Um fünfzehn Uhr holte Matthias Alex aus der Justizvollzugsanstalt ab und fuhr ihn nach Hause. Wie immer war er entsetzt über den Zustand der Wohnung, aber er sagte nichts.

Sie bestellten beim Pizzaservice die obligatorischen Pizzen und eine Flasche Wein.

Bisher hatten sie noch nicht miteinander gesprochen. Das wenige, was Matthias wusste, hatte er vom Anwalt und von der Polizei erfahren.

Eine Weile aßen sie schweigend.

»Alex, was ist passiert?«

Alex schwieg.

»Ich hab diesen Kommissar, diesen Bredow, kurz kennengelernt. Ich sag dir, das ist ein scharfer Hund, und er ist davon überzeugt, dass du schuldig bist. Wie ein Pitbull hat er sich in diesen Gedanken verbissen, und das macht ihn ziemlich gefährlich.«

Alex zuckte die Achseln, was Matthias als Zustimmung wertete.

»Du weißt auch, dass ich dich da raushaue, dass ich die fähigsten Anwälte der Welt engagiere und alles tue, was in meiner Macht steht, ganz egal, was passiert ...«

Von Alex das gleiche Achselzucken.

»... aber ich muss wissen, was Sache ist, Alex. Ich muss wissen, ob du Majewski umgebracht hast oder nicht. Sonst kann ich dir nicht helfen.«

Alex schwieg.

»Was hast du denn Rusper erzählt?«

»Das, was ich auch diesem Bredow gesagt hab. Dass ich es nicht war.«

»Und? Stimmt das?«

»Jeder der Köche kann es gewesen sein. Jeder!«

»Wahrscheinlich haben es alle gewollt, aber nur einer hat es getan. Warst du das?«

Alex schwieg, und Matthias registrierte sofort, dass er nicht mehr den Kopf schüttelte.

»Ich weiß nicht viel von der Sache. Ich weiß nur, dass Majewski mit einer schweren Eisenpfanne bewusstlos geschlagen und anschließend gut durchgebraten wurde. Das finde ich ja schon wieder richtig originell.«

Matthias musste grinsen und Alex auch.

»Hast du schon mit deiner Mutter geredet?«

»Nein. Ich will nicht, dass sie davon erfährt.«

Es tat Matthias ungeheuer gut, dass Alex offensichtlich mehr Vertrauen zu ihm als zu Thilda hatte.

»Okay. Von mir erfährt sie nichts. Von mir erfährt sowieso niemand etwas. Aber ich muss die Wahrheit wissen.«

Alex schwieg.

»Pass auf, Alex. Ich frage dich jetzt, und du antwortest mir. Und ich gehe davon aus, dass es die Wahrheit ist. Ich werde dir vollkommen vertrauen: Hast du Majewski umgebracht?«

Alex sah seinen Vater zehn Sekunden lang an, dann sagte er: »Ja.«

Und fing an zu weinen.

Matthias stand auf und nahm ihn lange schweigend in den Arm.

Alex brauchte einige Minuten, um sich zu beruhigen. Dann redete er.

»Ich bin abgehauen. Mit ein paar anderen. Da warst du noch da und hast mit diesem Tier geredet. Wir sind dann am Stutti 'ne Currywurst essen gegangen, haben zwei Bier getrunken und uns über den Alten unterhalten. Harry hat erzählt, dass Majewski unglaublich billig Kalbfleisch einkauft. Das kostet nur ein Drittel, und wir hatten es eine Woche lang auf der Karte. Wir haben gekocht, gebraten, gekostet. Harry hat gesehen, wie die Lieferung kam. Der Lieferant hat das Fleisch aus dem Kofferraum verkauft. Das waren Totgeburten, die der Alte bestellt hat. Mir ist so schlecht geworden. Und da hab ich gesagt, ich hab die Faxen dicke, ich hau in'n Sack, ich geh jetzt und hole meine Messer, und ab morgen bin ich krank. Und dann bin ich los. Noch mal zurück in die Küche. Du warst schon weg, es war überhaupt niemand mehr da, nur Majewski, der schon ziemlich besoffen war und sich jetzt noch mit Küchenbier die Kante geben wollte.

›Gut, dass du kommst!‹, hat er gebrüllt, als er mich gesehen hat, und mit seinen blutunterlaufenen Augen sah er aus wie ein Zombie, und dann meinte er, dass er vergessen hat, mir zu sagen, dass ich morgen Frühdienst hab. Ab sechs. Wegen 'ner Bestellung zum Brunch. Hundertfünfzig Leute. Da sollte ich mich drum kümmern. Als Attraktion, Roastbeef mit Paprikagemüse.

Ich hab ganz genau gewusst, dass im Kühlraum keine Paprika mehr waren, obwohl ich am Vormittag vierzig Kilo geputzt hatte, aber ich war so überrumpelt von dieser Frühschicht, dass ich völlig vergessen hatte, dass ich eigentlich nur meine Messer holen wollte.

Als ich ihm gesagt hab, dass er sich sein Paprikagemüse sauer einkochen kann, weil keine Paprikaschoten mehr da sind, hat er gewiehert wie ein krankes Pferd. ›Logisch‹, hat er gesagt, ›die verfickten Schoten hab ich ja auch heute für die Idioten aus Tel Aviv verbraucht.‹

Na ja, und dann ist der arme Irre völlig ausgerastet. Der war gar nicht mehr bei sich und hat nur noch rumgeschrien und dabei mit voller Wucht auf die Arbeitsplatte gehauen.«

Alex regte sich jetzt in der Erinnerung wieder auf, und machte den Tonfall des brüllenden Majewski nach:

»Pass mal gut auf, mein Freund! Ich weiß, dass wir Paprika auf der Karte haben, dass wir jeden Tag mindestens dreißig Portionen brauchen, dass es 'ne Vorbestellung gibt für morgen, und wenn du sagst, dass du keine Paprika mehr hast, dann hast du deinen Posten, dann hast du deinen ganzen verdammten Job nicht im Griff. Du hast einfach nicht genügend vorgearbeitet. Weshalb und warum du jetzt auf 'm Schlauch stehst, interessiert keinen. Verstehst du das? So sieht es nämlich aus! Alle Köche sind beschissen, die sich nicht zu helfen wissen.‹

Es war immer wieder dasselbe Theater mit Majewski. So was hatte er schon ein paarmal mit mir gemacht. Aus reiner Schikane. Um mich fertigzumachen. Kleinzukriegen. Ich war so tierisch sauer, denn was kann ich denn dafür, wenn er die Sachen einfach verwendet, die ich vorbereitet habe, und er keinen Ton sagt? Was ist das denn? Und von der Vorbestellung erzählte der mir erst jetzt!

Na jedenfalls ging das jetzt hin und her. Kannste dir vorstellen. Wir haben uns nur noch angeschrien und gegenseitig beleidigt. Es war grauenvoll, und der Alte ist fast explodiert vor Wut. Ich hatte Lust, ihm eins in die Fresse zu hauen, aber ich hab mich beherrscht, bis er dann einen Topf durch die Gegend geschmissen und geschrien hat: ›Hau doch ab, geh doch zu deiner schwulen Papa-Tunte, die mir schon lange auf den Keks geht! Jedes Mal wenn er hier ist, könnte ich kotzen! Mit seinem ganzen widerlichen Gehabe, seiner Borniertheit, seiner Arroganz und seiner Angeberei! Hier schmeißt er mit der Kohle um sich und zu Hause wahrscheinlich mit Wattebäuschchen!‹

Das war zu viel. Das hat mir den Rest gegeben. Das hätte er nicht sagen sollen.

Dann hat er schon wieder vor Lachen gewiehert, dabei hat er sich ganz fürchterlich verschluckt, musste sich vornüberbeugen und hat gleichzeitig gelacht und gehustet. Und als ich dieses fette Schwein so vornübergebeugt vor mir hatte, da hab ich nur noch rotgesehen, hab die nächste Pfanne genommen und voll zugeschlagen. Direkt auf den Hinterkopf. Bumm. Der is' umgefallen wie ein gefällter Baum und hat keinen Mucks mehr getan. Und als er dann da so lag, diese dumme Sau, da wollte ich ihm nicht nur den Rest geben, denn er atmete noch, ich wollte ihn auch noch ein bisschen für die Nachwelt zur Schau stellen. Hab ihn zum Konvektor geschleppt, und es war die Hölle, ihn da aufrecht reinzuwuchten. Ein paarmal hab ich gedacht, ich schaff's nicht, aber dann ging's doch irgendwie. Und zum Schluss hab ich ihm noch das Thermometer in den Hintern gesteckt mit den lieben Worten: ›Jetzt wirst du gefickt, mein Freund, denn es ist ja nicht der schwul, der fickt, sondern der, der gefickt wird!‹ Lebensphilosophie von unserem lieben Majewski.

Dann hab ich den Konvektor eingestellt und bin abgehauen. So war das.

Wenn der mich nicht schon seit Tagen, ach was, seit Wochen so provoziert hätte, dann hätte ich niemals zugeschlagen. Aber das weiß ja keiner, und die Polizei glaubt mir sowieso nicht.«

Matthias war erschüttert und wusste nicht, was er sagen sollte.

»Sie werden es dir nicht beweisen können«, meinte er schließlich. »Es könnte ja wirklich jeder der Köche gewesen sein. Im Grunde haben alle ein Motiv. Bredow kann dir gar nichts. Und solange du Rusper mit im Boot hast, sowieso nicht. Das ist der gerissenste Hund unter der Sonne.«

Matthias liefen die Tränen übers Gesicht. Alex hatte seinen Vater gerächt. Alle Beleidigungen, die ihn selbst betrafen, hatte er weggesteckt, aber als Majewski »Papa-Tunte« und all die anderen Widerlichkeiten sagte, war es zu viel, und er war ausgeflippt. Alex liebte ihn. Er liebte ihn wirklich.

»Danke, dass du mir die Wahrheit gesagt hast«, sagte Matthias. »Und du kannst ganz sicher sein: Auch wenn du mir das alles nicht erzählt hättest, gäbe es keinen Unterschied, denn von mir wird niemand etwas erfahren. Also mach dir keine Sorgen und vor allem keine Vorwürfe.«
»Hm.«
»Pass auf, ich hab noch ein kleines Problem. Ich muss noch mal zurück nach Italien, denn ich bin da so überstürzt abgehauen, dass ich noch einiges dringend klären muss. Dazu brauche ich aber nicht lange. Zwei, drei Tage höchstens, und dann bin ich wieder hier. Besprich alles, was du tust, vorher mit Rusper. Und vor allem sag keinen Ton, wenn sie dich noch einmal vorladen und dir Fragen stellen und dein Anwalt nicht dabei ist. Du darfst jetzt keinen Fehler machen, denn wie ich Bredow einschätze, wird er alles versuchen, um Rusper auszutricksen. Kommissare sind immer sauer, wenn man mit Anwälten im Gepäck ankommt. Das können die auf den Tod nicht ausstehen.«
»Übrigens haben sie die Fingerabdrücke von den beiden Biergläsern genommen, die da noch rumstanden. Deins und das von Majewski. Majewski hatte ja wohl mehrere in Arbeit. Nur dass du Bescheid weißt.«
»Sollen sie. Ich schenke ihnen meine Fingerabdrücke, denn sie wissen ja nicht, dass es meine sind. Und wenn irgendjemand sagt, dass ich da war, na und? Majewski wird sich am Abend mit vielen Leuten unterhalten haben, und auch wenn ich der Letzte war, bin ich weniger als alle Köche verdächtig, denn ich habe kein Motiv.«
»Doch. Du bist mein Vater.«
»Mach dir mal keine Sorgen, so schnell kann mir da selbst der eifrigste Beamte keinen Strick draus drehen. Und wir wissen ja, wer der wahre Mörder ist.«

Er lachte leise.

»Also: Verweigere einfach die Aussage.«

»In Ordnung.« In Alex' Augen war wieder ein klein wenig Glanz zurückgekehrt. Vielleicht der Funken Hoffnung, dass er ungeschoren davonkommen könnte.

Als Matthias zu seinem Wagen ging, war er trotz der Hiobsbotschaften ganz glücklich. Die letzten zwei Stunden waren die intensivsten und vertrauensvollsten gewesen, die er mit seinem Sohn je verbracht hatte.

Er kontrollierte, ob er seine Brieftasche dabeihatte, und fuhr dann direkt auf die Autobahn, Richtung Italien.

70

Montebenichi, Donnerstag, 8. Oktober 2009

Es dämmerte bereits, als er Montebenichi erreichte, und wieder war die Piazza menschenleer. Während der Fahrt hatte er beschlossen, die Leiche nach Möglichkeit noch in der Nacht ins Auto zu laden – die Totenstarre dürfte sich längst gelöst haben – und damit hinauf in die einsamen Wälder des Prato Magno zu fahren. Noch war der Waldboden selbst in der Höhe von über tausend Metern nicht gefroren, und er konnte Gianni leicht ausladen und notdürftig mit Erde und Laub bedecken. Bis sich im Sommer ein paar Touristen in diese Gegend verirrten, war der Leichnam längst von Wildschweinen und anderen wilden Tieren gefressen worden. Er hatte gehört, dass es in diesen Wäldern sogar noch Wölfe und Luchse geben sollte.

Die einzige Gefahr bestand darin, dass Gianni von Jagdhunden aufgestöbert oder von einem Pilzsammler gefunden wurde. Aber das war dann eben Pech und nicht zu ändern. Bei den anderen Jungen hatte er sich solche Gedanken überhaupt nicht gemacht, und es war nichts passiert. Wahrscheinlich hätte es auch nichts geändert, wenn er seine Opfer der Polizei direkt vor die Tür gelegt hätte.

Es war einfach wunderbar, wie die Polizei im Dunkeln tappte.

Matthias fuhr mit seinem Wagen direkt in seinen großen Magazinraum, verschloss die Tür und ging gelöst und bester Laune die Steintreppe hinauf bis zu seiner Wohnung.

Der Schreck, der ihm nur Sekundenbruchteile später durch die Glieder fuhr und ihn eiskalt erwischte, war das Schlimmste, was er je erlebt hatte.

Über dem Schloss an seiner Wohnungstür klebte ein amtliches Siegel der Carabinieri.

Matthias wurde schwarz vor Augen, und er musste sich setzen.

Sie waren also in der Wohnung gewesen. Aus irgendwelchen Gründen hatten sie die Leiche gefunden. Er konnte sich überhaupt nicht vorstellen, wie und warum, aber das war ja jetzt auch egal.

Sein erster Impuls war, sofort wieder ins Auto zu steigen und zurück nach Deutschland zu fliehen, aber dann zwang er sich, einen Moment nachzudenken.

Sie wussten, wem die Wohnung gehörte, in der die Leiche gefunden worden war. Da genügten ein Anruf beim ehemaligen Besitzer und ein Blick in den Kaufvertrag.

Sein Herz hämmerte bis in seine Schläfen und machte ihm das ruhige Denken schwer.

Sollte er das Siegel einfach aufbrechen und in die Wohnung hineingehen? Schließlich gehörte sie ihm, und er wollte unbedingt wissen, was dort drinnen geschehen war. Nein, warte, sagte er sich, noch nicht, du musst erst noch in alle Richtungen denken: Tür und Schloss waren nicht aufgebrochen worden. Das konnte man sehen. Es besaß also noch irgendjemand einen Schlüssel. Entweder ein Nachbar, von dem ihm niemand etwas erzählt hatte, oder der Vorbesitzer hatte einfach noch einen Schlüssel behalten. Manche Menschen hatten Probleme, sich mit allen Konsequenzen und bis ins letzte Detail von ihren Wohnungen oder Häusern zu trennen.

Oder aber Gianni hatte doch noch gelebt und es irgendwie geschafft, sich zu befreien. Aber würde er dann zur Polizei gehen? Würde er die Schmach ertragen, zu erzählen, was ihm passiert war? – Sicher nicht. Außerdem war es so gut wie unmöglich, aus Handschellen herauszukommen. Das war etwas anderes als ein Strick, der sich im Lauf der Zeit eventuell ein wenig lockerte.

Vor lauter Nervosität fing Matthias an zu frieren, und er hatte große Schwierigkeiten, sich zu konzentrieren.

Stell dir vor, zwang er sich zu denken, stell dir vor, du bist ein ganz normaler Bürger, der noch nie einer Fliege etwas zuleide getan hat. Du warst zwei Monate nicht in Italien, kommst hierher, um einen kleinen Herbsturlaub zu machen, und findest deine Wohnung versiegelt vor. Was tust du?

Ich würde davon ausgehen, dass während meiner Abwesenheit in meine Wohnung eingebrochen worden ist, überlegte Matthias. Und in diesem Fall würde ich in die Wohnung nicht hineingehen, sondern die Polizei rufen. Denn ich will wissen, was passiert ist, und nicht irgendwelche Probleme bekommen, wenn ich das Siegel ignoriere.

So weit, so gut.

Wenn ich allerdings schuldig bin und jemanden in meiner Wohnung ermordet habe, würde ich dann die Polizei rufen? – Ganz bestimmt nicht! Ich würde sehen, dass ich so schnell wie möglich verschwinde. Das, was ich auch im ersten Moment tun wollte.

Und somit war ihm klar, was er zu tun hatte.

Er musste die Carabinieri rufen, wenn er, statt sein Leben lang auf der Flucht zu sein, seine herrliche Wohnung irgendwann auch wieder betreten wollte.

Allmählich wurde er ruhiger. Angriff war immer noch die beste Verteidigung, sagte er sich. Die Situation war alles andere als angenehm, aber es erschien ihm möglich, den Kopf noch einmal aus der Schlinge zu ziehen.

Neri raste in halsbrecherischem Tempo über die Landstraße nach Montebenichi. Zweimal überholte er äußerst riskant einen Laster, und sein Kollege Alfonso auf dem Beifahrersitz schüttelte nur den Kopf.

»Wenn du lebensmüde bist, dann bring es hinter dich«, brummte er. »Aber tu es bitte allein, und lass mich vorher aussteigen.«

Auf der kurvigen Straße hinauf nach Montebenichi musste Neri sein Tempo erheblich drosseln, aber immerhin schaffte er die Strecke in zehn Minuten.

Neri wusste nicht mehr, was er denken sollte. Der Wohnungseigentümer hatte sich gemeldet. Er stand vor der versiegelten Tür und traute sich nicht in seine Wohnung, wollte wissen, was geschehen war.

Natürlich musste das irgendwann passieren. Es sei denn, der Wohnungsbesitzer war auch der Täter. Dann würde er es nicht wagen.

Das Labor hatte versprochen, die DNA-Analyse des gefundenen Spermas bis morgen fertig zu haben, aber die Kollegen in Arezzo versprachen viel, wenn der Tag lang war.

»Wie geht es deinem Sohn?«, fragte Alfonso beinah auf Stichwort.

»Er liegt im künstlichen Koma. Soweit ist sein Zustand stabil. Wir müssen abwarten. Noch ist er nicht völlig über den Berg.«

»Ich hoffe sehr, dass er es schafft«, sagte Alfonso ungewohnt mitfühlend.

»Danke.«

Vier Minuten später standen die beiden Carabinieri einem gut aussehenden, gepflegten Deutschen gegenüber, der auf Anhieb einen sehr sympathischen Eindruck machte und sich um ein grammatikalisch einwandfreies Italienisch bemühte. Er begrüßte die Polizisten mit Handschlag.

»Wie freundlich von Ihnen, dass Sie so schnell gekommen sind.«

Neri nickte, fixierte den Fremden und versuchte, ihm hinter die Stirn zu gucken und mit all seiner Intuition zu erspüren, ob er in Ordnung war oder nicht.

»Mein Name ist Matthias von Steinfeld. Ich wohne hier, das heißt, ich habe das Appartement vor zwei Monaten gekauft. Jetzt möchte ich zum ersten Mal ein paar Tage hier verbringen und finde meine Tür versiegelt vor. Können Sie mir das erklären?«

»Es ist etwas passiert«, sagte Alfonso.

Matthias runzelte die Stirn und machte ein besorgtes Gesicht. »Was denn?«

»Gehen wir hinein!« Neri erbrach das Siegel, Matthias schloss die Tür auf, und sie betraten die Wohnung. Neri ging direkt ins Schlafzimmer, Matthias und Alfonso folgten ihm.

Vor dem Bett blieb Neri stehen, und das schreckliche Bild war wieder in seinem Kopf, als würde Gianni immer noch dort liegen und um sein Leben kämpfen.

»Hier in diesem Bett«, begann Neri, und dann versagte ihm die Stimme.

»Hier in diesem Bett haben wir einen jungen Mann gefunden«, übernahm Alfonso für ihn. »Er war mit Handschellen gefesselt, vergewaltigt worden und ist fast erfroren, weil die Klimaanlage Tag und Nacht lief.«

Tag und Nacht, überlegte Matthias, das heißt, Gianni musste dort mindestens vierundzwanzig Stunden nackt ausgehalten haben. Alle Achtung. Er war ein ziemlich zäher Bursche.

Matthias spielte Fassungslosigkeit und sah die Carabinieri an, als hätte er kein Wort verstanden.

»Wie? Hier in meinem Bett? Ich verstehe überhaupt nichts!«

»Wir auch nicht. Könnten wir bitte mal Ihren Ausweis sehen?«

Matthias zog ihn wortlos aus seiner Brieftasche und reichte ihn Alfonso.

»Signor von Steinfeld«, Alfonso hatte einige Mühe, den Namen auszusprechen, »wo haben Sie das Wochenende verbracht, also, wo waren Sie vergangenen Sonntag, Montag und Dienstag?«

»In Berlin! Ich komme jetzt direkt aus Berlin, bin heute früh losgefahren. Ich habe die Wohnung im Juli gekauft und bin seitdem nicht mehr hier gewesen.« Er zählte mit den Fingern nach. »Ja, das sind ja schon fast drei und nicht zwei Monate.«

»Wer kann das bezeugen, dass Sie Sonntag, Montag und Dienstag dieser Woche in Berlin waren?« Jetzt fragte Neri, der sich wieder gefangen hatte.

Matthias lächelte. »Sie werden es nicht glauben, aber bezeugen kann dies die Berliner Polizei. Mein Sohn arbeitet als leitender Koch in einem der besten Restaurants Berlins.

Dort hatte es einen Zwischenfall gegeben. Der Küchenchef war auf ungeklärte Weise ums Leben gekommen. Alle Köche wurden verhört. Ich besorgte meinem Sohn einen Anwalt, holte ihn nach der Befragung ab, wechselte auch ein paar Worte mit dem Kommissar. Namen und Adressen von dem Kommissar und dem Anwalt kann ich Ihnen selbstverständlich geben.«

»Wir werden das natürlich überprüfen.«

»Aber selbstverständlich.«

»Wie kommt es, dass Sie so kurz nach einem solchen Vorfall gleich nach Italien gefahren sind?«

»Mein Sohn ist aus dem Kreis der Verdächtigen ausgeschlossen worden. Insofern ist alles in Ordnung, und ich habe ein paar Tage Urlaub bitter nötig.«

Wenn das alles stimmte, was er sagte, war dieser Deutsche auf keinen Fall der Täter, dachte Neri.

»Wer hat außerdem noch Schlüssel zu Ihrer Wohnung?«, fragte er.

Matthias überlegte. »Ich habe beim Kauf nur zwei Schlüssel bekommen. Einen habe ich, und einen habe ich einem jungen Mann gegeben, der mir bei meinen ersten Schritten in Italien, bei Behördengängen, Einkäufen et cetera ein bisschen behilflich war. Ich hab ihn sozusagen engagiert und dafür bezahlt. Während meiner Abwesenheit sollte er bestellte Möbel in Empfang nehmen und noch einige Kleinigkeiten besorgen, damit die Wohnung bewohnbar ist, wenn ich komme.«

»Wie heißt der junge Mann?«

»Ich weiß nur, dass er Gianni heißt. Seinen Nachnamen kenne ich gar nicht.«

Neri und Alfonso sahen sich an. Neri war kalkweiß im Gesicht.

»Das Vergewaltigungsopfer war dieser Gianni«, erklärte Neri tonlos.

Matthias zeigte blankes Entsetzen. »Waaas? Dann ist er hier in meiner Wohnung überfallen worden?«

»Wir wissen nicht, was sich abgespielt hat.«

»Oder er hat mich hintergangen und hat sich hier in meiner Wohnung mit Freunden getroffen? Das war so nicht gedacht, und das war ihm auch nicht erlaubt. Das ist ein Unding! Ich bin wirklich entsetzt, denn ich habe ihm eigentlich immer vertraut.«

Eine Weile schwiegen alle drei.

Matthias sah sich im Zimmer um. Das Bett war gemacht, nichts erinnerte mehr an die fatale Nacht. Seidenschal, Handschellen, Gläser und was sonst noch so herumgestanden hatte, waren natürlich nicht mehr da, wahrscheinlich war alles zur polizeilichen Untersuchung im Labor verschwunden.

Fast erfroren hatte der Polizist gesagt. Also lebte Gianni noch. Das war das größte Problem an der Sache. Wenn er anfing zu plaudern, hatte Matthias äußerst schlechte Karten.

»Wie geht es Gianni?«, fragte er daher.

»Schlecht. Noch ist nicht klar, ob er überlebt. Zurzeit liegt er im künstlichen Koma.«

Aha. Also gab es noch eine kleine Verschnaufpause. Aber er musste sich etwas überlegen, denn man lag vielleicht zwei, drei Wochen im künstlichen Koma, aber nicht ewig. Und Gianni würde reden, da war er sich ganz sicher.

»Wo denn? Ich meine, in welchem Krankenhaus liegt er denn?«

»In Siena«, antwortete Alfonso für Neri vielleicht ein bisschen voreilig, denn Neri überlegte sich noch Stunden später, ob es richtig gewesen war, dem Fremden zu verraten, in welchem Krankenhaus sich Gianni befand.

»Gut«, sagte Neri abschließend, und seine Stimme klang müde. »Das wäre für heute erst mal alles. Aber es könnte sein, dass wir morgen noch einmal wiederkommen, wenn wir noch einige Fragen haben.«
»Jederzeit. Kein Problem.«
Matthias brachte die beiden Carabinieri zur Tür.
»Buonasera e arrivederci.«
»ArrivederLa.« Neri und Alfonso verließen die Wohnung, und Matthias zog hinter ihnen die Tür ins Schloss.
Jetzt wusste er wenigstens Bescheid.
Auf jeden Fall war es kein Fehler gewesen, die Carabinieri zu rufen.
Er ging in seine Küche, öffnete eine Flasche Wein und setzte sich allein an den großen Tisch – an dem er noch vor ein paar Tagen mit Gianni gesessen hatte –, um nachzudenken, was er als Nächstes tun musste.

71

Montag, 12. Oktober 2009

Gabriella hatte keine Kraft mehr. Sie war nur noch ein Nervenbündel, hochgradig gereizt und weinte viel. Oma war zu Hause eingesperrt, randalierte oder telefonierte mit Menschen, die sie an den Apparat bekam, wenn sie eine Nummer wahllos ins Telefon getippt hatte, und erzählte ihnen ihre Lebensgeschichte, wenn sie nicht gleich auflegten. So erfuhren Wildfremde von Sizilien bis hinauf nach Triest, dass ihre Tochter einen Liebhaber hatte, ihr Schwiegersohn zu dumm war, Eier in der Pfanne zu braten, und ihr Enkel gerade seinen Doktor in Frankreich machte.

Gabriella war es mittlerweile egal, was ihre Mutter Gloria für einen Unfug in die Welt hinausposaunte. Sie saß von morgens bis abends im Ospedale von Siena und starrte durch die dicke Milchglasscheibe auf ihren Sohn Gianni, der sich nicht regte und noch nicht einmal zu atmen schien. Sein Hals war überstreckt, seine Augen geschlossen, und seine Nase ragte kerzengrade in die Höhe, als würde sie durch eine unsichtbare Schnur an der Decke nach oben gezogen.

In dieser Haltung hatte sie ihn früher noch nie gesehen, aber so lag er nun schon seit Tagen.

Es war alles so absurd.
Und obwohl sie nicht den leisesten Kontakt zu ihm aufnehmen konnte, schaffte sie es auch nicht, nach Hause zu gehen.
Vielleicht gab es ja irgendwann doch eine Rückkehr. Eine Auferstehung. Und in dem Moment wollte sie da sein.
Jeden Abend nach Dienstschluss kam Neri und holte sie ab. Im Auto sprachen sie wenig über Giannis Zustand, es tat einfach zu weh, dafür umso mehr über den Fall, in dem Gianni auf so verhängnisvolle Weise eine Hauptrolle spielte.
»Eins ist ganz klar«, sagte Gabriella müde, als sie auf der Autostrada fuhren und Neri – ganz in Gedanken – beinah aus Versehen die Abfahrt nach Castelnuovo Berardenga genommen hätte. »Alibi hin und her, das kann alles gelogen und nach Strich und Faden getürkt sein. Vielleicht ist der Typ auch von Berlin nach Florenz mit dem Hubschrauber geflogen, hatte ein Gespräch mit der Polizei und war drei Stunden später wieder hier, was weiß ich … Das musst du einfach mal ganz genau überprüfen und nachrechnen, auf alle Fälle ist unser Gianni nicht schwul. Dass das schon mal klar ist! Und dass er die Wohnung eines Deutschen, für den er Hilfsdienste verrichtet, heimlich für irgendwelche Spielchen mit irgendwelchen Männern benutzt, ist völlig unmöglich! Vollkommen unmöglich!«
Gabriella hatte hochrote Wangen und wurde immer lauter.
»Dass du so etwas überhaupt in Erwägung ziehst, Neri, nur weil dir dieser schleimige Schönling ein scheinbar lückenloses Alibi präsentiert, erschreckt mich! Das macht mich richtig wütend! So was kannst du doch nicht im Ernst glauben, oder kennst du unseren Sohn so wenig?«
Neri hörte nur stumm zu.

»Dieser Matthias, oder wie der heißt, scheint ein Überredungskünstler zu sein! Jedenfalls hat er dich um den Finger gewickelt! Das ist ja die unglaublichste Räuberpistole, die ich je gehört habe, mein Schatz! Wir finden in seiner Wohnung unseren fast zu Tode vergewaltigten Sohn, und der Herr schafft es beinah, dich davon zu überzeugen, dass er mit der ganzen Sache nichts zu tun hat? Ja, wo gibt es denn so was? Ich werde dir sagen, wie es war, Commissario.«

Sie wurde immer wütender, aber Neri unterbrach sie nicht, weil er spürte, dass bei dem, was sie sagte, etwas Wahres dran war, auch wenn es verletzend klang.

»Gianni war bei diesem Mann, um sein Geld zu holen oder weitere Aufgaben zu besprechen. Was auch immer. Dann hat der Typ ihn überrumpelt, regelrecht überfallen, und es geschafft, ihn mit Handschellen ans Bett zu fesseln. Dort hat er ihn vergewaltigt und dann einfach liegen lassen. Vielleicht dachte er, er ist tot. Oder es hat ihn einfach nicht interessiert, was aus ihm wird. Ja, halt, stopp!« Sie fasste Neri so fest am Arm, dass er beinah das Lenkrad verriss. »Er dachte, Gianni ist tot, darum hat er auch die Klimaanlage eingeschaltet. Damit es schön kalt ist und die Leiche nicht anfängt zu stinken.«

»Hör auf, Gabriella! Hör auf, so zu reden!« Neri konnte es kaum noch aushalten, dass seine Frau so drastisch und direkt über das Schlimmste redete, was ihnen je passiert war. Als würde es sie nicht tangieren. Dabei wusste Neri genau, dass das Gegenteil der Fall war.

»Nein, ich hör nicht auf! Hör zu! Dann ist der Kerl nach Berlin gefahren, oder geflogen, keine Ahnung, hat sich ein wunderbares Alibi beschafft – was gibt es Besseres als die Polizei, und irgendwie muss er das zeitlich hingekriegt haben –, und dann ist er ganz schnell zurückgekehrt, hat euch angerufen und sehr glaubhaft den Ahnungslosen gespielt. Raffiniert!«

»Und warum hat er die Leiche nicht gleich entsorgt, wenn er glaubte, dass Gianni tot ist? Warum hat er ihn einfach liegen lassen?«

»Das weiß ich nicht. Geisteskranke – und der Typ, der das getan hat, ist geisteskrank – machen manchmal die hirnrissigsten Dinge, die man überhaupt nicht mehr nachvollziehen kann. Vielleicht musste er so dringend nach Berlin, dass er keine Zeit mehr hatte, die Leiche verschwinden zu lassen. Oder er wusste, dass Gianni noch lebt, hat gehofft, dass ihn keiner findet, und wollte ganz schnell zurückkommen.«

»Aber dann hätte er ihn doch zudecken können! Und hätte seine Wohnung nicht in einen Kühlschrank verwandeln müssen! Gabriella, ich bitte dich! Wollte er ihn auf diese Weise umbringen?« Neri verstand die Welt nicht mehr, begriff überhaupt nicht, warum Gabriella sich so sicher war, dass der Wohnungseigentümer auch gleichzeitig der Vergewaltiger war.

»Mir sagt mein Instinkt, dass der Deutsche lügt.« Gabriella wurde ganz leise. »Warum, weiß ich auch nicht. Ich glaube einfach nicht an das Alibi.«

Neri hatte plötzlich eine Idee. »Stell dir vor, das Bett für den Deutschen wird geliefert, der Möbelpacker hat ein Problem, weil er allein ist, bittet Gianni, ihm zu helfen, und als er mit Gianni allein in der Wohnung ist, fällt er über ihn her und macht ihn fertig. Wäre doch denkbar, oder?«

»Vielleicht. Dann überprüfe den Möbelpacker, der das Bett gebracht hat. Aber du kannst es dir sparen, nach einem mysteriösen schwulen Freund zu suchen.« Gabriella fuhr ihm liebevoll übers Haar. »Die DNA ist deine allergrößte Chance, tesoro.«

»Die Ergebnisse kommen morgen früh.«
»Wunderbar. Damit kannst du nur noch nicht so furchtbar viel anfangen, weil du nicht weißt, von wem die DNA ist. Ob der Besitzer der Wohnung schuldig oder unschuldig ist, weißt du erst, wenn du seine DNA mit der DNA aus den Spermaspuren vergleichst.«
»Da muss ich einen Antrag stellen, und das dauert Wochen. Freiwillig wird er keinen Speicheltest machen. Er ist ja nicht blöd.«
»Den würde er machen, wenn er unschuldig ist. Sonst nicht. Und das ist ja leider noch kein Beweis.«
»Und auch wenn ich einen offiziellen Test erzwingen sollte, gibt er mir die Speichelprobe und ist fünf Minuten später auf Nimmerwiedersehen verschwunden.«
»Wie recht du hast, amore!« Sie lächelte. »Darum musst du dir auch heimlich eine Probe besorgen. Geh hin, rede mit ihm, und sieh zu, dass du ein paar Haare, eine Zigarettenkippe oder sonst irgendwas mitgehen lassen kannst. Dann weißt du definitiv, ob er der Vergewaltiger unseres Sohnes ist oder nicht.«

Neri seufzte.

Und als in der Ferne die Lichter von Ambra auftauchten, wusste er, dass es eine schwierige Aufgabe war, aber dass er genau das tun würde, was Gabriella ihm geraten hatte.

72

Dienstag, 13. Oktober 2009

Neri wollte gerade losgehen, um auf der Piazza einen Kaffee zu trinken, als der Bote aus Arezzo kam, um die Ergebnisse der DNA-Untersuchung der bei Gianni gefundenen Spermaprobe zu bringen.

Mit den Ergebnissen konnte Neri auf den ersten Blick nur wenig anfangen, aber jetzt war an einen Kaffee nicht mehr zu denken. Er flatterte vor Nervosität und Energie und wählte Tommasos Nummer in Montevarchi. Tommaso hatte vor Jahren als Neris Assistent im Polizeidienst begonnen, war aber in Montevarchi geblieben, als Neri nach Ambra versetzt worden war.

Dort hatte er sich im Lauf der Zeit hochgearbeitet, war nie unangenehm aufgefallen, und mittlerweile war er der Leiter der Abteilung Jugendkriminalität. Neri stand in losem Kontakt mit ihm, und er wusste, dass Tommaso Computerspezialist war. Das alles hatte er sich selbst beigebracht, und nicht nur Neri wusste, dass Tommaso in Montevarchi schlicht unterfordert war. Carabinieri mit Tommasos Fähigkeiten waren rar, und es war Neri bewusst, dass seinem ehemaligen Untergebenen der Weg nach Rom und damit zu einer großen Karriere bei der Polizei offenstand.

Neri hatte ihn sofort am Apparat.

»Tommaso, come stai?«, begann er belanglos freundlich und erwartete auf diese Frage nach dem allgemeinen Befinden wie alle Italiener eigentlich keine Antwort.

»Bene«, antwortete Tommaso brav. »Was gibt's, Donato? Alles okay in Ambra?«

»Ganz und gar nicht. Ich brauche deine Hilfe. Heute noch. Nein, sofort! Kannst du herkommen?«

»Worum geht's denn?«

»Um eine DNA-Überprüfung beziehungsweise einen Vergleich im europäischen Zentralcomputer.«

Tommaso stöhnte auf. »Ist das dein Ernst?«

»Mein voller Ernst.«

»Darf es nicht eine Nummer kleiner sein? Könnte es sein, dass du mal wieder ein bisschen übertreibst?«

Neri wusste, dass Tommaso auf die Großaktionen anspielte, die Neri bereits angezettelt und die alle erfolglos bis peinlich verlaufen waren, und ärgerte sich furchtbar, aber er hielt sich zurück. Er musste Tommaso bei Laune halten, allein war er nicht in der Lage, die Ergebnisse zu vergleichen.

»Bitte, Tommaso. Es geht um meinen Sohn!«

»Okay, ich komme.«

Siebzig Minuten später kam Tommaso und machte sich sofort an die Arbeit.

Weitere fünfundzwanzig Minuten später war es klar: Die DNA des Mörders von Berlin und Giglio und die des Vergewaltigers von Montebenichi waren identisch.

Neri stand der eiskalte Schweiß auf der Stirn.

»Komm mit«, bat er Tommaso. »Alfonso ist auf Außendienst in Levane. Die Bank zieht um, und der Transport muss gesichert werden. Ich möchte das nicht allein machen, aber es ist wichtig.«

Er wollte Tommaso nicht sagen, was er vermutete und gleichzeitig hoffte. Schließlich konnte er eins und eins zusammenzählen, aber Tommaso würde ihm sowieso nicht glauben. Der Serientäter lebte höchstwahrscheinlich in Berlin und hatte sich vorrangig dort seine Opfer gesucht. Aber er hielt sich auch gern in Italien auf, machte Urlaub und mordete weiter. Wie zum Beispiel auf Giglio. Der Mann, der die Wohnung in Montebenichi gekauft und seinen Sohn missbraucht hatte, war ein Deutscher und kam aus Berlin. Man musste schon auf beiden Augen blind sein, um die Zusammenhänge nicht zu erkennen.

Neri und Tommaso warteten in der Osteria zweieinhalb Stunden, bis Matthias, beladen mit Tüten und Kartons, endlich auftauchte. Tommaso fühlte sich in alte Zeiten zurückversetzt, als er nach Neris Pfeife tanzen und jede Menge unsinniger Sachen tun musste, und bekam immer schlechtere Laune. Aber er wagte es auch nicht, einfach aufzustehen und nach Montevarchi zurückzufahren.

Neri tat, als wäre es ein Zufall, Matthias schon am nächsten Tag in Montebenichi wiederzutreffen.

Matthias versuchte höflich zu sein und bat Neri und Tommaso herein, um nicht noch länger auf der Piazza herumzustehen. Die Akustik machte es möglich, dass man von fast jeder angrenzenden Wohnung mithören konnte, was auf dem Platz gesprochen wurde.

Und das, was er sich so schwierig vorgestellt hatte, war plötzlich kinderleicht.

Matthias bot den Carabinieri einen Kaffee an, den beide dankend annahmen, und während Matthias die Espressi mit seinem Kaffeeautomaten brühte, standen Neri und Tommaso scheinbar tatenlos auf dem Balkon. Auf einem winzigen, runden Bistrotisch an der Balustrade stand ein Aschenbecher mit vier Kippen einer extrem dünnen Zigarillosorte. Eine davon ließ Neri unbemerkt und blitzschnell in einer kleinen Plastiktüte verschwinden und schob sie sich in die Uniformtasche.

Nur wenige Augenblicke später kam Matthias mit den Espressi.

»Molte grazie«, sagte Neri lächelnd.

»Wollen wir uns einen Moment setzen?«, sagte Matthias, und als die beiden Polizisten nicht ablehnten, holte er zu den zwei Stühlen, die schon auf dem Balkon standen, einen dritten dazu.

»Wir wollen Sie auch gar nicht lange aufhalten.« Neri trank seinen Espresso mit einem Schluck aus. »Aufgrund einer routinemäßigen Nachforschung hätten wir nur gern gewusst, was Sie im Juli dieses Jahres gemacht haben. Waren Sie in Berlin, oder waren Sie in Urlaub?«

»Du lieber Himmel, da kann ich mich kaum noch dran erinnern!« Matthias warf den Kopf in den Nacken, und um Zeit zum Nachdenken zu gewinnen, ging er ins Wohnzimmer, holte sich einen Zigarillo und zündete ihn an. Dann kehrte er zurück auf den Balkon, lehnte sich mit dem Rücken an die Balustrade und sah seine beiden Besucher an.

»Ich war in Berlin, sicherlich, aber ich war auch in Siena, um den Kaufvertrag für diese Wohnung hier zu unterschreiben. Und dann war ich noch zwei, drei Tage am Meer.«

»Wo?«

»Marina di Grosseto. Ich wollte einfach ein bisschen schwimmen. Im Meer baden. Ich liebe es.«

»Marina di Grosseto ist ein wunderschöner Ort! Und der Strand ist herrlich!«

Matthias schüttelte sich in Gedanken an seinen Ausflug zu diesem Strand, aber er lächelte nur und meinte liebenswürdig: »Sie sagen es!«

Neri entging nicht, dass Matthias genau die Sorte Zigarillo rauchte, von der er gerade eine Kippe eingesteckt hatte, und sah, dass auch Tommaso es registriert hatte.

Jetzt hatte er alles, was er brauchte.

»Waren Sie eigentlich schon mal auf der Insel Giglio?«, fragte Neri plötzlich, und Matthias stutzte.

Warum fragte das dieser Carabiniere hier in Montebenichi? Wie kam er darauf? Er konnte doch nicht hellsehen! Und Matthias spürte, dass ihm – so überrumpelt wie er war – die Zeit fehlte, seine Antwort genau zu überlegen. Daher antwortete er ausweichend:

»Ja, ganz kurz, vor drei oder vier Jahren. Ich war aber nur zwei Tage dort, und ich hatte das Gefühl, zwei Wochen auf der Insel gewesen zu sein. Sie ist wunderschön. Etwas ganz Einmaliges, aber es wäre mir zu langweilig, einen ganzen Urlaub dort zu verbringen.«

Neri nickte, und seine Miene war völlig undurchschaubar.

Matthias überlegte fieberhaft, ob seine Antwort nun richtig oder falsch gewesen war.

Aber bevor er zu einem Ergebnis kommen konnte, verabschiedeten sich Neri und Tommaso.

Matthias sah ihnen von seinem Balkon aus nach, als sie über die Piazza gingen, und er hörte den klackenden, sehr energisch wirkenden Schritt ihrer Ledersohlen auf den mittelalterlichen Steinen.

73

Berlin, Freitag, 16. Oktober 2009

Susanne Knauer fiel aus allen Wolken, als sie am Freitagabend aus dem Büro kam und ihre Tochter wider Erwarten zu Hause war. Sie hatte einen uralten Jogginganzug an, war ungeschminkt, hatte ungewaschene Haare und war völlig verheult. Apathisch saß sie auf ihrem Bett und tat einfach gar nichts. Hörte noch nicht einmal Musik.

»Was ist denn mit dir los?«, fragte Susanne entsetzt.

»Nichts.«

»Natürlich ist was los! Du bist doch nicht ohne Grund ungeschminkt, verheult und noch dazu zu Hause in deinem eigenen Bett! Was ist mit Ben?«

»Nichts.«

»Wie *nichts*?«

In dieser Sekunde brachen alle Schleusen, und Melanie konnte ihre mühsame Beherrschung nicht länger aufrechterhalten.

»Es ist aus«, schluchzte sie. »Aus, vorbei, Feierabend!«

Im ersten Moment verschlug es Susanne die Sprache. Sie setzte sich zu Melly aufs Bett und nahm sie in den Arm. Streichelte ihr übers Haar und schwieg.

Melly ließ es geschehen und weinte hemmungslos.

»Hast du mit ihm Schluss gemacht oder er mit dir?«, fragte Susanne nach einer Weile.

»Er mit mir.«

»Und warum?«

Melanie versuchte mit den Schultern zu zucken, was ihr aber kaum gelang, so sehr schüttelte sie das Weinen.

»Es geht nicht, hat er gesagt, es klappt einfach nicht«, stotterte sie. »Wir sind zu unterschiedlich, außerdem ist er immer gestresst, weil er zu wenig Zeit hat. Zu wenig für mich und zu wenig für seinen Job. Er hat ständig ein schlechtes Gewissen, und das hält er nicht aus. Wahrscheinlich hast du so lange gezetert, bis er aufgegeben hat.«

»Das ist eine Unverschämtheit von dir, Melly! Mir so was zu unterstellen! Keinen Ton hab ich in dieser Beziehung zu ihm gesagt. Ich hab mich da rausgehalten, auch wenn du es mir vielleicht nicht glaubst!«

Melanie schnäuzte sich geräuschvoll die Nase. »Okay, okay, okay«, jammerte sie. »Aber das ist doch alles kein Grund!«

Susanne drückte sie fest an sich.

»Ich liebe ihn doch«, schniefte Melanie. »Suse, bitte sag mir, was ich machen soll. Das geht doch nicht, dass er mich einfach in die Wüste schickt!«

Susanne fand auch, dass sich Ben wie ein Schwein benommen hatte, und wollte gerade ein paar tröstende Worte sagen, als das Telefon klingelte.

Sie befreite sich sanft aus der Umarmung und ging im Flur an den Apparat.

»Knauer«, meldete sie sich kurz.

Es war ihre Sekretärin aus dem Kommissariat.

»Susanne, hör zu. Die Italiener haben angerufen, zum Glück gleich mit Dolmetscher. Sie kennen den Mörder. Sie wissen, wer in Berlin und auf Giglio gemordet und in Montebenichi vergewaltigt hat. Es handelt sich um einen Berliner, Matthias von Steinfeld, sie sind unterwegs und nehmen ihn jetzt fest.«

»Ich komme sofort!« Sie legte auf, und ihr wurde heiß vor Aufregung.

Als sie zurück in Melanies Zimmer kam, spürte sie sofort, dass ihre Tochter sich über die Unterbrechung durch das kurze Telefonat geärgert hatte. Aber darauf konnte sie jetzt keine Rücksicht nehmen.

»Melly, es tut mir leid, aber ich muss noch mal schnell ins Büro.«

»Natürlich musst du ins Büro!«, schrie Melanie und war von null auf hundert sofort aggressiv. »Immer musst du ins Büro! Nie bist du da, wenn man dich mal braucht! Immer ist dein Scheißjob wichtiger als ich!«

»Melly!« Susanne ging zu ihr und berührte sie am Arm, aber Melanie stieß sie weg. »Melly, es kann sein, dass die Italiener unseren Serientäter gefasst haben. Da ist noch vieles unklar, darum muss ich jetzt weg! Das verstehst du doch, oder?«

»Glückwunsch!«, zischte Melanie bissig. »Natürlich versteh ich das! Ich muss immer Verständnis haben für die Probleme meiner Frau Mutter!« Ihr Sarkasmus war unüberhörbar. »Hau doch ab! Verpiss dich! Es ist mir egal! Schönen Abend noch!« Damit zog sie sich die Bettdecke über die Ohren.

Susanne seufzte laut und verließ das Zimmer.

Im Flur griff sie nur noch schnell ihre Jacke und ihre Tasche und rannte dann aus dem Haus.

Montebenichi

Neri und Alfonso rasten in ihrem Wagen, einem dunkelblauen Panda, die kurvige Straße hinauf nach Montebenichi. Noch nie war Neri die Strecke so lang vorgekommen. Alfonso war mittlerweile über alle Ermittlungsschritte informiert, und er hatte – genau wie Neri – auch das Gefühl, dass ein großer Coup bevorstand. Ein Fahndungserfolg, der international Beachtung finden und den winzigen Ort Montebenichi über Nacht berühmt machen würde.

Im Appartement des Deutschen war alles dunkel. Das sahen sie sofort, als sie auf der Piazza hielten. Neri brach der Schweiß aus. Aber dann versuchte er sich sofort zu beruhigen. Vielleicht schlief er, oder er war zum cena in irgendeinem Restaurant. Sie mussten eben Geduld haben.

Ein paar Minuten warteten sie im Auto, dann wurde es Neri zu viel.

»Alfonso, wir haben den Haftbefehl für einen Schwerverbrecher! Auf keinen Fall können wir hier noch länger darauf warten, dass er vielleicht anmarschiert kommt oder auch nicht. Wir gehen jetzt in die Wohnung!«

»Willst du die Tür aufbrechen?«

»Nein. Ich weiß, dass Pepe einen Schlüssel hat.«

Wenige Minuten später schlossen sie die Wohnungstür auf. Das gesamte Appartement war fein säuberlich aufgeräumt, der Kühlschrank abgetaut, ausgeschaltet und leer, sämtliche Stecker waren aus den Steckdosen gezogen, die Bettwäsche war abgezogen und die Überdecke akkurat über die Inletts gelegt. Im Kleiderschrank war nur eine Garnitur Bekleidung für den Notfall, ähnlich im Bad, wo Matthias von Steinfeld nur Zahnbürste und Zahnpasta zurückgelassen hatte.

»Verflucht noch mal!«, schrie Neri und schlug mit der Faust auf den hölzernen Esstisch, dass es krachte. »Er ist abgereist! Wir sind wieder eine Winzigkeit zu spät!« Ihm war ganz übel vor Enttäuschung. Wie hätte sich Gabriella gefreut, wenn er mal diesen einen riesengroßen Erfolg gehabt hätte.

Neris Handy klingelte.

»Pronto!«, schrie er ungehalten in den Apparat.

»Ich bin's, Neri«, meldete sich Gabriella, und so verängstigt hatte er sie noch nie gehört. Augenblicklich saß ihm die Angst im Nacken. »Reg dich jetzt bitte nicht auf, aber du musst hierher ins Krankenhaus kommen! Es ist etwas passiert!«

»Was denn? Nun sag schon!«, schrie Neri immer noch.

»Als ich in der Cafeteria war, um einen Kaffee zu trinken, muss jemand in Giannis Zimmer gewesen sein. Er hat sämtliche Schläuche, auch den von der Beatmungsmaschine, durchgeschnitten, und dann ist er abgehauen. Niemand hat ihn gesehen.«

Von Steinfeld, dachte Neri blitzartig. Er hat Angst, dass Gianni irgendwann redet.

»Und?«, fragte er heiser. »Was ist mit Gianni?«

»Eine Schwester hat ihn gerade noch rechtzeitig gefunden. Sie konnten ihn retten und wieder stabilisieren. Aber es war verdammt knapp.«

»Ich komme.«

»Neri, ich hab Angst.«

»Bleib ganz ruhig, ich bin gleich da!«

Neri legte auf und drehte sich zu Alfonso um. Er war aschfahl im Gesicht.

»Großfahndung!«, sagte er tonlos. »Jetzt hat er auch noch versucht, meinen Sohn im Krankenhaus umzubringen.«

Berlin

Um Mitternacht war Susanne dank eines Dolmetschers umfassend über sämtliche Ermittlungsergebnisse der Italiener informiert, Automarke und Kennzeichen waren bekannt, der Wagen wurde international zur Fahndung ausgeschrieben.

Susanne wartete im Büro auf neue Nachrichten. Ben gegenüber ließ sie sich nicht anmerken, dass sie von seiner Trennung von Melanie wusste. Um zehn hatte sie versucht, Melly anzurufen, aber sie war nicht ans Telefon gegangen.

Erst um drei Uhr dreißig in der Nacht kam dann die erlösende Nachricht: Matthias von Steinfeld war in seinem Porsche kurz hinter Nürnberg an einer Tankstelle festgenommen worden.

Susanne rief sofort Neri auf seinem Handy an.

»Wir haben ihn!«, ließ sie den Dolmetscher sagen. »Er ist beim Tanken verhaftet worden. Commissario, wir danken Ihnen! Sie haben großartige Arbeit geleistet!«

»Ja«, sagte er. »Gratulazione.« Mehr nicht. Seine Enttäuschung machte ihn stumm. Natürlich hätte Neri so einen dicken Fisch gern selbst ins Netz bekommen, aber hier ging es schließlich um die Sache; ob letztlich die Deutschen oder die Italiener dem Mörder das Handwerk legten, war im Grunde nebensächlich. Aber so nah wie diesmal war er noch nie dran gewesen.

Neri sank zurück in sein Kissen. An Schlaf war jetzt nicht mehr zu denken.

»Was ist?«, murmelte Gabriella.

»Sie haben ihn in Deutschland gefasst. Alles ist gut. Schlaf weiter.«

Zum Glück war die Angst um Gianni jetzt weg, aber er hatte auch keine Kraft mehr. Die ganze Nacht über war die

Großfahndung in Italien gelaufen, doch von Steinfelds Porsche war wie vom Erdboden verschluckt gewesen. Jetzt hatten nicht er und seine Kollegen, sondern die Deutschen den Triumph und den Erfolg in der Hand.

Bereits wenige Stunden später war die Festnahme des Serientäters Thema in der gesamten Presse. Auch international widmete man sich dem Fall. Die Nachrichtensendungen im Fernsehen berichteten davon, zeigten Aufnahmen von der Verhaftung und dem Abführen des mutmaßlichen Mörders, der keine Anstalten machte, sein Gesicht zu verstecken.

Susanne nahm bereits Glückwünsche und Belobigungen ihres Chefs entgegen und köpfte zusammen mit Ben eine Flasche Sekt. Mit der Pressekonferenz wollte sie warten, bis sie Matthias von Steinfeld verhört hatte.

74

Montebenichi, Samstag, 17. Oktober 2009

Gabriella saß vor dem Fernseher, starrte auf den Bildschirm, als wäre sie kurzsichtig, und hatte vor Wut schweißnasse Hände. Neri ging im Zimmer auf und ab, er konnte schon gar nicht mehr hinsehen, nahm nur noch den Ton wahr.

»Ich fasse es nicht, Neri!«, schäumte Gabriella. »Du machst die ganze Arbeit, du bist unheimlich clever, lässt DNA untersuchen, ziehst die richtigen Schlüsse und ermittelst den Mörder, den die Deutschen seit Wochen oder sogar seit Monaten krampfhaft und vergeblich suchen, und jetzt heimsen die die ganzen Lorbeeren ein, nur weil er zufällig in Deutschland aufgegriffen worden ist und nicht in Bucine! Das ist so ungerecht, dass ich platzen könnte! Nicht auszumalen, wenn es geheißen hätte: Neri hat es geschafft! Commissario Neri ist ein großartiger Ermittler und in Ambra hoffnungslos unterfordert!«

»Bitte, Gabriella, hör auf!« Wenn er heute auch noch irgendwann das Wort »Rom« hören sollte, würde er ihr ins Gesicht springen.

Gabriella verstummte und klebte mit ihren Augen weiter am Bildschirm. Das italienische Fernsehen sendete die gleichen Bilder von der Verhaftung wie das deutsche, offensichtlich hatten sie das Material gekauft.

Unentwegt schüttelte Gabriella den Kopf.

»Sie haben dich ja noch nicht mal interviewt!«, schimpfte sie schon wieder. »Können die bei RAI nicht vernünftig recherchieren? Warum ruft hier keiner an? Warum kommt das Fernsehteam nicht vorbei? Dann könnte ich mich wenigstens wieder etwas beruhigen.«

Dass sich Gabriella so aufregte, machte Neris Enttäuschung nur noch schlimmer.

»Ich gehe eine Weile spazieren«, sagte er, »muss auf andere Gedanken kommen.«

Damit verließ er das Haus. Er wusste, dass Gabriella wahrscheinlich den ganzen Vormittag telefonieren würde, um all ihren Freundinnen zu erzählen, wie groß seine Verdienste in diesem Fall gewesen waren. Für ihn wäre es unerträglich, das alles mit anzuhören.

Neri wanderte von Ambra nach San Martino, schlenderte durchs Dorf und nickte ein paar Leuten zu, die er flüchtig kannte. Hinter dem Ort ging der Weg steil bergauf, und Neri war nach zehn Minuten völlig außer Atem. Er hatte keine Lust mehr und spürte, dass ihn der Spaziergang nicht beruhigte, sondern immer kribbliger machte.

Also lief er zurück, stieg in sein Auto, ohne noch einmal mit Gabriella zu sprechen, und fuhr zu Gianni ins Krankenhaus.

»Wir haben ihn vor zwei Stunden aus dem künstlichen Koma geweckt«, erklärte der Arzt, ein stämmiger Mann mit kurzen Beinen und bereits ergrauten Haaren, obwohl Neri ihn erst Anfang fünfzig schätzte. »Er war kurzzeitig ansprechbar, jetzt schläft er wieder. Die Antibiotika schlagen gut an, wir haben die Lungenentzündung im Griff, und er atmet wieder selbstständig. Sicher ist er traumatisiert, und ich denke, es wird noch zwei, drei Tage dauern, bis er zu dem, was geschehen ist, etwas sagen kann, aber es kann auch sein, dass er wochenlang nicht redet.«

»Kann ich zu ihm?«

»Natürlich.«

Neri fühlte sich in Krankenhäusern immer hilflos, schutzlos und verloren. So bemühte er sich, auf dem Linoleumfußboden keine quietschenden Geräusche zu machen, als er zu Gianni ging.

Im Zimmer setzte er sich an sein Bett und nahm Giannis Hand. »Hej, mein Junge«, flüsterte er und musste die Tränen mühsam zurückhalten. »Das wird alles wieder. Hat mir der Arzt eben versichert. Mach dir keine Sorgen.«

Neri bildete sich ein, dass Gianni kaum merklich genickt hatte.

»Ich wollte dir nur sagen, Gianni, den Typen, der dir das angetan hat, hab ich gefasst. Ich hab ihn überführt. Es ist mir nicht wichtig, dass es die ganze Welt erfährt, ich wollte nur, dass du es weißt. Und wenn er in Deutschland nicht eingesperrt werden sollte, wenn sie ihn aus irgendeinem Grunde freilassen, dann bringe ich ihn um. Das schwöre ich dir!«

Neri strich Gianni übers Haar, küsste ihn auf die Stirn und blieb am Bett seines Sohnes sitzen. Ganz still, ohne zu wissen, wie lange.

Berlin

Susanne wusste ganz genau, wie unprofessionell das war, aber in ihrer Fantasie hatte sie sich unter dem Monster, das mehrere junge Männer aus purer Lust oder Mordlust umgebracht hatte, jemand andres vorgestellt. Nicht einen derart attraktiven, sympathischen, eleganten und gebildeten Mann mit ausgesprochen höflichen und sensiblen Umgangsformen. Er hatte die Ausstrahlung eines Menschen, den man gern kennenlernte, mit dem man einige Worte wechselte und sofort mit ihm zusammen essen gehen mochte.

Matthias von Steinfeld schien über seine Festnahme keineswegs erschüttert zu sein, er wirkte weder ängstlich noch verstört, sondern eher neugierig auf das, was ihn nun erwartete.

So ein Verhalten hatte Susanne in all ihren Berufsjahren noch nicht erlebt. Er war freundlich und kooperativ, gab hinlänglich und äußerst bereitwillig Auskunft, und das Gespräch mit der Polizei war für ihn eher ein Plausch als ein Verhör.

Er antwortete völlig unverkrampft und locker, legte nicht – wie andere – verunsichert jedes Wort auf die Goldwaage, er war charmant und redete, als befände er sich in einem Dauerflirt.

Man konnte fast denken, er hätte überhaupt noch nicht begriffen, dass sich sein luxuriöses Leben, sollte er schuldig gesprochen werden, von nun an grundlegend ändern würde.

»Herr von Steinfeld«, begann Susanne, als sie Matthias zusammen mit Ben und einem weiteren Kollegen um zwölf Uhr dreißig im Verhörraum gegenübersaß, »Ihnen wird zur Last gelegt, Jochen Umlauf in seiner Wohnung, Manfred Steesen am See im Volkspark Jungfernheide und Bastian Hersfeld in der Wannseevilla seiner Eltern jeweils mit einem Seidenschal ermordet zu haben.«

»Das ist richtig«, sagte Matthias schlicht.

»Außerdem sollen Sie im Juli auf der italienischen Mittelmeerinsel Giglio die beiden jungen Männer Adriano und Fabrizio von den Klippen ins Meer gestoßen haben.«

»Es war Notwehr«, antwortete Matthias mit leiser Stimme. »Die beiden hatten mich überfallen und wollten mich töten. Es kam in diesem Moment nur darauf an, wer schneller und als Erster am Zug war. Aber ansonsten ist auch dies zutreffend.«
Susanne schluckte. Noch nie hatte ein Gefangener in dieser Art und in diesem Ton geantwortet.
»Des Weiteren haben Sie den Italiener Gianni Neri in Ihrer toskanischen Ferienwohnung missbraucht, ebenfalls gedrosselt und beinah getötet.«
»Ja. Ich dachte, er ist tot. Es tut mir leid, dass er so lange dort liegen musste, bis er gefunden wurde.«
»Sie gestehen diese Taten?«
»Ja.«
»Und Sie sind auch bereit, dieses Geständnis zu unterschreiben?«
»Aber selbstverständlich. Obwohl Sie noch einiges vergessen haben.«
Susanne traute ihren Ohren nicht. »Und zwar?«
»Ich habe auf der MS *Deutschland* mitten im Atlantik einen Mann über Bord geworfen. Völlig unmöglich, dass er überlebt hat. Ich glaube, er war Arzt, aber seinen Namen weiß ich nicht.«
»Warum haben Sie das getan?«
»Einfach so. Er hat mich gestört.«
Susanne war über diese Kaltschnäuzigkeit fassungslos.
»Möchten Sie Ihren Anwalt hinzuziehen?«
Matthias lächelte. »Später. Jetzt ist das noch nicht nötig.«
Susanne hatte das Gefühl, irgendetwas falsch gemacht zu haben. Keine fünf Minuten waren vergangen, und das Gespräch, für das sie zwei Stunden angesetzt hatte, war bereits beendet. Sie sah ihre beiden Kollegen an, aber die waren keineswegs irritiert, sondern grinsten nur triumphierend.

»Dann werden wir jetzt das Protokoll ausdrucken und Ihnen zur Unterschrift vorlegen.«

»Entschuldigen Sie, aber das ist immer noch nicht alles.« Susanne wurde flammend rot. »Ich höre!«

»Ich habe noch einen Mord begangen, den Sie auf Ihrer Liste nicht aufgeführt haben, was ich schade finde. Aber vielleicht liegt es daran, dass er – was meine individuelle Handschrift betrifft – so atypisch ist.«

Susanne wurde immer heißer. Jetzt führte er sie vor.

»Und zwar?«

»Ich habe den Küchenchef aus dem Rautmann's, Herrn Clemens Majewski, mit einer eisernen Pfanne bewusstlos geschlagen und anschließend im Konvektomaten gebraten.«

Allen drei Kriminalbeamten verschlug es die Sprache. Natürlich hatte Susanne von dem außergewöhnlich widerlichen Mord in der Berliner Restaurantküche gehört, aber niemand hatte ihn mit den Schwulenmorden in Verbindung gebracht.

»Ich habe mich an dem fraglichen Abend ausführlich mit Majewski unterhalten. Wir tranken jeder ein Bier und hatten eine heftige Meinungsverschiedenheit. Die Gläser müsste die Spurensicherung bemerkt und untersucht haben. Auf einem ist meine – Ihnen ja mittlerweile hinlänglich bekannte – DNA. Ich war zusammen mit Majewski in der Küche der Letzte. Alle Köche waren schon gegangen.«

Die drei Kommissare schwiegen.

Matthias tat, als überlegte er. »Ja, ich glaube, das ist jetzt alles«, sagte er langsam. »Falls mir noch etwas einfällt, gebe ich Ihnen natürlich Bescheid.«

Wenig später war er wieder in seiner Zelle, entspannte sich und dachte über all das nach, was geschehen war.

Seine Mutter fiel ihm ein. Die schöne, elegante Henriette und ihr wundervoller Tod, der etwas ganz Besonderes gewesen war. Sein kleines, kostbares Geheimnis, das er immer für sich behalten würde.

Und er hatte seinem Sohn durch das Geständnis die Last von den Schultern genommen und dessen Liebe wiedergewonnen. Ganz gleich, nach wie vielen Jahren er das Gefängnis wieder verlassen sollte, Alex würde auf ihn warten, um ihn dankbar in die Arme zu schließen.

Und dieser Moment war es wert.

Allmählich wurde es dunkel in seiner Zelle. Die meisten Gefangenen saßen jetzt vor den Fernsehern.

Matthias lag auf seiner Pritsche, sah an die kahle Decke und war davon überzeugt, dass das wahre Glück darin bestand, einzigartig zu sein.

Er hatte sich nichts vorzuwerfen und in seinem Leben alles richtig gemacht.

Das war ein gutes Gefühl.

EPILOG

Es war der 10. Dezember 2010, und Berlin war tief verschneit. Die gedämpften Geräusche der Stadt wirkten beruhigend. Jetzt am Abend war es fast still. Autos waren kaum noch unterwegs, und es schneite unaufhörlich weiter.

Zum Supermarkt lief er normalerweise zwanzig Minuten, wenn er sich beeilte fünfzehn, heute ging er extrem langsam. Die Jacke, die er anhatte, war viel zu dünn, die linke Seitennaht war aufgerissen, und der Wind, der unglücklicherweise aus dieser Richtung kam, drückte ihm gegen die Nieren. Seine Schuhe waren durchweicht, seine Strümpfe nass, und er fror erbärmlich. Noch nicht mal eine Mütze hatte er auf, weil er die eine, die er besaß, nicht mehr gefunden hatte.

Aber das war ihm alles egal. Die kalten Finger tief in den Jackentaschen vergraben, stapfte er durch den Schnee.

Heute auf den Tag genau vor einem halben Jahr war sein Vater verurteilt worden. Alex war jeden Verhandlungstag im Gerichtssaal gewesen und hatte sich über das stetige sanfte Lächeln gewundert, das Matthias trug, ganz gleich, was Zeugen, Gutachter, Nebenkläger, Verteidiger oder Staatsanwalt sagten. Lächelnd hörte er sich die Einzelheiten der Morde an, lächelnd erfuhr er, aus welchem Umfeld seine Opfer kamen und wie sie gelebt hatten, lächelnd antwortete er ruhig und bereitwillig auf alle Fragen, hörte den Antrag der Staatsanwaltschaft und das Plädoyer seines Verteidigers, und genauso lächelnd nahm er das Urteil zur Kenntnis: »lebenslänglich« mit anschließender Sicherungsverwahrung.

Alex lächelte nicht, er weinte.

Die Dankbarkeit, die er zu Anfang darüber empfunden hatte, dass Matthias die Schuld für den Mord am Küchenchef auf sich genommen hatte und er seinen Kopf aus der Schlinge ziehen konnte, war längst verblasst, und die Erleichterung, die er verspürt hatte, war einer anhaltenden Verzweiflung gewichen.

Er hatte begriffen, dass es sinnlos gewesen war.

Alles war zerstört. Das Einzige, was er definitiv wusste, war, dass er niemals wieder in einer Küche arbeiten konnte. Mehr wusste er nicht. Er hatte kein Ziel mehr, keine Hoffnung und keinen Vater.

Als Matthias nach dem Urteil aus dem Gerichtssaal abgeführt wurde, war er wenige Meter vor Alex kurz stehen geblieben und hatte ihm eine Kusshand zugeworfen.

Dieses Bild verfolgte Alex jeden Tag bis in seine Träume.

In der rechten Hand spielte er mit den letzten Münzen, die er besaß, in seiner Hosentasche steckten noch drei Scheine. Im Ganzen hatte er zweiundsechzig Euro und fünfzig Cent, genug, um seinen letzten Einkauf zu tätigen.

Es war bereits nach zweiundzwanzig Uhr, aber das machte nichts, der Supermarkt hatte rund um die Uhr geöffnet. Früher war er immer nachts um vier, nach der Arbeit, einkaufen gegangen.

Der Verkaufsraum des Supermarktes war hell erleuchtet, als er den Laden betrat. Nachts war der einzige Unterschied zu tagsüber, dass die Frischfleischtheke geschlossen war und man nur abgepacktes Fleisch kaufen konnte.

Aber das wollte Alex sowieso nicht.

»Jingle Bells« plätscherte ihm aus den Lautsprechern entgegen, und dort, wo sonst das Obst aus exotischen Ländern aufgebaut war, ragte jetzt ein funkelnder Weihnachtsbaum mit fantasielosen lilafarbenen und goldenen Kugeln. Außerdem gab es einen Stand mit Weihnachtsmännern, Dominosteinen, Lebkuchen, Spekulatius und Keksen aller Art, kleine Engel mit Lamettahaaren als Tischdekoration und geschmacklosen Weihnachtsbaumschmuck in allen Farben und Formen.

Alex ging daran vorbei, ohne auch nur einen Blick darauf zu werfen. Wehmut, dass er sich an kein einziges Weihnachten erinnern konnte, das stimmungsvoll und schön gewesen war und an das er vielleicht gern zurückgedacht hätte, kam bei ihm schon lange nicht mehr auf.

Seit er bei seiner Mutter ausgezogen war und allein lebte, kam Weihnachten in seinem Leben nicht mehr vor, und das hatte er akzeptiert.

Zielstrebig ging er zu den Spirituosen und suchte nach dem besten Whisky, den er für sein Geld bekommen konnte.

Er kaufte eine Literflasche für sechsundfünfzig Euro und wurde ganz nervös, weil ihm partout nichts einfiel, was er mit den restlichen sechs Euro machen sollte.

Schließlich nahm er noch einen kleinen Kaktus im Topf mit, auf dem ein funkelnder goldener Weihnachtsstern steckte, der drei Euro fünfundsiebzig kostete.

Kein Problem. In seiner Wohnung würde man eben zwei Euro fünfundsiebzig finden.

Dann ging er nach Hause.

Das Loft war kalt. Er drehte alle Heizkörper auf und zog sich bis auf T-Shirt und Jeans aus. Für einen Moment stellte er sich ans Fenster und sah hinaus auf das Schneetreiben. Die Flocken waren klein und fest und würden liegen bleiben.

Er setzte sich aufs Bett und drehte sich eine Zigarette.

Schade, dass er sich im Supermarkt keine Kerze gekauft hatte. Das wäre jetzt schön gewesen. Aber dann zuckte er die Achseln. Egal. Alles war immer irgendwie egal. Es ging auch so.

CDs und Zeitschriften wischte er vom Tisch, kritzelte auf den goldenen Kaktus-Stern »Merry Christmas, Mama« und schob ihn in die Mitte des Tisches. Damit sie ihn leichter finden konnte.

Dann begann er zu trinken.

Der Whisky schmeckte köstlich. Die ersten winzigen Schlucke brannten in der Kehle, aber je mehr er trank, desto wärmer wurde es in seinem Bauch, und der Alkohol umschmeichelte weich seine Kehle. Dazu schluckte er die Tabletten. Er hatte so viele im Internet bestellt, dass sie für mehrere Aktionen dieser Art gereicht hätten.

Bestimmt eine halbe Stunde lang spürte er gar nichts. Es war alles wunderbar, die Welt war in Ordnung, sein Kopf war klar, er war noch nicht einmal betrunken.

Und dann dachte er an seinen Vater. Matthias. Von der »Prinzessin« hatten sie vor Gericht gesprochen. Sein ganzes Leben lang hatte er nur den einen Wunsch gehabt, der Freund seines Vaters zu sein. Der beste Freund. Und er versuchte, darüber nachzudenken, warum das nicht möglich gewesen war. Aber er schaffte es nicht mehr. Seine Gedanken wurden undeutlich, verwirrten sich und verschwammen immer mehr ...

Ich liebe dich doch, Papa war das Letzte, was er denken und fühlen konnte, bevor er einschlief und sein Dasein im Nebel verschwand.